【臺灣現當代作家研究資料彙編】115

席慕蓉

國立台灣文學館
出版

部長序

十二月，是豐收的季節。在此時刻，國立臺灣文學館執行已十年的「臺灣現當代作家研究資料彙編」計畫，再次推出十位重量級作家研究彙編：吳漫沙、隱地、岩上、林泠、席慕蓉、吳晟、張系國、李渝、季季、施叔青，為叢書再添基石。

文化是國家的靈魂，文學如同承載這靈魂的容器，舉凡生活日常、思想智慧，或是歲月淬鍊的情感、慣習，點滴匯為龐大的「文化共同體」，莫不需要作家之眼、文學之筆，將之一一描摹留存，讓後世得以記憶，並了解自身之所來。

文化部近年來致力保存全民歷史記憶，透過「重建臺灣藝術史」計畫，找回屬於我們的記憶、我們的靈魂，承繼各個時代、各個領域的藝術家們為我們銘刻留下的時代精神。「臺灣現當代作家研究資料彙編」的出版，恰與此呼應：藉由重要作家與作品研究的系統化整理，從檔案史料提煉出臺灣文化多元、豐富的史觀，並透過回顧作家生平、查找文學夥伴的往來互動及社團軌跡，再加上諸多研究者的評述，讓讀者不僅能與作家的生命路徑同行，更能由此進入臺灣特有、深邃的文學世界。我相信，當我們對於臺灣文學的認識越深入，對於這塊土地的情感也將更踏實，文化的創發也會更活潑光燦。

是故，欣見臺灣文學館將計畫第九階段的編選成果呈現出來。名單不乏讀者耳熟能詳的文學大家，但更有意義的，是讓許多逐漸為讀者甚至研究者遺忘的作家，再度重登文學舞臺，有重新被更多人閱讀、討論的機會，這正是我們重建文學史價值之所在。在此向讀者推介這一套兼具深度與廣度的文學工具書，提供國內外研究或關心臺灣文學發展者，期待我們能持續點亮臺灣文學的光芒。

文化部部長 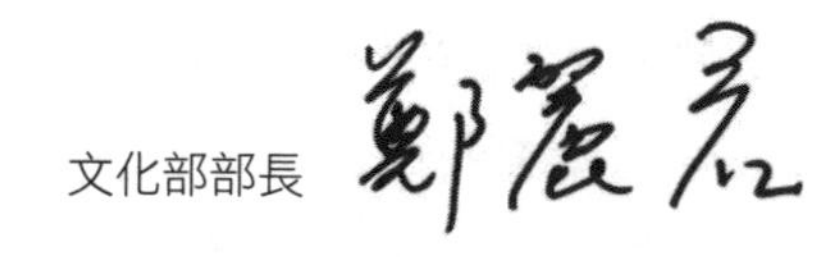

館長序

臺灣文學的範圍，遠比想像的長遠寬廣。以文字方式留存的文學、年代至少已三百有餘，原住民口語形式的傳統，歷史更是深厚而靈動。可以說，文學聚攏了我們一整個社會的集體記憶。然而文學不只有創作的努力，作者完成的工作，其實也經由文學的「研究」而散發更多意義。

國立臺灣文學館的使命，既是保存臺灣的文學創作史，也就必須借助文學的研究力。雖然臺灣曾有一段時期因為政治情境的壓制，致使臺灣文學科系在 1990 年代後才陸續成立，從而更加辛勤在重建我們應該集體記得的「文學史」。

針對作家和作品的評介和賞析，固是文學研究的明確入口，然而閱讀者的回應甚至反擊，其實也是隱含文思交鋒的珍奇素材，很值得系統性的保存、便於未來世代可以補足先人的思想圖譜。臺灣文學館因而開啟「臺灣現當代作家研究資料彙編」的編纂計畫，自 2010 年委託臺灣文學發展基金會執行，以「現當代」文學作家為界，蒐羅散布各處、詮釋多元的研究評論資料，以勾勒臺灣文學的整體面貌。

「彙編」由最早預定出版三個階段、50 冊的計畫，在各界期許中幾度擴編，至今已是第九階段，累積出版已達 120 冊。這一段現當代的範圍，始自 1920 年代臺灣的新文學世代，並融接戰後由中國大陸跨海而來的創作社群。第九階段彙編計畫包含吳漫沙、隱地、岩上、林泠、席慕蓉、吳晟、張系國、李渝、季季、施叔青十位作家的研究資料，探討了含括不同族群、性別、階層而匯聚在臺灣文學的歷程。

「彙編」計畫選定 1945 年以前出生的世代，為的是在勾勒他們共同經歷的特殊史跡——那個寫作相對艱辛、資料相對散佚、意識型態也格外沉重的時期。當然，部落社會的無名遊吟者、清末古典文學的漢詩人、以及在各個時代留下痕跡的文學家們，都同樣是高度值得尊崇的文學瑰寶。臺灣文學館的「彙編」期待能夠是一個窗口，引我們看見臺灣短短歷史撞擊出的這麼多種各異的文學互動，也寄望未來的資料科技協助我們將更多文學史料呈現給臺灣。

國立臺灣文學館館長 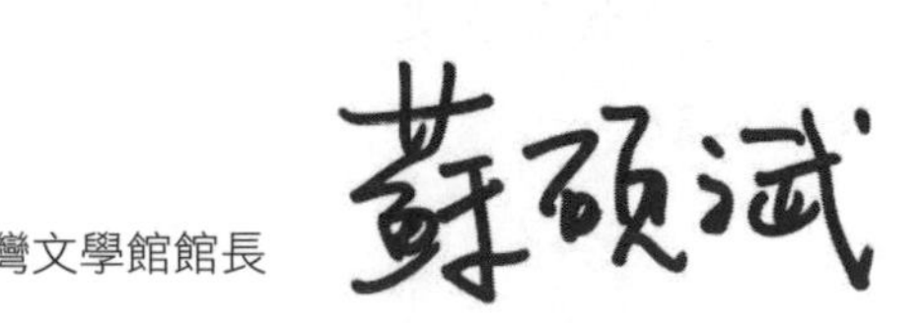

編序

◎封德屏

緣起

1995 年 10 月 25 日，在臺灣師範大學教育大樓的 201 室，一場以「面對臺灣文學」為題的座談會，在座諸位學者分別就臺灣文學的定義、發展、研究，以及文學史的寫法等，提出宏文高論，而時任國家圖書館編纂張錦郎的「臺灣文學需要什麼樣的工具書」，輕鬆幽默的言詞，鞭辟入裡的思維，更贏得在座者的共鳴。

張先生以一個圖書館工作人員自謙，認真專業地為臺灣這幾十年來究竟出版了多少有關臺灣文學的工具書，做地毯式的調查和多方面的訪問。同時條理分明地針對研究者、學生，列出了十項工具書的類型，哪些是現在亟需的，哪些是現在就可以做的，哪些是未來一步一步累積可以達成的，分別做了專業的建議及討論。

當時的文建會二處科長游淑靜，參與了整個座談會，會後她劍及履及的開始了文學工具書的委託工作，從 1996 年的《臺灣文學年鑑》起始，一年一本的編下去，一直到現在，保存延續了臺灣文學發展的基本樣貌。接著是《中華民國作家作品目錄》的新編，《臺灣文壇大事紀要》的續編，補助國家圖書館「當代文學史料影像全文系統」的建置，這些工具書、資料庫的接續完成，至少在當時對臺灣文學的研究，做到一些輔助的功能。

2003 年 10 月，籌備多年的「臺灣文學館」正式開幕運轉。同年五月《文訊》改隸「財團法人台灣文學發展基金會」，為了發揮更大的動能，開始更積極、更有效率地將過去累積至今持續在做的文學史料整理出來，讓豐厚的文藝資源與更多人共享。

於是再次的請教張錦郎先生，張先生認為文學書目、作家作品目錄、文學年鑑、文學辭典皆已完成或正在進行，現在重點應該放在有關「臺灣現當代作家評論資料目錄」的編輯工作上。

很幸運的，這個計畫的發想得到當時臺灣文學館林瑞明館長的支持，於是緊鑼密鼓的展開一切準備工作：籌組編輯團隊、召開顧問會議、擬定工作手冊、撰寫計畫書等等。

張錦郎先生花了許多時間編訂工作手冊，每一位作家的評論資料目錄分為：

（一）生平資料：可分作者自述，旁人論述及訪談，文學獎的紀錄。

（二）作品評論資料：可分作品綜論，單行本作品評論，其他作品（包括單篇作品）評論，與其他作家比較等。

此外，對重要評論加以摘要解說，譬如專書、專輯、學術會議論文集或學位論文等，凡臺灣以外地區之報刊及出版社，於書名或報刊後加註，如中國大陸、香港、新加坡等。此外，資料蒐集範圍除臺灣外，也兼及中國大陸、香港、新加坡、日本、韓國及歐美等地資料，除利用國內蒐集管道外，同時委託當地學者或研究者，擔任資料蒐集工作。

清楚記得，時任顧問的學者專家們，都十分高興這個專案的啟動，但確定收錄哪些作家名單時，也有不同的思考及看法。經過充分的討論後，終於取得基本的共識：除以一般的「文學成就」為觀察及考量作家的標準外，並以研究的迫切性與資料獲得之難易度為綜合考量。譬如說，在第一階段時，作家的選擇除文學成就外，先考量迫切性及研究性，迫切性是指已故又是日治時期臺籍作家為優先，研究性是指作品已出土或已譯成中文為優先。若是作品不少而評論少，或作品評論皆少，可暫時不考慮。此外，還要稍微顧及文類的均衡等等。基本的共識達成後，顧問群共同挑選出 310 位作家，從鄭坤五、賴和、陳虛谷以降，一直到吳錦發、陳黎、蘇偉貞，共分三個階段進行。

「臺灣現當代作家評論資料目錄」專案計畫，自 2004 年 4 月開始，至 2009 年 10 月結束，分三個階段歷時五年六個月，共發現、搜尋、記錄了十餘萬筆作家評論資料。共經歷了三位專職研究助理，近三十位兼任研究助理。這些研究助理從開始熟悉體例，到學習如何尋找資料，是一條漫長卻實用的學習過程。

接續

「臺灣現當代作家評論資料目錄」的專案完成，當代重要作家的研究，更可以在這個基礎上，開出亮麗的花朵。於是就有了「臺灣現當代作家研究資料彙編暨資料庫建置計畫」的誕生。為了便於查詢與應用，資料庫的完成勢在必行，而除了資料庫的建置外，這個計畫再從 310 位作家中精選 50 位，每人彙編一本研究資料，內容有作家圖片集，包括生平重要影像、文學活動照片、手稿及文物，小傳、作品目錄及提要、文學年表。另外每本書分別聘請一位最適當的學者或研究者負責編選，除了負責撰寫八千至一萬字的作家研究綜述外，再從龐雜的評論資料中挑選具有代表性的評論文章，平均 12～14 萬字，最後再附該作家的評論資料目錄，以期完整呈現該作家的生平、創作、研究概況，其歷史地位與影響。

第一部分除資料庫的建置外，50 位作家 50 本資料彙編（平均頁數 400～500 頁），分三個階段完成，自 2010 年 3 月開始至 2013 年 12 月，共費時 3 年 9 個月。因為內容充實，體例完整，各界反應俱佳，第二部分的 50 位作家，分四階段進行，自 2014 年 1 月開始至 2017 年 12 月，共費時 4 年，並於 2017 年 12 月出版《百冊提要》，摘要百冊精華，也讓研究者有清晰的索引可循。2018 年 1 月，舉行百冊成果發表會，長年的灌溉結果獲文化部支持，得以延續百冊碩果，於 2018 年 1 月啟動第三部分 20 位作家的資料彙編，為期兩年。2019 年 12 月結束費時十年，120 本的文學工具書之旅。

成果

雖然過程是如此艱辛，如此一言難盡，可是終究看到豐美的成果。每位編選者雖然忙碌，但面對自己負責的作家資料彙編，卻是一貫地認真堅持。他們每人必須面對上千或數百筆作家評論資料，挑選重要或關鍵性的評論文章，全面閱讀，然後依照編選原則，挑選評論文章。助理們此時不僅提供老師們所需要的支援，統計字數，最重要的是得找到各篇選文作者，取得同意轉載的授權。在起初進度流程初估時，我們錯估了此項工作的難度，因為許多評論文章，發表至今已有數十年的光景，部分作者行蹤難查，還得輾轉透過出版社、學校、服務單位，尋得蛛絲馬跡，再鍥而不捨地追蹤。有了前面的血淚教訓，日後關於授權方面，我們更是如臨深淵、如履薄冰，希望不要重蹈覆轍，在面對授權作業時更是戰戰兢兢，不敢懈怠。

除了挑選評論文章煞費苦心外，每個作家生平重要照片，我們也是採高標準的方式去蒐集，過世作家家屬、友人、研究者或是當初出版著作的出版社，都是我們徵詢的對象。認真誠懇而禮貌的態度，讓我們獲得許多從未出土的資料及照片，也贏得了許多珍貴的友誼。許多作家都協助提供照片手稿等相關資料，已不在世的作家，其家屬及友人在編輯過程中，也給予我們許多協助及鼓勵，藉由這個機會，與他們一起回憶、欣賞他們親人或父祖、前輩，可敬可愛的文學人生。此外，還有許多作家及研究者，熱心地幫忙我們尋找難以聯繫的授權者，辨識因年代久遠而難以記錄年代、地點、事件的作家照片，釐清文學年表資料及作家作品的版本問題，我們從他們身上學習到更多史料研究可貴的精神及經驗。

但如何在規定的時間內，完成每個階段資料彙編的編輯出版工作，對工作小組來說，確實是一大考驗。每一冊的主編老師，都是目前國內現當代臺灣文學教學及研究的重要人物，因此都十分忙碌。每一本的責任編輯，必須在這一年的時間內，與他們所負責資料彙編的主角——傳主及主編老師，共生共榮。從作家作品的收集及整理開始，必須要掌握該作家所有出版的作品，以及盡量收集不同出版社的版本；整理作家年表，除了作家、研究者已撰述好的年表外，也必須再從訪談、自傳、評論目錄，從作品出版等線索，再作比對及增刪。再來就是緊盯每位把「研究綜述」放在所有進度最後一關的主編們，每隔一段時間提醒他們，或順便把新增的評論目錄寄給他們（每隔一段時間就有新的相關論文或學位論文出現），讓他們隨時與他們所主編的這本書，產生聯想，希望有助於「研究綜述」撰寫的進度。

在每個艱辛漫長的歲月中，因等待、因其他人力無法抗拒的因素，衍伸出來的問題，層出不窮，更有許多是始料未及的。譬如，每本書的選文，主編老師本來已經選好了，也經過授權了，為了抓緊時間，負責編輯的助理們甚至連順序、頁碼都排好了，就等主編老師的大作了，這時主編突然發現有新的文章、新的資料產生：再增加兩三篇選文吧！為了達到更好更完備的目標，工作小組當然全力以赴，聯絡，授權，打字，校對，重編順序等等工作，再度展開。

此次第三部分第二階段共需完成的 10 位作家研究資料彙編，年齡層與活動地區分布較廣，步履遍布海內外各地，創作類型也更為豐富多元。出生年代較早的作者，在年表事件的求證以及早年著作的取得上，饒有難度。以出生年代較近的作者而言，許多疑難雜症不刃而解，有些連主編或研究者都不太清楚的部分，作家本人及家屬絕對是一個最好的諮詢對象，對解決某些問題來說，這是一個好的線索，但既然看了，關心了，參與了，就可能有不同的看法，對於選文、年表、照片，甚至是我們整本書的體例，也會有更多想法，於是又是一場翻天覆地的大更動，對整本書的品質來說，應該是好的，但對經過多次琢磨、修改已進入完稿階段的編輯團隊來說，這不啻是一大挑戰。

1990 年開始，各地縣市文化中心（文化局），對在地作家作品集的整理出版，以及臺灣文學館成立後對日治時期作家以迄當代重要作家全集的編纂，對臺灣文學之作家研究，也有了很好的促進作用。如《楊逵全集》、《林亨泰全集》、《鍾肇政全集》、《張文環全集》、《呂赫若日記》、《張秀亞全集》、《葉石濤全集》、《龍瑛宗全集》、《葉笛全集》、《鍾理和全集》、《錦連全集》、《楊雲萍全集》、《鍾鐵民全集》等，如雨後春筍般持續展開。

經過近二十年的努力，臺灣文學的研究與出版，也到了可以驗收或檢討成果的階段。這個說法，當然不是要停下腳步，而是可以從「臺灣現當代作家評論資料目錄」所呈現的 310 位作家、11 萬筆資料中去檢視。檢視的標的，除了從作家作品的質量、時代意義及代表性去衡量外、也可以從作家的世代、性別、文類中，去挖掘有待開墾及努力之處。因此這套「臺灣現當代作家研究資料彙編」，大部分的編選者除了概述作家的研究面向外，均有些觀察與建議。希望就已然的研究成果中，去發現不足與缺憾，研究者可以在這些不足與缺憾之處下功夫，而盡量避免在相同議題上重複。當然這都需要經過一段時間去發現、去彌補、去重建，因此，有關臺灣文學的調查、研究與論述，就格外顯得重要了。

期待

感謝臺灣文學館持續推動這兩個專案的進行。「臺灣現當代作家評論資料目錄」的完成，呈現的是臺灣文學研究的總體成果；「臺灣現當代作家研究資料彙編」的出版，則是呈現成果中最精華最優質的一面，同時對未來臺灣文學的研究面向與路徑，作最好的建議。我們可以很清楚的體會，這是一條綿長優美的臺灣文學接力賽，經過長時間的耕耘灌溉、風搖雨濡，百年臺灣文學大樹卓然而立，跨越時代並馳而行，120 冊作家研究資料彙編得千位作家及學者之力，我們十分榮幸能參與其中，更珍惜在傳承接力的過程，與我們相遇的每一個人，每一件讓我們真心感動的事。我們更期待這個接力賽，能有更多人加入。誠如張恆豪所說「從高音獨唱到多元交響」，這是每一個人所期待的。

編輯體例

一、本書編選之目的，為呈現席慕蓉生平、著作及研究成果，以作為臺灣文學相關研究、教學之參考資料。

二、全書共五輯，各輯內容及體例說明如下：

輯一：圖片集。選刊作家各個時期的生活或參與文學活動的照片、著作書影、手稿（包括創作、日記、書信）、文物。

輯二：生平及作品，包括三部分：

1.小傳：主要內容包括作家本名、重要筆名，生卒年月日，籍貫，及創作風格、文學成就等。

2.作品目錄及提要：依照作品文類（論述、詩、散文、小說、劇本、報導文學、傳記、日記、書信、兒童文學、合集）及出版順序，並撰寫提要。不收錄作家翻譯或編選之作品。

3.文學年表：考訂作家生平所進行的文學創作、文學活動相關之記要，依年月順序繫之。

輯三：研究綜述。綜論作家作品研究的概況，並展現研究成果與價值的論文。

輯四：重要文章選刊。選收作家自述、訪談紀錄以及國內外具代表性的相關研究論文及報導。

輯五：研究評論資料目錄。收錄至 2019 年 11 月底止，有關研究、論述臺灣現當代作家生平和作品評論文獻。語文以中文為主，兼及日文和英文資料。所收文獻資料，以臺灣出版為主，酌收中國大陸、香港、日本和歐美國家的出版品。內容包含三部分：

1.「作家生平、作品評論專書與學位論文」下分為專書與學位論文。

2.「作家生平資料篇目」下分為「自述」、「他述」、「訪談」、「年表」、「其他」。

3.「作品評論篇目」下分為「綜論」、「分論」、「作品評論目錄、索引」、「其他」。

目次

【輯五】研究評論資料目錄

輯一◎圖片集

影像◎手稿◎文物

1930年代後期，席慕蓉父親拉席敦多克（漢名席振鐸，字新民）（右）與母親巴音比力格（漢名樂竹芳）（左）的合影，都屬察哈爾部八旗群。（席慕蓉提供）

*本輯由席慕蓉協助編撰。

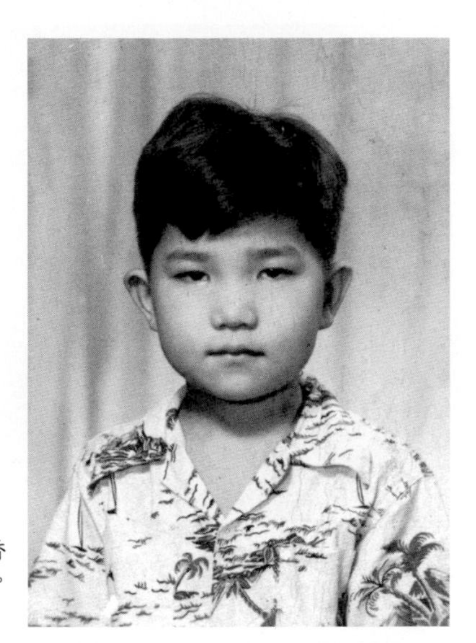

1949年秋，席慕蓉正準備插班進入香港灣仔的同濟中學附小三年級就讀。（席慕蓉提供）

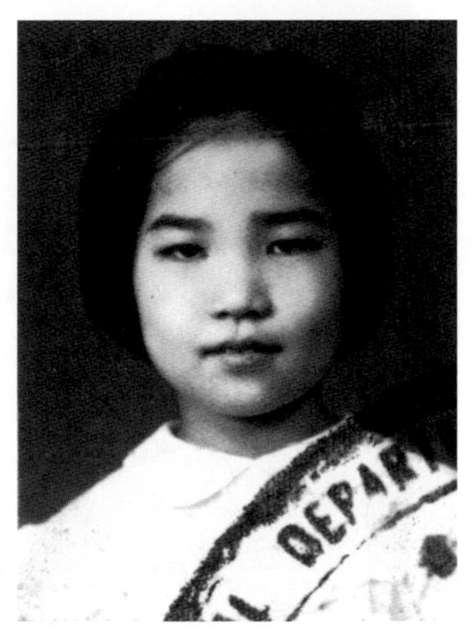

1950年代初期，就讀香港同濟中學附小的席慕蓉。（席慕蓉提供）

1958年夏，席慕蓉已於省立臺北師範學校藝術科就讀，暑假於臺北圓山寫生。（席慕蓉提供／張國卿攝）

1961年春，席慕蓉於臺北士林園藝試驗所寫生。（席慕蓉提供／何宣廣攝）

1961年7月19日，席慕蓉和臺灣師範大學藝術系全班同學於暑假至蘇澳寫生。前排左起：席慕蓉、李石樵、張悅珍。（席慕蓉提供）

1961年夏，臺灣師範大學藝術系二年級的席慕蓉和同學至橫貫公路寫生，攝於燕子口。（席慕蓉提供／何宣廣攝）

1964年冬，席慕蓉於比利時布魯塞爾皇家藝術學院進修時，與八位魯汶大學的臺灣女留學生參加魯汶大學舉辦的國際學生舞蹈比賽，獲得第一名。此張相片是校外人士攝影，被製成明信片後才輾轉有人贈予席慕蓉作紀念。（席慕蓉提供）

1966年2月，席慕蓉於布魯塞爾艾格蒙畫廊舉行第一次個展，身穿母親給的深藍色長毛絨大衣留影於畫廊入口。（席慕蓉提供／劉海北攝）

1966年2月，席慕蓉於布魯塞爾艾格蒙畫廊舉行第一次個展，與畫作合影。（席慕蓉提供／11日來訪的「Le Soir」記者攝）

1966年2月，席慕蓉於布魯塞爾艾格蒙畫廊舉行第一次個展，與老師、同學留影於開幕酒會。（翻攝自《席慕蓉》，圓神出版社）

1966年7月，留學布魯塞爾的席慕蓉，在畢業成績評定後，與指導老師Léon Devos教授（右）合影。（翻攝自《當夏夜芳馥：席慕蓉畫作精選集》，圓神出版社）

1968年春，席慕蓉與劉海北於布魯塞爾中華民國大使館舉行結婚典禮，由陳雄飛大使證婚，典禮後在使館的花園中留影。新娘的禮服與婚紗都是席慕蓉自己縫製的。（席慕蓉提供）

1970年代後期，席慕蓉全家四人送父母回德國，在機場附近留影。右起：席慕蓉、劉安凱、樂竹芳、席振鐸、劉芳慈、劉海北。（席慕蓉提供）

1980年1月20日，席慕蓉於桃園龍潭的石門自宅前與兒女合影。右起：席慕蓉、劉安凱、劉芳慈。（席慕蓉提供／劉海北攝）

1980年代，席慕蓉與文友於大地出版社門前的柳樹下合影。左起：席慕蓉、姚宜瑛、敻虹、張橋橋。（張佑維提供）

1981年，席慕蓉在石門自宅對面，代母親購得新宅一所，在宅前留影寄給母親，後接在美國中風的母親回國療養。（席慕蓉提供）

1984年春，席慕蓉與東海大學美術系第一屆學生在校園共同寫生。（席慕蓉提供）

1984年6月26日，席慕蓉去東海大學美術系送學生成績。張曉風（右）同行。（席慕蓉提供）

1985年6月，在阿波羅畫廊辦個展，好友及出版人都來給予鼓勵。左起：隱地、席慕蓉、瘂弦、姚宜瑛、葉步榮。（席慕蓉提供／劉海北攝）

1985年冬，席慕蓉與新竹師範專科學校美術科學生於油畫課堂上合影。（席慕蓉提供）

1980年代，席慕蓉與女作家們聚會。前排右起：張曉風、席慕蓉、荊棘、李昂；後排右起：應鳳凰、季季、林海音、琦君、鐘麗慧、袁瓊瓊。（文訊·文藝資料研究及服務中心提供）

1980年代後期，席慕蓉與姐姐席慕德（右）合影於陽明山上。席慕蓉說姐姐雖是自幼修習聲樂，卻是她美術教育的啟蒙師。（席慕蓉提供）

1989年春，席慕蓉於新竹師院美術館辦畫展，與前來參觀的林懷民（左）合影。（席慕蓉提供）

1989年8月11日，席慕蓉首次返回蒙古原鄉前，先至德國波昂探望父親，與父親（左）於其住處陽臺合影。（席慕蓉提供／劉芳慈攝）

1989年8月，席慕蓉留影於張家口大境門外，腳下已是原鄉大地。（席慕蓉提供／王行恭攝）

1989年8月31日，席慕蓉姪子烏勒吉巴意日（中）與族人（右）在內蒙古邊界以哈達迎席慕蓉返鄉。（席慕蓉提供／王行恭攝）

1989年9月6日，首次造訪克什克騰草原上的希喇木倫河，俯首掬飲源頭水。（席慕蓉提供／王行恭攝）

1990年，席慕蓉與父親（左）攝於臺北天母周相露攝影工作室。（席慕蓉提供）

1991年4月，席慕蓉於臺北清韻藝術中心，與楚戈（中）、蔣勳（右）三人聯展，並出版《花季》畫冊。（席慕蓉提供／周相露攝）

1992年6月，席慕蓉於臺北清韻藝術中心辦個展，並出版《席慕蓉作品集——涉江采芙蓉》畫冊。（席慕蓉提供／周相露攝）

2002年春，席慕蓉與劉海北（右）合影於淡水自宅後院。（席慕蓉提供／李惠玲攝）

2003年秋，席慕蓉於呼倫貝爾的大興安嶺上，與前來接引的騎士們相遇。（席慕蓉提供／護和攝）

2003年9月，席慕蓉赴大興安嶺探望因被動遷居而受困的使鹿鄂溫克人，與獵戶之一的中妮浩（右）合影於南潮查林場。（席慕蓉提供／護和攝）

2005年7月，席慕蓉赴新疆向衛拉特蒙古的學者巴岱賀壽，其間與盛裝的衛拉特蒙古女士們合影。（席慕蓉提供）

2005年10月6日，席慕蓉留影於內蒙古阿拉善盟的巴丹吉林沙漠。（席慕蓉提供／色・哈斯巴根攝）

2006年5月4日，席慕蓉於波蘭首都訪問華沙大學東方研究所的G.Tulisow教授。G.Tulisow教授祖籍在俄國，但本身也有韃靼血統。（席慕蓉提供／彭玫玲攝）

2007年5月，席慕蓉初訪使鹿鄂溫克人的精神領袖女獵人瑪利亞．索（前排右四），並與她的族人與友人們合影。（席慕蓉提供）

2007年5月，席慕蓉與衛拉特蒙古的學者巴岱（右）同遊新疆的交河古城。（席慕蓉提供／趙紅攝）

2007年7月16日，席慕蓉演講〈丹僧叔叔——一個喀爾瑪克蒙古人的一生〉，為額濟那旗的土爾扈特蒙古人講述三百多年前，他們的祖先從新疆故土遷徙到中亞大草原之後的遭遇。席慕蓉自認是最必要的一次講述。（席慕蓉提供）

2012年12月15日，席慕蓉於臺東美術館辦的畫展開幕，與友人合影。左起：陳錦忠、張基義、席慕蓉、邵玉銘、陳永賢。（席慕蓉提供）

2013年5月25日，席慕蓉參加於紀州庵文學森林舉行的「臺灣現代詩外譯展」開幕活動。右起：林為正、周伯乃、陳黎、席慕蓉、李瑞騰、封德屏、金尚浩、喬林、趙玉明。（文訊．文藝資料研究及服務中心提供）

2013年6月10日，席慕蓉在臺北與瘂弦（右）合影。（席慕蓉提供／廖志峰攝）

2013年9月，席慕蓉於北京中央民族大學蒙古語言文學系演講後，與致力保存蒙古文化的學生們合影。（席慕蓉提供／陳素英攝）

2014年8月1日，席慕蓉在克什克騰草原上追尋蒙古馬的生活足跡。
（席慕蓉提供／李景章攝）

我的爱人 是那刚消逝的夏季
是暴雨滂沱
是刚哭過的記憶

他來尋我時 尋我不到
因而汹湧着哀伤
他走了以後 我才醒來
把含着淚的三百篇詩 寫在
那逐漸雲淡風輕的天上

〈彩虹的情詩〉
1981.1.15

1981年1月，席慕蓉收錄於《七里香》裡詩作〈彩虹的情詩〉的手稿。（2017年重抄，席慕蓉提供）

NO. 1.

霧裏的心情

席慕蓉

我彷彿走在霧裏。

我知道在我週遭是一個無边無際遼濶深遠的世界，可是我總是沒有辦法能夠看到它的全貌，除了就在我眼前的小小角落以外，其他的就都只能隱約的感覺出一些模糊的輪廓了。

我有点害怕，也有点遲疑，但是也实实在在地覺得欢喜，因為，我知道，我正在逐漸往前走去。

因為，在我前面，在我一時還無法觸及的前方，偶尔有呼声遠遠傳來。那是好些人從好些不同的角落傳來的声音，是一種充滿了欢喜和讚嘆的声音，彷彿在告訴我，那前面的世界，那個就在我前面可是我此刻却還無法看到的世界，在每一個峯迴路轉的地方，有着怎樣令人目眩神迷不得不驚呼起來的美景啊！

我羡慕那些声音，也感激那些正在欢呼的心靈，是他們在帶引我和鼓勵我逐漸往前走去。當然，因為是在霧裏，也因為路途上種種的遲疑，使我不一定能夠到達他們曾經站立、曾

席慕蓉稿箋 25×20=500

1984年10月，席慕蓉發表於《文訊》第14期〈霧裡的心情〉的手稿，談述其文學觀念。（文訊·文藝資料研究及服務中心提供）

NO. 1.

最後一課　席慕蓉

在那天下午的課堂上，溥老師拿起筆在白色的稿紙上給我寫下了一個字：

「璞」。

然後他向周圍圍攏著看他寫字聽他講課的同學們說：

「我剛才的意思是說這位女同學是一塊璞，要琢磨之後才能顯出裏面的玉質來。」

全班同學都起鬨地叫了起來，還有人假裝嫉妒地對我揮拳作勢，站在老師前面，我心裏卻在忽然間像是有些什麼東西刺了進去一樣。

那是我大學四年級的上學期，溥老師因為黃君璧主任的再三邀請，終於答應來給我們上一年課。老師每次來，都先要我們寫詩給他看，班上同學對作詩填詞都沒有興趣，於是，我就變成了每次被他們拿來應付老師唯一能交得出作業的那一個。

那天好像是老師最後一次給我們上課，以後就因為身體不好，不再來學校了。病中還叫一位同學轉交了幾首詩給我，要我多看看，然後不久，就傳來了老師病逝的消息。

我因此一直沒能向老師說出我的感謝，也一直不能告訴老師，如果我真的是如老師所說

席慕蓉稿箋 25×20=500

1986年8月，席慕蓉發表於《文訊》第25期〈最後一課〉的手稿，述及溥心畬是影響其文學生命的關鍵人物。（文訊．文藝資料研究及服務中心提供）

藏在童年　藏在模糊的黃昏
藏在逐漸遠去的記憶裡
有些什麼　零乱而又散漫
正從路的盡頭低声向我呼喚

彷彿錯誤已經鑄成
卻沒有人肯承認
這就是我所能擁有的整整的一生

以一種多麼奇怪的方式進行
在溫暖而又甜蜜
卻又一直認作是異鄉的夜裡
流淚轉述著那些聽來的故事
從陌生的故鄉　從冰寒的历史

〈後記〉1989

1989年5月，席慕蓉收錄於《寫生者》（大雁書店的版本）裡詩作〈後記〉的手稿。（2019年新抄，席慕蓉提供）

這麼多年都已經過去了
縱使我的靈魂早已洞悉一切
為什麼 你給我的這份試卷
對我的筆 卻還是祕密
還是難以作答的謎題

這就是會落淚的原因嗎？

這一生的狂熱 一生的揮霍啊
在最後 只能示之以
無關的詩

〈試卷〉
2004.9.20

2004年9月，席慕蓉收錄於《我摺疊著我的愛》裡詩作〈試卷〉的手稿。（2017年重抄，席慕蓉提供）

窗外
——寫給錦媛

窗外
細雨使陽光成虹成霓

錦媛
在亂世
我們有沒有可能將憂傷和想念
折射成詩？

——2004.9.14初稿
2014.9.14修訂

2014年9月，席慕蓉詩作〈窗外——寫給錦媛〉手稿。（席慕蓉提供）

▶慢慢讀，詩

◎席慕蓉／詩．攝影

一首詩的進行

一首詩的進行
在可測與不可測之間

（譬如赴約
有時舟車順暢而又篤定
有時 卻是在出發之後
才能察覺 路上的
怎麼會是一條全然陌生的路徑）

彷彿已經超越了我們自身的
種種認知 超越了偽假和[illegible]
或者寂寞 或者憂傷
眼前是一片模糊的荒蕪
遠方 有光
卻是難以辨識的微弱光芒
「前往矣！」「前往矣！」
耳旁 不斷有聲音低低向我提醒

彷彿要攔阻我的前行
可是 那已經逝去了的一切時刻
不也都曾經分秒不差地
在我們的盼望和等待之中 微笑著
——翩然來臨
不也都是 曾經何其真實貼近
可觸摸可擁抱的擁有
即使成為灰燼 也是玫瑰的灰燼
即使深埋在流沙之下
也是曾經驚人的絕世繁華

（生命曾經綻放如花
如一季又復一季永不結束的盛夏
因而 今夜的我
並非再多有貪求）

我只想知道

是什麼 還在誘惑著我們
執意往詩中尋去
而出現在燈下的這些散亂的文字
究竟 又是由誰在控制

意念初始如野生的藤蔓 彼此糾纏
是忽隱忽現的族群 挪移不定
我摸索著慢慢穿過
那些被迷霧封鎖住的山林深處
聽見溪澗輕輕奔流跳躍的聲音
我的詩也逐漸成形 終於
來到了臨月當空的無垠曠野
才發現
在字裡行間等待著我的解讀的
原來是一封預留的書信
是來自遙遠時光裡的
一種 彷彿回音般的了解與同情

（直指我心啊 天高月明
曠野上 是誰讓我們重新認識
並且終於相信了
那一個 在詩中的自己）

據說 潮汐的起伏是由於月光
岩岸的侵蝕 大多是來自海浪
而我此刻腳步的遲疑躊躇 以及
心中欲望的依舊千迴百轉
能不能 也有個比較簡單的答案

是否 只因為
愛與記憶 曾經如此珍惜
才讓我們至今猶得以 得以
執筆？

西夏黑水城內，2007年。

2009年8月27日，席慕蓉發表於《聯合報．副刊》D3版詩作〈一首詩的進行〉之剪報，配上其攝影的「西夏黑水域內」照片，內容為閱讀齊邦媛《巨流河》的讀後感。（席慕蓉提供）

▶慢慢讀，詩

明鏡

——再寄呈齊老師

◎席慕蓉／文．攝影

您曾經說過：時間深邃難測，
用有限的文字去描繪時間真貌，
簡直是悲壯之舉，

而如今
文字加時間再乘以無儘的距離
遂成明鏡
如倒敘的影片 在瞬間
將一切反轉
才能含淚了然於所有的必然 以及
一生裡的 許多不得不如此的理由

縱使回到最初 面對的
仍是烽火漫天屍骸遍野的昨日
可是 鏡中與鏡前的閱讀人啊
卻怎麼也不能否認
那伴隨[illegible]於漂泊的另有一根金線
如文明之貫穿在天堂與地獄之間
有些領會 日夜在心
何等幽微 何等潔淨
或許有人會說 只因為在那時
生命曾經是
何等不可置信的美好與年輕

其實 明鏡既成
您就無需再作任何的回答
這一泓澄明如水的鑑照
正是沉默的宣示 向世間昭告
歷經歲月的反覆推磨之後
生命的本質 如果依然無損
就應該是 近乎詩

——8月27日在《聯副》發表的〈一首詩的進行〉，由於沒有先給齊邦媛教授過目，所以未敢加註。想不到發表之後，齊老師竟來電話相詢：「這首詩是寫給我的吧？」果然，詩心其實難以掩藏，得此肯定，我欣喜萬分。當下徵得齊老師的同意，以後收入詩集時，可以加上一個小標題：「寄呈齊老師」。因此，今天的這一首，就是「再寄呈齊老師」了。兩首新詩，都是讀了齊老師的《巨流河》之後寫成的。

漢代烽燧——新疆庫車縣外。

2009年10月24日，席慕蓉發表於《聯合報．副刊》D3版的詩作〈明鏡——再寄呈齊老師〉之剪報，配上其攝影的「漢代烽燧——新疆庫車縣外」照片，內容為閱讀齊邦媛《巨流河》的讀後感。（席慕蓉提供）

除你之外

除你之外
無人願意相信 那恆久的
且又必須時時變動消亡的存在

除你之外
無人願意原諒
這謹小慎微卻又總是渴望能夠為了什麼
去揮霍殆盡的 我的一生

除你之外 無人見過
那曾經迫使我流著淚仰望的
何等奢華何等浩瀚的星空
無人來過
我曾經那樣悸動著的心中

除你之外
無人知曉那一處曠野的存在
是的 除你之外啊 除你之外

席慕蓉

—2015.4.18

2015年4月18日，席慕蓉詩作〈除你之外〉手稿。（文訊．文藝資料研究及服務中心提供）

寫一首詩 席慕蓉

寫一首詩 或許
無助於揭露生命的真相
倘若答案都早已由他人制定妥當
寫詩的我们 只能靜靜轉身
作別 隱入那朦朧的光

或許 一首詩最好活在边緣
在暮色深處
等待多年之後有人重新撿起
方才開始凝神 細讀

那時 所有的過往都已奔流在川上
唯有 唯有一首詩
可以因它的猶疑它的躊躇它的萬般牽連
而 擱淺……
在我或你的眼前 腳下
在那荒涼寂靜 礫石滿布的岸边

2019.8.18

2019年8月，席慕蓉詩作〈寫一首詩〉手稿。（席慕蓉提供）

輯二◎生平及作品

小傳◎作品◎年表

小傳

席慕蓉（1943～）

席慕蓉，女，蒙古語名穆倫・席連勃，筆名夏采、蕭瑞、穆倫、千華、漠容，另有英文名 Hsi Muren，籍貫蒙古察哈爾盟明安旗，1943 年 11 月 12 日（農曆 10 月 15 日）生於四川重慶，1949 年遷至香港，1954 年來臺。

省立臺北師範學校（今臺北教育大學）藝術科畢業、師範大學藝術系（今臺灣師範大學美術學系）學士、比利時布魯塞爾皇家藝術學院（Académie Royale des Beaux-Arts de Bruxelles）碩士。曾任教於新竹師範專科學校（先改制為新竹教育大學，後併入清華大學）美術科、東海大學美術系。

1976 年以〈生日蛋糕〉獲第一屆《聯合報》小說獎佳作、1981 年以〈出塞曲〉獲第五屆金鼎獎唱片類歌詞獎、1987 年以《時光九篇》獲第 11 屆中興文藝獎章新詩獎、1992 年以《河流之歌》獲 81 年度金鼎獎優良圖書推薦獎、2011 年以〈盼望〉獲第 22 屆金曲獎最佳作詞人獎、2012 年獲第 53 屆中國文藝協會文學類榮譽文藝獎章、以〈餘生〉獲《臺灣詩選》2013 年度獎、以《寫給海日汗的 21 封信》獲「2013 年中華文化人物」，亦曾獲布魯塞爾皇家藝術學院最佳優等第一獎（Premier Prix Avec La Plus Grande Distinction）、比利時王國金牌獎（“Médaille d’or de La Royaume de Belgique”）、歐洲美協兩項銅牌獎（Conseil Européen d’Art et Esthetique, Syndicat d’initiative de La Ville de Bruxelles）等。

席慕蓉創作文類以詩為主，兼及論述、散文、傳記等。其詩清麗流暢，擅以細柔的筆句表現夢、時間、回憶、生死等象徵性概念。創作所及，不僅止於自我對話，更隱含心靈成長，追求自我歷史的完整性，如詩集《無怨的青春》、《我摺疊著我的愛》。散文方面，筆法擅用複疊句型，使文章呈現舒緩的韻律節奏，如〈槭樹下的家〉、〈夏天的夜晚〉，充滿田園式的牧歌情調。

1989 年因兩岸開放，首次踏上蒙古草原，受到原鄉感動。蔣勳談初返鄉後的席慕蓉：「一說起蒙古就要哭，像許多人一樣激動，迫不及待，要講述自己，講述別人不知道的自己。」此後席慕蓉開始頻繁回鄉，尋訪蒙古文化的足跡，如《金色的馬鞍》、《諾恩吉雅：我的蒙古文化筆記》。除了散文記述，2002 年詩集《迷途詩冊》到 2011 年詩集《以詩之名》，都是為父祖及故鄉蒙古寫的詩。歷經時光淬煉，詩境飽含生命厚度，詩風更趨沉穩冷凝，情感與哲思相互收攝。如詩作〈父親的草原母親的河〉、〈英雄博爾朮〉，充滿對原鄉的深刻情思。

文學創作之外，席慕蓉的繪畫自成一格，狂野與秀麗並馳，充滿藝術家的生命刻度；此外，長年大量閱讀蒙古文學、歷史作品，踏查原鄉風土，行旅世界角落，以詩人、畫家身分，參與原鄉文化保存，不斷地以演講、書寫實踐土地關懷。

席慕蓉曾言：「詩，不可能是別人，只能是自己。這個自己，和生活裡的角色不必一定完全相稱，然而卻絕對是靈魂的全部重量，是生命最逼真精確的畫像。」這印證了席慕蓉創作為何總能用最簡單的筆法讓讀者產生共鳴，真摯的情感深入人心。她更無炫技的心思，一心只為自身書寫，正因為如此，作品中細膩的感懷讀來餘韻不絕。詩人蕭蕭亦描繪席慕蓉「不受誰影響，看不出任何古今詩人的影子，她的詩是一個獨立的世界，自生自長，自圖自詩，不知有漢，無論魏晉，是詩國一處獨立自存的桃花源」。

作品目錄及提要

【論述】

心靈的探索

臺北：自印
1975年8月

（今查無藏本）。

雷射藝術導論

臺北：中華民國雷射推廣協會
1982年12月，25開，78頁

本書以雷射光作為現代藝術的表現及創作工具為主題，介紹其歷史背景、雷射繪畫的研究與設計，以及全像攝影的攝製方法。全書計有：1.引言；2.雷射與雷射光；3.雷射藝術發展的歷史背景；4.雷射光藝造形；5.光學轉換等七章。正文後有〈參考書目〉。

【詩】

大地出版社 1981

七里香

臺北：大地出版社
1981年7月，32開，193頁
萬卷文庫101

臺北：圓神出版社
2000年3月，32開，228頁
圓神叢書294

全書分「七里香」、「千年的願望」、「流浪者之歌」、「蓮的心事」、「重逢」、「囚」、「彩虹的情詩」、「隱痛」、「美麗的時刻」

圓神出版社 2000

九部分，收錄〈七里香〉、〈成熟〉、〈一棵開花的樹〉、〈古相思曲〉、〈渡口〉等 63 首。正文前有張曉風〈江河〉，正文後有席慕蓉〈後記——一條河流的夢〉。
2000 年圓神版：正文與 1981 年大地版同。正文前新增席慕蓉〈生命因詩而甦醒——新版序〉，正文後新增七等生〈席慕蓉的世界——一位蒙古女性的畫與詩〉、〈席慕蓉書目〉。

大地出版社 1983

圓神出版社 2000

無怨的青春

臺北：大地出版社
1983 年 2 月，32 開，207 頁
萬卷文庫 121

臺北：圓神出版社
2000 年 3 月，32 開，227 頁
圓神叢書 295

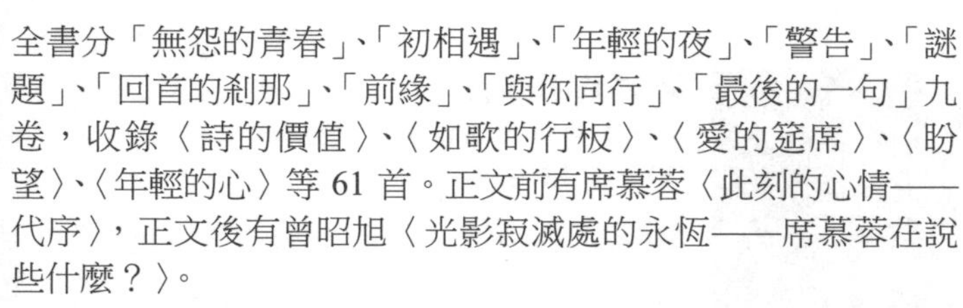
全書分「無怨的青春」、「初相遇」、「年輕的夜」、「警告」、「謎題」、「回首的剎那」、「前緣」、「與你同行」、「最後的一句」九卷，收錄〈詩的價值〉、〈如歌的行板〉、〈愛的筵席〉、〈盼望〉、〈年輕的心〉等 61 首。正文前有席慕蓉〈此刻的心情——代序〉，正文後有曾昭旭〈光影寂滅處的永恆——席慕蓉在說些什麼？〉。
2000 年圓神版：正文與 1983 年大地版同。正文前新增席慕蓉〈生命因詩而甦醒——新版序〉，正文後新增蕭蕭〈青春無怨新詩無怨〉、〈席慕蓉書目〉。

爾雅出版社 1987

時光九篇

臺北：爾雅出版社
1987 年 1 月，32 開，199 頁
爾雅叢書 199

臺北：圓神出版社
2006 年 1 月，32 開，223 頁
圓神文叢 033

全書分「詩的成因」、「長路」、「懸崖菊」、「霧起時」、「時光的復仇」、「良夜」、「子夜變歌」、「在黑暗的河流上」、「夏夜的傳說」九部分，收錄〈詩的成因〉、〈生命的邀約〉、〈蛻變的過程〉、〈真相〉、〈無心的錯失〉等 50 首。正文後有席慕蓉〈願望——後記〉、〈席慕蓉書目〉。

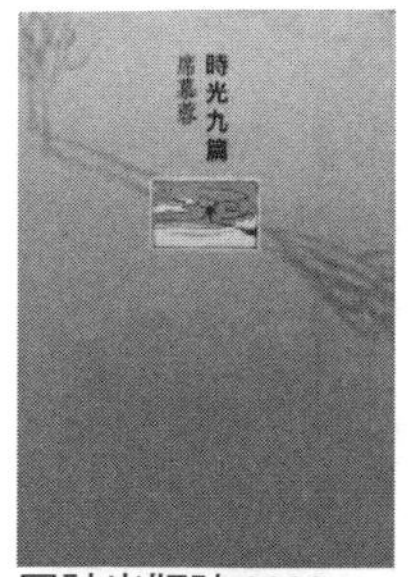

圓神出版社 2006

2006 年圓神版：正文與 1987 年爾雅版同。正文後新增席慕蓉〈長路迢遙——新版後記〉。

席慕蓉詩選

呼和浩特：內蒙古人民出版社
1991 年 5 月，13.9×20 公分，239 頁
齊・莫爾根、特・官木扎布譯

本書文字為回鶻體蒙文。全書分「《七里香》」、「《無怨的青春》」、「《時光九篇》」三部分，收錄〈七里香〉、〈成熟〉、〈一棵開花的樹〉、〈古相思曲〉、〈渡口〉等 131 首。正文前有席慕蓉〈一條河流的夢〉（原為《無怨的青春》後記，譯者在此譯本中挪為代序）、齊・莫爾根、特・官木扎布〈譯序〉。

臺灣東華書局公司 1992

三聯書店 1994

河流之歌——席慕蓉詩作自選集

臺北：臺灣東華書局公司
1992 年 6 月，21×19.5 公分，201 頁

北京：三聯書店
1994 年 2 月，12.9×20.1 公分，197 頁

全書分「請柬」、「謝函」、「憂思」三部分，收錄〈請柬〉、〈鳶尾花〉、〈秋來之後〉、〈歷史博物館〉、〈短箋〉等 62 首。正文前有蔣勳〈序——一代的心事〉，正文後有席慕蓉〈後記——反省與回顧〉、附錄〈詩作索引〉、〈作者年表〉、〈書目〉。
1994 年三聯版：正文刪去〈高高的騰格里〉、〈三千死者〉二首，正文後刪去〈書目〉。

時間草原

上海：上海文藝出版社
1997 年 7 月，13.8×20.1 公分，459 頁
臺港暨海外華語作家自選文庫
肖關鴻策畫

本書集結《七里香》、《無怨的青春》、《時光九篇》及當時甫發表尚未結集的詩作。全書分「七里香」、「無怨的青春」、「時光九篇」、「請柬」四輯，收錄〈七里香〉、〈成熟〉、〈一棵開花的樹〉、〈古相思曲〉、〈渡口〉等 229 首。正文後附錄張曉風〈江河〉、汪其楣〈朋友的信〉、席慕蓉〈願望〉。

爾雅出版社 1999

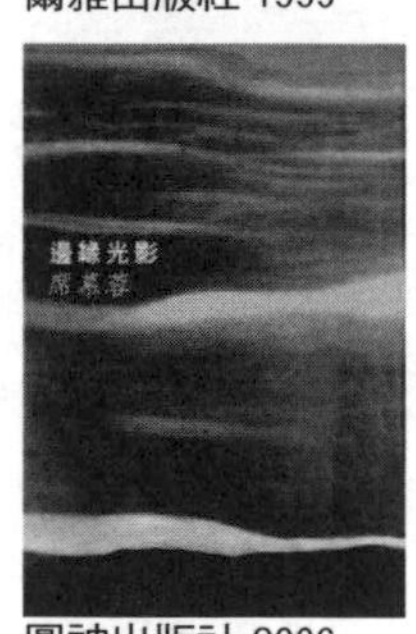

圓神出版社 2006

邊緣光影

臺北：爾雅出版社
1999 年 5 月，25 開，207 頁
爾雅叢書 327

臺北：圓神出版社
2006 年 4 月，32 開，245 頁
圓神文叢 034

全書分「鷹」、「海鷗」、「野薑花」、「綠繡眼」、「鳶尾花」、「鹽漂浮草」、「蝴蝶蘭」七篇，收錄〈鷹〉、〈詩的蹉跎〉、〈靜夜讀詩〉、〈借句〉、〈背叛的心〉等 69 首。正文前有席慕蓉〈序言〉，正文後附錄王鼎鈞〈由繁花說起〉、亮軒〈為「寫生者」畫像——看席慕蓉的畫〉、〈席慕蓉書目〉。
2006 年圓神版：正文與 1999 年爾雅版同。正文後新增席慕蓉〈長路迢遙——新版後記〉。

席慕蓉．世紀詩選

臺北：爾雅出版社
2000 年 5 月，25 開，145 頁
爾雅叢書 508

本書選自《七里香》、《無怨的青春》、《時光九篇》、《邊緣光影》部分作品。全書分「《七里香》」、「《無怨的青春》」、「《時光九篇》」、「《邊緣光影》」四卷，收錄〈一棵開花的樹〉、〈青春之一〉、〈青春之二〉、〈七里香〉、〈銅版畫〉等 62 首。正文前有蕭蕭〈「世紀詩選」編輯弁言〉、〈席慕蓉小傳〉、席慕蓉手稿、〈席慕蓉詩話〉、王鼎鈞〈由繁花說起〉、陳素琰〈不敢為夢終成夢——席慕蓉的藝術魅力〉，正文後有〈席慕蓉書目〉、〈席慕蓉評論索引（部分）〉。

Across the Darkness of the River（穿越黑暗的河流）

哥本哈根、洛杉磯：Green Integer
2001 年，10.7×15.2 公分，79 頁
The Taiwanese Modern Literature Series．Green Integer 38
張錯編；張淑麗譯

全書收錄“An Invitation”、“Seven Miles of Fragrance”、A Lithograph”、“If”等 30 首。正文前有 Dominic Cheung “Preface”、Chang Shu-li“Introduction”。

夢中戈壁

北京：民族出版社
2002 年 1 月，13.9×20.1 公分，141 頁

本書為中文、蒙文對照。全書分「野馬」、「美麗新世界」、「留言」三輯，收錄〈鄉愁〉、〈高速公路的下午〉、〈出塞曲〉、〈狂風沙〉、〈長城謠〉等 53 首。正文前有圖片集、席慕蓉〈追尋夢土〉、〈美夢成真——序〉，正文後附錄席慕蓉〈異鄉的河流〉。

圓神出版社 2002

圓神出版社 2006

迷途詩冊

臺北：圓神出版社
2002 年 7 月，25 開，191 頁
圓神叢書 372

臺北：圓神出版社
2006 年 4 月，32 開，197 頁
圓神文叢 025

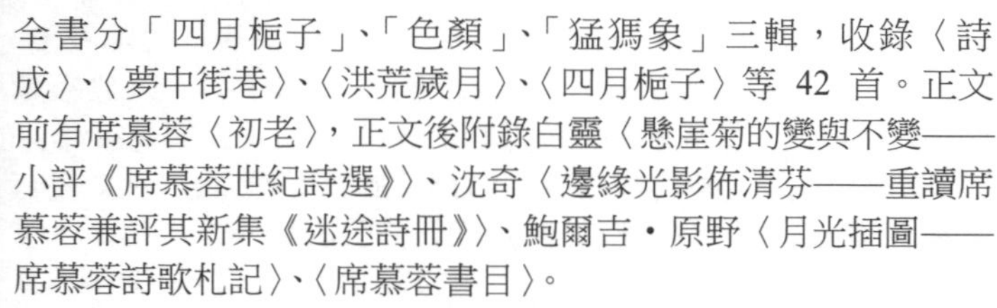

全書分「四月梔子」、「色顏」、「猛獁象」三輯，收錄〈詩成〉、〈夢中街巷〉、〈洪荒歲月〉、〈四月梔子〉等 42 首。正文前有席慕蓉〈初老〉，正文後附錄白靈〈懸崖菊的變與不變——小評《席慕蓉世紀詩選》〉、沈奇〈邊緣光影佈清芬——重讀席慕蓉兼評其新集《迷途詩冊》〉、鮑爾吉・原野〈月光插圖——席慕蓉詩歌札記〉、〈席慕蓉書目〉。
2006 年圓神版：正文與 2002 年圓神版同。正文後新增席慕蓉〈長路迢遙——新版後記〉。

我摺疊著我的愛

臺北：圓神出版社
2005 年 3 月，32 開，211 頁
圓神文叢 015

全書分「鯨・曇花」、「素描簿」、「兩公里的月光」三輯，收錄〈南與北〉、〈亂世三行〉、〈初版〉、〈回函〉等 42 首。正文前有席慕蓉〈代序——關於揮霍〉，正文後附錄哈達奇・剛〈摺疊著的愛——讀席慕蓉近作〉、楊錦郁〈一條新生的母河——閱讀席慕蓉〉、席慕蓉〈後記〉、〈席慕蓉書目〉。

契丹のバラ：席慕蓉詩集（契丹的玫瑰：席慕蓉詩集）

東京：思潮社
2009 年 2 月，32 開，186 頁
台湾現代詩人シリーズ 7
池上貞子編譯

全書分「『七里香』より」、「『悔いなき青春』より」、「『時光九篇』より」、「『周縁の光と影』より」、「『迷いの詩』より」、「『わたしはわたしの愛を折りたたんでいる』より」六部分，收錄「七里香」、「花咲ける樹」、「渡し場」、「あなたへの歌」、「青春　之一」等 73 首。正文前有席慕蓉「執筆の欲望　序に代えて——池上貞子に」，正文後有「席慕蓉年譜」、池上貞子「訳者後記」。

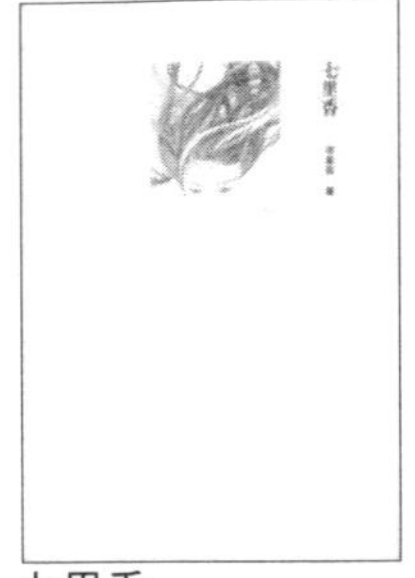
七里香

無怨的青春

時光九篇

邊緣光影

迷途詩冊

我摺疊著我的愛

席慕蓉詩集

北京：作家出版社
2010 年 9 月，32 開
席慕蓉詩集 1：《七里香》，141 頁
席慕蓉詩集 2：《無怨的青春》，145 頁
席慕蓉詩集 3：《時光九篇》，131 頁
席慕蓉詩集 4：《邊緣光影》，144 頁
席慕蓉詩集 5：《迷途詩冊》，138 頁
席慕蓉詩集 6：《我摺疊著我的愛》，133 頁

收錄圓神版 2000 年《七里香》、《無怨的青春》，2006 年《時光九篇》、《邊緣光影》、《迷途詩冊》，2005 年《我摺疊著我的愛》成套，共六冊。正文前皆有席慕蓉〈出版前言〉、席慕蓉簡介、照片。〈出版前言〉依各冊收錄內容而略有不同。《邊緣光影》正文刪去〈昏迷〉、〈高高的騰格里〉。《迷途詩冊》正文後刪去沈奇〈邊緣光影佈清芬——重讀席慕蓉兼評其新集《迷途詩冊》〉，新增陳素琰〈不敢為夢終成夢——席慕蓉的藝術魅力〉。

圓神出版社 2011

以詩之名

臺北：圓神出版社
2011 年 7 月，32 開，303 頁
圓神文叢 107

北京：作家出版社
2011 年 9 月，新 25 開，178 頁

本書結集之詩大部分寫成於 2005 年以後，亦有未發表及未曾收錄於詩集之舊作。全書分「執筆的欲望」、「最後的摺疊」、「旦暮之間」、「雕刀」、「霧裡」、「浪子的告白」、「以詩之名」、「聆聽〈伊金桑〉」、「英雄組曲」九篇，收錄〈時光長

作家出版社 2011

卷〉、〈執筆的欲望〉、〈一首詩的進行〉、〈明鏡〉、〈寒夜書案〉等 61 首。正文前有席慕蓉〈回望——自序〉，正文後附錄三木直大著；謝蕙貞譯〈席慕蓉詩有感〉、李瑞騰〈詩就是來自曠野的呼喚——論席慕蓉之以詩談詩〉、林文義〈地平線〉。

2011 年作家出版社版：本書以 2011 年圓神版為基礎，其中〈塔克拉瑪干〉、〈夢中篝火〉、〈「退牧還草」？〉、〈熱血青春〉、〈他們的聲音〉、〈英雄噶爾丹〉六首詩從略收錄。

圓神出版社 2016

作家出版社 2018

除你之外

臺北：圓神出版社
2016 年 3 月，32 開，265 頁
圓神文叢 179

北京：作家出版社
2018 年 8 月，新 25 開，147 頁

全書分「自敘」、「初心」、「軌道上」、「餘生」、「英雄組曲（二）」五篇，收錄〈自敘〉、〈偶得——之一〉、〈偶得——之二〉、〈五月的沼澤〉等 31 首。正文內附錄陳育虹〈線條——給慕蓉〉、吳晟〈為了美——敬致席慕蓉〉、林文義〈致：席慕蓉〉、陳克華〈你的族人——寫給席慕蓉〉、滿全〈大雁的傳說——致席慕蓉〉，正文前有向陽〈代序——我想叫她穆倫・席連勃〉，正文後有瘂弦〈代跋〉、席慕蓉〈後記——海馬迴〉、〈謝啟〉。

2018 年作家出版社版：本書以 2016 年圓神版為基礎，「英雄組曲（二）」更名為「英雄組曲」，正文刪去吳晟〈為了美——敬致席慕蓉〉、席慕蓉〈大地哀歌——寫給一位孤獨的詩人〉、〈有人問我草原的價值〉、〈我家隔壁〉、〈《沒有墓碑的草原》〉、〈伊赫奧仁〉、滿全〈大雁的傳說——致席慕蓉〉。

Il fiume del tempo（時間的河流）

羅馬：CASTELVECCHI
2016 年，25 開，139 頁
Rosa Lombardi 譯

本書為中、義文對照，收錄席慕蓉創作於 1959 至 2009 年之詩作。全書收錄〈成熟〉、〈千年的願望〉、〈邂逅〉、〈夏日午後〉、〈銅版畫〉等 54 首。正文前有 Rosa Lombardi“Il fenomeno Xi Murong a Taiwan e in Cina”、“Nota”，正文後有“Bibliografia”、“Note”。

席慕蓉詩集

北京：作家出版社
2016 年 9 月，32 開
席慕蓉詩集 1：《七里香》，141 頁
席慕蓉詩集 2：《無怨的青春》，145 頁
席慕蓉詩集 3：《時光九篇》，131 頁
席慕蓉詩集 4：《邊緣光影》，144 頁
席慕蓉詩集 5：《迷途詩冊》，138 頁
席慕蓉詩集 6：《我摺疊著我的愛》，133 頁
席慕蓉詩集 7：《以詩之名》，169 頁

共七冊。為 2010 年作家出版社「席慕蓉詩集」系列之精裝版，另新增第七冊《以詩之名》。《以詩之名》收錄 2011 年作家版，正文前新增席慕蓉〈出版前言〉、席慕蓉簡介、照片，正文後新增〈席慕蓉書目〉。

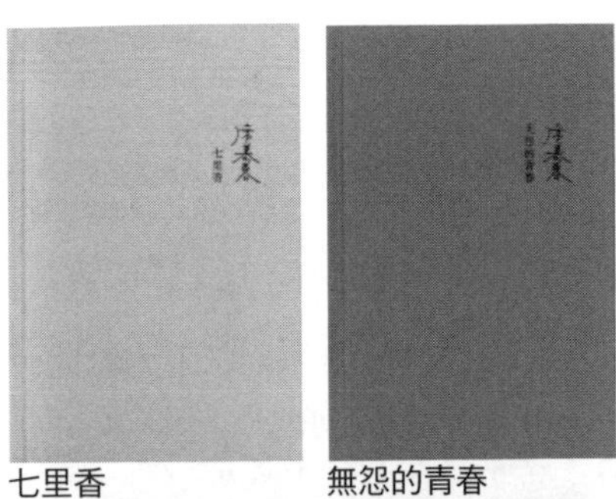

七里香　無怨的青春

時光九篇　邊緣光影

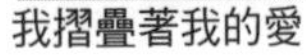

迷途詩冊　我摺疊著我的愛

以詩之名

七里香

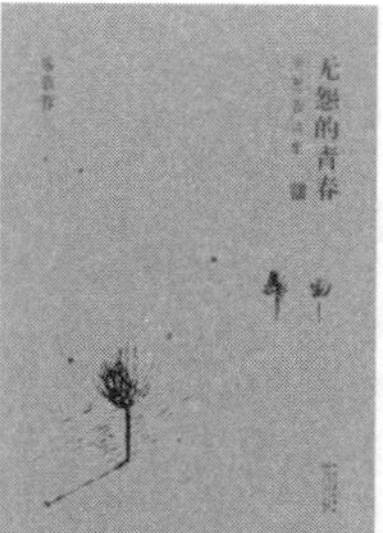

無怨的青春

時光九篇

邊緣光影

迷途詩冊

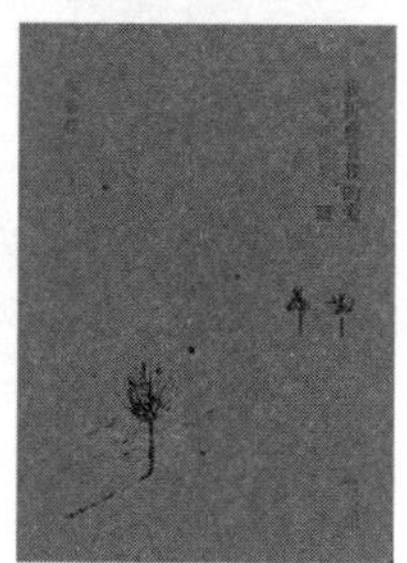
我摺疊著我的愛

以詩之名

席慕蓉詩集

武漢：長江文藝出版社
2017 年 9 月，25 開
席慕蓉詩集 1：《七里香》，152 頁
席慕蓉詩集 2：《無怨的青春》，174 頁
席慕蓉詩集 3：《時光九篇》，158 頁
席慕蓉詩集 4：《邊緣光影》，165 頁
席慕蓉詩集 5：《迷途詩冊》，154 頁
席慕蓉詩集 6：《我摺疊著我的愛》，153 頁
席慕蓉詩集 7：《以詩之名》，185 頁

內容與 2016 年作家出版社版相同。各冊封面重新設計，正文前新增席慕蓉〈詩的瞬間——代序〉，正文後增補〈席慕蓉書目〉。

【散文】

成長的痕跡

臺北：爾雅出版社
1982 年 3 月，32 開，291 頁
爾雅叢書 109

全書分「來時路」、「窗內」、「窗外」三部分，收錄〈想您，在夏日午後〉、〈無邊的回憶〉、〈舊日的故事〉等 27 篇。正文前有席慕蓉〈謙卑的心〉、席慕蓉〈回顧所來徑——自序〉，正文後附錄席慕蓉〈人生欣賞・欣賞人生〉、〈席慕蓉寫作年表及畫歷〉。

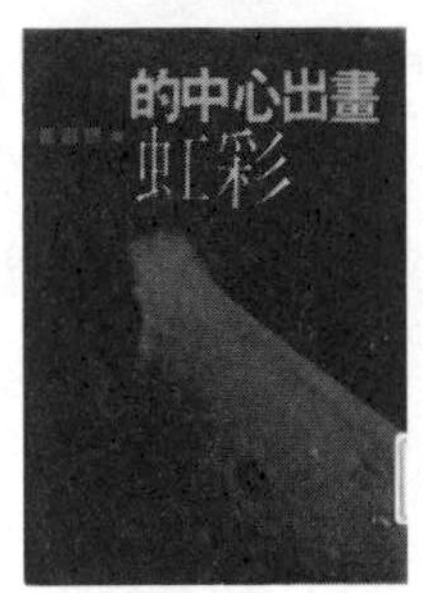

畫出心中的彩虹

臺北：爾雅出版社
1982 年 3 月，32 開，151 頁
爾雅叢書 110

本書結集作者在《女性》雜誌所執筆的「給年輕母親的信」專欄文章，內容以談述幼兒美術教育為主。全書收錄〈美的導師〉、〈大世界與小世界〉、〈講究色彩不是奢侈行為〉等 20 篇。正文前有席慕蓉〈前言〉，正文後有席慕蓉〈是與不是之間——後記〉、〈席慕蓉寫作年表及畫歷〉。

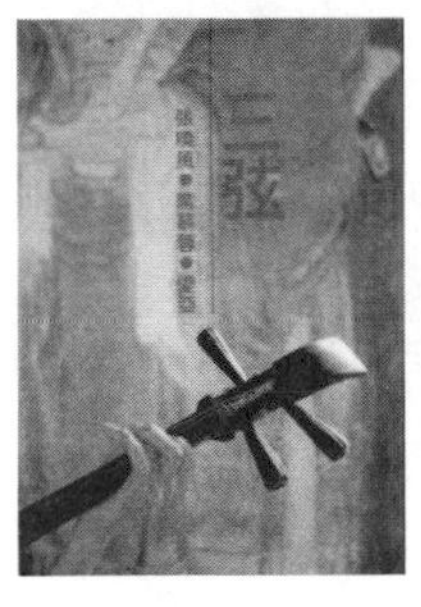

三弦（與張曉風、愛亞合著）

臺北：爾雅出版社
1983 年 7 月，32 開，227 頁
爾雅叢書 6

本書選輯張曉風、席慕蓉、愛亞三位作家之作品。全書分「弦之一《張曉風》」、「弦之二《席慕蓉》」、「弦之三《愛亞》」三部分，席慕蓉部分收錄〈母親最尊貴〉、〈窗前的青春〉、〈白色山茶花〉等 21 篇。正文前有蔣勳〈女曰雞鳴——序《三弦》〉。

有一首歌

臺北：洪範書店
1983 年 10 月，32 開，287 頁
洪範文學叢書 101

全書收錄〈楲樹下的家〉、〈夏天的日記〉、〈主婦生涯〉等 28 篇。正文前有瘂弦〈序〉，正文後有席慕蓉〈一束春花——後記〉。

同心集（與劉海北合著）

臺北：九歌出版社
1985 年 3 月，32 開，254 頁
九歌文庫 166

本書呈現出作者夫婦對社會的關心與熱愛，論情說理，兼具幽默與智性。全書分「之一：夫言」、「之二：情與理」、「之三：婦語」三部分，席慕蓉文章收錄〈紅單二記・記二〉、〈錯誤的目標〉、〈合群的必要〉等 22 篇。正文前有心岱〈淡泊、智慧與愛〉，正文後有席慕蓉〈後記一：鄉間的夜晚〉、劉海北〈後記二：「大器」晚成〉。

寫給幸福

臺北：爾雅出版社
1985 年 9 月，32 開，336 頁
爾雅叢書 168

全書分「初夏」、「流過的聲音」、「旁觀的心」、「筆記」、「意見書」、「短歌」、「千山之外」七輯，收錄〈有月亮的晚上〉、〈生命的滋味〉、〈淡淡的花香〉、〈燈火〉等 41 篇，每輯之始均附一篇引文。正文前有王文興〈序〉，正文後附錄夏祖麗〈一條河流的夢——席慕蓉訪問記〉、隱地〈席慕蓉〉。

信物

臺北：圓神出版社
1989年1月，25開，71頁
圓神叢書101

本書以荷花為主題，收錄作者書寫其觀荷、畫荷的記憶與經驗。正文前有席慕蓉〈短箋——代序〉，正文後有席慕蓉〈後記〉、〈席慕蓉畫歷〉。另有精裝版，內容與平裝版同，並附一枚以作者版畫製成的荷花藏書票。

大雁書店 1989

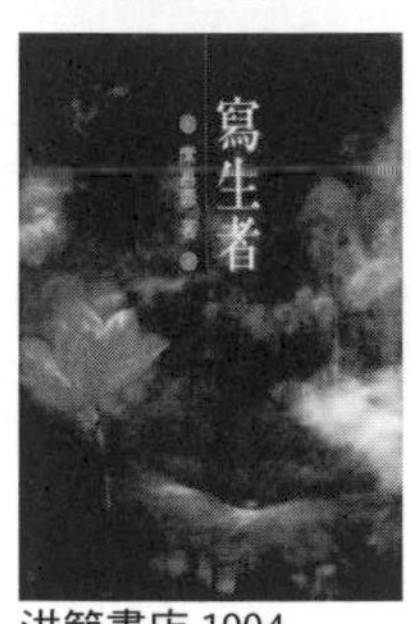

洪範書店 1994

寫生者

臺北：大雁書店
1989年3月，32開，241頁
大雁當代叢書2

臺北：洪範書店
1994年2月，32開，222頁
洪範文學叢書254

全書分七卷，收錄〈回首〉、〈軀殼〉、〈意象的暗記〉、〈山櫻〉等45篇。正文前有席慕蓉〈留言——寫給尼采的戴奧尼蘇斯（代序）〉，正文後附錄〈席慕蓉小傳〉及席慕蓉手跡。
1994年洪範版：正文與1989年大雁版同。正文後刪去〈席慕蓉小傳〉及席慕蓉手跡，新增席慕蓉〈界石——《寫生者》洪範版後記〉、〈附錄：席慕蓉書目〉。

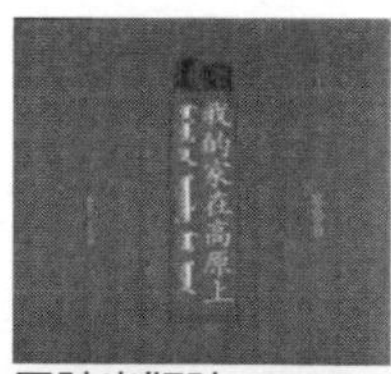
圓神出版社 1990

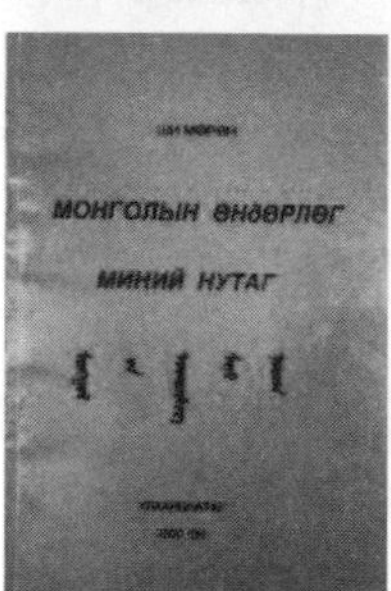
書藝出版社 2000

圓神出版社 2004

我的家在高原上

臺北：圓神出版社
1990 年 7 月，20.5×18.8 公分，201 頁
席慕蓉系列 3
王行恭攝影

蒙古：書藝出版社
2000 年 3 月，14×20.3 公分，111 頁
B．多利彥譯

臺北：圓神出版社
2004 年 1 月，25 開，237 頁
人文映象 005

本書內容為席慕蓉 1989 年首次回原鄉後所寫的見聞與感懷，並搭配王行恭攝影的照片。全書分「溯祖篇」、「追源篇」、「夢土篇」、「鴻雁篇」四部分，「溯祖篇」、「追源篇」、「夢土篇」收錄在蒙古的照片及文字記錄共 30 篇，「鴻雁篇」收錄散文〈還我河山〉、〈今夕何夕〉、〈薩如拉．明亮的光〉等十篇。正文前有席慕蓉〈序——我手中有筆〉，正文後有王行恭〈後記——回家真好！！〉、附錄尼瑪蒙譯〈今夕何夕〉。
2000 年書藝版：此譯本為息立爾蒙文。正文只收錄散文〈還我河山〉、〈今夕何夕〉、〈薩如拉．明亮的光〉等 12 篇，正文後刪去王行恭〈後記——回家真好！！〉、尼瑪蒙譯〈今夕何夕〉。
2004 年圓神版：正文刪去「溯祖篇」、「追源篇」、「夢土篇」。正文前新增席慕蓉〈譯者——新版新序〉，正文後刪去王行恭〈後記——回家真好！！〉、尼瑪蒙譯〈今夕何夕〉，新增席慕蓉〈騰格里沙漠〉、〈胡馬．胡馬〉、〈記憶〉、蒙古文化疆域略圖。

江山有待

臺北：洪範書店
1991 年 5 月，32 開，252 頁
洪範文學叢書 221

全書分三輯，收錄〈永遠的誘惑〉、〈劉家炸醬麵〉、〈美好的插圖〉等 22 篇。正文前有席慕蓉〈江山有待〉，正文後附錄王鼎鈞〈有書如歌〉、席慕蓉〈關於蒙古〉。

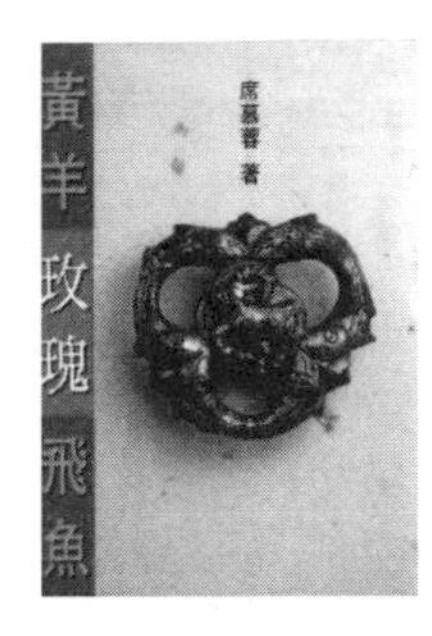

黃羊．玫瑰．飛魚

臺北：爾雅出版社
1996年8月，32開，298頁
爾雅叢書313

本書結集1989年發表於《聯合報・副刊》「四塊玉」專欄的16篇文章，以及1991年《江山有待》出版後的新作。全書分「塊玉與短歌」、「關於創作」、「寶勒根道海」三篇，收錄〈恍如一夢〉、〈蝶翅〉、〈透明的哀傷〉、〈河流與歌〉、〈泰姬瑪哈〉等62篇。正文前有席慕蓉〈自序〉，正文後附錄C.M.〈朋友的信之一〉、H.F.〈朋友的信之二〉、〈書目〉、〈年表〉。

大雁之歌

臺北：皇冠文化出版公司
1997年5月，新25開，246頁
皇冠叢書第二七〇三種・非小說文叢12

本書主要結集發表於《皇冠》「大雁之歌」專欄之文章。全書分「穹蒼、騰格里」、「少數和多數」二篇，收錄〈嘎仙洞〉、〈悲哉！大興安嶺〉、〈穹蒼、騰格里——敖包文化〉等18篇。正文前有圖片集、席慕蓉〈一如大雁〉、蒙古民族文化疆域略圖。

生命的滋味

上海：上海文藝出版社
1997年7月，13.8×20.1公分，392頁
臺港暨海外華語作家自選文庫
肖關鴻策畫

本書選錄之散文，偏重於席慕蓉在生命長路上的悲歡記憶。全書分「來時路」、「窗外」、「槭樹下的家」、「時光」、「悲歡之歌」五篇，收錄〈四季〉、〈愛的絮語〉、〈貓緣〉、〈海棠與花的世界〉、〈成長的痕跡〉等57篇。正文後附錄王鼎鈞〈有書如歌〉。

意象的暗記

上海：上海文藝出版社
1997 年 7 月，13.8×20.1 公分，363 頁
臺港暨海外華語作家自選文庫
肖關鴻策畫

本書選錄之散文，以小品為主，並有席慕蓉在創作上的經驗與省思文章。全書分九篇，收錄〈謙卑的心〉、〈母親最尊貴〉、〈窗前的青春〉、〈白色山茶花〉、〈幸福〉等 126 篇。正文後附錄席慕蓉〈界石〉、夏祖麗〈一條河流的夢——席慕蓉訪問記〉。

上海文藝 1997

作家出版社 2009

我的家在高原上

上海：上海文藝出版社
1997 年 7 月，13.8×20.1 公分，409 頁
臺港暨海外華語作家自選文庫
肖關鴻策畫

北京：作家出版社
2009 年 4 月，15.2×23 公分，296 頁

本書選錄之散文，記述席慕蓉的成長記憶，以及其於 1989 年第一次見到原鄉的感受，透過文字與攝影表現其心中夢土的美麗與豐饒。全書分「在那遙遠的地方」、「我的家在高原上」、「寶勒根道海」、「七個夏天」四篇，收錄〈有一首歌〉、〈無邊的回憶〉、〈飄蓬〉、〈飛鳥們〉等 41 篇。其中「我的家在高原上」以 1990 年圓神版「鴻雁篇」為基礎，刪去〈還我河山〉、〈「庫倫」和「烏蘭巴托」〉、〈松漠之國〉三篇。正文後附錄林東生〈三封信和一個故事〉、〈運氣與機緣〉、王行恭〈回家真好〉、H.F.〈朋友的信〉、瘂弦〈時間草原〉、〈書目〉。
2009 年作家出版社版：更名為《追尋夢土》。正文與 1997 年上海文藝版同。正文前新增席慕蓉〈追尋夢土〉。

與美同行——寫給年輕的母親

上海：文匯出版社
1999 年 12 月，14×20.2 公分，247 頁
大藝術書房叢書

本書收錄《畫出心中的彩虹》及其他談述「創作」的作品，其中有部分收錄自《意象的暗記》。全書分「畫出心中的彩虹」、「山芙蓉」、「畫幅之外的」三篇，收錄〈美的導師〉、〈大世界與小世界〉、〈講究色彩不是奢侈行為〉、〈畫出心中的彩虹〉等 47 篇。正文前有席慕蓉〈序言——與美同行〉，正文後附錄亮軒〈為「寫生者」畫像——看席慕蓉的畫〉、心岱〈淡泊、智慧與愛〉、劉海北〈貓路歷程〉、〈育兒記〉、〈家有「名妻」〉、席慕蓉〈鄉間的夜晚〉、〈席慕蓉書目〉。

金色的馬鞍

臺北：九歌出版社
2002 年 2 月，25 開，333 頁
九歌文庫 625

全書分「盛宴」、「今夕何夕」、「異鄉的河流」三輯，收錄〈盛宴〉、〈當赤鹿奔過綠野〉、〈薩拉烏素河〉、〈烏蘭哈達〉、〈紅山文化〉等 56 篇。正文內附錄圖版，正文前有席慕蓉〈金色的馬鞍〉，正文後附錄席慕蓉〈蒙古國與內蒙古自治區〉、尼瑪、巴圖其其格合著；哈達奇・剛摘錄中譯〈俄羅斯境內各蒙古國家概況〉、席慕蓉編〈歷史上胡、漢所建王朝對照表〉。

諾恩吉雅：我的蒙古文化筆記

臺北：正中書局
2003 年 2 月，16.5×21.4 公分，189 頁
Art 藝術館 5

全書分「我摺疊著我的愛」、「紅山的許諾」、「遲來的渴望」三篇，收錄〈白登之圍〉、〈野性與和諧〉、〈夏天的夜晚〉等 23 篇。正文文字搭配席慕蓉及其蒙古友人攝影的相片、與尼瑪合譯的薩滿教神歌，正文前有單小琳〈出版緣起——尋回美感經驗〉、席慕蓉〈諾恩吉雅——序〉，正文後附錄〈閱讀蒙古——小書單〉、〈攝影者簡介〉。

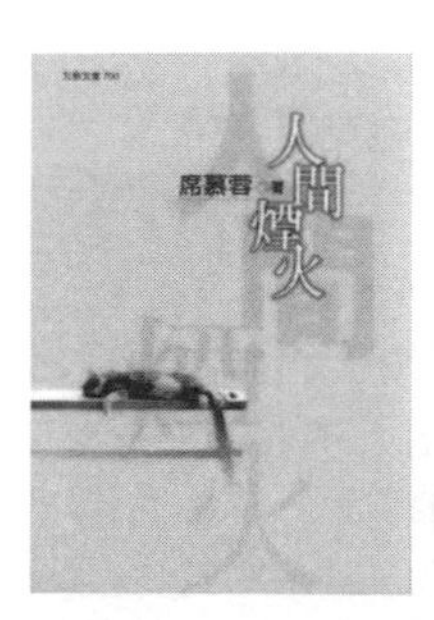

人間煙火

臺北：九歌出版社
2004 年 9 月，25 開，269 頁
九歌文庫 700

全書分「記憶廣場」、「秋天的晚上」、「劉家貓園」、「水彩課」、「有一首詩」五篇，收錄〈記憶廣場〉、〈貓緣〉、〈泉源〉、〈豐收〉等 33 篇。正文前有席慕蓉〈秋光幽微（自序）〉。

同心新集（與劉海北合著）

上海：三聯書店
2006 年 6 月，25 開，319 頁

本書收錄席慕蓉《人間煙火》、劉海北《人間光譜》。

寧靜的巨大

臺北：圓神出版社
2008 年 7 月，25 開，270 頁
圓神文叢 069

全書分「短歌」、「線索」、「對照集」、「高原札記」、「北方書簡」五輯，收錄〈琴聲〉、〈邂逅〉、〈偶遇〉、〈畫筆〉、〈孕婦〉等 52 篇。正文前有席慕蓉〈蒙文課——代序〉，正文後附錄鮑爾吉・原野〈長城之外的草香——讀《席慕蓉和她的內蒙古》所記觀感〉、陳丹燕〈讀書記〉。

新世紀散文家：席慕蓉精選集

臺北：九歌出版社
2010 年 2 月，25 開，383 頁
新世紀散文家 18
陳義芝主編

全書分「前塵」、「昨夜」、「此刻」三輯，收錄〈我的記憶〉、〈貓緣〉、〈成長的痕跡〉、〈蓮座上的佛〉、〈那串葡萄〉等 52 篇。正文前有陳義芝〈編輯前言〉、〈推薦席慕蓉〉、蔣勳〈寫給穆倫・席連勃——序《席慕蓉精選集》〉、席慕蓉〈席慕蓉散文觀〉，正文後有〈席慕蓉散文寫作年表〉、〈席慕蓉散文重要評論索引〉。

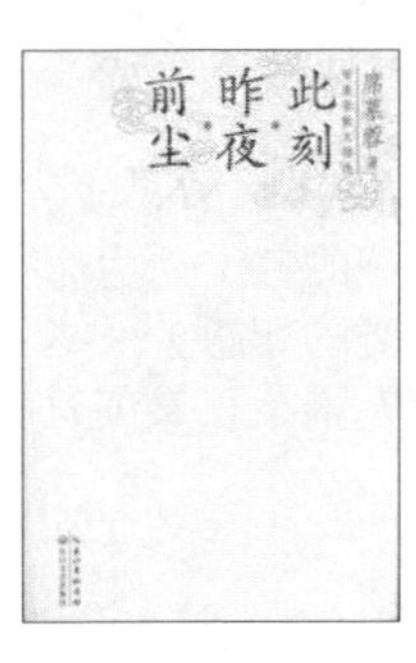

前塵・昨夜・此刻：席慕蓉散文精選

武漢：長江文藝出版社
2013 年 1 月，15×23 公分，351 頁

本書以臺灣九歌版陳義芝主編《新世紀散文家：席慕蓉精選集》為基礎，再增收二十餘篇作品。全書分「前塵」、「昨夜」、「此刻」三輯，收錄〈我的記憶〉、〈舊日的故事〉、〈無邊的回憶〉、〈四季〉、〈愛的絮語〉等 78 篇。正文前有陳義芝〈推薦席慕蓉〉、蔣勳〈寫給穆倫・席連勃——序《席慕蓉精選集》〉、席慕蓉〈作者序〉，正文後附錄〈席慕蓉散文寫作年表〉。

圓神出版社 2013

作家出版社 2015

寫給海日汗的 21 封信

臺北：圓神出版社
2013 年 9 月，18 開，235 頁
圓神文叢 147

北京：作家出版社
2015 年 6 月，18 開，261 頁

全書收錄〈闕特勤碑〉、〈刻痕〉、〈泉眼〉等 21 篇。正文前有賀希格陶克陶〈序——席慕蓉的鄉愁〉，正文後附錄席慕蓉〈鄉關何處〉、〈額濟納十年散記〉。
2015 年作家版：正文後刪去席慕蓉〈額濟納十年散記〉，新增席慕蓉〈後記——前篇與後續〉。

流動的月光

北京：作家出版社
2015 年 1 月，新 25 開，390 頁

全書分「短歌」、「關於揮霍」、「真相」、「春日行」、「草木篇」五輯，收錄〈琴聲〉、〈邂逅〉、〈偶遇〉、〈畫筆〉、〈孕婦〉等 66 篇。正文後附錄鮑爾吉・原野〈長城之外的草香——讀《席慕蓉和她的內蒙古》所記觀感〉、陳丹燕〈讀書記〉。

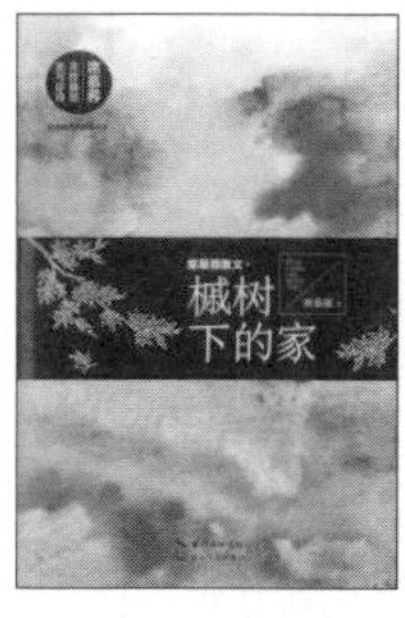

槭樹下的家

武漢：長江文藝出版社
2015 年 9 月，15×23 公分，322 頁

全書分「愛的絮語」、「達爾湖的晨夕」、「槭樹下的家」、「生命的滋味」、「悲歡之歌」五篇，收錄〈四季〉、〈愛的絮語〉、〈貓緣〉、〈海棠與花的世界〉、〈成長的痕跡〉等 57 篇。正文前有席慕蓉〈初版——序詩〉。

透明的哀傷

武漢：長江文藝出版社
2015 年 11 月，25 開，270 頁
名家散文經典精裝插圖版

全書分九篇，收錄〈謙卑的心〉、〈母親最尊貴〉、〈窗前的青春〉、〈白色山茶花〉、〈幸福〉等 125 篇。正文前有席慕蓉〈發光的字——序詩〉。

【傳記】

陳慧坤

臺北：藝術家出版社
1995 年 9 月，23.5×31 公分，247 頁
臺灣美術全集 17

全書主要分兩部分，「論文」收錄席慕蓉〈真山真水真畫圖——山川真貌的詮釋者〉，並附有該文之英、日文摘譯（席慕蓉、鄭世璠譯）；「圖版」收錄〈陳慧坤作品彩色圖版〉、〈陳慧坤作品寫生手稿〉、〈陳慧坤生平參考圖版〉、〈陳慧坤作品參考圖版〉，並附有劉振源〈陳慧坤作品圖版文字解說〉、顏娟英等〈陳慧坤年表及國內外藝壇記事、國內外一般記事年表〉。正文後有郭淑儀整理〈索引〉、〈論文作者簡介〉。

彩墨．千山．馬白水

臺北：雄獅圖書公司
2004 年 11 月，16 開，155 頁
美術家傳記叢書・雄獅叢書 18—056

本書以詳實細膩之筆，呈現馬白水的生命歷程及其藝術家風采。全書分「啟蒙」、「輾轉千里」、「美夢成真」、「寧靜致遠」四部分。正文前有〈32 位傳記作者——共譜臺灣美術家的心曲〉、席慕蓉〈夢中之夢〉，正文後有〈馬白水年表記事〉。

【日記】

2006／席慕蓉——1 至 6 月

臺北：爾雅出版社
2006 年 9 月，25 開，255 頁
日記叢書之 5・爾雅叢書 450

本書按月收錄席慕蓉 2006 年 1～6 月之日記。正文後有〈作者簡介〉。

2006／席慕蓉——7 至 12 月

臺北：爾雅出版社
2007 年 2 月，25 開，337 頁
日記叢書之 5‧爾雅叢書 199

本書按月收錄席慕蓉 2006 年 7～12 月之日記。正文後有〈作者簡介〉。

2006／席慕蓉（足本）

臺北：爾雅出版社
2007 年 3 月，25 開，634 頁
日記叢書之 5‧爾雅叢書 450

本書收錄《2006／席慕蓉——1 至 6 月》、《2006／席慕蓉——7 至 12 月》。正文後有席慕蓉〈後記〉、〈作者簡介〉。

【合集】

畫詩

臺北：皇冠雜誌社
1979 年 6 月，25×25.4 公分，79 頁

本書為詩、畫合集。全書分三部分，「歌」、「思」收錄詩作〈山月〉、〈給你的歌〉、〈十六歲的花季〉等 20 首；「線」收錄人體素描 12 幅。正文後有心岱〈跋〉。另有精裝版，內容與平裝版同，封面改為咖啡色。

山水：文人畫集與創作札記（與楚戈、蔣勳合著）

臺北：敦皇藝術公司
1987 年 5 月，21.2×29.1 公分，91 頁
敦煌藝叢之一
陳輝龍、陸緒光、劉海北攝影

本書為詩、散文、畫合集。全書分「楚戈」、「席慕蓉」、「蔣勳」三部分，「席慕蓉」收錄席慕蓉生活照相、〈席慕蓉的序詩〉、配畫之無題散文共五篇。正文前有蔣勳〈山水〉，正文後有張曉風〈溯游〉、〈三人簡歷〉。

在那遙遠的地方

臺北：圓神出版社
1988 年 3 月，20.5×18.8 公分，189 頁
林東生攝影

本書為詩、散文合集。全書分五部分，「出塞曲」收錄搭配照片的主題短文〈長河〉、〈湟水〉、〈湖泊〉、〈草原〉等 30 篇；「漂泊的湖」收錄詩作〈烏里雅蘇臺〉、〈祖訓〉、〈唐努烏梁海〉等 19 首；「飄蓬」、「舊日的故事」、「還鄉」收錄散文〈飄蓬〉、〈有一首歌〉、〈汗諾日美麗之湖〉等十篇。正文前有席慕蓉〈在那遙遠的地方〉，正文後附錄林東生〈四封信和一個故事〉、〈攝影後記之一——一個人在途中〉、〈攝影後記之二——運氣與機緣〉。

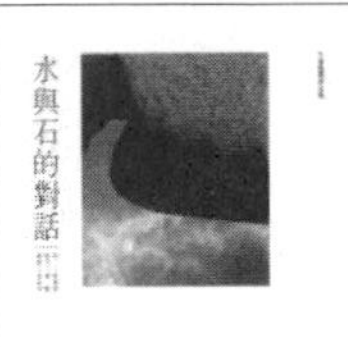

水與石的對話（與蔣勳、安世中合著）

花蓮：太魯閣國家公園員工消費合作社
1990 年 2 月，21.2×20 公分，107 頁
太魯閣國家公園解說教育叢書 8
安世中攝影

本書為詩、散文、攝影合集。全書分「席慕蓉詩卷」、「安世中寫真卷」、「蔣勳散文卷」三部分，「席慕蓉詩卷」收錄〈創作者〉、〈少年〉、〈刻痕〉等 18 首。正文前有徐國士〈序〉、蔣勳〈水與石的對話〉、席慕蓉〈前言〉。

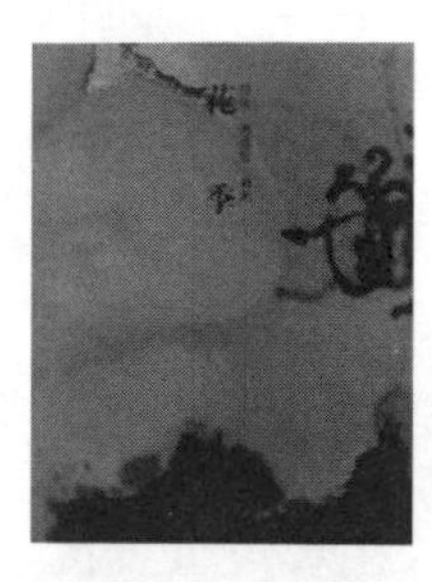

花季（與楚戈、蔣勳合著）

臺北：清韻國際公司
1991 年 4 月，22.8×30 公分，78 頁

本書為詩、散文、畫合集。全書分「楚戈」、「席慕蓉」、「蔣勳」三部分，「席慕蓉」收錄散文〈睡蓮〉、〈花之音〉、〈驛站〉、〈山中日課〉共四篇。

席慕蓉作品集——涉江采芙蓉

臺北：清韻國際公司
1992 年 6 月，23×30 公分，95 頁

本書為席慕蓉畫作、學者評論合集。全書收錄席慕蓉畫作〈夜荷〉、〈山月〉、〈人體〉、〈國恨〉等 32 幅、無題之素描淡彩 11 幅；顧獻樑〈席慕蓉繪畫評論〉、廖雪芳〈席慕蓉從繪畫到雷射〉、董雲霞〈紅顏情懷永如新——席慕蓉的詩畫人生〉、季季〈行走的樹——席慕蓉和她的畫〉、蔣勳〈夢上花趺坐〉、〈席慕蓉年表〉。

一日．一生

臺北：敦皇藝術公司
1997 年 11 月，29.6×18 公分，〔52〕頁

本書為詩、畫合集。全書收錄詩〈請柬〉、〈試驗〉、〈讓步〉等 21 首。

席慕蓉

臺北：圓神出版社
2002 年 12 月，26.7×33.6 公分，166 頁
圓神叢書 378

本書為散文、畫合集，並穿插相關照片。全書收錄散文〈本事〉、〈驛站〉共二篇。正文內附錄七等生〈席慕蓉的世界——一位蒙古女性的畫與詩〉、董雲霞〈紅顏情懷永如新——席慕蓉的詩畫人生〉、季季〈行走的樹——席慕蓉和她的畫〉、瘂弦〈時間草原〉、亮軒〈為「寫生者」畫像——看席慕蓉的畫〉，正文前有席慕蓉〈請柬——給讀詩的人〉，正文後有〈席慕蓉年表〉、〈席慕蓉畫作索引〉。

走馬

上海：文匯出版社
2002 年 12 月，15.5×22.5 公分，251 頁
文匯原創叢書
席慕蓉、白龍攝影

本書為詩、散文合集。全書分三篇，「交易」收錄詩〈交易〉、〈出塞曲〉、〈鄉愁〉共三首，散文〈有一首歌〉、〈飄蓬〉、〈汗諾日美麗之湖〉等九篇；「追尋夢土」收錄詩〈追尋夢土〉、〈候鳥〉、〈猛獁象〉共三首，散文〈今夕何夕〉、〈薩如拉・明亮的光〉、〈風裡的哈達〉等六篇；「篝火之歌」收錄詩〈篝火之歌〉、〈旁聽生〉、〈顛倒四行〉共三首，散文〈故居〉、〈經卷〉、〈頓悟〉等 12 篇。正文前有肖關鴻〈關於文匯原創叢書〉、席慕蓉〈走馬——自序〉。

當代世界 2004

當代世界 2007

席慕蓉經典作品

北京：當代世界出版社
2004 年 9 月，14.8×22.8 公分，301 頁
港臺名家名作・收藏書坊

北京：當代世界出版社
2007 年 9 月，18 開，279 頁
港臺名家名作

本書為詩、散文合集。全書分二部分，「散文」收錄〈謙卑的心〉、〈母親最尊貴〉、〈窗前的青春〉、〈白色山茶花〉、〈幸福〉等 68 篇；「詩」收錄〈七里香〉、〈一棵開花的樹〉、〈古相思曲〉、〈祈禱詞〉、〈千年的願望〉等 98 首。
2007 年當代世界版：正文與 2004 年當代世界版同。

席慕蓉和她的內蒙古

上海：上海文藝出版社
2006 年 8 月，20×31 公分，337 頁

本書為詩、散文、攝影合集。全書分「祖訓」、「追尋夢土」、「創世紀詩篇」、「頌歌」、「天上的風」、「篝火之歌」、「我摺疊著我的愛」七部分，收錄席慕蓉成長記憶及記述原鄉蒙古的詩、文與相關照片。正文前有席慕蓉〈序詩——旁聽生〉，正文後有席慕蓉〈跋〉、〈我的感謝〉。

長城那邊的思鄉曲

烏蘭巴托：蒙古國立大學自印
2006 年 10 月，14.5×20.5 公分，138 頁
策・巴扎爾拉格查、却蘇榮・達格互道爾吉譯

本書為詩、散文合集。全書分二部分，「散文」收錄〈仰望九纛〉、〈庫倫和烏蘭巴托〉、〈父與女〉等十篇，「詩」收錄〈大雁之歌〉、〈突發事件〉、〈最後的藉口〉、〈雨中的山林〉、〈戲子〉等 74 首。正文前有策・巴扎爾拉格查〈序言〉、却蘇榮・達格互道爾吉〈游牧民族的女詩人〉、席慕蓉〈不曾遠去〉（題名為譯者所改，原題〈贊歌——獻給巴達拉吾友〉）。

蒙文課

北京：作家出版社
2009 年 4 月，18 開，395 頁

本書為散文、日記、書信合集。全書分五輯，「盛宴」、「芨芨草」、「異鄉的河流」收錄散文〈夏天的夜晚〉、〈盛宴〉、〈當赤鹿奔過綠野〉、〈薩拉烏素河〉、〈烏蘭哈達〉等 62 篇；「日記」收錄作者 2006 年 7 月之日記；「書簡」收錄〈相思炭〉、〈篝火〉、〈鷹笛〉等 13 篇。正文前有席慕蓉〈蒙文課——代序〉。

席慕蓉作品集

臺北：印刻文學生活雜誌出版公司
2012 年 12 月，18 開

共三冊。正文前有席慕蓉〈新版序〉（內容各不相同）。

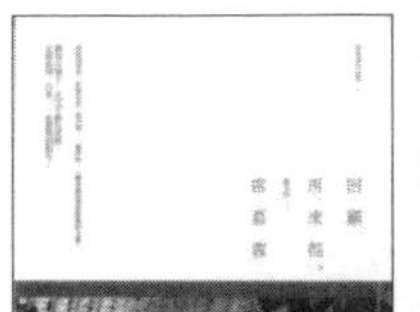
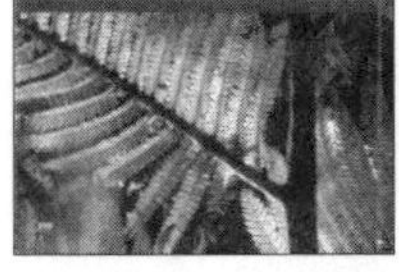

回顧所來徑

臺北：印刻文學生活雜誌出版公司
2012 年 12 月，18 開，246 頁
席慕蓉作品集 1

本書將《成長的痕跡》、《寫給幸福》二書之文字加以選擇，重新編排。全書分「來時路」、「窗內」、「初夏」、「寒夜」、「窗外」五輯，收錄〈無邊的回憶〉、〈舊日的故事〉、〈四季〉、〈愛的絮語〉等 33 篇。正文前有席慕蓉〈自序——回顧所來徑〉、〈前言——謙卑的心〉，正文後附錄夏祖麗〈一條河流的夢——席慕蓉訪問記〉。

給我一個島

臺北：印刻文學生活雜誌出版公司
2012 年 12 月，18 開，294 頁
席慕蓉作品集 2

本書主要內容收錄自《黃羊・玫瑰・飛魚》，少部分收錄自《寫給幸福》。全書分「塊玉之緣」、「短歌」、「關於創作」、「夏夜的記憶」、「寶勒根道海」五輯，收錄〈暑假・暑假〉、〈「扎鬚客」俱樂部〉、〈寫生〉、〈圓夢〉、〈昨日〉等 75 篇。正文前有席慕蓉〈自序〉，正文後附錄 C.M.〈朋友的信之一〉、H.F.〈朋友的信之二〉。

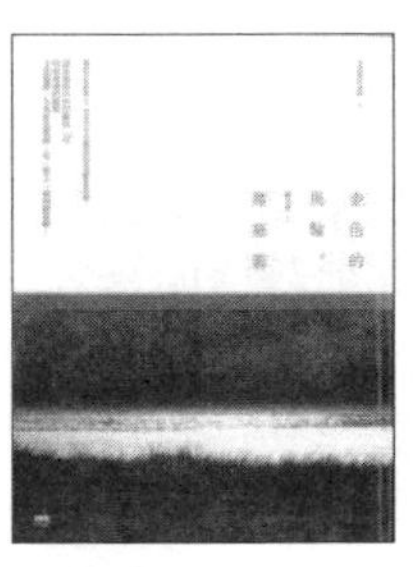

金色的馬鞍

臺北：印刻文學生活雜誌出版公司
2012 年 12 月，18 開，315 頁
席慕蓉作品集 3

本書收錄《金色的馬鞍》（2002 年，九歌出版社）。正文後刪去席慕蓉編〈歷史上胡、漢所建王朝對照表〉。

曠野・繁花：席慕蓉畫集

臺北：敦煌畫廊
2014 年 11 月，25×26.5 公分，95 頁

本書為詩、散文、畫合集。全書收錄詩〈執筆的欲望〉、〈請柬〉、〈鳶尾花〉等八首；散文〈寫生〉、〈泰姬瑪哈〉、〈河流與歌〉等六篇。正文前有林文義〈冬・月之 7〉、席慕蓉〈生命的謎題——寫於「曠野・繁花」畫展之前〉，正文後有席慕蓉簡介、邱馨慧〈雙領域中的席慕蓉〉。

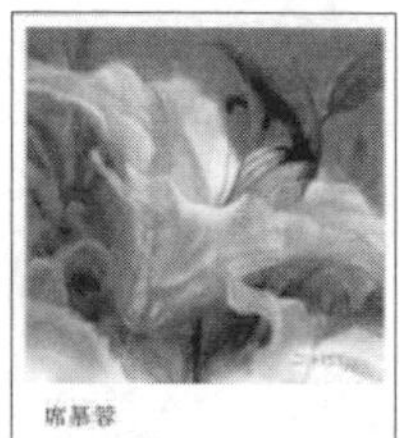

爾雅出版社 2017

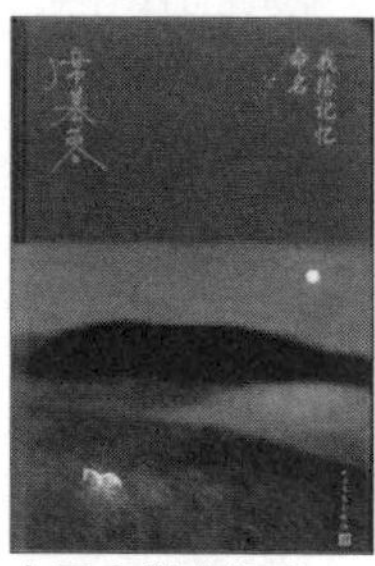

人民文學出版社 2019

我給記憶命名

臺北：爾雅出版社
2017 年 7 月，25 開，354 頁
爾雅叢書 649

北京：人民文學出版社
2019 年 9 月，25 開，312 頁

本書為詩、散文、書信合集。全書分五篇，「最初・最早」收錄散文〈日記九則〉、〈50 年後的同學會〉共二篇；「在臺東的畫展」收錄散文〈日記 19 則〉一篇；「關於詩」收錄詩〈粉筆・黑炭〉、〈湖的傾訴〉、〈淚・月華〉共三首，散文〈日記與筆記摘抄 12 則〉、〈給「詩想」的回應〉、〈關於一首敘事詩的幾堂課〉共三篇，書信〈寄友人書——寫給阿諾〉、〈生命的撞擊——寫給達陽〉、〈我不僅僅是……〉共四封；「回家的路上」收錄散文〈日記 57 則〉一篇，書信〈札奇斯欽教授的信（1988）〉、〈尼瑪大哥的信（1999）〉、〈鐵穆爾的信（2008）〉共三封；「我給記憶命名」收錄散文〈關口〉、〈城川行——寶日・巴拉嘎蘇〉、〈克什克騰草原〉共六篇。正文後有席慕蓉〈後記〉、蔣勳〈寫給穆倫・席連勃〉。

2019 年人民文學版：本書以 2017 年爾雅版為基礎，第四章「回家的路上」散文〈日記〉新增四則。正文前新增席慕蓉〈前言〉。

當夏夜芳馥：席慕蓉畫作精選集

臺北：圓神出版社
2017 年 10 月，16 開，199 頁
圓神文叢 221

本書為詩、散文、畫合集。全書分七部分，「請柬」收錄詩〈請柬〉、〈長路〉共二首，散文〈寫生〉一篇；「序曲」收錄詩〈少年〉、〈詩的價值〉共二首，散文〈美術課〉一篇；「荷的綻放」收錄詩〈詩中詩〉、〈綠繡眼〉、〈青春之一〉等九首，散文〈荷田手記〉一篇；「女體」收錄詩〈鯨・曇花〉、〈詩成〉、〈鹿回頭〉共三首，散文〈軀殼〉一篇；「曠野」收錄詩〈除你之外〉、〈遲來的渴望——寫給原鄉〉、〈旁聽生〉等六首，散文〈故居〉一篇；「速寫」收錄詩〈發光的字〉、〈以詩之名〉、〈婦人之言〉共三首，散文〈開端〉一篇；「畫評兩家」收錄亮軒〈為「寫生者」畫像——看席慕蓉的畫〉、邱馨慧〈雙領域中的席慕蓉〉。正文前有席慕蓉〈初心——再訪曼德拉山的岩畫群〉。

席慕蓉散文集

武漢：長江文藝出版社
2017 年 10 月，15×23 公分

共三冊。

前塵・昨夜・此刻

武漢：長江文藝出版社
2017 年 10 月，15×23 公分，329 頁

本書以《前塵・昨夜・此刻：席慕蓉散文精選》（2013 年，長江文藝出版社）為基礎，正文刪去〈愛的絮語〉、〈生日卡片〉、〈星期天的早上〉等 15 篇。

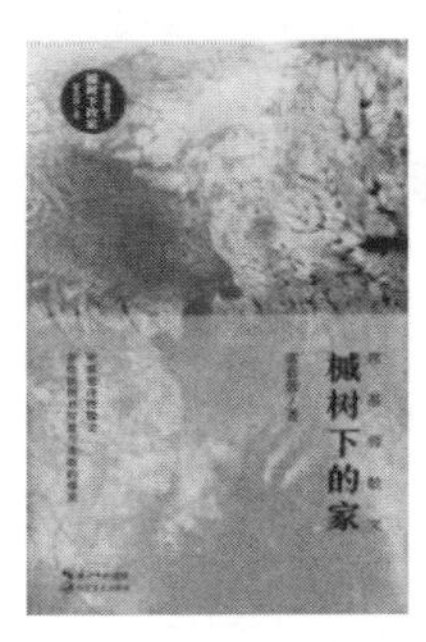

槭樹下的家

武漢：長江文藝出版社
2017 年 10 月，15×23 公分，322 頁

本書收錄《槭樹下的家》（2015 年，長江文藝出版社）。

透明的哀傷

武漢：長江文藝出版社
2017 年 10 月，15×23 公分，269 頁

本書收錄《透明的哀傷》(2015 年，長江文藝出版社)。

席慕蓉原鄉書寫系列

呼和浩特：內蒙古人民出版社
2018 年 8 月，18 開

共六冊。

蒙文課

呼和浩特：內蒙古人民出版社
2018 年 8 月，18 開，373 頁

本書以《蒙文課》(2009 年，作家出版社）為基礎，正文刪去〈送別〉、〈河流的荒謬劇〉、〈關於「悲傷輔導」〉等五篇。正文前新增〈新版序——細碎的波光〉。

追尋夢土

呼和浩特：內蒙古人民出版社
2018 年 8 月，18 開，307 頁

本書以《追尋夢土》(2009 年，作家出版社）為基礎，正文前刪去席慕蓉〈追尋夢土〉，新增〈新版序——細碎的波光〉，正文後刪去〈書目〉。

蒙文課

呼和浩特：內蒙古人民出版社
2018 年 8 月，18 開，563 頁
沙・莫日根譯

本書為本系列《蒙文課》之蒙文版。

追尋夢土

呼和浩特：內蒙古人民出版社
2018 年 8 月，18 開，445 頁
沙・莫日根譯

本書為本系列《追尋夢土》之蒙文版。

寫給海日汗的 21 封信

呼和浩特：內蒙古人民出版社
2018 年 8 月，18 開，319 頁
白・呼和牧奇譯

本書為《寫給海日汗的 21 封信》（2015 年，作家出版社）之蒙文版。

在詩的深處

呼和浩特：內蒙古人民出版社
2018 年 8 月，18 開，206 頁
波・寶音賀希格、朵日娜譯

本書為蒙文詩集。全書分「七里香」、「無怨的青春」、「時光九篇」、「邊緣光影」、「迷途詩冊」、「我摺疊著我的愛」、「以詩之名」、「除你之外」八部分，收錄〈七里香〉、〈一棵開花的樹〉、〈祈禱詞〉、〈青春之一〉、〈青春之二〉等 99 首。正文前有席慕蓉〈我心深處（代序）〉。

文學年表[1]

年	月	事項
1943 年	11 月	12 日（農曆 10 月 15 日），祖籍蒙古察哈爾盟明安旗，生於四川重慶城郊金剛坡。父親為察哈爾盟明安旗的拉席敦多克（漢名席振鐸），母親為昭烏達盟克什克騰旗的巴音比力格（漢名樂竹芳）。家中排行第三，上有二姐席慕德、席慕萱，下有一妹席慕華、一弟席慕強。
1948 年	本年	隨父母遷至南京讀小學一年級。
1949 年	本年	舉家遷至香港，就讀同濟中學附屬小學。
1954 年	本年	遷臺，參加聯合招收插班生的考試，就讀北二女（今中山女高）初中二年級。
		得國文科巢靜老師、董秀老師及美術科楊蒙中老師之鼓勵，開始在日記本上寫詩。
1955 年	本年	初遇「古詩十九首」內心受到震撼；購得人生第一本現代詩集《藍色的羽毛》（余光中著）。
1956 年	本年	就讀省立臺北師範學校（今臺北教育大學）藝術科，受老師孫立群、周瑛啟蒙，正式開始習畫。
1958 年	本年	參與《北師青年》編輯工作，至 1959 年止。
		開始以筆名「夏采」於校刊上發表散文及詩；亦發表詩作於校外教育刊物、《自由青年》等。
1959 年	本年	自省立臺北師範學校藝術科畢業。
		就讀師範大學藝術系（今臺灣師範大學美術學系），師從陳慧

[1]席慕蓉協助撰寫。

		坤（素描）；馬白水、李澤藩（水彩）；李石樵、廖繼春（油畫）；溥心畬、林玉山、吳詠香、黃君璧、張德文（國畫）。
1960年	本年	水彩〈靜物〉入選臺灣省全省美術展覽會。
1963年	本年	獲臺北國際婦女會舉辦全國青年美術比賽水彩第三名。 獲師範大學藝術系畢業美展油畫第三名、水彩第二名。 自師範大學藝術系畢業。 〈紀念品〉以筆名「蕭瑞」獲《皇冠》雜誌徵文佳作。
1964年	本年	赴比利時布魯塞爾皇家藝術學院（Académie Royale des Beaux-Arts de Bruxelles）攻讀碩士，入油畫高級班。因入學成績優異，直升二年級就讀，師從里昂・德浮斯教授。此時於雷鳴遠神父所創設之中國學生中心初識劉海北。
1965年	本年	畫作入選巴黎第76屆獨立沙龍，並參加第81屆女畫家聯合沙龍、第十屆國際婦女會畫展等。 參加比京（布魯塞爾）皇家歷史美術博物館舉辦之「中國當代畫家展」。
1966年	2月	獲教授推介，於比京艾格蒙畫廊舉行第一次個人畫展。比利時七大報畫評均予以評介。
	7月	以第一名成績自布魯塞爾皇家藝術學院畢業，獲最佳優等第一獎（Premier Prix Avec La Plus Grande Distinction）、杜特龍・德・特利基金會獎（Prix de la “Fondation de Doutrelon de Try”）、布魯塞爾市政府之金牌獎（“Prix d’Excellence de la Ville de Bruxelles”）、比利時王國金牌獎（“Médaille d’or de La Royaume de Belgique”）。
1967年	4月	於瑞士佛利堡大學舉行個人畫展。
	5月	於瑞士溫特吐城舉行個人畫展。
	9月	於比京可口可樂廠文化中心舉行個人畫展。
	本年	進入克勞德・李教授之銅版畫畫室，專習蝕刻銅版畫一年。

參加第31屆海洋畫家展覽。

參加歐洲美協於比利時布魯塞爾舉辦的第七屆歐洲藝術展，獲歐洲美協頒發之兩項銅牌獎（Conseil Européen d'Art et Esthetique, Syndicat d'initiative de La Ville de Bruxelles）。

1968年　5月　與劉海北結婚。

10月　於比京艾格蒙畫廊與號角畫廊聯合舉行第五次個人畫展。

1969年　8月　26日，〈想您，在夏日午後〉以筆名「蕭瑞」發表於《中央日報・副刊》9版。

11月　21日，〈無邊的回憶〉以筆名「蕭瑞」發表於《中央日報・副刊》9版。

1970年　1月　31日，〈舊日的故事〉以筆名「穆倫」發表於《聯合報・副刊》9版。

7月　與丈夫劉海北回臺，任教新竹師範專科學校（先改制為新竹教育大學，後併入清華大學）美術科。

8月　22日，〈後山〉以筆名「穆倫」發表於《中央日報・副刊》9版。

1971年　本年　女劉芳慈出生。

1972年　10月　9日，〈血濃於水〉以筆名「穆倫・席恩伯」發表於《中央日報・副刊》9版。

28日，〈愛的絮語〉以筆名「蕭瑞」發表於《中央日報・副刊》9版。

1974年　8月　21日，於臺北歷史博物館國家畫廊舉辦回國後首次個人畫展，至30日止。

1975年　8月　《心靈的探索》由作者自印出版。

本年　子劉安凱出生

1976年　9月　16日，短篇小說〈生日蛋糕〉以筆名「千華」獲第一屆《聯合報》小說獎佳作，並於10月4日發表於《聯合報・副刊》12版。

	10月	18日,〈謝謝您!老師。〉發表於《中央日報・副刊》10版。
1977年	1月	4日,〈青春之歌〉以筆名「千華」發表於《聯合報・副刊》12版。
	2月	8日,〈瑪麗安的廿歲〉以筆名「千華」發表於《聯合報・副刊》12版。
	8月	24日,〈海倫的婚禮〉以筆名「千華」發表於《中央日報・副刊》10版。 30日,〈胡凡小姐的故事〉以筆名「千華」發表於《中央日報・副刊》10版。
	12月	於臺北美國新聞處林肯中心舉行個人畫展。
1978年	10月	於《皇冠》雜誌執筆「詩的畫・畫的詩」專欄。
	本年	於臺中美國新聞處舉辦個人畫展。
1979年	4月	開始研究雷射繪畫。
	5月	於臺北德國文化中心舉辦個人畫展。
	6月	合集《畫詩》由臺北皇冠雜誌社出版。
	11月	於《女性》雜誌執筆「給年輕母親的信」專欄。
	12月	14日,詩作〈七里香〉發表於《聯合報・副刊》8版;於臺北太極藝廊舉辦「席慕蓉的世界」個人畫展,為全國首次雷射繪畫展。 18日,詩作〈古相思曲〉發表於《聯合報・副刊》8版。
1980年	6月	〈試探雷射繪畫的創作〉發表於《藝術家》第61期。 〈雷射繪畫在中國的初步試探〉發表於《新竹師專學報》第6期。
	7月	詩作〈我母我母〉發表於《幼獅文藝》第319期。 開始創作三百號油畫〈荷〉。
	9月	6日,以「石門詩畫小集」為題,詩作〈祈禱詞〉、〈戲子〉發表於《聯合報・副刊》8版。

10月 4日，詩作〈一棵開花的樹〉完稿

11月 29日，以「石門詩畫小集」為題，詩作〈如果〉發表於《聯合報・副刊》8版。

1981年 1月 19日，〈母親最尊貴〉發表於《中國時報・生活》12版，「年輕的你」專欄。

26日，〈窗前的青春〉發表於《中國時報・生活》12版，「年輕的你」專欄。

以雷射版畫參加於美國聖地牙哥舉辦之雷射藝術聯展。

2月 9日，〈父親的心〉發表於《中央日報・副刊》6版。

23日，〈理想〉發表於《中國時報・生活》12版，「年輕的你」專欄。

3月 2日，〈幸福〉發表於《中國時報・生活》12版，「年輕的你」專欄。

9日，〈明鏡〉發表於《中國時報・生活》12版，「年輕的你」專欄。

16日，〈一個年輕的兵〉發表於《中國時報・生活》12版，「年輕的你」專欄。

23日，〈歲月〉發表於《中國時報・生活》12版，「年輕的你」專欄。

28日，詩作〈樓蘭新娘〉與插畫發表於《中國時報・人間副刊》8版。

30日，〈無怨的青春〉發表於《中國時報・生活》12版，「年輕的你」專欄。

4月 長詩〈愛的名字〉發表於《臺灣時報》。

5月 10日，〈蔥蒜的聯想〉發表於《中央日報・生活》10版，「生活隨筆」專欄。

6月 17日，以「石門三帖」為題，詩作〈疑問〉、〈惑〉、〈結局〉

		發表於《聯合報・副刊》8版。
		於臺北歷史博物館國家畫廊舉辦個人畫展，作為父親席振鐸七十壽辰賀禮。
		詩作〈詩與畫〉發表於《幼獅文藝》第330期。
	7月	19日，〈羊齒植物〉發表於《中央日報・生活》10版，「生活隨筆」專欄。
		詩集《七里香》由臺北大地出版社出版。
	夏	詩作〈傳言〉、〈彩虹的情詩〉、〈春蠶〉、〈無題〉搭配插畫發表於《陽光小集》第6期。。
	10月	擔任全省美展油畫部評審委員。
	12月	歌曲〈出塞曲〉獲第五屆金鼎獎唱片類歌詞獎。
1982年	2月	21日，以「短歌集」為題，詩作〈詠嘆調〉、〈曇花的祕密〉、〈誘惑〉、〈短歌〉發表於《聯合報・副刊》8版。
		〈永恆的盟約：讀豐子愷的《護生畫集》〉發表於《藝術家》第81期；11月，發表於《香港佛教》第270期。
	3月	8日，〈春回〉發表於《聯合報・副刊》8版，「形體中的女人——女詩人散文專輯」。
		《成長的痕跡》、《畫出心中的彩虹》由臺北爾雅出版社出版。
	5月	27日，〈花的極短篇〉發表於《聯合報・副刊》8版。
	6月	18日，〈有一首歌及其他〉發表於《聯合報・副刊》8版。
	8月	13日，詩作〈試驗之一〉發表於《中央日報・晨鐘》10版。
		15日，詩作〈試驗之二〉發表於《中央日報・晨鐘》10版。
		24日，詩作〈詩的價值〉發表於《中央日報・晨鐘》10版。
		31日，〈婦人之見〉發表於《聯合報・副刊》8版，「我們只有一個地球」專輯。
	9月	8日，以「石門小輯」為題，詩作〈一個畫荷的下午〉、〈習題〉、〈美麗的心情〉發表於《聯合報・副刊》8版。

10月　15日，〈黃粱夢裡〉發表於《聯合報・副刊》8版。

26日，詩作〈我的信仰〉發表於《中央日報・晨鐘》10版。

27日，詩作〈溶雪的時刻〉發表於《中央日報・晨鐘》10版。

11月　15日，詩作〈年輕的心〉發表於《中央日報・晨鐘》10版。

19日，詩作〈野風〉發表於《中央日報・晨鐘》10版。

12月　《雷射藝術導論》由臺北中華民國雷射推廣協會出版。

1983年　1月　1日，詩作〈給我的媽媽〉發表於《中央日報・晨鐘》10版。

21日，〈飛鳥們〉發表於《聯合報・副刊》8版。

2月　1日，〈心靈的對白〉發表於《婦友月刊》第341期，「和鳴集」專欄。

11日，詩作〈白鳥之死〉、〈悲喜劇〉發表於《聯合報・副刊》8版。

詩集《無怨的青春》由臺北大地出版社出版。

3月　13日，〈瑪利亞〉發表於《中國時報・人間副刊》8版。

28日，〈一個春日的下午〉發表於《聯合報・副刊》8版；〈速寫的心情〉發表於《中央日報・晨鐘》10版。

5月　3日，〈老伊凡〉發表於《中國時報・人間副刊》8版。

15日，〈我的淚水〉發表於《聯合報・副刊》8版。

6月　1日，〈愛的四則〉發表於《中央日報・晨鐘》10版。

28日，〈花事〉發表於《聯合報・副刊》8版。

詩作〈流星雨〉發表於《中央月刊》第15卷第8期。

7月　5日，〈唯美〉發表於《中央日報・晨鐘》10版。

14日，〈標本〉發表於《中國時報・人間副刊》8版。

與張曉風、愛亞合著《三弦》，由臺北爾雅出版社出版。

8月　8日，〈嚴父〉發表於《中央日報・晨鐘》10版。

22日，〈豐饒的園林〉發表於《聯合報・副刊》8版；〈星期天的早上〉發表於《中央日報・晨鐘》10 版。

29 日，詩作〈給我的小玩伴〉發表於《中央日報・晨鐘》10 版。

9 月 17 日，〈阿克賽〉發表於《中國時報・人間副刊》8 版。

10 月 《有一首歌》由臺北洪範書店出版。

11 月 21 日，〈童心與童畫〉發表於《中國時報・人間副刊》8 版。

28 日，詩作〈詩的成因〉發表於《中央日報・晨鐘》10 版。

冬 詩作〈一個畫荷的下午〉、〈山路〉、〈婦人的夢〉、〈燈下的詩與心情〉、〈散戲〉搭配插畫發表於《陽光小集》第 11 期。

1984 年 1 月 23 日，〈豐收〉發表於《中國時報・人間副刊》8 版，「魚躍鳶飛總是春——1984 人間散文展」

2 月 9 日，〈芳香盈路〉發表於《中國時報・人間副刊》8 版。

〈結繩紀事〉發表於《中央月刊》第 16 卷第 4 期。

〈繪畫班與幼兒美術教育〉發表於《學前教育》第 6 卷第 11 期。

4 月 24 日，〈憂天三問〉發表於《中國時報・人間副刊》8 版，「生態讀秒」專輯。

接受林芝訪問，訪問文章〈擁懷無怨青春的席慕蓉〉;〈淡淡的花香〉刊載於《幼獅少年》第 90 期。

5 月 9 日，〈一朵白蓮——《先知》讀後感〉發表於《中央日報・晨鐘》10 版。

23 日，〈燈火——在夜霧裡，請你為我點起這所有的燈火〉發表於《聯合報・副刊》8 版。

24 日，詩作〈桐花〉發表於《中國時報・人間副刊》8 版。

接受夏祖麗訪問，訪問文章〈一條河流的夢——席慕蓉訪問記〉刊載於《新書月刊》第 8 期。

6 月 29 日，詩作〈成長的定義〉發表於《中國時報・人間副刊》8 版。

	7月	2日，詩作〈雨後〉發表於《中央日報・副刊》11版。
	8月	15日，〈時光〉發表於《中國時報・人間副刊》8版。
		24日，〈歷史博物館——人的一生，也可以像一座博物館嗎？〉發表於《聯合報・副刊》8版。
	9月	11日，以「牧歌兩章」為題，詩作〈無心的錯失〉、〈懸崖菊〉發表於《中央日報・副刊》12版。
		24日，〈堅持的長春藤——讀楚戈《散步的山巒》後記〉發表於《中央日報・副刊》11版。
		於東海大學美術系開設素材研究課程。
	10月	〈霧裡的心情〉發表於《文訊》第14期。
	11月	13日，詩作〈長路〉發表於《中國時報・人間副刊》8版；〈靜寂的角落〉發表於《中央日報・副刊》12版。
	12月	3日，以「寫給海洋」為題，詩作〈浪〉、〈信〉、〈月夜〉發表於《中央日報・副刊》11版。
		25日，〈寫給生命〉發表於《聯合報・副刊》8版。
	本年	開始雷射雕刻之實驗。
1985年	2月	11日，〈十字路口〉發表於《中央日報・晨鐘》10版。
		13日，〈鄉間的夜晚〉發表於《中央日報・副刊》12版。
	3月	與劉海北合著《同心集》，由臺北九歌出版社出版。
	4月	3日，〈貝殼〉發表於《中央日報・晨鐘》10版。
		〈雷射藝術淺釋〉發表於《臺北市立美術館館刊》第6期。
	5月	7日，〈紅塵〉發表於《聯合報・副刊》8版。
		17日，〈鏡裡與鏡外〉發表於《中國時報・人間副刊》8版。
	6月	8日，〈荷葉〉發表於《中央日報・晨鐘》10版。
		於阿波羅畫廊及皇冠藝文中心舉辦個人畫展，展出四年來之作品——「夜色系列」及荷花、人體等油畫。
		於皇冠藝文中心舉辦20年來油畫及素描作品回顧展。

	7月	赴香港參加文藝夏令營。
	8月	8日，〈畫展〉發表於《中國時報・人間副刊》8版。 18日，〈我的抗議〉發表於《中國時報・人間副刊》8版。 19日，詩作〈眠月站〉發表於《中央日報・副刊》11版。 30日，以「詩心兩篇」為題，〈之一・菖蒲花〉、〈之二・良夜〉發表於《聯合報・副刊》8版。
	9月	5日，〈此刻的生命〉發表於《婦友月刊》革新號第1期。 7日，〈街景〉發表於《聯合報・副刊》8版。 〈純金的心——《山裡山外》讀後感〉發表於《新書月刊》第24期；1985年12月31日、1986年2月5日，發表於《洪範雜誌》第24、25期。 《寫給幸福》由臺北爾雅出版社出版。
	10月	30日，詩作〈憂思——寫給一個曾經美麗過的海灣〉發表於《中國時報・人間副刊》8版。
	11月	4日，以「酒的解釋兩章」為題，詩作〈佳釀〉、〈新醅〉發表於《聯合報・副刊》8版。 〈雷射在藝術領域之應用〉（與劉海北合著）發表於《機械工業》第32期。
1986年	1月	14日，詩作〈自傳——墾丁・龍坑印象〉發表於《中央日報・副刊》12版。 29日，〈一種堅持〉發表於《中央日報・副刊》12版。
	2月	5日，〈焦急的心〉發表於《中國時報・人間副刊》8版。 21日，〈空白〉發表於《聯合報・副刊》8版。
	3月	〈作家的另一面〉發表於《幼獅文藝》第387期。
	4月	與陳其茂、楚戈舉辦三人巡迴聯展。
	5月	13日，〈奔騰的洪流——記陳慧坤教授八十回顧展〉發表於《中央日報・副刊》11版。

7月　20 日，〈汗諾日美麗之湖〉發表於《中國時報・人間副刊》8 版。

22 日，詩作〈我〉發表於《中央日報・副刊》11 版。

8月　21 日，〈山火〉發表於《中央日報・副刊》12 版。

開始寫作三百行長詩〈夏夜的傳說〉。

〈最後一課〉發表於《文訊》第 25 期。

10月　開始創作單色「山水系列」之油畫。

11月　11 日，詩作〈忠告〉發表於《中國時報・人間副刊》8 版。

12月　20 日，以「近作二帖」為題，詩作〈見證——記社頂珊瑚礁〉、〈驚豔——給墾丁的海〉發表於《聯合報・副刊》8 版。

〈願望〉發表於《幼獅文藝》第 396 期。

本年　與楚戈、蔣勳舉辦三人巡迴聯展。

1987年　1月　28 日，〈山櫻〉發表於《中國時報・人間副刊》8 版。

詩集《時光九篇》由臺北爾雅出版社出版。

2月　接受黃秋芳訪問，訪問文章〈席慕蓉——穿越那方夢的窗〉刊載於《文訊》第 28 期。

3月　13 日，〈昔時〉發表於《中國時報・人間副刊》8 版。

4月　8 日，詩作〈美麗新世界〉發表於《中國時報・人間副刊》8 版。

28 日，〈綠水・天祥〉發表於《中國時報・人間副刊》8 版，「《寫生者》」專欄。

詩集《時光九篇》獲第 11 屆中興文藝獎章新詩獎。

5月　上旬與楚戈、蔣勳於臺北敦煌藝術中心舉辦「山水」三人聯展，至 13 日止；與楚戈、蔣勳合著《山水：文人畫集與創作札記》，由臺北敦皇藝術公司出版。

母親樂竹芳逝世。

6月　8 日，〈失母〉發表於《中國時報・人間副刊》8 版，「《寫生者》」專欄。

	7月	25 日，〈睡蓮〉發表於《中國時報・人間副刊》8 版，「《寫生者》」專欄。 參加舊金山東風書店書展「以文會友」座談會。
	8月	19日，詩作〈旅程〉發表於《聯合報・副刊》8版。
	9月	28日，詩作〈沉思者〉發表於《中國時報・人間副刊》8版。
	10月	6日，〈還鄉！？〉發表於《中國時報・人間副刊》8版，「《寫生者》」專欄；詩作〈環〉發表於《中央日報・副刊》10版。 10日，〈他們〉發表於《聯合報・副刊》7版，「與海洋對話——文學出外景　澎湖行小集」。 25日，〈島上三則〉發表於《聯合報・副刊》7版。 開始創作「荷的連作」系列油畫。
	11月	27日，詩作〈給黃金少年〉發表於《聯合報・副刊》8版。 29 日，詩作〈秋來之後〉發表於《中國時報・人間副刊》8版。
	12月	20日，〈騰格里沙漠〉發表於《中國時報・人間副刊》8版。
1988年	1月	9日，〈永遠的誘惑〉發表於《聯合報・副刊》23版。 20 日，以「高原組曲四首」為題，詩作〈交易〉、〈烏里雅蘇臺〉、〈祖訓〉、〈後記〉發表於《中國時報・人間副刊》18版。 25 日，無題短文搭配林東生攝影照片發表於《中國時報・大陸》18版，「大陸傳真」專輯。 26 日，無題短文搭配林東生攝影照片發表於《中國時報・大陸》19版，「海峽傳真」專輯。 27 日，無題短文搭配林東生攝影照片發表於《中國時報・大陸》19版，「海峽傳真」專輯。 28 日，無題短文搭配林東生攝影照片發表於《中國時報・大

陸》19 版，「海峽傳真」專輯。

29 日，無題短文搭配林東生攝影照片發表於《中國時報・大陸》19 版，「海峽傳真」專輯。

31 日，無題短文搭配林東生攝影照片發表於《中國時報・大陸》19 版，「海峽傳真」專輯。

2 月　詩作〈靜夜〉發表於《文訊》第 34 期。

3 日，〈在那遙遠的地方〉發表於《中國時報・人間副刊》18 版；以「詩兩帖」為題，詩作〈漂泊的湖——羅布泊記〉、〈岸邊〉發表於《中央日報・副刊》18 版。

5 日，以「邊域之歌」為題，詩作〈新泉〉、〈瑪瑙湖〉發表於《聯合報・副刊》23 版。

3 月　合集《在那遙遠的地方》由臺北圓神出版社出版。

5 月　2 日，〈母親的河〉發表於《聯合報・副刊》23 版。

27 日，以「光的筆記四則」為題，詩作〈假說〉、〈設定〉、〈實驗〉、〈結論〉發表於《中國時報・人間副刊》18 版。

31 日，詩作〈植樹節之後〉發表於《聯合報・副刊》21 版。

6 月　2 日，〈昨日〉發表於《聯合報・副刊》21 版。

20 日，〈驚聞「蘇花公路改善計畫」〉發表於《民生報・文化新聞》9 版。

22 日，〈《花之頌》意象的暗記〉發表於《中國時報・人間副刊》18 版。

28 日，〈我們這一代〉發表於《聯合報・副刊》21 版。

〈人生欣賞・欣賞人生〉發表於《講義》第 15 期。

7 月　3 日，〈我們的「從前」和「將來」〉發表於《聯合報・副刊》21 版。

17 日，〈無題〉發表於《聯合報・副刊》21 版。

赴印尼峇里島作荷花寫生。

	8月	16日，詩作〈詩的末路〉發表於《中央日報・副刊》16版。
	9月	赴新加坡《南華早報》「讀書月」演講。
	11月	26日，〈花之音〉發表於《聯合報・副刊》21版。
	12月	10日，〈關於女人——讀冰心女士舊作之後〉發表於《聯合報・副刊》21版。
1989年	1月	25日，〈蘇武的神話〉發表於《中國時報・人間副刊》23版。 《信物》由臺北圓神出版社出版。
	3月	7日，〈說創作〉發表於《聯合報・副刊》27版。 《寫生者》由臺北大雁書店出版。
	4月	3日，〈孩子的心〉發表於《中國時報・人間副刊》23版。 在阿波羅畫廊舉行個人畫展，並赴新港展覽。 接受林芝訪問，訪問文章〈席慕蓉的魔棒〉刊載於《幼獅少年》第150期
	5月	19日，〈鳶尾花——請保持靜默，永遠不要再回答我。〉發表於《聯合報・副刊》27版。 26日，〈給一位不知名的中國人〉發表於《中國時報・人間副刊》23版。 〈我的報告〉發表於《文訊》第43期。
	7月	2日，以「近作兩首」為題，詩作〈天使之歌〉、〈請柬——給讀詩的人〉發表於《中國時報・人間副刊》23版。 12日，〈暑假・暑假〉發表於《聯合報・副刊》27版，「四塊玉」專欄。 13日，〈「扎鬚客」俱樂部」〉發表於《聯合報・副刊》27版，「四塊玉」專欄。 19日，〈「寫生」〉發表於《聯合報・副刊》27版，「四塊玉」專欄。 20日，〈圓夢〉發表於《聯合報・副刊》27版，「四塊玉」專

欄。

24日，〈悲歡之歌〉發表於《中國時報・人間副刊》23版。

25日，〈「昨日」〉發表於《聯合報・副刊》27版，「四塊玉」專欄。

27日，〈「？！」〉發表於《聯合報・副刊》27版，「四塊玉」專欄。

8月　4日，〈騙婚記〉發表於《聯合報・副刊》27版，「四塊玉」專欄。

8日，〈粧臺〉發表於《聯合報・副刊》27版，「四塊玉」專欄。

15日，〈魔手〉發表於《聯合報・副刊》27版，「四塊玉」專欄。

22日，〈舊事〉發表於《聯合報・副刊》27版，「四塊玉」專欄。

30日至9月13日，前往父親及母親的家鄉，初見蒙古高原。

9月　9日，〈默契〉發表於《聯合報・副刊》27版，「四塊玉」專欄。

21日，〈海洋〉發表於《聯合報・副刊》29版，「四塊玉」專欄。

27日，〈虛幻的柵欄〉發表於《聯合報・副刊》29版，「四塊玉」專欄。

28日，〈我的家在高原上——返鄉之旅一：還我河山〉（文・攝影）發表於《中國時報・人間副刊》27版。

10月　10日，〈我的家在高原上——返鄉之旅二：今夕何夕〉（文・攝影）發表於《中國時報・人間副刊》27版。

15日，〈劉俠〉發表於《聯合報・副刊》29版，「四塊玉」專欄。

得友人之助，大量閱讀蒙古現代詩人的作品及蒙古歷史，成為日後編選《遠處的星光——蒙古現代詩選》之參考資料。

〈從調色盤談起——試述我的教學困惑〉發表於《國教世紀》第 25 卷第 2 期。

11 月　9 日，〈我的家在高原上——返鄉之旅三：薩如拉〉發表於《中國時報・人間副刊》27 版。

17 日，〈迷路原為看花開〉發表於《聯合報・副刊》29 版。

19 日，〈《徒然草》〉發表於《聯合報・副刊》29 版。

30 日，〈我的家在高原上——返鄉之旅四：風裡的哈達〉發表於《中國時報・人間副刊》27 版。

1990 年　2 月　10 日，〈我的家在高原上——返鄉之旅五：「庫倫」和「烏蘭巴托」〉發表於《中國時報・人間副刊》27 版。

20 日，〈不悔的路〉發表於《聯合報・副刊》29 版。

與蔣勳合著，合集《水與石的對話》（安世中攝影），由花蓮太魯閣國家公園員工消費合作社出版。

3 月　1 日，〈我的家在高原上——返鄉之旅六：禮〉（文・攝影）發表於《中國時報・人間副刊》27 版。

2 日，〈一個人上陣的戰爭〉發表於《聯合報・副刊》29 版。

5 月　10 日，〈我的家在高原上——返鄉之旅七：松漠之國〉發表於《中國時報・人間副刊》31 版。

19 日，〈我的家在高原上——返鄉之旅八：源　寫給哈斯〉發表於《中國時報・人間副刊》31 版。

6 月　28 日，〈我的家在高原上——返鄉之旅九：夢鏡〉發表於《中國時報・人間副刊》31 版。

7 月　19 日，〈我的家在高原上——返鄉之旅十：我手中有筆〉發表於《中國時報・人間副刊》31 版。

《我的家在高原上》（王行恭攝影）；編選《遠處的星光——蒙

		古現代詩選》，由臺北圓神出版社出版。
	8月	16 日，〈四十年〉發表於《中國時報・人間副刊》31 版，「四十歲的心情」。
	9月	重返蒙古高原，謁聖祖成吉思汗之陵。
		月底，前往蒙古國烏蘭巴托及和林故都。
	10月	4日，乘火車橫渡戈壁，正逢農曆8月16月圓之夜。
	11月	17日，〈關於蒙古〉發表於《中國時報・人間副刊》31版。
1991年	2月	14日，〈頓悟〉發表於《中國時報・人間副刊》27版。
	3月	與其他11位詩人響應《天下雜誌》「松江詩園」認養活動，詩作〈一棵開花的樹〉以地面鐫刻的方式植入「詩田」。
	4月	10日，〈江山有待〉發表於《聯合報・副刊》25版。
		16日，詩作〈雙城記〉發表於《聯合報・副刊》25版。
		與楚戈、蔣勳於清韵藝術中心舉辦三人聯展；並出版合集《花季》，由臺北清韵國際公司出版。
	5月	《江山有待》由臺北洪範書店出版。
		詩集《席慕蓉詩選》回鶻體蒙文版由呼和浩特內蒙古人民出版社出版。
	6月	3 日，應德國柏林「世界文化宮」邀請，出席中國詩歌朗誦活動。
		6 日，〈恍如一夢——給隱地〉發表於《聯合報・副刊》25版。
		26日，〈河流與歌〉發表於《聯合報・副刊》25版。
	7月	2日，〈透明的哀傷〉發表於《聯合報・副刊》25版。
		3日，〈泰姬瑪哈〉發表於《聯合報・副刊》25版。
		5 日，陪同臺灣文化訪問團 16 人，應蒙古文化部之邀請，前往烏蘭巴托參加建國70年慶典活動。
	8月	7日，〈仰望九纛〉發表於《中國時報・人間副刊》31版。

		11 日，與蔣勳擔綱廣播劇《釵頭鳳》主角，瘂弦、孔令輝策畫，貢敏編劇，於漢聲電臺播出。
		18 日，〈黃羊、玫瑰和飛魚〉發表於《中國時報・人間副刊》27 版。
	9 月	5 日，〈面貌〉發表於《聯合報・副刊》25 版。
		與北京中華版權代理公司簽約，委託處理大陸各省盜印及仿冒作品之侵權行為。
		《江山有待》三次進入《聯合報》「質的排行榜」。
1992 年	1 月	〈我的太魯閣〉發表於《大自然》第 34 期。
	2 月	23 日，與尼瑪合譯〈薩滿教贊歌〉;〈往昔之歌〉發表於《聯合報・副刊》25 版，「邊疆民族文學大展・蒙古文學專輯二：蒙古先民文學的瑰寶　薩滿詩歌」。
		24 日，與尼瑪合譯〈蒙古薩滿教贊歌〉;〈蒙古祕史——《蒙古黃金史》與《蒙古祕史》中的拖雷王子〉、〈蒙古祕史——《蒙古祕史》簡介〉發表於《聯合報・副刊》25 版，「邊疆民族文學大展・蒙古文學專輯三」。
		26 日，與父親合譯〈我的祖國〉；翻譯〈快馬——舒風撒勒爾〉;〈父與女——關於達・納察格道爾濟〉發表於《聯合報・副刊》25 版，「邊疆民族文學大展・蒙古文學專輯五」。
		發表「細看蒙古」的幻燈片，並與汪其楣、樊曼儂、王行恭及蔣勳作蒙古之專題演講。
	3 月	25 日，與尼瑪合譯〈祭奠奶奶博格達〉，發表於《聯合報・副刊》25 版。
		28 日，〈品味兩則〉發表於《中國時報・人間副刊》42 版，「生活美學」。
		〈生活散記——美感森林〉發表於《幼獅少年》第 185 期。
	4 月	25 日，〈美術教育〉發表於《中國時報・人間副刊》38 版，

「生活美學」。

邀請蒙古民間音樂工作者來臺訪問錄音。

5月　27 日，〈常玉〉發表於《聯合報・副刊》25 版，「散文的創造・名家聯展」。

30日，〈得失之間〉發表於《中國時報・人間副刊》22版。

出席在臺北舉行之「蒙古文化國際研討會議」，發表論文「從詩的創作看蒙古當代知識分子」。

6月　5 日，於臺北清韵藝術中心舉辦個人畫展，至 6 月 21 日；畫集《席慕蓉作品集——涉江采芙蓉》由臺北清韵國際公司出版。

詩集《河流之歌——席慕蓉詩作自選集》由臺北臺灣東華書局公司出版。

7月　3 日，〈《陽春白雪集》〉發表於《中國時報・評論空間》32版。

出席於新疆庫爾勒市舉行之「衛拉特蒙古歷史學會議」，與劉海北同行，會後登天山訪巴音布魯克草原及鞏乃斯林區。

9月　應蒙古國紅十字會之邀，前往烏蘭巴托及中央省附近地區，訪問當地之孤兒院、寄宿學校、特殊教育、兒童福利機構等，試圖了解因蒙古經濟困境對兒童所造成之影響及傷害。歸來後，作成九千字調查報告，輔以幻燈片與演講，提供國內熱心捐助之慈善團體參考。深深體會到慈濟功德會眾志成城、劍及履及的仁心與工作效率。

11月　30 日，〈寶勒根道海之三——故居　塔克拉瑪干〉發表於《聯合報・副刊》24版。

《河流之歌》獲81年度金鼎獎優良圖書推薦獎。

12月　4 日，〈寶勒根道海之五——民族風格〉發表於《聯合報・副刊》47版。

〈蒙古民間美術巡禮〉發表於《國教世紀》第165期。

1993年 1月 31日，〈我們共有的疼痛——記《人間孤兒》一九九二枝葉版首演〉發表於《中國時報・人間副刊》27版。

〈庫蘇古泊——「認識蒙古」之一〉發表於《幼獅文藝》第469期。

2月 19日，〈悲哉！大熔爐〉發表於《中國時報・人間副刊》35版。

〈蒙古的孩子們——「認識蒙古」之二〉發表於《幼獅文藝》第470期。

3月 26日，〈最後的一筆〉發表於《聯合報・副刊》45版，「作家眼中的莫內」。

〈城鄉之間——「認識蒙古」之三〉發表於《幼獅文藝》第471期。

4月 3日，〈夢中戈壁〉發表於《中國時報・人間副刊》27版。

6月 23日，〈空蕪與悲涼〉發表於《聯合報・副刊》35版。

〈蒙古的孩子〉發表於《講義》第75期。

7月 28日，〈模糊的願望〉發表於《中國時報・人間副刊》27版。

赴鄂爾多斯高原，再謁聖祖成吉思汗之陵，並於途中初訪烏審旗。

8月 與父親出席於比利時魯汶大學內舉行的蒙古學會議，以及在布魯日市政府內所舉行的紀念田清波神父的會議。

9月 出席於烏蘭巴托召開的首屆「世界蒙古人大會」。會中決議成立一世界性之蒙古文化學術組織——「世界蒙古聯盟」，被推舉為三位副主席之一。

11月 由陳郁秀教授發起之「白鷺鷥文教基金會」成立，應邀為董事之一。

12月 11日至22日，於臺北阿波羅畫廊舉辦個人畫展「光的筆記」。

1994年 1月 應美麗佳人雜誌社之邀，與攝影家謝春德、黃仁益前往印度採訪。

2月 臺北大雁書店結束業務，《寫生者》改由臺北洪範書店出版。

詩集《河流之歌——席慕蓉詩作自選集》簡體版由北京三聯書店出版。

《寫生者》由臺北洪範書店出版。

3月 5日，〈慾愛的神殿——卡修拉荷〉發表於《中國時報・人間副刊》30版。

4月 23日，與劉海北合著〈「菁英一百」未必美語一百——公務員出國進修配翻譯　很好啊〉，發表於《聯合報・民意論壇》11版。

與劉其偉、楚戈、蔣勳於臺中世代藝術中心、高雄串門藝術空間、臺北清韵藝術中心舉辦四人聯展。

5月 28日，詩作〈晚餐〉發表於《聯合報・副刊》37版。

6月 16日，詩作〈仰望——寫給內蒙古〉發表於《中國時報・人間副刊》39版。（後改詩名為〈大雁之歌〉）

7月 25日，與席慕德合著〈隨著年齡變化的女高音〉，發表於《中國時報・人間副刊》39版。

8月 4日，〈武昌街35號——賀「李澤藩美術館」開幕〉發表於《聯合報・副刊》37版。

14日，詩作〈野馬〉發表於《聯合報・副刊》37版。

9月 與王行恭同行，前往呼倫貝爾盟，初探大興安嶺。

12月 12日，〈席慕蓉論席慕蓉，關於「暢銷」〉發表於《聯合報・副刊》37版。

與劉其偉、楚戈、蔣勳於臺南新生態藝術中心舉辦四人聯展。

1995年 1月 與劉其偉、楚戈、蔣勳於臺中東海藝術中心舉辦四人聯展。

	2月	11 日，〈德國窗明几淨背後　是讓他國淨土變成惡地——西德核廢料　埋進蒙古戈壁〉發表於《聯合報・民意論壇》11 版。
	3月	5 日，〈婉轉綿長〉發表於《聯合報・副刊》37 版。 31 日，〈父親教我的歌〉發表於《聯合報・副刊》37 版。
	4月	25 日，以「詩兩首」為題，詩作〈綠繡眼〉、〈婦人之言〉發表於《中國時報・人間副刊》39 版。
	6月	30 日，〈生命的訊息〉發表於《中國時報・人間副刊》39 版。
	7月	〈狂野與端麗的生命——劉得浪的畫〉發表於《臺灣畫》第 18 期。
	8月	於新竹師範學院任教滿 25 年，申請提前退休。身分證上的職業欄從「專任教授」改為「畫家」。 與女劉芳慈同赴蒙古國及更北之布里雅特蒙古共和國，深入南西伯利亞原始林區，探訪貝加爾湖畔的藝術家。 〈釋懷暖情：父親教我的歌〉發表於《講義》第 101 期。
	9月	20 日，〈她的一生〉發表於《中國時報・人間副刊》39 版。 30 日，〈我的老師陳慧坤——好好地向自然生命學習創作〉發表於《中國時報・時報藝廊》46 版。 傳記《陳慧坤》由臺北藝術家出版社出版。
	10月	12 日，〈亂世〉發表於《中國時報・人間副刊》39 版。 於臺南世寶坊畫廊舉辦油畫個人畫展。 應聘擔任「國家文化藝術基金會」董事。 〈真山真水真畫圖——山川真貌的詮釋者陳慧坤〉發表於《藝術家》第 245 期。
	11月	應馬來西亞《星洲日報》之邀，前往吉隆坡擔任「花踪文學獎」新詩類之評審，並以「本土與原鄉」為題，在「花踪文藝營」演講。
1996年	1月	2 日，〈此身〉發表於《中國時報・人間副刊》35 版。

8 日，〈請珍惜國寶　別濫用預算〉發表於《中國時報・時論廣場》11 版。

於《幼獅文藝》執筆為期一年的「高原札記」專欄。

〈花束〉發表於《幼獅文藝》第 505 期，「高原札記」專欄。

2 月　〈尼瑪蘇榮的背景〉發表於《幼獅文藝》第 506 期，「高原札記」專欄。

3 月　〈朋友〉發表於《幼獅文藝》第 507 期，「高原札記」專欄。

接受林素芬訪問，訪問文章〈獨舞的夜荷——作家席慕蓉專訪〉刊載於《幼獅文藝》第 507 期。

於《皇冠》雜誌執筆為期一年的「大雁之歌」專欄，攝影與文字並重。

4 月　11 日，以「歲月 3 首」為題，詩作〈面具〉、〈春分〉、〈詩〉發表於《中國時報・人間副刊》35 版。

〈意外〉發表於《幼獅文藝》第 508 期，「高原札記」專欄。

5 月　〈秋季——我讀雷驤《黑暗中的風景》〉發表於《聯合文學》第 139 期。

〈「資料」與「經驗」〉發表於《幼獅文藝》第 509 期，「高原札記」專欄。

6 月　得拉蘇榮之助，赴內蒙錫林浩特訪問蒙古長調歌王哈札布。

7 月　31 日，詩作〈邊緣光影——給喻麗清〉發表於《中國時報・人間副刊》19 版。

〈釋懷暖情：夏夜的記憶〉發表於《講義》第 112 期。

〈記憶〉發表於《幼獅文藝》第 511 期，「高原札記」專欄。

8 月　1 日，〈七個夏天〉發表於《聯合報・副刊》33 版。

16 日，詩作〈備戰人生〉發表於《聯合報・副刊》37 版。

〈將心比心〉發表於《幼獅文藝》第 512 期，「高原札記」專欄。

		《黃羊・玫瑰・飛魚》由臺北爾雅出版社出版。
	9月	〈月餅與版圖〉發表於《幼獅文藝》第 513 期，「高原札記」專欄。
	10月	15 日，〈陰山下〉發表於《聯合報・副刊》37 版，「旅遊小品」。
		16 日，〈草原騙局〉發表於《聯合報・副刊》37 版，「旅遊小品」。
		〈為什麼？〉發表於《幼獅文藝》第 514 期，「高原札記」專欄。
	11月	1 日，〈伴侶〉發表於《聯合報・副刊》37 版，「旅遊小品」。
		〈嘉絲勒〉發表於《幼獅文藝》第 515 期，「高原札記」專欄。
	12月	〈我的願望〉發表於《幼獅文藝》第 516 期。
		赴德國慶賀父親 86 歲壽辰。
1997年	1月	29 日，〈車與時光〉發表於《中國時報・人間副刊》31 版。
		〈素描〉發表於《聯合文學》第 147 期。
	2月	16 日，〈人體模特兒的美麗與哀愁〉發表於《中國時報・時論廣場》11 版。
		19 日，〈生命之歌〉發表於《聯合報・副刊》37 版。
	3月	31 日，〈差別〉發表於《中國時報・人間副刊》27 版。
	4月	8 日，〈「詩人」與「寫詩的人」——我讀《新詩五十問》之後〉發表於《聯合報・副刊》41 版。
	5月	《大雁之歌》由臺北皇冠文化出版公司出版。
	6月	2 日，〈請再出發！〉發表於《中國時報・人間副刊》27 版。
	7月	〈可以依憑的記憶〉發表於《講義》第 124 期。
		詩集《時間草原》；《生命的滋味》、《意象的暗記》、《我的家在高原上》簡體版由上海文藝出版社出版。

9月　12日，〈不肯屈服的靈魂〉發表於《聯合報・副刊》41版。
二姐席慕萱病逝於夏威夷。

10月　27日，〈點著燈的家——給雲門《家族合唱》〉發表於《中國時報・人間副刊》27版。

11月　10日，〈畫筆〉發表於《聯合報・副刊》41版。
合集《一日・一生》由臺北敦皇藝術公司出版。

12月　16日，〈祝福〉發表於《中國時報・人間副刊》27版。
〈「三句話」的修正版〉發表於《藝術家》第271期。

1998年　1月　22日，〈祝福白鷺鷥——給陳郁秀的信・兼致盧修一〉發表於《聯合報・副刊》41版，「生命現場系列」。

2月　16日，〈金屬光澤的匕首——評雷驤《裸掌》〉發表於《聯合報・讀書人周報》47版。

3月　6日，於新竹敦煌藝術中心舉辦個人畫展「一日・一生」，至22日。
19日，搭配個人畫展「一日・一生」，於新竹敦煌藝術中心演講「草原文化」。

5月　於省立博物館（今臺灣博物館）展出蒙古高原專題攝影「從大興安嶺到天山」。

7月　16日，詩作〈恍如一夢〉發表於《聯合報・副刊》37版。
21日，詩作〈詩的蹉跎〉發表於《中國時報・人間副刊》37版。

8月　1日，〈請援助在黑暗的地底啼哭的孩子〉發表於《中國時報・人間副刊》37版。

9月　16日，詩作〈龍柏・謊言・含羞草〉發表於《聯合報・副刊》37版。
29日，〈自我的認識與肯定〉發表於《中國時報・人間副刊》37版。

		30 日，詩作〈風景——敬呈詩人瘂弦〉發表於《中國時報・人間副刊》37 版。
	10 月	與世界展望會臺灣分會工作人員赴蒙古國。
	11 月	24 日，詩作〈深秋〉發表於《聯合報・副刊》37 版。
		〈詩的成因〉發表於《康健雜誌》第 3 期。
		父親席振鐸在德國波昂逝世。與弟弟席慕強接回父親骨灰，安置於母親的墓園中。
1999 年	5 月	4 日，〈中途之家——蒙古街頭流浪兒童專訪〉發表於《中國時報・人間副刊》37 版。
		25 日，詩作〈大霧——獻給父親〉發表於《中國時報・人間副刊》37 版。
		〈高原魂魄〉發表於《幼獅文藝》第 545 期。
		詩集《邊緣光影》由臺北爾雅出版社出版。
	6 月	〈采薇采薇〉發表於《幼獅文藝》第 546 期。
		於阿波羅畫廊舉辦個人畫展，展出 300 號之畫作「與荷共渡」。
		赴以色列參加耶路撒冷的國際詩歌節。
	7 月	〈北與南〉發表於《幼獅文藝》第 547 期。
	8 月	12 日，詩作〈靜靜的林間——敬呈詩人王鼎鈞〉發表於《聯合報・副刊》37 版。
		返父親故鄉，在家族的敖包前獻上千里之外帶回的哈達，祝願父親的魂魄安返故土。
	10 月	應邀於北京民族大學演講。
	12 月	《與美同行——寫給年輕的母親》由上海文匯出版社出版。
2000 年	1 月	13 日，〈我愛夏宇——Salsa 讀前感〉發表於《中國時報・人間副刊》37 版。
	2 月	1 日，〈內蒙經驗：髮菜吃不得〉發表於《中國時報・時論廣

場》15 版。

〈花與雲朵的生命〉發表於《藝術家》第 297 期。

3 月　6 日，詩作〈詩成〉發表於《中國時報・人間副刊》37 版。

與臺北大地出版社之合作宣告結束。

詩集《七里香》、《無怨的青春》由臺北圓神出版社出版。

《我的家在高原上》(王行恭攝影) 息立爾蒙文版由蒙古書藝出版社出版。

5 月　25 日，〈「中國少數民族」族〉發表於《中國時報・人間副刊》37 版，「三少四壯集」。

詩集《席慕蓉・世紀詩選》由臺北爾雅出版社出版。

6 月　1 日，〈母語〉發表於《中國時報・人間副刊》37 版，「三少四壯集」。

8 日，〈阿爾泰語系民族〉發表於《中國時報・人間副刊》37 版，「三少四壯集」。

15 日，〈無題〉發表於《中國時報・人間副刊》37 版，「三少四壯集」。

22 日，〈在巴比倫河邊〉發表於《中國時報・人間副刊》37 版，「三少四壯集」。

29 日，〈口傳的經典〉發表於《中國時報・人間副刊》37 版，「三少四壯集」。

7 月　6 日，〈冬天的長夜〉發表於《中國時報・人間副刊》37 版，「三少四壯集」。

13 日，〈喀爾瑪克──「留下來的人」〉發表於《中國時報・人間副刊》37 版，「三少四壯集」。

20 日，〈關於「離散」〉發表於《中國時報・人間副刊》37 版，「三少四壯集」。

25 日，詩作〈舞者──給靜君〉發表於《中國時報・人間副刊》37 版。

27 日，〈渡海〉發表於《中國時報・人間副刊》37 版，「三少四壯集」。

8 月　3 日，〈初遇〉發表於《中國時報・人間副刊》37 版，「三少四壯集」。

10 日，〈騰格里〉發表於《中國時報・人間副刊》37 版，「三少四壯集」。

17 日，〈星祭〉發表於《中國時報・人間副刊》37 版，「三少四壯集」。

24 日，〈髮菜與開什米毛衣〉發表於《中國時報・人間副刊》37 版，「三少四壯集」。

31 日，〈真理使爾自由〉發表於《中國時報・人間副刊》37 版，「三少四壯集」。

赴上海博物館參觀「草原文化」展。

9 月　7 日，〈版權所有〉發表於《中國時報・人間副刊》37 版，「三少四壯集」。

14 日，〈眼中有火・臉上有光——帖木真與孛兒帖之一〉發表於《中國時報・人間副刊》37 版，「三少四壯集」;〈心懷自由走絲路——地圖上的藍眼睛〉發表於《中國時報・開卷周報》46 版。

21 日，〈那夜月光明亮——帖木真與孛兒帖之二〉發表於《中國時報・人間副刊》37 版，「三少四壯集」。

28 日，〈鎖兒罕・失剌之一〉發表於《中國時報・人間副刊》37 版，「三少四壯集」。

赴大興安嶺鄂溫克族人的原鄉。

10 月　5 日，〈鎖兒罕・失剌之二〉發表於《中國時報・人間副刊》37 版，「三少四壯集」。

12 日，〈金色的塔拉〉發表於《中國時報・人間副刊》37 版，「三少四壯集」。

26 日，〈內蒙・外蒙〉發表於《中國時報・人間副刊》37 版，「三少四壯集」。

〈女作家座談會系列——席慕蓉座談會〉刊載於《中國女性文學研究室學刊》第 2 期。

在銀川見到西夏皇陵及文物，再進入阿拉善盟，應邀參加額濟那旗的「金秋胡楊旅遊節」開幕式。

11 月 2 日，〈沙起額濟納之一〉發表於《中國時報・人間副刊》37 版，「三少四壯集」。

9 日，〈沙起額濟納之二〉發表於《中國時報・人間副刊》37 版，「三少四壯集」。

16 日，〈沙起額濟納之三〉發表於《中國時報・人間副刊》37 版，「三少四壯集」。

17 日，〈荒漠之夢〉發表於《聯合報・副刊》37 版。

23 日，〈河流的荒謬劇〉發表於《中國時報・人間副刊》37 版，「三少四壯集」。

30 日，〈狐背紅馬〉發表於《中國時報・人間副刊》37 版，「三少四壯集」。

12 月 1 日，〈少年時——異鄉的河流之一〉發表於《聯合報・副刊》37 版。

7 日，〈開荒？開「荒」！〉發表於《中國時報・人間副刊》37 版，「三少四壯集」。

8 日，詩作〈早餐時刻〉發表於《中國時報・人間副刊》37 版。

14 日，〈價值的標準〉發表於《中國時報・人間副刊》37 版，「三少四壯集」。

21 日，〈族群的形成〉發表於《中國時報・人間副刊》37 版，「三少四壯集」。

26 日，〈美好的時光——異鄉的河流之二〉發表於《聯合報・副刊》37 版。

28 日，〈化鐵熔山〉發表於《中國時報・人間副刊》37 版，「三少四壯集」。

2001 年 1 月 4 日，〈額爾古納母親河〉發表於《中國時報・人間副刊》23 版，「三少四壯集」。

11 日，〈封山育林・退耕還草〉發表於《中國時報・人間副刊》23 版，「三少四壯集」。

18 日，〈樟子松・落葉松〉發表於《中國時報・人間副刊》23 版，「三少四壯集」。

25 日，〈白樺〉發表於《中國時報・人間副刊》7 版，「三少四壯集」。

2 月 8 日，〈原鄉的色彩〉發表於《中國時報・人間副刊》23 版，「三少四壯集」。

15 日，〈盛宴之一〉發表於《中國時報・人間副刊》23 版，「三少四壯集」。

22 日，〈盛宴之二〉發表於《中國時報・人間副刊》23 版，「三少四壯集」。

3 月 1 日，〈盛宴之三〉發表於《中國時報・人間副刊》23 版，「三少四壯集」。

8 日，〈盛宴之四〉發表於《中國時報・人間副刊》23 版，「三少四壯集」。

15 日，〈盛宴之五〉發表於《中國時報・人間副刊》23 版，「三少四壯集」。

22 日，〈青銅時代〉發表於《中國時報・人間副刊》23 版，

「三少四壯集」。

29日，〈誠實的記錄〉發表於《中國時報・人間副刊》23版，「三少四壯集」。

4月　1日，〈暴雨與深潭〉發表於《中央日報・出版&閱讀》19版。

5日，〈解謎人之一〉發表於《中國時報・人間副刊》23版，「三少四壯集」。

12日，〈解謎人之二〉發表於《中國時報・人間副刊》23版，「三少四壯集」。

17日，詩作〈候鳥〉發表於《中國時報・人間副刊》23版。

19日，〈解謎人之三〉發表於《中國時報・人間副刊》23版，「三少四壯集」。

26日，〈夏日草原〉發表於《中國時報・人間副刊》23版，「三少四壯集」。

5月　3日，〈伊金霍洛與達爾哈特〉發表於《中國時報・人間副刊》23版，「三少四壯集」。

10日，〈時光之河〉發表於《中國時報・人間副刊》23版，「三少四壯集」。

17日，〈三月廿一日〉發表於《中國時報・人間副刊》23版，「三少四壯集」。

24日，〈發現草原〉發表於《中國時報・人間副刊》23版，「三少四壯集」。

30日，詩作〈色顏〉發表於《中國時報・人間副刊》23版。

7月　28日，詩作〈光陰幾行〉發表於《中國時報・人間副刊》23版。

9月　17日，詩作〈詩中詩〉發表於《中國時報・人間副刊》39版，「人間詩選」。

10月　8日，詩作〈猛獁象〉發表於《中國時報・人間副刊》39版，

「人間詩選」。

23 日，〈多麼美好的年輕人吶！〉發表於《中國時報・人間副刊》37 版。

11 月　15 日，詩作〈黎明〉發表於《中華日報・中華副刊》19 版。

12 月　10 日，〈金色的馬鞍〉（文・攝影）發表於《中國時報・人間副刊》39 版。

23 日，〈記憶廣場〉發表於《中國時報・人間副刊》39 版。

詩作〈契丹的玫瑰〉發表於《聯合文學》第 206 期。

本年　詩集英譯本 *Across the Darkness of the River*（穿越黑暗的河流）由張淑麗翻譯，哥本哈根、洛杉磯 Green Integer 出版。

2002 年　1 月　詩集《夢中戈壁》中、蒙文對照版由北京民族出版社出版。

2 月　《金色的馬鞍》由臺北九歌出版社出版。

3 月　2 日，詩作〈月光插圖〉發表於《中國時報・人間副刊》39 版。

〈長話短說〉發表於《文訊》第 197 期。

6 月　24 日，〈追尋夢土〉（文・畫）發表於《中央日報》14 版。

25 日，〈初老〉（文・攝影）發表於《聯合報》39 版。

赴呼倫貝爾鄂溫克自治旗參加筆會並演講，獲頒「鄂溫克榮譽公民」證書。

赴紅花爾基森林得見沙地樟子松的復元奇蹟。

赴母親家鄉，在赤峰與克什克騰兩地作三次演講，拜訪外祖父手創之經棚實驗小學，得見外曾祖父故園之浩瀚遼闊。

應「昭烏達譯書社」聘為名譽顧問。

赴紅山、牛河梁以及敖漢旗多處考古地點，得好友之助能夠進一步深入史籍之中。

赴呼和浩特，應內蒙古大學聘為名譽教授，演講「原鄉與我的創作」。

	7月	3 日，詩集《迷途詩冊》由臺北圓神出版社出版，並舉辦新書發表會。
		5 日，詩作〈果核〉發表於《中國時報・人間副刊》39 版。
		8 日，詩作〈迷途〉發表於《中國時報・人間副刊》39 版，「人間詩選」。
	8月	9 日，詩作〈紅山的許諾〉發表於《中華日報》19 版。
		〈淡淡的花香〉發表於《講義》第 185 期。
		赴內蒙古烏珠穆沁草原，在牧馬人布赫額爾登家中作客，體驗真正的牧民生活。
		三次參觀北京歷史博物館的「契丹王朝」文物展。
	9月	陪同葉嘉瑩教授歸返吉林省的葉赫古城，親身見證族群記憶之堅持與珍貴，深有所感。
		在吉林大學演講，並赴集安市訪好太王碑。
	10月	3 日，〈劫後之歌〉發表於《中國時報・人間副刊》39 版，「人間詩選」。
	12月	合集《席慕蓉》由臺北圓神出版社出版。
		合集《走馬》由上海文滙出版社出版。
2003年	1月	5 日，詩作〈譯詩〉發表於《中國時報・人間副刊》39 版，「人間詩選」。
	2月	4 日，〈諾恩吉雅〉發表於《中國時報・人間副刊》44 版。
		23 日，詩作〈色顏〉發表於《人間福報・副刊》8 版。
		《諾恩吉雅：我的蒙古文化筆記》由臺北正中書局出版。
	3月	13 日，〈夢中之夢——敬悼馬白水教授〉發表於《聯合報・副刊》39 版。
		23 日，〈附錄　戲子〉、〈生命的滋味〉發表於《人間福報》11 版。
		30 日，〈詩中詩〉發表於《人間福報・副刊》8 版。

31 日，〈有一首詩〉發表於《聯合報・副刊》39 版，「迎葉嘉瑩教授返臺主持談詩論詞講座特載」。

主編《九十一年散文選》，由臺北九歌出版社出版。

4月　6 日，詩作〈早餐時刻〉發表於《人間福報・副刊》8 版。

5月　3 日，〈相見不恨晚〉發表於《自由時報・副刊》43 版，「作家書信」。

9 日，〈麻葉繡球〉發表於《中國時報・人間副刊》E7 版。

17 日，詩作〈南與北〉發表於《聯合報・副刊》E7 版；〈寄友人書〉發表於《中國時報・人間副刊》E7 版。

19 日，〈荒莽〉發表於《自由時報・副刊》39 版。

25 日，〈白鷺鷥飛過綠野——懷念盧修一〉發表於《中國時報・人間副刊》E7 版。

〈相見不恨晚〉發表於《自由時報・副刊》43 版。

6月　4 日，〈不能置身事外〉發表於《自由時報・副刊》43 版，「詩人節特輯：為臺灣祈福」。

7月　7 日，〈寂寞〉發表於《自由時報・副刊》39 版。

10 日，〈少年詩心〉發表於《中華日報・中華副刊》19 版；詩作〈鯨・曇花〉發表於《聯合報・副刊》E7 版。

〈新詩賞析——蒙文課〉發表於《幼獅文藝》第 595 期。

8月　19 日，〈如花的綻放〉（文・畫）發表於《中國時報・人間副刊》E7 版。

9月　3 日，〈此心〉發表於《自由時報・副刊》43 版。

中旬，赴承德山莊，再赴赤峰，重訪紅山文化遺址，再探牛河梁。

下旬，赴呼倫貝爾，先去諾門罕，參觀諾門罕戰爭陳列館，細究近代蒙古民族的一頁傷心史。

再奔赴大興安嶺，探訪被勸離下山的鄂溫克獵民。

10 月 與女劉芳慈各以主講人身分，出席馬來西亞第二屆世界華裔婦女國際研討會。

11 月 3 日，詩作〈天上的風〉發表於《聯合報・副刊》E7 版，「古調新譯」。

4 日，詩作〈兩公里的月光〉發表於《中國時報・人間副刊》E7 版，「人間詩選」。

17 日，〈引領我回到蒙古草原——譯者〉發表於《中國時報・人間副刊》E7 版，「我的文學館」。

26 日，〈有心如蘭〉發表於《中央日報・副刊》17 版。

赴南京東南大學及南通的南通工學院演講，並應聘為南通工學院客座教授。

12 月 13 日，〈記憶〉發表於《人間福報・副刊》8 版。

2004 年 1 月 3 日，〈蒼茫高原上的生命〉發表於《人間福報・副刊》8 版。

《我的家在高原上》（王行恭攝影）新版由臺北圓神出版社出版。

2 月 2 日，〈生命曠野〉發表於《自由時報・副刊》47 版。

3 月 3 日，〈水彩課〉發表於《中國時報・人間副刊》E7 版。

4 月 7 日，〈三匹狼〉發表於《中國時報・人間副刊》E7 版。

18 日，〈文學裡的大眾與小眾〉發表於《聯合報・讀書人書評花園》B5 版。

5 月 2 日，詩作〈亂世三行〉、〈燈下〉、〈川上〉、〈幸福〉、〈無題〉以「短詩一束」為題，發表於《聯合報・副刊》E7 版。

6 月 22 日，〈關於揮霍〉發表於《中國時報・人間副刊》E7 版。

貝君儀翻譯論述“Real Mountains, Real Waters and Real Paintings——The Paintings of Chen Houei Kuen”，發表於 *The Chinese Pen* 第 128 期。

先赴上海訪友，再赴北京，在北京世紀壇演講，為配合內蒙古博物館在此展出的「成吉思汗——中國古代北方草原游牧文化」特展，演講「草原文化之美」。

7月 上旬，與子劉安凱同行，經北京轉呼倫貝爾，再探鄂溫克自治旗的紅花爾基沙地樟子松保護區，再訪諾門罕，又往東返回，上大興安嶺，探訪鄂溫克獵民。

返回海拉爾，參加2004年之「草原文明國際研討會」。

赴錫林郭勒盟正藍旗元上都遺址，考古學家魏堅親自在工作站及遺址現場講解，深為感謝。

8月 重返赤峰，前往林區「退耕還草」施行區域，參觀成果。並訪科爾沁沙地、查干浩特古城、將軍泡古戰場以及木蘭圍場等地。

9月 17日，〈線索〉發表於《中國時報・人間副刊》E7版，「花香人語」。

28日，詩作〈驛站〉發表於《聯合報・副刊》E7版。

《人間煙火》由臺北九歌出版社出版。

合集《席慕蓉經典作品》由北京當代世界出版社出版。

10月 22日，詩作〈二〇〇〇年大興安嶺偶遇〉發表於《中國時報・人間副刊》E7版，「人間詩選」。

11月 20日，以「詩二首」為題，詩作〈初版〉、〈試卷〉、畫作《百合花》發表於《聯合報・副刊》E7版。

〈永世的渴慕〉發表於《皇冠雜誌》第609期。

傳記《彩墨・千山・馬白水》由臺北雄獅圖書公司出版。

12月 4日，〈舞者阿月——寫給其楣〉發表於《中國時報・人間副刊》E7版。

2005年 1月 詩作〈悲歌2003〉發表於《臺灣原YOUNG》第6期。

3月 12日，〈追尋之歌〉發表於《聯合報・副刊》E7版；詩作

〈我摺疊著我的愛〉發表於《聯合晚報・樂讀》13 版。

14 日，於國家音樂廳舉辦「一棵開花的樹」音樂會，全場詩作由錢南章作曲，徐以琳演唱，國家音樂廳藝廊並有詩畫展出。

詩集《我摺疊著我的愛》由臺北圓神出版社出版。

4 月　29 日，詩作〈我的願望〉發表於《中國時報・人間副刊》E7 版，「人間詩選」。

5 月　2 日，詩作〈昨日〉發表於《聯合報・副刊》E7 版。

14 日，擔任臺積電文教基金會、《聯合報・副刊》、臺北故事館主辦的「聲情之美——作家的生命故事・朗誦會」朗誦作家，與會者有向陽、阿盛、陳育虹等。

6 月　參加在呼和浩特市內蒙古飯店舉行之「草原文化百家論壇」，並演講「我心深處」。

前往鄂爾多斯再謁聖祖成吉思汗陵寢。

回返呼和浩特，參觀內蒙古博物館以及內蒙古大學新設之博物館。

7 月　赴新疆慶祝巴岱 75 歲壽辰，13 年之後，與巴岱於烏魯木齊再相聚。

慶祝會後，從南疆的巴音郭楞蒙古自治州往北行，探訪北疆的博爾塔拉蒙古自治州以及和布克賽爾蒙古自治縣，並往更北去到阿爾泰山區的喀那斯湖。

〈我的支持者〉發表於《文訊》第 237 期。

8 月　17 日，出席《聯合報》文學獎新詩決審會議，與會者有張錯、陳黎、陳義芝；9 月 26 日至 27 日，會議紀錄〈貼近生命的圖象——《聯合報》文學獎新詩決審會議紀要〉連載於《聯合報・副刊》E7 版。

9 月　赴花蓮參加「原住民文學國際研討會」。

中旬，赴天津南開大學演講，並應聘為南開大學客座教授。陪同葉嘉瑩教授前往呼倫貝爾探訪原鄉，族人熱忱相迎，赴阿里河嘎仙洞、額爾古納河，再往西去巴爾虎草原。

返回海拉爾後，在呼倫貝爾學院演講，並應聘為呼倫貝爾學院客座教授。

下旬，前往寧夏銀川，參加寧夏大學舉辦之「中國歷史上的西部開發國際學術研討會」，並在會中發表「土地、族群、文化在開發中所受到的傷害」。

前往賀蘭山之賀蘭口觀察史前岩畫，在寧夏大學演講，並應聘為寧夏大學名譽教授。

10月　4日，以「創世紀詩篇」為題，詩作〈維吾爾〉、〈衛拉特蒙古〉、〈滿——通古斯〉；另有繪圖，發表於《中國時報・人間副刊》E7版，「人間詩選」。

前往內蒙古阿拉善盟，在攝影家哈斯巴根帶領之下，暢遊騰格里沙漠與巴丹吉林沙漠。

登曼德拉山飽覽史前岩畫，得見許多精采的文化紀錄，感觸極深。再向西北行前往額濟那旗，與友人那仁巴圖再相見，重訪黑水城。前往居延海，發現湖面雖有三十平方公里的水面，但河道重建方式極為不妥，牧民心中深為不安，恐兩岸之胡楊即將枯萎而死。於是受託在隨後之電視訪問中代言，請求有關之決策單位正視此問題。返北京後，應鳳凰衛視之邀，在北京師範大學演講「土地、族群、文化在開發中所受到的傷害」。

11月　4日，〈曼德拉山岩畫——寫給曉風〉發表於《聯合報・副刊》E7版。

12月　31日，詩作〈白堊紀〉發表於《中國時報・人間副刊》E7版，「人間詩選」。

以游牧文化為主題，在臺北洪建全基金會敏隆講堂作六場系列

		演講「追尋夢土——我對游牧文化的探索與發現」。在《幼獅文藝》主辦的「中外詩學班」，講述「從游牧文化史詩《江格爾》談起」。
2006年	1月	12日，〈長路迢遙〉發表於《聯合報・副刊》E7版。
		〈費文書房——陽光與月色〉發表於《講義》第226期。
		應爾雅出版社之邀，參加「日記叢書」之寫作行列。
		詩集《時光九篇》精裝版由臺北圓神出版社出版。
	2月	14日，〈芨芨草〉發表於《聯合報・副刊》E7版。
	3月	14日，與魏堅於臺中逢甲大學資電館二樓第三國際會議廳對談「關於考古——詩人與學者的對話」。
		25日，〈對照集〉發表於《聯合報・副刊》E7版。
		25日，出席於國立臺灣文學館主辦的「2006週末文學對談：詩、散文與兒童文學」，與柯慶明對談詩的創作，紀錄文章〈將美好化為永恆的記憶——席慕蓉v.s.柯慶明〉刊載於5月《文訊》第247期。
	4月	詩集《邊緣光影》、《迷途詩冊》精裝版由臺北圓神出版社出版。
	5月	〈曼德拉山岩畫——寫給曉風〉、〈無知的慈悲——寫給恩生〉、〈生活・在他方——寫給曉風〉發表於《蒙古文化通訊》第22期。
		與學生玫玲前往波蘭，探訪當年蒙古大軍二次西征時之遺蹟，也訪問了華沙大學內的蒙古學學者。
		赴北京，應鳳凰衛視「世紀大講堂」之邀，在北京大學演講「成吉思可汗與世界」。
	6月	16日，出席張曉風陽明大學退休研討會，與會者有馬森、蔣勳等。
		與劉海北合著《同心新集》簡體版，由上海三聯書店出版。

7月　30日，〈飄蓬之三〉發表於《人間福報・副刊》14版。
與好友同赴蒙古國，參加慶祝大蒙古國建國800週年之慶典。得與多年不見之蒙古好友重聚，又能去到聖祖家鄉，見到斡難河，在河畔跪下叩首，感謝上蒼厚愛。
整個七月，有如奇遇，得重赴和林故都、又能見到突厥汗國三座極為重要的石碑「闕特勤碑」、「毗伽可汗碑」、「暾欲谷碑」，去到呼和諾爾聖地、又去到霍斯丹國家公園遇到平日難得一見的普氏野馬群等等……收穫極為豐富。

8月　18日，擔任《聯合報・副刊》、臺積電文教基金會、臺灣藝術大學、臺北故事館主辦的「繆思的星期五　文學沙龍12」朗誦作家，與會者有路寒袖、陳克華、宇文正等。
在上海圖書館演講「原鄉與我的創作」。
合集《席慕蓉和她的內蒙古》簡體版由上海文藝出版社出版。

9月　日記《2006／席慕蓉——1至6月》由臺北爾雅出版社出版。

10月　9日，〈愛讀書《2006 席慕蓉》〉發表於《自由時報・副刊》E7版。
拜好友杜布興巴雅爾為師，開始上蒙文課。
參加新竹師專美勞科第二屆畢業30年的師生畫展。
合集《長城那邊的思鄉曲》由烏蘭巴托蒙古國立大學自印出版。

11月　4日，擔任於花蓮松園別館舉辦的第一屆太平洋詩歌節朗誦作家，與會者有焦桐、陳黎、李癸雲、瓦歷斯・諾幹、李進益等。
26日，〈山中發紅萼〉發表於《聯合報・副刊》E7版。

12月　3日，詩作〈詮釋者——速寫詩人陳克華〉發表於《聯合報・副刊》E7版。
21日，〈秋天的日記〉（四則）發表於《聯合報・副刊》E7

版。

赴成都，在四川大學演講「心靈的疆域」。

參觀三星堆博物館以及金沙遺址。

赴北京，參加作曲家烏蘭托嘎在人民大會堂舉行的音樂會。

2007年 1月 28日，〈查干蘇魯德〉發表於《聯合報・副刊》E7版。

29日，〈原鄉日記〉發表於《自由時報・副刊》E5版。

2月 日記《2006／席慕蓉——7 至 12 月》由臺北爾雅出版社出版。

3月 日記《2006／席慕蓉（足本）》由臺北爾雅出版社出版。

4月 12 日，出席臺灣大學於臺灣大學文學院演講廳舉辦的「人文新視野」講座，演講「我所知道的游牧文化」。

5月 獲頒「鄂倫春榮譽公民」證書。

與友人登大興安嶺北麓，深入獵民點，得與鄂溫克獵民精神領袖，80高齡女獵人瑪利亞・索相見。

下旬，與友人同赴新疆，拜見巴岱，並同遊交河、高昌等古城。再與友人赴庫爾勒、阿克蘇，再往西去克孜爾石窟、蘇哈什古城、庫車、喀什等地，最後在月底回返烏魯木齊參觀新疆博物館。

6月 7 日，出席臺積電文教基金會與《聯合報・副刊》於清華大學合勤廳主辦的「臺積電心築藝術季講座」，演講「心靈的疆域」。

8月 5 日，詩作〈祖先的姓氏——布里雅特之歌〉發表於《聯合報・副刊》E7版。

8 日，〈蒙古人　珍惜自己的獨立權〉發表於《聯合報・民意論壇》A19版。

先赴內蒙伊克昭盟拜謁成吉思可汗之陵寢，再南下烏審旗參加第二屆察罕蘇力德文化節，並在夕陽裡與眾多族人圍坐聆聽詩人之詩歌朗誦及騰格爾的演唱。

赴薩拉烏素河，參觀當年發現「河套人」的現場。拜謁英雄噶爾丹的白纛、黑纛。

拜謁哲別將軍的花纛。

回返先母家鄉昭烏達盟，參加地質公園揭幕儀式。

與四位倡導在河源植樹的友人白音巴特爾、王立山、李景章、康少澤同赴希喇木倫河河源。

重返外祖母故園所在地熱水塘溫泉區、由劉志一帶領去尋訪百岔河之岩畫。

訪問考古學者邵國田。再訪敖漢旗博物館。

9月　飛回呼和浩特市，然後與友人奇景江往南直行，從東勝再回烏審旗。

拜謁林丹汗的白纛、文公西里祭祀地。

赴鄂托克前旗，拜訪城川教堂。

回呼市，參加內蒙古大學建校 50 週年校慶。

飛回北京，與友人會合，轉飛銀川，友人那仁巴圖前來，經賀蘭山進入內蒙古阿拉善盟，與奇景江會合，重訪黑水城。

在額濟那旗的中學演講「一個土爾扈特蒙古人的一生」。

合集《席慕蓉經典作品》由北京當代世界出版社出版。

10月　開始寫作〈寫給海日汗的信〉系列散文，發表於圓神出版社「席慕蓉」網站。

12月　22 日，出席福建省文學藝術聯合會、《臺港文學選刊》雜誌社、福建省文學藝術對外交流中心於福州主辦的「2007 海峽詩會——席慕蓉作品研討會」。23 日至 24 日，「天和地諧，人和詩諧——席慕蓉海峽西岸行」赴泉州與廈門，得見鼓浪嶼等地之美景。

2008年　4月　14 日，詩作〈以詩之名〉發表於《聯合報・副刊》E3 版。

6月 16 日，〈寧靜的巨大——洛陽李家營〉發表於《中華日報・中華副刊》C5 版。

23 日，〈寧靜的巨大——秋月・中華副刊〉發表於《中華日報》C5 版。

〈瑪利亞・索——與一位使鹿鄂溫克女獵人的相遇〉發表於《印刻文學生活誌》第 58 期。

7月 《寧靜的巨大》由臺北圓神出版社出版。

10月 丈夫劉海北逝世。

2009年 2月 4 日，詩作〈執筆的欲望〉發表於《聯合報・副刊》E3 版。

詩集『契丹のバラ：席慕蓉詩集』由池上貞子翻譯，東京思潮社出版。

4月 〈浪子的告白——關於碧潭〉發表於《印刻文學生活誌》第 68 期。

《追尋夢土》；合集《蒙文課》簡體版由北京作家出版社出版。

5月 2 日，〈歷歷晴川　再回首〉發表於《聯合報・副刊》D3 版。

赴鄂爾多斯，再謁成陵。

赴烏審旗，訪問哲別將軍戰旗「阿拉格蘇力德」的守護者仁慶，再訪林丹汗白旗「察罕蘇力德」的守護者額爾克斯慶及族人。拜謁烏審召的活佛。

6月 參加木華黎國王「京肯蘇力德」的祭祀活動，在烏審旗得以與從洛陽李家營前來祭祖的木華黎後代多人相遇。

7月 17 日，出席由天下文化於臺北 93 巷人文空間舉辦的「《巨流河》新書茶會」，與會者有白先勇、黃春明、蔣勳、簡媜、隱地等。

8月 27 日，詩作〈一首詩的進行〉發表於《聯合報・副刊》D3 版。

	9月	10日，詩作〈封號〉發表於《聯合報・副刊》D3版。 赴大興安嶺，參與額爾古納河紀錄片演出片段。再往北麓的林區之中，探訪兩年未見的鄂溫克女獵人瑪利亞・索，相談甚歡。 赴鄂爾多斯烏審旗，再訪額爾克斯慶。回程時在東勝市參觀鄂爾多斯青銅器博物館。
	10月	24日，詩作〈明鏡——再寄呈齊老師〉發表於《聯合報・副刊》D3版。 27日，擔任東華大學中國文學系於東華音教館舉辦的「原鄉之歌」朗誦作家，由蔣勳主持。 參加中華民國筆會在臺北及東華大學在花蓮的兩場詩歌朗誦。
	11月	1日，擔任中華民國筆會於臺北洪建全教育文化基金會敏隆講堂舉辦的「筆會詩歌文學沙龍——原鄉之聲」朗誦作家，與會者有余光中、向明、蔣勳、陳義芝等。 8日，擔任花蓮縣文化局舉辦的第四屆太平洋詩歌節朗誦作家，與會者有楊小濱、鯨向海、陳義芝等。
	12月	2日，〈〈遷居〉〉發表於《聯合報・副刊》D3版。 4日，〈再說〈遷居〉〉發表於《聯合報・副刊》D3版。
2010年	2月	9日，〈更親更近的梵谷〉發表於《聯合報・要聞》A4版。 陳義芝編《新世紀散文家：席慕蓉精選集》，由臺北九歌出版社出版。
	4月	擔任師範大學音樂系於師大禮堂舉辦的「詩樂交輝之夜」朗誦作家，與會者有蔣勳、陳義芝、向陽等。
	5月	15日，出席明道大學中國文學系舉辦的「王鼎鈞學術研討會」及「王鼎鈞作品文物展」，與會者有何寄澎、應鳳凰、亮軒、張瑞芬、蕭蕭、隱地等。
	6月	7日，詩作〈陌生的戀人〉發表於《聯合報・副刊》D3版。

8月 7日，〈繫斜陽纜——王鼎鈞回憶錄中的百年場景〉發表於《聯合報‧副刊》D3版。

赴內蒙古的阿爾寨石窟，得聆魏堅教授及巴圖吉日格勒兩位專家講解。

赴伊金霍洛，再謁成陵。此次單獨前往，完成四個全日的觀察與聆聽的功課。

清晨與傍晚跪在聖祖靈前，靜聽達爾扈特齊聲誦唱〈伊金桑〉。

9月 應葉嘉瑩教授之邀，與蔣勳在天津南開大學會合，16日晚三人共同與葉教授的學生座談。

17日，於南開大學演講「杜鵑花帶」，葉嘉瑩教授講評。

「席慕蓉詩集」（六冊）簡體版由北京作家出版社出版。

赴內蒙古阿拉善左旗，作兩場演講，講題為「杜鵑花帶」、「族群的記憶」。

赴額濟那旗，重探黑城，是陰曆8月14月圓之夜，與友人們在城外古河道上流連忘返。

赴阿拉善右旗的巴丹吉林沙漠，再登曼德拉山尋訪岩畫。

赴北京，應魏堅教授之邀，在中國人民大學演講，講題為「族群的記憶」。

10月 赴日本東京，參加第二屆「臺灣現代詩研討會」，與詩人焦桐分別朗誦自己的詩作及報告。並赴東京外國語大學與旅日的內蒙古留學生座談。參觀東京國立博物館。

11月 17日，詩作〈夢中篝火〉發表於《聯合報》D3版。

20日，出席花蓮縣文化局舉辦的第五屆太平洋詩歌節，與陳克華對談詩創作。

12月 10日，出席秀威資訊科技公司於國家書店舉辦的「馬森文集」新書發表會，與馬森、張曉風擔任與談人，由楊宗翰主持。

2011年 1月 15 日，於高雄小港社教館「2011 淡繪人生系列講座」演講「寧靜的巨大——書寫蒙古高原」。

2月 12 日，出席臺北市文化局於臺北紀州庵文學森林主辦的「飄泊舊事系列講座：獨白與眾聲——文學書寫的返家歧路」，與李瑞騰、鍾玲對談。紀錄文章〈獨白與眾聲——「文學書寫的返家歧路」座談會紀實〉刊載於《文訊》第 307 期。

15 日，詩作〈塔克拉瑪干——並致詩人吳晟〉發表於《聯合報・副刊》D3 版。

3月 8 日，出席於明道大學舉辦的「十大詩人詩畫聯展」，與會者有隱地、吳晟、張默、蕭蕭、路寒袖、李長青、白靈、紀小樣、顏艾琳。

25 日，擔任中華民國筆會季刊和《聯合報・副刊》於臺北爾雅書房合辦的「中外作家的日記　文學沙龍」與談人，與會者有隱地、陳育虹、梁欣榮，由宇文正主持。

4月 14 日，詩作〈大地哀歌——寫給一位孤獨的詩人〉發表於《聯合報・副刊》D3 版。

赴北京，與尼瑪開始翻譯薩滿教贊歌。

赴上海，得與好友作家陳丹燕歡聚。

5月 11 日，出席中華民國聲樂家協會於臺北中山堂光復廳舉辦的「我們的詩人，我們的歌」音樂會，於會中朗誦詩作〈一棵開花的樹〉，與會者有向陽、蔣勳、陳義芝、陳黎等。

28 日，歌曲〈盼望〉獲臺灣第 22 屆金曲獎最佳作詞人獎。

6月 14 日，詩作〈現代畫像石〉發表於《聯合報・副刊》D3 版。

赴北京，繼續翻譯薩滿教贊歌。

赴蘭州，在西北民族大學演講「關於誤解，關於證明，關於時間，關於自己」。

7月　13 日，詩作〈旦暮之間——給曉風〉發表於《聯合報・副刊》D3 版。

23 日，出席明道大學中國文學系、香港大學、廈門大學、徐州師範大學於臺北「爾雅書房」聯合舉辦的「隱地與華文文學」座談會，與會者有隱地、張默、向明、陳義芝、林貴真、陳憲仁等。

24 日，詩作〈以詩之名〉發表於《中華日報・中華副刊》24 版。

〈百年淬礪，永恆風華——陳慧坤教授生平〉發表於《藝術家》第 434 期。

赴青海西寧市，參觀令人驚嘆的藏醫學博物館。前往青海湖、塔爾寺，再沿祁連山北麓而行，經大斗拔谷（扁都口）古戰場，往訪甘肅省肅南裕固族自治縣，這裡是堯熬爾蒙古（今稱裕固族）的居地，也是好友鐵穆爾的家鄉。兩人往夏日塔拉草原去尋訪蒙古汗國最後一位可汗林丹汗駕崩（1634 年）之處，獻上哈達，在草原上跪下，默默祝禱，那一刻天地寂然的景像，永誌胸懷。

詩集《以詩之名》由臺北圓神出版社出版。

8月　8 月 16 日，於臺北誠品書局信義店舉辦詩集《以詩之名》圓神版新書發表會，與會者有簡志忠、隱地、陳義芝、林文義、汪其楣；9 月，簡體版由北京作家出版社出版。

應阿拉善盟「阿拉善文化研討會」之邀，在會中作報告，以南港中研院史語所所藏的居延漢簡展出現況為主旨，講題是「居延漢簡在臺北」。

在阿拉善盟左旗作兩場演講「阿拉善願景」、「人和他的文化圈」。

9月　出席於日本東京一橋大學舉行的第二屆「諾門罕事件（哈拉哈

河戰爭）國際研討會」。報告「疼痛的靈魂——夾縫中的興安軍」。

於東京大學為旅日的內蒙古人士演講「原鄉與我的創作」。

嘗試以從 1979 至 2010 年這三十年間的十首詩為例，分析自己的創作心態。

詩集《以詩之名》簡體版由北京作家出版社出版。

10 月　28 日，於復旦大學演講「原鄉與我的創作」。

接受紫鵑訪問，訪問文章〈草原上的牧歌——專訪詩人席慕蓉女〉刊載於《乾坤詩刊》第 60 期。

12 月　3 日，〈生命的撞擊——寫給達陽〉發表於《聯合報・副刊》D3 版。

2012 年　1 月　7 日，〈老課本　新閱讀〉發表於《聯合報・副刊》D3 版。

3 月　應臺東美術館之邀，赴臺東各地試作鄉野采風及速寫。

4 月　29 日，與蔣勳、謝旺霖共同擔任臺灣好基金會於池上大坡池畔主辦的「2012 池上春耕野餐節」朗誦作家。

5 月　4 日，獲第 53 屆中國文藝協會文學類榮譽文藝獎章。

18 日，出席成功大學舉辦的「鳳凰樹文學獎」講座，演講「原鄉與寫作」，與會者有沈寶春、翁文嫻等。

19 日，〈楊老師的美術課——紀念楊蒙中老師（1922～2012）〉發表於《聯合報・副刊》D3 版。

出席於北京舉辦的《天之恩賜》歌王哈札布傳記影片首映式。

6 月　26 日，詩作〈請給我一首歌〉發表於《聯合報・副刊》D3 版。

出席於瑞士 Lugano 市舉辦的第 16 屆「夏日詩歌節」，會中以法文及中文朗誦詩作六首（Emmanuelle Pechenart 法譯）。

7 月　28 日，主持中華民國筆會於臺北紀州庵文學森林主辦的「我的文學因緣」，由隱地主講「一個文學人已完成和未完成的夢」、林貴真主講「爾雅書房故事多」。

赴內蒙古阿魯科爾沁訪林丹汗之白城（查干浩特）。在阿魯科爾沁的天山二中作一場演講「蒙古人與蒙古家鄉」。

8月 25日，出席《聯合報・副刊》與臺積電文教基金會於聯合報大樓會議室主辦的「選手與裁判——青年寫作，跨時代的對話」座談會，由宇文正主持，與會者有朱天心、林群盛、林黛嫚等；10月6日，座談紀錄刊載於《聯合報・副刊》D3版。

10月 15日，提供詩作予中華民國聲樂家協會舉辦的「我們的詩人・我們的歌——重唱曲發表音樂會」，共同提供者有林婉瑜、陳育虹、零雨。

11月 2日，出席上海商業儲蓄銀行文教基金會與紀州庵文學森林主辦的「我們的文學夢」系列講座，主講「溯源」；會後紀錄〈溯源〉刊載於《文訊》第326期。

12月 9日，於臺東美術館舉辦「在臺東遇見席慕蓉」詩畫展，展出以「曠野系列」為主題的油畫新作，以及淡彩、素描、版畫、手抄詩等，展期自至2013年2月24日止。

18日，詩作〈問答題〉發表於《聯合報・副刊》D3版。

「席慕蓉作品集」（三冊）由臺北印刻文學生活雜誌出版公司出版。

2013年 1月 《前塵・昨夜・此刻：席慕蓉散文精選》簡體版由武漢長江文藝出版社出版。

3月 11日，出席第二屆澳門文學節；於澳門理工學院演講「美的原鄉」。

4月 20日，出席臺北市政府於市長官邸藝文沙龍主辦的「2013臺北文學季——大家讀城」，主講「生命的盛宴」。

赴日本京都小住。

5月 22日，以「悲傷」為題，詩作〈餘生〉、〈《沒有墓碑的草原》

——敬致作者大野旭教授〉發表於《聯合報・副刊》D3 版。

6 月　赴北京與尼瑪校訂所譯之薩滿教贊歌。

赴呼倫貝爾，在海拉爾市參加使鹿部落畫家維佳的畫展開幕。展品中也包括他的母親與已逝的姐姐的畫作。山林生活的記憶透過自己的畫筆來描述，雖近於素人畫家的樸拙，卻更為動人。

登大興安嶺三訪瑪利亞・索。難得相見，本該歡喜雀躍，但是眼前大範圍環境的改變，對使鹿部落的生存極為不利，心中悲歡紛呈，雜亂不堪。

7 月　2 日，與羅毓嘉、李進文、王津平、陳宏勉、鍾文音、林煥彰、羅文嘉共同擔任「文訊 30：世代文青論壇接力賽」講者，由汪其楣主持。

18 日，出席香港書展系列講座，並於光華新聞中心演講「詩歌中的鄉愁」。

21 日，於香港書展、《亞洲週刊》舉辦的「名家講座系列」，主講「原鄉與我的創作」。

8 月　16 日，〈鄉關何處〉發表於《聯合報・副刊》D3 版。

9 月　5 日，應邀與謝旺霖、王文興等擔任於臺北華山 1914 文創園區舉辦的第一屆「華文朗讀節」朗誦作家，於會中朗誦詩作〈以詩之名〉。

《寫給海日汗的 21 封信》由臺北圓神出版社出版。

赴北京，在中央民族大學蒙文系演講。講題為〈從蘇力德的文化談起〉。

赴阿拉善盟額濟納旗的中學演講，也以蘇力德的滄桑為主要內容。

在阿拉善左旗參與「阿拉善詩歌之美」的朗誦活動。阿拉善三位當代詩人馬英、額・寶勒德與恩克哈達各自朗誦蒙文詩作，與他們同臺並與汪其楣朗誦他們的漢譯詩作。

10月 7 至 10 日止，出席中國文藝協會於臺北市國軍文藝活動中心主辦的「海峽兩岸現代詩書畫名家聯展」，共同參展者有余光中、鄭愁予、洛夫、陳義芝等。

21 日，詩作〈不滅——寫給黑城〉發表於《聯合報‧副刊》D3 版。

應黃春明之邀出席宜蘭第八屆「悅聽文學」朗讀活動。

11月 16 日至 12 月 1 日止，與吳士偉、洪江波、魏禎宏、沈宏錦、曾己議於臺北敦煌畫廊共同舉辦「青田藝術季六人展」聯展。

23 日，主持中華民國筆會於臺北紀州庵文學森林主辦的「文學新作朗讀會」，朗讀作家有張曉風、隱地、陳育虹。

28 日，出席趨勢教育基金會於國家圖書館主辦的「『葉嘉瑩手稿著作暨影像展』展覽開幕記者會」；30 日，與白先勇、施淑、陳若曦擔任「以無生的覺悟，做有生的事業」與會講者。

12月 應邀於臺北歷史博物館朗誦詩作〈歷史博物館〉。

2014年 1月 以《寫給海日汗的 21 封信》獲「2013 年中華文化人物」稱號。

2月 〈一場意猶未盡的演講〉發表於《皇冠雜誌》第 720 期。

3月 10 日，以詩作〈餘生〉獲《臺灣詩選》「2013 臺灣年度詩獎」，出席於臺北 101 大樓舉辦的頒獎典禮，與會者有李瑞騰、向陽、管管、向明、白靈、陳義芝、蕭蕭、焦桐等。

4月 18 日，〈我不僅僅是……〉發表於《聯合報‧副刊》D3 版。

〈十六棵玫瑰——敬悼　宜瑛姐〉發表於《文訊》第 342 期。

5月 3 日，出席中華民國筆會於臺北紀州庵文學森林主辦的「文學新作朗讀會」，會中朗讀《寫給海日汗的 21 封信》，由陳義芝主持，與會者有高天恩等。

出席日本靜岡大學日本蒙古學學會例會，會中演講「三尊蘇力德」。

6月　27 日，以「詩三篇」為題，詩作〈猿踊〉、〈人生轉向〉、〈軌道上〉發表於《聯合報・副刊》D3 版。

於臺灣師範大學演講「細節的分享」。

7月　7 日，〈詩心不滅——敬呈葉嘉瑩先生〉發表於《聯合報・副刊》D3 版。

赴內蒙古克什克騰旗，旁聽「應昌忽里臺」國際學術會議，印象深刻。

9月　2 日，以「詩三篇」為題，詩作〈五月的沼澤〉、〈時光刺繡〉、〈流動的月光〉發表於《聯合報・副刊》D3 版。

於內蒙古博物院演講「永遠的蘇力德」，並獲頒內蒙古博物院特聘研究員證書。

10月　23 日，出席中華民國筆會於洪建全教育文化基金會主辦的「珍惜詩人的聲音——臺灣與日本・詩的交響・朗誦會」，會中朗誦詩作，與會者有向陽、許悔之、陳育虹、陳義芝、望月善次、結城文、平出洸等。

25 日，出席海外華文女作家協會於廈門大學舉辦的「海外華文女作家 2014 雙年會暨華文文學論壇」，演講「文化的信仰」，與會者有余光中、陳鼓應、陳若曦等。

11月　3 日，於臺北教育大學演講「我的原鄉書寫」。

13 日，出席於「齊東詩舍」舉辦的臺灣國際詩歌節記者會，與會者有張默、辛牧、管管、朵思等。

15 至 30 日止，於臺北敦煌畫廊舉辦個人畫展「曠野・繁花：席慕蓉個展」；合集《曠野・繁花：席慕蓉畫集》由臺北敦煌畫廊出版。

22 日，應邀於花蓮亞士都飯店舉辦的 2014 太平洋詩歌節「圓桌詩會」詩學論壇朗讀，與會者有顧彬、陳黎、洪淑苓等。

12月 15日，出席於「齊東詩舍」舉辦的臺灣國際詩歌節詩歌朗誦，與會者有楊鍵、零雨、曾淑美等。

接受曾淑美訪問，訪問文章〈燃燒的蒙古人——訪席慕蓉〉；並應邀與與零雨對談，對談文章〈我總是在草原的中央——席慕蓉對談零雨〉刊載於《印刻文學生活誌》第136期。

2015年 1月 《流動的月光》簡體版由北京作家出版社出版。

2月 10日，出席印刻文學生活雜誌出版公司於臺北金石堂城中店主辦的「《世界華文新文學史——中國現代文學的兩度西潮》新書發表會」，與會者有馬森、郭楓、紀蔚然、邱燮友等。

4月 6日，〈海馬迴〉、〈輾轉的陳述〉；畫作〈困境〉發表於《聯合報》D3版。

應邀赴北京央視，為葉嘉瑩教授新書《人間詞話七講》獲獎致賀詞。

5月 23日，應林懷民之邀，與蔣勳於雲門劇場「雲門講座——哈里路亞　壞人萬歲」講讀詩人瘂弦及其作品，會中並朗誦詩作〈紅玉米〉。

30日，出席宜蘭大學舉辦的「悅聽文學」講座，會中向讀者介紹葉嘉瑩與齊邦媛的作品，與會者有黃春明、廖玉蕙、平路、向陽、吳明益等。

6月 9日，詩作〈初心——再訪曼德拉山的岩畫群〉發表於《聯合報・副刊》D3版。

返母親故鄉，參加外祖父穆隆嘎創辦的經棚蒙古族小學百年校慶盛典。

於內蒙古赤峰市克什克騰旗經棚第一中學演講，講題為「三尊蘇力德」。

再次拜訪當地的牧馬人，錄音以及去多戶草場觀察停留，與多位朋友歡喜重逢。

《寫給海日汗的21封信》簡體版由北京作家出版社出版。

7月 12日，適逢爾雅出版社40週年，出席臺灣詩學季刊雜誌社於臺北紀州庵文學森林舉辦的「『爾雅不惑・詩心無限』40週年慶祝活動」，於會中朗誦作品，與會者有隱地、愛亞、張曉風、陳芳明等。

應查格德爾之邀，赴蒙古國烏蘭巴托市與考古學者額爾登巴特見面，深入鄂爾渾河流域突厥舊地、契丹古廟、匈奴古墓群等文化遺址。

〈爾雅時光〉發表於《文訊》第357期。

8月 自蒙古國直飛北京，轉赴內蒙古錫林浩特，在錫林郭勒職業學院與尼瑪各以蒙文與漢文演講，並贈書《薩滿神歌》給學院，作為二人合譯，由北京民族出版社初版的《薩滿神歌》新書首發的活動。下午並在該市的蒙文書店「春雨書店」簽名售書。

回北京轉機飛青海西寧，參加青海的國際詩歌節，得以聆聽美國老詩人傑克・赫什曼與俄國詩人亞力山大・庫什涅爾的精采朗誦。

從西寧前往海北州海晏縣，與青海的德都蒙古族族人相見。

9月 《槭樹下的家》簡體版由武漢長江文藝出版社出版。

蕭蕭、羅文玲、陳靜容編《草原的迴聲——席慕蓉詩學論集》，由臺北萬卷樓圖書公司出版。

10月 4日，以「詩三篇」為題，詩作〈自敘——給最初的時光〉、〈我讀詩〉、〈動詞的變化——途經 Parc de Léopold, Bruxelles〉發表於《聯合報・副刊》D3版。

14日，出席明道大學於明道大學開悟大樓人文講堂舉辦的「2015 濁水溪詩歌節『春華秋實——在時光的門欄裡回望』席慕蓉詩作學術論文發表會」，與會者有蕭蕭、陳憲仁、謝三進、李桂媚、李癸雲等。

出席天津南開大學舉辦的「葉嘉瑩從教七十年」慶祝活動，會後應邀演講「時光刺繡」。

《寫給海日汗的 21 封信》、《流動的月光》簡體版由北京作家出版社出版，應邀於北京首都圖書館與賀希格陶克陶教授同臺演講。

11 月 完成長詩〈英雄博爾朮〉。

《透明的哀傷》簡體版由武漢長江文藝出版社出版。

2016 年 3 月 1 日，〈註記〉發表於《中華日報・中華副刊》B4 版。

4 日，〈我認錯〉發表於《聯合報・副刊》D3 版，「回音壁」。

9 日，詩集《除你之外》由臺北圓神出版社出版。

13 日，詩作〈除你之外〉發表於《聯合報・副刊》D3 版。

15 日，〈生命的要求〉發表於《中華日報》B4 版。

長詩〈英雄博爾朮〉及攝影作品發表於《文訊》第 365 期。

4 月 5 日，〈空間〉發表於《中華日報・中華副刊》B4 版。

16 日，於臺北青田藝集舉辦「有人問我草原的價值」詩與攝影試展，開幕式與汪其楣朗誦，至 5 月 28 日。

19 日，〈困惑〉發表於《中華日報》B4 版。

於呼和浩特內蒙古師範大學盛樂校區演講「詩與原鄉」。

沿陰山而南下，有幸參加在伊金霍洛的成陵舉行的「春季白蘇魯格祭典」，為期八天，敬謹觀禮。

於內蒙古大學鄂爾多斯分部演講「詩與原鄉」。

赴烏審旗探望故去好友查嘎黎的家人，並與林丹汗的察罕蘇力德護旗手，額爾克斯慶再聚首。

在學者哈達奇・剛引領之下，訪問當地新設的「書敖包」與「書的博物館」，並參觀當地小學的音樂教學，印象深刻。

5 月 3 日，〈實實在在的人生〉發表於《中華日報・中華副刊》B4 版。

17 日，〈我們的太魯閣〉發表於《中華日報・中華副刊》B4 版。

6 月　7 日，〈第一個夜晚〉發表於《中華日報・中華副刊》B4 版。

11 日，「有人問我草原的價值」詩與攝影試展轉至臺北紀州庵文學森林展出，至 7 月 30 日止。

7 月　5 日，〈夕陽尚早〉發表於《中華日報・中華副刊》B4 版。

19 日，〈珍貴的細節〉發表於《中華日報・中華副刊》B4 版。

24 日，出席明道大學中國文學系於臺北紀州庵文學森林舉辦的席慕蓉詩學論文集發表會。

蕭蕭、羅文玲、陳靜容編《江河的奔向——席慕蓉詩學論集 II》，由臺北萬卷樓圖書公司出版。

赴內蒙古錫林郭勒職業學院，參加新疆衛拉特蒙古二年一屆的文化學術會議，得見巴岱主席，無比歡欣。

在開幕式時，其他三位學者應邀發表論文綱要，席慕蓉朗誦詩作〈有人問我草原的價值〉及〈餘生〉。

大會閉幕後，跟隨巴岱主席及多位衛拉特蒙古的與會代表，前往探望三百多年前，在烏蘭布通一役傷敗的噶爾丹舊部，當年被康熙皇帝留置於錫林浩特附近草原，其後代也一直生活到今天。見故鄉長老率眾人來訪，喜不自勝，竭誠款待，稱此為三百年一會，感慨極深。

再訪元上都。

轉赴母親故鄉克什克騰草原，與賀希格陶克陶教授及其夫人德力格爾其其格女士相會。

再訪牧馬人，並與攝影家李景章討論二人合作的專書計畫進度。

在錫林浩特獲馬頭琴演奏名家齊・寶力高親贈馬頭琴一把，是珍貴的禮物，敬慎攜回臺灣。

8月　2日，〈誰還記得「興安軍」？〉發表於《中華日報》B4版。

16日，〈在戈壁〉發表於《中華日報》B4版。

9月　6日，〈給〈詩想〉的回應——敬致詩人陳克華〉發表於《聯合報・副刊》D3版，「回音壁」。

赴天津南開大學聽葉嘉瑩教授講課。

於天津天澤書店與劉波對談創作經驗。

於北京衛視與德德瑪接受訪問，並朗誦詩作〈請給我一首歌〉。

從天津轉往海拉爾，於呼倫貝爾大學演講「在母親的草原上遇見了鐵蹄馬」。

在孟松林院長的引導下，赴海拉爾河的南岸探看先民足跡，赴博物館參觀最近的考古發現。

19日，於南開大學新校區演講「在母親的草原上遇見了鐵蹄馬」。

「席慕蓉詩集」精裝本（七冊）簡體版由北京作家出版社出版。

10月　1日，出席東吳大學中國文學系於東吳大學外雙溪校區綜合大樓國際會議廳主辦的「席慕蓉研討會」，與會者有白靈、沈玲、汪啟疆、黎活仁等。

12日至21日止，於臺北醫學大學校史館舉辦「有人問我草原的價值」攝影與詩試展。

12月　4日，〈我正在做的事〉發表於《聯合報・副刊》D3版。

本年　詩集 *IL FIUME DEL TEMPO* 由 Rosa Lombardi 譯，羅馬 CASTELVECCHI 出版。

2017年　2月　〈身體裡的故鄉〉發表於《讀者》2017年2月號。

4月　陳茂萱將詩作譜成歌曲，並舉辦「契丹的玫瑰」音樂會。

5月　5日，「霧荷詩畫展」於臺北雲門劇場藝廊展出，至7月27日止。

6月　6 日，出席政治大學斯拉夫語文學系與俄羅斯中心舉辦的「打開記憶的盒子：與余光中、席慕蓉有約詩作俄譯朗讀會」。當時余光中是以預錄影片的方式參加。

10 日，於臺北齊東詩舍與陳克華對談「詩與畫的『自然而然』」。

7月　20 日，〈日昇日落・最後的書房——敬寫齊邦媛先生〉發表於《聯合報・副刊》D3 版。

合集《我給記憶命名》由臺北爾雅出版社出版。

9月　「席慕蓉詩集」（七冊）簡體版由武漢長江文藝出版社出版。

適逢外祖父穆隆嘎（中國今譯慕容嘎）所創辦第一所內蒙古蒙古族小學萃英小學（現名內蒙古克什克騰旗經棚蒙古族小學）102 年校慶，返回母親故鄉，應邀參加穆隆嘎銅像揭幕典禮。

應邀於克旗白音查干小學演講「與草原共生」。後於克旗經棚小學演講「人格的塑造」。

拜訪克旗牧馬人，也是好友的寶音達賴、青格勒。

18 日，於上海復旦大學人類學研究所、民族研究中心演講「在回家的路上」；19 日，應邀與陳崗龍、定宜莊對談「美在草原——《草尖上的文明》三人談」，由民族研究中心主任納日碧力格主持。

10月　28 日，應邀擔任於臺北華山 1914 文創園區酒廠區華山紅館舉辦的「中華民國筆會名家講座——張錯談詩創作與器物研究」主持人。

合集《當夏夜芳馥：席慕蓉畫作精選集》由臺北圓神出版社出版。

「席慕蓉散文」（三冊）簡體版由武漢長江文藝出版社出版。

11月　4 日，出席中央民族大學蒙古語言文學系、國際蒙古學學會舉辦的「中央民族大學第二屆蒙古文文獻國際學術研討會」，會中演講「《蒙古祕史》中的時空美感」。

5日，在中央民族大學演講「英雄組曲」。

12月 2 日，出席於趨勢教育基金會趨勢講堂舉辦的中華民國筆會名家講座，演講「重讀與初讀——從『爾雅日記叢書』談起」，由黃碧端主持。

9日，出席臺東池上穀倉藝術館開幕首展，與會者有蔣勳。

19日，詩作〈重讀與初讀〉發表於《聯合報・副刊》D3版。

2018年 1月 開始《青格勒的馬群》攝影資料初選。

2月 24 日，出席文訊雜誌社與臺北市文化局於臺北紀州庵文學森林舉辦的「詩壇的賽車手與指揮家——余光中紀念特展」，與會者有范我存、王文興、陳芳明、向明、管管、羅智成、白靈等。

6月 6日，於臺中佛光山惠中寺演講「夢土人生」。

7月 中旬，完成《青格勒的馬群》攝影作品初選，從李景章 2016 年全年拍攝的一萬九千多張攝影相片中，選出 2476 張，分列48個檔案夾中。

8月 「席慕蓉原鄉書寫系列」（六冊）簡體版由內蒙古人民出版社出版。當中蒙譯本四冊，漢文本二冊。

詩集《除你之外》簡體版由北京作家出版社出版。

9月 8 日，晚間在內蒙古大學演講，講題為「我如何寫英雄敘事詩」。

11 日，出席內蒙古人民出版社與內蒙古自治區圖書館主辦的「席慕蓉作品發布會」。

12月 複選《青格勒的馬群》攝影作品735張。

2019年 1月 19 日，出席於紀州庵文學森林舉辦的「《我們種字，你收書——《文訊》編輯檯的故事 2》新書發表會」，與會者有隱地、汪其楣、楊索、林立青等。

3月　完成《青格勒的馬群》攝影作品決選493張及文字稿。

4月　19日，應內蒙古電視臺蒙語衛視之邀，於「與詩同行」大型節目中，以「在詩的深處」為主題作現場直播的講座，懇請詩人策・朝魯門與之同臺朗誦。一用漢文，一用蒙文，將演講內容直接傳送到草原深處的牧民家中，效果出奇地圓滿。（據電視臺工作人員告知，現場直播收看人數在當日講座結束時為65萬人。）

5月　3日，出席中國文藝協會於臺北張榮發基金會大樓舉辦的「文藝獎章60榮耀迴響」，與會者有封德屏、辛牧、廖玉蕙、鄭愁予等。

7月　12日，在克什克騰旗參加馬文化節，由牧馬人青格勒主持。

9月　10日，出席於天津南開大學舉辦的「向葉嘉瑩先生九五華誕祝壽活動」。

12日，在北京為人民文學出版社的簡體字版新書《我給記憶命名》，接受記者專訪。

22日，參加作曲家錢南章於國家音樂廳的演奏廳舉行的藝術歌曲「給我一首歌」演唱會，全場以席慕蓉23首詩作入歌。由女高音林孟君、黃莉錦，男高音林義偉演出，鋼琴為葉青青。

28日，在臺北蒙藏文化館演講。講題為「溯源」。

合集《我給記憶命名》簡體版由北京人民文學出版社出版。

參考資料：

・網站：「席慕蓉・年表」。最後瀏覽日期：2019年5月8日。
https://www.booklife.com.tw/upload_files/web/hsi-muren/list.htm

・席慕蓉提供年表手稿，共5頁。

輯三◎

研究綜述

席慕蓉研究綜述

◎李癸雲

一、前言

席慕蓉，蒙古語名穆倫・席連勃，祖籍蒙古察哈爾盟明安旗，1943 年生於四川重慶城郊金剛坡，1954 年自香港來臺迄今。省立臺北師範學校（今臺北教育大學）藝術科畢業、師範大學藝術系（今臺灣師範大學美術學系）學士、比利時布魯塞爾皇家藝術學院碩士，曾任教於新竹師範專科學校（先改制為新竹教育大學，後併入清華大學）美術科、東海大學美術系。畫作曾獲得布魯塞爾皇家藝術學院最佳優等第一獎等多項國際大獎，文學創作則曾獲得第一屆《聯合報》小說獎佳作、第五屆金鼎獎唱片類歌詞獎、第 11 屆中興文藝獎章新詩獎、第 53 屆中國文藝協會文學類榮譽文藝獎章、2013 年《臺灣詩選》年度詩獎、第 22 屆金曲獎最佳作詞人獎、2013 年中華文化人物等獎項。席慕蓉的文學創作兼有詩、散文、小說，其中詩的成就最為耀眼，她的主業本是繪畫，卻在詩壇大放異彩，影響無數詩的讀者。

1959 年，席慕蓉進入師範大學藝術系就讀，曾在修習溥心畬老師的課時，寫了許多詩詞給老師看。溥老師在最後一次上課時送她一字：「璞」，並對全班同學說：「我剛才的意思是說這位女同學是一塊璞，要琢磨之後才能顯出裡面的玉質來。」[1]席慕蓉自認這是對她的生命的一次重要提醒：「老

[1]席慕蓉，〈最後一課——影響我文學生命的關鍵人物〉，《文訊》第 25 期（1986 年 8 月），頁 1。

師在這最後一堂裡所說的話，就是給我開始琢磨所下的第一刀了吧。」自此之後，席慕蓉以璀璨的詩歌才華回應了溥老師的慧眼。席慕蓉前期的詩作，以《七里香》、《無怨的青春》和《時光九篇》三本詩集驚人的暢銷紀錄，造成詩壇轟動，也成就為人熟知的抒情詩風。1989 年，席慕蓉 47 歲，她終於得以前往父母的家鄉，也是自己血統的原鄉——蒙古，人生轉入更深更廣的境界，創作也從日常生活的感悟，開拓至家國悲壯的情懷。

不同形式的創作對於席慕蓉，各有不同的意義，她說：「如果說，從 14 歲便開始正式進入藝術科系學習的繪畫是我終生投入的一種工作，那麼，從 13 歲起便在日記本上開始的寫詩就是我抽身的一種方法了……我卻從來沒有刻意地去做過些什麼努力，我只是安靜地等待著，在燈下，在芳香的夜晚，等待它來到我的心中。因此，這些詩一直是寫給我自己看的，也由於它們，才使我看到我自己。」[2]至於散文，她認為那是記載她的生活，是她對生命的一種驚嘆，用來思考生命所由來，又將往何處去的意義。生活對她而言，像是一條平穩緩慢的河流，逐日逐月的流過，與她的詩、她的名字一同築夢，「我的蒙古名字叫作穆倫，就是大的江河的意思，我很喜歡這個名字，如果所有的時光真如江流，那麼，就讓這些年來的詩成為一條河流的夢吧。」[3]

綜覽至目前為止豐碩的席慕蓉研究資料，不僅涵蓋其各個層面創作之討論，更在生平論述與詩觀表現上，有極精采的紀錄。因此，筆者梳理、歸納之後，本文將從五種關鍵論述面向加以說明：「詩觀與生平概述」、「討論的起點？——暢銷現象」、「以詩美學為核心之探究」、「轉折：蒙古書寫」、「散文與畫作的評論」，最後在結論處則提出席慕蓉作品研究之展望。

---

[2]席慕蓉，〈一條河流的夢（後記）〉，《七里香》（臺北：大地出版社，1981 年），頁 192。
[3]席慕蓉，〈一條河流的夢（後記）〉，《七里香》，頁 192。

二、席慕蓉詩觀與生平概述

> 散落在四處的詩稿，像是散落在時光裡的生命的碎片，等到把它們集成一冊，在燈下初次翻讀校樣之時，才驚覺於這真切的全貌。
>
> 終於知道，原來——
>
> 詩不可能是別人，只能是自己。
>
> 這個自己，和生活裡的角色不必一定完全相稱，然而卻絕對是靈魂全部的重量，是生命最逼真精確的畫像。[4]

在席慕蓉研究的綜合資料裡，關於生平、創作經歷、詩觀等方面的描述非常多元而豐富，包括作者自述、書序、訪談等。這些研究內容對於理解席慕蓉的生命底蘊、生活背景及其詩風之形塑，有極重要的助益。其中最值得細細探究的，是席慕蓉自身談創作的文字，素樸卻真切，與作品表現相互輝映。如本節開頭所引之「席慕蓉詩話」，簡單而有力。

另外，《七里香》的後記〈一條河流的夢〉則說明了前期詩作裡所秉持的原始而本真的創作觀。席慕蓉先陳述自己受到寵愛的呵護，以及難忘的婚禮：「那是個五月天，教堂外花開得滿樹，他給了我一把又香又柔又古雅的小蒼蘭，我永遠不會忘記。」[5]因此面對友人詢問：「你為什麼可以寫這樣的詩？」她可以理直氣壯的回答：「為什麼不可以呢？我一直相信，世間應該有這樣的一種愛情：絕對的寬容、絕對的真摯、絕對的無怨、和絕對的美麗。假如我能享有這樣的愛，那麼，就讓我的詩來作它的證明。假如在世間實在無法找到這樣的愛，那麼，就讓它永遠地存在我的詩裡，我的心中。」[6]這些簡單卻優美的自述都是動人的散文，得以佐證詩

---

[4]席慕蓉，〈席慕蓉詩話〉，《爾雅詩選》(臺北：爾雅出版社，2000 年），頁 89。
[5]席慕蓉，〈一條河流的夢（後記)〉，《七里香》，頁 190～191。
[6]席慕蓉，〈一條河流的夢（後記)〉，《七里香》，頁 191。

人前期詩作的情感純粹性。

詩人所相信的真實而絕對的愛情，在詩裡保留著，也在散文裡作了註釋。〈鄉間的夜晚〉一文以日常婚姻生活的寫真，補充了愛情的內面，很適合與詩作參照閱讀：「他就是這樣的一個男子，在很多事情上都笑著依了我，不多說話，也不干涉我平日生活裡種種的奇怪行為。我們在歐洲相遇和相知，結婚的時候，我已經是那個又開畫展又寫詩很能獨立生活的女子了。所以，對我在生活裡無論是優良或者拙劣的表現，他都含笑接受，不以為奇。」[7]丈夫是席慕蓉的知己、朋友，又是情感上的強大後盾。「鄉間的夜晚」是平淡無奇的日常，並非轟轟烈烈的燃燒愛情，例如他們每個晚上在家附近散步：「我們兩個人就在這些槭樹下面輕聲交談，攜手走過一個季節又一個季節。」[8]席慕蓉對愛情的體會，平靜而淡遠，正如姐姐要求父親的墨寶寫來送他們作為結婚禮物的幾句話：「二人同心，其利斷金。同心之言，其嗅如蘭。」「我想，只要有他的手牽著我的，走到哪裡都應該是一樣的吧。」[9]

透過採訪時的他人視角，更能展現席慕蓉看待己身詩作的態度，以及創作的意義。在眾多採訪裡，夏祖麗的描繪，不僅有完整的生活情境介紹，更能從幾個核心問題的發問談起，成為席慕蓉自述的經典片段。例如，談到暢銷問題，「席慕蓉自己認為，她的書暢銷是一種機緣。是剛好到了這個時候。她說：『如果不是我，也會是別人，這是機緣！』」[10]而寫作對席慕蓉的意義，也在訪問中展開深探，文中述及：「寫作，使她獲得很多，她說：『以前我比較寂寞，因為我只有姐妹和丈夫可以談心。有幾個春天，我一個人坐在校園裡，覺得自己很悶，如今，寫作把我解開

[7]席慕蓉，〈鄉間的夜晚〉，《一又二分之一：女作家的婚姻故事》（臺北：林白出版社，1988年），頁32。
[8]席慕蓉，〈鄉間的夜晚〉，《一又二分之一：女作家的婚姻故事》，頁33。
[9]席慕蓉，〈鄉間的夜晚〉，《一又二分之一：女作家的婚姻故事》，頁34。
[10]夏祖麗，〈一條河流的夢——席慕蓉訪問記〉，《新書月刊》第8期（1984年5月），頁13。

了。』」[11]這些類似「談心」的採訪文字，都是了解詩人創作心理的重要素材。透過訪問的「現身說法」，更得以補充作者對己身作品被定位的看法，「席慕蓉並不喜歡人家以她的作品來認定她是夢幻的，是唯美的。她說：『我並不是生活在一個很美的環境裡，我面對的是整個生活，然後把裡面最珍貴的部分特別挑出來。』」[12]

雖然在當代文學研究的慣習裡，羅蘭・巴特（Roland Barthes, 1915-1980）的「作者已死」之文學主張已成常態，詩作的詮譯有了開放性，不局限於作者本意，然而，席慕蓉的詩觀與自陳，筆者認為具有與文本相互對照的價值，由此更得以深探作家與作品的內在意義。

三、討論的起點？——暢銷現象

若說上述詩人特殊的創作背景與秉持的詩學看法，是研究的基礎架設，而研究的起點，似乎都無法忽略「暢銷」的現象。不論是談論席慕蓉的詩、散文或畫作，大部分的論述都要回溯（即使是幾句話帶過）當她出現於文壇時，因暢銷而引起的轟動，部分更論及暢銷之後詩壇的某些異議。[13]研究者傾向於再次強調席慕蓉的暢銷色彩或爭論點，原因多半在於讓席慕蓉的「現在」樣貌有了對照組。可是，每回重新爬梳一次，席慕蓉詩作的「暢銷」與「爭議」便會被強化一下，暢銷現象變成潛在的席慕蓉研究的「起點」？因此，筆者認為要綜覽席慕蓉研究的各個面向之前，不得不先了解暢銷現象的爭議問題。

關於這場論爭的完整過程，以及「席慕蓉現象」的特殊性，可參看陳政彥的清晰而客觀的析論。他立足於當代文學場域的概念，試圖以文學觀念的轉變來理解：「透過分析『席慕蓉現象論爭』，我們可以看到現代詩的場域轉變，由過去代表前衛實驗，與大眾對立的立場，受到國民政府主

[11]夏祖麗，〈一條河流的夢——席慕蓉訪問記〉，頁 18。
[12]夏祖麗，〈一條河流的夢——席慕蓉訪問記〉，頁 18。
[13]主要是渡也，〈有糖衣的毒藥——評席慕蓉的詩（上、下）〉，《臺灣時報》，1984 年 4 月 8～9 日，8 版，以及發表之後的一些討論。

導的大眾文化品味挑戰，現代詩的評論者由排斥席慕蓉與其暢銷的現象，到後來逐漸能以分析代替批判，最終正視席慕蓉現象的特殊性。」[14]

在一系列的重溯文章裡，有幾篇非常值得注意的回應文字。第一篇是事隔十年後，席慕蓉在報紙專欄「作家論自己」上所作的說明：「（在當時）對這些，我從來沒有說過一句話，因為，我相信，時間會為我作證，替我說明一切的。十幾年都已經過去了，時間果然一一為我作了證明：首先，我並沒有因為『暢銷』就去大量製造……」[15]，其次，作品的品質後來也受到肯定，「四本詩集中，有兩本分別得到中興文藝獎章與金鼎獎，另外還有一本被推介為青年學子的課外讀物」，更有許多年輕人受到啟發，對詩產生了興趣。此文最後，席慕蓉發表了較為強硬的陳述：「不暢銷並不一定就等於創作態度嚴肅。（而且，只有態度嚴肅並不等於寫出來的就會是偉大的作品吧？）……我自認是個簡單而真誠的人，寫了一些簡單而真誠的詩，原本無意與任何人爭辯。我只是覺得，如果有人努力要強調自己『不屑於暢銷』的清高，那麼，他內裡耿耿於懷，甚至連自己也無法察覺的，是否依然只是『暢銷』這件『庸俗』的事呢？」這是一段作家自言，也是一段評析爭論本質的精闢之文。

而散文家林清玄在當時處於爭論的風頭階段，曾發表一文，提出詩壇之外的文學看法，並關注到席慕蓉的「兩個出口」。他首先打抱不平：「這是自鄉土文學論戰以後，對一位誠懇的作家最惡意的醜化，正足以反映臺灣詩壇經過了一再的陣痛之後，並沒有走上開闊的大路，反而走向了狹猛的窄巷，一部分詩人抱著社會化、政治化的棒子，卻反對了中國詩歌抒情與玄想的可貴特質，這是十分令人痛心的。」[16]林清玄進而分析批評者的心態：「是因為看到了一位詩人受到大眾的喜愛與肯定之後，表達的酸葡萄心理而已——為什麼受人喜愛的情詩就是有毒的，反而那些被摒棄

[14]陳政彥，〈「席慕蓉現象爭論」析論〉，《臺灣詩學學刊》第 7 期（2006 年 5 月），頁 133。
[15]席慕蓉，〈席慕蓉論席慕蓉，關於「暢銷」〉，《聯合報・副刊》，1994 年 12 月 12 日，37 版。
[16]林清玄，〈席慕蓉的兩個出口〉，《大悲與大愛》（臺北：駿馬文化公司，1986 年），頁 98。

的詩才是好詩呢？這真是經不起分析的一種基礎。」[17]此文所指的「兩個出口」為畫與詩的交響互鳴：「從畫裡，也可以看出她是極多元的人，她並未畫地自限，只是忠於自己的感動與觀察，荷花是她典雅細膩的一面，夜色是她幽深玄想的一面，女人是她粗獷堅決的一面，這三面組成了席慕蓉，使她成為一個有多面潛能的畫家。正如她的詩一樣，情感盎然的情詩固然是她的專長，山水之美也是她的背景，偶然，她也寫下幾首馬蹄響鳴的塞外雄歌。」[18]雖然是非詩界的散文家觀察，卻提醒了文學能共鳴人心的基本原因。

即使論爭結束多年，向陽回想起當年席慕蓉一邊接受詰難，卻一邊默默對《陽光小集》的支持，透過回顧手稿與書信的故事，感念席慕蓉：「一個詩人書寫的真實，以及她對於當時作風激進的《陽光小集》的包容與呵護。」[19]雖是回想，仍不免要重探：「她以詩、圖互詮之美，表現女性內在世界的幽微、細緻以及柔情，在鄉土文學論戰之後，寫實主義主勝場的詩壇中崛起，展現了和現代主義、寫實主義兩相不同的抒情詩風，這或許是她的詩能普獲讀者喜愛，開拓新詩閱讀市場的主因吧。」[20]此文更進一步試圖從詩史的演進理解席慕蓉詩歌的崛起，同時透露出，當年在暢銷的現象之外，席慕蓉其實默默支持著年輕詩壇。另外，向陽還將席慕蓉的詩風分為三個階段，第一階段是 1983 年出版第二本詩集《無怨的青春》前後；第二階段是第三本詩集《時光九篇》（1987 年）之後到《邊緣光影》（1999 年），「開始探究時間的課題，嘗試拔高詩的視野，在持續抒情詩風的同時，也加入了對於時間的內在思索」；第三階段，是從《迷途詩冊》（2002 年）到《以詩之名》（2011 年），此階段的特點是為父祖、故鄉蒙古寫詩，詩風轉趨蒼茫、冷凝又厚重，因而進入她的民族與歷史的建構階

[17]林清玄，〈席慕蓉的兩個出口〉，《大悲與大愛》，頁 98。
[18]林清玄，〈席慕蓉的兩個出口〉，《大悲與大愛》，頁 102～103。
[19]向陽，〈把草原上的月光寫入詩中——側寫席慕蓉〉，《文訊》第 329 期（2013 年 3 月），頁 18。
[20]向陽，〈把草原上的月光寫入詩中——側寫席慕蓉〉，頁 18。

段。向陽總結：「但如果從這三個階段的書寫來看，她不斷在詩中拔高自己，廣度和深度兼具，從一棵空原上的小樹，到如今的果實纍纍，她已無愧於詩這個志業。她是一個令我尊敬的詩人。」[21]

雖然「暢銷」不免成為論述席慕蓉時難以忽略的現象，卻隨著時間的作證，論述起點並非終點，席慕蓉研究漸次開展出豐富的面貌。

四、以詩美學為核心之探究

除了暢銷現象與個別詩作賞析之外，對於席慕蓉詩作美學的探研，以主題和風格研究為最大宗，此節將介紹以其詩學為核心的幾篇代表性論述。

若依時間順序，七等生〈席慕蓉的世界——一位蒙古女性的畫與詩〉一文是在席慕蓉第一本詩作結集《畫詩》出版後，即作了最初的品評，文中細細評析一首首詩，同時兼論畫風。七等生因青年時期曾與席慕蓉同班學畫，因此發表了此篇兼及畫作的詩評，站在純粹美學的角度加以品鑑，卻少有人注意到這篇評文。七等生以對美的評判來談席慕蓉：「技法與主題合成為內涵吸引到共鳴，是一個藝術創作品值得評價的準則，其他別無約定，以及受到思想和意識的框限，使一件成功的藝術創作品受到侮辱般的排斥和棄置。文學、音樂等許多藝術形式的創作亦然。」[22]給予了詩歌評價最中肯的標準，並且闡釋創作者心態時，幾乎是「預言」般的呼應到上節的論爭：「一個心有所獲得的創作家，幾乎已不再關心外界的評語，可以想見她擁抱和珍惜心得的情操；直截地說，她對藝術奧祕的發現，是一件她自認駕乎生命的重大事。透過千百萬條單一而多變的線的實驗，她從中獲致這份體悟。」[23]這段作家心理剖析適用於畫作與詩作。最後，他當時給席慕蓉的定位為：「這本『畫詩集』，印刷十分清晰精美，不只在品賞時可以獲得很大的快樂，而且是雅好藏書的人士，書櫃中不可缺乏的一本

[21]向陽，〈把草原上的月光寫入詩中——側寫席慕蓉〉，頁 20。
[22]七等生，〈席慕蓉的世界——一位蒙古女性的畫與詩〉，《七里香》（臺北：圓神出版社，2000 年），頁 219。
[23]七等生，〈席慕蓉的世界——一位蒙古女性的畫與詩〉，《七里香》，頁 226。

畫冊；我不是為商業行為說這樣的話，而是席慕蓉女士是我們這一代中國人中很可重視和喜愛的畫家。」[24]作為現代主義代表性小說家的七等生，曾經如此品評席慕蓉早期的詩作與畫作，其中跨文類跨風格的交相評價，值得文壇注意。

其次，在席慕蓉第二本詩作結集《七里香》出版後，其顯著的風格和受歡迎的程度，得到蕭蕭的關注與評析。蕭蕭〈綻開愛與生命的花樹——談席慕蓉〉一文成為後起研究者經常引用的經典評文。其中幾個段落經常可見：「席慕蓉的詩是她自己擬設的世界，不會有炎夏酷冬，不會有狂風驟雨，就像她插畫裡飄揚的髮絲，和柔的女體，還有那不盡的細點彷彿不盡的心意。時代、社會、生活，從未俯視她的天空，如果有，也是和諧輕柔的君臨……她不受誰影響，看不出任何古今詩人的影子，她的詩是一個獨立的世界，自生自長，自圖自詩，不知有漢，無論魏晉，是詩國一處獨立自存的桃花源。」[25]儘管此文多所肯定席慕蓉的詩風，然而這樣的定評對詩家而言，未必是好事，席慕蓉花了好幾十年才走出這條桃花源路徑的評論，讓詩評家轉向探究她的原鄉書寫，理解席慕蓉詩裡一種蒼茫的現實性。

在美與純粹的定位之外，隨著臺灣文學近年的蓬勃發展，開始展開對當代作家和議題作更深入而多元的探討，而席慕蓉詩學研究當然是其中的重要板塊。在以席慕蓉詩作為主題的學術研討會裡，集結許多面向的論題，關於詩作美學有了更多的拓深與創作主體建構。在此以洪淑苓與李癸雲為例，前者曾為文探討席慕蓉詩作的時間與抒情，後者曾注意到席慕蓉後設詩作裡的自我。

洪淑苓認為席慕蓉對於時間有敏銳感受，因而作品有突出的抒情性與美感特質，在〈席慕蓉詩中的時間與抒情美學〉一文試以「追憶、日常、生死」三個面向來探討席慕蓉對於時間書寫的表現。此文雖著重詩的手

---

[24]七等生，〈席慕蓉的世界——一位蒙古女性的畫與詩〉，《七里香》，227。

[25]蕭蕭，〈綻開愛與生命的花樹——談席慕蓉〉，《現代詩縱橫觀》（臺北：文史哲出版社，1991年），頁245～246。

法，卻處處以哲學思辨加以闡析，最後達致結論：

> 席慕蓉對時間的書寫，擅長以「追憶」手法捕捉、重現回憶的「斷片」，反覆歌詠的是夏日、夏夜、四月、月光、山徑等景象與情境，對這些生命印記，常有「言猶未盡」的述說欲望。而對於日常時間的感受，則轉化為對於詩的高度掌握，以詩的超越性來抵抗日常對生命的耗能。面對嚴肅的生死課題，席慕蓉試圖以詩的熱情來延宕死亡帶來的威脅，展現從容與優雅的姿態。雖然，面對時光流逝，她也曾徘徊躊躇，但她其實已經在詩裡找到生命的安頓之處。[26]

在詩歌主題與美學的理解之中，評者試圖深究創作者的心理，加深詩與人的連結關係。李癸雲亦在詩學之中，探向敘述主體的創作意識，〈寫詩作為鍊金術——以席慕蓉《以詩之名》作為討論中心〉一文試以心理學的視角，討論席慕蓉如何看待詩的意義：

> 席慕蓉是一位極度具有寫作自覺的詩人，寫作是為了「詩中的自己」隱然成為她的核心詩觀。本文採取瑞士心理學家榮格的原型心理學角度來探討席慕蓉詩作裡觸及寫詩與自我關係的課題，特別是以「個體化」的理論來呼應其寫作意義。透過榮格學說觀點與席慕蓉詩作的印證對話，本文認為席慕蓉將寫詩視為一條步向完整自性的道路，寫作如同鍊金術，「詩中的自己」是最終成果，詩則是用來轉化物質（點石成金）的哲人石。[27]

此文深刻而理論化的解釋了席慕蓉的創作初衷，「這些詩一直是寫給我自

---

[26]洪淑苓，〈席慕蓉詩中的時間與抒情美學〉，蕭蕭、羅文玲、陳靜容主編，《草原的迴聲——席慕蓉詩學論集》（臺北：萬卷樓圖書公司，2015 年），頁 79～107。

[27]李癸雲，〈寫詩作為鍊金術——以席慕蓉《以詩之名》作為討論中心〉，《草原的迴聲——席慕蓉詩學論集》，頁 1。

己看的，也由於它們，才使我看到我自己。」除了研究者察覺到席慕蓉詩歌美學核心的自我探析之心理意義，詩選導讀者也匯聚了相同的想法。孫梓評在賞析〈詩的成因〉一詩時，指出這首詩的內涵情意：「在複數的虛妄之中，在稀釋的自我之中，那張惶惑的臉，哪怕只是比大多數置身隊伍的人，早一步醒轉過來，決心『尋找原來的自己』，便自願成為離群者，離開某一類價值認同或美學團體。（也沒有人在意我的背叛）這樣徒勞的隨眾與孤獨啟蒙，原是一次內在靈魂的整理。」[28]這段短評言簡意賅，既詮釋了單篇詩作，也回響著席慕蓉長久以來不變的詩觀與創作態度——安靜的寫詩，不在意外界的嘈雜，探索著內在靈魂。

五、轉折：蒙古書寫

從 1989 年席慕蓉返回蒙古原鄉之後，其書寫產生了質變，牽動了各個評論層面再次重新觀看席慕蓉，並經常以「轉折」來名之，刻意對照前期的詩風。

陳義芝〈席慕蓉為何敘事？〉一文即有明顯的對照意圖。在緒言處，先談到「席慕蓉現身詩壇的意義」的前期詩作之看法：「席慕蓉第一階段的詩既是她自己的情感體會，也扣合了大眾情感的抒發，以一種低姿態顯得更平易、親切。當晦澀的詩風退潮，直露的現實書寫又未必能打動人心，原先領銜的女詩人步履趨緩甚至停滯之際，席詩適時出現，對讀者具有詩歌代言者的地位。」[29]陳義芝採取的觀點是臺灣女性詩歌演變的潮流，而席慕蓉轉折之後，則從詩作評價高低加以闡述：「在席慕蓉以散文書寫原鄉的同時，她的詩筆也開展了新頁，論體幹之健康、血肉之豐盈，當然超越了 1989 年以前的作品。」[30]陳義芝如此肯定席慕蓉轉折之後的蒙古書寫，一則由於表現了詩人不變的母題：「胡馬、大雁與蒼鷹的意象，草

---

[28]孫梓評，〈〈詩的成因〉筆記〉，《生活的證據——國民新詩讀本》（臺北：麥田出版，2014 年），頁 182。

[29]陳義芝，〈席慕蓉為何敘事？〉，《淡江中文學報》第 34 期（2016 年 6 月），頁 285。

[30]陳義芝，〈席慕蓉為何敘事？〉，《淡江中文學報》第 34 期，頁 290。

原、母語的困境，盛世失落的感傷，是她近二十年最深的情意結，也是詩文表現的核心。」一則因為轉折後的詩藝突破：「重回蒙古懷抱的席慕蓉，還是 1980 年代初寫《七里香》、《無怨的青春》的那位詩人？2010 年我寫過一則推薦她散文的話：『帶著歷史意識、壯遊的心，她的筆追根究柢，問身世、問國族、問天命，心搏如日光牽繫著遠方的高原，完成代表她的蒙古史詩』，此刻，閱讀席慕蓉詩的感受亦同……若問席慕蓉為何敘事？答案顯然是因生命現實的引導，當然也為她專注詩藝一心尋求突破有以致之。」[31]陳義芝認為席慕蓉轉向心之所向、情之所繫的原鄉母題書寫，是一種雙重轉折，朝向擔負為蒙古民族發聲的使命，是她「為何敘事」的答案。

其實在席慕蓉〈金色的馬鞍〉一文，即自覺性的爬梳著自我轉折的心路歷程了，甚至透露原鄉書寫過程也有著變化：「十二年的時光，就如此這般地交替著過去了，如今回頭省視，才發現在這條通往原鄉的長路上，我的所思所感，好像已經逐漸從起初那種個人的鄉愁裡走了出來，而慢慢轉為對整個游牧文化的興趣與關注了。」[32]1989 年之後，席慕蓉詩風大轉折，而蒙古、原鄉或鄉愁的書寫仍繼續演變著，並非只是與前期抒情詩風對照的固定「蒙古書寫」。同為蒙古族人的中央民族大學教授賀希格陶克陶曾細說「席慕蓉的鄉愁」，將其鄉愁分為三個階段。賀希格陶克陶認為席慕蓉自 1989 年以來的作品所飽含的柔情與意志主要是通過鄉愁表現出來的，「這鄉愁並且在這十二年中不斷地變化與擴展」。賀希格陶克陶將席的鄉愁書寫分為三個階段。第一階段是早期詩作裡所描述的鄉愁，是一種「暗自的追索」，鄉愁雖「是一棵沒有年輪的樹」，卻是模糊又抽象。第二階段是 1989 年返鄉之後，「鄉愁的迸發與泉湧」，「盡情抒發她個人及家族的流離漂泊，向蒙古高原的山河與族人娓娓道來，詩與散文的創作量都豐盛。」第三階段的鄉愁則是擴大「對於游牧文化的回歸與關注」，

[31]陳義芝，〈席慕蓉為何敘事？〉，《淡江中文學報》第 34 期，頁 304。
[32]席慕蓉，〈金色的馬鞍〉，《金色的馬鞍》（臺北：九歌出版社，2002 年），頁 14。

「從個人的悲喜擴展到對文化發展與生態平衡的執著和焦慮。」最後總結：「席慕蓉的鄉愁，經歷了從模糊、抽象，發展到清晰、細膩，再發展到寬闊的演變過程。也可以說，經歷了從個人的鄉愁發展到民族和整個游牧文化的鄉愁的演變過程。這是一個作家思想境界和情感世界深化乃至神化的進程。」[33]這個分類完全符合了席慕蓉的自覺性敘說。

席慕蓉在走向蒙古書寫之後，最受注目也曾收錄於多本詩選與教科書裡的一首代表作是〈蒙文課〉，此詩已累積了許多評析，其中瘂弦的分析頗為深入淺出：「對蒙古傳統精神的孺慕之情表現在她近年的詩文中，非常動人，成為作品的一大特色。本詩題為〈蒙文課〉，所表現的焦距卻全不在語言學習，而是另有感慨與寄託。……全詩在平靜的敘說中流露無限沉痛，謀篇布局，轉承有致，別是一種章法。」[34]瘂弦指出言外之意、弦外之音，更在意義解析裡，同時注意到語調、結構等細膩之處。

目前討論席慕蓉蒙古書寫的論述裡，較為特別的是張弛〈自然時空的個性體驗——論席慕蓉的蒙古歷史書寫〉一文，如同前述，亦特意強調席慕蓉的「轉折」：「從淺顯隨性的感性走向深沉嚴謹的認知，從以自我為中心的純粹抒情走向以歷史為聚焦的宏闊敘事，從一種足乎己無待於外的平靜走向上下千年漫溯求索的熱情。」[35]然而轉折之後，張弛不僅注意到席慕蓉蒙古書寫的變化，更試圖從超越民族的歷史視角給予審視：「席慕蓉在蒙古歷史書寫的部分篇章中，又從宏闊的歷史求真和考據，返回了細微的個體命運關注。不再糾纏於過去民族糾葛、紛爭以及意識形態分歧所引起的歷史爭議，席慕蓉歷史書寫中『人間性』的體現，是將自我的視線移至了『個人歷史的重建』。」[36]換言之，張弛認為席慕蓉的蒙古書寫過程經

[33]賀希格陶克陶，〈席慕蓉的鄉愁〉，《寫給海日汗的21封信》（臺北：圓神出版社，2013年），頁6～7。
[34]瘂弦，〈〈蒙文課——內蒙古篇〉品賞〉，《天下詩選Ⅱ：1923～1999臺灣》（臺北：天下遠見出版公司，1999年），頁174。
[35]張弛，〈自然時空的個性體驗——論席慕蓉的蒙古歷史書寫〉，「席慕蓉研討會」（東吳大學中國文學系，2016年10月1日），頁83。
[36]張弛，〈自然時空的個性體驗——論席慕蓉的蒙古歷史書寫〉，頁94。

歷了「再次轉折」，由群體歷史的關懷進入個體歷史的重建。

六、散文與畫作的評論

席慕蓉的詩作吸引了無數的目光，相關評論繁多，然而，她也是一位傑出的畫家與散文家，在這兩個領域裡的相關評述亦值得關注，尤其是與詩作表現之間的關連。上述〈金色的馬鞍〉一文裡，席慕蓉曾說明創作時，即使面對相同主題，不同文類則會有不同的書寫態度：「如今的我，在寫詩之時也一貫保持自己的原則。但是，在書寫關於蒙古高原這個主題的散文時，卻常常會考慮到讀者，有時易稿再三，不過只是為了要把發生在那片土地上的真相，再說得稍微清楚一些而已。」[37]再回想本文第一節處席慕蓉談文類區分，我們可以說，若是創作者看待文類特性如此迴異，研究或評論者應更特別細究作家的雙軌（或多軌）表現。

因此本文的最後一個面向將簡要介紹席慕蓉詩歌以外的評論情況，選錄幾篇代表論述，作為理解大致情況的切片。附錄在席慕蓉詩集《我摺疊著我的愛》的楊錦郁〈一條新生的母河——閱讀席慕蓉〉一文，實是一篇散文評析，很真切的談論「閱讀」席慕蓉人與文的感受。她自言讀了席慕蓉的散文〈荷田手記〉後，受到其文字力量的衝擊，開始覺得她很特別，後來，兩人則成為心靈上的朋友。因此，文字間散發貼近作者真實樣貌（人格）的觀察。她言及席慕蓉有一種獨特的氣質：「素樸、真摯、寬容、趨向美好的事物，當然，她自己也擁有很多愛的能力。」[38]接著，從散文評析的角度將席慕蓉的散文分前後期，歸納其前期（從《成長的痕跡》到《寫生者》共八本）的散文主要有幾個方向，一是關於親情；其次是關於自然書寫的，尤其是花；此外是對時間消逝的感喟。後期是從 1989 年夏天初次返回蒙古後，共出版了七本新散文集（從《我的家在高原上》到《人間煙火》），此階段雖仍延續前期的時間感，但關

[37]席慕蓉，〈金色的馬鞍〉，《金色的馬鞍》，頁 19。
[38]楊錦郁，〈一條新生的母河——閱讀席慕蓉〉，《我摺疊著我的愛》（臺北：圓神出版社，2005 年），頁 186。

懷主題與筆調已大大不同，「在此階段的書寫，我們仍可從字裡行間不時捕捉到席慕蓉滴落的淚水。不同於前期的感傷、惆悵、喜悅、幸福的淚，此時，席慕蓉的淚水中夾雜的是不甘心、不滿，甚至是憤怒的情緒。她不甘心的是蒙古文化的逐漸滅絕。她不滿的是蒙古地理的遭破壞。她憤怒的是蒙古歷史的被扭曲」。[39]這樣的看法雖然大致與詩評所言之「轉折」觀點相似，但由於散文是更真實、更貼近作家生命的文體，所以楊文的評筆較傾向情感層面的理解。

而張瑞芬的討論則接近席慕蓉散文發展的總結，她懷著作為席慕蓉詩歌讀者的粉絲心情，同時又帶著專業散文評論家的視角，觀察席慕蓉 2012 年出版的散文全集：「而當年把席慕蓉詩寫在課本書籤上的十七歲女生們，橫渡了人生的浩渺波光，塵滿面，鬢如霜。回顧所來徑，再讀北國公主深情之作，那七里香彷彿還悠悠綻放著素馨，在那個古老的不再回來的夏日。」[40]此段評文暗嵌席慕蓉的經典詩句，透露席慕蓉詩歌的幾點特色，接著談論其散文美學：「席慕蓉早期散文和她的詩一樣，用『反覆迴增法』將一句話說了一遍又一遍，形成滿紙的回音與和聲（王鼎鈞所謂很接近民謠與牧歌特質），中後期勁切滔滔，邊塞鄉關，長河落日，閨閣詩一變而為出塞曲。」最後感嘆：「但女性生命的柔韌與堅強，在席慕蓉筆下，悠悠數十載，是怎樣超越了一般人的想像與理解，並煥發著難以言喻的溫潤光澤的。」[41]此文旨在綜覽席慕蓉散文的變化，而詩與散文的同與異，無形中被呈顯了出來。同的是民謠特色與主題轉折，不同的是，張瑞芬言其散文裡煥發的「女性生命的柔韌與堅強」，與詩評裡言其詩歌之「夢幻」或「唯美」截然不同。

蔣勳的〈寫給穆倫・席連勃〉則非常完整的觀察了席慕蓉一路以來，生命歷程與散文創作如何相生相應的過程。他補充席慕蓉散文表現的背景，時代與文學史意義，「席慕蓉的第一本散文集是《成長的痕跡》……席慕蓉寫作的初

[39]楊錦郁，〈一條新生的母河——閱讀席慕蓉〉，《我摺疊著我的愛》，頁 201。
[40]張瑞芬，〈我思念的北國公主——評席慕蓉《回顧所來徑》、《給我一個島》、《金色的馬鞍》〉，《荷塘雨聲——當代文學評論》（臺北：爾雅出版社，2013 年），頁 143～144。
[41]張瑞芬，〈我思念的北國公主——評席慕蓉《回顧所來徑》、《給我一個島》、《金色的馬鞍》〉，《荷塘雨聲——當代文學評論》，頁 145。

衷，正是大部分來自於自己的成長經驗。她在《成長的痕跡》這本集子中很真實也很具體地述說自己成長中的點滴，圍繞著父親、母親、丈夫、孩子、學生，席慕蓉架構起 1980 年代臺灣散文書寫的一種特殊體例。」[42]同時，由於身為席慕蓉的摯友，有近身的觀察：「席慕蓉對『安定』『幸福』『美』的堅持或固執，一直傳遞在她最初的寫作裡。因為一次戰爭中幾乎離散的恐懼還存在於潛意識中，使書寫者不斷強調著生活裡看來平凡卻意義深長的溫暖與安定，特別是家庭與親人之間的安定感。」[43]接著，談到席慕蓉在解嚴後的情感變化：「在那個時期，席慕蓉一說起蒙古就要哭，像許多人一樣激動，迫不及待，要講述自己，講述別人不知道的自己。」[44]這些豐沛的情感影響了文風，「席慕蓉的散文書寫，到了 1990 年代之後，由於對歷史時間縱深與地理空間的開展，她前期來自於個人成長單純生活經驗的感觸，必須擴大，可以容納更具思想性與資料性的論述，她在『輯一』比較純粹個人感性的散文文體風格，也一變而加入了時代深沉感喟的論辯。」[45]最後，他把討論的視角再放遠拉高，總評席慕蓉散文書寫的格局：「席慕蓉的散文書寫有了更廣大的格局，有了更深刻的視野，但是，我相信她仍然是矛盾的，或許她仍然願意是那個對一切美好觀抱夢想，隔著距離，單純嚮往美麗草原的過去的自己，但是，顯然書寫創作使她一往直前，再也無法回頭了。」[46]蔣勳此文帶著理解的溫度在陳述，也在解釋作家某種「不得不」的創作心理，有情有理，值得參考。

至於畫作的評論，礙於材料較有限，以及筆者的專業不足，此處只介紹收錄於《當夏夜芳馥：席慕蓉畫作精選集》附錄的邱馨慧〈雙領域中的席慕蓉〉一文。此文仍從席慕蓉詩的暢銷談起，感懷其畫作較受忽略：「作為無人不知的『國民詩人』，席慕蓉的詩在當今漢語世界的影響極為深遠，擁有整整兩代的讀者，她所視為『本業』的繪畫卻一直到最近才稍獲應有的重視……如同她

[42]蔣勳，〈寫給穆倫・席連勃〉，《我給記憶命名》（臺北：爾雅出版社，2017 年），頁 343。
[43]蔣勳，〈寫給穆倫・席連勃〉，《我給記憶命名》，頁 345。
[44]蔣勳，〈寫給穆倫・席連勃〉，《我給記憶命名》，頁 349。
[45]蔣勳，〈寫給穆倫・席連勃〉，《我給記憶命名》，頁 349～350。
[46]蔣勳，〈寫給穆倫・席連勃〉，《我給記憶命名》，頁 352。

未曾參加任何詩社，她也不跟隨潮流，不屬任何美術流派。」[47]接著，她有許多對畫作的精采評析，摘引如下：

> 在近六十年的繪畫歲月中，席慕蓉默默在畫布上鋪陳她的感動，縝密構思如何用畫筆捕捉屬於永恆的美。她畫中一貫的典雅細膩，自成遺世存在的桃花源，反而顯得特立獨行。直到時代潮流的風風火火成為往事，藝壇才發現她從未離開……2002 年出版的畫冊《席慕蓉》，她在〈本事〉一文提到師大時期對寫實技法的追求，不斷練習用水彩畫出荷花的透明感。她後來的許多作品，也發揮了文藝復興以來的寫實精神，透過觀察自然讀解自然，將人文情懷寄語自然造型……她的畫有著謹慎控制顏色和諧性的特徵，即便抒情，畫面總帶有沉穩克制的靜穆……席慕蓉的裸女更多表現出母性的寬大和堅強。她筆下的女人和花卉有個共通之處，就是線條，小處精緻細密，大處澎湃蕩漾……女人和高原的馬，則有較強的象徵手法。[48]

筆者認為這些畫作評論的文字讀來處處呼應著席慕蓉詩作的特質，總是讓人油然升起參差對照的共鳴之感。或許如邱馨慧所歸納的結論：「席慕蓉的繪畫有一種文學性的追求……放眼東亞，席慕蓉是少數可以同時體現繪畫與文學雙領域的例子，特別應該是女性中的孤例。」[49]

七、結語：席慕蓉研究與評論之展望

席慕蓉從 1980 年代出現於臺灣詩壇，受到空前熱烈的讀者回響，引發詩的研究風潮，肯定與質疑的評論相間，而隨著時間的沉澱與整理，文壇與學界逐漸累積出多元面向的探討，並朝向更深入更高遠的評析來加以定

---

[47]邱馨慧，〈雙領域中的席慕蓉〉，《當夏夜芳馥：席慕蓉畫作精選集》（臺北：圓神出版社 2017 年），頁 195。

[48]邱馨慧，〈雙領域中的席慕蓉〉，《當夏夜芳馥：席慕蓉畫作精選集》，頁 196～197。

[49]邱馨慧，〈雙領域中的席慕蓉〉，《當夏夜芳馥：席慕蓉畫作精選集》，頁 198。

位。至今為止，席慕蓉相關研究資料非常繁多，本文礙於篇幅，只能擇要歸納、分析如上。

綜合這些研究面向，筆者認為未來席慕蓉研究與評論可以朝向以下兩個方向再發展：首先，跨文類的比較研究有待更完整更深入的探討，例如席慕蓉各種創作面向如何牽連、互涉、對話或區別？前行討論裡雖有如林清玄談「兩個出口」、七等生談「畫與詩」、邱馨慧談「雙領域」，或如張瑞芬論及詩與散文的同異，仍局限於兩種文類，也止於略論，尚未達到文類整合的視野。跨文類的研究必須具備跨專業能力，因此此點難度頗高。不過，席慕蓉已出版了數本涵括詩、散文與畫作的複合作品[50]，許多論者也注意到其不同文類作品的互通互襯關係，可見此一期待應有絕對的重要性。其次，臺灣學界在討論席慕蓉書寫（包括詩和散文）的轉折時，多停留於一次轉折（例如抒情→蒙古；小我→民族），而中國學者已能觀察到席慕蓉在進入蒙古書寫後，仍有繼續變化發展的現象。如賀希格陶克陶與張弛的討論，發現其蒙古書寫的演進與差異性，而不再局限於二元對立式的前期抒情—後期原鄉的論點。因此，期待臺灣學界能對席慕蓉進入原鄉書寫之後的發展有細緻的觀察，讓原鄉不是席慕蓉創作歷程的終點站，而是另一次的起點。最後，藉引蔣勳這段話來鼓勵席慕蓉研究的後起者，看待席慕蓉作品，不論她已走了多遠，仍要以動態的敏感眼光，思索：席慕蓉「是不是又將要有全新的起點了」？

> 有了滄桑，不再是父親的女兒，不再是丈夫的妻子，席慕蓉的文學與繪畫，是不是又將要有全新的起點了。[51]

---

[50]目前已出版有：《畫詩》（1979 年）、《山水：文人畫集與創作札記》（1987 年）、《花季》（1991 年）、《一日・一生》（1997 年）、《席慕蓉》（2002 年）、《曠野・繁花：席慕蓉畫集》（2014 年）、《當夏夜芳馥：席慕蓉畫作精選集》（2017 年）。

[51]蔣勳，〈寫給穆倫・席連勃〉，《我給記憶命名》，頁 354。

輯四◎

重要評論文章選刊

最後一課

◎席慕蓉

在那天下午的課堂上，溥老師拿起筆在白色的棉紙上給我寫下了一個字：

「璞」。

然後他向周圍圍繞著看他寫字聽他講課的同學們說：「我剛才的意思是說這位女同學是一塊璞，要琢磨之後才能顯出裡面的玉質來。」

全班同學都起鬨地叫了起來，還有人假裝嫉妒地對我揮拳作勢，站在老師前面，我心裡卻在忽然間像是有些什麼東西刺了進去一樣。

那是我大學四年級的上學期，溥老師因為黃君璧主任的再三邀請，終於答應來給我們上一年課。老師每次來，都先要我們寫詩給他看，班上同學對作詩填詞都沒有興趣，於是，我就變成了每次被他們拿來應付老師唯一能交得出作業的那一個。

那天好像是老師最後一次給我們上課，以後就因為身體不好，不再來學校了。病中還叫一位同學轉抄了幾首詩給我，要我多看看，然後不久，就傳來了老師病逝的消息。

我因此一直沒能向老師說出我的感謝，也一直不能告訴老師，如果我真的是如老師所說的一塊璞，那麼，老師在這最後一堂課裡所說的話，就是給我開始琢磨所下的第一刀了吧。

對那天的記憶，我因此一直不捨得忘記，也一直不敢忘記。

——選自《文訊》第 25 期，1986 年 8 月

一條河流的夢

◎席慕蓉

一直在被寵愛與被保護的環境裡成長。父母辛苦地將戰亂與流離都擋在門外，竭力設法給了我一段溫暖的童年，使我能快樂地讀書、畫畫、做一切愛做的事。甚至，在我的婚禮上，父親也特地趕了來，親自帶我走過布魯塞爾老教堂裡那長長的紅毯，把我交給我的夫君。而他也明白了我父親的心，就把這個繼續寵愛與保護我的責任給接下來了。

那是個五月天，教堂外花開得滿樹，他給了我一把又香又柔又古雅的小蒼蘭，我永遠都不會忘記。

因此，我的詩就成為認識我們的朋友間一個不可解的謎了。有人說：「妳怎麼會寫這樣的詩？」或者：「妳怎麼能寫這樣的詩？」甚至，有很好的朋友說：「妳怎麼可以寫這樣的詩？」

為什麼不可以呢？我一直相信，世間應該有這樣的一種愛情：絕對的寬容、絕對的真摯、絕對的無怨和絕對的美麗。假如我能享有這樣的愛，那麼，就讓我的詩來做它的證明。假如在世間實在無法找到這樣的愛，那麼，就讓它永遠地存在我的詩裡、我的心中。

所以，對於寫詩這件事，我一直都不喜歡做些什麼解釋。只是覺得，如果一天過得很亂、很累之後，到了晚上，我就很想靜靜地坐下來，寫一些新的，或者翻一翻以前寫過的，幾張唱片，幾張稿紙，就能度過一個很安適的夜晚。鄉間的夜潮濕而又溫暖，桂花和茉莉在廊下不分四季地開著，那樣的時刻，我也不會忘記。

如果說，從 14 歲便開始正式進入藝術科系學習的繪畫，是我終生投入的一種工作；那麼，從 12 歲起便在日記本上開始的寫詩，就是我抽身的一種方法了。兩者我都極愛。不過，對於前者，我一直是主動地去追求，熱烈而又嚴肅地去探尋更高更深的境界。對於後者，我卻從來沒有刻意地去做過些什麼努力，我只是安靜地等待著，在燈下，在芳香的夜晚，等待它來到我的心中。

因此，這些詩一直是寫給我自己看的，也由於它們，才使我看到我自己。知道自己正處在生命中最美麗的時刻，所有繁複的花瓣正一層一層地舒開，所有甘如醇蜜、澀如黃連的感覺，正交織地在我心中存在。歲月如一條曲折的閃著光的河流靜靜地流過，今夜為 20 年前的我心折不已。而 20 年後再回顧，想必也會為此刻的我而心折。

我的蒙古名字叫作穆倫，就是大的江河的意思，我很喜歡這個名字。如果所有的時光真如江流，那麼，就讓這些年來的詩成為一條河流的夢吧！

感謝所有使我的詩能輯印成冊的朋友，請接受我最誠摯的謝意。而曉風在那樣忙碌的情況之下還肯為我寫序，在那樣深夜的深談之後，我對她已不只是敬意而已了。

1981 年 6 月於多雨的石門鄉間

——選自席慕蓉《七里香》

臺北：圓神出版社，2000 年 3 月

席慕蓉詩話

◎席慕蓉

散落在四處的詩稿，像是散落在時光裡的生命的碎片，等到把它們集成一冊，在燈下初次翻讀校樣之時，才驚覺於這真切的全貌。

終於知道，原來——

詩，不可能是別人，只能是自己。

這個自己，和生活裡的角色不必一定完全相稱，然而卻絕對是靈魂全部的重量，是生命最逼真精確的畫像。

（1999）

——選自陳義芝編《爾雅詩選》

臺北：爾雅出版社，2000 年 4 月

鄉間的夜晚

◎席慕蓉

剛回國教書的那年，因為已經懷了慈兒，所以暫住在新北投的娘家。隔了一年，在新竹找到房子，就定居在師專的後面，房子是那種連棟的兩層樓，前後窄窄長長的一條，很難看，永遠不知道桌子椅子要怎麼擺才合適。

後來，他到石門來上班，交通極不方便，就想在工作地點的附近找間房子。他帶我來看房子的那天，太陽很好，小路上長著很多竹子，翠綠翠綠的。他把車停住，然後帶我走下一個乾涸的大池塘，在一些隨意用磚頭圍著的矮牆前停住，告訴我，這就是他為我們選好了的新家。

那時，慈兒已三歲多了，我正懷著凱兒，我的丈夫叫我站在原地，然後他沿著磚頭所砌出來的界限往對面跑，一直到離我很遠大概有二十步路的地方站住，回過頭來向我揮手，大聲說：

「我們的家會有這麼寬！會有這麼寬吔！」

那天陽光真好，我心裡覺得舒服而又平安，看到丈夫那樣興奮，我也跟著高興了起來。於是，什麼工程圖、什麼土地證件都沒看，我們就去簽約訂下了這一棟會蓋得很寬很寬的房子。

房子是鄉下師傅蓋的平房，料子普通、樣子普通、價錢也普通。那時候，「華美建設」大概已經在宣傳，要在水庫旁邊蓋那個「芝麻城」了，因此，一有朋友知道我住在石門，就會問我是不是住在芝麻城？我總是面有愧色地回答他們：

「對不起！我住的只是鄉下房子。」

這棟毫不起眼的鄉下房子，在我努力種了一些樹之後似乎略有起色，我從附近的苗圃裡買了十幾棵槭樹，繞著屋子種了一圈。丈夫下班回來，嫌我種得太密了，我說我是想在打開每一扇窗戶的時候都能看到一棵樹，他笑著搖頭，可是也只好依我了。

他就是這樣的一個男子，在很多事情上都笑著依了我，不多說話，也不干涉我平日生活裡種種的奇怪行為。我們在歐洲相遇和相知，結婚的時候，我已經是那個又開畫展又寫詩很能獨力生活的女子了。所以，對我在生活裡無論是優良或者拙劣的表現，他都含笑接受，不以為奇。

在晚上，孩子都上床睡覺了以後，他常會來邀我一起去散步。孩子太小的那幾年，我們不敢走遠，只敢在家旁邊的巷子裡來回踱著，一邊談話，一邊尖著耳朵聽屋子裡的聲音，怕兩個孩子醒來會害怕會哭。

在那樣的晚上，我們夫妻所談的話題很雜很亂，可以從孩子的可愛談到自己的童年，也可以從學校的新聞談到中國的教育問題；當然，更可以從社會裡發生的事件談到人類的前途。

在那樣的晚上，我通常都是聽眾，我喜歡聽他說話，喜歡聽他用自己的原則來詮釋我們的人生。槭樹的葉子在春天特別綠，秋深之後特別金紅，我們兩個人就在這些槭樹下面輕聲交談，攜手走過一個季節又一個季節。

十年就這樣過去了，孩子們逐漸長大、槭樹逐漸長高，我們晚間的散步也越走越遠。在繞了一大圈之後，從山坡上走回到我們的巷子，遠遠就會看見我們窗裡留下的燈光，那樣溫暖那樣平安的顏色啊！

這本書印好的時候，我們全家大概已經搬到臺北去了。雖然捨不得這安靜的鄉間，捨不得這安靜而又寬敞的鄉居，可是，有些決定不能完全由著我們自己，只好把槭樹、把荷花、把十年的歲月都捨在這裡了。

和海北結婚的前夕，萱姐央求父親用毛筆寫了幾句話給我們，算作萱姐送我們的結婚禮物。我們用框子把這張小小的紙片框上，十幾年來都擺在家中。

萱姐要父親寫的是：

二人同心，其利斷金。

同心之言，其嗅如蘭。

十幾年來，我們兩個人都在努力，希望能夠不負她的祝福。

用「同心集」來做我們兩人合出的書的名字，也是這個意思。

這幾天，窗外的槭樹葉子又轉紅了，太陽好的時候，每片葉子似乎都會發亮。我慢慢收拾著東西，準備搬家，心裡雖有幾分不捨，卻仍然是平安和歡喜的。

我想，只要有他的手牽著我的，走到哪裡都應該是一樣的吧。

——選自蘇偉貞編《一又二分之一——女作家的婚姻故事》
臺北：林白出版社，1988 年 11 月

一條河流的夢
席慕蓉訪問記

◎**夏祖麗**[*]

民國 70 年 7 月，大地出版社為席慕蓉出版了她的第一本詩集《七里香》，一個月之內再刷。其後，平均每兩個月一刷，創下現代詩的銷售紀錄。半年後「爾雅」又為她出版了兩本散文集《成長的痕跡》、《畫出心中的彩虹》，預約就有上千本，也在一個月內再刷。72 年 2 月，大地又推出《無怨的青春》詩集，再一次造成轟動。72 年 10 月，洪範出版了她的散文集《有一首歌》，出版半年就印到第六刷。

兩年半來，席慕蓉的五本書（還不包括與張曉風、愛亞合著的《三弦》）都是頻頻再刷。而臺灣南北兩大書店「南一」（臺南）、「金石堂」（臺北）發表的去年全年暢銷書排行榜中，席慕蓉的六本全部上榜，其中有三本在前十名內。這是一個很特殊的例子。因此，有人說，去年是「席慕蓉年」。

書的暢銷，緊接著來的，《七里香》的盜印本在南部出現；《無怨的青春》的標題連圖，突然成了一家化妝品公司的廣告；〈新娘〉那首詩也被配上新娘照片，成了結婚禮服的宣傳；而書內那些針筆插畫，又被卡片公司看上，不經同意就印成卡片，六元一張，到處銷售；更有一家餐廳取名「七里香」，不知是否真能香聞七里？還有建築公司在桃園蓋了個「七里香」社區，在報上大作廣告……這些「熱情的反應」，雖然尚未給席慕蓉帶來太大的困擾，但卻是她始料未及的。

---

[*]作家。發表文章時為純文學出版社總編輯。

「上蒼為什麼待我如此厚？」

這個在繪畫世界裡耕耘了二十多年的蒙古女子，如何在短短的兩年半裡，在另一片寫作天地創下了那麼好的銷售紀錄？她的作品為什麼受歡迎？她的書為什麼暢銷？有人認為，她的詩畫結合的表現方式是別人沒有的；有人認為，她那樣直白，那樣毫無隱瞞的把自己少年的悲傷，青春的歡笑，無知的挫敗，把那些似乎本來是要對自己說的話，說了出來，使讀者也藉此得到抒發；還有人認為，現代人對愛情已經開始懷疑，而席慕蓉的愛情觀，似乎給現代人重新建立起信仰（瘂弦語）。甚至有人說，席慕蓉那富於詩意的名字，那來自蒙古沙漠的籍貫，那留學比利時的特殊經歷……，都使她的人和作品蒙上了一層遙遠、空靈的氣息，深深吸引住讀者的心。

而席慕蓉自己認為，她的書暢銷是一種機緣。是剛好到了這個時候。她說：「如果不是我，也會是別人！這是機緣！」

起初，她很高興，因為：「我也有我強烈的虛榮心，我也幻想過到這種境地。可是，後來發現有些事比自己所想得的還要多時，我就開始害怕了，上蒼為什麼待我如此厚？這件事為什麼會到我身上？如果在畫畫上得了第一，我還能坦然。因為我從 14 歲進入臺北師範美術科開始學畫，在畫畫上我自認是一直努力的。」

1966 年她以第一名的成績畢業於比利時布魯塞爾皇家藝術學院，成為戰後第一個在該校拿到第一名的外國人，並獲得布魯塞爾市政府金牌獎及比利時王國金牌獎。

但對寫作這個意外的收穫，她卻是害怕多於高興，她甚至有一個較悲觀的想法：「這個社會傳播的力量很大，要讓一個人出名很容易，要毀掉一個人也很快。」

三年前，席慕蓉剛剛在報紙上發表一些作品時，我們曾通過幾封信，民國 70 年 2 月 19 日的信中，她曾這樣寫著：

前一陣子發表了一些詩和散文，得到一些讚美的回響，竟然沾沾自喜了起來，有人稱我為詩人或作家，竟然也欣然受之，毫無愧色！

看了你訪問蘇雪林先生一文卷後所附的著作表，還有其他好多位的，對我有如當頭棒喝，出了一身冷汗。人家用一生一世來做一件事，還覺得不足，還那樣謙虛，那樣的人才能稱為作家、文人，回過頭來看看自己，又寫了多少呢？與他們相比，不如說，根本沒有相比的分量。

所以，我想，我還是乖乖地回到我畫畫的圈子裡吧，作家與詩人的夢，從今以後，不敢再作了。

這個當初不敢作作家夢的詩人，如今卻成了最受歡迎的作家。命運有時真是很難預料的呀！

也許正如詩人蕭蕭所說的：「她自生自長，自圖自詩，不知有漢，無論魏晉，是詩國裡一處獨立自存的桃花源。」

「讓我用我自在的腳步！」

成名的滋味雖甜，但原可控制的生活卻有點身不由己了。本想一步步走的路子，那麼快就到了。為了要拒絕不斷的稿約、演講、訪問，使她變成一天到晚向人說「對不起」的人。她怕別人覺得她驕傲，又怕別人把她定型。有一段時期，她情緒不好，甚至想：我不寫總可以了吧！她說：

「不是我撿了便宜還賣乖，不能說我不喜歡我的作品，但我覺得並沒有那麼好。我有一個理想，我還沒做到，我覺得自己還可以慢慢走下去，可是現在沒有辦法證明，只好等時間來證明，我希望大家給我一個機會，讓我用我自在的腳步走下去。雖說我是感性的人，但這點我是理性的，我很珍惜我的作品。」

最近，在一次女作家的茶會上，好幾十位女作家聚在一起，聊天，唱著老歌，從〈昨夜我夢江南〉到〈國旗歌〉，場面熱鬧。席慕蓉從桃園石門趕來，她站在人群中放開喉嚨跟著唱。看著有些年齡超過一甲子，寫了一輩子，擁有無數讀者，甚或幾代讀者的作家，那麼自在的唱著、笑鬧著，她突然感到自己最近的種種困擾實在很幼稚也實在是沒什麼重要的！她說：

「也許是我比較年輕，也許是我想得太過分了。這些寫了幾十年的老作家給我一個安定的力量。我羨慕她們一如我羨慕畫了幾十年的老畫家一樣，生命應該如此，不倦不休，細水長流。有些東西是值得為它堅持一生的，堅持是心，但表現的方式要不斷求更好，不一定求新，也不一定求舊，只要求一種無可替代的精確性。現在我懂了，我乖乖畫畫，照自己理想的時間寫作，不趕工。很感謝一些朋友在這一陣子聽我訴說，給我分析，現在我覺得自己自在多了。」

「詩使我看到了自己！」

詩、散文和繪畫，席慕蓉如何用這三種不同的方式，把題材和靈感表達出來？這三者與她的日常生活有什麼關係？

她說：「畫畫是我終生投入的一種工作，沒有人逼我，我自己也要逼我自己。而寫作是我放鬆的一面，是我抽身的一種方法。累了一天後，我對自己說，沒關係，我今晚沒事，我寫詩。這樣一個晚上，是我給我自己的獎品。這些詩一直是寫給我自己看的，也由於它們，才使我看到了自己。」

至於散文，她認為那是記載她的生活，是她對生命的一種驚嘆，人從哪裡來？要到哪裡去？為什麼要有這樣的一段極快樂又極悲哀的人生！既有生為何有死？

剛發表詩時，有人勸她寫些大愛，寫些與社會有關連，具有時代性的東西。別人的話，她很認真聽，但她覺得自己寫不下去。後來她發現，這些在她的畫上表現出來了。她的詩很纖細，她的畫，尤其是油畫卻很有「大地之母」的味道，與詩的作風截然不同。

她說：「大我是我的畫，是我對社會負責任，是我教書、做老師的那一面；而詩是不負責任的小我，是我給我自己最後的角落。」

她一直忘不了，那年站在臺北歷史博物館的個展會場上，四周掛著她熬了多少個夜晚換來的巨幅荷花，她向一天來看了三次畫展的詩人余光中問起寫詩的事，余光中說：「想寫的時候不放過，明明知道第二天有事，不能熬夜，但也不管。那時，自己的腦子會封閉關門，只容得下詩！」

多少個夜深、人靜，席慕蓉獨自坐在燈下寫詩，慢慢品味回憶中的自己，她說：「我最喜歡這時候的我，如果暢銷的壓力要損傷到這一點，我是不肯，也不甘心的。」

在那些個她形容「把自己完全打開的夜晚」，她寫下了那樣優美的詩句：

所有的結局都已寫好
所有的淚水也都已啟程
卻忽然忘了是怎麼樣的一個開始
在那個古老的不再回來的夏日

——〈青春之一〉

而在同樣的燈下，她也曾寫下「溪水急著要流向海洋，浪潮卻渴望重回大地」那樣悲壯的句子。這正是這個激情的蒙古女子在潮濕溫熱的臺灣鄉下，對那乾旱荒原的沙漠家鄉的呼喚啊！

常常，鐘聲敲過了午夜，她的丈夫披衣起床，打開房門，看見妻子在書桌前落淚，他心裡會疼惜的叫著：「老天！這個人又在寫詩了！」

談起這件事時，是坐在他們石門鄉下的那幢平房裡，理著小平頭的物理學博士劉海北先生，正以帶笑的眼神，透過鏡片，溫柔的投向對座的妻子。

他總是愛妻的第一個讀者。有一天，他看到一則故事說，當年白居易寫完詩，總要先拿給一個鄉下老太太看，她看得懂才發表。於是他恍然大悟對席慕蓉說：「原來我就是那個老太太啊！」

問起他是否也像人家說的，可以從他愛妻的詩裡，找到自己少年的影子，他用那被曉風形容「像散文一樣的聲音」笑著回答說：「好像找不到吧！」

「我並不是懷念青春！」

有人認為，席慕蓉的作品給人一種懷念青春，想回去的感覺。她不認為自己是抓著青春不放，她說，有些事情回頭看，每次看到感動，這表示自己有些東西沒有變，捨不得變。每次能重新感受到過去的那一剎那，那一剎那就永遠是你的，歲月也搶不走。

但她不否認自己是一個喜歡「回顧」的人。

走在山林裡，喜歡回頭，總覺得風景在來的路上特別美。開車的時候，愛看照後鏡，因為鏡裡的景色有蒼茫之感。而在人生的道路上，每一次轉折變換，也都會使她無限依戀，頻頻回顧，而不管是十幾歲的日記也好，30 歲的札記也好，她心中一直有個傾吐的對象，那就是一個「明日的我」。19 歲那年，她站在新北投家中的院子裡，背後是高大的大屯山，腳下是新長出來的小綠草，她心裡疼惜得不得了，幾乎要叫出來「不要忘記！不要忘記！」她說：「我要日後的我不要忘記這一剎！」

在自己的詩裡，她最喜歡的是那首〈山路〉：

我好像答應過
要和你　一起
走上那條美麗的山路

你說　那坡上種滿了新茶
還有細密的相思樹
我好像答應過你

在一個遙遠的春日下午

而今夜　在燈下

梳我初白的髮

忽然記起了一些沒能

實現的諾言　一些

無法解釋的悲傷

在那條山路上

少年的你　是不是

還在等我

還在急切地向來處張望

為什麼喜愛這首詩？她說：「少年的事也許是很淡的，但年輕時傷了一個人的心，卻是不可彌補的。」

她最喜歡的詩集是敘利亞詩人紀伯倫的《先知》。這位自寫自畫的詩人曾說過：「靈魂綻放它自己像一朵有無數花瓣的蓮花」，而席慕蓉認為紀伯倫自己就是那最單純與最深邃的一朵。

在花前，席慕蓉認為自己是個知足的人。五歲那年，在南京玄武湖畔，她和父親泛舟湖上，第一次看到荷花。讀初二那年，在臺北植物園裡，堂哥牽著她，走過荷花池旁，從此，她覺得自己這一輩子就離不開荷花了。她說：「這也許是另一種鄉愁吧！」

如今，在石門鄉居的後院，她養了六大缸荷花，春天施肥，夏天亭亭玉立綻放，站在缸旁，荷花比人還高，她耐著心，冒著溽暑寫生下來。

荷花之外，她喜歡所有淺色的花，茶花、茉莉、百合……她說：「白本來就是奢侈品！」多詩意的形容！

她喜歡白色的花。一如她喜歡澄淨的文字。《小王子》是她最偏愛的一本書，因為，作者用乾淨透明的文字表達深邃的思想，每次看完《小王子》，她就覺得好像把自己洗淨一次，重新面對這個世界。

「那是弱者的自白！」

有人說，從席慕蓉的詩裡，彷彿看到羞怯的自己；也有人說，她的詩把人交回單純的年齡，找回幾乎要消失的東西；還有人說，她的詩是多愁年歲的安慰，重尋舊夢的觸媒，對於別人的說法，席慕蓉以她那慣有爽朗的笑聲說：「那只不過是一個弱者的自白吧！」

「為了得到父母對我的肯定，從小，我有爭強好勝的心，這個因素一直在我的背後。童年要得到的稱讚，青少年一直在奮鬥。如今父母老了，也許他們已經給了我了，但我覺得他們還是對姐姐比對我更好，我一直沒有得到，大概也不容易得到了。也許是我貪心，也許是老三心態，父母並沒有少愛我一點，我這麼多年爭的，是自己得不到的東西。」

在環湖公路上，席慕蓉一邊輕快自在的駕駛著那輛喜美，一邊訴說著自己自卑的童年心情。走到一處彎崖，她停下來，指著那個土裡土氣的亭子說：「最美的這一塊，被這麼一個水泥亭子破壞了！是什麼人讓他們這樣做的，是誰准他們這樣做的！」

出了環湖公路，她加快油門說：「帶你們去看一個天下最最奇怪的景象！」

在一處杳無人跡，滿地荒草的郊野，一座地下人行道煞有其事的立在那兒。此地既無人，又無車，何需人行地下道？她激動的說：「你看！你看！天下會有這種怪事？這是聯繫不夠，地方還沒建設，地下人行道卻先蓋好那麼久了！」

看她自信的神情，堅定的語氣，那兒童時代的自卑，恐怕已經沒有留下痕跡了吧！可是她說：「它們還是常會無可救藥的就上來了！」

「我孤獨地投身在人群中！」

14 歲那年（民國 45 年），席慕蓉一個人揹著新畫架和畫袋，第一次離家到臺北師範念藝術科。她的父親，現任教西德波昂大學的席振鐸先生曾在一段小文裡回憶女兒當年：「她的小房間裡總是擺著過大的油畫，給她的錢都買了顏料，平日就穿了姐姐的舊衣裳到處去寫生。深夜，我常起來呵責她趕快關燈睡覺。當時的我很不以為然，總希望她再大一點可以改過來。」

而在母親的印象中，每年夏天，她去參加救國團辦的活動，每次出門，寄回一封平安抵達的信後，就再也沒有音訊。然後，有一天，一個曬得像黑炭一樣的人會出現在門口，背包裡塞滿一大堆各處撿來的怪石頭。

在一篇文章中，她自己也曾這樣寫著：「我永遠是家裡那個假想的男孩，甚至在弟弟出生了以後，我也總是軍服夾克什麼的站在那裡；旁邊坐著三個穿著由很多花邊綴成裙子的姐妹們，她們個個都有著一頭捲曲蓬鬆如雲霧般的披肩長髮。」

臺北師範畢業後，她進入師大藝術系。大三時，她的兩個姐姐席慕德、席慕萱都出國念書，原來四隻小鳥的窩（她還有一個妹妹席慕華），頓時冷清下來。她在寫給姐姐的信裡說：「妳們出國後，我的童年也沒有了！我的童年到大學才結束！」

1963 年，她從師範大學畢業，教了一年書。次年，到比利時布魯塞爾皇家藝術學院進修，入油畫高級班。

在布魯塞爾舊鬧區，狹狹斜坡的老舊女生宿舍裡，她租到了一間房，日日夜夜，思鄉的寂寞啃噬著她，每次寫回家的信，總是厚厚的十幾頁，至今她都不敢打開來看，因為會哭。

剛去的那年冬天，在異鄉的小樓上，她寫下了這樣的詩句：

於是　夜來了
敲打著我十一月的窗
從南國的馨香中醒來
從回家的夢裡醒來

布魯塞爾的燈火輝煌

我孤獨地投身在人群中
人群投我以孤獨
細雨霏霏　不是我的淚
窗外蕭蕭落木

——〈異域〉

她懷念那窗外有潺潺的流水，有一整個院子的花，有一整個山坡的樹的家。更思念獨守家中的母親。

六年後，她和新婚的夫婿回到了臺北母親身邊。回國十年來，她以一種淡淡哀傷的心情，眼看著母親日日的老去。每當她想起當年新北投山坡上的家，屋簷下父母的呵護，手足的情深，淚水就忍不住要奪眶而出。與其說她是懷念那段全家人團聚的日子，不如說她是感傷今天家人的四散吧！

「為人兒女的心啊！」

兩年前，席慕蓉的母親在美國中風，她從紐約姐妹的家中把母親「搶」了回來。在東京機場轉機時，看到母親飛行十餘小時的疲憊樣子，她心焦如焚。又因為事先沒有和航空公司聯繫好，她只好做了她最不願意做的事——插隊。因為，只有這樣才能為行動不便的媽媽畫到靠近廁所的座位。站在後面焦急等候的旅客發出了不平的怨聲。她低聲下氣的解釋著：「對不起！對不起，我媽媽行動不便，我只好插隊畫位。」後來，大家看到坐在輪椅上的白髮老太太，終於明白了這是為人兒女的心啊！那個當初指責她最大聲的人第一個走過來幫她推輪椅。

提起這件往事，席慕蓉的聲音裡有一種壓抑住的顫抖。因為，我知道，不然她會說不下去的啊！

為了便於照顧，但又怕孩子吵到母親，她把住家對面的畫室，讓給母親住，布置得溫馨而乾淨。

她請了人照顧母親，料理三餐。她設想周到，在房間裡鋪了地毯，母親常走動的地方做了扶手欄杆，還在床頭裝了電鈴，直通她家。最近，她甚至考慮為母親添置一個隨身呼叫器。

目前席慕蓉在新竹師專美術科教油畫和美學，在東海大學美術系教素材研究。她繪畫的範圍很廣，一般讀者所熟悉的針筆插圖只是其中一部分，她主要是主修油畫，近年來她還畫實驗性的雷射畫以及雷射版畫。

每個星期，她有不少時間花在奔波於石門、臺北、新竹、臺中的南北高速公路上。再加上照顧母親及兩個孩子（女兒芳慈念初一，兒子安凱念國小三年級），還要準備教材，批改作業、寫稿、畫畫、演講……。但每隔一個星期她一定找出一整天，開車帶母親到臺北，吃頓飯，看看朋友。生活雖忙碌，但她總給人神采奕奕、興致高昂的印象。與人約會，即便她是住得最遠的，她總是準時到，甚或提早到。偶爾在路上耽誤了，她下了高速公路，一定先撥個電話通知對方，以免人家擔心。

蔣勳曾說過，席慕蓉的詩，是「以快捷的方法說委婉的感受」；而我想，「以明快的方式處理繁雜的事務」來形容她的人應是很恰當的吧！

她那被瘂弦形容為具有北地雄邁與南國秀麗混和的性格，使她能以慧心體會出一套自己的生活哲學，然後以坦然寬大的心胸去面對。她以富於創意的方式安排事情，利用時間。有些事，她自己處理，絕不假手他人；有些事，她以善解寬容的態度交給別人。比如家事，她大致安排好後，就全然信任的交給幫忙的人去做。在教育兒女上也是一樣，她把握住大原則，盡量讓孩子自由發揮。

如此，她才能從繁忙中得到輕鬆與協調的時刻，那也就是她寫作、看書或沉思的時候。不但她自己從繁雜的事務中解脫，也使她周遭的人感到安然自在。因為，不會有一個神經質的主婦每天在家裡轉。

「我不是夢幻的！」

在別人欣羨的眼中，席慕蓉是個幸福的女人：快樂的家庭，順利的事業，一帆風順的寫作。但這些卻也是她多年來細心維護，努力學習才得到的，她毫不吝惜的與別人分享，使她更多一層得到快樂與甜蜜的感受。

寫作，使她獲得很多，她說：「以前我比較寂寞，因為我只有姐妹和丈夫可以談心。有幾個春天，我一個人坐在校園裡，覺得自己很悶，如今，寫作把我解開了。」

「現在的春天不寂寞了？」我問。

「我有了好多迷人的朋友，日子越過越精采，我的春天都來不及了啊！」她說。

席慕蓉並不喜歡人家以她的作品來認定她是夢幻的，是唯美的。她說：「我並不是生活在一個很美的環境裡，我面對的是整個生活，然後把裡面最珍貴的部分特別挑出來。」

不是嗎？那天在她家一天，看到的就是一個最平凡主婦的生活。

一大早，她給孩子弄好早飯，開半個小時車到中壢車站接我們。從中壢到石門途中，她匆匆在郵局前停下：「對不起，我寄個畫稿，不然等明天寄就太晚了。」回到家，一進家門，就叮嚀晏起的兒子吃早飯前別忘了刷牙。坐在客廳裡，她眼觀四方，耳聽八方，鄰居的孩子在窗外呼叫，她在屋內代傳達：「安凱，門口有人找！」電話鈴響了，她去接，是女兒同學打來的，「芳慈！妳的電話。」而念國中的女兒已知道把房門關起來聽電話了。甚至兒子從廁所出來，她也會不忘問一句：「怎麼沒聽到沖馬桶的聲音？你又忘了！」吃過午飯，算好對門母親已午睡醒，她過去看看，幫母親穿好衣服，繫好鞋子，出去散步。黃昏時，她開車送我們出來，車子在村子口一家門前停下來，她對著裡面說道：「蔣媽媽，媽媽在外面散步，麻煩妳注意一下，芳慈有幾個同學在家裡，安凱在鄰居家玩！」蔣媽媽是她搬到石門十年來的好幫手。

然後，她關上車門，搖上窗子，按下音樂，輕踏油門就上路了。

這就是席慕蓉的一天，沒有詩情，也沒有畫意。但某一天的夜裡，在喀什米爾的達爾湖上，她望著漆黑天空中特別大特別亮的星星，忍不住叫出：「啊！這裡的星星鑲工比較好！」這樣美而令同船人難忘的句子。而另一天的晚上，在臺北植物園荷花池畔，望著被一盞盞的水銀燈照得慘白的荷花，她也曾激情的喊出：「把黑夜還給我！」

而她孜孜不倦寫作的心情，正如她在一篇文章裡所寫的：「我只是一個平凡的婦人，為人女、為人妻、為人母，一直到今天，生活對於我都是一條平穩緩慢的河流，逐日逐月地流過，只是，在這條河流下面，藏著好多我不能也不願忘記的記憶，在我獨自一人的時候常來提醒我，喚起我心中某些珍貴的感情，那時候，我就很想把它們留住，記起來，畫下來。」

——選自《新書月刊》第 8 期，1984 年 5 月

「席慕蓉現象論爭」析論[1]

◎陳政彥[*]

一、前言

席慕蓉最早的兩本詩集《七里香》與《無怨的青春》分別出版於 1981 以及 1983 年。出乎所有人的意料，一出版就大賣。據孟樊的調查，《無怨的青春》從 1983 年至 1986 年為止共銷了 36 刷；《七里香》從 1981 年 7 月至 1990 年 12 月共銷了 46 刷；此外席慕蓉在 1987 年元月出版的《時光九篇》至 1990 年為止也銷到 27 刷。這樣暢銷的紀錄，除鄭愁予的《鄭愁予詩集》與余光中的《白玉苦瓜》外，詩壇無人可以相比，這種暢銷的現象在詩壇既是空前，至今也沒人能打破這個紀錄。於是詩壇將此稱之「席慕蓉現象」。

席慕蓉詩集不但暢銷，也引起評論者的諸多意見。肯定者認為「席慕蓉現象」是種可喜的現象，代表現代詩終於被大眾接受，而席慕蓉功不可沒；反之，批評者認為席慕蓉的詩主題貧乏、矯情造作等等。甚至認為席慕蓉是故意創作此類「媚俗」詩作，來迎合大眾的胃口。這些負面批評最早是在 1984 年 4 月由渡也發表砲火猛烈的〈有糖衣的毒藥〉造成了密集的回響，此後關於「席慕蓉現象」的評論不斷出現。布迪厄說：「文學競爭的中心焦點是文學合法性的壟斷，也就是說，尤其是權威話語權力的壟

[1]本文曾發表於 2004 年 5 月南華大學第三屆全國研究生文學社會學發表會。

[*]發表文章時為中央大學中國文學系兼任講師。現任嘉義大學中國文學系副教授、《臺灣詩學學刊》社務委員、《吹鼓吹詩論壇》主編。

斷。」[2]席慕蓉現象引來鼓掌叫好的評論，也引發現代詩人的焦慮。到底席慕蓉的詩是不是「詩」，批評家與閱讀大眾圍繞著詩展開了文學合法性的爭奪戰。

論爭焦點集中在席詩為何暢銷上，正反兩方互相批判討論。雖然前人尚未以「論爭」定論，但實質上這的確是一場論爭，因此本文嘗試釐清整個論爭的脈絡，呈現整個「席慕蓉現象論爭」的定位。除了呈現評論家們「如何」論爭外，本文更關注的是評論家們「為何」要爭議詩集暢銷的現象。「席慕蓉現象論爭」提供我們一個切入的角度，透過分析評論家們為何論爭的過程中，我們可以發現背後的問題是，現代詩生產體制是如何面對這個前所未見的變局。而皮埃爾・布迪厄（Pierre Bourdieu，1930-2002）的重要理論概念場域（field）、習態（habitus）則提供了我們較佳的分析方式，避免了兩種常見評論方式所造成的盲點——對評論者心態的臆測與事件的平面描述。

二、席慕蓉現象論爭經過

由於前人未以論爭看待這些討論席慕蓉現象的文章，相關資料也未經彙整，因之本文先就時間順序將論爭經過作一整理說明：

最早注意到席詩為之寫評論的是七等生，但最早注意到席慕蓉詩集暢銷現象，並且嘗試回應的卻是曾昭旭。曾昭旭的〈光影寂滅處的永恆——席慕蓉在說什麼〉中說：「當席慕蓉的第一本詩集《七里香》造成校園的騷動與銷售的熱潮，我同時也開始聽到一些頗令人忍俊不禁的風評。」[3]由此可見當時關於席慕蓉詩集暢銷之事，已經開始有許多流言非議，只是沒有形諸文字表達，有所耳聞的曾昭旭才寫下此文，說明席詩只是一種青春

[2]Pierre Bourdieu 著；劉暉譯，《藝術的法則——文學場的生成與結構》（北京：中央編譯出版社，2001 年），頁 271。
[3]曾昭旭，〈光影寂滅處的永恆——席慕蓉在說什麼〉，席慕蓉，《無怨的青春》（臺北：大地出版社，1983 年），頁 198。

的象徵，「一種表示罷了！你又豈能當真認定執著看死了呢！」[4]以此對席慕蓉是否故意言情媚俗的疑慮作個澄清。

之後在 1983 年，蕭蕭也寫下〈青春無怨・新詩無怨〉，文中提到席慕蓉的詩集，「締造了詩集銷售的最高紀錄，而且，繼續累增中。」[5]面對席慕蓉詩集的暢銷，蕭蕭持以肯定的態度，「甚至於可以說，她是現代詩裡最容易被發現的『堂奧』，一般詩人卻忽略了。或許真是詩家的不幸！詩壇的不幸！」[6]同時蕭蕭解釋到，席詩暢銷是因為她詩中充滿現代詩人所不願意寫出的「情」、「韻」、「事」，因此席詩「是值得一探究竟的現代詩堂奧。」[7]

蕭蕭與曾昭旭都對席慕蓉詩集暢銷現象給予正面的評價，曾昭旭肯定席的用心真摯，蕭蕭則點出詩學層面的優點，鼓勵大家學習探究。但這些說法在隔年 4 月由第一個批判席慕蓉詩集暢銷現象的評論家渡也所分別反駁。他在 4 月 8、9 日《臺灣時報・副刊》上發表了〈有糖衣的毒藥〉猛力抨擊席慕蓉。

這篇文章首先列出席詩的優點，接著分列主題貧乏、矯情做作、思想膚淺、淺露鬆散、無社會性、氣格卑弱、數十年如一日等七項缺點批判席慕蓉。文中渡也批判蕭蕭的說法，首先說：「包括蕭蕭在內的某些詩評家皆認為席詩『締造了詩集銷售的最高紀錄』，因此『她的出現與成功，都不應該是偶然。』筆者頗不以為然，一個作家的『成功』或失敗如完全由掌聲的多寡來決定，而非決定於作品的好壞優劣，實在可悲可笑。」[8]

另外蕭蕭以為席慕蓉敢於言情是她受歡迎的原因，渡也也不以為然，渡也說：「敢於犯諱犯忌而寫情詩者並非如蕭蕭所言僅有席慕蓉一人！蕭蕭以為席慕蓉敢於寫作情詩，值得褒揚，真是笑話。其實問題不是敢不敢

---

[4]曾昭旭，〈光影寂滅處的永恆——席慕蓉在說什麼〉，頁 199。
[5]蕭蕭，《現代詩學》（臺北：東大圖書公司，1987 年），頁 485。
[6]蕭蕭，《現代詩學》，頁 486。
[7]蕭蕭，《現代詩學》，頁 494。
[8]渡也，《新詩補給站》（臺北：三民書局，1995 年），頁 27。

寫，而是寫得好不好。」[9]渡也雖然批判蕭蕭的上述兩點，但是渡也也提到蕭蕭分析席詩的音樂性是成功的，因此我們可以分辨出渡也對蕭蕭的批判，是集中在蕭蕭對席詩暢銷給予正面評價這件事上。

此外，曾昭旭所說席慕蓉的詩，必須當作一種象徵，不能當成事實來看。渡也也反駁曾昭旭的說法，說：「席詩假若僅是『意境的營造』，則虛無飄渺，一點價值都沒有。看做事實的陳述倒還好一點，雖然令人不舒服。」[10]

渡也自述其寫作動機為「希望能教沉醉於席詩者，大夢初醒；使席慕蓉本人，痛改前非。」[11]在渡也的批判範圍中，需要改正的，除了席慕蓉之外，也包括喜愛席慕蓉的讀者。同樣抱持這種看法的人還有詩人非馬。非馬在 1984 年 8 月 10 日發表了〈糖衣的毒藥〉這篇文章，文中除了認同渡也的說法外，更點出席慕蓉詩的暢銷現象是整個社會的共犯結構所造成：「我又想到那些評論家、出版家以及傳播界的人士，他們不好好利用他們的地位與影響力，去為改善社會與人群的工作出力，卻甘心淪為惡性循環中的一環——培養一批蒼白夢幻的作家，把他們的書吹捧上暢銷架，誘導易感的年輕人去讀去做夢去無病呻吟，因此培養出更多蒼白夢幻的作家……」[12]

渡也的言論一出，隨即在《臺灣時報・副刊》引起一場小論戰。張瑞麟發表了〈我讀〈有糖衣的毒藥〉〉，以一個不熟悉詩壇的一般讀者立場認為，席慕蓉的詩讓他能夠明白、感動，比起其他詩人而言好多了。羊牧的〈動聽的真話——為〈有糖衣的毒藥〉喝采〉則回頭批評了蕭蕭與曾昭旭不該為席慕蓉說話，又再次舉了瓊瑤的例子比喻席慕蓉，並且說：「認為這些作品就是『詩』，我認為有良知的文學工作者沒有沉默的權利。」[13]接

---

[9]渡也，《新詩補給站》，頁 29。
[10]渡也，《新詩補給站》，頁 32。
[11]渡也，《新詩補給站》，頁 26。
[12]非馬，〈糖衣的毒藥〉，收錄於渡也著，《新詩補給站》，頁 45。
[13]羊牧，〈動聽的真話——為〈有糖衣的毒藥〉喝采〉，《臺灣時報》，1984 年 4 月 23 日，8 版。

著，賈化的〈我讀〈我讀有糖衣的毒藥〉〉則批評了張瑞麟的大眾論點，把席慕蓉的詩比成黃色書刊，引起張又回應了一篇〈有害的迷幻藥〉。這些文章也許沒有深刻論點，但是也反映了閱讀大眾與詩人的兩派想法。

在這場由渡也所引起的論戰平息之後，到了 1991 年，孟樊在當代臺灣通俗文學研討會上發表了〈臺灣的大眾詩學〉一文，則以不同的角度來看「席慕蓉現象」。孟樊長期身處出版業的現場[14]，因此這篇文章援引許多出版的實際狀況來加以佐證，加上孟樊善於使用社會學理論，對於席詩受歡迎的社會面向有超越前人的深刻討論，是這篇論文的可觀之處。

尤其迥異於其他的評論文章，孟樊試圖用分析性、解釋性的文字來取代過去的論文中，評論家透過批判席詩所突顯文化的理想與規範功能。這正突顯孟文在「席慕蓉現象論爭」中的過渡意義。這篇文章已經將討論問題的焦點從個人詩藝的高下，是否具有媚俗動機等個人批判，轉移到「席慕蓉現象」的社會意涵上。

但即使如此，孟樊仍對大眾詩有輕微的否定傾向。孟文雖然希望能以不帶褒貶的立場來談席慕蓉現象，在行文中卻又可見對席詩帶有貶抑的字句，例如：

> 若不是有強大的傳播媒體為之造勢（包括廣告、宣傳以及演講等等），若不是由於進入暢銷書排行榜而能一炮而紅……則她的詩也很難成為獨樹一格的大眾詩。她是出版商的「詩的寵兒」。[15]席慕蓉如果繼續寫作這種類型的情詩，在出版商刻意的炒作下，不可能再進步，除非她敢於向生產機制反叛。[16]

[14]孟樊曾任《中國時報．人間副刊》編輯、《臺北評論》主編、時報文化出版公司主編、桂冠圖書公司及石頭出版公司副總編輯、揚智文化公司總編輯、聯經出版公司企劃主任等。豐富的編輯經歷使他從出版角度討論席慕蓉現象有深刻的分析。

[15]孟樊，《當代臺灣新詩理論》（臺北：揚智文化公司，1998 年），頁 209。

[16]孟樊，《當代臺灣新詩理論》，頁 221。

這些說法仍然暗示席詩的媚俗傾向。又如，孟文一開始即定義何謂「大眾詩學」，意指：「被大眾所喜歡或接受的詩……它較一般的詩能普獲大眾的青睞，反映在詩集的銷售上，即表示其銷售成績不惡，不僅『不惡』，而且還能進入暢銷書排行榜內，連連再版。」[17]矛盾的是，符合這個定義的詩集，除了席慕蓉之外，還包括鄭愁予與余光中。於此孟樊花相當大的篇幅企圖證明只有席慕蓉的詩是所謂的「大眾詩」，而其他二者不是。諸如此類的說法，可以發現孟樊雖希望兼顧 1980 年代臺灣文化工業興起的背景，但是最大的問題是他武斷地把席詩與大眾詩與文化工業畫上等號，忽略（或者故意漠視）三者的差別。

楊宗翰正點出了孟樊的這個問題。2001 年 1 月楊宗翰在《竹塹文獻》上發表了〈詩藝之外——詩人席慕蓉與「席慕蓉現象」〉，楊宗翰則認為文學史還可以透過暢銷、女性、蒙古、非詩社成員詩人的身分來看待席慕蓉，開拓新的視野有助於更全面的給席慕蓉較準確的定位。文中則檢討了孟樊對大眾詩潛在的貶意。楊宗翰指出孟樊事實上套用了文學史家討論瓊瑤的模式來為席慕蓉下定位，事實上，席慕蓉本人並沒有涉及文化工業的生產設計，也沒有打算刻意要求暢銷，把席慕蓉比附為「詩界瓊瑤」的作法是失之武斷的。

2002 年 7 月，沈奇在《文訊》上發表了〈重新解讀「席慕蓉詩歌現象」〉，這是最近一篇討論席慕蓉現象的文章。沈奇認為現代詩的創作具有實驗性與常態性的寫作態度兩種，席慕蓉正屬於後者，不應該因為席慕蓉的詩作不具有實驗創新的性質而加以忽視，甚至敵視。

總結以上，我們可以對「席慕蓉現象論爭」的經過有一概略了解，但在事件的描述之外，我們更關心的是文章後面所透露的訊息，亦即評論者在現代詩場域中的位置以及現代詩場域的轉變。

[17]孟樊，《當代臺灣新詩理論》，頁 197。

三、從論爭看現代詩場域的變遷

朋尼維茲如此解釋布迪厄的場域：「一個場域就像一個網絡，或位置間的客觀關係組合。我們可以依照這些位置的存在，這些位置對占據此位置的施為者或體制，這些位置在不同種資本分配結構的目前或潛在狀況（資本擁有的狀況可以決定在該場域中的獲利），及和其他位置的客觀關係（宰制關係、從屬關係或同構關係等），而客觀地定義這些位置。」[18]上述評論者都分別在現代詩場域中相對的具有自己的位置。但是如果只重視文化、經濟資本或者宰制、從屬關係而所描繪的場域位置，則忽略了時間變化導致的權力關係消長。此處將以時間順序區分出評論者在現代詩場域中位置的變遷。

最早肯定席慕蓉現象的蕭蕭、曾昭旭，他們都是出身中文系研究所，而且兩人都是長期在學校教書的老師。老師的身分與曾、蕭兩人的場域位置有密切的關連。教育政策制訂是由國家主導，老師的身分則是教育的執行者，教育目標是使人民接受國家所期許的意識形態。因此身為教師在文學場域中的位置便相對傾向政府，也較不具批判性。

以臺灣來說，在 1950、1960 年代，由於國家定位傾向是對立於共產中國的自由中國，因此由國家機器所型塑的主導文化（dominant culture）具有標榜正面價值，立場保守且崇尚抒情風格與中國古典傳統等特徵。[19]在強調中國文化傳統的時代氛圍裡，中文系被賦予高度期待，並被視為中國傳統文化的象徵。

因此出身中文系的老師們對詩的期待視野是一種經過選擇的抒情傳統。正如威廉士所說：「我們要檢視的其實不是一個傳統（a tradition），

[18]朋尼維茲（Patrice Bonnewitz）著；孫智綺譯，《布赫迪厄社會學的第一課》（臺北：麥田出版，2002 年），頁 80。

[19]主導文化（dominant culture）概念是由張誦聖所提出，主要用在臺灣當代小說的研究上，如果張誦聖的架構無誤，則應可以套用在同時同地的現代詩領域中。相關討論見張誦聖，〈臺灣女作家與當代主導文化〉，《文學場域的變遷》（臺北：聯合文學出版社，2001 年），頁 113～134。

而是一個經過選擇的傳統（a selective tradition）：它是經由有形塑力的過去（a shaping past）與已預先被型塑成的現在（a pre-shaped present）刻意建構而成，在社會與文化之定義及認定上有強大的運作能力。」[20]這個帶有中國傳統、保守抒情傾向的文化品味，決定了他們評價文學作品的方向。但 1950、1960 年代裡現代詩並不是國文教育的一環，當時擁有較被重視的文類是古典詩、文言文之類的古典文類。一直要等到 1970 年代後，現代詩開始被編入課本，進入國文教育。

在那之前，現代詩在臺灣文化場域中位於邊緣位置。由於戰亂，早期現代詩人的教育背景複雜多元，其中軍人與外文學者身分居多，就算不是外文系背景，現代詩人們也都努力學習外國詩與外國文學理論。

奚密指出現代漢詩所面臨的基本問題就是建立不同於古典詩的身分，並且對抗普遍存在於社會文化中古典詩的影響。經過早期詩人們的努力，到了 1960 年代中期，現代詩已確立身分與在文壇的地位。奚密指出：「現代詩的新空間表現在三方面：第一，對詩的無功利性的追求；第二，對詩人所處的社會經濟弱勢的自覺以及對其他弱者的憐憫；第三，激進的個人主義與通俗文學文化對立。」[21]正因為現代詩具有上述特徵，相對的參與現代詩的創作活動也變成一種前衛實驗的象徵，這往往代表配合不願意與商業以及政府主導的主流文化品味。

到了 1980 年代，現代詩已經逐漸被承認為重要，其中文系學者也開始嘗試以自己的文化背景去解讀研究現代詩。但是傳統中文系並沒有相關的詩學知識可以援引，中文系身分的現代詩評論家有兩種方式進行批評，其一轉化相類似的古典詩學理論來詮釋現代詩。不然就是接受已發展了 20 年，混雜外國詩學與現代詩人自身體悟的現代詩學傳統。因此同樣是中文系出身的渡也、蕭蕭與曾昭旭，因為選擇了不同的文化傳統而導致立場的

[20]張誦聖，《文學場域的變遷》，頁 55。
[21]奚密，〈導論：臺灣新疆域〉，馬悅然、奚密、向陽主編，《二十世紀臺灣詩選》（臺北：麥田出版，2001 年），頁 56。

對立。

對蕭、曾而言，席詩與他們所熟悉的中國古典傳統相當的契合，蕭蕭說：「蕭蕭這樣分析：大學時代，席慕蓉已會作詩填詞，古典詩歌的含蓄精神、溫婉性格、溫柔氣質，自然從她的話中透露出來，不過，她運用的是現代白話言，舒散感覺又比古典詩詞更讓人易於親近。同時，她不會浸染於現代詩掙扎蛻化的語言，不似一般現代詩那樣高亢。」[22]由此可見，蕭蕭在席詩中所看到的「古典詩歌的含蓄精神」，正是蕭、曾兩人接受的原因。

相反的，在現代詩傳統的無功利性以及反對通俗文學的特徵，使得渡也、非馬等現代詩人完全不能接受席慕蓉的作品。首先，他們不能認同詩的受歡迎，因為詩是一種前衛、實驗、菁英文化的象徵，是不應該普遍大眾化的。另外他們也不能認同席詩得到評論者的讚美，因為現代詩專業評論者的讚美，代表評論者承認這些「文字」是詩，這將使「詩的定義」混淆不清。最後終使渡也、非馬這些評論家以嚴厲語氣批判席慕蓉與肯定席詩的評論者。

此外在《臺灣時報・副刊》發表文章反對渡也的張瑞麟，可以說代表一般大眾對這個現象的看法。[23]的確，普羅大眾並不期待複雜難懂的文學作品，抒情風格容易接受都是一般大眾願意接受席慕蓉的原因。張瑞麟說：「只因為她的詩我看得懂，而且會受感動。我寧可要一個詩作平淺易懂的詩人，也不要十個寫些令人看了不知所云的艱難的詩人。」[24]

在這句話的背後隱含了大眾長期以來對現代詩的不能諒解與理解。長期以來，強調實驗前衛的現代詩不能被大眾所理解已經是臺灣現代詩史上

[22]蕭蕭，《現代詩縱橫觀》（臺北：文史哲出版社，2000年），頁246。

[23]大眾支援席慕蓉可以從三件事看出來，首先是席慕蓉擁有臺灣詩人中最高的銷售量，且屢屢進入暢銷書排行榜。其次，渡也自述：「然而，去年四月以後，我每到一處演講或開文藝座談會，往往有大量聽眾向我抗議，理由是他們非常喜愛《七里香》、《無怨的青春》。」見渡也，《新詩補給站》，頁42。張瑞麟本身不是詩壇中人，其意見多少反應閱讀大眾的意見。

[24]張瑞麟，〈我讀〈有糖衣的毒藥〉〉，《臺灣時報》，1984年4月18日，8版。

爭議過無數次的話題，即使如此，現代詩人們仍然堅持著自己的定位，保持與大眾的距離，並且享受著現代詩所具有的較高的文化資本。能夠解讀並創作別人不能理解的現代詩似乎成為現代詩人們高人一等的理由。雖然有心之士不斷鼓吹現代詩不要晦澀，但大眾對現代詩的接受程度卻一直不高。

相反的，1960 到 1980 年代間在國中、高中國文課本上出現的現代詩作，除了強調愛國的作品外，多半是抒情的小品。這使得被教育的大眾對現代詩的期待往往停留在楊喚的〈夏夜〉、蓉子〈只要我們有根〉、余光中〈鄉愁四韻〉、渡也〈竹〉這類抒情、標舉正面價值、傾向採取中國象徵的詩作，這些傾向也正是席慕蓉的詩中的特色。再加上國文學習過程中會學到許多中國古典詩詞，這些古典詩詞所表現的抒情與古典詩詞特有的押韻方式都使得閱讀大眾感到熟悉，而得以欣賞席慕蓉作品。

到了 1990 年代，文學場域開始有了轉變。首先，研究者開始重視通俗文學的社會意義。各種國內、外有關通俗文學的理論的興起，使孟樊能以有別於過去評論家的理論架構去討論席慕蓉現象，對孟樊而言，這已經是詩學現象，而不再是詩人個人的技巧或品格問題。但是孟樊仍犯了把席詩看成通俗文學的問題。

到了最近，楊宗翰發聲時候，情況又不同於孟樊發聲的時候。隨著時間過去，席慕蓉已成名 20 年，她早期成名的作品也已經被典律化，例如《時光九篇》得到民國 76 年的「中興文藝獎章」。作品被收入各大重要詩選，甚至近年來的高中、高職課本已將〈一棵開花的樹〉收入教材中。[25]而「席慕蓉現象」也已經成為臺灣現代詩史上的重大事件，是後來研究臺灣現代詩史者不能不處理的重要議題之一。這使楊宗翰可以在較無壓力環境下處理席慕蓉現象。

最後值得一提的是沈奇，他是西安財經學院文化傳播系教授，同時也

---

[25]南一版高中國文課本第二冊及東大版高職國文第四冊都收錄了〈一棵開花的樹〉。

是詩人、詩評家，以及中國作家協會會員。他雖然評論臺灣現代詩，但他卻是受中國大陸的社會文化所影響。大陸評論家在 1980 年代文革結束後，開始關注臺灣文學。就權力場的考量來說，大陸評論家在做臺灣文學評論時，隱約藏著以中國文學傳統收編臺灣文學的企圖。與臺灣評論家不同的是，沈奇與其他大陸詩評家看待席慕蓉詩作時，是將席慕蓉詩與心中的中國新文學傳統作比較，而不是單以臺灣現代詩傳統來看。因此大陸詩評家們往往願意仔細分析，找出席慕蓉詩中與中國傳統的相關之處。

沈奇認為：「對『席慕蓉現象』的重新解讀，旨在對整個常態詩歌寫作的重新正名與定位。一味移步換形的中國新詩，正在逐漸清醒中認領一個守常求變的良性發展時期。」[26]一反臺灣評論家的批判，沈奇看到的是席慕蓉對「中國新詩」的良性發展影響。但對大陸的暢銷詩，沈奇卻不以為然，他說：「尤其是在『席慕蓉旋風』登陸大陸詩壇時，正值『汪國真詩歌熱』之際，人們很容易將二者合併歸類……簡單而輕率地認定席慕蓉為臺灣版的汪國真，自然不屑一顧了。」[27]此處可以再次看到，之所以會有這種結論，而不是說汪國真是「大陸版的席慕蓉」，正因為沈奇是將席慕蓉置於中國新詩傳統中衡量。以上分析，除了討論評論家與一般大眾在文學場域中的位置外，我們還能從論爭的焦點看出論者的習態如何作用。

四、「席慕蓉現象論爭」焦點分析

習態的形成是取決於作家個人在文壇中的位置以及這個文壇與臺灣社會整個權力場域（field of power）的特定關係。布迪厄說：「分析這些位置的占據者的習性的產生，也就是支配權系統，這些系統是文學場內部的社會軌跡和位置的產物。」[28]從這些爭議的焦點以及論者如何證成他們論點當中，我們可以更清楚看到論者的習態如何在當中運作。雙方的論點雖然看

---

[26]沈奇，〈重新解讀「席慕蓉詩歌現象」〉，《文訊》第 201 期，2002 年 7 月，頁 11。
[27]沈奇，〈重新解讀「席慕蓉詩歌現象」〉，頁 11。
[28]Pierre Bourdier 著；劉暉譯，《藝術的法則——文學場的生成與結構》，頁 262。

起來分歧眾多，但是爭議的焦點可以歸納為三點：

（一）題材是否太單一

席慕蓉最常為人詬病的地方是題材太過單一。在渡也的〈有糖衣的毒藥〉提出的七項缺點中，嚴格說來，「主題貧乏、思想膚淺、無社會性、氣格卑弱、數十年如一日」這五個缺點，事實上都是指責的同一件事，也就是席慕蓉長年只書寫傷逝傷感的抒情題材。渡也說：「她把自己關在象牙塔裡吐露『痛苦』、『憂傷』，陳述的只限於個人生活的狹小圈子，管他什麼『先天下之憂』。」[29]渡也點出的這個論點後來則被孟樊所繼承並加以延伸，由於題材的單一化，使得孟樊認為席慕蓉的詩有情節定型化的問題。孟樊說：「大眾詩雖然不像流行小說那樣具有豐富的情節，但其情節定型化則如出一轍，席慕蓉的框套式情節即愛別離的故事。」[30]

因為題材的接近，反對席詩的評論家們往往不願意去辨認不同作品之間的微妙含意，只是把席詩將大量相同題材作品都當作粗製濫造的文化工業複製品。這樣做，是將席慕蓉看作流行文化工業的神話，當席慕蓉的全體詩作被視為一種象徵，一種作者與閱讀大眾一起墮落的一種象徵，如同巴特所言：「神話的能指以一種曖昧的方式呈現：它同時既是意義又是形式，一方面充實，一面又很空洞。」[31]於是所有席慕蓉的詩作的含意都全部變得空洞，沒有差別，都只是用來指涉愛別離的感傷詩而已。

但是，事實上，即使同一題材的詩，席慕蓉仍然有可能嘗試表達不同的想法或者更微妙的情感。例如曾昭旭的〈光影寂滅處的永恆〉中提到：「〈淚・月華〉寫愛之沉埋，竟到了令人無以辨認的地步。〈遠行〉、〈四季〉與〈為什麼〉都寫的是人與愛之違隔。〈樓蘭新娘〉寫人們對愛的侮慢。只有〈自白〉一首，寫人們在殘缺中一點尚未灰的追尋之心，則總算

[29]渡也，《新詩補給站》，頁 35。
[30]曾昭旭，〈光影寂滅處的永恆——席慕蓉在說什麼〉，頁 203。
[31]羅蘭・巴特（Roland Barthes）著；許薔薔、許綺玲譯，《神話學》（臺北：桂冠圖書公司，2000 年），頁 177。

還保存著一點希望。」[32]由此可見，只要願意更精緻的深入探究，還是可以發現在席慕蓉詩中的不同含意。

肯定席詩的評論家並不批判席慕蓉題材的單一。這是由於中國傳統詩學中有「詩言志」的說法，受此影響的蕭蕭提及他對詩的看法說：「詩是人類因外物而激生的感情，又藉著外物來傳達的一種心聲」[33]，作詩目的在於表達創作者內心的感情，因對席慕蓉來說，她只是誠實表達自己的心情，題材單一也是個人天生才具的表現，因此並沒有值得批判的地方。

（二）詩語言是否過於鬆散

除了題材的單純以外，批判席慕蓉的另一個焦點在語言的淺白。渡也批判席詩的缺點在淺陋鬆散。孟樊則說這種詩語言的淺白是大眾文學的重要特色，甚至說：「像席詩所使用的淺白易懂的語言，可能導致二種後果，一是使生活的豐富性（包括愛情的多采多姿）無由從簡單、稀少的詞句中顯現出來，二是正因為如此，反過來導致我們所能認識的現實會越來越少。」[34]

諷刺的是，幾乎論者都認同詩語言的淺白是席慕蓉的優點，渡也先說明了席詩的優點在於：「語言淺白平易，不咬文嚼字，適合大家胃口」。[35]如果說詩語言的淺白是席詩的優點，又為何也是她的缺點？

席詩語言淺白是她的特點，也是她非常與眾不同的地方，蕭蕭說：「她的詩是一個獨立的世界，自生自長，自圓自誇，不知有漢，無論魏晉，是詩國一處獨立自存的桃花源。」[36]桃花源的文學比喻正說明了席慕蓉詩沒有受到其他詩人的影響，在文字的使用上不像其他詩人一樣充滿實驗性。現代詩在臺灣一向以開創文學潮流的實驗性與創造力見著。這樣的背景可遠紹大陸現代派與臺灣風車詩社的超現實主義文學傳統。當席慕蓉違

[32]曾昭旭，〈光影寂滅處的永恆——席慕蓉在說什麼〉，頁 204。
[33]蕭蕭，《青少年詩話》（臺北：爾雅出版社，1989 年），頁 7。
[34]孟樊，《當代臺灣新詩理論》，頁 219。
[35]渡也，《新詩補給站》，頁 27。
[36]蕭蕭，《現代詩縱橫觀》，頁 246。

背了這個現代詩傳統，以淺顯語言發聲時，便逼得其他評論家思考這個傳統的存在意義。對大多數現代詩人而言，現代詩就是應該創新實驗是天經地義的事，因此評論家們就必須在現代詩傳統與席慕蓉之間劃出一條界線來。布迪厄說：

> 當最「純粹」、最嚴格和最狹隘的定義維護者認定某些藝術家（等）並不真正是藝術家，或不是真正的藝術家，並否認後者作為藝術家的存在，他們就是從自己作為「真正」藝術家的角度，想在場中推行作為場的合法視角的場的基本法則、觀念與分類的原則，這個原則決定了藝術場（等）非如此不可，也就是讓藝術成為藝術的場所。[37]

如果席慕蓉的詩違背了這個傳統，那麼評論家們只能「否認席慕蓉作為詩人的存在」，因此包括渡也、非馬以及孟樊等評論家們必須用強烈貶抑的字句來批判席慕蓉。透過將席慕蓉詩的意義掏空，忽視席詩的技巧的方式來否認她，進而畫出詩人與非詩人之間的界線。那肯定席詩語言的評論家呢？席慕蓉詩中的古典抒情氣質正好與蕭、曾等人的習態契合，因此要他們接受席詩語言並不困難。他們的文化薰陶，所受的古典詩詞訓練，都告訴他們這樣的作品是好的，可讀的。另外，身為老師的習態也使他們認為現代詩普及是值得努力的目標。

（三）動機是否媚俗

除了題材單純與詩語言的淺白之外，批評席慕蓉的論者一再質疑席慕蓉是有意的媚俗，迎合大眾的低俗品味來寫作。如渡也說：「以其具有迎合一般青少年胃口的低級趣味，是以格外受歡迎，真是令有心之士痛心。席慕蓉一定不會痛心吧，說不定還暗自慶幸成功。」或者「她似乎把矯情造作、博人同情，當作義不容辭之事。」[38]

---

[37]Pierre Bourdieu 著；劉暉譯，《藝術的法則——文學場的生成與結構》，頁 271。
[38]渡也，《新詩補給站》，頁 32～34。

渡也猜測席慕蓉是有意識地創作這種會受歡迎的詩作，其背後的目的則是為了「成功」。不止渡也這麼說，孟樊也說：「主要是《七里香》的成功，使詩人的『效益』已經確定，投資席書的風險降到最低，於是大地、爾雅、圓神等出版社，便『盡可能放手讓作者以既有手法繼續生產作品』，結果是席慕蓉的這幾本詩集，好像是同一個模子印出來的，同質性太高。」[39]雖然不像渡也如此直接推斷席慕蓉是有意識的寫作迎合大眾品味的作品，但是孟樊也暗示席慕蓉的確知道自己的詩集是一種受歡迎的產品，因此可以大量複製生產。評論者便據此將席慕蓉稱作「詩界的瓊瑤」，甚至輾轉被寫入古繼堂的《臺灣新詩發展史》中，成為席慕蓉在文學史上的定位。

關於席慕蓉是否自覺的媚俗，文化工業的形成分析，在孟樊、楊宗翰的文章中已經有充分的分析，本文更關心的是，為什麼評論家們要如此深惡痛絕地批判「暢銷」這件事。我們可以這樣分析評論家的邏輯：席慕蓉的作品很暢銷，暢銷是罪惡的，所以席慕蓉是罪惡的。證諸渡也所說：「乍看起來以為是天使，細看之下原來是魔鬼，害人不淺。」[40]可以知道詩評家們的心中的確是這麼想的。

之所以會有這樣的思考，實則由於文學是以作為社會中的文化象徵的方式來與經濟場、權力場互動，因此在文學表現上必須表現出對利益的排斥，越是如此，其作為象徵的代表性才越強。如同布迪厄的分析：

> 後者驅使最激進的捍衛者把暫時的失敗作為上帝挑選的一個標誌，把成功當作與時代妥協的標誌。……實踐的經濟如同在一場敗者獲勝的遊戲中，是建立在權力場和經濟場的基本原則顛倒的基礎上的。它排斥對利益的追逐，它不擔保在投資和金錢收入之間任何形式的一致；它譴責追

[39]孟樊，《當代臺灣新詩理論》，頁 212。
[40]渡也，《新詩補給站》，頁 32。

求暫時的榮譽和聲名。[41]

由於強烈的排斥經濟利益，使得文學場的原則呈現出似乎與經濟場顛倒的特色，也就是越願意犧牲經濟利益，越賠錢的作家所獲得的名聲報酬也越高。這樣的原則也常見於現代詩的傳統中，例如創世紀的洛夫、張默、瘂弦等人不惜典當棉被辦詩刊，以及周夢蝶身無長物恆產，唯一心創作的故事不斷被傳誦，都是最好的例子。反觀席慕蓉：「她的家世良好，事業、學業均一帆風順，既不坎坷也不淒涼。比起某些寂寞、困頓的詩人，席慕蓉著實非常幸運、幸福。」[42]於是她幸福的生活背景便成她置身於文學場域中的原罪了，再加上詩集的暢銷，這一切都使得評論家誤判席慕蓉的動機，把她與故意媚俗畫上等號。

諷刺的是鄭愁予、余光中的詩集也有相當好的銷售成績。[43]但鄭、余兩人卻在詩壇中聲望極高，因此孟樊只好採取將鄭、余與席區分開的策略，忽視了鄭、余詩集中與席詩相似的抒情與中國情調。這是因為孟樊仍無法擺脫現代詩一貫的反通俗特質，而誤將具有獨特面的席慕蓉詩看作了面目模糊大量複製的文化工業產品。

五、結論

「席慕蓉現象」至今已近二十年，而砲火猛烈的指責也已不再，時至今日回顧「席慕蓉現象」，我們還可以知道什麼？誠如楊宗翰的大哉問：「我們應該還可以嘗試去追問：席詩既然如此暢銷與受讀者歡迎，它對『臺灣現代詩體制』（the institution of modern Taiwan poetry）究竟有沒有產生過影響？若有，此影響如何發生？影響的程度又是如何？若無，則為何

[41]Pierre Bourdieu 著；劉暉譯，《藝術的法則——文學場的生成與結構》，頁 265。

[42]渡也，《新詩補給站》，頁 24。

[43]根據孟樊的說法，《鄭愁予詩集》到 1986 年為止銷了 28 刷，余光中的《白玉苦瓜》到 1990 年銷了 15 刷，雖然比不上席慕蓉卻也是其他詩人無法望其項背的成績。見孟樊，《當代臺灣新詩理論》，頁 198。

沒有發生影響？」[44]。

「席慕蓉現象」這獨一無二的事件，當然產生了影響。在席慕蓉現象逼使評論家們對現代詩的雅俗之間做出更深刻的思考。也因不認同各自的意見而產生了論爭。本文試圖說明評論家們之所以會對席詩有正反兩面的評價，來自於其各自的場域位置，以及所代化的習態所導致。透過「席慕蓉現象論爭」我們可以看到現代詩的場域轉變，由過去國文教育中，中國古典抒情傳統如何轉化以適應現代詩，而前衛具實驗性的現代詩傳統，也必須解釋席慕蓉受歡迎的局面，兩相交鋒後，現代詩論者由原先排斥「席慕蓉現象」，到後來逐漸能以分析代替批判，最終正視席慕蓉現象的特殊性。

此外，我們還能把席慕蓉論爭的討論放在這樣一個更大的環節中來看，也就是文學界長期以來雅俗文學的對立與爭執。在席慕蓉現象之前，現代詩的多次論爭就是環繞著文學應該堅持藝術性還是應該擁抱大眾這個主題打轉。此外證諸李敖、呂正惠等人對瓊瑤、廖輝英等人所謂「閨秀文學」的批判[45]，其性質與席慕蓉現象的論爭也都有相通之處。這幾個現象與論爭之間的關係，還值得後來研究者來比較分析。

艾略特說：「任何詩人，任何藝術的藝術家都不能獨自具備完整的意義。他的意義，他的鑑賞也就是他和過去的詩人和藝術家之關係的鑑賞。你無從將他孤立起來加以評價；你不得不將他放在過去的詩人或藝術家中以便比較和對照。」[46]在今日，統合關於「席慕蓉現象論爭」的不同聲音，終將使彼此的意義都更加明確完整。

---

[44]楊宗翰，《臺灣現代詩史——批判的閱讀》（臺北：巨流圖書公司，2002 年），頁 190。

[45]關於李敖等人對瓊瑤的批判可參見林芳玫，《解讀瓊瑤愛情王國》（臺北：時報文化出版公司，1994 年）。關於呂正惠對閨秀文學的批評，可參見呂正惠，《小說與社會》（臺北：聯經出版公司，1988 年）。

[46]T. S. Eliot.著；杜國清譯，《艾略特文學評論集》（臺北：田園出版社，1969 年），頁 5。

六、參考資料

（一）專書

- Patrice Bonnewitz 著；孫智綺譯，《布赫迪厄社會學的第一課》，臺北：麥田出版，2002 年。
- Pierre Bourdieu 著；劉暉譯，《藝術的法則——文學場的生成與結構》，北京：中央編譯出版社，2001 年。
- T. S. Eliot 著；杜國清譯，《艾略特文學評論集》，臺北：田園出版社，1969 年。
- 孟樊，《當代臺灣新詩理論》，臺北：揚智文化公司，1998 年。
- 席慕蓉，《無怨的青春》，臺北：大地出版社，1983 年。
- 馬悅然、奚密、向陽主編，《20 世紀臺灣詩選》，臺北：麥田出版，2001 年。
- 張誦聖，《文學場域的變遷》，臺北：聯合文學出版社，2001 年。
- 渡也，《新詩補給站》，臺北：三民書局，1995 年。
- 楊宗翰，《臺灣現代詩史——批判的閱讀》，臺北：巨流圖書公司，2002 年。
- 蕭蕭，《現代詩學》，臺北：東大圖書公司，1987 年。
- 蕭蕭，《現代詩縱橫觀》，臺北：文史哲出版社，2000 年。
- 羅蘭．巴特著，許薔薔、許綺玲譯，《神話學》，臺北：桂冠圖書公司，2000 年。

（二）期刊論文

- 羊牧，〈動聽的真話——為〈有糖衣的毒藥〉喝采〉，《臺灣時報》，1984 年 4 月 23 日，8 版。
- 沈奇，〈重新解讀「席慕蓉詩歌現象」〉，《文訊》第 201 期，2002 年 7 月。
- 孟樊，〈臺灣大眾詩學——席慕蓉詩集暢銷現象〉（上），《當代青年》第 6 期，1992 年 1 月。
- 孟樊，〈臺灣大眾詩學——席慕蓉詩集暢銷現象〉（下），《當代青年》第 7 期，1992 年 2 月。

‧張瑞麟，〈我讀〈有糖衣的毒藥〉〉，《臺灣時報》，1984 年 4 月 18 日，8 版。
‧張瑞麟，〈有害的迷幻藥〉，《臺灣時報》，1984 年 5 月 4 日，8 版。
‧渡也，〈有糖衣的毒藥〉，《臺灣時報》，1984 年 4 月 8 日，8 版。
‧渡也〈席慕蓉與我〉，《臺灣時報》，1985 年 1 月 23 日，8 版。
‧楊宗翰，〈詩藝之外——詩人席慕蓉與「席慕蓉現象」〉，《竹塹文獻》第 18 期，2001 年 1 月。
‧賈化，〈我讀〈我讀有糖衣的毒藥〉〉，《臺灣時報》，1984 年 4 月 27 日，8 版。

七、附錄：席慕蓉現象論爭文章一覽表

說明：本文所討論之論爭文章，乃討論「席慕蓉現象」之評論文章，排列依文章發表年代時間排列。

論者	論題	發表刊物	卷/期	發表日期	立場	備註
曾昭旭	光影寂滅處的永恆——席慕蓉在說什麼	無怨的青春		1981/12	肯定	
蕭蕭	青春無怨‧新詩無怨	文藝月刊		1983/7	肯定	收錄於蕭蕭《現代詩學》
渡也	有糖衣的毒藥	臺灣時報	副刊	1984/4/8、1984/4/9	否定	收錄於渡也《新詩補給站》
張瑞麟	我讀〈有糖衣的毒藥〉	臺灣時報	副刊	1984/4/18	肯定	

羊牧	動聽的真話——為〈有糖衣的毒藥〉喝采	臺灣時報	副刊	1984/4/23	否定	
賈化	我讀〈我讀有糖衣的毒藥〉	臺灣時報	副刊	1984/4/27	否定	
張瑞麟	有害的迷幻藥	臺灣時報	副刊	1984/5/4	肯定	
非馬	糖衣的毒藥	海洋副刊		1984/8/10	否定	收錄於渡也《新詩補給站》
渡也	席慕蓉與我	臺灣時報	副刊	1985/1/23	否定	收錄於渡也《新詩補給站》
孟樊	臺灣大眾詩學——席慕蓉詩集暢銷現象	當代青年	第6、7期	1992/1、1992/2	否定	收錄於孟樊、林燿德編《流行天下》、孟樊《當代臺灣新詩理論》
楊宗翰	詩藝之外——詩人席慕蓉與「席慕蓉現象」	竹塹文獻	第18期	2001/1	肯定	收錄於楊宗翰《臺灣現代詩史》
沈奇	重新解讀「席慕蓉詩歌現象」	文訊	第201期	2002/7	肯定	

——選自《臺灣詩學學刊》第7號，2006年5月

席慕蓉論席慕蓉

關於「暢銷」

◎席慕蓉

從前，我總以為寫詩是件很個人的事，與他人並無關聯。不過，現在的看法有些改變了。

自從民國 70 年 7 月《七里香》出版之後，十幾年來，詩集的讀者從臺灣逐漸延伸到大陸、到海外的華人世界，甚至那些被譯成蒙文的短詩，竟然一直傳到我的夢土之上、傳到那遙遠的蒙古家鄉。我才發現，原來那終我一生也無法一一相認的廣大而又沉默的讀者群，並不是一種抽象的存在。他們雖然安靜無聲，卻又像是波濤起伏的溫暖的海浪，綿綿不絕地傳送到我心中，讓我感受到了人間的真誠與善意。

不過，在另一方面，我同時也遭遇到一些困擾。在最初，因為詩集如此暢銷，似乎前所未有，所以常會被寫詩的人當作一種現象來討論，這也是正常的。但是，其中有少數人的態度非常激烈，甚至發行小刊物對我作人身攻擊。對這些，我從來沒有說過一句話，因為，我相信，時間會為我作證，替我說明一切的。

十幾年都已經過去了，時間果然一一為我作了證明：首先，我並沒有因為「暢銷」就去大量製造，從 70 年到如今，我只出版了四本詩集。而在這段時間裡，許多位文壇前輩也表示了他們的意見，四本詩集中，有兩本分別得到了中興文藝獎章與金鼎獎，另外還有一本被推介為青年學子的課外讀物，在書單上，與多位作家的經典作品並列。最近，一位得到文學獎的年輕詩人在簡歷上說，他是先讀到我的詩，然後開始去研讀名家的詩作，終於自己執筆寫起詩來的。這讓我覺得很榮幸，可見，有詩集讓年輕人對詩發生了興趣，對「文學」來言，並不是絕對無法容忍的壞現象了罷？

但是，昨天，朋友在電話裡告訴我，說是不久以前，有詩人在報紙上說：「他的一位寫詩的朋友宣稱，如果自己的詩集銷得像席慕蓉的一樣，他就要跳樓自殺！」卻讓我在哈哈大笑之後又覺得有極深的無奈，不得不在這裡說幾句話了。

文學中有多少層次！有多少不同的境界與面貌！為什麼卻總是要繞著「銷售」這個題目打轉呢？

為什麼總喜歡說：這人是暢銷作家，那人是嚴肅作家，似乎認定只有這兩者，而且兩者必然對立！其實，除了某些刻意經營的商業行為之外，書的銷路，根本是作者無法預知也不必去關心的。因此，我們可以批評一本暢銷書寫得不好，卻不一定可以指責這個作者在「迎合」大眾，因為，這可能會與實情不符！

反之亦然，不暢銷並不一定就等於創作態度嚴肅。（而且，只有態度嚴肅並不等於寫出來的就會是偉大的作品罷？）因此，在創作之前，先自封為「嚴肅作家」，實在是種很奇怪的態度。先給自己戴上了一頂高帽子再來提筆，豈不也是戴上了另外一種名利的枷鎖？

我自認是個簡單而真誠的人，寫了一些簡單而真誠的詩，原本無意與任何人爭辯。我只是覺得，如果有人努力要強調自己「不屑於暢銷」的清高，那麼，他內裡耿耿於懷，甚至連自己也無法察覺的，是否依然只是「銷售」這件「庸俗」的事呢？

——選自《聯合報》，1994 年 12 月 12 日，37 版

席慕蓉的兩個出口

◎林清玄[*]

席慕蓉是近五年來最受歡迎的作家，她寫的書一直是暢銷書排行榜上的熱門書籍，雖然她的書裡偶爾也有畫，但大部分的讀者已經忘失了她原來是個畫家，這一年來她文章寫得少了，專心作畫，是希望自己回到畫家本來的面目，她說，畫畫才是她最重要的事，寫文章只是她繪畫生活的調劑。對於臺灣文壇奇蹟似的女作家，她的畫究竟表現出什麼面目呢？而這個最受爭議的詩人，她的形相世界又是怎麼樣呢？

不久之前，國內有一群寫詩的青年，對於席慕蓉的詩展開了猛烈的炮轟，甚至出版了專刊來攻擊她，不但全面否定了她詩裡的價值，同時惡意的醜化了她創作的動機，認為她的詩集那樣暢銷，適足以反映出國內社會的腐化、敗壞，與醉生夢死。

一種曠達的心胸

我覺得，這是自從鄉土文學論戰以後，對一位誠懇的作家最惡意的醜化，正足以反映臺灣詩壇經過了一再的陣痛之後，並沒有走上開闊的大路，反而走向了狹隘的窄巷，一部分詩人抱著社會化、政治化的棒子，卻反對了中國詩歌傳統抒情與玄想的可貴特質，這是十分令人痛心的。

其實，我們撥開了這些批評的霧障，就清楚的看見了批評者的心態，

---

[*]林清玄（1953～2019），高雄人。記者、散文家、報社編輯、文學評論家。發表文章時為《中國時報》編輯。

是因為看到了一位詩人受到大眾的喜愛與肯定之後，表達的酸葡萄心理而已——為什麼受人喜愛的情詩就是有毒的，反而那些被摒棄的詩才是好詩呢？這真是經不起分析的一種基礎。

席慕蓉反而對那些惡毒的批評文字，表現了一種曠達的心胸，她說：「一個詩人只要把詩寫好就是了，哪裡有心情去計較別的呢？」對於她作品的暢銷，則認為只是自己運氣好，能得到多數讀者的共鳴，她說：「暢銷書的排行榜上，不是我，也會是別人，我只是機緣湊巧罷了。」

對於一個除了寫詩、教書之外，從來不介入文壇雜事的作家，有時真不能理解，為什麼作家們不能攜手並進，各人創作各人的作品？

為了避免引起別人的瞋心，席慕蓉最近作品寫得少了，她樂得回到自己的本行——繪畫。由於她半途寫作花去許多時間，已經有四年的時間，沒有在國內舉行個展了。而席慕蓉作為畫家的本行，也由於久未發表新作，逐漸的為人淡忘，甚至有許多熱愛她的讀者，不知道她曾受過極為嚴格的美術學院訓練。

廿幾年的繪畫生活

雖然席慕蓉早就有資格作專業作家，但她現在的「正當職業」是新竹師專和東海大學美術科系的教授。為了教書，過去她每天都奔波在高速公路上，因為她的多感與熱情，她的學生都非常敬愛她，使她捨不得那些學生。

最近，為了兒女的教育，席慕蓉舉家遷居到臺北，仍然每星期往中部跑，餘暇則在家相夫教子，寫詩、作畫、寫散文。

席慕蓉同時扮演了多重的角色，她是妻子、母親、女兒，也是老師、詩人、畫家、散文家，最讓人驚異的是她成功的演好了每一個角色，在滾滾塵寰中，這是最為不易的。——這裡面，跟隨她最久的一項，正是她的繪畫。

席慕蓉有一個特別的祖籍，她是蒙古察哈爾盟明安旗人，她民國 32 年生於四川重慶，38 年隨家人遷居香港，43 年遷到臺灣。幼年時代走過許多雄山大水，留下深刻的印象，因此她早在初中時代就立下了成為畫家的志向，後來順利的進入臺北師範藝術科。

1950 年代的北師藝術科曾有過藝術的顛峰時期，造就過許多傑出的藝術家，席慕蓉在這裡奠定了成為一個藝術家的堅實條件，她對寫作的熱愛也始於這個時期。

後來她進入師範大學美術系繼續研習藝術，民國 53 年，遠赴比利時，進入布魯塞爾皇家藝術學院習藝，專攻油畫。席慕蓉在國外近十年時間，到民國 59 年才返國服務，從回國到現在匆匆又過了十年。

自從席慕蓉開始畫畫到如今，已經二十幾年了，她一直默默的畫畫，雖然中間舉行過幾次畫展，並沒有引起大的回響，民國 68 年她出版第一本書之後，她在文字與形象中那種特異的、浪漫的、美麗而帶著哀愁的特質，使她成為近五年來最受歡迎的作家。

比起寫作，席慕蓉的繪畫歷程是早得很多，雖然她後來以文章知名，但了解她的人都知道，她的詩、她的散文與她的畫是分不開的。

她的文章與詩其實都是一幅幅的畫，只是兩種不同的表達，而她在文字裡對掌握顏色、形象、結構的火候，正是繪畫的一種轉換。我認為，席慕蓉在文章裡表達的真誠與動人，在當代女作家中罕有其匹。

表現真正的繪畫才情

我們再回頭來看她的畫，她的畫也正是詩歌的具象化。

席慕蓉的近作可以大別為三類，一是「荷花」，二是「夜色」，三是「花蔭與人體」。

「荷花」一向是她極為鍾愛的題材，過去她用針筆和素描已經畫過無數的荷花，她細緻典雅的描寫印在書頁裡，得到了許多讀者的讚美。為了更深入了解荷花，她在臺北縣石門鄉舊居種了六缸荷花，經常坐在自種的荷花前一次又一次的畫，愛不忍釋。

她拿了一冊素描簿給我看：「這是含苞的時候，這是剛剛開放的樣子，這些是盛開的荷花。」那一大冊素描正能看出她對荷花的情有獨鍾，她的素描仍沿承了舊日的風格，只是更素淡，更婉約，清涼無汗。

她油畫的荷花卻大大改變了，她使用的雖是油畫顏料，卻能以極為平淡整齊的方式處理，將油料壓到跡近於平面沒有筆觸，使那些寫生的荷花一方面保存了生命的情態，一方面則像夢裡一般古典。能把油畫的荷花畫到接近中國宋代水墨的境界，席慕蓉在這一系列的畫中表現了她繪畫真正的才情，我想，這是她對傳統懷抱了一顆虔敬的心靈，以至於能不為材料所役，畫出中國人油畫的荷花。

她的「夜色」，在情感上又是不同於荷花的。她說：「這一系列的畫，是我教書的時候常奔馳於高速公路上，因為速度的關係，夜色呈現出一種特別迷人的氣息，天色雖黑，但單純乾淨，有時很契合我的心情，就想作一系列關於夜色的畫。」

因此，她常夜裡帶著繪畫工具到鄉間田野去寫生，有許多是石門舊家附近的風景，她只捕捉了大略的形貌，捉住夜裡寂靜的感覺，回到家以後才作細部的處理。她的「夜色」系列，仍然去除了留在畫布上的筆觸，只留下色面的處理，色面又是一大片一大片的平塗技法，只是在色面裡又有小的變化，如天上微微的雲絲，水中淡淡的漣影，單純、空闊、寂靜，有很濃的文學性。

尤其是那些天空、那些山，是那麼渺遠幽深，幾乎不是形相的，而是心靈的反射，顯見畫家有一顆乾爽廣大的心靈世界。

她另外一系列的「花蔭與人體」，完全是野獸派那種濃重熱烈的色彩，色面不是那麼重要了，轉而以又粗又黑的線條打底，從中國的觀點來看，這一系列的畫是相當北方的，可能與席慕蓉的蒙古性格有關，簡單俐落，帶著剛硬與猛烈的脾氣。怒放的野百合花，帶著神話的女性側臉，濃眉與大眼，黑髮與亂墨，組成一個粗獷的世界。

最能看見席慕蓉影子的是野百合的靈醒之白，與女性臉上動人的眼神，而她在處理這一系列的畫時，技巧表現得與風格一樣大膽，光影迷離，似乎時常使用心裡的強光燈。

濃烈的文學性

我們粗看席慕蓉三種不同風格的系列作品，不免會吃驚，因為她的荷花是古典主義的，她的夜色是印象派，她的花與女人是野獸派。她說，這三種都是她心裡想要表達的，因此幾乎同時進行著。

從畫裡，也可以看出她是極多元的人，她並未畫地自限，只是忠於自己的感動與觀察，荷花是她典雅細膩的一面，夜色是她幽深玄想的一面，女人是她粗獷堅決的一面，這三面組成了席慕蓉，使她成為一個有多面潛能的畫家。正如她的詩一樣，情感盎然的情詩固然是她的專長，山水之美也是她的背景，偶然，她也寫下幾首馬蹄響鳴的塞外雄歌。

她的畫，對於一位熱愛文學的畫家，不免摻進了濃烈的文學聯想，有的人說這樣不夠純粹，但我認為這正是她的長處，使她的畫能不限於畫面，開展了更大的想像空間——在大家都以為畫應該追求絕對的純粹之時，是不是也有人想到詩畫合一正是中國最優異的傳統呢？

席慕蓉的荷花是那詩畫合一的傳統衍生出來的，她的風景與人是出入其間，尋找著現代的出路，有人說她應在文學與繪畫中放棄一個出口，以便另外一個出口能更澎湃，我的看法正好相反，一條河儘管只有一個源頭，但出口是無限的，她如果放棄寫作，是我們文學的損失，她如果放棄了畫，則是我們藝術的遺憾！

——民國 74 年 6 月 5 日

——選自林清玄《大悲與大愛》

臺北：駿馬文化公司，1986 年 1 月

把草原上的月光寫入詩中
側寫席慕蓉

◎向陽*

一

寒假整理書物，在一包已經存放 30 年的封袋中發現詩人席慕蓉寄給我的信，這封信使用藍色墨水於稿紙紙背書寫，經過時光的浸染，信件形成上下、左右、正反交錯疊印的現象，虛與實、昔與今，都在這一紙舊札中呈現。這封信這樣寫：

> 寄上詩稿與畫稿各五張，已編好號，請您按照秩序發表好嗎？
> 因為原圖大小不一，您編排時恐怕會添不少麻煩，要請您原諒。
> 謝謝您寄來的陽光小集。

短札署的時間是「七十一、十二、廿」，整整 30 年，我存放至今，固然係因年輕時就重視詩文同好來信，但也兼有對於慕蓉姐當時慷慨應允供稿《陽光小集》詩雜誌的感念。當時的慕蓉姐甫於前一年出版第一本詩集《七里香》（臺北：大地出版社，1981 年），並即在閱讀市場捲起熱潮，詩集狂銷，一年之內就已連刷七次，受到出版界、文學界的矚目。她以詩、圖互詮之美，表現女性內在世界的幽微、細緻以及柔情，在鄉土文學論戰之後、寫實主義勝場的詩壇中崛起，展現了和現代主義、寫實主義兩

*詩人，本名林淇瀁。發表文章時為臺北教育大學臺灣文化研究所副教授，現任臺北教育大學臺灣文化研究所教授。

相不同的抒情詩風，這或許是她的詩能普獲讀者喜愛，開拓新詩閱讀市場的主因吧。

而當時的《陽光小集》詩雜誌，則是非主流的青年詩刊，1979 年 11 月創刊於高雄，由張弓（張雪映）、陳煌、李昌憲、莊錫釗、陌上塵、林野、沙穗與我等八位創刊同仁以詩作合集的形式出版（故稱「小集」）；迄 1981 年 3 月才改移臺北，轉為詩雜誌形態，廣邀外稿；並展開包括詩與歌、與畫的跨界合作與運動。此一時期，我先在《時報週刊》、後到《自立晚報》主編副刊，因此也負責約集部分詩人詩作，我記得當時只是以電話向慕蓉姐約稿，她便很爽快地答應了，1981 年 7 月 29 日《陽光小集》第 6 期推出「席慕蓉詩書展」；就在同時她的詩集《七里香》也出版了；可以說，慕蓉姐是把她最心愛的詩畫，交給了當時年輕、新銳而帶點激進色彩的《陽光小集》。這是我與她結緣的開始。

1983 年春，《陽光小集》第 11 期推出前，我再向慕蓉姐約詩畫，想要推出她的詩畫展，她依然爽快應允，並隨即寄來詩作、畫作各五張，詩作分別是〈一個畫荷的下午〉、〈山路〉、〈婦人的夢〉、〈燈下的詩與心情〉與〈散戲〉，這些詩作都屬精品，是席慕蓉抒情時期的代表作；而工整精密的針筆畫及其具想像空間的構思與布局，也令人充滿想像，其中兩幅畫作上，都有一棵孤獨的小樹，對映著廣袤的平野、草原、空山、明月，細緻中展現了高曠、寬闊、華美的格局。

此際的慕蓉姐已是名家，約稿不斷，但她對《陽光小集》這份非主流刊物卻一點也不吝嗇；收到這樣的佳構，當然令當時年輕的我狂喜。我保留這封已經 30 年整的信，感念的，就是一個詩人書寫的真實，以及她對於當時作風激進的《陽光小集》的包容與呵護。

二

1983 年可說是席慕蓉最受注目的一年。這年 3 月她的第二本詩集《無怨的青春》由大地出版社出版，延續著前一年的氣勢，這本詩集一樣席捲出版市場，形成至今仍難被超越的「席慕蓉現象」。一方面，她的詩受到廣大讀者的喜愛；另方面，她的詩也遭到詩評家不同程度的褒貶。褒者認為她之所以能在詩壇快速崛起，與她的語言流暢、意象清新、抒情節奏特出，且能抓住讀者的心有關；貶者則視之為「裹著糖衣的毒藥」，認為她的作品太過甜美，缺乏詩語言應有的深度。

慕蓉姐對於這些褒貶，也和她對待《陽光小集》的態度一致，她仍持續寫詩、作畫，從未做出任何辯駁或回應。一如她詩畫中常見的明月意象，盈虧順時，不因風雨狂吹或陰雲籠罩而損其雍容。她不在原地打轉，到了 1987 年出版第三本詩集《時光九篇》（臺北：爾雅出版社）之際，她的詩開始探究時間的課題，嘗試拔高詩的視野，在持續抒情詩風的同時，也加入了對於時間的內在思索。這本詩集和 1999 年出版的《邊緣光影》（臺北：爾雅出版社）可視為同一階段的佳構。她對時間的敏感，通過詩來表現，一如她在〈光陰幾行〉中的詩句「無從橫渡的時光之河啊／詩是唯一的舟船」所示，她此一階段的詩作，開始以詩來為時間畫刻度，以詩來為生命與歲月做箋註。

她的第三個階段的詩路，則從《迷途詩冊》（臺北：圓神出版社，2002 年）到最新詩集《以詩之名》（臺北：圓神出版社，2011 年），在這個階段，她仍延續探究時間議題，而更值得注目的是，則是她開始為她的父祖、以及故鄉蒙古寫詩，她的詩風一如蒙古大漠，轉趨蒼茫、冷凝而又厚重，特別是《以詩之名》中，「篇九　英雄組曲」一輯，她以史詩寫〈英雄噶爾丹〉、〈英雄哲別〉和〈鎖兒罕・失剌〉，每首詩都以厚重的認同，出入歷史、文化與民族想像的多重空間，表現出高曠、豪邁的美感。這時的席慕蓉，已經從青春的詠嘆，經由時間的沉思，而進入了她的民族與歷史的建構階段。

我從年輕時讀慕蓉姐的詩到此際，不敢說對她的詩有多深刻的認識，但如果從這三個階段的書寫來看，她不斷在詩中拔高自己，廣度和深度兼具，從一棵空原上的小樹，到如今的果實纍纍，她已無愧於詩這個志業。

她是一個令我尊敬的詩人。但即使如此，我與她的見面，多是在詩壇的活動場合，更多的是同臺朗誦詩作。我已記不得從何時開始，我們幾乎每年都有同臺朗誦的機會，有時是在中秋夜大安森林公園、有時是在詩人節朗誦會、有時則在臺北詩歌節的中山堂；近幾年來則是在她大姐席慕德精心為詩人、作曲家和聲樂家策畫的音樂會中。慕蓉姐說話優雅、談吐不俗，朗誦詩作更是能夠將詩中的內涵詮解得感人十分。閱讀她的詩作，感覺如月光照水，心中一片澄澈；聆聽她的朗誦，則如清風拂吹，有春風怡然之感。

儘管不常見面，慕蓉姐對我的關心，相較於我的疏懶，也讓我感動。2003 年聯合文學出版社為我出版散文集《安住亂世》，我寄書給她，一個月後收到她寄來的明信片，這樣寫著：

> 拜讀《安住亂世》，真的使心思澄明，感謝詩人的禪心。
> 由於差不多整個九月都在蒙古高原，十月初旬又去了馬來西亞，所以把給您的這封信遲延到今天，要請求原諒。
> 在蒙古高原上也摘了幾片銀杏葉，確實是絕美。您的大作就在素淡的封面與真摯的內文裡帶引我們安住亂世。

這張明信片簡短而真誠，送朋友一本小書，有時只是代替問候，告訴朋友「我還在寫」，如此而已；慕蓉姐卻敬重其事，還「請求原諒」，讓我難安，但也足見她謙沖周到。這和 30 年前她給我的第一封信的態度是一致的，當中不變的是詩人永在的純真。

三

慕蓉姐不僅以詩聞名，她的散文也同樣動人。1984 年我在《自立副刊》推出當代散文展，向慕蓉姐邀稿，過了一陣子後，她寄來一篇約 2500 字的散文〈生命的滋味〉，以四則小品連綴而成。主旨在於闡述生命的意義，強調人要學會不後悔，不重複錯誤，從容品嘗生命的滋味。

這是一篇勵志散文，寫不好就會流於說教。然則這散文不是，第一則以朋友的來電起筆，朋友說他為一件忍無可忍的事發脾氣罵人，而覺得後悔，「就好像在摔了一個茶杯之後又百般設法地要再黏起來的那種後悔」；接著引發作者對於「後悔」這樁事的思索。從日常生活切入，帶出文章主題，這就是一個好的文章開頭；第二則，承續前述的議題，以反省自我的方式，在一連串的反問句中，探問生命的意義；第三則則引 E・佛洛姆談論愛的箴言，引申而出作者某夜看海時的心境和感受；最後收尾於作者的感悟。表面上，這是一篇充滿論述的文章架構，但是通過故事的引入、自問自答的省思、名人語錄的新詮，加上作者的高明修辭，頓使此文生動鮮活起來，而能吸引讀者認同、感悟以及分享。

這篇文章發表後，立刻獲得甚多讀者的熱烈迴響，其後這個散文展的眾多文章也集結成書，交由自立晚報社於 1984 年出書，書名就採用《生命的滋味》。

多年後的此時，我燈下重看慕蓉姐的手稿，回想我與她其淡如水的交往，以及她漫長的詩路歷程，這才更加清楚慕蓉姐是用愛與感謝來寫詩，用詩來銘刻生命意義的詩人。貫徹在她的詩作與人生之中的信念，她早在 30 年前就寫下了：

> 請讓我生活在這一刻，讓我去好好地享用我的今天。
>
> 在這一切之外，請讓我領略生命的卑微與尊貴。讓我知道，整個人類的生命就有如一件一直在琢磨著的藝術創作，在我之前早已有了開始，在我之後也不會停頓不會結束，而我的來臨我的存在卻是這漫長的琢磨過程之中必不可少的一點，我的每一種努力都會留下印記。

是的，以詩之名，席慕蓉通過她的詩見證了青春的無怨，時間的鑿痕，最後終於找到屬於她的國度，不僅止於她的故鄉蒙古，同時也是屬於她的生命與詩的國度。

——選自《文訊》第329期，2013年3月

席慕蓉的世界

一位蒙古女性的畫與詩

◎七等生*

覩見藝術品，可以省思現實人生的遺憾，所以創造「美」來補償，安慰悸動的心靈。「美」是外形，內涵道德意識的「善」，瞧見樸實虛懷的「真」。這是一切藝術創作家心靈的本體。藝術家可以貧困、可以受現實的奚落、可以放浪不羈、可以病和死亡，但其創作品卻蘊涵著華貴莊嚴、崇高的視野、秩序和永恆的道德理念而長存。何以故，不外求取天地人事的和諧和平衡，獲得自由和意志的抒發。人生沒有藝術之美，就無法證之心靈的存在，進而無法覓至崇高的境界，和畏服上帝的真善。美術品的表現，不應區分為藝術而藝術或為人生而藝術；兩者不能分野，為藝術而藝術實質是為人生而藝術，其目的、功用十分彰明。藝術的創作行為，旨在陶冶人生，此不在話下，現在我想直接展開席慕蓉小姐油彩作品之外的鋼筆素描創作品，兼有詩歌配合，隨興聊聊，以盡同學相知之誼，望讀者恕納。

蒙古籍的席慕蓉小姐，畫壇有所知其名和畫，讀者大眾卻未必全然知曉；因其女性之身，情感壯闊細嫩並蓄，受西洋繪畫的薰陶，卻並未忘懷鄉土的本質；其故國鄉愁濃密，亦不捐捨生活意趣；亦畫亦詩，左右相乘，其展現的「畫詩集」，誠是理識情趣兼顧，才情藝術同優，創作之用心嚴謹，不能不令人讚賞而加以宣揚。

我青少的時候，有緣與慕蓉同班同學習畫，但畢業之後，拐轉他路。

---

*小說家，本名劉武雄。發表文章時為苗栗縣五福國小教師，現已退休，專事寫作。

美術的品鑑和批評非我專長，故我不談繪事的專門理論知識，只憑我不羈的一時感興隨想發之筆端，如有謬誤和淺薄的野夫之見，能望賢達不吝指教，並寬宥諒之。現在翻開了「畫詩集」，放肆直言，供之讀者的閒暇，孤意獻曝，以娛大家雅興。

慕蓉的畫，分「歌」、「思」、「線」而集成，我亦照秩序分三個部分揣想其意。到底詩歌為畫而譜，或畫依詩作而繪，應無別分；因畫有詩助，可明晰意旨，詩有畫補，更能觀明景致；我想她並不刻意效法前人，單為了心緒情懷，揮展雙方面的特長而已。又非潑墨筆翰沿習傳統形式，而是細工鋼筆，詩更繾情懷柔，形式內容完全新穎而現代，最好以此分域，不必牽連受之古人的遺澤影響，較為新鮮乾淨。如舉攝影家山姆・畢斯京的作品，他常特意選定嬌美主題配以詩句，詩照合並，自成風格，也不要因形式略仿，中外混為一談。美的發生是由於動心而思創意，述諸於技藝，乃天經地義之事。雖然美術成品有優劣之比，但說形式內容之由來，其辨別好壞如何，便是另一個問題了。

集一：歌

慕蓉的「歌」有 12 首，依序是：

山月

給你的歌

十六歲的花季

接友人書

暮色

邂逅

樹的畫像

銅版畫

舊夢

回首

月桂樹的願望

新娘

看這樣的排列，彷彿是她個人的成長藉著幾個重要斷面，跳接連綴進展的生命過程；裡面的主詞都是意象，是創作者的我注視原本生活情態的真我，內在的事實完全布滿在這些詩句中，以歌將它唱出。生命尋找另一生命，成了自然的真理，否則生命無以為繼。生命由另一個生命產生，這過程非常悱惻動人，為何如此，只能用自然環境和人事的交錯變換來加以回答，別無說明。關於這事實，慕蓉在〈山月〉的開頭便唱出：

我曾踏月而來

只因你在山中

其意象鮮明，真理俱在，不可諱言。愛是生命個體出生後，尋找、交纏、恩怨、蛻變、離開、懺思、復合、死亡的故事，正是「但終我倆多少物換星移的韶華，卻總不能將它忘記」。這是人世生活的事實，不能拂逆。〈山月〉定於篇首，其理甚明，是一個直接表露的開場，引人進入情況，並不是它寫得較早（1977），因為集中有一首〈月桂樹的願望〉，寫得更早（1964），被排在次末的位置。所以創作家的作品，詮釋生命事實時，並不依時間秩序發表，因為人類的思想並不只有單一路線，和生活的腳步並行；思想猶如瀚海空際，能自由潛藏和飛翔；證之於我們一日之所思所為，其中繁雜的人事，回憶與瞻望，夢和現實，無時不在前後左右交織，也無時無刻不在興起和沉滅，一個為另一個所替代，而這全部都包容在同一個生命個體裡。在小說的發展史中，意識流是近代普為倡行的一種形式，它的發明完全是參照人生和個體思想作用的本質，從開展到結局，跳接十分頻繁。而由這樣的情狀來勾勒事物的真實存在，非常的合理和自然，令人讀之如臨其境。由這種形式我們更知生命軀體和生命思想，二者導源於一的存在事實。

觀覽慕蓉在「歌」的結構亦相彷彿。但現在我們興趣在於她道出「我曾踏月而來，只因你在山中」後，他們是何種經歷的故事，其中描述情愫的種種，完全來自實際生活，但她的技巧卻有如另造美境，引起我們無上的嚮往。她唱著〈給你的歌〉：

我愛你只因歲月如梭

永不停留，永不回頭

才能編織出華麗的面容啊

不露一絲褪色的悲愁

這種人生的扮演，你我皆然，道出外在的追尋和內在的隱憂。人生如戲劇，幕前幕後，兩種身分和面貌，我們常遇「在公眾前歡顏，孤獨時飲泣」這回事；生而煩惱，就是為此感覺疼痛，不能如一。在〈十六歲的花季〉裡，她像某些人在 17 歲一樣，是一種轉進，這裡能看出她心智的早熟，欣喜變成永不磨滅的警惕，未來的一切都向著 16 歲的那一年看齊。以後是否重複或模仿，我想答案是肯定的。較佳的說法是邁向成長和成熟，但無疑真正的感覺生命是始自一塊豎立的紀念碑石。慕蓉對自己的情感，時日持續，不能竭止，如她所說的：

那奔騰著向眼前湧來的

是塵封的日，塵封的夜

塵封的華年和秋草

這些多情東西讓人目不暇接，當一個人煩思之時，真是一景接一景、一事交一事，無從數起，但如果忽然跳過 20 年，那就更有好看的了。在這些的歌唱裡，我最喜愛那首與那幅題為〈暮色〉的詩畫：

回顧所來徑啊

蒼蒼橫著的翠微

這半生的坎坷啊

在暮色中化為甜蜜的熱淚

詩是女性優柔的寫法，很不錯，而讀之使人想要貼近古意的作風：

回顧所來徑

蒼蒼橫翠微

至於那一幅畫，是百合花的兩株花葉，花姿葉態很分明，從她特殊磨練的筆觸，在黑白的線形中，好像看到葉子和花朵的原本色澤。就是配給一種不相干的顏色，亦不失其結構含意的雋永，從翻開封面到蓋合封底，都能看到，不止是因為它佳妙美麗、平凡卻含蓄著高貴，實在是代表著創作者本人的形態。

下一首詩〈邂逅〉，可看出作者文學的素質和修養，不是一朝一日新手的膚淺。當她點破人生時，有如莎士比亞般老練自然，並不像俗間一些人故作清高跳出域外，完全是表現我相是眾相，眾相是我相，大家一個樣，愁樂共體，無分軒輊：

你把憂傷畫在眼角

我將流浪抹在額頭

……

請別錯怪那韶光改人容顏

我們自己才是那個化妝師

這是看得清清楚楚的邂逅，與一般迷亂的邂逅煞有區別。在這一部分歌情的詩作裡，情感在而理性也在，看透哀傷的事可不容易啊！省略了說不清的繁纏，事過境遷，一切只要一句「親愛的朋友」便涵蓋了過往和現在，包涵著恩怨和尊重，擴大著邂逅的哲理意義。女作家常有她們現實的尖銳情感，流於偏狹和責怨，像慕蓉卻有大地之母的懷抱，使人放下重擔，回復自然和新生。像她這種勇敢之氣、明理的態度，可為女性的楷模，事實上也唯有如此，才可導入於更好的未來，而不必在人間老傷著和氣。她說：「我只是一棵孤獨的樹，在抗拒著秋的來臨。」抗拒是抗拒，卻不能倖免，人類世界，應該不要畏懼這種可由自然現象中看到的命運；因為堅毅和識命才會重生希望，在持續的生命時光中修正改進，創造佳境，而一切的物事猶如新生，才會珍惜而獲得充實，有如〈銅版畫〉中的自許：

如我早知就此無法把你忘記
我將不再大意，我要盡力鏤刻

實在是說到了身為美術家的使命。是的，我們為何不如此呢？為何人生不像藝術？我們豈不太笨太傻了，太過愚癡而找不到真諦。在〈舊夢〉裡，她便說出了那種愚蠢和苦相，而以誰都不會少有的現實生活去做對比。我們跟著可以清楚地看到，她選擇和掌握到目前的幸福生活，這在自由的天地裡，只要有智慧才能，並且不要有過分的貪婪野心，大概都能享受到這幅實在的美景：

我牽著孩子
走下山坡
林中襲來溫香的五月的風
我的兒女雙頰緋紅
夕陽緩緩地落下

摯愛的伴侶已回到了家

他在屋前向我們遙遙揮手

這黃昏裡的家啊

那樣甜蜜，那樣溫柔

這樣就夠了，還有什麼奢求？何必美詞堆砌顯得不實在呢？一首接一首的詩句所出現的回顧和省思，心中的自許和顯現的眼前光景，就是這集「歌」輯中結構的意識流和作者本體。大多數人的人生經驗幾近相似，便不會對這種俗套太過誹謗；覺悟並非一次來便一切都順暢而沒有窒障，芸芸眾生遙望學道的佛徒，以為理識開悟是他們的涅槃護身符，不會再有煩憂，這是高估和誤解，只要有存相，就不可能那麼了無牽掛；一位高僧在漫漫泛海中企求道悟，頂多是次數較多，一次比一次境界升高而已，絕不是完全沒有絲毫痛擾，因為生命在他仍然必須腳踏著這塊苦惱的土地才能轉進；人生世界是真真確確的，不可能沒有體認，甚至一隻白老鼠，都需要嘗試著多次錯誤，才能獲致報償，何況是萬倍艱苦的人生呢？任何人都需要經過重重疊疊的努力，才能獲致結果，這是一條不可能省略忽視的途徑。我們不可錯會我們不相識的意外事實。

是否我已經越分地揣想了大題？但無不可在此互相交換一些感知和經歷；品賞文學和美術品並不限在它的題目之內，更珍貴的是能讓我們藉此機會馳思和隨想，不要狹限與它沒有相干；擴大創作品的品鑑範圍，更能估價作品的功效，有些低劣的藝術家不讓我們這樣想，或愚笨者只限定某種想法，可是老道的藝術家卻能讓我們隨便自由，也唯有自由世界，才會擁有好文學和藝術品，容許文學藝術家的存在。

「歌」已近尾聲，慕蓉提出一個質疑：「有誰在月光下變成桂樹，可以逃過夜夜的思念」，作為開始時〈山月〉的回應，這是她說「我為什麼還要愛你」的理由了。一切過往的歷程逝去，最後在自擇和努力安排下實現美麗的現實。〈新娘〉是「歌」中最終高頂的意象。透露一點慕蓉的私事，她和劉先生是在異地歐洲求學時相愛而成為夫婦，但是慕蓉並非穿了紗衣，步上禮堂，只求外在的美觀就好。她告訴科學家的夫婿說，她當他的新娘子是有條件的，有詩為證，也是歌聲的結束式：

愛我，但是不要只因為
我今日是你的新娘
不要只因為這薰香的風
這五月歐洲的陽光

請愛我，因為我將與你為侶
共度人世的滄桑
眷戀該如無邊的海洋
一次有一次起伏的浪
在白髮時重溫那起帆的島
將沒有人能記得你的一切
像我能記得的那麼多，那麼好

愛我，趁青春年少

集二：思

「我所擁有的，只有那在我全身奔騰的古老民族的血脈。我只要一閉眼，就彷佛看見那蒼蒼茫茫的大漠，聽見所有的河流從天山流下，而叢山暗黯，那長城萬里是怎樣地從我心中蜿蜒而過啊！」

在這「思」集裡，全都是前面經由個人與藝術結合、與現實生活結合的情感抒發後，擴大的民族鄉土的懷念記憶，從她現在生活環境的臺灣，奔馳在偉大工程的高速公路的意象出發，回走到童年祖籍的故園國土。從歌小我，到思大我，是這本「畫詩集」最具特色和見長的編輯，可以看到漸次高潮；不若一般人，總是將偌大的題目自當招牌，誇口著在前頭嚇人，和有恃無恐地強詞奪理，把自己裝得腫脹和不實；而慕蓉腳踏實地的依理路編排，先剖析個體生命，再擴大追溯群體的原有發祥地根源，頗使人信服其情感的實在性，這種技巧才能使人賞識和贊同，而不致倒生反感。現在激進分子的意識就是常常將事理本末倒置，不先健全個體，反倡要先強大群體結合的幻象，受情緒的左右而混淆了概念和實體所代表的時空位置。譬如有一個站在街頭高聲唱著自己愛國、指著別人不愛國的人，大多數人會為他這種表現所困擾，甚而畏懼躲避，覺得本來安分守己、過得平順安靜的日子，卻為這樣的聲音騷擾得惶恐與不安；要是這種情態是有組織的，不只是一個人站在街頭，甚或利用各種的媒介到處散布，心弱無知的人便在這樣的鼓吹下喪失自己而跟著去吶喊，覺得愛國的理想真偉大，個人的存在真渺小，無憑依；如果他是個還沒有人生閱歷的青年學生，便會忘掉了充實和保全自己生命的本分，不依自己的能力再理智地決定將來是否該貢獻社群多少，竟野心勃勃地也跟著批判善惡是非，否定現有生活的價值秩序；遇到這種人，實在說，只要質問他到目前為止到底已經為國家社會做了什麼，他是否身體健康，經過這一考驗，他便應該自慚形穢了。現實不是由空洞的辯論形成而來，事實上自吹自擂的言論反而讓人看出偽詐，憑著膽大高論，其中大都有滿足私慾的作祟成分；凡事有關現實，如政治問題，應由政治績效證實之，否則不能置信。所謂理想架構，並非一天便能建造起來，繪聲繪影地說得天花亂墜，那都是海市蜃樓的幻影，現代有知識的人不應該再受騙，或故意做欺詐善良民眾的幫兇。愛國愛民族，可由文學藝術的創作去啟發鼓舞，擴大現實生活的理念情感；一種觀念的了解，必須經由一項存在於現實物事的引導和啟迪。我們讀美國詩人惠特曼的〈自我之歌〉，完全可以見到個人布置在群體的時空之中，無一處不看到群體是由一個一個充滿血氣的個體所組成，因此一件一件的事功被他們完成，一回一回的理想被他們的勤奮和努力而實踐出來。那發出於個人的有限聲音，匯集成大河高山般的壯闊宏大；到處可以聽到船塢碼頭的吆喝，聽到打鐵的叮噹聲音，修築鐵道的工人的歌聲傳得很遠；可以看見公務員走過街頭準時上班的腳步，看到農夫日曬的面貌，聽見時序的跫音，看見季節變換的景致，這一切都是由個人規律的心臟跳動來促成，而由這樣的節拍歌唱出為自由和愛而團結一起。這首自我代表美利堅意象的詩作，具體而實在，不容置疑，確實鼓舞著每一個心靈，可以作為我們的楷模。

慕蓉在「思」集裡，優雅地喚醒離開故國的中國人的記憶，盡到一個創作者的職分。在思念感懷中鼓動著我們的心靈，希望我們一步一步踏實地走回去，那裡有我們對未來的憧憬。如〈長城謠〉裡：

敕勒川　陰山下
今宵月色應如水
而黃河今夜仍然從你身旁流過
流進我不眠的夢中

又如〈出塞曲〉，她毫不妥協地堅愛自己的塞外家鄉：

那只有長城外才有的清香
誰說出塞歌的調子都太悲涼
如果你不愛聽
那是因為歌中沒有你的渴望

記得我和她在師範藝術科修習的時候，有一次，我們排練著一部歌舞劇，叫《沙漠之旅》。慕蓉擔任幕後的吹笛手，另一些人在臺上表演。她一個人站在進出場的布幕邊，由那處縫口，張大著眼睛，注視著商旅和姑娘的走舞，一面吹奏一面淚流縱橫；當我們退場，一個一個經過她的身邊，而意外地看到她真情流露的情態時，都啞然肅穆起來。站在她的背後，等著她把笛聲延至最後的一個音符和落幕。她本來比我們的年紀都小，經由那一次的發現，不由得讚賞她的豐沛奇情，而刮目相看，不敢蔑視她是個蒙古人。她的才華不只繪畫一面，音樂、文學同樣並行成長，今天她能詩歌、美術專精同時展現，誠屬意料中事；一個人在成長中的成就是唯賴情感的秉賦，是外力無法阻擋的。我們都知道她的姐姐席慕德女士，亦同樣是才情超高的人，她在音樂歌唱界的成就，受到中外的讚譽。現在我們已知道慕蓉在「思」集裡深沉的內涵，已不必一首一首地加以瑣談，直接翻閱朗讀原作更能貼近她的感觸。我想應該轉往談她畫的一面，欣賞她在鋼筆功夫的表現。在我們的畫壇裡，這一門的獨到成就，似乎少之又少，有之不是流於格調低俗的漫畫，就是在報章雜誌上作為文章不甚得當的插繪，能夠像正統的表現形式受到重視和同等評價的，只有慕蓉一人。當我一張一張翻閱品賞，不由得由心裡升起對她的讚佩，其中她注意到繪畫上不能輕忽的對工具的熟練操作，以及認識到工具的特性，給予無瑕的發揮。回顧去年她在「美國新聞處」的油畫大展，對她掌握油彩特性，表現出內涵的震撼效果的技法，我們還留有深刻的印象。這是一個畫家最為起碼的能力條件，不論他的表現有別於傳統或別於他人，重要的是要有純熟的技術，這一點由表現的主題是否能感動人而加以認定。技法與主題合成為內涵吸引到共鳴，是一個藝術創作品值得評價的準則，其他別無約定，以及受到思想和意識的框限，使一件成功的藝術創作品受到侮辱般的排斥和棄置。文學、音樂等許多藝術形式的創作亦然。文學藝術創作家不必孤心設想另外的奇技，單指這項戲法誇言，當他達不到如上述內涵吸引到共鳴時，我們不必迷惑於那徒增多餘的取巧；有如創作家實不需要單獨只就主題的材料去作辯護，博求同情，同樣當他沒有做到雙方的結合可以內涵吸引到共鳴時，不論他自認題材如何可取，只有讓人徒增嘆息而已。甚至作為一個文學藝術的評論家，當他身負責任去批評時，唯有抓牢這根不變的金尺，而無需顧左右而言他，自賤自己的神聖身分。在一個現實而動亂的時代，文學藝術的創作呈現著雜亂景象，有著個占地盤排斥異己的為非行為，甚至受到政治情勢的指使，淪為工具，其評價便會像現實生活的社會情形一樣，有不公平的現象；藝術乃在知識的範圍內，此時應憑良知緊握金尺，像一個忠貞愛國之士，在存亡之秋，應有豎立不搖的精神。

就鋼筆這種確定無可輕率表現的「線」和「點」，如心無成竹，很容易發現到不純熟現象的走樣，或表現不恰當，會形成糟糕而令人不堪入目的尷尬。它不能修改，或加筆，當一旦失手弄髒，懊悔都來不及，只有換紙重來；尤其眼看從開始便順利漸近完成之際，要是受到突然的打擾而精神旁顧，使筆趣消失，格調前後不一致，那麼便會覺得難堪，只好前功棄盡，甚至會發一頓賭咒的脾氣。鋼筆繪畫技法的優美之處，有如杜預屠牛，乾淨俐落，所到之處皆迎刃而解，否則便像受宰之牛，被搞得悽殘不全、痛苦不堪。慕蓉的操筆，雖屬細指功夫，但頗有我上述明淨灑脫的優點，筆筆清澈，有如滑韌的鋼絲，在匯集處絲毫不含糊混雜，讓人有清爽和條理分明之感。這種筆法，使畫面自然形成高貴和清秀，所繪出的不論人物或自然樹木，大致能獲致表達的效果。但有部分形體造型，尤其面部，未能準確表露內在意涵，而有呆板堅硬之嫌；因為這種只能靠線條表現的平面藝術，不能不在造型結構的選擇上，透過生活閱歷，求取美善，達到外貌顯現內在精神的精確密合。

如果分張品評，大都能獲得不同程度的喜愛，其中以〈暮色〉為題那一幅，如前所述，應得普遍的賞識。在「歌」集裡的那張〈銅版畫〉，則是一張上乘的佳構，與亂針刺繡，有同工之妙，非常吻合詩意內容。在「歌」集裡的畫幅，其表現受情感主題的約制，在結構上頗為特殊，表現得十分奇麗，但我懷疑不會受到嚴格的品賞家的斤斤計較。有如在男人的世界裡那種苛酷挑選女性的態度，不是嫌棄智力不高，就是惋惜不夠性感，如果經久相處，就有些不耐看的牢騷。天下沒有一塊可稱完美無瑕的璧玉，甚至崇高無比的上帝，仍時有對他大呼不公平的人。任何的批評應是有益的，此後兩者之間便會自行調整，而獲致諧和。在「思」集裡，

〈高速公路的下午〉一幅，最見她獨到的鋼筆功夫的性能，操作的正確使人激賞；還有那張〈出塞曲〉為題的較粗的筆線，使人深感其奇女的灑脫明快，而不致零亂失散，表示出條條思（線）路的來源和去處。〈植物園〉一張，我個人則不太喜歡，造型和情態有些失錯。總之，批評就是一種怪異矛盾的個性，就像我們說到某家的閨秀好高鶩遠，雖暗心懷著愛慕，但口頭上還是散布著微詞。

集三：線

「從 14 歲進入臺北師範藝術科起，這麼多年來，偏愛的仍然是單一而又多變的線。」

這麼多年來，實際是十數二十年間而已，不是一生，還是有限，只能代表她現在的主觀說法；要去肯定她的創作，並不依據她個人的偏好。好像數個孩子中，父母最疼老二，但是在別人或社會的觀點，疼愛是一回事，並不同意這老二就是最有用，乃必須由孩子本身的作為來衡量批判。未來如何，慕蓉或許會有改變，將來總觀自己的創作歷史，自然較理性地接近社會的觀點；所以當我們客觀地審查她「單一而多變的線」的成就，就可能要與她的偏愛牴觸了。但我相信慕蓉所說「線」的意思並不指此，而是表明她喜愛、深入，進而肯定的所謂藝術。

什麼是藝術？宇宙的存在就是藝術，單一而多變就是一種約簡的說明。那麼藝術品的評價，就可能非常冷酷現實，好則視為珍寶，受到無盡的寵愛；不好則看作糞土，不願去理睬。好壞之間，還有無數的層次，好似訂有價碼，依形式內容的不同，讓人自由選擇購買；而這些伯仲之間的藝品，使評審煞費周章，使德行不高的藝評家的心思混亂了。藝術家在眾藝品面前，猶如掌握命運的主宰，但是他的評斷是來自深習的學術、廣大的人生閱歷，以及本身心智的健全。直言之，評鑑藝術品，是知性感性交合發揮作用的事。藝術品的鑑賞品好，隨各時代的風潮而異，但不要輕忽文化的歷史所留下的不可更改的存相，不言而喻地它自然產生自每一個人的心靈，去瞧見和擁懷那份喜慰和滿足，就像誰也無法搶奪他心許的愛情。這種微妙的感覺存在，不能憑肉眼看見，只能訴諸一顆至純至善的心；而每一個人如能勤於掃除凡世的滯重昏噩，那麼每個人都有福分受到它明淨的照耀。藝品的鑑識並非與心智無關，以為只要釐定標準就可覓致獲得，好比玩一場有規則的遊戲，在規則內得分最高便是勝者。但是不論規則如何，重要的是那參與者本身具備的道德能力。藝品本身並非真體，藝術品是一種手段和媒介的幻象，透過它去會見真理。相信唯物理念的人，認為藝術和藝品都是工具，背面有指使者和它們的目的，這是討論藝術問題時最常聽到的藉機贏取的反證，使靈肉共體的自然一分為二，進而泯滅了心靈存在，驅使生命進入苦役的域地。這是對於真理的懷疑，而影響到評鑑藝術的標準。以達文西的蒙娜麗莎畫像為例，鄙薄和懷疑它的價值的大有人在，因為他們信奉的人生真理（唯物的），正要迫不及待地剷除這種唯真唯善唯美的至高無上藝術，他們套套的現實理由，可以迫使別人開不了口；但沉默底下，依然有良知的心靈，不肯信服那套威逼的說詞，還是深愛和確認它的存在，甚至那些反對者在孤獨時，也會湧出至真的情愫去懷想。至於那個受企盼的境界如何，現在我們幾乎無能用語言揭露它的存在的神祕。

我現在特意要去相信慕蓉偏愛她的「線」的理由（前面已經說過與客觀的評鑑藝品成就不相關），以便去接近她從事藝術的心得。一個心有所獲得的創作家，幾乎已不再關心外界的評語，可以想見她擁抱和珍惜心得的情操；直截地說，她對藝術奧祕的發現，是一件她自認駕乎生命的重大事。透過千百萬條單一而多變的線的實驗，她從中獲致這份體悟。大家都知道許多事實說到創作家忘食廢寢而對藝術的執著，一旦發現愛上它，可以忍受窮困、可以放棄一切俗世的生活快樂，但就是不肯放棄藝術。我們檢視慕蓉在「線」集中的畫，極其容易地看出為何她會如此偏愛，甚至去貼近她的心得，而分享到類同的喜悅。一個外在的複雜形體，能夠經由幾條或無數條線勾勒後，再現出一個類似的形體，豈不奇妙，而讓人著迷。

從外在的客體轉變成內在的主體，這種神奇的作為，其愉快和慰藉的滿足，是不可言喻的，誰也不能加以否認。如果我們有這等的認識，也就不必懷疑慕蓉所說的偏愛了。

我已經無需像前面——去瑣撰有關慕蓉每一幅畫的特色，我想讀者只要親自去觀覽品賞，便有自己的特別領受，甚而超過我用文字寫出的更多的微妙發現。很值得介紹的是，這本「畫詩集」，印刷十分清晰精美，不只在品賞時可以獲得很大的快樂，而且是雅好藏書的人士，書櫃中不可缺乏的一本書冊；我不是為商業行為說這樣的話，而是席慕蓉女士是我們這一代中國人中很可重視和喜愛的畫家。從這部「畫詩集」裡，她毫不隱諱地呈獻中華兒女的豐沛感情，她心中的歌和思是完全經由線（藝術）來表達。我們也是在這部「畫詩集」裡這樣認識她的。這樣夠了，不需要用過分誇飾不實的言詞去歌頌她的成就，她也不想有人這樣。

——原載 1979 年 12 月 18 日～19 日《聯合報・副刊》

——選自席慕蓉《七里香》

臺北：圓神出版社，2000 年 3 月

綻開愛與生命的花樹
談席慕蓉

◎蕭蕭*

據說她是一棵來自天上的樹，在人間開滿了繁花。據說她是「一條適意而流的江河」，「在自己的血脈中聽見河水的淙淙，在自己的黑髮中隱見河川的流瀉。」（張曉風語）據說她的詩更是清朗陰柔，讀來如讀一地的月光……。

現代詩發展六十多年來，真有這樣的詩與詩人嗎？我翻開《七里香》尋求現代詩的另一種可能。

全本詩集共收入 63 首詩，最早的一首寫於民國 48 年 8 月，最近的兩首則寫於 70 年 3 月，其中相距 22 年，22 年的時光是不是在詩藝上有著相當大的殊異呢？試看她的〈成熟〉與〈悲歌〉：

童年的夢幻褪色了
不再是　祇願做一隻
長了翅膀的小精靈

有月亮的晚上
倚在窗前的
是漸呈修長的雙手
將火熱的頰貼在石欄上
在古長春藤的蔭裡

---

*詩人，本名蕭水順。發表文章時為景美女中國文教師，現為明道大學特聘講座教授。

有螢火在游

不再寫流水帳似的日記了
換成了密密的
模糊的字跡
在一頁頁深藍淺藍的淚痕裡
有著誰都不知道的語句

——〈成熟〉，48 年 8 月作品

今生將不再見你
只為　再見的
已不是你

心中的你已永不再現
再現的只是些滄桑的
日月和流年

——〈悲歌〉，70 年 3 月作品

這兩首詩，顯然呈露了詩人對時間與青春的敏感，〈成熟〉這首詩迎迓著不識愁滋味的青春，〈悲歌〉則送走了青春華年，在詩的表現態度與方法上，有著相似的軌跡，我們不會感覺前者的稚嫩，也不以為後者技巧就比前首老練！那麼，相距 22 年的詩作卻有著相似的風貌，這點事實說明了什麼呢？我以為，這件事實說明了席慕蓉心中成熟的歌詩定義，二十二年來（或許更久）她一直認為：詩，就應該是這個樣子。根據這兩首詩，我們相信席慕蓉根深蒂固的觀念是「詩必須協韻」，「語言必須美而親近」。如果以此驗證《七里香》詩集，大約就是這兩種特色的衍化與擴充。

席慕蓉初中就開始寫詩（13 歲起），但她並不刻意去捕捉詩意，醞釀詩情，「我只是安靜地等待著，在燈下，在芳香的夜晚，等待它來到我的心中。」可以說，是詩找上她，而不是她去覓尋詩句，因此，雖然她的詩都有押韻效果，卻能免除斧鑿之痕，水到而渠成，也因此，詩的產量並不多，22 年來第一本詩集的《七里香》就只有這 63 首，而且，大部分作品都是 67 年以後所寫，48 年至 66 年間只提供了八首，67 年的作品則有七首，68 年與 69 年產量最豐，分別是 27 首與 16 首，占整本詩集的三分之二，是不是從這時候開始，她在石門鄉居安定了生活，也安定了心緒呢？

《七里香》透露出的卻是一種永遠的滿足與頌贊，透過詩，席慕蓉說她因此才看到自己，「知道自己正處在生命中最美麗的時刻，所有繁複的花瓣正一層一層地舒開，所有甘如醇蜜、澀如黃連的感覺正交織地在我心中存在。」讀這樣的詩，我們相信詩人「一直在被寵愛與被保護的環境裡成長」，戰亂與流離被擋在門外，生活的苦難與情愛的折磨，也一樣從未進入她的詩中。席慕蓉期冀「絕對的愛情」：「絕對的寬容、絕對的真摯、絕對的無怨、和絕對的美麗」。她在詩中描摹這樣的詩境，這樣的詩境是一般人所怯於相信的（以上所引，見詩集後記〈一條河流的夢〉）。

張曉風在詩集序文〈江河〉中也有這樣的怯疑表示：

> 記得初見她的詩和畫，本能的有點趑趄猶疑，因為一時決定不了要不要去喜歡。因為她提供的東西太美，美得太純潔了一點，使身為現代人的我們有點不敢置信。通常，在我們不幸的經驗裡，太美的東西如果不是虛假就是浮濫，但僅僅經過一小段的掙扎，我開始喜歡她詩文中獨特的那種清麗。

在題材上，席慕蓉的詩有「獨特的」「清麗」，我們無法予以恰當的歸屬。如果是「情詩」，應該有詩人自知的對象，如《七里香》中「美麗的時刻」這輯詩（共五首），寫給特定的人。除此之外，《七里香》集中的情境都是詩人擬設的美，這種美幾乎是不食人間煙火的美，令人不敢相信卻不能不喜歡，以〈一棵開花的樹〉為例來說，她將癡情女子比喻為一棵花樹，長在情人必經的路旁，期能結一段塵緣：

> 當你走近　請你細聽
> 那顫抖的葉是我等待的熱情
> 而當你終於無視地走過
> 在你身後落了一地的
> 朋友啊　那不是花瓣
> 是我凋零的心

這樣的美是讓人不敢觸及的，席慕蓉擬設這種脫俗的美，就像一枝出塵不染的荷，引人想望接近又不敢相親，如果不是晶瑩剔透的心思，何能至此！席慕蓉的詩是她自己擬設的世界，不會有炎夏酷冬，不會有狂風驟雨，就像她插畫裡飄揚的髮絲，和柔的女體，還有那不盡的細點彷彿不盡的心意。時代、社會、生活，從未俯視她的天空，如果有，也是和諧輕柔的君臨。「隱痛」輯中的八首鄉愁詩，應該與生活有著較為密緊的觸接，表現在詩中時，卻也是輕輕地互切而過，留下一點淡淡的疼痛。「故鄉的面貌卻是一種模糊的悵惘／彷彿霧裡的揮手別離」。鄉愁，就是一種愛，蒙古是席慕蓉從沒見過的故鄉，但她的詩中仍然回應著蒙古的呼喚，「他們說這高氣壓是從蒙古來的」，迎向這獵獵的風沙，也使她淚滿衣裳。為什麼會這樣呢？時代、社會、生活的影子不曾出現在她的詩中，為什麼鄉愁卻成為她詩中的隱痛，隱隱作痛！是不是也因為鄉愁是一種不能碰觸的「美」？

席慕蓉有她自己的詩的世界，單純的世界，如果詩是從生活中來，席慕蓉卻將世俗的物塵全面濾除，她在鋪設詩的另一種可能。席慕蓉真正寫詩的年代，應該是民國 67 年以後，詩齡很短，也很少接觸現代詩壇其他詩家的作品，她不受誰影響，看不出任何古今詩人的影子，她的詩是一個獨立的世界，自生自長，自圖自詩，不知有漢，無論魏晉，是詩國一處獨立自存的桃花源。

因此，如果仔細審察《七里香》，或可體悟到真正的詩心是什麼。大學時代，席慕蓉已會作詩填詞，古典詩歌的含蓄精神、婉約性格、溫柔氣質，自然從她的詩中透露出來，不過，她運用的是現代白話，語言的舒散感覺又比古典詩詞更讓人易於親近。同時，她不曾浸染於現代詩掙扎蛻化的歷程，她的語言不似一般現代詩那樣高亢、奇絕，蒙古塞外的豪邁之風很適合現代詩，卻未曾重現在她的語字間，清流一般的語言則成為她的一個主要面貌。〈千年的願望〉這首詩呈現了上述的語言特徵，也顯示了自古以來詩人所共同首肯的詩心所在：

總希望
二十歲的那個月夜
能再回來
再重新活那麼一次
然而
商時風
唐時雨
多少枝花
多少個閒情的少女
想她們在玉階上轉回以後
也只能枉然地剪下玫瑰
插入瓶中

我們可以感覺出來，千年的願望是什麼，願望未能如意時又如何呢？「剪下玫瑰，插入瓶中」，其中的哀怨與無奈，實不必多言，詩意要在這時才呈現出來。這不就是古詩的含蓄、新詩的意象嗎？

《七里香》所傳布的芬芳，是一種才情的散發，更是現代詩衍展過程裡，岔生出來的另一種可能，我們或許也該珍惜這種可能，放緩我們的腳步。

——1981 年 10 月

——選自蕭蕭《現代詩縱橫觀》
臺北：文史哲出版社，1991 年 6 月

席慕蓉詩中的時間與抒情美學

◎洪淑苓[*]

一　前言

在現代詩壇，席慕蓉彷彿一則傳奇。最初，她以《七里香》輕輕出擊，卻引起詩壇莫大的震撼與回響[1]，但她不辯解，只繼續寫下去，至今已有詩集、散文集、畫冊達五十多部，近年更致力於對原鄉——蒙古文化的關懷與書寫。這在在顯示，讀者對她的喜好、評論家對她的批評與研究，都不曾改變她創作的意志與熱情，使人看到了她的自信與堅持。

席慕蓉的詩為什麼迷人？她的作品〈一棵開花的樹〉幾乎成為「國民歌曲」般，受到普世的歡迎。究其意境，如同詩的開端「如何讓你遇見我／在我最美麗的時刻　為這／我已在佛前求了五百年／求祂讓我們結一段塵緣」，500 年、輪迴的時間意象，正是此詩令人著迷的地方。而後續的詩集《時光九篇》逕自以「時光」命題，透露的正是她對於「時間」的慎重思考。

時間，可以是生命的框限，也可以是突破。凡抒情詩人莫不經常在詩中展現他對於時間的思索，席慕蓉詩中的「時間」與美感，正是她作品中的重要元素，以下將從幾方面來探討。

---

[*]臺灣大學中國文學系教授。

[1]席慕蓉的第一本詩集《七里香》一出版，就受到廣大讀者的歡迎，變成暢銷書，這對詩壇來說，簡直是個異數，難以合理解釋。歷經 1980 年代到 2000 年以後的各家言說，無論是批評還是肯定，席慕蓉以持續出版詩集來回應。有關各家言說，詳參陳政彥，《戰後臺灣現代詩論戰史研究》第四章第三節「席慕蓉現象論戰」（桃園：中央大學中國文學研究所博士論文，2007 年 6 月），頁 221～234。筆者亦曾撰寫〈我們去看煙火好嗎——席慕蓉《席慕蓉世紀詩選》評介〉，《中央日報》副刊，2000 年 11 月 27 日。

二　追憶、斷片的時間美學

（一）撫今追昔的悸動

月光、山徑是席慕蓉詩中經常出現的意象與情境，夏日、夏夜、16 歲、20 歲，亦是她經常使用的時間記號。在這些意象與記號之間流轉的正是「時間」，並且經常是以「追憶」的方式來撫今思昔，泛溢出對生命的輕嘆。例如第一本詩集《七里香》中的〈暮色〉：

在一個年輕的夜裡
聽過一首歌
清冽纏綿
如山風拂過百合

再渴望時卻聲息寂滅
不見蹤跡　亦無來處
空留那月光沁人肌膚

而在二十年後的一個黃昏裡
有什麼是與那夜相似
竟爾使那旋律翩然來臨
山鳴谷應　直逼我心

回顧所來徑啊
蒼蒼橫著翠微
這半生的坎坷啊
在暮色中淨化為甜蜜的熱淚[2]

---

[2]席慕蓉，〈暮色〉，《七里香》（臺北：大地出版社，1981 年），頁 62～63。詩末註「——六八年」，殆指寫作時間（民國紀元）。

〈暮色〉一詩，看似順著時間敘述，但內在的紋理卻應是從「二十年後的一個黃昏裡」、「有什麼是與那夜相似」才觸動了回憶，因此透過第一段提出「在一個年輕的夜裡／聽過一首歌」，揭開了深藏在腦海裡的一段祕密回憶和始終難忘的旋律。「回顧所來徑啊／蒼蒼橫著翠微」轉用李白的詩句[3]，加上白話感嘆的「啊」、語助詞「著」，使語氣變得悠緩，平添惆悵氣息。究竟是怎樣的歌曲，又是什麼相似的情境，似乎都不是重點，而是「我」在 20 年後的當下，驟然回到年輕時的那夜，山鳴谷應、怦然心動。當回顧所走過的路，縱使已歷經半生的坎坷，敘述者因為這樣的觸動與「追憶」情境，彷彿所有的遺憾都已得到昇華，「淨化為甜蜜的熱淚」。

又如〈青春之二〉：

在四十五歲的夜裡
忽然想起她年輕的眼睛
想起她十六歲時的那個夏日
從山坡上朝他緩緩走來
林外陽光眩目
而她衣裙如此潔白
還記得那滿是茶樹的丘陵
滿是浮雲的天空
還有那滿耳的蟬聲
在寂靜的寂靜的林中[4]

這裡，「四十五歲的夜裡」是當下，因著某種原因觸動心扉，而憶起「十六歲時的那個夏日」，那時是年輕的，年輕的眼睛看著他，朝著他慢

[3]語出李白〈下終南山過斛斯山人宿置酒〉：「卻顧所來徑，蒼蒼橫翠微。」
[4]席慕蓉，〈青春之二〉，《七里香》，頁 78～79。詩末註「——六八・六」。

慢走去。林外耀眼的陽光、天際浮雲、滿耳的蟬聲、潔白的衣裙……在追憶之中，這些場景紛紛浮現眼前、耳邊，再現往日情境與年少情懷。

類似這樣的追憶手法，亦可見於〈夏日午後〉[5]、〈銅版畫〉[6]等作品，都是對於多年以前某個情景的觸動與追撫，而夏日、山間、林間、水邊等場景，一再出現這些作品當中。「我」的情感也總是相知、疼惜、不捨，甚至有悔，就像〈銅版畫〉末段：「若我早知就此無法把你忘記／我將不再大意　我要盡力鏤刻／那個初識的古老夏日／深沉而緩慢　刻出一張／繁複精緻的銅版／每一劃刻痕我都將珍惜／若我早知就此終生都無法忘記」。[7]

使讀者好奇的是，這裡面的「你」，是作者個人的私密情感、獨特的記憶，還是放諸四海皆準的少年情懷？抑或是一種對美的追尋與嘆惋？〈暮色〉、〈青春之二〉所傾訴的對象「你」，彷彿其中有人，甚至可以對號入座；而〈夏日午後〉、〈銅版畫〉中的「你」，則可能是「出水的蓮」或是山中的景物，甚至是一切美的意象，恨不得可以將之入畫、入心。但無論如何，這也都使讀者在感動之餘，進入自己的想像世界，甚至也召喚起自己內心的年少情懷——每個人總有那個難忘的 16 歲夏日，難忘的 20 歲時聽到的動人歌曲……席慕蓉的詩正帶給讀者這種朦朧、迷惘與嘆息的感受。

（二）回憶的「斷片」

值得注意的是，席慕蓉的追憶描寫，並不注重細節或是獨特的情境，她使用的是夏日、月光、山徑這類普遍的詞彙，抓住的也只是 16 歲、20 歲、20 年前的某個片刻，而這類記憶又反覆在其筆下出現，時時撩動其人與讀者的情思。這些時間、情景的「斷片」，恰恰是追憶手法的重要關鍵。如同宇文所安〈斷片〉一文指出：

---

[5]席慕蓉，〈夏日午後〉，《七里香》，頁 82～83。詩末註「——六七・九・十五」。
[6]席慕蓉，〈銅版畫〉，《七里香》，頁 96～97。詩末註「——六七年」。
[7]席慕蓉，〈銅版畫〉，《七里香》，頁 97。

> 在我們與過去相逢時，通常有某些斷片存在於其間，它們是過去與現在之間的媒介，……這些斷片以多種形式出現：片斷的文章、零星的記憶、某些殘存於世的人工製品的碎片。[8]

由是可知，「斷片」勾起作者對於往日時光的記憶，可說是開啟追憶的「觸媒」，當然也是重要的關鍵事物，所以才會一再反覆出現在其詩中。因此宇文所安也提示：

> 凡是回憶觸及的地方，我們都發現有一種隱祕的要求復現的衝動。……我們所復現的是某些不完滿的，未盡完善的東西，是某些在我們的生活中言猶未盡的東西所留下的瘢痕。[9]

「隱祕的」、「要求復現」的衝動，也就是作者之所以一再重複書寫某些吉光片羽的強烈動機；而復現即再現之意，意即作者試圖透過寫作來再現他回憶中重要的片段，那些不完滿、不完善，遺憾、無法割捨的往事，更進一步說是「言猶未盡」、永遠訴說不完的，生命中重要的印記、斑痕。

就席慕蓉的詩來看，夏日、月光、山徑等等，這些「斷片」彷彿已沉澱於記憶的底層，但又會隨著記憶被觸動而重新組構，再次浮現眼前。席慕蓉沒有細說不圓滿、遺憾、不捨的情感，那也許是年少的戀情，也許是一段知心的偶遇，也許是畫家與靜物的神祕感通；她之所以不細說，恰可留給讀者更多的想像空間，用自己的聯想、共鳴去填補。而什麼是她「言猶未盡」的生命印記呢？〈夏日午後〉的句子或許是個可供參考的答案：

---

[8]宇文所安著；鄭學勤譯，《追憶：中國古典文學中的往事再現》（臺北：聯經出版公司，2006年），頁 93～113。宇文所安係以「追憶」來研究中國古典文學的敘事結構，他認為「追憶」「是追溯既往的文學，它目不轉睛地凝視往事，盡力要拓展自身，填補圍繞在殘存碎片四周的空白。……已經物故的過去像幽靈似的通過藝術回到眼前。」（頁 3）而「斷片」更是他提出的獨特見解。這本書雖是以中國古典文學為研究主體，但就創作理論而言，亦可通達於現代詩，故此處藉以申論席慕蓉的創作藝術。

[9]宇文所安著；鄭學勤譯，《追憶：中國古典文學中的往事再現》，頁 113。

「是我　最最溫柔／最易疼痛的那一部分／是我　聖潔遙遠／最不可碰觸的年華」。[10]

席慕蓉對於這生命中溫柔、敏感、聖潔、青春的印記是「耿耿於懷」的，因此也就一再訴說，像宇文所安說的「言猶未盡」，不斷在各階段的創作中出現。例如第二本詩集《無怨的青春》收錄的〈十六歲的花季〉，詩中構設了一個戲劇化的場景，敘述者在陌生的城市宿醉後醒來，不禁開始追憶往日舊夢，詩的末段點出了這個因由：「愛原來就是一種酒／飲了就化作思念／而在陌生的城市裡／我夜夜舉杯／遙向著十六歲的那一年」。[11]「十六歲的花季」是讓敘述者最為銘心刻骨的往事，也是年少時即已烙下的生命印記。

追憶的情緒，往往帶著追尋的動力與奢望。如〈山路〉的開端：「我好像答應過／要和你　一起／走上那條美麗的山路」，為何無端想起這樣的承諾呢？詩的第三段顯示激起這舊事的係因「而今夜　在燈下／梳我初白的髮／忽然記起了一些沒能／實現的諾言　一些／無法解釋的悲傷」，白髮觸動了心弦，所以才會有貫串全篇的懊悔心情。而如何慰解這般遺憾的心情？詩最後熱切地問：「在那條山路上／少年的你　是不是／還在等我／還在急切地向來處張望」[12]，雖然這可能是白問了，但至少可以紓解內心的糾結。

有時，追憶也以夢的形式呈現。譬如〈婦人的夢〉，描述婦人在夢境中回到過去的那條小路，月色、樹色都相彷；而春回大地，綠樹抽芽，一切都好像有了新的開始，但婦人警覺地、矜持地了解，這是不可能的，一切都已太遲。詩的開頭寫出一切如昔的景象：

春回　而我已經回不去了

[10]席慕蓉，〈夏日午後〉，《七里香》，頁 82～83。
[11]席慕蓉，〈十六歲的花季〉，《無怨的青春》（臺北：大地出版社，1983 年初版）；本文使用（臺北：圓神出版社，2000 年四刷），頁 40～41。詩末註「——一九七八」。
[12]席慕蓉，〈山路〉，《無怨的青春》，頁 158～159。詩末註「——一九八一・十・五」。

儘管仍是那夜的月　那年的路
和那同一樣顏色的行道樹[13]

詩的結尾透露婦人的無奈和心痛：

不如就在這裡與你握別
（是和那年相同的一處嗎）
請從我矜持的笑容裡
領會我的無奈　領會
年年春回時　我心中的
微微疼痛的悲哀[14]

這裡，「春日」取代了以往慣用的「夏日」，但追憶當年的心情是相同的，而在無法挽回過去的遺憾下，婦人仍舊和「你」握手道別。這個離別的地方，詩人特別用括弧寫下「是和那年相同的一處嗎」的問句，括弧暗示這是輕輕的一問或是悄悄的——自問，也不無可能。終歸，這是在夢境裡的追憶與追尋，只能自問自答，自我釋懷。

（三）永恆的「夏夜的傳說」

縱覽席慕蓉各階段的詩集，她其實一直在回應夏日、月夜等的回憶斷片，這使得「追憶」固然是再現往日情景，但也不斷修改主體對於記憶的感覺和反應，翻閱第三本詩集《時光九篇》的〈夏夜的傳說〉[15]，第四本詩集《邊緣光影》的〈秋來之夜〉[16]、〈月光曲〉[17]、〈去夏五則〉[18]等，第

---

[13]席慕蓉，〈婦人的夢〉，《無怨的青春》，頁 166。詩末註「——一九八二・四・十八」。
[14]席慕蓉，〈婦人的夢〉，《無怨的青春》，頁 167。
[15]席慕蓉，〈夏夜的傳說〉，《時光九篇》（臺北：爾雅出版社，1987 年），頁 170～191。詩末註「——七五・九・十四」。
[16]席慕蓉，〈秋來之葉〉，《邊緣光影》（臺北：爾雅出版社，1999 年），頁 116～119。詩末註「一九八七年十一月八日」。
[17]席慕蓉，〈月光曲〉，《邊緣光影》，頁 108～109。詩末註「一九九一年五月二十二日」。

五本詩集《迷途詩冊》的〈四月栀子〉[19]等，都可以看到席慕蓉對上述題材的回應與修改，而呈現了詩人隨著年歲、閱歷增長，對時間的反覆思索，對生命的印記也有了不同的詮釋。

這個轉變，最有代表性的是《時光九篇》中的〈夏夜的傳說〉。此詩屬長篇敘事，以序曲、本事、迴聲三個部分組成，正文共245行。[20]這首長詩結構謹嚴、篇中處處可見互文式的呼應，可說完整陳述席慕蓉對於夏夜、16歲、時間與美的思考。在「序曲」中，以「如果有人一定要追問我結果如何」提綱，展開後面的梳理和回答。「本事」是作品的主體，從50億年前宇宙的形成開始說起，藉著銀河星系、太陽的形成，來反思「你」與「我」的相遇，究竟是得自於什麼樣的助力，又是經過多少年歲的累積。當宇宙遵循著「據說／要用五十億年才能等到一場相遇　一種秩序」的原則運行，人類的生活也依此而進行日夜與季節的交替。直到宇宙的秩序穩定，「我們的故事」才剛剛開始，而這故事又和《但丁》神曲有若干相似性，因為「我」和「你」的相遇若只是一時的偶然，但卻變成我生命中不可抹滅的印記，我將如但丁不斷歌詠貝德麗采一樣吟詠、書寫我們的故事。茲引其中的詩句如下：

太陽系裡所有的行星都進入位置

我們的故事剛剛開始　戲正上演

而星空閃爍　時空無限

（匍匐於泥濘之間

我含淚問你

一生中到底能有幾次的相遇

想但丁初見貝德麗采

---

[18]席慕蓉，〈去夏五則〉，《邊緣光影》，頁110～112。詩末註「一九八七年七月二十七日」。

[19]席慕蓉，〈四月栀子〉，《迷途詩冊》（臺北：圓神出版社，2002年），頁30～32。詩末附註「——二〇〇〇・十二・二十二」。

[20]全篇句數之計算，係扣除空行和標題。

並不知道她從此是他詩中

千年的話題　並不知道

從此只能遙遙相望

隔著幽暗的地獄也隔著天堂）[21]

在全篇中，括弧內的詩句是用來作為「我」內心的補白，語氣相當溫柔委婉，但卻是敘述者心中最最溫柔、最不可碰觸的部分。這首詩以宇宙生成為大背景，又以但丁故事來連結，使得「我們的故事」具有更深沉、廣闊的時空視野。此外，再添加特洛伊城海倫的故事，「夏天」這個斷片的意義，也昭然若揭：

整個夏天的夜晚　星空無限燦爛

特洛伊城惜別了海倫

深海的珍珠懸在她耳垂之上有淚滴

龐貝城裡十六歲的女子

在髮間細細插上鮮花

就在鏡前　就在一瞬間

灰飛煙滅千年了堆砌而成的繁華[22]

海倫的故事、16 歲的少女形象，都只是譬喻、聯想或是代稱，其背後的主體是「美」，人所心心念念的是追求「美」的感動與永恆。就像接下來的詩句說：

整個夏天的夜晚　星空無限燦爛

一樣的劇本不斷重複變換

[21]席慕蓉，〈夏夜的傳說〉，《時光九篇》，頁 178～179。原作字體為細明體，而括弧內則用楷體。
[22]席慕蓉，〈夏夜的傳說〉，《時光九篇》，頁 182。

與時光相對

美　彷彿永遠是一種浪費

而生命裡能夠真正得到的

好像也不過

就只是這一場可以盡心裝扮的機會[23]

或者用另外的譬喻：

為什麼天空中不斷有流星劃過

然後殞滅　為什麼

一朵曇花只能在夏夜靜靜綻放然後凋謝[24]

而面對時光的流逝，詩人是不甘心的，所以她繼續問：

匍匐於泥濘之間

我含淚問你　為什麼

為什麼時光祂永遠立於不敗之地

為什麼我們要不斷前來　然後退下

為什麼只有祂可以

浪擲著一切的美　一切的愛

一切對我們曾經是那樣珍貴難求的

溫柔的記憶

匍匐於泥濘之間

我含淚問你

[23]席慕蓉，〈夏夜的傳說〉，《時光九篇》，頁 183。
[24]席慕蓉，〈夏夜的傳說〉，《時光九篇》，頁 187～188。

到了最後的最後　是不是
不會留下任何痕跡
不能傳達任何的
訊息　我們的世界逐漸冷卻
然後熄滅　而時空依然無限　星雲連綿[25]

這裡，前文以括弧帶出的「匍匐於泥濘之間」以轉為正文，可見席慕蓉對此的精心安排。而頻頻扣問的，正是對時間之神的詢問、乞求，但美終究還是敵不過時間的摧折。

到最後的「迴聲」部分，呼應第一部分「序曲」的設問，但代表青春、熱情與美的「夏天的夜晚」還是蘊藏著希望：

如果有人一定要追問我結果如何
我恐怕就無法回答

我只知道
所有的線索　也許就此斷落
也許還會
在星座與星座之間延伸漂泊

在夏天的夜晚　也許
還會有生命重新前來
和我們此刻一樣
靜靜聆聽
那從星空中傳來的
極輕極遙遠的　回音[26]

---

[25]席慕蓉，〈夏夜的傳說〉，《時光九篇》，頁 188～189。
[26]席慕蓉，〈夏夜的傳說〉，《時光九篇》，頁 190～191。

在這裡，我們看到更清楚的訴求，這記憶中、經常追憶、摹寫的「斷片」——「夏天的夜晚」已經是另外的況味了，不再是早期《七里香》、《無怨的青春》裡那種宛如年少情懷或是少女心事，而是嚴肅且有關生命的思索，從宇宙洪荒到宇宙秩序的生成，無數的世界輪轉，個體的「我」的生命歷程雖然會有由盛而衰的一日，但那清新、令人悸動的「夏天的夜晚」仍然會不斷湧現，世世代代有其知音與回響。

三　日常時間中的「詩」與「抵抗」

（一）時日推移下的歲月痕跡

文學家 E. M.福斯特將日常生活分為時間生活和價值生活，前者是有順序的線性時間，後者則不用時或分來計算，而是用強度來度量[27]；參照此說，在日常生活的圖象中，亦可區分為日常時間與價值時間。日常時間是日復一日的食衣住行，價值時間則是人生的大事，例如出生、結婚、死亡，或是個人最重視的某段歲月，例如童年、青春期等。前文爬梳席慕蓉對回憶「斷片」的眷戀與書寫，那些「斷片」近似價值時間，但又不是那麼的吻合，缺少明顯的時間期限與事件。但放寬視野來檢視，席慕蓉對時間的感發，可說無時不在，在她筆下，日常生活中的片刻、剎那，往往也都能夠引發對時間的感喟。然而日常生活大多是瑣碎無聊、單調重複的公式化生活，怎樣可以成為書寫的題材，而且達到心靈上的超越呢？席慕蓉展現給我們的是，企圖用「詩」來抵抗日常的平庸與時光的流逝。

《時光九篇》收有〈中年的短詩　四則〉，這是席慕蓉詩中少見的，清楚地標示自己的年齡狀態。這四首詩寫了自己步入中年以後，感到迷失、記憶壅塞、茫然，但卻又有遺世而獨立的況味；「之四」裡「我說我棄權了好嗎？」又說「請容我獨行」，最後一段更明確地說：「獨自相

---

[27]福斯特著；李文彬譯，「所以，當我們回顧過去時，過去並非平坦地向後延伸，而是堆成一些些醒目的山嶺。未來也是如此；瞻仰前程，不是高牆擋道，就是愁雲逼目，再不就是陽光燦爛，但絕不是一張按年代順序排列的圖表。」《小說面面觀》（臺北：志文出版社，1984 年），頁 23～24。

信我那從來沒有懷疑過的／極微極弱　極靜默的／夢與理想。」[28]以席慕蓉在詩中反覆述說的主題，這裡的「夢與理想」應該就是對詩與美的追求。也正是因為這樣微弱、靜默但卻十分堅毅的信念，所以儘管時間流逝，席慕蓉仍然對詩深信不疑。

〈中年的短詩　四則〉表現的是面對外在的喧囂時，內心的堅持。但若是內省地去看時間，也可看到譬如《邊緣光影》的〈詩的蹉跎〉有這樣的開頭：

消失了的是時間
累積起來的　也是
時間[29]

這一小段顯示對於時光荏苒，詩句不成的嗟嘆，有相當直率的憂懼。但唯一可以抵抗這種消逝感的，仍是對於寫作、寫詩的熱切渴望。同集〈歲月三篇〉有更為細膩的鋪陳。

〈歲月三篇〉以「時日推移」四字來貫穿三首詩，第一首〈面具〉的開頭：「我是照著我自己的願望生活的／照著自己的願望定做面具」寫出人到某一個年紀，出於保護自己也受制於外界，所以不僅戴著「面具」，連「面具」都是按照自己的意願訂作的；這樣的生活其實是痛苦，但誰來揭穿呢？或是自己何時會醒覺呢？末尾二句說了：「而時日推移孤獨的定義就是——／角落裡那面猝不及防的鏡子」，「鏡子」照出了內心的虛假和痛苦。[30]接下來第二首〈春分〉係借春分的到來，那觸動自己對詩的感悟。昔日被深深觸動的痛楚與狂喜，靈感來時泉湧的詩句，如今安在？此時的春分和彼時的春分又有何異同？詩人並沒有給出答案，只是用霧氣瀰

[28]席慕蓉，〈中年的短詩　四則〉，《時光九篇》，頁 84～87。詩末註「——七三・十・十七」。
[29]席慕蓉，〈詩的蹉跎〉，《邊緣光影》，頁 4。詩末註「一九九八年六月六日」。
[30]席慕蓉，〈歲月三篇　面具〉，《邊緣光影》，頁 14～15。詩末註「一九九六年」。

漫來替代回答。但第一段的詩句所散發的對詩的執著，已經相當懾人：

時日推移　記憶剝落毀損
不禁會遲疑自問　從前是這樣的嗎
在春分剛至的田野間
在明亮的窗前　我真的有過
許多如針刺如匕首穿胸的痛楚？
許多如鼓面般緊緊繃起的狂喜？
許多一閃而過的詩句？[31]

而後第三首的題目就是叫〈詩〉；前段總結前面兩首的內容，仍然以「時日推移」穿插其間。但前兩首的遲疑、恍惚，到這裡已逐漸沉澱下來，呈現靜謐、舒緩的情緒，認清了自己，認清了歲月賜予的禮物，對生命有這樣的反思：

曾經熱烈擁抱過我的那個世界
如今匆匆起身向我含糊道別
時日推移　應該是漸行漸遠
為什麼卻給我留下了
這樣安靜而又沉緩的喜悅

重擔卸下　再無悔恨與掙扎
彷彿才開始看見了那個完整的自己
我的心如栗子的果實在暗中
日漸豐腴飽滿　從來沒有
像此刻這般強烈地渴望　在石壁上

[31]席慕蓉，〈春分〉，《邊緣光影》，頁15。

刻出任何與生命與歲月有關的痕跡[32]

在這裡，「我」擁有沉穩的步調、自信的姿態，歷經歲月洗禮而完整的自我，有如飽滿豐腴的核果，也正熱切鼓動，躍躍欲試，希望刻下「任何與生命與歲月有關的痕跡」。

（二）滿足於用光陰來寫詩

當然，這首詩並不能完全代表席慕蓉在時間與詩之間的徘徊已經停止，因為有些短詩仍然吐露對於時間的悵嘆，畢竟人力不敵永恆的時間。《邊緣光影》的〈控訴〉[33]、〈創作者〉[34]，都帶有這種味道。而之後的《迷途詩冊》的〈詩成〉也問：「我們的一生　究竟能完成些什麼？」、「如熾熱的火炭投身於寒夜之湖／這絕無勝算的爭奪與對峙啊／窗外　時光正橫掃一切萬物寂滅／窗內的我　為什麼還要寫詩？」[35]當詩人行走於人生路上，當詩人努力以筆書寫，他深刻感受到的還是時間的威力、無情與無垠，因此才會一再扣問自己。但也因為這樣的擺盪，才促成之後更為悠然、沉著的態度；同集的〈光陰幾行〉便展現這樣的從容。[36]

〈光陰幾行〉共九節，短則一行，長則五行；各小節行數依序是 2、2、2、2、1、5、5、5、2，可見是有安排的：前半部的二行，短語而警醒；而居中的第五節僅一行，卻有主軸的作用與意義；後半三節的五行，則是企圖用較多的句子來描述歷經的人生百態；最後又以二行的形式收尾，點出主題，回應前半的節奏。短語警醒之例，試看第一、二節：

1.

無從橫渡的時光之河啊

[32]席慕蓉，〈詩〉，《邊緣光影》，頁 16～17。
[33]席慕蓉，〈控訴〉，《邊緣光影》，頁 54。詩末附註「一九八八年十二月十日」。
[34]席慕蓉，〈創作者〉，《邊緣光影》，頁 52～53。詩末附註「一九八八年十一月十五日」。
[35]席慕蓉，〈詩成〉，《迷途詩冊》，頁 22～23。詩末附註「——二〇〇〇・二・二十三」。
[36]席慕蓉，〈光陰幾行〉，《迷途詩冊》，頁 72～75。詩末附註「——二〇〇一・六・二十三」。

詩　是唯一的舟船

2.

那不可克服的昨日

成就我今夜長久的凝視[37]

第一節直接指陳「詩」是唯一可以擺渡兩岸的舟船，亦即透過「詩」才能連結起過去與現在。第二節之意在於昨日已逝，但我在今夜凝視往昔，代表心中已有蘊藉。而第五節是：

無法打撈的靈魂的重量全在記憶之上[38]

用「無法打撈」來形容一個人的靈魂破碎、如沉船般無可挽救，確實有震撼的效果。而後半三節的五行，即是較多的句子來描述這些「無法打撈的靈魂的重量」，昨日已遠，「沒有任何場景可以完全還原一如當年」（第六節），於是逐漸醒悟到凡事都需要「一段表演和展示的距離」，往昔的一切榮辱悲喜，當時是無法察覺的，只有經過時間的距離、記憶的沉澱，才能真正咀嚼其中滋味。如同第八節所述：

在半生之後　才發現

那些曾經執意經營的歲月都成空白

能夠再三回想的

似乎都是像此刻這般徜徉著的

無所事事的時光[39]

---

[37]席慕蓉，〈光陰幾行〉，《迷途詩冊》，頁 72。
[38]席慕蓉，〈光陰幾行〉，《迷途詩冊》，頁 73。
[39]席慕蓉，〈光陰幾行〉，《迷途詩冊》，頁 74～75。

至此，席慕蓉告訴我們：在摒棄一切的繁文縟節之後，無所事事的閒靜時光，才是文思泉湧，最好的寫詩的時光。就像最後一節：

> 我無所事事
>
> 並且滿足於只用光陰來寫詩[40]

這兩句話，席慕蓉說得多麼灑脫啊！有一擲千金的豪氣。以往的詩中，「時間」一直是牽動詩人情愫的主要力量，而且面對時間的流變，詩人有著莫可奈何的悸動；但在這首詩中，明白顯露的卻是悠遊自在，並且對寫詩這件事感到滿足、喜悅與驕傲。

以上，可以看到席慕蓉對日常生活中時間流逝的感嘆，她選擇「詩」來抵抗這種流失，但漸漸的，這樣的抵抗也變得和緩，甚至和時間取得共生的方式，如同〈光陰幾行〉的最後結語「滿足於只用光陰來寫詩」，至此，時間不是寫作者的敵人，而是他擁有的最大資本，可以專心寫詩，抵抗日常生活的繁冗庸俗。

四　從時間中探索「死亡」與「生命」

（一）與時間直面交手

人生在世，悠悠忽忽，一晃而過。當一般人順時承受生、老、病、死的歷程，哲學家海德格對於時間與死亡問題的討論，很值得我們借鏡。海德格在《存在與時間》點出人的存在本身就是時間性的，人不斷向未來開展，因此死亡乃是人必須隨時面對的事實，坦然接受這種「朝向死亡的自由」，把生活創造成僅屬於唯一的、個人的、有意義的生活，人才能超越人的有限性，真正獲得自由。[41]身為文字藝術家的詩人，也是不斷地回顧生

[40]席慕蓉，〈光陰幾行〉，《迷途詩冊》，頁 75。

[41]海德格著；王慶節、陳嘉映譯，〈此在之可能的整體存在與向死亡存在〉，《存在與時間》（臺北：桂冠圖書公司，1990 年），頁 336～357。同時亦參見威廉・白瑞德著；彭鏡禧譯，《非理性的人》對海德格《存在與時間》的評介（臺北：志文出版社，1979 年），頁 215～229。

命過往的足跡，經常凝視「時間」，進入對「生命」與「死亡」的思索。

回觀席慕蓉，席慕蓉對時間的敏感，不只是和詩歌創作連結在一起，希望「用光陰來寫詩」。愈到近期的作品，她愈是和「時間」直面交手，既談論生命的經驗，也不避諱死亡的話，譬如《時光九篇》的〈時光的復仇〉[42]、《邊緣光影》的〈留言〉，都試圖處理「死亡」的問題。

〈時光的復仇〉以三首詩組成，前二首〈山芙蓉〉、〈海邊〉，都是對年少時光的嘆惋，海潮與月光可以重複盛裝登場，但為何我們的盛年無法重來，於是詩人輕喟：「這無法盡興的一生啊！」[43]無法逆轉的人生、無可複沓的青春，和自然界的日夜循環、四季更迭相比，的確是令人傷感。於是在第三首〈骸骨之歌〉，詩人便進入對死後世界的凝想：

死
也許並不等於
生命的終極 也許
只是如尺蠖
從這一葉到另一葉的遷移
我所知道的是多麼的少啊

骸骨的世界裡有沒有風呢
有沒有一些
在清晨的微光裡
還模糊記得的夢[44]

這裡，沒有透露對死的恐懼，也沒有過度的樂觀，只是用「知道得很少」來帶出輕微的疑慮。而最終，「我」所在意的，還是那年少的夢境是否會

[42]席慕蓉，〈時光的復仇〉，《時光九篇》，頁 90～94。詩末附註「——七四・一・七。
[43]席慕蓉，〈時光的復仇〉，《時光九篇》，頁 93。
[44]席慕蓉，〈時光的復仇〉，《時光九篇》，頁 93～94。

留存在骸骨的世界裡，哪怕僅僅只是一點點的、模糊的記憶。這首詩讓我們看到席慕蓉猶是「努力愛春華」的心態，所以對死後世界的想像，還是希望它保有這些東西。

〈留言〉則是長篇，共四節，第一節以「在驚詫與追懷中走過的我們／卻沒察覺出那微微的嘆息已成留言」揭開序幕，而關鍵句子「這就是最後最溫柔的片段了嗎？當想及／人類正在同時以怎樣的速度奔向死亡」，在四節中分別出現於第 2、1、1、2 段[45]，具有穿插呼應的效果。[46]整首詩是對時間驟逝的驚覺與感嘆，「留言」顯示的正是錯過，卻又希望時間延宕的心態。但時間並不會因此停滯，也不會因任何原因而靜止或是倒退，所以「二月過後又是六月的芬芳／在紙上我慢慢追溯設法挽留時光」，詩人能做的就是用紙、筆寫下昔日所見所聞、心中所思所感，書寫的意圖和行為，以及「詩篇」這個詞彙經常出現在此詩中，甚至可說這組意念是充塞在整首詩的。反覆出現的還有對美好事物或悲劇事物已然流逝的驚覺，而「我」只能相信細細寫就的詩篇，也就是「想要讓世界知道並且相信的語言」，「要深深相信啊　不然／還能有什麼意義」。[47]但這樣的信仰還是令人有所遲疑，因此第三節峰迴路轉，質問「為什麼即使已經結伴同行／而每個人依然不肯說出自己真正的姓名」等問題，但「我」仍決心橫渡那深不可測的海洋，因為躍過巨浪的狂喜、登上絕美的彼岸的屏息，都令「我」奮不顧身，勇往直前。詩的最後一節更展現了這樣的決心：

> 「啊！給我們語言到底是為了
> 禁錮還是釋放」
>
> 這就是最後最溫柔的辰光了嗎？當想及
> 人類正在同時以怎樣的速度奔向死亡

[45]第四節作「這就是最後最溫柔的辰光了嗎？當想及／人類正在同時以怎樣的速度奔向死亡。」
[46]席慕蓉，〈留言〉，《邊緣光影》，頁 40～45。詩末附註「一九八八年十二月二十四日」。
[47]席慕蓉，〈留言〉，《邊緣光影》，頁 42。

波濤不斷向我湧來
我是螻蟻決心要橫過這汪洋的海
最初雖是你誘使我酩酊誘使我瘋狂
讓尼采作證
最後是我微笑著含淚
　　　　　　沒頂於
　　　　　　　　去探訪
　　　　　　　　　　你的路上[48]

顯然，當人類正趨向死亡，「我」卻懷抱著對語言、對詩的高度熱忱，往海洋深處去探險，甚至不惜「沒頂於去探訪你的路上，此處的「你」也仍然是「詩」，是「詩」、文字、語言的魅惑，才能誘使人酩酊、瘋狂。這首長詩讓我們理解席慕蓉以「詩」的熱情來擱置死亡的威脅。

《邊緣光影》的〈謝函〉、〈晚餐〉、〈生命之歌〉對生命的思考則展現了不一樣的風情。〈謝函〉是散文詩，共五段。詩中的「你」無疑是時間、生命之神或是藝術之神，因為在「我」耽美於月光與各種誘惑，甚至不顧危險，為慾望驅使而進入濕暗的叢林，而「你」總是一直在暗示，或者及時出手搭救，以冰霜、洪水摧毀叢林，阻斷即將發生的危險。直到「課程到此結束」，「你」也知道「我已經學會了一切規則並且終於相信生命只能在詩篇中盡興」。[49]詩中用「時間的長廊」，來形容人生過處所見的風景，而美的誘惑也就隨處可見，因此若不是有「你」的睿智與包容，「我」怎能躲開那些招惹來的試煉與危險。這段課程，是人生也是藝術的課程，經過時間的歷練，席慕蓉展現對自己創作心靈的省視，而確認自己將徜徉在「詩」的世界裡，這也就是在「詩」的國度安頓了自我。

[48]席慕蓉，〈留言〉，《邊緣光影》，頁 44。
[49]席慕蓉，〈謝函〉，《邊緣光影》，頁 120～122。詩末附註「一九八八年三月三十一日」。

（二）疼痛又優雅的生命之歌

但席慕蓉對生命與自我的安頓不盡然完全如此理性，〈生命之歌〉就流瀉了一種莫名的傷痛。詩的一開始就說：「如今　必須是在夜裡／當黑暗占據了最大的位置」等種種情境下，就會突然湧現「一種無法抵擋的內裡的疼痛／如此尖銳又如此甘美／才會讓在黑夜裡急著趕路的我／慢慢地流下淚來」，於是「我」不禁反思「生命裡到底還有什麼不肯消失的渴求／明知徒然卻依舊如此徘徊不捨地一再稽留」，接下來的結尾便是：

> 時光其實已成汪洋淹沒了所有的痕跡
>
> 今夕何夕　我是何人為何在此哭泣？[50]

最後一段，僅此兩句；先是給了答案，又提出了無解的問題——是時間的無情，淹沒、毀滅了一切的過往；而「我」又為何還有痛感，還在哭泣。

但更進一步說，「今夕何夕　我是何人為何在此哭泣？」不只是私密情感的痛楚，未嘗不是在扣問人的處境與存在問題。連同上一段的兩句「生命裡到底還有什麼不肯消失的渴求／明知徒然卻依舊如此徘徊不捨地一再稽留」，揭露的正是普遍的人生問題，難以割捨、午夜夢迴的心痛感，甚至產生迷惘、迷失自我的感覺，因此才會扣問今夕何夕、我是何人。

另一首〈晚餐〉，表現的卻是從容優雅，等待、接受生命之神的造訪。詩的前半部細述今晚精心布置的餐桌，燈燭點亮了，有去年夏天從遠方帶回的碗盤，更有貯存了半生的佳釀，更重要的是，有「微笑微醺的他頻頻向我舉杯」，兩人在共同回味往事，「年少時的淺淡和青澀／在回味的杯底　都成了無限甘美的話題。」而那個已經在我心裡窺伺、徘徊和盤踞著的陌生人，正在打量這一幕幕恬靜的情景，於是詩的最後，席慕蓉說：

---

[50]席慕蓉，〈生命之歌〉、《邊緣光影》，頁170～171。

我當然知道窗外暮色正逐漸逼近
黑暗即將來臨　但是
已經在我心裡盤踞著的陌生人啊
可不可以請你稍遲　稍遲再來敲門
此刻這屋內是多麼明亮又溫暖
我正在和我的時間共進晚餐[51]

由此可推知，「陌生人」應該就是生命之神，甚至可以說是死神，晚餐、黑夜，暗示的正是人生之旅的末端，此際的「我」也是歷經人事而成熟穩重，所以才能從容不迫地享受美酒佳餚，和「你」對飲暢談。無論這個「你」是某個人物，或是「我的時間」的代稱，都顯現席慕蓉好整以暇地度過這寧靜而豐美的夜晚，和生命之神有著溫和、沉穩的商榷和抗衡。

人生在世，要追求的是成功、完美或是適意地度過一生？席慕蓉在《迷途詩冊》的〈迷途〉詩中給我們很好的提示。[52]詩劈頭即問：「誰又比誰更強悍與堅持呢」，以下鋪展開來的是屢屢因為尋奇而使人蹉跎、迷途的風景，極地的冰河綠、曠野的夜藍、霧中暗丁香紫以及薄暮時分旅途中的茶金秋褐與鏽紅——這別緻俊秀的景色，若只是一心要趕路是看不見的。所以在第四段又再問一次：「誰又比誰更強悍與堅持呢／是那些一心要趕路的人／還是　百般蹉跎的我們」，答案昭然若揭。而接下來的兩段，席慕蓉再用一些情感經驗與情境來說明，成功、完美的人生，未必是最佳的結局，因為生命中的種種細節，才是使我們的生命更豐富的元素，請看詩的最後兩段：

是光影在軀殼內外的流轉和停滯
是許多徒然和惘然的舊事

[51]席慕蓉，〈晚餐〉，《邊緣光影》，頁166～167。詩末附註「一九九四年五月二十一日」。
[52]席慕蓉，〈迷途〉，《迷途詩冊》，頁56～58。詩末附註「二〇〇二・五・四」。

是每一步的踟躕每一念的失誤
是在每一個岔口前的稽延和反覆
是在每一分秒裡累積的微小細節啊
讓生命有了如此巨大的差別

可是誰又比誰更強悍與堅持呢
是那些一心要達到要完成的人
還是　終於迷失了路途的我們[53]

針對詩最後的問句，答案不難猜到。為詩意的失誤、細節而迷失路途，才是一種具有美的意涵的人生，非為功利為任何世俗的價值而生。

五　結語

席慕蓉在第四本詩集《我摺疊著我的愛》的代序〈關於揮霍〉中引述齊邦媛教授的話：「對於我最有吸引力的是時間和文字。時間深邃難測，用有限的文字去描繪時間真貌，簡直是悲壯之舉。」但她接著寫：「可是，每當新的觸動來臨，我們還是會放下一切，不聽任何勸告，只想用自身全部的熱情再去寫成一首詩。所謂的『揮霍』，是否就是這樣？回答我，錦媛。」[54]可見她認同「時間」是個不可忽視的基本元素，但仍然要把握住生命悸動的時刻，去「揮霍」時間、去悸動、去書寫。

這也就像她在〈回函——給錦媛〉對錦媛解釋什麼叫「揮霍」：「生命是一場不得不如此的揮霍／確實有些什麼在累積著悲傷的厚度」、「暮色裡已成灰燼的玫瑰／曠野中正待舒放的金盞花蕊」[55]，而〈燈下　之二〉：「生命中的場景正在互相召喚」、「時光與美／巨大到只能無奈地

---

[53]席慕蓉，〈迷途〉，《迷途詩冊》，頁57～58。

[54]席慕蓉，〈關於揮霍〉，《我摺疊著我的愛》（臺北：圓神出版社，2005年），頁14。

[55]席慕蓉，〈回函——給錦媛〉，《我摺疊著我的愛》，頁 32。詩末附註「——二〇〇三・十一・三十」。

去　浪費」。[56]這些「揮霍」、「浪費」，都是因生命的悸動而使然，「不得不」、「無奈地」，都是內在強大的驅動力不斷推動的結果。

又如在最近期的詩集《迷途詩冊》，席慕蓉以〈初老〉為題寫了序文。這篇序文讓我們看到詩人如何迎接人生的「初老」階段，仍然為四月的相思花而悸動，一次又一次感受「恍惚若有所失落又恍如有所追尋」的迷惘。但除了惆悵，詩人又有更深刻的感受：

> 真正刺痛我的，卻是自身那些在變動的時光裡依舊沒有絲毫改變，並且和初春的山林中每一種生命都能歡然契合的所有的感覺。是何等全然而又華美的甦醒！
>
> ……
>
> 惆悵由此而生，無關於漸入老境，華年不再，反倒是驚詫憐惜於這寄寓在魂魄深處從不氣餒從不改變也從不曾棄我而去的渴望與憧憬。[57]

這些敘述，使我們深刻地體會，時間、自然、詩與自我，四者恆常在席慕蓉的心中纏繞盤旋，由此而激發出美的感悟。

綜合本文所述，席慕蓉對時間的書寫，擅長以「追憶」手法捕捉、重現回憶的「斷片」，反覆歌詠的是夏日、夏夜、四月、月光、山徑等景象與情境，對這些生命印記，常有「言猶未盡」的述說欲望。而對於日常時間的感受，則轉化為對於詩的高度掌握，以詩的超越性來抵抗日常對生命的耗能。面對嚴肅的生死課題，席慕蓉試圖以詩的熱情來延宕死亡帶來的威脅，展現從容與優雅的姿態。雖然，面對時光流逝，她也曾徘徊躊躇，但她其實已經在詩裡找到生命的安頓之處。尤可注意的是，席慕蓉的超越不是棄世遁逃，而是仍然在這世間流連往返，就像〈迷途〉詩指出「迷途」經驗的珍貴，認為應該為每一個剎那間的詩意與美而感動，這樣的人

---

[56]席慕蓉，〈燈下　之二〉，《我摺疊著我的愛》，頁44。
[57]席慕蓉，〈初老〉，《迷途詩冊》，頁8～10。

生才是別具意義。

席慕蓉對於時間的敏銳感受、一再書寫，正好構成她作品中非常突出的抒情性與美感特質，值得我們細細品味。

引用及參考書目

（一）席慕蓉詩集

- 席慕蓉，《七里香》，臺北：大地出版社，1981 年。
- 席慕蓉，《無怨的青春》，臺北：大地出版社，1983 年。
- 席慕蓉，《時光九篇》，臺北：爾雅出版社，1987 年。
- 席慕蓉，《邊緣光影》，臺北：爾雅出版社，1999 年。
- 席慕蓉，《迷途詩冊》，臺北：圓神出版社，2002 年。
- 席慕蓉，《我摺疊著我的愛》，臺北：圓神出版社，2005 年。

（二）他人著作

- 宇文所安著；鄭學勤譯，《追憶：中國古典文學中的往事再現》，臺北：聯經出版公司，2006 年。
- 威廉・白瑞德著；彭鏡禧譯，《非理性的人》，臺北：志文出版社，1979 年。
- 洪淑苓，〈我們去看煙火好嗎——席慕蓉《席慕蓉世紀詩選》評介〉，《中央日報》，2000 年 11 月 27 日，第 21 版。
- 海德格著；王慶節、陳嘉映譯，《存在與時間》，臺北：桂冠圖書公司，1990 年。
- 陳政彥，《戰後臺灣現代詩論戰史研究》，桃園：中央大學中國文學研究所博士論文，2007 年 6 月。

——選自蕭蕭、羅文玲、陳靜容主編《草原的迴聲——席慕蓉詩學論集》

臺北：萬卷樓圖書公司，2015 年 9 月

寫詩作為鍊金術

以席慕蓉《以詩之名》作為討論中心

◎李癸雲

不過　如果

想要讓一生都不會後悔

今夜　她才敢說

除了寫詩　恐怕

也沒有別的更好的方式

——席慕蓉〈晚慧的詩人〉[1]

一、前言：「以詩之名」的自我追求

席慕蓉是一位極度具有寫作自覺的詩人，她曾在多處作品裡反覆探索著「寫詩」的意義，更具體的說，「寫詩」對「自己」的意義。「對於『寫詩』這件事，有沒有一個正確而又完全的答案？我是一直在追問著的。是不是因為這不斷的追問與自省，詩，也就不知不覺繼續寫下去了？」[2]這段話是席慕蓉自言面對他人詢問為何寫詩時，曾以生活轉折（如戰亂、寂寞）來回答，但心中感覺不安，因為答案並非來自於外在，而是來自內在深處……，所以她繼續寫詩來追探。其實，答案一直早已存在，席慕蓉寫詩超過 50 年，早在《七里香》時期，她便明言：「這些詩一直是

---

[1]席慕蓉，〈晚慧的詩人〉第二節，《以詩之名》（臺北：圓神出版社，2011 年），頁 140～141。

[2]席慕蓉，〈回望——自序〉，《以詩之名》，頁 11。

寫給我自己看的，也由於它們，才使我看到我自己。」[3]在第四本詩集（只計在臺出版之全新詩集）《邊緣光影》的序言裡她再次強調：「終於知道，原來——詩，不可能是別人，只能是自己。這個自己，和生活裡的角色不必一定完全相稱，然而卻絕對是靈魂全部重量，是生命最逼真精確的畫像。」[4]詩內藏的自我之真切性被席慕蓉所發覺，同時，她點明「詩中的自己」是更精神性、更精確，或言更理想的自己。這個想法到了第七本詩集《以詩之名》仍反覆迴盪著：「是的，詩，當然是自己，可是為什麼有時候卻好像另有所本？一個另有所本的自己？」[5]既是自己，又不全然相同，那個自己另有所本，成為疊映折射的自我。寫作是為了「詩中的自己」隱然成為席慕蓉的核心詩觀。

（直指我心啊　天高月明
曠野上　是誰讓我們重新認識
並且終於相信了
那一個　在詩中的自己）[6]

（所有文字的開始　不就是
為了指認　描述　記憶
不就是　為了
在多年之後
喚醒那個或許已經遺忘了一切的自己）[7]

透過這些自覺性的詩觀，以及筆者長期對席慕蓉詩作的觀察，筆者認為對

---

[3]席慕蓉，〈一條河流的夢〉，《七里香》（臺北：大地出版社，1981 年初版，1998 年 54 版），頁 192。
[4]席慕蓉，〈序言〉，《邊緣光影》（臺北：爾雅出版社，1999 年），序言頁 1。
[5]席慕蓉，〈回望——自序〉，《以詩之名》，頁 12。
[6]席慕蓉，〈一首詩的進行——寄呈齊老師〉，《以詩之名》，頁 38。
[7]席慕蓉，〈旦暮之間——給曉風〉，《以詩之名》，頁 81。

她而言，寫詩的意義，不僅止於自我對話，更隱含心靈成長的意涵。換言之，寫作是一條步向完整自性的道路，寫作如同鍊金術（alchemy），「詩中的自己」是最終成果，詩則是用來轉化物質（點石成金）的哲人石。

因此，本文欲從瑞士心理學家榮格（Carl Gustav Jung, 1875-1961）的原型（archetype）心理學角度來討論席慕蓉詩作裡觸及寫詩與自我關係的課題，特別是以「個體化」（individuation）的理論來呼應席慕蓉的寫作意義。席慕蓉執意以寫詩作為追求自我的最重要方式，同時以詩談詩，後設式的自我檢視寫詩的心靈經驗，毋寧是精神分析詩學必須觀察與討論的現象。本文礙於篇幅有限，同時利於論點聚焦，討論範圍以席慕蓉最新出版的詩集《以詩之名》為中心，其他的詩集、散文集或訪談資料，只能作零星的對照與補充。《以詩之名》既最接近席慕蓉的心靈近況，也是其詩觀總體檢，集中有多首她自覺性的思考、談論「寫詩」一事，以及為數不少的向詩人、文人致敬的詩作，歌詠其寫作精神。更重要的，這條自我探索之路的目標，到《以詩之名》已呼之欲出：

> 這本新詩集就成為一本以詩之名來將時光層疊交錯（大部分是新作，特意放進舊作，有些已發表，有些卻從沒放進詩集裡）在一起的書冊了。時光層疊交錯，卻讓我無限驚詫地發現，詩，在此刻，怎麼就像是什麼人給我預留的一封又一封的書信？……是何人？早在一切發生的十年、二十年，甚至五十年之前，就已經為我這現有之身寫出了歷歷如繪的此刻的生命場景了。（是那個另有所本的自己嗎？）……原來，關於寫詩這件事，我所知的是多麼表面！多麼微小！[8]

從前的詩、從前的自己歷時性的層疊於此，卻令其驚訝的發現其中相似性，甚至過去成為當前的預言。此時的席慕蓉是過去的積累，過去的詩也

[8]席慕蓉，〈回望——自序〉，《以詩之名》，頁 12～13。

終將在此合鳴，於是，討論這本詩集便是理解「另有所本的自己」的最佳素材。「詩中的自己」究竟是誰？是何種面貌？我們可以在此試著描繪出來。

二　榮格的「個體化」與鍊金術

榮格所提出的原型心理學是神祕而艱深的精神分析學說，他主張人生最大的成就不在於功名利祿，而在於完成自己的命運。相較佛洛伊德（Sigmund Freud, 1856-1939）把心理學視為嚴謹的科學，榮格堪稱是神祕主義者，他曾說：「理性只不過是一切人類偏見及短視的總和而已」[9]，他主張的分析心理學的研究動機常來自於生命中的黑暗或不可解釋的神祕現象。除了他的父親之外，他的家族有八位牧師，所以經常可以聽到基督教教義的討論，但是他皆不以為然，認為形式與教義遮蔽了真正的宗教精神，無法觸及人與上帝之間的直接溝通，甚至許多原始象徵也被扭曲了。有趣的是，榮格的老師佛洛伊德出於對「性慾」理論的信仰，不斷向他耳提面命必須要以性慾作為理論堡壘，防衛「神祕主義（哲學與宗教）的黑潮，讓精神分析成為一種科學。榮格個人卻無法接受這種信條式的研究精神，也不認為心理學是一門純然科學，「集體無意識從來就不是一個『心理學』問題」[10]，所以師生的學說發展終究分道揚鑣。

榮格是一個博學的人，學問涉及多種知識面向，宗教、哲學、醫學、神話學、人類學、文學等等，榮格著作卷帙浩繁，多達二十多卷，其中最為人熟知與運用的，是人格的類型、集體無意識（collective unconscious）的概念、夢的分析等等。他的文章裡用了許多雄辯、譬喻、文采來討論集體無意識，除了博學，其寫作特色為：大量的學術與文學知識、缺乏嚴謹條理、往往僅憑直覺……。榮格對心靈的探索趨近於祕教，而非大腦的解剖或簡易的心靈分層。楊儒賓甚至認為：「榮格不是現代文化工業體制下

---

[9]榮格著；徐德林譯，《原型與集體無意識》（北京：國際文化出版社，2011 年），頁 13。
[10]榮格著；徐德林譯，《原型與集體無意識》，頁 13。

的知識從業人，毋寧將自己視為靈魂的探險者，關懷的不僅是心靈疾病的問題，更重要的是性靈解放的消息。我們與其將他視為傑出的精神分析師，還不如將他認做中國的高道、禪僧、印度的『谷儒』或文藝復興時期的鍊丹師。」[11]

由此，本文認為席慕蓉在以詩之名下的自我探索，事實上與榮格所談的個體化（individuation）或鍊金術的概念是相互呼應的，然而在理解這兩者之前，必須先理解榮格的心靈觀念，因為榮格認為心靈是由意識與無意識所構成，而無意識是影響靈魂冶鍊工作最深的部分。

（一）集體無意識與原型

榮格認為心靈包括意識與無意識，意識是我們的知覺經驗，以自我為中心；無意識則包括個人無意識與集體無意識。個人無意識裡含納種種情結（complexes）以及個人生活經驗的各種材料；集體無意識則包括各種屬於人類全體共有的原型和宇宙意象。

榮格認為可以用「水」或「山谷中的湖泊」來揣摩無意識，除此，榮格對無意識有很生動的描述：「無意識是從心理上、道德上透明的意識的缺口處墜入神經系統的精神」、「無意識通常被視為一種被壓縮的碎片，關乎我們最個人和最私密的生活——類似《聖經》所謂的『心』及視為一切邪惡思想之源的東西」、「無意識的基本原則是無法描述的，因為它們所指豐富，儘管它們本身可以辨識。」[12]總結來看，榮格所言的無意識「可能包含各色各樣的驅力、衝動與意圖：即各色各樣的感知與直觀；各種理性非理性的思想、結論、歸納、演繹和前提；以及各種情感向度。」[13]日常聽聞經歷的種種事物也可能潛抑為無意識。而從這些材料中，人們的夢的

---

[11]楊儒賓，〈推薦序：鍊丹與自性的追尋〉，收錄於傑佛瑞・芮夫（Jeffrey Raff）著；廖世德譯，《榮格與鍊金術》(新北：人本自然文化公司，2010 年），頁 10。

[12]榮格著；徐德林譯，《原型與集體無意識》，這三句話分別引自頁 18、19、33。

[13]榮格著；龔卓軍譯，〈第一章　潛意識探微〉，《人及其象徵》(新北：立緒文化公司，2010 年），頁 23。臺灣譯者通常將無意識譯為「潛意識」，本文為求譯名之一致性，皆以「無意識」來陳述。

象徵就會自動產生。然而無意識「不只是過去心靈經驗的貯藏所，也充滿了未來心靈處境與念頭的胚芽。」[14]這個觀點雖然引起許多爭議，榮格卻堅持這是事實，新的思維和創造性觀念會由無意識裡自動現身，要能慎察夢的訊息，以及多注意自然現象與象徵。

而集體無意識裡的「原型」原指上帝形象（God-image），在榮格的學說裡，原型指的是深層的無意識內容，是與生俱來的、普世性的、具有超個人性的共同心理基礎，是「那些尚未經過意識加工，因此是心理體驗直接基點的心理內容。」[15]原型可以理解為一種假設性質的、無法描述的模式，類似生物學中的「行為模式」。

榮格提出童話、神話、祕傳教學等都是原型常見的表達方式，原始人對外在的觀察必定同時成為一種心理事件，四季交替、月亮陰晴圓缺……皆是心理內在的、無意識的衝突事件的象徵表達。「原型是像命運一樣降臨在我們頭上的經驗的複合體，它們的影響在我們最為個人的生活中被感覺到。」[16]隨著人類文明的發展，「通過大規模地將其內容公式化，教義取代了集體無意識的位置」[17]，但是卻轉趨形式化與智識化，喪失原本的神祕感應，「我深信象徵（如三位一體、神祕的光）的日漸貧乏意義深遠……我們的智識已然取得最為傑出的成就，但是與此同時，我們的精神家園卻陷入了破舊失修狀態之中……唯有符號象徵的枯竭才能使我們重新發現神明乃精神的主因，即無意識的原型。」[18]榮格對象徵重要性的強調，時常可見於各種討論之中。

（二）夢與象徵

與佛洛伊德的精神分析學說相同，榮格也非常重視夢的分析，但不同的是，榮格要求每一個夢都應被個別處置，必須同時理解做夢之人，而且

[14]榮格著；龔卓軍譯，〈第一章　潛意識探微〉，《人及其象徵》，頁 24。
[15]榮格著；徐德林譯，《原型與集體無意識》，頁 7。
[16]榮格著；徐德林譯，《原型與集體無意識》，頁 26。
[17]榮格著；徐德林譯，《原型與集體無意識》，頁 13。
[18]榮格著；徐德林譯，《原型與集體無意識》，頁 14～15。

任何夢都沒有固定直接的詮釋。即使是典型的「母題」，也要回到夢的脈絡來解讀。

榮格對夢的重視，緣於夢是生長各式各樣象徵的溫床，夢的象徵多為心靈的表徵，分析夢的性質，可以找到一些深沉的基本特性，理出人類個體表面的無窮變異找到某些條理。「『夢的語言』的象徵主義充滿了心靈能量，使我們不得不向它注目。」[19]夢得以擺脫意識的監控，充滿情感能量，以更原始、多采多姿、更圖象化的方式在表達我們的內在意識。榮格提出夢的一般功能，在於透過創造夢的材料，巧妙重建心理的整體平衡性，他稱之為「夢的補充（或補償）」角色。例如自視過高的人夢到飛行或墜落，即是一種人格缺陷的警示。夢是對意識中欠缺部分的補償，也能超感官的預期到心理指向與發展（預言未來要發生的事），無意識會以本能方式檢視事實、推論、結論，然後以夢來預示。

當然，除了個人的夢，有一些夢並不屬於個體，而是人類心靈原始、天生和遺傳而來的，即原型的夢。原型也是一種本能，透過象徵形象來顯現，也許夢的表象是千變萬化，但基本的組合模式不變。

最重要的是，在文明化過程中，人類的意識漸漸與深沉本能分離，理性與控制取代了本能，夢就擔任起補償角色。「為了心理的穩定，甚至也為了生理的健康，意識與無意識必須統合相關聯起來，以便兩者能平行相應地運作。如果他們分裂或『崩潰』了，心理困擾便隨之而來。在這方面夢的象徵，是人類心靈由本能部分傳輸到理性部分的根本訊息，同時夢的詮釋涵養了意識的貧瘠乾澀，讓它學會再度理解被遺忘的本能語言。」[20]

（三）個體化・自性・鍊金術

接續前文，在了解榮格對無意識的描述，以及對夢與象徵、意識與無意識整合的重視之後，便能更深入理解其所言的「間隔心理學」。「現代人會保護自己，不願看到自己的分裂狀態，於是將之有系統地區隔開，外

[19]榮格著；龔卓軍譯，〈第一章　潛意識探微〉，《人及其象徵》，頁 33。
[20]榮格著；龔卓軍譯，〈第一章　潛意識探微〉，《人及其象徵》，頁 37。

在生活與自身行為的某些部分，彷彿被間隔在不同的抽屜中，使他們彼此老死不相識。」[21]人們把各種心靈問題（也許是無意識本能）都塞入格櫃內，轉以各式道德觀念、理性知識……來主宰心靈。當人們不敢直視自己天生本能，而其原始衝動始終存在，便會出現精神分裂。榮格以為，當代世界不再整合（integration）、消融同化（assimilation）不時湧出的心理本能，便無法再現原始人類圓融的心靈模式。強調理性、科學的「理性主義」，剝光了事物的神祕性、超自然性，其實是把現代人推向心靈的「陰間」。[22]

為了解決這種間隔心理與分裂，榮格希望人們去關注自然象徵，以及仍保存原初神祕性與符咒魅力的文化象徵。並且要重視夢境，因為「夢的主要任務，就是要『喚回』史前及童年的記憶，直透入最原始的本能層次。」[23]

榮格對人類心靈整合與同化之強調，即是他所謂的個體化過程（the individuation process）。個體化的真正涵義是要成為一個「完整的人」，不再分裂，個體化的工作，就是不斷指認出個體需與之共處的異己元素，然後再進行吸納及整合。「（榮格的學說）千言萬語皆是為了勾勒靈魂冶鍊所需參酌的心靈地圖。這靈魂的冶鍊之路，其實便是常識所言的心靈成長過程，也就是榮格學說中所謂的『個體化』（individuation）。」[24]

個體化既是心靈成長的目標，也是自性的實現（self realization），其方法在於融合意識的自我與無意識的本能或陰影，讓自性實現。榮格經常將自性與鍊金術裡的哲人石[25]等同視之，把哲人石作為自性的象徵，「自性是一切心靈生活的目標，個體化過程的最後狀態；哲人石則是一切鍊金術

[21]榮格著；龔卓軍譯，〈第一章　潛意識探微〉，《人及其象徵》，頁 83。
[22]榮格著；龔卓軍譯，〈第一章　潛意識探微〉，《人及其象徵》，頁 96。
[23]榮格著；龔卓軍譯，〈第一章　潛意識探微〉，《人及其象徵》，頁 103。
[24]蔡昌雄，〈導讀：冶煉靈魂之路〉，收錄於《榮格與鍊金術》，頁 12。
[25]「鍊金師都認為自己首先必須創造哲人石（philosopher's stone）。只要有哲人石，便有創造『質變』及治病的能力，但哲人石的另一種力量，是讓擁有者接近聖神的奧祕。」《榮格與鍊金術》，頁 32。

的目標，一切鍊金術程式的最後狀態。」[26]「哲人石」是鍊金術的核心，它可以改變金屬、治療疾病，揭示神靈的奧祕……。而在靈性鍊金裡，若能達致自性，那麼也能與神界感通。若再回到心理學層面，榮格認為自性是全人格的中心，包括意識與無意識的結合，代表心靈整體。因此個體化過程的深度心理經驗，本身就像是一種密教，人會擴展意識經驗、我與內在異己產生對話、心靈趨向成熟與完整。

> 榮格要告訴我們的道理很簡單：心靈生活越豐富、象徵生活越寬廣的人，越有能力熱愛自己的命運，而心理分析師的任務，便是幫助我們面對那些突如其來的意象、形象和景象，鼓舞我們去提煉其中象徵意涵。在古代，這種工作等同於鍊金術士、煉丹道士、占星術士所做的努力，他們透過物質精粹的提煉、身體養生的修為、天體運行的星象，建立出許多照顧我們心靈各個層面的象徵系統。[27]

三　寫詩作為鍊金術

每個人的個體化過程皆持續進行著，在不同的人生階段，以各種方式進行自我整合。對席慕蓉來說，寫詩這件事就是個體化過程的最重要方式，她不斷在詩中尋找「自己」，她呼應自然、描寫象徵、發現自我之內的另一個自己，甚而直言寫作讓她完整。因此，以下以席慕蓉的詩作為例，論證她如何讓寫詩作為一種鍊金術，而詩即是哲人石，提煉出一個圓融完滿的黃金／自性／席慕蓉。

（一）詩與自然／神祕

榮格呼籲現代人要關注自然象徵，重視神祕感應，因為自然與神祕會為我們找回原始的內在語言。席慕蓉向來善寫自然意象，她在寫詩初期面

---

[26]傑佛瑞・芮夫（Jeffrey Raff）著；廖世德譯，《榮格與鍊金術》，頁 44。
[27]龔卓軍，〈潛意識現象學：鵝味、乳房潰爛與煉金術士〉，《人及其象徵》，頁 24。

對採訪時即已解釋自己的天性傾向：

> 「我非常喜歡『自然』這兩個字，我之所以為我，是天性和愛好選擇了我，無須刻意地強求。」……席慕蓉認為自然界的現象本身並不具有美感，但是它能喚起人類內心的情感，這才是她多年尋覓追求的寫作素材。「我並不是寫描述文，我寫的是內心共鳴的反應，是人生活在大自然中的一切，可以稱做是一種移情作用吧！」[28]

對席慕蓉而言，自然物象並非外於己的風景，而是內心情感的象徵，喜歡自然、寫作自然，就是在整理自己、發現自己。榮格認為初民的自然觀察已轉化為心理內容，一代一代傳承下來，所有的自然秩序裡皆是心理內在的、無意識的衝突事件的象徵表達。這個看法在席慕蓉早期作品〈結繩紀事——有些心情，一如那遠古的初民〉便已獲得認同：

> 繩結一個又一個的好好繫起
> 這樣　就可以
> 獨自在暗夜的洞穴裡
> 反覆觸摸　回溯
> 那些對我曾經非常重要的線索
>
> 落日之前，才忽然發現
> 我與初民之間的相同
> 清晨時為你打上的那一個結
> 到了此刻　仍然
> 溫柔地橫梗在

[28]林芝，〈作家專訪：擁懷無怨青春席慕蓉〉，《幼獅少年》第 90 期（1984 年 4 月），頁 109～110。

因為生活而逐漸粗糙了的心中[29]

其後的寫作歷程也持續這樣的自然書寫，她反覆觸摸、回溯與初民相同的情感共鳴點（原型）。聆聽大自然，思考內在聲音，即是一種自我轉化，朝向內外整合的目標。到了近期的《以詩之名》，席慕蓉再次以詩審視這條寫作之路，她說：「多年前寫下的詩句／如今都成了隱晦的夢境／恍如霧中的深海／細雨裡的連綿山脈」[30]，多年前的詩，情感隱微而複雜，透露出自我無意識的內容，而近期的夢，卻轉為清透：「夢中，無風也無雨，時光靜止，只剩下清晰而又潔淨的畫面，無聲地顯現……」[31]如果夢裡的畫面與象徵，傳達的是無意識的狀況，我們可以說席慕蓉的意識與無意識的衝突漸少，伴隨著寫詩歷程的演進，「我」漸次清明。

榮格反對心靈由理性所占領，主張精神家園必須重新接上神祕感應，讓宗教的原始符號再次發酵意義，人們方能重視天生本能的存在。席慕蓉的〈祕教的花朵〉所呈現的就是以詩探測神祕，而詩就是祕教花朵：

詩的祕密在於出走或者隱藏
集中所有的意念於筆尖　然後
背道而馳

不可能再停留在原地
也並非為了去取悅於你
那魅惑
如薰香蜜蠟雕琢出的祕教的花朵
來自靈魂所選擇的信仰

[29]席慕蓉，〈結繩紀事——有些心情，一如那遠古的初民〉，《時光九篇》（臺北：爾雅出版社，1987年），頁40～41。
[30]席慕蓉，〈寂靜的時刻〉第二節，《以詩之名》，頁58～59。
[31]席慕蓉，〈夢中的畫面〉第二節，《以詩之名》，頁60。

似近又遠　彷彿是自身那幽微的心房
時而　又彷彿是那難以觸及的
渺茫的穹蒼[32]

詩的祕密在於，詩所透露的遠比表面語言更多，意義更需推敲，就像是神祕的象徵。這朵祕教花朵充滿魅惑，動搖人心，因為觸及了靈魂與信仰。那核心，彷彿來自於內心，彷彿又與自然相應。這首詩所刻畫的詩歌祕密源於詩捕捉到神祕的生命力量。席慕蓉近年接受訪談時，也曾將詩與神祕力量相提並論：「詩的最早來源，就是薩滿教裡的女薩滿的祈禱。後世稱女薩滿為『巫』，男薩滿為『覡』，他們的禱文就是『贊歌』與『神歌』，充滿了生命力。在翻譯薩滿教神歌之時，我深受觸動。但同時，我也發現，那種活潑渾厚質樸的生命，在現代詩歌也會出現。」[33]若說何種文類最適合接通自然神靈？詩歌當然當仁不讓，由此，席慕蓉以寫詩來達到靈性鍊金，自然得以質變而轉化。

（二）詩的淨化與鍛鍊

如同對自然的愛好，席慕蓉開始寫詩起，便持續意識到詩所擁有的淨化能力與鍛鍊特質，已著力於描述這等「效力」。

他們說　在水中放進
一塊小小的明礬
就能沉澱出　所有的
渣滓

那麼　如果
如果在我們的心中放進

[32]席慕蓉，〈祕教的花朵〉，《以詩之名》，頁 46～47。
[33]印刻編輯部整理，〈席慕蓉對談零雨：我總是在草原的中央〉，《印刻文學生活誌》第 11 卷第 4 期（2014 年 12 月），頁 40。

一首詩
是不是　也可以
沉澱出所有的　昨日[34]

在心中放進一首詩，詩或許能沉澱出過往生命，讓當下與未來更加澄淨。如此淨化時間的能力，對詩人（或讀者）而言，就是一種整理，一種不同時期「我」的相互對照（對話）。同樣在寫作初期即已萌發的詩觀，還有把詩當作一種轉化與鍛鍊：

若你忽然問我
為什麼要寫詩
為什麼　不去做些
別的有用的事

那麼　我也不知道
該怎樣回答
我如金匠　日夜捶擊敲打
只為把痛苦延展成
薄如蟬翼的金飾

不知道這樣努力地
把憂傷的來源轉化成
光澤細柔的詞句
是不是　也有一種
美麗的價值[35]

---

[34]席慕蓉，〈試驗——之一〉，《無怨的青春》（臺北：大地出版社，1983 年初版，1985 年 31 版），頁 138～139。
[35]席慕蓉，〈詩的價值〉，《無怨的青春》，頁 18～19。

詩人如同金匠，琢磨精細詩句如同錘鑄美麗金飾，詩人雖非鍊金師，卻已指出詩如同哲人石，能「轉化」憂傷，變成可貴的生命經驗，如同珍貴金飾。席慕蓉雖以設問作結，肯定的意味溢於言表——寫詩就是最有用、最具價值的事。到了《以詩之名》，席慕蓉不再發問（自問），她完全肯定詩「真金不怕火煉」的品質：

歷經歲月的反覆挫傷之後
生命的本質　如果依然無損
就應該是　近乎詩[36]

詩能淨化、轉化生命經驗，外在的種種挫傷皆是鍛鍊的素材，最終進入詩句後，便能看見本質，提煉價值。

（三）詩是統整與圓滿

在經過不斷的淨化與鍛鍊之後，席慕蓉看見了生命的統整、自由與圓滿，因此她在《以詩之名》集中，有多首是回應或鼓勵同時代作家，肯定寫作之路。在〈詩的曠野——給年輕的詩人〉裡表達出詩人不應服膺於世俗文明的價值，即使落入現實邊界的曠野，也並非一無所有。寫詩的生涯無限寬廣，有大自然，有擺脫文明智識束縛後的自由，以及自性的圓滿：

文字並非全部
生活也不是　我們其實
不需要逼迫自己
去證明這一生的意義和價值

在詩的曠野裡
不求依附　不去投靠

---

[36]席慕蓉，〈一首詩的進行——寄呈齊老師〉末節，《以詩之名》，頁 42。

如一匹離群的野馬獨自行走
其實　也並非一無所有

有遊蕩的雲　有玩耍的風
有潺潺而過的溪流
詩　就是來自曠野的呼喚
是生命擺脫了一切束縛之後的
自由和圓滿[37]

席慕蓉對詩的看法，在〈恐怖的說法〉一詩裡，已達到極致——詩有自己的生命，詩貫通古今心靈，詩自體而足。

詩　是何等奇怪的個體
出生之後　就會站起來　走開
薄薄的一頁　瘦瘦的幾行
不需衣衫　不畏凍餓
就可以自己奔跑到野外
（甚至　只要有幾句
寫到誰的心裡面去了　就可以
從商周到隋唐
一直活到所謂的當代）

有一種恐怖的說法：
詩繼續活著　無關詩人是否存在
還有一種更恐怖的說法是——
要到了詩人終於離席之後

[37]席慕蓉，〈詩的曠野——給年輕的詩人〉，《以詩之名》，頁90～91。

詩
才開始真正完整的
顯露出來[38]

詩脫離了個體的脈絡，更能彰顯其普遍性。當一首詩不特屬於某個人時，詩便可以是任何人的生命經驗。席慕蓉察覺到詩自由、圓滿、獨立、共通、完整等特質，她名之為「恐怖的說法」，此處的「恐怖」意為超越常人理解，反而可視作一種讚嘆。

（四）寫詩鍊金，自性呈現

如前所述，榮格批評現代人的「間隔心理學」，不願面對原始本能，失卻了圓融的心靈，只有自我，忽略自性。他認為關注象徵和夢境皆是讓人喚回無意識內容的極佳方式，在席慕蓉身上，寫詩則是個體化過程的最重要方式。她「以詩之名」，召喚自然象徵，尋求自己存在的真貌：

以詩之名　呼求繁星
其旁有杜鵑　盛開如粉紫色的汪洋
秋霜若降　落葉松滿山層疊金黃
而眼前的濕潤與枯乾　其實
同屬時光細細打磨之後的質感
所謂永恒　原來就在腳下
……
以詩之名　我們重塑記憶
在溪流的兩岸　我與你相遇之處
畢竟　有人曾經深深地愛過
或許是你

[38]席慕蓉，〈恐怖的說法〉，《以詩之名》，頁143。

或許只是我自己　而己。[39]

在自然中，物質即是精神的象徵，她聆聽並寫作，詩句將這些象徵轉化為永恆……；在意識與無意識的交界，詩讓「我」與「你」得以對話，進而統整為一。筆者並不清楚席慕蓉是否接觸過榮格個體化學說，或是曾受到鍊金術理論的影響，但是在席慕蓉多首詩裡，都感受到如〈以詩之名〉這般強調象徵力量、注重自性追求的心靈力量。

不論是個體化過程或鍊金歷程，當自性實現，成為一個不分裂的完整的人之後，甚至是可與神界感通的。這樣的境界，也在席慕蓉〈眠月站——有情所喜，是險所在，有情所怖，是苦所在，當行梵行，捨離於有。——自說經難陀品世間經〉詩中表達出來：

古老的奧義書上是這樣說的——顯現與隱沒都是從自我湧現出來的。所以，正如那希望與記憶一樣，在我終於明白了的時刻，才發現，從你隱沒的背影裡顯現出來的所有詩句，原來都是我自己心靈的言語。所有的一切都是來自領悟了的自我。於是時光不再！時光終於不再！[40]

自我之中湧現的一切異質或異己都被「我」辨認出來了，進而吸納與整合，而後是一個「領悟了的自我」（自性）。這個「我」無視於時光之流，自由、完整、圓融，近乎佛教的頓悟境界。這個「我」也是席慕蓉小心「培養」多年的「更好的自己」：

燈熄之後，掩上了書房的門，她一個人站在寒夜裡不禁輕笑出聲，在心中自問：「嘿！都什麼時候了，你還在繼續培養著這個自己嗎？」是

[39]席慕蓉，〈以詩之名〉節錄，《以詩之名》，頁159、160～161。
[40]席慕蓉，〈眠月站——有情所喜，是險所在，有情所怖，是苦所在，當行梵行，捨離於有。——自說經難陀品世間經〉末節，《以詩之名》，頁118。

> 的，她是有這麼一個渴望要變得更好的自己，終生執迷，渾然不知天色已深暗而來日苦短。[41]

這首詩以散文詩形式，敘述「她（內在人物）在寫作空間裡自我審視並自我對話，內在聲音探問這條自我追尋之路還要繼續前行嗎？答案是，是的，為了「變得更好的自己」，終生執迷，不知窮盡。

寫詩是一條鍊金道路，在多次的質變與轉化之後，詩（哲人石）已然揭明，自性（物質之金或靈性之金）也已閃爍，席慕蓉仍要繼續自性實現的旅程……。

四、結語

本文試圖從榮格個體化理論與鍊金術意象來分析席慕蓉《以詩之名》後設式以詩談寫詩的詩觀，發現許多此呼彼應的共鳴之處：席慕蓉善寫自然意象，因為窺知自然物象已轉化為原始情感象徵，寫作自然，就是在整理自己、發現自己，同時肯定詩歌神祕的生命力量，得以接通自然神靈；席慕蓉認為詩具有淨化與鍛鍊的特質，如同哲人石，能「轉化」憂傷，變成可貴的生命經驗；席慕蓉肯定詩能貫通古今心靈、自體而足、完整、自由，彷彿擁有獨立的生命；在席慕蓉身上，寫詩是個體化過程的最重要方式，寫詩讓自我之中湧現的一切異質或異己都被「我」辨認出來，進而吸納與整合，成為一個「領悟了的自我」（自性）。這個「詩中自己」能無視於時光之流，自由、完整、圓融，近乎佛教的頓悟境界，是席慕蓉小心「培養」多年的「更好的自己」。

經由上述的發現與論點闡明，本文認為席慕蓉所描述的「寫詩」意義，如同鍊金術，在多年的內外質變與轉化之後，詩句已神祕靈通如同哲人石，讓完滿自性得以呈現，靈性之金光芒閃爍。寫詩是一趟實現自性的

---

[41]席慕蓉，〈寒夜書案〉，《以詩之名》，頁45。

旅程，而席慕蓉仍會繼續追尋、繼續寫詩。

最後，本文對榮格學說的引用偏重於靈性的部分，終於認同《榮格與鍊金術》的作者傑佛瑞・芮夫（Jeffrey Raff）所言：「近年來，榮格學界放棄了很多榮格著述中靈性的部分，把觀點集中在狹隘的臨床及人格心理學部分，實在是損失極大。」[42]然而卻不可忽視榮格在精神分析醫學上的成就與貢獻，尤其是人格原型的觀點，本文基於立論重心與篇幅限制，無法更周全的介紹，深表遺憾，特此補充說明。

本文研究重點雖在於席慕蓉的寫詩意義，然而鍊金術意象的心靈經驗卻是每個人都可能遭遇的，文末希望讓以下這段引文指出鍊金術與心靈成長的重大價值，鼓勵每個勇於踏上這個旅程的人：

> 從一個比較寬泛的角度看，我們每個人都是自身靈魂的鍊金術士，致力於精神人格的統整及雕塑。這個旅程當然絕非一帆風順，而且往往充滿艱難與險阻。它涉及自我的不斷形變，但不變的是，它將永遠朝向意識統合的更高層級發展，永遠為生命希望的投射不斷樹立新的里程碑。[43]

引用及參考書目（依姓名筆畫順序排列）

（一）專書

・席慕蓉，《七里香》，臺北：大地出版社，1981 年初版，1998 年 54 版。

・席慕蓉，《無怨的青春》，臺北：大地出版社，1983 年初版　1985 年 31 版。

・席慕蓉，《時光九篇》，臺北：爾雅出版社，1987 年。

・席慕蓉，《邊緣光影》，臺北：爾雅出版社，1999 年。

・席慕蓉，《以詩之名》，臺北：圓神出版社，2011 年。

・傑佛瑞・芮夫（Jeffrey Raff）著；廖世德譯，《榮格與鍊金術》，新北：人本自

[42]傑佛瑞・芮夫（Jeffrey Raff）著；廖世德譯，《榮格與鍊金術》，頁 23。

[43]蔡昌雄，〈導讀：冶鍊靈魂之路〉，《榮格與鍊金術》，頁 16～17。

然文化公司，2010 年。

・榮格（Carl Gustav Jung, 1875-1961）著；龔卓軍譯，《人及其象徵》，新北：立緒文化公司，2010 年。

・榮格（Carl Gustav Jung）著；徐德林譯，《原型與集體無意識》，北京：國際文化出版社，2011 年。

（二）期刊論文

・印刻編輯部整理，〈席慕蓉對談零雨：我總是在草原的中央〉，《印刻文學生活誌》第 11 卷第 4 期，2014 年 12 月，頁 30～41。

・林芝，〈作家專訪：擁懷無怨青春席慕蓉〉，《幼獅少年》第 90 期，1984 年 4 月，頁 108～111。

——選自蕭蕭、羅文玲、陳靜容主編《草原的迴聲——席慕蓉詩學論集》
臺北：萬卷樓圖書公司，2015 年 9 月

〈詩的成因〉筆記

◎孫梓評*

年少時，嚮往、想像著「詩」究竟是什麼？讀到這首〈詩的成因〉，忽然深深震動了。全詩僅四節，無一字不識，卻編織出一幅想像無限的畫面。

詩中那位努力合群、試圖「入伍」的「人」，剝去了性別，正像每一張曾經惶惑的臉——為了使自己能加入「大多數」，我們竟可以削去身上最重要的什麼嗎？

（卻並沒有人察覺我的加入）

在複數的虛妄之中，在稀釋的自我之中，那張惶惑的臉，哪怕只是比大多數置身隊伍的人，早一步醒轉過來，決心「尋找原來的自己」，便自願成為離群者，離開某一類價值認同或美學團體。

（也沒有人在意我的背叛）

這樣徒勞的隨眾與孤獨的啟蒙，原是一次內在靈魂的整理：為了「那些終必要丟棄的」，自己竟付出整個上午、整個下午，「整整的一日啊整整的一生」——詩人使用了蒙太奇，驚悚且輕巧地揭示：大多時候，驀然回首，蹉跎且過的，確實已是一輩子……

---

*作家。

總算黑夜來臨了，身為一條湍流的急溪，才忽然想起沿途，那些事不關己的陽光與花香，而終於懂得一首詩所暗藏的香氣之所從來，和祂曾以怎樣的姿態光臨。

——選自孫梓評、吳岱穎編著《生活的證據——國民新詩讀本》
臺北：麥田出版，2014 年 5 月

席慕蓉為何敘事？

◎陳義芝*

一、緒言：席慕蓉現身詩壇的意義

席慕蓉（1943～）詩作出現於 1970 年代末，廣為人知的〈一棵開花的樹〉完稿於 1980 年 10 月 4 日，讀者轟傳的詩集《七里香》、《無怨的青春》，分別出版於 1981 年及 1983 年。相較於許多 1950 年代出生，早於 1960 年代末、1970 年代初即出詩集的詩人，她的發表算是晚的。[1]但也正因為晚而擁有更充足的時間，醞釀詩情、孕育詩思，鍛鍊表意工具，使她一出發即擁有自己的語言風格，以「瞬間即永恆」的愛情觀，及無盡追悔、探求的生命意境，攫獲讀者的心。「席慕蓉現象」當如何認知？其抒情衝動所挾帶的感染威力，雖擁有大量讀者，但在 1980 年代的臺灣詩壇並未被充分接受。如果她的創作未經後續拓展，席詩的評價必然受限，不能成為代表性詩人。

論 1980 年代以前代表性女詩人，應屬陳秀喜（1921～1991）、蓉子（1928～）、林泠（1938～）與敻虹（1940～）為前茅。

陳秀喜的〈覆葉〉（1972）、〈棘鎖〉（1975），蓉子的〈青鳥〉（1950）、〈一朵青蓮〉（1968），林泠的〈阡陌〉（1956）、〈清晨的訪客〉（1967），敻虹的〈我已經走向你了〉（1960）、〈水紋〉（1960），都

*詩人。發表文章時為臺灣師範大學國文學系副教授，現已退休，為臺灣師範大學國文學系兼任教授。

[1]雖然少女時期的席慕蓉即在日記寫詩，1959 年留有〈淚・月華〉，1960 年留有〈月桂樹的願望〉、〈遠行〉、〈自白〉、〈命運〉、〈山月〉等詩，還曾以蕭瑞、千華的筆名發表過散文、小說，但正式以詩現身詩壇，要到 1978 年於《皇冠》雜誌開設詩畫專欄，才受注目。

久經傳誦。[2]但她們詩的主題並不全然是愛情。陳秀喜與蓉子對女性意識的開掘，林泠對現代知性的鎔鑄，敻虹對超凡聖境的禮讚，都超出了生活「常態」。但因追求深邃，詩思未必平易近人。相對來看，席慕蓉第一階段的詩既是她自己的情感體會，也扣合了大眾情感的抒發，以一種低姿態顯得更平易、親切。當晦澀的詩風退潮，直露的現實書寫又未必能打動人心，原先領銜的女詩人步履趨緩甚至停滯之際，席詩適時出現，對讀者具有詩歌代言者的地位。

二、評說席慕蓉早年創作的抒情詩

傾訴，是席慕蓉抒情詩的主要作法，以第一人稱「我」發聲，讓第二人稱「你」受話。以〈一棵開花的樹〉為例：

如何讓你遇見我
在我最美麗的時刻　為這
我已在佛前　求了五百年

求祂讓我們結一段塵緣
佛於是把我化作一棵樹
長在你必經的路旁
……

……
而當你終於無視地走過
在你身後落了一地的
朋友啊　那不是花瓣
是我凋零的心[3]

---

[2]我刻意挑她們的抒情名作，來與席慕蓉詩對照。
[3]席慕蓉，《七里香》（臺北：大地出版社，1981年），頁38。

愛情是芸芸眾生的普遍經驗，此詩表現邂逅及令人悵惘的「錯過」，任何人讀了，都有設身其境恍如照鏡之感。翻閱《七里香》詩集，無處不迴盪著這等回身鑑照的幽幽傾訴：

> 讓我與你握別／再輕輕抽出我的手／華年從此停頓／熱淚在心中匯成河流
>
> ——〈渡口〉
>
> 我曾踏月而來／只因你在山中／山風拂髮　拂頸　拂裸露的肩膀／而月光衣我以華裳
>
> ——〈山月〉
>
> 一直在盼望著一段美麗的愛／所以我毫不猶疑地將你捨棄／流浪的途中我不斷尋覓／卻沒料到　回首之時／年輕的你　從未稍離
>
> ——〈回首〉
>
> 你把憂傷畫在眼角／我將流浪抹上額頭／你用思念添幾縷白髮／我讓歲月雕刻我憔悴的手
>
> ——〈邂逅〉[4]

將瞬間的情動凝塑成永恆的思念，使瞬間變成恆久。《七里香》如此，稍後出版的《無怨的青春》亦如此。這是席詩抒情的特色，卻因耽於一味，不免被視作局限。

同樣抒情，陳秀喜歌讚母性：「倘若　生命是一株樹／不是為著伸向天庭／只為了脆弱的嫩葉快快茁長」，女性無視於昆蟲侵食、狂風摧殘，不自甘萎弱；或雖萎弱卻全力找尋自我解放之路：「當　心被刺得空洞無數／不能喊的樹扭曲枝椏／天啊　讓強風吹來／請把我的棘鎖打開」。[5]

蓉子選擇意象，觀照本體：「有一朵青蓮　在水之田／在星月之下獨

---

[4]席慕蓉，《七里香》，頁 42、54、56、60。

[5]陳秀喜著；莫渝編，《陳秀喜集》（臺南：國立臺灣文學館，2008 年），頁 45、83。

自思吟／／可觀賞的是本體／可傳誦的是芬美　一朵青蓮」[6]；或以問答客觀揭示：「青鳥，你在那裡？／／青年人說：／青鳥在邱比特的箭簇上。／中年人說：／青鳥伴隨著「瑪門」／老年人說：／別忘了，青鳥是有著一對／會飛的翅膀啊／……」[7]

林泠的〈阡陌〉，雖以你、我開篇，但口吻不同，借物盪開（「有一隻鷺鷥停落」、「當一片羽毛落下」）[8]，你與我合成「我們」，與物相映照，詩人在回憶中獨白而非熱烈傾訴予你。再看〈清晨的訪客〉：「他看來多瘦／衣衫敝舊／頰上的灼痕，約莫是／黯淡了些；輕輕地，他說／這回只是路過，不能久留／可以喝一杯，若是有／薑湯，或苦艾酒。」[9]情感隱藏在戲劇場景中，角色的形貌突出，身世、境遇也可猜測，「我」不站在前頭，不主動發聲而只低調被動相應。

敻虹的〈我已經走向你了〉[10]，受話對象雖是「你」，但詩人不像在傾訴，反倒像是對自我生命的認知，說話者本人成為詩的主題，凸顯女性主體、女性主動爭取愛情的力量，與席詩的委屈幽怨，形成兩種不同質性。再以〈水紋〉的後半為例：「忽然想起你，但不是此刻的你／已不星華燦發，已不錦繡／不在最美的夢中，最夢的美中／／忽然想起／但傷感是微微的了，／如遠去的船／船邊的水紋」[11]，從前的情深已因開釋而化解其苦。經此轉折帶出了另一種領悟，讀者如不能體會從前與此刻的不同，不能體會「已不星華燦發，已不錦繡……」的意涵，感受就會降溫。

回顧 1980 年代席慕蓉詩，單一味印象不僅因單一傾訴，還與慣用下列句式有關：

---

[6]蓉子，〈一朵青蓮〉，《千曲之聲：蓉子詩作精選》（臺北：文史哲出版社，1995 年），頁 64。
[7]蓉子，〈一朵青蓮〉，《千曲之聲：蓉子詩作精選》，頁 5。
[8]林泠，〈阡陌〉，《林泠詩集》（臺北：洪範書店，1982 年），頁 32。
[9]林泠，〈阡陌〉，《林泠詩集》，頁 116。
[10]敻虹，〈我已經走向你了〉，《敻虹集》（臺南：國立臺灣文學館，2009 年），頁 33～34。
[11]敻虹，〈我已經走向你了〉，《敻虹集》，頁 52～53。

無法……於是……

儘管……仍然……

可是……已經……

其實……也不過是……

如果……那麼……

而今……卻又……

她筆下也時常用「忽然」、「難道」、「如何」、「為什麼」、「終於」、「一切」、「無論」等詞語，傳達質疑、扣問、命定的領受，無悔的愛戀。[12]這種本真書寫，確如沈奇所說，是席慕蓉詩性生命的儀式，「使之憑生一種可信任的親近之感而生發綿長的閱讀期待」[13]，深情固然無疑，可惜向度不大。截至 2002 年出版的《迷途詩冊》，20 年來席慕蓉抒情詩的樣貌沒有太大變化，更說明詩人的體性使然，難可翻移。[14]

大眾欣賞的席詩偏向守常，守常的價值在：使詩的根土不致被那些散緩隨興、浮詭拼湊、缺乏詩意的偽作掏空，「守常求變」絕對優於苟異求怪。席慕蓉對臺灣現代詩發展的意義在此。

三、原鄉書寫開啟席詩敘事新頁

查〈席慕蓉年表〉[15]，她出生於四川重慶，時當中日戰爭，1948 年在南京入小學，1949 年舉家遷至香港，1954 年再遷來臺。蒙古只是血緣（父為察哈爾盟明安旗人，母為昭烏達盟克什克騰旗人），席慕蓉如何認定蒙古是有價值的地方，當然源自父母養育、血緣所在這一心靈焦點。

收在《無怨的青春》中的〈樓蘭新娘〉，與考古事件有關，刻畫的主

[12]檢視《七里香》、《無怨的青春》，不難覆按。

[13]沈奇，〈邊緣光影佈清芬——重讀席慕蓉兼評其新集《迷途詩冊》〉，《迷途詩冊》（臺北：圓神出版社，2002 年），頁 167。

[14]《文心雕龍・體性篇》：「辭理庸儁，莫能翻其才；風趣剛柔，寧或改其氣。」

[15]參見席慕蓉唯一官網：https://www.booklife.com.tw/upload_files/web/hsi-muren/list.htm

題是愛情，而非故土之思，何況樓蘭（今新疆羅布泊西北岸）並非蒙古高原。席慕蓉詩寫蒙古，絕對要到中國大陸開放，她與故鄉族人開始聯繫，實踐歸鄉準備時，那是 1987 年底，以《邊緣光影》中的〈交易〉、〈烏里雅蘇臺〉、〈祖訓〉，和《在那遙遠的地方》中的〈狂風沙〉、〈鷹〉為代表。[16]這時候席慕蓉筆下出現了北方「草原」、「莽林」的意象：

> 風沙的來處有一個名字／父親說兒啊那就是你的故鄉／長城外草原千里萬里／母親說兒啊名字只有一個記憶[17]
>
> 我只是想再次行過幽徑　靜靜探視／那在極深極暗的林間輕啄著傷口的／鷹[18]
>
> 我今天空有四十年的時光／要向誰去換回那一片／北方的　草原[19]
>
> 從斡難河美麗母親的源頭／一直走過來的我們啊／走得再遠　也從來不會／真正離開那青碧青碧的草原[20]

強烈的思鄉之情逼出身心乖離之痛——心雖未離開那片草原，身體畢竟離開了。1989 年 8 月待她重履斯土，以後一次又一次返鄉，親自探看，也蒐尋文獻、訪問耆老，滄桑之感爆發，抒情無以承載、無法表達的，她用散文記敘，《我的家在高原上》（1990）、《江山有待》（1991）、《黃羊・玫瑰・飛魚》（1996）、《大雁之歌》（1997）、《金色的馬鞍》（2002）、《諾恩吉雅：我的蒙古文化筆記》（2003）、《寧靜的巨大》（2008）、《寫給海日汗的 21 封信》（2013），總計數十萬言，我們隨處可讀到席慕

---

[16]席慕蓉 1987 年 1 月出版的第三本詩集《時光九篇》，並無任何故鄉消息，完全沒有。早前《七里香》中的〈出塞曲〉、〈長城謠〉，詠歌的是一代人共同的情意結，不專屬席慕蓉。1949 年前後一大批軍民跨海來臺，失鄉、懷鄉成為兩岸互通以前臺灣當代文學最熱烈的主題。所謂鄉愁，一如她詩所言：「故鄉的歌是一支清遠的笛／總在有月亮的晚上響起／故鄉的面貌卻是一種模糊的悵惘／彷彿霧裡的揮手別離」。

[17]席慕蓉，《在那遙遠的地方》（臺北：圓神出版社，1988 年），頁 107。

[18]席慕蓉，《在那遙遠的地方》，頁 117。

[19]席慕蓉，《邊緣光影》（臺北：爾雅出版社，1999 年），頁 132。

[20]席慕蓉，《邊緣光影》，頁 141。

蓉為那高原上的生命、族人的堅忍精神，所抒發的悲慨，她終於將生命血緣的原鄉化成了文學書寫的原鄉。

《諾恩吉雅》一書附錄的〈閱讀蒙古——小書單〉[21]顯示：她不是一時的走踏，是長久的尋索；不是輕鬆的掠影，是揪心的研究。她不只是一點一滴有計畫地架構個人的原鄉，更希望島嶼上的讀者認識她高原上的同胞。書單包括：札奇斯欽的《蒙古文化與社會》、《蒙古祕史新譯並註釋》，波斯史學家拉施特（Rashid al-Din F. A.）主編的《史集》（蒙古史），馮承鈞翻譯瑞典學者多桑（C. d'Ohsson）的《多桑蒙古史》，法國教士柏朗嘉賓（J. Plan Carpin）的《蒙古行紀》及魯布魯克（William Rubruk）的《東行紀》，沙海昂（A. J. H. Charignon）註的《馬可波羅行記》，札木蘇烏蘭杰的《草原文化論稿》，還有兩本研究蒙古宗教與神話的著作。全都是部頭不小、涵義深刻的書。2002 年席慕蓉出版《金色的馬鞍》，親繪〈蒙古帝國疆域略圖〉、〈蒙古文化疆域略圖〉，傳揚「蒙古學」的心情更清晰可感。

在席慕蓉以散文書寫原鄉的同時，她的詩筆也開展了新頁，論體幹之健康、血肉之豐盈，當然超越了 1989 年以前的作品。生命的改變，確實迎來風貌的改變。2002 年她聽蒙古歌手演唱蒙古長調，寫成〈我摺疊著我的愛〉。這首詩先是收在 2003 年出版的《諾恩吉雅：我的蒙古文化筆記》，2005 年略微修正，收進新詩集，且以此題作為書名：

> 我摺疊著我的愛／我的愛也摺疊著我／我的摺疊著的愛／像草原上的長河那樣婉轉曲折／遂將我層層的摺疊起來
> 我隱藏著我的愛／我的愛也隱藏著我／我的隱藏著的愛／像山嵐遮蔽了燃燒著的秋林／遂將我嚴密的隱藏起來
> 我顯露著我的愛／我的愛也顯露著我／我的顯露著的愛／像春天的風吹

[21]席慕蓉，《諾恩吉雅：我的蒙古文化筆記》（臺北：正中書局，2003 年），頁 180～183。

過曠野無所忌憚／遂將我完整的顯露出來

我鋪展著我的愛／我的愛也鋪展著我／我的鋪展著的愛／像萬頃松濤無邊無際的起伏／遂將我無限的鋪展開來

詩後加註：2002 年初，才知道蒙古長調中迂迴曲折的唱法在蒙文中稱為「諾古拉」，即「摺疊」之意，一時心醉神馳。[22]

類疊的筆法有時會落入單調的窠臼，這首詩卻因意義的開合，先是「摺疊」，隨之「隱藏」，而後「顯露」，進而「鋪展」，使情意綿密曲折。「我」與「我的愛」互為主詞，更衍生「我的□□著的愛」，三種語調相互追逐，產生繚繞迂迴、反覆回響的音效。

這種聲情表現，與其生命體認、心靈觀照的改變有關，從一廂情願的抒情傾訴，轉成辨別、追究的感思。如要舉示範例，《邊緣光影》以〈蒙文課〉為代表，《迷途詩冊》以〈父親的故鄉〉為代表，《我摺疊著我的愛》以〈紅山的許諾〉為代表，《以詩之名》以〈夢中篝火〉為代表，分別作於 1996、2000、2002、2010 年。顯見這是漫長的改造，席慕蓉不再依賴「忽然」、「原來」、「如何」、「終於」這樣的席式慣用詞，她的詩從纖柔變得壯美起來。雖然纖柔與壯美就境界言，無分高下，但就一個詩人的歷程看不能不求變，就風格言，更是不能只有單一面貌。放下「古典」套式的抒情，她寫心中活生生湧動的、讓她忍不住淚下的「當下」風物。

所謂當下風物，不單指具象景物，語言、習俗也是。〈蒙文課〉[23]說：

斯琴是智慧　哈斯是玉

賽痕和高娃都等於美麗

如果我們把女兒叫做

---

[22]席慕蓉，《我摺疊著我的愛》（臺北：圓神出版社，2005 年），頁 130～133。

[23]席慕蓉，〈蒙文課〉，《邊緣光影》，頁 150～153。下文引述同一首詩，不另標示頁碼。

斯琴高娃和哈斯高娃　其實
就一如你家的美慧和美玉

這一節的斯琴、哈斯、賽痕、高娃，是蒙古語譯文，具有清新的聲音感與聯想義。緊接著第二節的額赫奧仁、巴特勒、奧魯絲溫巴特勒，第三節的鄂慕格尼訥、巴雅絲訥、海日楞、嘉嫩，第四節的騰格里、以赫奧納、呼德諾得格，以及嗣後出現的俄斯塔荷、蘇諾格呼、尼勒布蘇，共 17 個語詞，在席慕蓉強烈情感驅遣下，繫連了生命的希望、族群的壓迫、草原的毀壞：

風沙逐漸逼近　徵象已經如此顯明
你為什麼依舊不肯相信

在戈壁之南　終必會有千年的乾旱
尼勒布蘇無盡的淚
一切的美好　成灰

「千年的乾旱」像是天譴，實是人為——錯誤的政策、錯誤的作為。據席慕蓉散文記述，呼倫貝爾草原上，原有四條廣大的沙地樟子松林帶，然而在無情的、無知的砍伐，其中三條林帶已變成「沙帶」。[24]「用農業民族的思想和生活方式到游牧民族的草原上去開荒，是最恐怖的自我毀滅」。[25]「當一千七百萬農耕的漢人源源湧入，帶著農業社會裡『深耕勤耘』那不變的真理，帶著他們的鋤頭來把那一層薄薄的土壤翻犁過之後，底下暴露出來的，是無窮無盡的細砂，細砂一旦翻土而出，所有的草籽就從此消失，永不再生長。有些地方土層厚一點，也許可以支持個三、五年，但是

[24]席慕蓉，《諾恩吉雅：我的蒙古文化筆記》，頁 144。
[25]席慕蓉，《金色的馬鞍》（臺北：九歌出版社，2002 年），頁 154。

最後的命運依舊會和別的地方一樣。可是，除此以外，這一千七百萬人也沒有別的更好的求生方法，只好在瘡痍滿處的大地上不斷一鋤一鋤地向末路掘去。」[26]

〈蒙文課〉詩中有兩節以楷體放在括號中的「敘述」，穿插在三、四節與五、六節之間：

（當你獨自前來　我們也許
可以成為一生的摯友
為什麼　當你隱入群體
我們卻必須世代為敵？）

（當你獨自前來
這草原可以是你一生的狂喜
為什麼　當你隱入群體
卻成為草原夢魘和仇敵？）

思索個人與群體的關係（個體是善良的，群體則是互相對立的），關切的是草原的命運而非私人際遇。一如〈父親的故鄉〉[27]，筆觸不在於對父親之思，但提升到對父親心中的故鄉之思，即另闢蹊徑地寫出更深沉廣大的情感：

父親是給我留下了一個故鄉
我卻只能書寫出一小部分
是那樣不成比例的微小啊

縱使已經踏上了回家的路

[26]席慕蓉，《金色的馬鞍》，頁 220。
[27]席慕蓉，〈父親的故鄉〉，《迷途詩冊》，頁 126～128。

卻無人能還我以無傷的大地

這首詩的起頭，「我把父親留下的書都放在／我的書架上了／當然　只能是一小部分／父親後半生的居所在萊茵河邊／我不可能／把他整個的書房都搬回來」，語言看似平淡，卻有家常性、現場感。第三節與第六節以「加法」、「減法」的意象，表現心情與現實，既是情境對比，又有邏輯意趣，於是敘事語言產生了掩映美感。故鄉之所以成為席慕蓉心靈焦點，因為是價值和意義的來源，此價值意義從何而來？當然是從父母。從護育的意義上看，「故鄉」與「父母」是可互換的意象，兩個概念前後頡頏，形成一種無以名狀的感傷。這一歧義使客觀描述具有言外之意，成為詩性敘事。

1990 年代以後，席慕蓉很多詩作與散文互文。她走在故鄉，接觸的人事見聞及歷史文化補課吸收的知識，不是抒情的筆能交代清楚的，迫不及待的傾吐渴望，使她寫下了以《金色的馬鞍》為代表的文集，新事物大大增添了席慕蓉的語彙，新經驗翻新了她的思想情態，她的詩筆自然包容了許多語意連貫的敘事句。以〈紅山的許諾〉[28]為例，第一節：

左臂挾著獵物　右手中
握有新打好的石箭簇
寬肩長身　狹細而又凌厲的眼神
我年輕的獵人正倚著山壁　他說
來吧　我在紅山等你

這是一幅人物素描，臉、手、身形，局部映現以後，一個年輕獵人的身分、姿態才正式照面，「他說／來吧　我在紅山等你」，「他」與「我」

[28]席慕蓉，〈紅山的許諾〉，《我摺疊著我的愛》，頁 136～139。

的關係為何？「紅山」這地名又有何特殊？他為何要等？等什麼人？敘事學中有「懸念」（suspense）法，這位等人歸來的紅山獵人的低喚，像是一道神諭。「獵人」不是詩人描寫的目的，只是描寫的手段，目的在最後一節：

如果我從千里之外跋涉前來　只是因為
曾經擁有的許諾　今生絕不肯再錯過
如果我從千里之外輾轉尋來
只是因為啊
有人　有人還在紅山等我

到了最後一句解答，懸念的焦慮才解除。詩後註記「寫於紅山、牛河梁歸來之後」，「紅山文化是北方原野上發生的史前文化」，牛河梁為紅山文化遺址，席慕蓉〈紅山文化〉[29]一文，從出土器物、女神像、積石祭壇、地理環境諸多因素，辨明紅山文化是游牧文化。這首詩的題旨是鄉情、鄉思，所以第一節的敘事情節，是故鄉呼喚的情感所賦予的。再看〈夢中篝火〉[30]，敘事技法多層次，以楷體呈現括號中的聲音，像是出自一位隱含作者，而與表明是「我」的敘事者，形成兩種基調，兩種敘事準則：

「我心空茫　無處可以置放／與你擦肩而過　在每個角落／你　卻不一定能察覺到我」，第一節是敘事者「我」的感嘆，察其副題得知「你」是鄂爾多斯草原的一位老牧民。整首詩有四節（二、四、七、九）置放在括號中以楷體標示，若接排在一起，除了鄂爾多斯那一行詠嘆，很清楚是在敘說鄂爾多斯人的滄桑境遇，他們被迫改變居所、作息：

（把草原已經交給國家了

[29]席慕蓉，〈紅山文化〉，《金色的馬鞍》，頁 36～39。
[30]席慕蓉，〈夢中篝火〉，《以詩之名》（臺北：圓神出版社，2011 年），頁 190～197。

大家都說　這是為了環保
城裡又給蓋了房子　多好）

（草原上僅剩的幾戶牧人
僅剩的幾群羊　如今也只准圈養
夜裡有時偷偷放出來吃幾口新鮮草
遠遠望去　那牧人和羊
腳步都變得鬼鬼祟祟的　令我心傷）

（多少首歌裡惦念著的鄂爾多斯啊！）

（進了工廠的孩子總是挨罵
說他吃不了苦　說他不求上進
說他懶散　可是
有誰知道他昨天在牧場上
還是遠近知名的　馴馬好漢）

「大家都說」，是決策者說，也可能是旁觀者說。夜間偷偷放牧的事及孩子在工廠不適應的事，也來自他人敘述。這一條敘事線提供給敘事者最深的感受，「城裡又給蓋了房子　多好」，是悲涼的反諷，是游牧文化悲劇的預兆，果然「牧民們開始猜忌／羊群的習性也變得極為怪異」，昔日勇健的孩子而今形同囚犯。敘事出之以意象及音韻的經營，就能兼融抒情之美：

在戈壁之南
東從大小興安嶺　西到陰山到賀蘭
幾千年綿延的記憶在此截斷
無論是蒼狼還是雄鷹　都已經

> 失去了大地也失去了天空
>
> 只剩下　那還在惶急地呼嘯著的
>
> 天上的風

這一節且不說句中相互叩應的地物，光看句末的南、蘭、斷互押，嶺、鷹、經、空、風互押，加上「西到陰山到賀蘭」、「失去了大地也失去了天空」的複沓，韻律迴盪不已。注音符號的ㄢ與ㄥ相鄰，在現代讀音中也起共鳴共振的效果。

席慕蓉詩的音感極強，任舉一首都可為例。「蒼狼」、「雄鷹」、「風」，及形容篝火為「那如絲綢一般光滑的燃燒著的火焰」的意象，合成一種流利飄盪的思緒。召喚不回現實，只能召喚夢境，空茫的現實與溫暖的夢境對照出巨大的失落之情。如果沒有敘事骨架，抒情無法沉鬱。而此敘事又因經驗真切、感覺充溢而自然流露、無法割捨。席慕蓉詩藝的鑽深拓寬由此可見。

在另一篇散文，她也提及篝火：

> 在這潮濕的島嶼上，所有的冬衣全都出籠了。而我還特別想喝一點酒，想燃起一堆篝火，想在篝火旁藉著微醺的醉意唱幾首歌……[31]

篝火不滅，歌聲就不滅。情懷不同，新世紀席慕蓉唱的歌，已經是截然不同的歌了。

四、「英雄組曲」作為敘事詩代表

追蹤席慕蓉創作發展的人，對〈丹僧叔叔——一個喀爾瑪克蒙古人的一生〉[32]一文，定有印象。因為那不僅是一篇生動的人物特寫，更是一篇有

---

[31]席慕蓉，〈篝火〉，《諾恩吉雅：我的蒙古文化筆記》，頁 116。

[32]此文先收入《大雁之歌》（臺北：皇冠文化出版公司，1997 年），頁 143～177；後編入《金色的

關蒙古部族、地理、歷史、信仰，聚焦在一個長輩身上的故事。席慕蓉花一萬多字篇幅仔細書寫，固然因這人的遭遇是她切身所感，更因這人一生彷彿蒙古族人縮影，具有民族史詩的格局元素。喀爾瑪克蒙古人那段史實，數度出現在不同文章中，情理亦相同。

蒙古史詩《江格爾》之所以為席慕蓉讚嘆，也因那是從痛苦不幸中塑成的一個民族的渴望、夢想。

> 十五到十七世紀初葉，《江格爾》的主要架構與核心內容已經大致形成，那也正是蒙古民族各汗國、部隊分裂割據的戰國時代。連年爭戰所引起的痛苦和不幸，使得人民渴望有勇敢的英雄，聖明的君王，可以帶領大家度過一切困難，重新得回那和平安樂的家園。
> 史詩正如明鏡，反映出人民的渴望與憧憬：寶木巴地方的主人是孤兒江格爾，他剛剛兩歲，蟒古斯（惡魔）就襲擊了他的國土，使他成為孤兒，受盡人間痛苦，幸好有神駒、十二名雄獅大將和六千名勇士的竭誠相助，終於能夠將劫難一一化解，建立起輝煌的汗國[33]。

席慕蓉引述俄國作家果戈里（N. V. Gogol-Yanovski, 1809-1852）的話，說蒙古人最愛的英雄故事就是《江格爾》。[34]七十幾部、幾十萬行的口傳經典《江格爾》，優秀的演唱者憑驚人的記憶力可以完整唱出。席慕蓉受邀朗誦自己的詩作時，全以背誦不看稿的方式，想來也是受到這一民族傳統的魅力感召。《江格爾》的創作者是衛拉特部人，「衛拉特」是一個部族名稱，其中之一的土爾扈特部遷徙到伏爾加河流域，也就是後來〈丹僧叔叔〉文中的喀爾瑪克人。

了解了上述資料，再來思考席慕蓉的「英雄組曲」(〈英雄噶爾丹〉、

馬鞍》，頁 256～277，部分內容又見同一書中的〈喀爾瑪克〉一文，頁 88～90。
[33]席慕蓉，〈冬天的長夜〉，《金色的馬鞍》，頁 86。
[34]席慕蓉，〈冬天的長夜〉，《金色的馬鞍》，頁 90。

〈英雄哲別〉、〈鎖兒罕・失剌〉）三長詩，更容易了解其創作動機、創作方法。我們不能說〈英雄噶爾丹〉、〈英雄哲別〉、〈鎖兒罕・失剌〉是史詩，因它並非一個歷史時代的全景反映，但確實可說它是三首長篇敘事詩（最短的都有 164 行），講述三位蒙古英雄，借鑑史實傳說，既融合了抒情筆法，又兼顧了口誦文學節奏明朗的特點。它是席慕蓉投注 20 年心血，認識蒙古歷史及現實之後，對民族文化的獻禮。讀者不能以強調內景挖掘的現代主義詩作來論這詩。「英雄組曲」是要敘事的，須自繁雜的事跡中取擇，在紛亂中抽繹出一條脈絡。

這三首詩所歌詠的人物，都是真實人物，所敘之事也是足為榜樣的事。史書對此固有記載在先，但只是本事而已。[35]寫成結構完整的詩，有賴詩人於粗疏的故事間隙，增添情節。本事是實際發生的，情節是創作者特意安排順序、選擇口吻、賦予意義的表現。

〈鎖兒罕・失剌〉表現的是英雄的遇合，而更高的題旨則是向「命運」致敬：「所謂歷史的必然，其實是源起於無數的偶然。」[36]開篇像楔子，說鎖兒罕・失剌（生卒年不詳）原本置身於暗黑的觀眾席，不料歷史的光邀他走上舞臺。緊接著，按較早時間（少年鐵木真被泰亦赤兀惕人拋棄，視作眼中釘，擄捉套上枷）、過去時間（鐵木真夜逃，泰亦赤兀惕人追捕，鎖兒罕・失剌三度伸出援手掩護欺敵）、現在時間（鎖兒罕・失剌容留鐵木真，協助他脫離風險）、將來時間（鐵木真領導的龐偉帝國即將登場）鋪排。儘管我們將時間序列分割為四，但席慕蓉說的是「那一夜」的故事，

---

[35]以〈鎖兒罕・失剌〉為例，參見《多桑蒙古史》第一卷第二章：「鐵木真幼年時，曾為泰亦赤兀部人所擄。其部長塔兒忽臺，別號乞鄰勒禿黑（Kerelnonc），此言恨人者，以枷置其頸。聞鐵木真荷枷時，有老嫗為之理髮，並以毡隔枷創之處。已而鐵木真得脫走，藏一小湖中，沉身於水，僅露其鼻以通呼吸。泰亦赤兀人窮搜而不能得，有速勒都思（Seldouze）人經其地，獨見之。待追者去，救之出水，脫其枷而負之歸，藏之載羊毛車中。泰亦赤兀部人搜至速勒都思人之宅，嚴搜之，且以杖抵羊毛中，竟未得。迨搜者去後，此速勒都思人以牧馬一匹並炙肉、兵器贈鐵木真，而遣之歸。其人名舍不兒干失剌（Schébourgan-Schiné），後恐泰亦赤兀部人報怨，往投鐵木真。鐵木真不忘其德，厚報之。」此事另見《蒙古祕史新譯並註釋》（臺北：聯經出版公司，2006 年三刷），第 81 節至 87 節，頁 88～94。

[36]這是附在詩題旁的一句話。

場景入到詩來仍以「現在進行式」出現，例如較早時段的「如今　又非要把他擄捉過來」，過去時段的「此刻／卻只見一群帶著醉意的泰亦赤兀惕人／腳步踉蹌」、「鎖兒罕・失剌／就像是此刻　你也有些後怕」[37]，都在眼前示現。如此使文本生動，正是文學與非文學、「故事—時間」與「話語—時間」的不同。[38]敘事學所謂的話語，指完整表達情感思想的語言文字。

席慕蓉的詩向以音聲和諧著稱，這首長詩也是，沒有哪一節的韻腳不是特意選擇，交響交叩的。

少年雙眸晶亮　如劍鋒上的冷冽光芒
與你對視　毫不畏怯也不顯慌張
你打心裡疼惜這孩子
想他和自己的兒女是差不多的年紀
怎麼就陷入如此兇險的境遇
於是　你假裝往前繼續邁步
卻把自己心裡的同情　輕聲向他說出[39]

「亮、芒、張」，「子、紀、遇」，「步、出」三組聲音遊走回響。比起詩中引自《蒙古祕史新譯並註釋》的「對話」，明顯有聲音上的詩意：

「你們泰亦赤兀惕官人們啊！
白天把人逃掉了，
如今黑夜，我們怎麼找得著呢？
還是按原來的路跡，
去看未曾看過的地方回去搜索之後

[37]席慕蓉，〈鎖兒罕・失剌〉，《以詩之名》，頁256、257～258、265。
[38]Chatman, Seymour（西摩・查特曼）著；徐強譯，《故事與話語》（北京：中國人民大學出版社，2013年），頁65～66。
[39]席慕蓉，《以詩之名》，頁260。

解散，咱們明天再聚集尋找吧。

那個帶枷的人還能到哪兒去呢？」[40]

雖然這段對話也能發覺「逃掉、找得著、尋找」的音韻對應，但原來的祕史書寫未嘗著力於此。《蒙古祕史》究竟是文學還是歷史？後人因而頗有爭議。[41]反觀席慕蓉對敘事形式、詩的美學，確實是著力的，有時更調動虛字「吧」、「哪」來幫忙傳達聲情：

鎖兒罕・失剌　在回家的路上

你對自己還算滿意吧

真不知道是從何處借來的膽子

呵呵　你在心中暗笑

還敢去指揮那些官人們哪

也罷　也罷

韻律的控馭需靠才情，查探詩人是否具備詩心，也可從韻律上求解。

鎖兒罕・失剌是鐵木真的救命恩人，沒有他恐怕就沒有後來的成吉思汗了。至於哲別（？～1224）則是蒙古帝國第一猛將，驍勇善戰，助成吉思汗伐金、戰勝西遼，征花剌子模、波斯、阿拉伯，以至於斡羅思（俄羅斯）。早先，哲別原是依附泰亦赤兀惕人而與成吉思汗為敵，曾在遙遠山嶺放出一箭，射死成吉思汗的戰馬，後屈身投降，「成吉思汗惜其驍勇，又嘉其誠實不欺，赦而不殺，復委以重任」[42]，為其神射工夫而賜名「哲別」予他，哲別是箭頭的意思。後來哲別在蒙古帝國大疆域的征伐中，果

[40]這段話原載札奇斯欽，《蒙古祕史新譯並註釋》，第 83 節，頁 90。席慕蓉逕引入詩中，見《以詩之名》，頁 262。

[41]札奇斯欽，《蒙古祕史新譯並註釋》，頁 23。

[42]Barkhausen, Joaehim（巴克霍森）著；林孟工譯，《成吉思汗帝國史》（臺北：中華書局，2008 年年），頁 90。

真創造箭頭的功績。

席慕蓉的〈英雄哲別〉主要筆墨用在描寫哲別（原名「卓日嘎岱」）的武藝才略、英雄與英雄相惜的氣度，略去戰場劫掠、焚燬屠殺的殘酷史實[43]，只強力歌詠哲別與成吉思汗的肝膽相照（建立在1206年至1224年西征摧枯拉朽的彪炳戰功中），從而揭示了身為蒙古人的主體立場、情感態度。這可視為她對強勢民族或「漢族本位心態」言談、書寫的反撥。[44]《金色的馬鞍》中的〈「中國少數民族」〉和《黃羊‧玫瑰‧飛魚》中的〈仰望九纛〉，都可見她的困惑與憤怒；《金色的馬鞍》代序文特別提醒注意一個民族的心靈層面，不能被忽略：

> 在東方和西方的史書上，談到從北亞到北歐的游牧民族，重點都是放在連年的爭戰之上，至於這些馬背上的民族對於文化的貢獻，大家通常也認為只是促進了東西文化的「交流」而已。
>
> 很少有人談及這些民族所擁有的心靈層面，也很少有人肯承認，其實，在東西方的文化史中，游牧民族獨特的美學觀點，常是源頭活水，讓從洛陽到薩馬爾罕，從伊斯坦堡到多瑙河岸，甚至從波斯的都城到印度的庭園，所有的生活面貌都因此而變得豐美與活潑起來。[45]

〈英雄哲別〉彰顯精神美學、信仰美學，聚焦於晴空下飄揚的戰旗「阿拉格蘇力德」[46]，「在我們古老的薩滿教信仰裡，英雄死後，靈魂不滅，成為他的部族的保護神。而那永恆不滅的英靈，就盤桓在他的蘇力德之上。」[47]這首詩的情節生動，得力於對英雄人物的心理描繪：哲別於對陣中不能不

[43]讀者請參見巴克霍森《成吉思汗帝國史》中的征伐描述，自行覆按。

[44]學者胡亞敏說，主體意識的審美把握是揮之不去的，就敘事文本而言，無論是作品表現的人物事件還是作品所體現的主題，都具有一定的意識形態意味。參見〈論意識形態敘事〉，2013 年臺灣師範大學國文學系主辦「第三屆敘事文學與文化國際學術研討會」論文。

[45]席慕蓉，《金色的馬鞍》，頁 14～15。

[46]哲別將軍的軍旗，蒙文稱阿拉格蘇力德。

[47]席慕蓉，《寫給海日汗的 21 封信》（臺北：圓神出版社，2013 年），頁 62。

射出那驚天一箭，但他心中實有敬意，乃將瞄準中心稍稍往外移。當他日後回答成吉思汗厲聲相詢，承認那箭是他射的，席慕蓉讓他如此出場：

帳中眾人驚疑靜默　不敢稍有動作
只聽見遠處曠野上風聲忽強忽弱
唯有一人從容出列　站定再行禮
是年輕的射手卓日嘎岱[48]

當成吉思汗賜他新名，令其統兵，全軍歡聲雷動，席詩說：

史冊裡記錄了這一場盛會
卻沒有描述　在聆聽聖旨的瞬間
英雄哲別所流下的熱淚
可汗　可汗是完全明白我的啊
他知道我並非貪生怕死之輩
並非示弱也並非投降
更非為了什麼名聲的考量
我來　只為了投奔一位真正的領袖
誓願將我的一生　都呈獻給他[49]

這心理獨白，增添了敘事肌理的細膩。

另一首〈英雄噶爾丹〉寫 17 世紀下半葉在北方草原叱吒風雲的準噶爾部首領，手法相同。反覆疊唱的聲韻、今昔交織的意象，將一位悲劇英雄矗立讀者眼前。

席慕蓉為什麼要寫她的「英雄組曲」？因為她希望「努力從眾說紛紜

[48]席慕蓉，〈英雄哲別〉，《以詩之名》，頁 241～242。
[49]席慕蓉，〈英雄哲別〉，頁 245～246。

的歷史迷霧中脫身／重新去尋找自己的位置／自己的方向」[50]，讓史實「一代又一代敬謹相傳」。[51]

這三首英雄詩當然有詩人的感情聲音，所謂移情作用，但更突出的是敘事情節——根據史實而發揮「現實效應」的想像，納入一條主敘事而展開。就主題而言，三首是同一性質，反映她所代表的蒙古人民的失落與渴望。如果不是源於這一憧憬、呼喚，不是為了蒙古民族發聲，席慕蓉未必敘事，她的詩風也就得不到如此轉折、推進。

五、結論：成就歸因生命現實的引導

「在這片土地上，歷史始終沒有走開。」席慕蓉說。[52]胡馬、大雁與蒼鷹的意象，草原、母語的困境，盛世失落的感傷，是她近二十年最深的情意結，也是詩文表現的核心。《以詩之名》完成三首英雄詩之後，席慕蓉已充分歷練過敘事筆法，最新創作有關蒙古的抒情詠嘆〈伊赫奧仁〉[53]，篇幅加長了（140 行），敘述更舒緩從容、更口語直白。她會擔心散文化嗎？不，因為融入了神話色彩，敘事者與薩滿對話，為她縈念的那塊土地注入深沉的感情與象徵。五度出現的「孩子　你錯了……」，是薩滿溫柔的開示。〈伊赫奧仁〉這詩於是可視為席慕蓉自我認知、解惑進行的儀式。蒙古以火祭祀薩滿，本詩一開頭就說「篝火終於重新燃起」，學會點燃篝火成為一鮮明意象：

有微弱的呼喚從何處傳來

聽　是誰

是誰在召喚著游牧的子民

---

[50]席慕蓉，〈英雄哲別〉，頁 252。

[51]席慕蓉，〈英雄噶爾丹〉，《以詩之名》，頁 230。

[52]席慕蓉，《諾恩吉雅：我的蒙古文化筆記》，頁 61。

[53]席慕蓉，《寫給海日汗的 21 封信》，頁 91～99。此作雖收入散文集中，但據〈附記〉，作者確證其為詩。

來吧　今夜我們不是就學會了
如何點燃篝火
在火光之旁　就別再含淚對望
來吧　且以這年輕的新生的火舌
點燃起屬於自己的古老信仰
祈求翰得罕・噶拉罕
有著如紅絲綢一般面龐的
最為年輕的火焰之后　灼熱的
火母皇后啊
帶領我們去重新尋回
那看似渺茫的希望和方向[54]

這把草原上的篝火，給予席慕蓉龐沛的生命力道，這股動力引她從婉約邁向蒼茫雄渾。重回蒙古懷抱的席慕蓉，還是 1980 年代初寫《七里香》、《無怨的青春》的那位詩人嗎？2010 年我寫過一則推薦她散文的話：「帶著歷史意識、壯遊的心，她的筆追根究柢，問身世、問國族、問天命，心搏如日光牽繫著遠方的高原，完成代表她的蒙古史詩」[55]，此刻，閱讀席慕蓉詩的感受亦同。詩人已完全不同於 1989 年以前傾訴個人心曲的她。題材的開拓，果真帶來不同的表現手法！若問席慕蓉為何敘事？答案顯然是因生命現實的引導，當然也為她專注詩藝一心尋求突破有以致之。

徵引書目

一、近人論著

（一）專著

・席慕蓉，《七里香》，臺北：大地出版社，1981 年。

---

[54]席慕蓉，《寫給海日汗的 21 封信》，頁 96。
[55]席慕蓉，《席慕蓉精選集》（臺北：九歌出版社，2010 年），頁 11。

- 席慕蓉，《在那遙遠的地方》，臺北：圓神出版社，1988 年。
- 席慕蓉，《大雁之歌》，臺北：皇冠文化出版公司，1997 年。
- 席慕蓉，《邊緣光影》，臺北：爾雅出版社，1999 年。
- 席慕蓉，《金色的馬鞍》，臺北：九歌出版社，2002 年。
- 席慕蓉，《迷途詩冊》，臺北：圓神出版社，2002 年。
- 席慕蓉，《諾恩吉雅：我的蒙古文化筆記》，臺北：正中書局，2003 年。
- 席慕蓉，《我摺疊著我的愛》，臺北：圓神出版社，2005 年。
- 席慕蓉，《席慕蓉精選集》，臺北：九歌出版社，2010 年。
- 席慕蓉，《以詩之名》，臺北：圓神出版社，2011 年。
- 席慕蓉，《寫給海日汗的 21 封信》，臺北：圓神出版社，2013 年。
- 札奇斯欽，《蒙古祕史新譯並註釋》，臺北：聯經出版公司，2006 年。
- 林泠，《林泠詩集》，臺北：洪範書店，1982 年。
- 范文瀾，《文心雕龍注》，臺北：臺灣開明書店，1971 年臺九版。
- 胡亞敏，〈論意識形態敘事〉，臺灣師範大學國文學系主辦「第三屆敘事文學與文化國際學術研討會」論文，2013 年。
- 陳秀喜著，莫渝編，《陳秀喜集》，臺南：國立臺灣文學館，2008 年。
- 張瑞芬，《荷塘雨聲》，臺北：爾雅出版社，2013 年。
- 蓉子，《千曲之聲：蓉子詩作精選》，臺北：文史哲出版社，1995 年。
- 敻虹著，莫渝編，《敻虹集》，臺南：國立臺灣文學館，2009 年。
- Barkhausen, Joachim（巴克霍森）著；林孟工譯，《成吉思汗帝國史》，臺北：中華書局，2008 年。
- d'Ohsson, Constantin（多桑）著；馮承鈞譯，《多桑蒙古史》，北京：東方出版社，2013 年。
- Chatman, Seymour（西摩•查特曼）著；徐強譯，《故事與話語》，北京：中國人民大學出版社，2013 年。

（二）網站資料

- 網站：席慕蓉官網。最後瀏覽日期：2015 年 10 月 1 日。

https://www.booklife.com.tw/upload_files/web/hsi-muren/list.htm.Chatman。

——選自《淡江中文學報》第 34 期，2016 年 6 月

金色的馬鞍

◎席慕蓉

金色的馬鞍　搭在
四歲雲青馬的背上
現在出發也許不算太晚罷
我要去尋找幸福的草原
尋找那深藏在山林中的
從不止息的湧泉

金色的馬鞍　搭在
五歲棗騮馬的背上
此刻啟程應該還來得及罷
我要去尋找知心的友人
尋找那漂泊在塵世間的
永不失望的靈魂

這是我仿蒙古民謠中的短調歌曲格式所寫成的兩段歌詞。

金色的馬鞍，蒙文的發音是「阿拉騰鄂莫勒」，在蒙古文化裡，是一種幸福和理想的象徵。

長途馳騁，原本只需要一副實用的好馬鞍就可以了，然而，把馬鞍再鑲上細細的金邊，則是一種心靈上的滿足。

越接近游牧文化，越發現這其中有著非常豐富的面貌，在這裡蘊含著許多含蓄曲折的憧憬，許多難以描摹的對「美好」的祈求和渴望。

我是不知不覺地逐漸深陷於其中了。

對於自身的轉變，是要在此刻回顧之時才能清楚看見的。

第一次踏上蒙古高原，是在 1989 年的夏天，站在遼闊的大地之上，仰望蒼穹，心中真是悲喜交集，如癡如醉。

經過了半生的等待，終於見到了父親和母親的家鄉，那時候，我真的以為自己的願望已經圓滿達成了。

想不到，那個夏天其實只是個起點而已。

接下來的這幾年，每年都會去一到兩次，可說是越走越遠，東起大興安嶺，西到天山山麓，又穿過賀蘭山去到阿拉善沙漠西北邊的額濟納綠洲，南到鄂爾多斯，北到一碧萬頃的貝加爾湖；走著走著，是見到了許多美麗豐饒的大自然原貌，也見到了許多被愚笨的政策所毀損的人間惡地，越來越覺得長路迢遙。

在行路的同時，也開始慢慢地閱讀史書，空間與時間彼此印證，常會使我因驚豔而狂喜，當然，也有不得不扼腕長嘆的時刻。

12 年的時光，就如此這般地交替著過去了，如今回頭省視，才發現在這條通往原鄉的長路上，我的所思所感，好像已經逐漸從起初那種個人的鄉愁裡走了出來，而慢慢轉為對整個游牧文化的興趣與關注了。

還有一點，似乎也是在回顧之時才能察覺的，就是我在閱讀史料之時對「美」的偏好。

在這條通往原鄉的長路上，真正吸引我的部分通常不是帝王的功勳，不是那些殺伐與興替，而是史家在記錄的文字中無意間留下來的與「美」有關的細節。

這「美」在此不一定專指大自然的景色，或是文學與藝術的精華，其中也包含了高原上的居民對於人生歲月的感嘆和觸動。

一個民族的文化通常是奠基於自然氣候所造成的土地條件與生活方式，而一個民族的美學則是奠基於這個民族中大部分的人對於時間與生命的看法。

可惜的是，在東方和西方的史書上，談到從北亞到北歐的游牧民族，重點都是放在連年的爭戰之上，至於這些馬背上的民族對於文化的貢獻，大家通常也認為只是促進了東西文化的「交流」而已。

很少有人談及這些民族所擁有的心靈層面，也很少有人肯承認，其實，在東西方的文化史中，游牧民族獨特的美學觀點，常是源頭活水，讓從洛陽到薩馬爾罕，從伊斯坦堡到多瑙河岸，甚至從波斯的都城到印度的庭園，所有的生活面貌都因此而變得豐美與活潑起來。

在蒼茫的蒙古高原之上，嚴酷的風霜是無法躲避的，生命在此顯得極為渺小與無依，然而，在經歷了無數次的考驗之後，再渺小的個體也不得不為自己感到自豪。而對當下的熱愛，在漂泊的行程中對幸福的渴望，對美的愛慕與思念，那強烈的矛盾所激發出來的生命的熱力，恐怕是終生定居於一隅的農耕民族所無法想像的罷。

因此，能在書中找到一些線索，都會讓我萬分欣喜。

譬如史家所談及的一盒玫瑰油，書上說它「其色瑩白，其香芳馥，不可名狀。」才讓我知道，在一千年之前，契丹人就知道如何留住玫瑰的芳香（見本書輯一〈阿爾泰語系民族〉）。

在無邊的曠野裡採摘玫瑰，並且設法去留住它的芳香，這行為本身就已經說明了一種美麗與幽微的本質，也存在於疾馳的馬背之上。

又譬如考古學家所談及的「鄂爾多斯式青銅器」，那是從西元前 1500 年到西元後 100 年左右的悠長歲月，在蒙古高原上所發展出來的藝術風格。從馬具、刀劍、帶扣到純為裝飾用的飾牌，都是以動物紋飾為主題，而且特別強調牠們在剎那間的神態與動作。或是一群奔鹿，首尾幾乎相連，或是林中小鹿聽見什麼響動正驚慌地回頭，或是虎正在吞噬著羊，或是鷹、鷲、馬與狼，群獸互相糾纏撕鬥的環結（見本書輯一〈青銅時代〉）。

那從寫實轉化為極端裝飾性的構圖與線條，正是草原生態從表相到內裡的精確素描。是一種緩慢的堅持，緊密的環環相扣，互相制衡而最終無人可以倖免。

即使在一件只有幾公分大小的飾牌上，我們也可以感覺出這種在大自然的生物鏈上無可奈何的悲劇，在毀滅與求生之間所迸發出來的內在的生命力。而由於這種種矛盾所激發的美感，匈奴的藝術家們成就了青銅時代最獨特的一頁，使得今日的我們猶能在亙古的悲涼之中，品味著剎那間的完整與不可分割。

又譬如瑞典學者多桑在他所著的《多桑蒙古史》中寫到成吉思可汗安葬之處是在鄂嫩、克魯漣與土拉三條河流發源地不兒罕、合勒敦群山中的一處，這個地點是可汗生前所揀選的，書中是如此記述：

「先時成吉思汗至此處，息一孤樹下，默思移時，起而言曰：『將來欲葬於此。』故其諸子遵遺命葬於其地。葬後周圍樹木叢生，成為密林，不復能辨墓在何樹之下。其後裔數人，後亦葬於同一林中。」

讀到此處，我不禁會揣想，在一切病痛與死亡的威脅還都沒有來臨之前，在廣大的疆域上建立的帝國正熠熠生輝之時，是什麼觸動讓我們的英雄在忽然間澈悟了生死？

我猜想是因為那一棵樹。

在多桑筆下所說而由馮承鈞先生譯成的「孤樹」一詞，給人一種蕭瑟冷清的感覺，其實恰恰與此相反，在蒙古人的說法裡，應該寫作「獨棵的大樹」，是根深葉茂傲然獨立的生命。

在蒙古的薩滿教中，對於獨棵的巨木特別尊敬，有那枝葉華茂樹幹高大的更常會被尊奉為「神樹」，通常都是有了幾百年樹齡的了。

在亞洲東南方生活的農耕民族常說：「十年樹木，百年樹人。」但是，在蒙古高原上，日照短，生長期也短，一棵樹往往需要幾十年甚至上百年才可能成材，因此，當你面對著一棵根深葉茂傲然獨立的巨木之時，不由得會覺得它具有令人崇敬的「神性」。

而這神性正是一種強烈的生命力。

我猜想，聖祖當時，正是受了這種內在的生命力的撼動罷。靜默而偉岸的樹幹，清新而繁茂的枝葉，傳遞著宇宙間本是生生不息的循環，因而使得英雄在生命最光華燦爛之時，預見了死亡的來臨，卻又在領會到人生的無常之際，依然不放棄對這個世界的信仰和依戀。

這些都是讓我反覆閱讀與思索的地方。

在空間與時間的交會點上，有幸能夠接觸到這一切與「美」有關的訊息，真如一副金色的馬鞍，可以作為心靈上的憑藉，也引導著我在通往原鄉的長路上慢慢地找到了新的方向。

多麼希望能夠和大家分享。

20 年前，詩人蕭蕭對我的第一本詩集《七里香》曾經有過如下的評語：

「她自生自長，自圖自詩，不知有漢，無論魏晉……」

20 年後的今天，他對我的《世紀詩選》的評語是：

「似水柔情，精金意志。」

要怎麼說出我心中的感激？

原來，這一路走來的自身的轉變，其實很清楚地看在旁觀者的眼裡。這麼多年紛紛擾擾說不明白的思緒和行為，評論者只用八個字就完整地突顯出來了。

原來，我是懷著熱情與盼望慢慢地走過來的卻並不自知。

一如我最近的一首詩〈旁聽生〉中所言：「在故鄉這座課堂裡／我沒有學籍也沒有課本／只能是個遲來的旁聽生……」

是的，對於故鄉而言，我來何遲！既不能出生在高原，又不通蒙古的語言和文字，在稽延了大半生之後，才開始戰戰兢兢地來做一個遲到的旁聽生，如果沒有意志力的驅策，怎麼可能堅持到今天？

謝謝詩人給我的評語，讓我驚喜地發現，原來我也是可以擁有一些優點的。

說來也有趣，在沒有見到原鄉之前，我寫作時確如蕭蕭最早所言，自生自長，自圖自詩，心中並無讀者，無論是詩還是散文，只要自己滿意了就拿去發表。當然，發表之後能夠得到讀者的回響，是非常溫暖的感覺，不過並沒有影響我寫作時的態度。

如今的我，在寫詩之時也一貫保持自己的原則。但是，在書寫關於蒙古高原這個主題的散文時，卻常常會考慮到讀者，有時易稿再三，不過只是為了要把發生在那片土地上的真相，再說得稍微清楚一些而已。

我是懷著熱情與盼望慢慢地走過來的，只因為我是個生長在漢文世界裡的蒙古人，渴望與身邊的朋友分享我剛剛發現的原鄉。

那是一處多麼美麗多麼不一樣的地方。

12 年來，關於蒙古高原的散文，曾經結集為好幾本書——《我的家在高原上》（圓神版）、《江山有待》（洪範版）、《黃羊・玫瑰・飛魚》（爾雅版）以及《大雁之歌》（皇冠版）等等，其中有幾篇，我今天還是把它們放進這本新書的「輯二」裡。一來是因為不捨，那些真的是用四十多年的等待與摸索才得來的珍貴的一刻。二來是希望讀者能從這些離散在天涯的蒙古人的遭遇裡，得到更為完整的訊息。

在「輯三」中，有一篇比較長的文字，則是最近為先父所寫的〈異鄉的河流〉。

而這本新書的主要內容，都放在「輯一」。近 50 篇有長有短的散文，是我在《中國時報・人間副刊》用一年的時間所寫的關於草原文化的篇章，當時是以專欄形式發表，字數很受限制，所以在成書之前，又將那些受到影響的地方重寫一次，並且在各篇排列的秩序上也作了調整。

好友其楣是和我一起在大戈壁上看過落日與初升的新月的，我們也曾經一起穿越過烏蘭巴托近郊從清朝康熙年間就不曾採伐過的聖山叢林；對這本書的出版，她比我還要關心。先是把全部的稿子拿去重看了一遍，還給我的時候，每篇除了眉批之外還有口頭討論。譬如在我們的教科書裡找不到的布里雅特共和國以及圖瓦共和國，還有蒙古國和內蒙古自治區又是怎麼一回事等等，她都以讀者的身分要求我再加以說明。

所以，在這本書後面的附錄裡，就增加了一些背景資料。其中有篇〈俄羅斯境內各蒙古國家概況〉，頗為難得。原著者是蒙古國的兩位學者，現在由內蒙古的翻譯家哈達奇・剛先生為我們從其中摘譯幾段為漢文。

其實還有好些資料想要放進來，不過字數已經越來越多，只好暫時就到此為止了。

這每週一次的專欄，是從西元 2000 年的 5 月寫到 2001 年的 5 月，當時並沒特別注意，如今才發現真的是從 20 世紀寫到 21 世紀，不免欣喜於這個日期的象徵意義。

我是懷著熱情與盼望從 20 世紀走到 21 世紀的。在這條通往原鄉的長路上，我何其幸運，能夠一一實現了夢想。而這一切，我深深地明白，是要靠著多少朋友無私的付出，靠著他們的指引和陪伴才能圓滿達成的啊！

出書在即，我多麼希望還能像從前一樣，有了什麼美好的成績，就飛奔著回去要告訴父母。然而，此刻的我，只能以虔敬的心，將這本書獻給已逝的雙親——察哈爾盟明安旗的拉席敦多克先生和昭烏達盟克什克騰旗的巴音比力格女士。

願高高的騰格里護佑他們深愛的大地。

——2001 年初冬寫於淡水畫室

——選自席慕蓉《金色的馬鞍》

臺北：九歌出版社，2002 年 2 月

席慕蓉的鄉愁

◎賀希格陶克陶*

新世紀伊始，詩人蕭蕭對席慕蓉《世紀詩選》的評語是：「似水柔情，精金意志」。

是的，柔情與意志是席慕蓉作品具有極大感染力的重要原因。然而她的很多詩歌和散文作品，尤其是自 1989 年以來的作品所飽含的柔情與意志主要是通過鄉愁表現出來的。

這鄉愁並且在這 12 年中不斷地變化與擴展，以下我將其大略劃分為三個時期，並舉例說明。

故鄉的歌是一支清遠的笛
總在有月亮的晚上響起
故鄉的面貌卻是一種模糊的悵惘
彷佛霧裡的揮手別離
離別後
鄉愁是一棵沒有年輪的樹
永不老去

這是席慕蓉於 1978 年寫的直呼其名為〈鄉愁〉的一首詩。在作者的心靈深處「鄉愁是一棵沒有年輪的樹」，然而「卻是一種模糊的悵惘」，既模糊又抽象。

*現任中央民族大學中國少數民族語言文學學院蒙古語言文學系教授。

這可稱之為第一時期。是屬於一種「暗自的追索」。自幼生長在中國的南方，雖然有外祖母及雙親的家庭與民族文化薰陶，席慕蓉對蒙古高原的原鄉情結，卻始終無法在漢文化的教育體系裡得到滿意與精確的解答。

因而，在以漢族為主體的文化社會中，席慕蓉一離開了家庭的庇護，就會直接面對種種矛盾與歧異的觀念，作為心中依仗的原鄉，就只能成為一種難以估量的時間（沒有年輪的樹），以及難以清晰言說的空間（月下的笛聲和霧中的丰姿）了。

1989 年 8 月底席慕蓉第一次回到家鄉——現在的內蒙古錫林郭勒盟正鑲白旗寶勒根道海蘇木。白天她讓堂哥帶去看了從前的老家即尼總管府邸的廢墟。

> 到了夜裡，當所有的人因為一天的興奮與勞累，都已經沉入夢鄉之後，我忍不住又輕輕打開了門，再往白天的那個方向走去。
> 在夜裡，草原顯得更是無邊無際，渺小的我，無論往前走了多少步，好像總是仍然被團團地圍在中央。天空確似穹廬，籠罩四野，四野無聲而星輝閃爍，豐饒的銀河在天際中分而過。
> 我何其幸運！能夠獨享這樣美麗的夜晚！
> 當我停了下來，微笑向天空仰望的時候，有個念頭忽然出現：
> 「這裡，這裡不就是我少年的父親曾經仰望過的同樣的星空嗎？」
> 猝不及防，這念頭如利箭一般直射進我的心中，使我終於一個人在曠野裡失聲痛哭了起來。
> 今夕何夕！星空燦爛！
>
> ——〈今夕何夕〉

這是她第一次看到「父親的草原」之後的一段鄉愁描寫。接著她又去追尋「母親的河」——希喇穆倫河源頭。乘坐吉普車，在草原上尋找了一整天，到很晚的時候才找到。那是九月初的溫暖天氣，但泉水冰冽無比。

她赤足走進淺淺的溪流之中，就像站在冰塊上。然而她此時此刻的感觸是：

> 只覺得有種強烈到無法抵禦的歸屬感將我整個人緊緊包裹了起來，那樣巨大的幸福足以使我淚流滿面而不能自覺，一如在巨大的悲痛裡所感受到的一樣。
>
> 多年來一直在我的血脈裡呼喚著我的聲音，一直在遙遠的高原上呼喚著我的聲音，此刻都在潺潺的水流聲中合而為一，我終於在母親的土地上尋回了一個完整的自己。
>
> 生命至此再無缺憾，我俯首掬飲源頭水，感謝上蒼的厚賜。
>
> ——〈源——寫給哈斯〉

觸景生情，在這裡再也看不到「模糊」的景和情，其景清晰可見，其情悲喜交集。此時席慕蓉的鄉愁已進入第二時期。

這一時期的作品可稱之為「鄉愁的迸發與泉湧」。從 1989 年夏天開始，席慕蓉盡情抒發她個人及家族的流離漂泊，向蒙古高原的山河與族人娓娓道來，詩與散文的創作量都很豐盛。

從 1989 年之後，席慕蓉每年回蒙古一到兩次，「可說是越走越遠，東起大興安嶺，西到天山山麓，又穿過賀蘭山去到阿拉善沙漠西北邊的額濟納綠洲，南到鄂爾多斯，北到一碧萬頃的貝加爾湖；走著走著，是見到了許多美麗豐饒的大自然原貌，也見到了許多被愚笨的政策所毀損的人間惡地，越來越覺得長路迢遙。」隨著席慕蓉在蒙古土地上走過的路途的延伸，她的鄉愁也拓寬了。就像她自己說的那樣，「如今回頭省視，才發現在這條通往原鄉的長路上，我的所思所感，好像已經逐漸從起初那種個人的鄉愁裡走了出來，而慢慢轉為對整個游牧文化的興趣與關注了。」（《金色的馬鞍》代序）

她不僅把興趣與關注擴大到家鄉內蒙古之外的中國境內新疆衛拉特蒙

古，青海、甘肅、吉林、遼寧等省蒙古，達斡爾蒙古，蒙古國，俄羅斯境內喀爾瑪克蒙古，布裡雅特蒙古，圖瓦蒙古，阿爾泰蒙古，以及他們的歷史與現狀，而且還擴大到包括蒙古文化在內的整個游牧文化領域。在 13 世紀成書的歷史和文學名著《蒙古祕史》、自遠古時代流傳下來的英雄史詩《江格爾》、蒙古語言文字，乃至阿爾泰語系民族語言，都極大地吸引了她。她如饑似渴地閱讀了大量有關蒙古高原的考古文集，稱這些書冊中所記錄的一切「是一場又一場的饗宴啊！」(〈盛宴〉) 在〈解謎人〉一文中，作者對內蒙古呼倫貝爾盟文物工作站的米文平先生表示了極大的尊敬與愛戴，為什麼呢？因為，他發現了鮮卑石室——嘎仙洞。在上海博物館展出的「內蒙古文物考古精品展」中看到紅山黃玉龍時她的心情異常激動，「第一次站在黃玉龍的前面，用鉛筆順著玉器優美的弧形外緣勾勒的時候，眼淚竟然不聽話地湧了出來。幸好身邊沒有人，早上九點半，才剛開館不久，觀眾還不算多。我不明白自己為什麼會這麼激動，一面畫，一面騰出手來擦拭，淚水卻依然悄悄地順著臉頰流了下來。」(〈真理使爾自由〉)

至此，席慕蓉的鄉愁已進入第三時期，是對於「游牧文化的回歸與關注」。從個人的悲喜擴展到對文化發展與生態平衡的執著和焦慮。這時期的作品如〈髮菜——無知的禍害〉、〈沙起額濟納〉、〈失去的居延海〉、〈送別〉、〈河流的荒謬劇〉、〈開荒？開「荒」！〉、〈封山育林・退耕還草〉等等，這些散文都以環境保護為主題，其景也都清晰可見，其情卻悲天憫人。

席慕蓉的鄉愁，經歷了從模糊、抽象，發展到清晰、細膩，再發展到寬闊的演變過程。也可以說，經歷了從個人的鄉愁發展到民族的和整個游牧文化的鄉愁的演變過程。這是一個作家思想境界和情感世界深化乃至神化的進程。

總之，席慕蓉詩歌散文作品中的柔情與意志的主要表現形式或曰核心內容是鄉愁。她對蒙古高原如癡如醉，無時無刻不在為家鄉愁腸。我們清楚地看到，自 1989 年以來，她的所思、所言、所寫和所做，似乎全都圍繞著家鄉這個主題張開的。愛國愛民族的詩人作家自古有之，但像席慕蓉這樣愛自己的民族、愛自己的家鄉愛到全神貫注和如癡如醉地步的詩人作家究竟出現過多少？一時還真想不出第二個、第三個來。

席慕蓉的鄉愁如此之深，是什麼原因呢？對此評論家們作過種種解釋，但在我看來，作者自己的分析最為深刻。作者在〈源——寫給哈斯〉一文中指出：

> 「血源」是一種很奇怪的東西，她是在你出生之前就已經埋伏在最初最初的生命基因裡面的呼喚。當你處在整個族群之中，當你與周遭的同伴並沒有絲毫差別，當你這個族群的生存並沒有受到顯著威脅的時候，她是安靜無聲並且無影無形的，你可以安靜地活一輩子，從來不會感受到她的存在，當然更可以不受她的影響。
>
> 她的影響只有在遠離族群，或者整個族群的生存面臨危機的時候才會出現。
>
> 在那個時候，她就會從你自己的生命裡走出來呼喚你。

無論是從心理學角度還是從遺傳學角度，這個解釋都是極為深刻的。

席慕蓉熱愛蒙古民族，熱愛家鄉人民，那麼族人和鄉親們對她如何呢？我作為她的族人和老鄉之一，願意回答這個問題：他們更熱愛席慕蓉！

她曾在詩中寫過一句：「在故鄉這座課堂裡／我沒有學籍也沒有課本／只能是個遲來的旁聽生。」又說：「是的，對於故鄉而言，我來何遲！既不能出生在高原，又不通蒙古的語言和文字，在稽延了大半生之後，才開始戰戰兢兢地來做一個遲到的旁聽生。」（《金色的馬鞍》代序）這是極為謙虛的自我審視之言。然而廣大蒙古族同胞和她家鄉的人們卻把席慕蓉看作是在故鄉這座課堂裡的最值得驕傲的高材生！

她的鄉愁在一定程度上也可說是眾人的鄉愁，這使得她的詩和散文不僅在漢文讀者群中受到重視，譯成蒙古文之後也在蒙文讀者中引起了強烈的震撼。「不僅是族人，就是讀到她近十年來作品的其他民族兄弟，也都驚嘆於她刻肌鏤心的歷史的審視目光和力透紙背的匠心的悲歌絕唱。」（哈達奇・剛《野馬灘——蒙古語漢譯文學選集》序言）

總之，席慕蓉的鄉愁歷經了三個不同時期的演變，一方面固然可以說是創作者個人的追求與努力有以致之；但是，另一方面，也讓人不得不以為天地間另有更為深沉的柔情和更為執著的意志，藉著席慕蓉的一支筆來向我們展現真相。

在此，我們期待她的新作，也祝福她的創作前程更為寬廣與光明。

以上是我於 2002 年寫的評論文章，當時將文章壓了一些日子（這是本人多年來的習慣）後再閱讀時，又覺得還不夠深入與全面，所以雖然寄給席慕蓉了，但自己只發表了蒙古文譯文（內蒙古《花的原野》2002 年第 12 期），就再沒有發表漢文文稿。

沒想到這麼多年之後，席慕蓉竟然還保存著這篇拙作。並且，前不久還寄來她的新書書稿與一封信，信中要求我同意以這篇〈席慕蓉的鄉愁〉作為她新書的序言。

此刻是 2013 年，離 2002 年已有 11 年之久。而席慕蓉在 1989 年夏天，返鄉旅程的第一站，第一處落腳的蒙古家庭就在寒舍，所以，我們相識更已是超過兩個 11 年了！

在這長久的時間裡，在蒙古高原之上，越來越多的蒙古家庭都清楚地認識到了席慕蓉對蒙古民族和蒙古土地的熱愛之情，我們這些蒙古人因此也非常敬愛她。如今能以拙文為她的新書作序，對我來說當然是件很高興的事。

可是，在答應了她的同時，自己又深感不安，只怕我的所見或許太過膚淺，只好勉力為之。

多方考慮之後，我決定保留 2002 年的原文不動，只針對她的新書書稿，再來續寫這篇序文，使其更趨完整。

主要原因就在於她的新作《寫給海日汗的 21 封信》所談的內容很豐富，涵蓋蒙古及蒙古高原其他游牧民族歷史文化、自然環境等當今仍具有現實意義的諸多問題。這些書信裡探討的是至今仍有必要澄清的許多歷史真相，以及游牧文化本質的深層意義及思考。一般來說，這些問題都是學術著作中探討的內容，都是學者們的研究對象。然而席慕蓉卻把這些枯燥的歷史文化話題，從只有極少數學人閱讀的學術著作中解放出來，以散文語言和書信形式、以故事、情緒化的敘述方式呈獻給讀者。深入淺出，又親切感人。

我在前文中說過：「席慕蓉的鄉愁，經歷了從模糊、抽象，發展到清晰、細膩，再發展到寬闊的演變過程。也可以說，經歷了從個人的鄉愁發展到民族的和整個游牧文化的鄉愁的演變過程。這是一個作家思想境界和情感世界深化乃至神化的進程。」現在我必須說，在《寫給海日汗的 21 封信》中席慕蓉的思想境界和情感世界，更加深化乃至神化。

席慕蓉從個人的悲喜擴展到對整個民族、整個蒙古高原游牧民族的文化發展與生態保護的執著和焦慮。就像詩人自己所說：「最初那段年月裡，我只能是個嬰兒，我哭、我笑、我索求母親大地的擁抱，那種獲得接納，獲得認可的滿足感，就是我最大的安慰。」「但是，又過了幾年，我的好奇心開始茁長，單單只是『認識家園』這樣的行為已經不夠了，我開始從自己的小小鄉愁裡走出，往周邊更大的範圍裡去觀望去體會。」(〈回音之地（一)〉)

「從自己的小小鄉愁裡走出，往周邊更大的範圍裡去觀望去體會」，這一點在〈闕特勤碑〉裡敘述得淋漓盡致。對於「闕特勤碑」，她在初中或高中時從歷史課本中見到過刻有漢字的黑白相片；2006 年 7 月 22 日午後，在蒙古國前杭愛省鄂爾渾河流域和碩柴達木地方，真正見到了這座石碑，才知其漢字碑文只是背面，而正面刻的是古突厥文。2007 年 5 月獲得耿世民先生《古代突厥文碑銘研究》一書，藉著耿世民先生的漢文翻譯讀懂了西元 732 年建立的闕特勤碑及其他古突厥文碑銘的真正內容。在見到闕特勤碑的那一刻，席慕蓉用了許多驚嘆的字句來形容自己的感動：「好像渺小的我竟然置身在千年之前的歷史現場。」「我真是手足無措，興奮得不知道如何是好啊！」「在我心裡，一直湧動著一種難以形容的敬畏與親切混雜在一起的感覺。」「由於敬畏，使我保持適當的距離，不敢輕慢地去觸摸石碑；由於親切，我又不捨地一直環繞著它，甚至到最後只是默默地停立觀望，停留了很久很久，就是不想離開。」「為什麼我會覺得自己跟它很親？」

「為什麼我會覺得自己跟它很親？」這個問題，席慕蓉等了一年之後，才有機會請教學者，得到以下的回答：「無論是血緣還是文化，突厥與蒙古之間的關聯緊密，最少都有百分之八十以上。」

的確，就血緣而論，蒙古語族、突厥語族和滿通語族同屬阿爾泰語系，根據語言學家們的一種觀點，這同屬一個語系的民族應該是同源。就文化淵源而論，蒙古文化與突厥文化更是一脈相承。關於古突厥文的起源，有的學者提出一些字母來自古代突厥人實用的 tamgha 符號（即表示氏族或部族的印記或標誌）或表意符號。耿世民先生也認為這一點是可信的。其實那些表意符號從匈奴流傳到突厥、流傳到蒙古，成為他們部落、氏族的標誌。由於是同屬一個語系，古突厥文碑銘中對於英雄人物的歌頌方式甚至很多用詞，都與蒙古英雄史詩及《蒙古祕史》等相似。就說用詞方面的相似性吧，例如可汗（hagan）、天（tengri）、人民（bodun）、海（taluy）、狩獵（aw）、部或族（aymag）、殺人石（balbal）等等，數不勝數。甚至一些諺語和慣用語都很一致，例如「使有頭的頓首臣服，有膝的屈膝投降」，這樣的句子在《蒙古祕史》中就有（tolugaitan-i böhüilge jütoigtan-i sögüdge ju）。「居住在東方日出方向的人民和居住在西方日落方向的人民」，這樣的句子在蒙古英雄史詩《江格爾》中常出現。

但是，這些資料和史實，從來不會在一般高等教育的教科書和非專業的雜誌中出現。席慕蓉因此在她的受教育過程裡（包括學校教育與社會教育裡），完全無法知悉自己民族的悠久淵源與血脈傳承。

在中學的教科書裡牢牢記住的一張黑白圖片，到了立碑現場才知道這相片拍的只是闕特勤碑的背面。席慕蓉無限感慨地發現：

> 這麼多年，在我所接受的教育裡，即使遠如一座一千兩百多年前的突厥碑，我所能知道的，也只是它的背面而已。教育系統裡供應給我的，只有經過挑選後的背面。

因此，她也開始明白「在這些教科書裡，不論是『匈奴』、『突厥』、『回鶻』還是『蒙古』，好像都是單獨和片段的存在。而其實，在真實世界裡，亞洲北方的游牧民族也是代代相傳承，有著屬於自己的悠久綿延的血脈、語言、文化和歷史的。」

但是，她並沒有為此而怨怪任何教育系統，在這封信中，她寫下了自己深刻的領會：

> 海日汗，能夠「明白」、能夠「知道」、能夠「分享」，是一件多麼幸福的事，即使是如我這般的後知後覺，也不能說是太遲。
>
> 你看，在我寫給你的這封信裡，我不就把當年記憶中的「背面」和此刻尋找到的「正面」，兩者疊合在一起了嗎？

有意思的是，席慕蓉「從自己的小小鄉愁裡走出來，往周邊更大的範圍裡去觀望去體會」，然而她鄉愁情結的交匯點卻是她父母的故鄉——內蒙古。在以二十多年的時間，往各個方向都去探尋過之後，她在這本書裡又轉過身來，重新面對自己家族在此生長繁衍的山河大地，開始娓娓訴說起來。

更有意思的是，在這本新書裡，她預先設定了自己的訴說對象。是一個生長在內蒙古的蒙古少年，她給這個孩子取了一個名字，叫做「海日汗」。

「海日汗」這個蒙古語人名的本意，為山神所居之高山、嶽。因此，這種海日汗山自古被蒙古人所祭祀。蒙古人往往給男孩起「海日汗」這個名字，同時給女孩子也有起這個名字的。這裡舉個典型例子：據蒙古國 C. Dolma 教授《達爾哈特部薩滿傳統》（蒙古國立大學出版社，1992 年，頁 137～138）一書記載，蒙古國達爾哈特部將從事薩滿達 35 年以上的老薩滿尊稱為「海日汗」，在他們那裡具有「海日汗」稱號的老薩滿共有 9 位，其中 7 位是男薩滿即 böö，兩位是女薩滿即 udugan。

在席慕蓉這本書裡的「海日汗」，就是內蒙古自治區蒙古族孩子們的代名詞。為什麼專門給內蒙古的蒙古族孩子們寫信呢？席慕蓉說，因為他們正逐漸丟失自己民族傳統的土地、文化、價值觀、母語，他們在迷失方向。這是「最讓我心懷疼痛的」，而「我的年齡比你大了幾十歲，因此多了幾十年慢慢反省的時光。同時，在最近的十幾年間，我又有機會多次在蒙古高原上行走，遇見了許多人許多事物，有了一些感觸和領會，就很想告訴你。這樣，也許，也許可以對你有些用處，讓你能在百萬、千萬、甚至萬萬的人群之中，安靜而又平和地尋找到真正的自己。」

席慕蓉在電話中對我說，一個民族最最不能失去的，是對民族文化的認識與自信。而採用書信體的形式來寫作，使她更能暢所欲言。

我也發現，在這本新書中，為了年輕的海日汗，席慕蓉在題材的選擇上，也是頗費苦心的。雖然並沒有完全依照時間順序，而是以穿插的方式進行，但是遠如宇宙洪荒，近到最新的科學對 DNA 的檢測，都在她的關切範圍裡。如〈時與光〉、〈刻痕〉、〈泉眼〉以及〈兩則短訊〉中的第二則等等，都可以從初民的古老符號、神話傳說以及考古的發現之中引伸出蒙古高原的悠遠身世。

而談及游牧文化歷史的則有〈闕特勤碑〉、〈回音之地〉、〈京肯蘇力德〉、〈察干蘇力德〉等篇，一直延伸到〈夏日塔拉〉、〈察哈爾部〉、〈一首歌的輾轉流傳〉與〈我的位置〉，從突厥碑銘寫到大蒙古帝國開國初期的英雄，寫到北元最後的敗亡，再寫到準噶爾汗國的命運；每一處歷史的轉折都如在眼前。

關於〈夏日塔拉〉，我在這裡補充說幾句，席慕蓉引用堯熬爾作家鐵穆爾的話說「此處古稱錫拉偉古爾大草灘，也就是黃畏兀兒大草灘之意」。這種解釋有其文獻記載依據，清代檔案天聰八年（1634 年）10 月 27 日條目記載：「汗（指清太宗皇太極）以太祖英明汗升遐後，八年征討克捷之事，為文以告太祖之靈。汗率諸貝勒大臣詣太祖靈前，跪讀祝文，焚楮錢。祝文云：甲戌年（1634 年）10 月 27 日，即位四孝子敢昭告于父汗日，……察哈爾汗親攜其餘眾，避我西奔唐古特部落，未至其地，死於西喇衛古爾部住所西喇之野地，其部執政諸大臣，各率所部，盡來歸附。」（《清初內國史院滿文檔案譯編》上，天聰朝，崇德朝，中國第一歷史檔案館，光明日報出版社，1989 年，頁 118）其中說的「西喇衛古爾」與「堯熬爾」（yogur）、「錫拉偉古爾」、「黃畏兀兒」都是一個詞，即今大陸 55 個少數民族之一的裕固族，蒙古語稱 xira yogur。蒙古文《阿勒坦汗傳》中寫 xirayigur。「西喇之野地」指的就是夏日塔拉。

此外還有幾封信，談的是席慕蓉自己身邊的遭遇，以及成長過程中的種種反應，屬於比較個人的生活經驗，但依然與整個民族的歷史與現況有著關聯。如以一首詩的形式呈現的〈伊赫奧仁〉，還有〈我的困惑〉、〈疼痛的靈魂〉、〈嘎達梅林〉，以及〈回顧初心〉、〈生命的盛宴〉等篇。

至於〈聆聽大地〉，則是一篇為游牧文化的合理性和科學性辯解的文章。

到了第 21 封信〈草原的價值〉，以及附錄中的〈鄉關何處〉之時，我們才終於領會出詩人的苦心與真意了。

原來，雖然席慕蓉一開始就預設了這些書信的收受者是「海日汗」，是一個蒙古孩子，也可說是所有居住在內蒙古自治區裡的蒙古族青少年的

「代名詞」。

但是，事實上這21封信也是寫給全世界的讀者的。

在〈鄉關何處〉裡，她點出：「關於『遠離鄉關』與『追尋母土」這兩個主題，是生命裡最基本的主題，並無東方與西方之分。」因此，她可以與一個萍水相逢的波蘭猶太裔的瑞士女子交心，並且雖然並未再有更多聯繫，卻堅信彼此將終身不忘。「只因為我們曾經一起面對過自己的命運，在那輛車上，在死海之濱」。

由於這場真實而又難得的相遇，使得席慕蓉這大半生「遠離鄉關」與「追尋母土」的經歷，就有了遠遠超乎一個個體本身的命運所能代表的意義了。

而在〈草原的價值〉一文中，一如詩人所言：「草原本身，是屬於全人類的。是屬於整個地球生命體系裡缺一不可的重要環節。我們絕對不能坐視她在今日的急速消失而不去作任何一種方式的努力！」

所以，一個微小的個人其實與整個世界的明日都有所牽繫。

「海日汗」，或許只是一個居住在內蒙古自治區任何角落裡的蒙古族青年，但是這個單獨的生命個體在今日必須面對的困境，如果任由它繼續擴大而不加以任何努力去制止、去改善的話，則也必將是這個世界上許許多多青年在明日即刻會面臨的困境！

居住在地球上的人類，不管是哪一個民族，也不管是哪一處草原、大地、森林或者湖泊，都是屬於一個禍福相連的生命共同體啊！

在我2002年所寫的評論中，最後曾有這樣的期盼：「在此，我們期待她的新作，也祝福她的創作前程更為寬廣與光明。」

今日展讀新書書稿，果真如我所期盼，眼界更為寬廣，心懷更為熱烈與光明，真是可喜可賀。

自1989年以來，席慕蓉圍繞著蒙古高原這個主題所寫成的散文合集，早期有《我的家在高原上》(後改版易名為《追尋夢土》)，中期有《蒙文課》，今日則有這本《寫給海日汗的21封信》。這三本書，是席慕蓉送給原鄉蒙古最珍貴的禮物。

至於我這篇前後相隔 11 年的評論文章〈席慕蓉的鄉愁〉，到此終於也算努力寫出了一篇「完整版」吧。不過心中很是惶恐，只好當作是拋磚引玉之舉，還期盼方家多多指正了。

——選自席慕蓉《寫給海日汗的 21 封信》

臺北：圓神出版社，2013 年 9 月

〈蒙文課——內蒙古篇〉品賞

◎瘂弦*

席慕蓉，蒙古察哈爾盟明安旗人，1943 年生於四川重慶。北師藝術科、師大藝術系、布魯塞爾皇家藝術學院畢業，專攻油畫。現任新竹師範專科學校美勞教育學系專任教授。著有詩集《畫詩》、《七里香》、《無怨的青春》、《時光九篇》、《河流之歌》、《邊緣光影》等多種。

1981 年 7 月，大地版的《七里香》詩集，由於奇蹟似的暢銷，使愛詩人的眼睛為之一亮，初度帶動席慕蓉詩的風潮。而同年六月爾雅版張默編的《剪成碧玉葉層層》（現代女詩人選集），收入 26 家詩作，由她為每位詩人畫像，十分生色，也不無推波助瀾之功。該書選入她的詩作〈銅版畫〉、〈一棵開花的樹〉五首，並評述「席慕蓉的詩，語言平白，意象單一，節奏流暢，而為她獨自描摹的經驗世界，也是盡在不言中。」自此以後，兩岸詩讀者掀起一股席慕蓉熱，同時也令作者暫時擱筆省思一段時間。

對於蒙古，一般人只知道成吉思汗揮軍直達內陸的赫赫武功，很少人對蒙古的語言文化作比較深入的了解。史書記載，成吉思汗「黃金家族」之外尚兼文治，著名的「祖傳家訓」，為蒙古文奠定堅實的基礎；文學方面，歷代留下的遺產更是豐富，其中神話傳說、格言、歌謠、祝詞贊詞、長篇英雄史詩，都有很高的文學價值，值得借鑑。對於故土文化，文學的傳承，席慕蓉是充滿使命感的。

作為蒙族成員之一的她，對蒙古傳統精神的孺慕之情表現在她近年的

---

*詩人、編輯家、評論家，本名王慶麟。現已退休，旅居加拿大溫哥華。

詩文中，非常動人，成為作品的一大特色。本詩題為〈蒙文課〉，所表現的焦距卻不全在語言學習，而是另有感慨與寄託。席慕蓉的意思是說，全世界各民族具有同樣愛美向善的心魂，為什麼人對人可以成為至友、隱入群體必須世代為敵？全詩在平靜的敘說中流露無限沉痛，謀篇布局，轉承有致，別是一種章法。

——選自瘂弦主編《天下詩選 II：1923～1999 臺灣》
臺北：天下遠見出版公司，1999 年 9 月

自然時空的個性體驗
論席慕蓉的蒙古歷史書寫

◎張弛*

一、從純情之作到歷史書寫

席慕蓉的詩文創作，經歷了一個重要的轉折點。在大眾傳播層面，被廣泛接受的席慕蓉作品，更多的是其早期的創作，無論是 1981 年出版的代表作《七里香》，還是之後陸續出版的《無怨的青春》、《時光九篇》、《寫給幸福》等，都以席慕蓉獨特的婉約、詩意的寫作風格而著稱，並因此在臺灣以及中國大陸地區受到了讀者的歡迎。在上世紀 1980 年代末、1990 年代初的大陸地區，甚至有「席慕蓉現象」、「席慕蓉熱」這樣的專有名詞提出，被用以形容席慕蓉詩文在當時的影響效應。

但也恰恰是因為這種大眾傳播層面上的成功，使得席慕蓉的創作在大眾媒介乃至於學院派的文學史敘述當中，被「本質化」了：席慕蓉的詩文寫作抑或「席慕蓉現象」背後所代表的寫作模式，被自然而然地接受和定義為一種於生活片段、生命細微之處，對於夢幻理想、純情唯美的一種呈現和抒發，而這種寫作模式是以不介入現實社會與政治、不涉及宏大歷史題材與內容為前提的一種純粹個人化的情感書寫。例如在劉登翰等學者主編的《臺灣文學史》當中，就曾經指出所謂「席慕蓉現象」，正在於一種「以『愛』為中心的柔美抒情」，以及一種「略顯定型化、模式化的主題、情節」[1]，而其模式恰好符合了現代商業社會、大眾審美心理的文化需

---

*現任湖南師範大學文學院中國現代文學教研室講師。

[1]劉登翰、莊明萱、黃重添、林承璜主編，《臺灣文學史（下卷）》（福州：海峽文藝出版社，1991

求，因為其文字的淺顯流暢和內容思想的模式定型，使得讀者不需要太多的學識修養便能夠進行閱讀欣賞。

這種本質化的接受認識趨向，在為席慕蓉的創作定格、經典化的同時，也帶來了對於席慕蓉創作的認識偏執甚至是嚴厲批評。例如早在席慕蓉以《七里香》初涉文壇時，詩人渡也便在《臺灣日報》上發表〈有糖衣的毒藥〉，批評席慕蓉創作中存在著思想內容淺顯，對於社會性疏離的問題。上世紀 1990 年代大陸地區進入市場經濟時代，席慕蓉在中國大陸開始出版、傳播的時間恰好與大陸商品經濟的時代熱潮出現相契合，「席慕蓉現象」因此也時常與同時期較為暢銷流行的臺灣瓊瑤、三毛，大陸汪國真的創作一起，被當作大眾文化消費的一種模式相提並論[2]，並且作為 1990 年代之後逐漸被引入的法國學者布林迪厄「文學場域」理論的經典範式，被進行分析甚至是批判。這樣一種「本質化」的認識甚至一直持續到了 21 世紀 10 年代中期，其代表事件是作為大陸官方媒體的《人民日報》，在批評郭敬明《小時代》為代表的消費主義、庸俗觀念時，將其與席慕蓉的創作進行了類比，認為這些類型化的青春文藝，格局狹小，缺少甚至是無視作品的世界性、社會性、歷史性，並且缺少在這些特性當中進行終極建構的寬闊視野。[3]

可以看到，無論是學院研究還是媒介傳播，對於席慕蓉所代表的寫作模式的認識，集中在作者注重個體生命情感表達與書寫的純情化傾向，以及對於社會性尤其是歷史性主題及內容的疏離方面。且先不論相關研究和媒介評價的具體語境，席慕蓉本人也在某種程度上承認學者與大眾對於自己部分代表作品的特點認知，2001 年，在散文集《金色的馬鞍》序言當

年），頁 651。

[2]大陸學者當中，例如趙煒，〈「席慕蓉現象」析論〉，《河南科技大學學報（社會科學版）》2007 年第 4 期（2007 年 8 月）；張立群、劉曉麗，〈當代詩歌史上被忽視的兩個熱點「現象」〉，《石家莊學院學報》2014 年第 2 期（2014 年 4 月），都曾經提到「席慕蓉現象」在順應市場出版、銷售邏輯，取得暢銷成果的背後，存在著其創作本身主題困乏、境界不開闊，過於追求純情世界而疏遠現實的缺陷。

[3]參見〈不能無條件縱容《小時代 2》、《小時代 3》的出現〉，《人民日報》，2013 年 7 月 15 日。

中，她曾經引用了詩人蕭蕭對自己代表詩集的兩次評價：

> 二十年前，詩人蕭蕭對我的第一本詩集《七里香》曾經有過如下的評語：
>
> 「她自生自長，自圖自詩，不知有漢，無論魏晉……」
>
> 二十年後的今天，他對我的《世紀詩選》的評語是：
>
> 「似水柔情，精金意志」[4]

「自生自長」和「似水柔情」，概括出了席慕蓉作品以自我生命體悟為中心、個體化、純情化的寫作特徵，而「不知有漢，無論魏晉」，也反映出其早期作品當中社會性、歷史性主題及內容的缺位。詩人蕭蕭對於自己創作的評價，代表了席慕蓉早期的創作特徵，作者本人在某種程度上亦是接受的。

然而，應該看到這篇序言當中還有作者的另一種自我表達，提到的席慕蓉自身創作的前後轉變（席慕蓉好友蔣勳稱之為「從單純的個人走向浩大的歷史卷帙」[5]）。這種轉變一個重要的節點，便是 1989 年席慕蓉回到了父母的蒙古故鄉，在這之後作者開始大量閱讀相關歷史資料，並以蒙古為題材，陸續寫作了《我的家在高原上》、《大雁之歌》、《金色的馬鞍》等關於蒙古民族文化、歷史的作品。這一次對蒙古原鄉的回溯與發現，被席慕蓉稱為自己創作的一次重要分水嶺，而這些創作，超越了席慕蓉早期代表作品當中自生自長、純粹抒情的模式，開始將目光和筆觸投射向宏大的蒙古草原、以及其背後寬闊的社會、歷史、文化背景。賀希格陶克陶在〈席慕蓉的鄉愁〉一文中，曾經總結席慕蓉鄉愁的發展階段和總體特徵，是「經歷了從模糊、抽象，發展到清晰、細膩，再發展到寬闊的演變過程。也可以說，經歷了從個人的鄉愁發展到民族的和整個游牧文化的

---

[4]席慕蓉，《金色的馬鞍》（臺北：九歌出版社，2002 年），頁 18。
[5]席慕蓉，〈譯者——新版新序〉，《我的家在高原上》（臺北：圓神出版社，2004 年），頁 22。

鄉愁的演變過程。」[6]指出了席慕蓉的創作由個人世界寫作走向更廣闊經驗的過程，這一轉變，是以作家的鄉愁為主要表現形式和核心內容的。

除了創作內容和主題的擴大之外，席慕蓉本身的蒙古書寫，雖然一開始是由久居漢地的鄉愁所驅動的，但是隨著對於蒙地書寫的深入，由個人返回原鄉的現實經驗和情感，走向真正的蒙古文化和歷史時空，作者實現了對於簡單的「純情之作」的突破，開始有了認知探索、思考分析的成分，這種非情感化的求知心理恰恰是歷史書寫所需要的，也標誌著作者的創作真正由個人經驗世界走向了歷史浩瀚時空。正如席慕蓉稱：「在 1989 年之前，我創作的基調是平穩和安靜的。而在這之後，深藏心中四十多年的火種在踏上高原的瞬間被點燃，那求知的『烈焰』，驅策我一步步去走遍原鄉大地，到今天也還沒有熄滅。」[7]

這種求知的「烈焰」，正是對於早期「席慕蓉現象」的認識當中，所謂學識修養淺顯、社會歷史主題內容缺席的一種反動，也代表著席慕蓉創作轉折的傾向：從淺顯隨性的感性走向深沉嚴謹的認知，從以自我為中心的純粹抒情走向以歷史為聚焦的宏闊敘事，從一種足乎己無待於外的平靜走向上下千年漫溯求索的熱情。與前一種被視為「現象」且作為席慕蓉風格代表的模式相比，後一種更能視為作者世界體驗和生命意識寬闊、圓熟之後的書寫，相比於被「本質化」定型為通俗「文學場域」之下的純情之作，席慕蓉這種開始向更寬闊的地理和精神世界展開的歷史書寫，存在更多的深層文化背景和文本闡釋空間，理應受到更多重視和探討。

二、從社會史觀到自然史觀

作為一個從小在漢文化圈中長大的蒙古族人，席慕蓉一再強調各種歷史文本的闡釋，在她重建自己與蒙古文化關聯、追述蒙古歷史時的影響。

---

[6]賀希格陶克陶，〈序——席慕蓉的鄉愁〉，席慕蓉《寫給海日汗的 21 封信》（臺北：圓神出版社，2013 年），頁 6。
[7]席慕蓉，〈譯者——新版新序〉，《我的家在高原上》，頁 20～21。

但在討論各種詩、歌、英雄史詩、游牧文化史對於席慕蓉歷史書寫的作用之前，首先應看到：儘管席慕蓉在創作早期已經接觸到許多蒙古的史籍，並在 1988 年創作了第一本關於蒙古題材的作品《在那遙遠的地方》，但仍被稱為「二手的東西」、「自己從來沒有任何直接的體驗」。[8]直到 1989 年去到蒙古原鄉並隨後創作《我的家在高原上》，作者才真正進入到蒙古及游牧民族的時空天地裡，成為其創作的「分水嶺」。需要指出的是：席慕蓉的歷史意識不是被作為歷史闡釋的各類文本所激發的，而真正來自於設身處地於蒙古高原的蒼茫遼闊之下，感受天地大化之下的悠長時空。她曾經這樣描述自己進入蒙古草原歷史的源起：

> 面對那難以描摹的浩瀚和遼闊的空間，那難以計數的悠長和邈遠的時間，所有的語言和文字都只能是轉譯的作品而已。
> 眼前這天地萬物才是生命所採用的原文，而我們對眼前這一切包括自己內心感動的描述，再怎麼精確也只能算是譯文的程度。就像「地老天荒」這四個字，就必須要我自己真正踏上了蒙古高原，真正進入了巴爾虎草原，才能夠明白這「原文」的真相。[9]

席慕蓉此處用了「轉譯」一詞，用以形容透過文字書本的歷史認知，與直接設身處地行走在蒙古蒼穹之下的生命體驗之間的隔閡。用席慕蓉自己的話來講，便是一切來自外界與他人的導引和文本的認識，只能讓她自己成為蒙古高原及游牧民族歷史外部「可視表象」的一個旁觀者，而只有一路行走，腳踏上秋日淺褐與暗黃的草原，才彷彿接觸到了蒙古高原的生命真相和時間原文。她曾經表達自己踏上蒙古原鄉中那一刻的時空感悟：「我好像才明白了什麼叫做天荒地老，那應該是在難以挽留和難以更改的時空之中，生命卻又領會到那一切發生過的悲歡絕對都是真實可信並且從

---

[8]席慕蓉，〈譯者——新版新序〉，《我的家在高原上》，頁 17～18。
[9]席慕蓉，〈譯者——新版新序〉，《我的家在高原上》，頁 14。

來也沒有離開過的。」[10]

此時作者對於蒙古歷史認知與寫作的發生，涉及到一個漢文化圈中生長的蒙古人，重新認識蒙古的歷史觀念差異問題：席慕蓉從漢地返回蒙古原鄉，從個人世界走向歷史時空，走向和感知的究竟是什麼歷史？蒙地原鄉、游牧民族的歷史時空觀念，與席慕蓉所生長的漢族儒家文化圈的歷史觀念，有較大不同。以儒家思想為代表的漢文化，極為注重「歷史」的敘述和表達，漢族主流甚至直接被以「史官文化」命名，而這種以人事為核心的「史官文化」[11]，注重的是宗法制社會中倫常道德和差序結構的建立，並且以文字作為史學發生之前提，講究官方對於文字歷史的解釋權威，所以形成了崇實際、講正統、重人倫的敘事風格。而與之相對，位於儒家文化圈邊緣的諸如楚地巫官文化，則更接近於注重自然、鬼神、超現實想像的宗教、巫術等原始文化生態。在中國歷史發展源流中，前者對於後者而言，是主幹與支流的關係，而以後者為代表的文化和歷史觀念，常常會受到主流權威代表「史官文化」帶來的衝擊和壓力。對於部分沒有文字敘事歷史、且長期被視為華夏文明圈「邊緣」、「少數」的民族而言，此種壓力的感覺則更加強烈。在席慕蓉追溯原鄉歷史文化的過程中，一方面固然是久居漢地、重返原鄉的焦慮和隔閡，另一方面更多的則是以漢文明為中心的文化，對於作為「他者」的少數民族個體歷史認知所帶來的壓迫感和緊張感。

首先，這種壓迫和緊張感來自於以文字崇拜為根本的「史官文化」，席慕蓉在《金色的馬鞍》、《我的家在高原上》等文章中，數次提到由漢字、漢民族為中心的歷史書寫權力，對於游牧民族歷史的擠壓（席慕蓉之後在大陸出版的一本關於蒙古的散文集子，甚至就直接用《蒙文課》命名）。從文字書寫權力的包圍下，到自然體驗和認知的「轉譯」過程，席

[10]席慕蓉，〈譯者——新版新序〉，《我的家在高原上》，頁 23。

[11]范文瀾先生在《中國通史簡編》當中首先提出關於中國南北「巫官文化」與「史觀文化」之分，認為兩種文化「史重人事，長於證實；巫事鬼神，富於想像。」參見范文瀾，《中國通史簡編（修訂本）》第一編（北京：人民出版社，1964 年），頁 282。

慕蓉作為一個不諳母語、「漢文世界裡長成的蒙古人」[12]，自幼開始便受到漢字為主體的歷史教材、書籍的影響。這種漢字帶來的無形的壓迫和阻隔，被作者形容為歷史的銅牆鐵壁：

> 只要是美好的，一定與「黃帝」有關。只要大膽假設，小心求證，到了最後，一定可以證明它們是屬於正統的血緣，屬於華夏屬於中原，那由漢字書寫建構而成的大一統中國歷史的銅牆鐵壁，緊密堅固又無懈可擊。[13]

因為沒有文字從而導致的歷史書寫真空的焦慮，並非只存在於席慕蓉的蒙古書寫當中。文革時期曾到蒙古插隊的大陸穆斯林作家張承志，曾在文章中考證各蒙古汗國之間的口頭盟誓（借助口頭的政治契約），指出：是因為畏兀兒體蒙古文字以及其代表的史書《元朝祕史》出現，才逐漸發生文化質變並邁入文明行列，在此之前，各蒙古汗國實質處於一種與其超強軍事實力不相稱的無文字和文化水平低下的狀況。[14]另一位大陸作家姜戎在其創作的關於蒙古民族的小說《狼圖騰》當中，讚嘆蒙古民族的剛毅勇猛之餘，也曾經借小說人物蒙古老人畢利格之口感嘆：「漢人寫的書盡替漢人說話了，蒙古人吃虧是不會寫書。」[15]蒙古為代表的游牧民族，因為在以文字修史方面的先天弱勢（席慕蓉曾經提到蒙古薩滿教文化中，對於歷史面貌的記述主要用文字之外的「口傳」，是一種「無經文、無經書的信仰」[16]），往往易成為注重人倫秩序、道德規範的漢家史官筆下的原始、野蠻「他者」，這是在漢文化圈內、用漢字試圖重新書寫蒙古歷史的

[12]席慕蓉，〈譯者——新版新序〉，《我的家在高原上》，頁 15。
[13]席慕蓉，〈紅山文化〉，《金色的馬鞍》（臺北：九歌出版社，2002 年），頁 37。
[14]張承志，〈關於早期蒙古汗國的盟誓〉，《牧人筆記》（長沙：湖南文藝出版社，1999 年），頁 94～107。
[15]姜戎，《狼圖騰》（武漢：長江文藝出版社，2014 年），頁 30。
[16]席慕蓉，〈母親的懷抱〉，《大雁之歌》（臺北：皇冠文化出版公司，1997 年），頁 87。

作家們普遍感到歷史和文化失衡。

其次，另一種壓力，則來自於以社會、人事為核心的修史觀念。這種修史觀念不僅僅局限於注重倫常的漢文字、文化內部，在以西方人文主義、啟蒙思想主導的現代文明當中，同樣有著以人的活動和思想為核心記載歷史的觀念體現，如同中華文明當中「史官文化」對於「巫官文化」的壓制中，前者被認為是較之後者的一種更高級的文明形態；中世紀之後西方史學、知識分子向人文主義史學觀念的轉變，也往往被視為是近代文明的曙光；相反壓抑人性、注重神性、自然和彼岸世界的宗教意識和話語，則被視作愚昧、迷信的「黑暗時代」。因此，在同樣注重人事、社會的中西方史學家筆下，歷史的進程是一種以人為核心的社會循環或者進步，是人文和理性高揚的結果，在這一過程中，宇宙自然鬼神並非其主體，且與之相連接的神話、傳說、宗教被逐漸移出歷史知識和敘述體系當中。例如義大利史學家維科在著名的著作《新科學》當中便開始指出：歷史與自然科學不同，歷史是人創造的，因此歷史規律不同於自然規律，其知識體系亦不能等同於自然知識，隨著人類歷史進程當中早先兩個階段神祇時代、英雄時代的結束，人的時代開啟，社會政治經濟文化不斷繁榮的一個結果，便是原始的宗教和神話逐漸消失、詩歌的表達開始讓位於哲學以及修辭術。[17]

在這樣一種以農耕文明為代表的「史官文化」和以工商業文明為代表的人文主義史學觀念的雙重壓力之下，游牧民族及其文明對於世界、歷史的認知方式和知識架構，始終處於一種邊緣位置。以中國北方地區游牧民族典型的民間信仰薩滿教為例，席慕蓉曾經總結這種教內信仰有三種主要內容形式：「一是大自然崇拜，二是圖騰崇拜，三是始祖崇拜。」[18]其中對於大自然的崇拜是游牧民族主要的精神信仰，這種信仰甚至要早於薩滿教

[17]參見何兆武主編，《歷史理論與史學理論——近現代西方史學著作選》（北京：商務印書館，1999 年），頁 42～53。

[18]席慕蓉，〈創世紀詩篇〉，《席慕蓉和她的內蒙古》（上海：上海文藝出版社，2006 年），頁 142。

本身，早在「敖包祭」活動和「敖包文化」上，就已經體現出蒙古民族為代表的游牧民族在初民時代對於自然的態度，並且相對於農耕文明、工商業文明因為社會本身的發展而逐漸淡化的自然崇拜和圖騰崇拜，游牧民族對於這些與宇宙天地、自然萬物相連接的精神信仰，卻一直保持下來。席慕蓉在散文〈創世紀詩篇〉中談到了蒙古民族的這種精神特質，以及這種信仰本身在族人中間的一直流傳對於自己的影響，她在文中寫到：

> 遠古的初民堅信自然天體具有生命、意識以及偉大的能力，這樣的信仰雖然在之後悠長的歲月中經歷了種種的發展與修飾，然而主要的精神卻從來沒有任何改變。從小，父親就告訴我，他相信大自然之中有一種力量。[19]

無論是敖包代表的山石道路，天神騰格里代表的天空蒼穹，還是母親代表的草原大地，在蒙古以及游牧民族的信仰當中，萬物有靈且眾生平等，因此在這種精神信仰下營造的關於時間的知識體系，很難出現農耕、工業文明歷史表達當中以人以及人的社會為絕對中心的歷史觀念，更多的是人與天地、社會與自然和而為一，在天地大化之中感受時空變幻與神靈宇宙的一種對話，例如神話、傳說以及英雄史詩。甚至在漢家史官筆下常常作為歷史敘述主旨的倫常禮儀，在游牧民族的歷史當中也存在著另外一種表達，在散文〈禮失求諸野〉中，席慕蓉談到了對於游牧民族「強悍野蠻」的偏見，也談及了一直存在於游牧民族習俗中的儀式、禮節、待客之道，在幾千年的歷史長河中被得以保留，是因為自然的原因，因為「在那片曠野裡，生活是那樣艱難，大自然的考驗是那樣嚴酷，卻反而使得千年以來許多傳統的『儀式』，一直延續了下來。」[20]由此可以看出，在關於許多游牧民族族人生活的時空、世界知識體系的構建過程中，自然的力量和

---

[19]席慕蓉，〈創世紀詩篇〉，《席慕蓉和她的內蒙古》，頁 149。
[20]席慕蓉，〈禮失求諸野〉，《大雁之歌》，頁 183。

規律沒有被排除在外，而是與人融為一體。席慕蓉有關歷史的書寫繼承了這一精神特質，在她書寫蒙古的散文集《大雁之歌》中隨處可見，她對蒙古民族人的蹤跡和歷史變遷的探尋，都是與鄂爾多斯高原、額濟納綠洲、大興安嶺森林、額爾古納額母親河等生態地域聯繫在一起進行敘述的。由此可以理解席慕蓉認為自身對於蒙古歷史書寫的真正起源，對於時間真相的理解，來自於直接體驗的自然天地，而非各類文字構成的歷史書籍。

這種來自天地自然的時空認知，在作為與史官文化相反、同時也是「反現代性」的文學表達中時常可見，例如深受巫楚文化影響、自稱為「鄉下人」的沈從文，就曾寫道自我「從自然領受許多無言的教訓，調整到生命……若在人事光影中輾轉，即永遠迷路」。[21]相似的觀念，在大陸女作家遲子建關於北方游牧民族鄂溫克族的小說《額爾古納河右岸》中也曾出現，小說中，作為鄂溫克族人最後一任酋長妻子的「我」，曾經表達了與進入城鎮接受教育的族人的不同意見，在接受了城市文明洗禮後的族人瓦羅加看來，只有學習知識的人才有眼界看到世界的光明；而「我」始終不相信僅僅從書本文字獲取的知識，便能得到一個幸福光明的世界：

> 我覺得光明就在河流旁的岩石畫上，在那一棵連著一棵的樹木上，在花朵的露珠上，在希愣柱尖頂的星光上，在馴鹿的犄角上。如果這樣的光明不是光明，什麼又會是光明呢！[22]

相比於更注重人類社會秩序、宏大歷史的男性視角，同為女性作家，席慕蓉的歷史書寫也注重自然世界，以及自然世界為游牧民族所帶來的生存和智慧之光。正因如此，席慕蓉從寫作蒙古題材一開始，就注重蒙古草原自然和生態歷史的呈現。從探尋鄂爾多斯高原上 36 億高齡的岩層開始，到蒙古高原遠古史上的絢麗珊瑚，以及代表著原始森林、游牧文化最初信

[21]沈從文，〈潛淵〉，《沈從文全集・第 12 卷》（太原：北嶽出版社，2009 年），頁 87。
[22]遲子建，《額爾古納河右岸》（北京：人民文學出版社，2010 年），頁 193。

仰的黃金大興安嶺，作者在探尋著大地山河的升降、星辰雲圖的起落，對於生長於斯的民族部落興盛、繁華乃至空蕪的作用。在這樣一幅以自然生態為主調的歷史畫卷中，人只是這宇宙萬物變遷的一部分。在散文〈嘎仙洞〉當中，作者追隨史籍記載和考古工作者的腳步，探尋拓跋鮮卑民族的發祥之地，發現作為北魏拓跋王朝歷史源頭的天然洞穴，亦來自於自然的饋贈：大興安嶺在億萬年陸地、海洋變化和火山噴發的影響中，慢慢形成了地表的崇山峻嶺，然後「在悠長的年月間，一步步地改變，到了最後氣候濕潤，森林密布，成為孕育初民的最好生存環境，是一位無比溫柔又無比巨大的母親。」[23]在散文〈渡河〉中，通過《蒙古祕史》的記載，重新找尋輝煌的蒙古帝國早期的神話與傳說，包括成吉思汗先祖孛兒帖・赤那與妻子豁埃・馬闌勒（二人蒙古文名字的意思是自然界的「蒼狼」與「美鹿」）橫渡呼倫湖和貝加爾湖，來到呼倫貝爾大草原，「在美麗豐饒的大地上安頓了下來，讓他們子孫繁衍，終於成就了游牧民族歷史上最為輝煌的一段黃金時光。」[24]幾乎一切游牧歷史和文明的興起、繁盛，最終都歸結於天地的賜予，也都與自然有關。

席慕蓉的這種歷史書寫，與其說是一種對於游牧民族傳統時空觀念的回溯，毋寧說其自身也帶有某種時代感和超前性。實際上，在歷史學研究領域，將歷史觀照的具體對象和內容，從人擴大到自然，重新將自然納入到歷史學研究的範疇，已經被視為是 20 世紀一場「新時代的史學革命」。[25]這場源自於後現代思潮對於人類現代化、工業化的反向思考，其維度不僅僅局限於反思工業、科技、技術本身給人類社會帶來的負面效應，更在於對於自然萬物各自作為歷史景觀的一部分、所形成的歷史整體和生態系統的強調。即使是開化了、啟蒙的、理性的人之歷史，依然不能單獨從這個封閉的自然系統中獨立出來，一如美國學者巴里・康芒納在其著名的著作《封

[23]席慕蓉，〈嘎仙洞〉，《大雁之歌》，頁 36。
[24]席慕蓉，〈渡海〉，《金色的馬鞍》，頁 100。
[25]夏明方，〈生態史觀發凡——從溝口熊三《中國的衝擊》看史學的生態化〉，《中國人民大學學報》2013 年第 3 期（2013 年 6 月）。

閉的循環——自然、人和技術》中所強調的：作為空間系統的自然和生態網中，「每一種事物都與別的事物相關」；而作為時間歷史的生態網發展，則表現為「一切事物都必然要有其去向」。[26]大陸歷史學者夏明方對這種由自然生態領域衍生到傳統史學領域的生態學思維，進行了總結：

> 把人與人的關係和人與自然的關係共置於同一個生態系統之中，同時將人或自然歷史化，也就是把兩者都視為過程式的存在物，視為經由各種關係的回饋式互動而湧現出來的事件……共用某些最基本的生態學原則。[27]

這種時空觀念體現在席慕蓉的原鄉、游牧民族歷史書寫中，從遠古初民時代的發生，到鮮卑、匈奴的興起，到蒙古帝國的繁盛，到喀爾瑪克人、鄂溫克族人的民族離散，再到近現代以來北方曠野草原及其文化在現代文明面前的衰敗、式微，游牧文化和歷史作為人類文明的一種，一直處在生態、環境史發展的範疇中，與之息息相連。如前文所述，游牧民族根植於森林、山河、草原等得天獨厚自然環境的發生、發展歷史，在神話、傳說、歷史中常被表述天地的恩賜，並形成了關於天神「騰格里」、大地母親的圖騰信仰；同樣在草原文明式微的時期，游牧民族經受的苦難，亦與草場沙化、樹木消失、生物滅絕等生態變化相伴隨。在〈河流的荒謬劇〉、〈開荒？開「荒」！〉、〈送別〉、〈髮菜——無知的禍害〉等散文中，席慕蓉的筆觸大面積地涉及和關注被日益破壞的草原文明生態，這是她自然時空意識的當下經驗，從漢文化圈、現代都市回到蒙古原鄉，席慕蓉經歷從社會史觀走向自然史觀的過程，而目睹山河日益凋敝、植被草場被毀的現狀，從自然史觀走向生態史觀，則是席慕蓉關於蒙古歷史書寫的進一步深入。

---

[26]巴里・康芒納著；侯文蕙譯，《封閉的循環——自然、人和技術》（吉林：吉林人民出版社，1997年），頁25、30。

[27]夏明方，〈生態史觀發凡——從溝口熊三《中國的衝擊》看史學的生態化〉，《中國人民大學學報》。

三、從宏闊證實到個性體驗

自然描摹、生態毀壞以及神話傳說，構成了席慕蓉以游牧民族身分對於原鄉歷史書寫的幾種視域，也成為其身為蒙古族後裔區別於漢民族的身分表徵。席慕蓉以及草原民族這種迥異於漢族史官文化時空意識，類似於余英時總結的以印度、以色列代表的宗教哲學當中，對於自然、宇宙等超世間形態「天道」的興趣，以及對於現世歷史觀念的淡薄，「相形之下，中國古代之『道』，比較能夠擺脫宗教和宇宙論的糾纏。……強調人間秩序的安排」。[28]余英時稱之為「人間性」，而這種由「天道」轉向「人道」的人間秩序安排，正來自於以士為代表的史官對於宏闊的、現實人間歷史的考據證實與評判訴求。

席慕蓉的蒙古歷史書寫，也存在著一個由「天道」轉向「人道」的過程，從自然、萬物的隱喻當中來獲取時空意義的民族歷史形態，並不意味著席慕蓉對於現實社會當中宏闊歷史、「人間性」的捨棄，也並不意味著其不曾有過歷史書寫所常見的社會的、現實的乃至政治的表達。正如法國歷史學家吉爾・德拉諾瓦所言，這些通過自然之理呈現出的民族歷史，「因為由於並非自然，民族才宣稱是源於自然。民族以或多或少虛構的方式所完成的恰恰就是歷史的、政治的、社會的存在自然化」。[29]隨著逐漸深入到蒙古草原的時空深處以及同時在其他文字建構的時空歷史當中感受到的壓力、不平衡、邊緣化，席慕蓉的這種自然生態史觀也開始轉向蒙古民族歷史的現實敘事。在史學觀念自然生態化的同時，席慕蓉歷史書寫也存在著歷史化社會化乃至政治化的傾向——對於以族群、族人為中心的蒙古社會發展歷程的追溯和民族身分的真實體認。

以民族本身作為歷史建構與想像的中心和主體，席慕蓉筆下的蒙古民

[28]余英時，《士與中國文化》(上海：上海人民出版社，1987 年），頁 49～50。

[29]吉爾・德拉諾瓦著；鄭文彬、洪輝譯，《民族與民族主義》(北京：三聯書店，2005 年），頁 15。

族歷史時空十分宏闊，上溯古代游牧民族發源的原始洞穴，下達當代民主思潮影響下建立的現代國家。而在這一系列的追溯和體認，不可避免地建立在以文字為基礎的歷史典籍搜尋、查找與對話上。這意味著席慕蓉的一部分蒙古歷史書寫，由傳統草原的自然時空觀念進入到漢文化正統、現代理性的現實歷史時空當中，亦從注重想像、審美、抒情的神話、傳說以及文學的世界，進入到了講究客觀、理性、科學的歷史學世界。因為歷史考據的需要，席慕蓉有意放棄了一些文學個性審美的特徵，而對於傳統史學來說，這種通過各種歷史典籍和文獻對宏闊的歷史真實的徵求十分普遍，用美國歷史學家海登・懷特的概括來說，「科學的」史學編纂，往往具有其作為宏闊歷史書寫的特徵：

> 提倡對歷史現象的共時再現，對漫長的、大多數情況下是「非人格」的歷史進程進行結構—功能分析，並提倡建立模式，以解釋歷史記載中複雜的影響力和長期的走向。[30]

席慕蓉向宏闊歷史徵實的轉向或者可以稱焦慮很大一部分來自於：同樣是游牧民族的歷史，存在著兩極化的歷史描述：一種是將蒙古為代表的游牧歷史置於一種殘暴野蠻的形象，作為文明歷史的對立面存在；另一種則以紅山文化、北魏王朝、蒙古帝國等輝煌時期作為人類歷史及文明繁盛的一個代言。這也產生了何種歷史描述更趨向真相與本質的歷史真實問題，亦即我們可以看到的在這種兩極化描述中，同時都存在著的海登・懷特所言的漫長的、非人格化的「共時再現」和「功能分析」。在席慕蓉的童年經驗之中，前一種歷史描述造成的壓力一直存在，學校歷史課本、文史資料、地方誌，無不充斥著一種關於野蠻、殘暴的蒙古想像，以及蒙古帝國和元朝興起對於漢文明的破壞、衝擊甚至是中止的影響判斷。漢族正

[30]海登・懷特著；陳永國、張萬娟譯，《後現代歷史敘事學》（北京：中國社會科學出版社，2003年），頁345。

統史籍和民間認知之外，以瑞典學者多桑為代表的對於蒙古歷史的表述也頗具有代表意義，在其著名的《多桑蒙古史》中，19 世紀西方以西方世界為中心對於文明和野蠻的邊界區分尤為明顯：「蒙古人於侵略之後，待遇殘餘之民如同奴隸；其幸而免於鋒鏑者，則不免呻吟於一種暴政之下。……由是觀之，印刻其蠻野性之蒙古史，只能表示有醜惡之敘述。」[31]

對於事實的徵求是歷史書寫的根本，因而由於戰爭引發的血腥犧牲與殺戮自然成為歷史學家攻擊蒙古歷史的罪狀之一。但是這本身也是充滿爭議的問題，從更加宏觀的歷史共時的事實和歷時的走向影響出發，關於蒙古人對於歐亞大陸的侵略，也有另一種事實的說法，例如日本學者杉山正明在其《顛覆世界史的蒙古》中就曾經通過史料考證，所謂血腥殘暴的「蒙古破壞」某種程度上帶有真實成分，但也存在誤解，這種形象出自於蒙古統治者戰略需要的渲染，也有被侵略者後世對於責任的轉移和推卸。而實質上，蒙古歷史中有旭烈兀無血開城的範式，有促進伊斯蘭文明向世界拓展、延伸的功績，並且在元朝和各大汗國形成了歐亞大交流的世界格局，以及導致了中華文明地區由各民族對峙的「小中國」格局，開始了向整體融合的「大中國」轉型。在杉山正明為代表的一部分歷史學者看來，正是因為蒙古帝國的出現，才使得「人類的歷史終於具有了一個不是部分歷史之間的拼貼湊合，而是一個形象完整的整體。」[32]

席慕蓉由個體純情之作，轉向追溯原鄉和草原民族歷史，一定程度上也因於這種宏闊、整體的歷史訴求，甚至在其一些散文創作當中觀點鋒芒畢露，不惜與之所感受到的歷史歧視與不公針鋒相對。與許多對蒙古歷史心馳神往的文人作家一樣，席慕蓉在追溯自己原鄉歷史之時，也談到了被蒙古人尊為聖典的《蒙古祕史》。除了這本史書用文學筆法對於游牧民族最為輝煌的一段歷史進行了親切感人的描寫，在傳奇性、審美性方面格外

[31]多桑著；馮承鈞譯，《多桑蒙古史》（北京：中華書局，1962 年），頁 8。
[32]杉山正明著；周俊宇譯，《顛覆世界史的蒙古》（新北：八旗文化／遠足文化公司，2014 年），頁 116。

吸引讀者，席慕蓉還特別強調的是，在大部分由中原漢人用漢字寫就並且視為「正統」的正史之外，這是蒙古人「從自己的觀點用自己的文字來書寫的歷史……光明磊落、樸實真摯」、「與一般以大漢民族立場所編寫的史書，有很大的區別」。[33]借助這本史書，席慕蓉對於帶有文化絕對主義色彩的宏闊歷史表述充滿質疑：

> 我並不反對一個民族自視為唯一的「正統」，但是，讓我不明白的是，這個民族在塑造與建立了自己的正統之後，為什麼時刻不忘去多踩別人一腳。
>
> 因此，在蒙古祕史中所記載的不加掩飾的困境，反而更成了他們用來挖苦他人的利器。[34]

隨著作者逐漸感知到詮釋話語權力對於歷史知識生產的影響，在關於蒙古歷史的書寫文章中，開始體現出席慕蓉對於歷史的理解。特別是從「史官文化」為代表的文字歷史書寫對游牧民族口傳歷史形成的壓力出發，直到近現代以來因為社會歷史變遷，意識形態對於蒙古民族原本時空認知譜系的篡改，歷史的書寫更多時候意味著一種權力意志的體現。類似於西方殖民歷史當中對於歐美、白人文化圈之外的文明、社會、民族的認知，蒙古民族為代表的北方游牧民族，在漢民族的史籍和漢字的表述，以及政治權力、意識形態影響之下的歷史觀念當中，也存在敵對、矮化的傾向。從儒家正統的官方史籍，到臺灣的歷史教科書；從正史記載中野蠻殘暴的民族想像，到象形文字裡含有歧視的醜陋命名，席慕蓉早期的蒙古歷史認知在審美和自然之外，也無不感覺到主觀權力意志，對於北方游牧民族歷史及其文化形象的威壓。以至於作者發出這樣的疑問：「作為一名史官，作為一個知識分子，要在史冊與書本裡記錄下這些敵人的名字的時

[33]席慕蓉，〈渡海〉，《金色的馬鞍》，頁100。
[34]席慕蓉，〈渡海〉，《金色的馬鞍》，頁101。

候，是不是應該用一種比較超然的態度來面對呢？」[35]從宏闊的共時再現和歷時影響層面，無處不有這種由於地緣政治及文化的偏差導致的歷史認知的偏見：

> 在許多文字的資料裡，關於蒙古帝國的成因都歸於武力的強大或殘暴，卻很少提到戰略與戰術上的智慧，領袖的知人善用，愛護戰友和部下，以及自身品德和性格上的優點等等……以及文化上的成就等，更是絕口不提，好像文治與武功之間有著毫不相干的「隔絕」似的。[36]

或許是出於對於以文字為代表的文化霸權的抗拒，席慕蓉對於蒙古歷史、價值的實證，有許多來自於文字作品之外的文化印記，也更願意偏重於帶有審美特徵的民族藝術、風俗和心靈層面：例如在〈發現草原〉中，對於中國古代傑出的石窟藝術，席慕蓉將其源流追溯到因於蒙古高原的地理環境，在北亞游牧民族初民時代伴隨著薩滿教的發展而產生的藝術方式和習俗；在〈紅山文化〉中，對於學者視為中華文明傳統精華的紅山文化，席慕蓉通過多方探究和印證，在文章中努力為其所負載的北亞游牧民族特質的動物圖騰圖案、「地母」崇拜陶塑正名；在〈伊金霍洛與達爾哈特〉中，面對千古流傳的蒙古草原的風俗儀式，席慕蓉將伊金霍洛的祭典形容為一本關於文化、信仰、風俗的大書，即使民族歷經浩劫、歷史文獻屢被劫掠，草原上的族人依然能夠通過這些儀式的傳承來感受民族傳統的精華。

雖然直面相關典籍、文獻以及史學著作當中、有關蒙古歷史起源和發展歷程的考證和爭議，面對文化弱勢以及歷史闡釋權的旁落所造成的蒙古歷史認知矛盾和危機，席慕蓉對於歷史真實的焦慮和對於民族認同的宏闊訴求始終存在。但對於知識的絕對主義，亦即宏闊歷史真實的有效性，席

[35]席慕蓉，〈疑問〉，《大雁之歌》，頁 107。
[36]席慕蓉，〈發現草原〉，《金色的馬鞍》，頁 186。

慕蓉在追尋蒙古歷史時空的過程中，通過關於歷史詮釋權的反思，也逐漸有自覺意識；在承認立於民族立場之上、客觀的歷史真實的同時，也在解構自己初涉草原歷史時所孜孜追尋的、欲為民族正名的絕對知識和歷史真實問題；在保留一些客觀性史實記述的同時，承認歷史敘述本身的主觀性、文化的、語言的色彩。在〈誠實的記錄〉一文當中，席慕蓉談到了自己逐漸領會的「歷史」的本質問題，承認漢民族史料為代表的文字記載的某種客觀性真實，以及作為民族心聲的主觀性必要，因為：

> 不管那些文字如何令我沮喪，起碼他們都是誠實的感覺。幾千年來，北亞的游牧民族一直是南方農耕民族的威脅，是生活資源的爭奪和掠奪者，再加上地理的阻隔，文化的差異，因此在漢人以漢字書寫的歷史裡，當然會對敵對的一方充滿了敵意與歧視，這是理當如此的誠實的記錄。[37]

正因為此，宏闊的、漫長的、共時再現性質的書寫並未成為席慕蓉有關蒙古歷史系列散文創作的中心，作家的筆觸始終保留著向抒情化的個性傾向，充滿著個性體驗色彩的審美特徵。從非文字的青銅器、石窟造像藝術，到口傳的民族神話、史詩、歌曲，充滿民族美學色彩的民族文化印記，反覆出現在她的蒙古歷史書寫當中。席慕蓉曾經表示，自己在蒙地行走和閱讀歷史的過程中，有一種對於「美」的偏好：

> 在這條通往原鄉的長路上，真正吸引我的部分通常不是帝王的功勳，不是那些殺伐與興替，而是史家在記錄的文字中無意間留下來的與「美」有關的細節。這種「美」在此不一定指大自然的景色，或是文字與藝術的精華，其中也包含了高原上的居民對於人生歲月的感嘆和觸動。[38]

---

[37]席慕蓉，〈誠實的記錄〉，《金色的馬鞍》，頁 170。
[38]席慕蓉，《金色的馬鞍》，頁 14。

席慕蓉從自然史觀回到蒙古的歷史社會乃至政治，但她筆下的「人間性」，沒有體現在宏闊的戰爭殺伐、王朝更替或者人倫秩序，也無意就一些因於民族主義、意識形態的糾葛繼續辯駁（如她所言，無需掩藏歷史積累的民族仇恨，但要求對於民族歷史「真實和公正的對待」[39]），她更關注來自於個人歲月體驗中、在藝術和文字裡昇華的美感。因此，在與一部分漢字寫就的主流歷史敘述針鋒相對之後，席慕蓉筆下的文字逐漸緩和下來，並在一些歷史書寫中，開始觸摸到冷酷文字所構成的歷史高牆背後、個體生命的溫度。重新面對大歷史，作者更加從容和本真，席慕蓉曾經這樣形容自己讀到著名歷史學家黃仁宇《中國大歷史》時的感受:

> 當然，我明白這是作者特意選用的一種「宏觀」寫法，可是，有時候在兩三頁裡（譬如晚明）就將十幾個皇帝的上上下下一筆帶過，也不免覺得心驚。
>
> 我當然不是在反對這種寫法，相反的，只是發現一個統治者一生的經營，每日的推敲和選擇的心機，在史家的筆下卻僅有一頁甚至僅得一行的評語，不免覺得生命的本質變得極為虛空。[40]

與所被形容的從單純個人走向浩瀚歷史恰恰相反，席慕蓉在蒙古歷史書寫的部分篇章中，又從宏闊的歷史求真和考據，返回到了細微的個體命運關注。不再糾纏於過去民族糾葛、紛爭以及意識形態分歧所引起的歷史爭議，席慕蓉歷史書寫中「人間性」的體現，是將自我的視線移至了「個人歷史的重建」。宏闊的民族戰爭、意識形態衝突產生的歷史本真問題，以及由此引發作者基於民族身分所產生的時空和歷史焦慮，在這些個體生命的尊嚴塌陷和悲劇運命面前開始被解構。在席慕蓉的個性體驗中，一些個人化、富有主觀情感的口述歷史方式大量出現，例如義都合西格老師關

[39]席慕蓉，〈我的困惑〉，《寫給海日汗的21封信》，頁88。
[40]席慕蓉，《2006／席慕蓉》（臺北：爾雅出版社，2007年），頁171。

於英雄嘎達梅林的回憶(〈嘎達梅林〉),仁慶先生關於哲別大將軍阿拉格蘇力德的回憶(〈回音之地〉),丹僧叔叔對於喀爾瑪克蒙古人的回憶。

〈丹僧叔叔——一個喀爾瑪克蒙古人的一生〉當中,席慕蓉接觸到的不只是宏闊、客觀的文字史籍,而是親歷了大饑荒、二戰、流亡、回到故土以及再次流徙的喀爾瑪克人,帶有主觀情感的、抒情化的口述歷史,作家面對著留守在伏爾加河畔七萬土爾扈特人(被稱為喀爾瑪克人,亦譯為「卡爾梅克」)的命運,無論是 1771 年被中華史家視為悲壯的土爾扈特東歸和被俄國史學家視為「叛逃」(俄國歷史學者稱之為「土爾扈特大逃亡」[41]),或者是在十月革命中作為革命與反革命兩方的紅軍與白軍雙方,還是在大清洗運動中被史達林迫害的族人或是二戰期間隨著德國法西斯軍隊流散到歐洲的勞工,這些大歷史中的民族、政治和意識形態分歧並不作為文章的中心,席慕蓉將焦點投向的是一個個具體的生命在歷史洪流中的流離和遭遇,完成了一篇重建個人歷史記憶和生命尊嚴的散文。

即使這種重建的個人歷史是「主觀的詮釋」[42],是承認歷史在某種程度上是關於民族共同體想像的「集體的潛意識」,「影響了每一個族群的價值判斷」[43],席慕蓉的蒙古書寫和歷史意識,還是呈現出超越民族主義的一面。這一點,在〈松漠之國〉一文中有著體現,在談及自己母親的故鄉昭烏達盟(今赤峰)曾經豐沛的松林,因為 1700 萬農耕地區的漢人的遷入,變成了永遠回不來的夢境,當被問起是否恨這些漢人時,席慕蓉的回答是:「我不恨他們,我恨的是這個荒謬的時代。」個體生命重新走進席慕蓉散文的視野,是宏闊時代和歷史對於普通個體生命尊嚴的摧毀和碾壓:

[41]參見 LII. B.齊米德道爾吉葉夫著;阿爾騰奧奇爾譯,〈論 18 世紀衛拉特人的大遷徙〉,《西北民族研究》1993 年第 1 期。

[42]席慕蓉曾引用學者李歐梵關於歷史敘述的一段文字:「必須恢復個人的歷史記述,否則沒有過去;必須從這個歷史的追述和重述中重建個人的現在,即使這種重建工作只是一種主觀的詮釋。」參見席慕蓉,〈「庫倫」和「烏蘭巴托」〉,《我的家在高原上》,頁 104。

[43]席慕蓉,〈風裡的哈達〉,《我的家在高原上》,頁 93。

要毀掉一個人的一生，其實不是件容易的事，但是，在這荒謬的時代裡，要毀掉 1700 萬人的一生卻好像不費吹灰之力。只要有個隱形的導演和編劇，源源不絕地列出名單來，他們自會源源不絕地應聲上場，默默地演出一場流離傷亂的悲劇，再默默地退下，在離家幾千里寒冷的大地上默默地死去。[44]

而在〈小孤山〉一文中，同樣是在尋訪蒙古原鄉歷史的過程中，遇見著對蒙古地區有所覬覦的蘇聯軍隊遺跡，儘管這些士兵曾被部分族人稱為「充滿了私心的侵占惡行」，儘管席慕蓉的散文中不只一次提到蘇聯軍隊給予蒙古族人和後裔的傷害，但站在這些陣亡士兵被安葬的異國墓園和紀念碑旁，作者想到的是一個個只有十幾歲、不到二十歲的年輕生命，被捲入歷史洪流和戰爭漩渦之後的命運中歷史理性和民族利益等宏大主觀此刻，亦在作者重新拾起的個體生命面前開始失效：「歷史要怎樣由他人來詮釋，恐怕都與他們無關了。躺在這裡的是真真實實的少年，在異鄉冰冷的土地倒下，多少美夢與期盼戛然而止，到了最後，只剩下一個潦草刻就的姓名。這樣的真相，任何人也不能再置一詞。」[45]

席慕蓉曾經將離開文字記載歷史，置身於蒙古草原的天地蒼茫之間的時空感悟，稱作是發現「『原文』的真相」，然而，由天地大化的自然逐步進入社會歷史的時空，作者開始孜孜以求宏大的敘事和實證，在文章裡為其中的恩怨紛爭焦慮辯駁，自然的時空也漸成為現實政治、民族歷史的外化。而在這裡面，面對被捲入人類族群之間利益羈絆、現實戰爭洪流中迅時殞命的個體生命，席慕蓉再次反觀歷史「文本」的內涵，重新審視所謂「歷史的真」的意義。這裡與其說是席慕蓉蒙地書寫中自我的一個小小的差異和轉變，毋寧說是一次回歸，是作者回到身分和精神原鄉，站在大的社會歷史時空，在獲得了早期創作所缺失的歷史性、社會性主題和內容之

---

[44]席慕蓉，〈松漠之國〉，《我的家在高原上》，頁 147～148。
[45]席慕蓉，〈小孤山〉，《金色的馬鞍》，頁 72。

後，回到了個體生命意義的感性抒情和細微思考。而這種基於更加寬闊的自然、社會、歷史經驗的個體生命體驗，又較之於早期「席慕蓉現象」中那種淺顯、內在化的抒情審美，有了更加深沉的時空底色和背景，從「天道」到「人道」，融入了自然宇宙、和歷史社會的個性體驗表達，也獲得了某種意義的昇華。

參考文獻目錄

BA

・巴里・康芒納著；侯文蕙譯，《封閉的循環——自然、人和技術》（吉林：吉林人民出版社，1997 年），頁 25、30。

CHI

・遲子建，《額爾古納河右岸》（北京：人民文學出版社，2010 年），頁 193。

DUO

・多桑著；馮承鈞譯，《多桑蒙古史》（北京：中華書局，1962 年），頁 8。

FAN

・范文瀾，《中國通史簡編（修訂本）》第一編（北京：人民出版社，1964 年），頁 282。

HAI

・海登・懷特著；陳永國、張萬娟譯，《後現代歷史敘事學》（北京：中國社會科學出版社，2003 年），頁 345。

HE

・何兆武主編，《歷史理論與史學理論——近現代西方史學著作選》（北京：商務印書館，1999 年）。

JI

・吉爾・德拉諾瓦著；鄭文彬、洪暉譯，《民族與民族主義》（北京：生活•讀書•新知三聯書店，2005 年），頁 15。

JIANG

- 姜戎，《狼圖騰》（武漢：長江文藝出版社，2014 年），頁 30。

LIU

- 劉登翰、莊明萱、黃重添、林承璜主編，《臺灣文學史（下卷）》（福州：海峽文藝出版社，1991 年），頁 651。

QI

- LII. B.齊米德道爾吉葉夫著；阿爾騰奧奇爾譯，〈論 18 世紀衛拉特人的大遷從〉，《西北民族研究》1993 年第 1 期。

SHAN

- 杉山正明著；周俊宇譯，《顛覆世界史的蒙古》（新北：八旗文化／遠足文化公司，2014 年），頁 116。

SHEN

- 沈從文，《沈從文全集・第 12 卷》（太原：北嶽出版社，2009 年），頁 87。

XI

- 席慕蓉，《大雁之歌》（臺北：皇冠文化出版公司，1997 年）。
- 席慕蓉，《金色的馬鞍》（臺北：九歌出版社，2002 年）。
- 席慕蓉，《我的家在高原上》（臺北：圓神出版社，2004 年）。
- 席慕蓉，《席慕蓉和她的內蒙古》（上海：上海文藝出版社，2006 年）。
- 席慕蓉，《2006／席慕蓉》（臺北：爾雅出版社，2007 年）。
- 席慕蓉，《寫給海日汗的 21 封信》（臺北：圓神出版社，2013 年）。

XIA

- 夏明方，〈生態史觀發凡——從溝口熊三《中國的衝擊》看史學的生態化〉，《中國人民大學學報》2013 年第 3 期（2013 年 6 月）。

YU

- 余英時，《士與中國文化》（上海：上海人民出版社，1987 年），頁 49～50。

ZHANG

- 張立群、劉曉麗，《當代詩歌史上被忽視的兩個熱點「現象」〉，《石家莊學院學報》2014 年第 2 期（2014 年 4 月）。

・張承志，〈關於早期蒙古汗國的盟誓〉，《牧人筆記》（長沙：湖南文藝出版社，1999 年），頁 94～107。

ZHAO

・趙煒，〈「席慕蓉現象」析論〉，《河南科技大學學報（社會科學版）》2007 年第 4 期（2007 年 8 月）。

——東吳大學主辦「席慕蓉研討會」會議論文，2016 年 10 月 1 日

一條新生的母河
閱讀席慕蓉

◎楊錦郁*

一、認識席慕蓉

第一次感受到席慕蓉與眾不同，是在閱讀她的《黃羊・玫瑰・飛魚》（1996 年出版）中的〈荷田手記〉之一。

> 在花開的季節裡，想看荷，就開車南下去嘉義投宿。第二天早上四點半起床，五點出門，開了十幾公里之後，我就可以安靜地站在臺南白河鎮上任何一方荷田的前面了。
>
> 整片大地都還在暗暗沉沉的底色裡，只有荷田淺水處那些枝莖空疏的地方，水面倒映著欲曙的天光，開始這裡那裡像鏡子一樣的亮了起來，由於光的來源還很微弱，這些碎裂的鏡面也就還有點沉滯和模糊，像博物館裡那些蒙塵的古老銅鏡，帶著斑駁的鏽痕。
>
> 我就站在旁邊，站在植滿了老芒果樹的產業道路上，靜靜等待，等待那逐漸明亮的天色，等待那日出的一刻，等待那一層一層把鏡面拭淨擦亮到最後不可逼視的剎那。
>
> 在那日出的瞬間，水色幾乎就是燦然的光，讓一叢叢的蓮枝荷葉都成了深色的剪影，彷彿是刀刻出來的黑白分明。
>
> 而在這之間，只有落單的荷花，花瓣在逆光處雖然薄如蟬翼，卻還能帶

*發表文章時為《聯合報・副刊》編輯，現任《人間福報》總監。

著一點透明的粉紫，既是真實又如幻象，讓人無法逼視。

在那一剎那裡，我心中空無一物，卻又滿滿地感覺到了那所謂「美」的極致，只有這樣，只能這樣罷。那燦然的瞬間短到不能再短，只好用我長長的一天不斷地去回味，所謂創作，不過也只能是一種追尋與回溯？

讀完這篇文章後，胸中澎湃，腦海湧現許多疑問：這是一個什麼樣的獨立女子，竟然想到要看荷花，便可以連夜開車從北而下？這個擁有家庭和兩個孩子的婦人怎麼這樣自由？觀察力這樣細緻？文筆如此好？又這麼會畫荷花？

當時，席慕蓉已經以包括「荷花」為主題的系列畫作聞名畫壇，在文壇上，她的詩集從《七里香》、《無怨的青春》等等，開創了空前銷售成績，讀者群從臺灣、大陸到海外的華人世界，甚至到了蒙古。報紙副刊上，不時看到她細膩的針筆畫配上婉美的詩作。

然而，我卻一直到讀了〈荷田手記〉，才受到她文字力量的撞擊，因為，在短短的文章中，她鋪展出一個絕大多數女子所望塵莫及的生活及心靈世界。於是，開始覺得她特別。

逐漸地知道，她的特別來自許多方面。

席慕蓉，蒙古名字是穆倫・席連勃，父親是察哈爾盟明安旗，母親是昭烏達盟克什克騰旗，皆是貴冑之後。

席慕蓉雖然自幼未曾在自己的故鄉成長，但由於父母親家族與故土間千絲萬縷的情感牽連；她的伯父甚至還因內蒙古的自治運動，遭到日本人暗殺，因此，在她的成長過程中，精神上的鄉愁是隨著她對父母親的孺慕之情與日俱增，她自己甚至說過：

深藏在我們心中，有一種很奇怪的「集體的潛意識」，影響了每一個族群的價值判斷。

心理學家說它是「由遺傳的力量所形成的心靈傾向」。

> 也就是說，去愛自己的鄉土，原來並不是可以經由理智或者意志來控制的行為。
>
> ——《江山有待．風裡的哈達》

由遺傳而來的蒙古文化，以及自己成長所接受到的漢文化，乃至教育和留學歐洲而來的西方文化，在她身上自然匯集，使她成為一個具有多文化背景的人。

因為家世的因素，席慕蓉有機會得到完整的教育，由教育所獲得而來的知識，固然成為她強大力量的來源，更重要的是，從席慕蓉的家庭教育，乃至日後她走入婚姻生活，她所受到的都是極為平權的對待，父母或丈夫以及子女對她全然的愛與包容。由於一直在平權與愛的氛圍中生活，養成她一種獨特的氣質，就是素樸、真摯、寬容、趨向美好的事物，當然，她自己也擁有很多愛的能力。而這種未經扭曲、自然天成的性格，在社會化的人群結構中，不免顯得格格不入，甚至不知輕重，所幸，席慕蓉是特別的，她知道自己追求的是什麼。

> 在接近二十年之後的此刻，重新回過頭來審視這些詩，恍如面對生命裡無法言傳去又復返的召喚，是要用直覺去感知的一種存在，是很難形容的一種疼痛，微顫微寒而確實又微帶甘美的戰慄；而在這一切之間，我終於又重新碰觸到那幾乎已經隱而不見，卻又從來不曾離開片刻的「初心」。初心恆在，依舊素樸謙卑。
>
> ——《七里香．生命因詩而甦醒——新版序》

再次感受到席慕蓉的與眾不同，是初次拜訪她位於三芝鄉間的家，大約也是在 1996 年，那時，我為了寫一篇文壇名人夫妻家庭生活的報導，和攝影記者一起去拜訪她和劉海北教授。

印象中，她的家整理得很清爽舒適，屋後眺望出去，有青翠的田園風光。採訪結束後，我們準備告辭，她留我們吃午飯，雖然那時已近中午，她家離臺北又滿遠，但初次見面，實在不好意思留下來打擾。不過，她自在地說：「很簡單，就吃水餃而已。」既然不太麻煩，我和攝影記者便恭敬不如從命，於是劉海北先生便開始下水餃。熱騰騰的水餃端上桌後，她說：「我們偶爾吃冷凍水餃。」水餃確是一般，但他們卻拿來一瓶沾醋，那瓶白醋有著造型特別的高頸瓶身，透明的玻璃瓶器裡，置有多種顏色的香草，香草在白醋中曳動，非常好看。冷凍水餃沾香草醋，味覺上沒特別，但視覺上卻充滿了「美」，當下覺得，這兩個人怎麼這麼會過生活。

餐畢，席慕蓉讓我們看看她的蒐藏品，她拉開櫥櫃的抽屜，裡面鋪排著好些蒙古小刀，刀柄有精細的鑲工，然後，她又拿起一個用珊瑚編成的「嘉絲勒」（蒙古婦女出嫁時所戴的頭飾），當她開始向我們解說時，眼眶一紅，當著我們兩個初次見面的採訪記者，眼淚撲簌簌地便掉下來，當下，讓我見到她的真性情，明白在她幸福的生活背後，內心的惆悵與委屈。

從此，我們成為心靈上的朋友。

二、從《成長的痕跡》到《寫生者》

以《寫生者》作為席慕蓉散文前後期的分界討論，其實是有跡可循的，因為在《寫生者》出版三個月之後，她首次回到日思夜想的原鄉——蒙古高原。其後，她所出版的散文集已跳脫先前的風格，大抵以蒙古文化關懷為主題。

> 如果生命真如一條河流，在這本書之前，我的心曾經是那樣謙卑而又安靜，倒映著幽谷裡的山光與雲影，戰戰兢兢地提筆，努力想要成為一個稱職的寫生者。對人間的善意，當年的我，曾經有過多麼熱烈而又天真的回應啊！
>
> 而此刻，我已來到無邊遼闊的出海口，沙岸無人，靜夜無聲，長路上的

呼喚都已逐一消逝，在星光之下回顧，生命裡的這塊界石竟然如此清晰而又完整，不禁悲喜交集，無限珍惜。

——《寫生者．界石——《寫生者》洪範版後記》

席慕蓉初期的散文作品，按出版序，有《成長的痕跡》、《畫出心中的彩虹》、《有一首歌》、《同心集》（與劉海北合著）、《寫給幸福》、《信物》、《寫生者》。

這幾本書大抵展現了她從比利時回國之後，一直到 1989 年，踏上蒙古原鄉前，十幾年的生活情形。

作為一種文類，散文比其他文體更具真實性，它不似小說充滿了虛構性，若說「文如其人」，那麼從散文中，更易窺得作者的內心世界。

因此，光從席慕蓉的這幾本書名，我們便可輕易地解出：作為一個寫生者，在成長的痕跡中，她哼一首歌，畫出心中的彩虹，書寫著幸福的日子。

在這段時期，席慕蓉為人師、為人婦、為人母，生活忙碌而充實，我們看到一個為了送熱便當到學校給孩子，而揮汗走在田埂小路的年輕母親形象，也看到了一個為了捕捉野生花樹姿態而深山獨行的畫家身影。更讀到了在字裡行間不斷傾訴對周遭老師朋友感謝的有情之人。

席慕蓉在這段時期的散文書寫，大抵可歸為幾個方向，其一，是關於親情的，如〈劉家炸醬麵〉、〈主婦生涯〉、〈星期天的早晨〉，以及副題為「寫給年輕母親的信」的《畫出心中的彩虹》等等，她在相關的文章中談到孩子的教育、親子互動、家中寵物，以及自己為家庭主婦的心情，本來這些都是尋常的柴米油鹽醬醋茶，但她卻能從尋常的日子中尋找到一種自嘲，一種美感，乃自屬於私密或心靈的自由，正因如此，使得她的親情散文不至於落入窠臼。譬如：

前幾年，孩子小時，白天在報紙上看到《聯合報》的記者陳長華，在副刊上寫了一篇短文，說荷花又開了，在植物園的荷池旁有多少美麗的景致。看著看著，心裡竟妒忌起她來。到了晚上，孩子餓了哭著醒來，我一面沖奶，一面狼狽地照顧著，也仍然只有一個念頭在心裡：「明年荷花開時，一定要去畫。」

到了第二年，果然早早地去了，好幾個炎熱的下午，對著滿池的荷，狠狠地畫了幾張，心病就好了。要再犯病，大概就是下一季的事了。

——《成長的痕跡．花的聯想》

又如：

菜葉一層一層地剝下去，顏色越來越淺，水分卻越來越多。

我也正一層一層地將我自己剝開，想知道，到底哪一層才是真正的我？是那個快快樂樂地做著妻子，做著母親的婦人嗎？還是那個謹謹慎慎地做著學生，做著老師的女子呢？

是那個在畫室裡一筆一筆地畫著油畫的婦人嗎？還是那個在燈下一個字一個字地記著日記的女子呢？

是那個在暮色裡，手抱著一束百合，會無端地淚落如雨的婦人嗎？還是那一個獨自騎著車，在迂迴的山路上，微笑地追著月亮走的女子呢？

我到底是一個什麼樣的人呢？到底哪一個我才是真正的我呢？

而我對這個世界的熱愛與珍惜，又有誰能真正明白？誰肯真正相信？菜葉剝到最後，越來越緊，終於只剩下一個小小的嫩而多汁的菜心。我把它放在砧板上，一刀切下去，淚水也跟著湧了出來。

——《有一首歌．星期天的早上》

其次是關於自然書寫的，尤其是花，席慕蓉自述非常喜歡成叢成叢的花。因為繪畫訓練，使得席慕蓉擅長於敘述色彩和形狀，她的散文裡對自然山色的描述，十分傳神與精采，宛如一幅畫面呈現在眼前，如：

野生的花樹粗獷而又嫵媚，給人一種很奇妙的感覺。

疏朗的枝幹直直向上生長再向四周分叉，枝椏層疊間彷彿毫無顧忌、毫無章法，灰綠的葉莖上長滿絨毛，如果在不開花的季節遇到，不過是些一無可觀的雜樹而已。

但是，當花苞密集叢生在枝頭，當薄薄的花瓣逐朵迴旋開展，顏色從純白到淺粉到淡紅，單瓣的山芙蓉彷彿在秋日的山間演出了一場又一場飄忽的夢境，讓經過的旅人好像也不得不心中飄忽起來。

——《寫生者．山芙蓉》

此外，席慕蓉也不時在作品中書寫她對時間消逝的感喟，她說時間如「河流」、如「飛矢」，當然意指一去不返以及飛快的感覺，在名為《時光九篇》的詩集中，她甚至將書「獻給時光——那永遠立於不敗之地的君王」，時光是不敗的君王，那麼被時光擊潰而衰敗的生命，到頭來能擁有的只有記憶而已。

由於多情善感，席慕蓉的淚水也不時盈現在字裡行間，這股淚水不單是對生命裡一些事物的感動，有時是為藝術價值之尊崇而動容。

我一直相信，一個創作者所能做到和所要做到的，應該就只是盡力去呈現他自己而已。

但是，要讓這個「自己」能夠完整和圓滿地呈現出來，要在一件作品裡，把所有的思路與感觸都清清楚楚、脈絡分明地傳達出來，卻又是一件多麼困難的事。

那天下午，我站在紐約的現代美術館裡，長途飛行之後，最想見到的第一張畫仍然是莫內的大幅睡蓮。當那熟悉的波光與花影迎面襲來的時候，我心中無限酸楚，熱淚奪眶而出，我終於明白了，在這世間，所謂的「完整的傳達」，其實是不可能的。

——《寫生者．睡蓮》

也常因面對故鄉的人情風土，而百感交集，如在上海博物館裡觀賞正在展出的「內蒙古文物考古精品展」時：

> 第一次站在黃玉龍的前面，用鉛筆順著玉器優美的弧形外緣勾勒的時候，眼淚竟然不聽話地湧了出來。幸好身邊沒有人，早上九點半，才剛開館不久，觀眾還不算多。我不明白自己為什麼會這麼激動，一面畫，一面騰出手來擦拭，淚水卻依然悄悄地順著臉頰流了下來。
>
> 是因為這是從母親家鄉的大地上出土的古物嗎？昭烏達盟這個名字如今已經改稱赤峰市了，然而，不管地名如何變換，這遠在六千年之前的紅山文化，卻真真確確是蒙古高原上先民的美麗記憶啊！
>
> ——《金色的馬鞍．真理使爾自由》

三、從《我的家在高原上》到《人間煙火》

從 1989 年夏天初次返回魂牽夢縈的故鄉——蒙古，之後，席慕蓉在臺灣出版的七本散文集：《我的家在高原上》、《江山有待》、《黃羊・玫瑰・飛魚》、《大雁之歌》、《金色的馬鞍》、《諾恩吉雅：我的蒙古文化筆記》、《人間煙火》，前六本大都與蒙古有關。

經過了十幾年，每年平均兩次以上，宛如大雁般的往往返返，同樣以蒙古為書寫主題，但作者的心境卻已大異其趣。

從一開始充滿了好奇，甚至還帶有點觀光客的心情，席慕蓉盡職地做著觀光者的功課，如攝影、地理環境介紹，甚至怕讀者對蒙古的環境太陌生，而重複地介紹，而她自己也是「一上火車我就被列車上掛著的站名表所迷惑住了，這些又陌生又親切的地名啊！」

在初履故鄉時，我們讀到她所介紹的宗教信仰、敖包文化、游牧文化及黑森林，雖然她努力要去追尋父母親口中的美麗記憶，但物換星移，加上政治上的浩劫，許多山川早已面目全非，連父親記憶中的宅院也不復見。

就是那裡，曾經有過千匹良駒，曾經有過無數潔白乖馴的羊群，曾經有過許多生龍活虎般的騎士在草原上奔馳，曾經有過不熄的理想，曾經有過極痛的犧牲，曾經因此而在蒙古近代史裡留下了名字的那個家族啊！

就在那裡，已成廢墟。

我慢慢走下丘陵，往前方一步一步地走過去。奇怪的是，在那個時候，我並沒有流淚，只是不斷在心裡向自己重複地說著：「幸好父親沒來！幸好我沒有堅持一定要他和我一起回來！」

原野空無人跡，斜陽把我們的影子逐漸拉長。我終於走到那塊三角形的土地上，低頭向腳下仔細端詳，這裡確實已經是一處片瓦不存的沙地了。但是，這中間也不過只是幾十年的光景，要讓從前那些建築從這塊土地上完全消失，光靠時間，恐怕還是辦不到的罷？

是些什麼人？在什麼年代裡？因為什麼原因？決定前來把這裡夷為平地的呢？

——《我的家在高原上．今夕何夕》

站在旁觀者的立場，席慕蓉慶幸父親沒有返鄉，再因為她那時對蒙古沒有真正的記憶，語言不通，偶爾不免有局外之感，無能真正融入其中。

然而，「血濃於水」的情感畢竟強過一切，她對蒙古的歷史背景、生活文化充滿了想要了解的渴望，這個渴望促使她不斷地前往，也因此，她自己和蒙古這塊土地開始發生記憶。

山崗坡度很陡，登臨之後，可以看得極遠，然而不管看出去多遠，都只見丘陵起伏，芳草遍野，天與地之間只有一條空蕩蕩的地平線，安靜並且寂寥。

可是，當敖包祭典開始之後，只覺得風颳得越來越緊，怎麼也不肯停息；濃雲在空中聚集，一波接一波撼人欲倒的強風從四面八方撲天蓋地而來，彷彿天地神祇和祖先的英靈都從遙遠的源頭，從莽莽黑森林覆蓋著的叢山聖域呼嘯前來，我心不禁戰慄，而在畏懼之中又感受到一種孺慕般的溫暖。就是在那個時候，我開始察覺，「還鄉」原來並不是旅程的終結，反而是一條探索的長路的起點，千種求知的願望從此鋪展開去，而對這個民族的夢想，成為心中永遠無法填滿的深淵。

——《江山有待．黑森林》

席慕蓉不但和蒙古發生記憶，隨著她對那塊土地涉入越深，她也迅速地和它過往的辛酸記憶連結起來，在〈丹僧叔叔——一個喀爾瑪克蒙古人的一生〉，她用了較多篇幅敘述了蒙古高原上的蒙古人，以及其中土爾扈特蒙古人原本從天山往西方遷徙，從 18 世紀開始，受到政治迫害，又從伏爾加河東返，遭到族群離散人丁凋落的悲慘命運。

在此階段的書寫，我們仍可從字裡行間不時捕捉到席慕蓉滴落的淚水。不同於前期的感傷、惆悵、喜悅、幸福的淚，此時，席慕蓉的淚水中夾雜的是不甘心、不滿，甚至憤怒的情緒。

她不甘心的是蒙古文化的逐漸滅絕。

她不滿的是蒙古地理的遭破壞。

她憤怒的是蒙古歷史的被扭曲。

那時我剛開始往返蒙古高原，對於「內蒙古自治區」的一切，有著太多的困惑，很需要和人傾談。

歷史的詮釋權一旦不在自己手中，整個民族的昨天、今天和明天全部變得面目模糊，即使是書上印的白紙黑字，也不知道該要相信哪一部分才好？也許只有學者才能給我解答？

——《金色的馬鞍．在巴比倫河邊》

同樣的，在這一階段的散文，席慕蓉也延續了她的時間感，不同於以往那種心裡對時間的消逝很著急，很無奈，嘴上卻又要不時提醒自己「不要急，慢慢來」的家常；此時，面對種族長河般的大歷史，面對無與倫比的大勳業，面對無力扭轉的大浩劫，她沉澱、安定下來，她知道能做的想做的事急也急不來，因為這將窮她畢生的時間。

> 即使在一件只有幾公分大小的飾牌上，我們也可以感覺出這種在大自然的生物鏈上無可奈何的悲劇，在毀滅與求生之間所迸發出來的內在的生命力。而由於這種種矛盾所激發的美感，匈奴的藝術家們成就了青銅時代最獨特的一頁，使得今日的我們猶能在亙古的悲涼之中，品味著剎那間的完整與不可分割。……
>
> 在空間與時間的交會點上，有幸能夠接觸到這一切與「美」有關的訊息，真如一副金色的馬鞍，可以作為心靈上的憑藉，也引導著我在通往原鄉的長路上慢慢地找到了新的方向。
>
> ——《金色的馬鞍．代序》

四、結語

席慕蓉的作品裡常常出現「河」的意象，這河，或是地理上的，或是時間上，或是心靈上，無論如何，隨著她筆下的河域，我們穿過了蒙古草原，走進了她生命的長河。

對席慕蓉而言，有幾條河是非常重要的，一是她的母親之——希喇穆倫河，因為這條河源自她母親的家鄉，流過她母親的年輕歲月，有太多母系家族的記憶。另一是她父親在異鄉的河——萊茵河，這條河貫穿她年輕歲月在歐洲讀書時和父親的情感交流，多年之後，她見到了原鄉，沿著這條河，她和父親又有過無數次關於故鄉記憶的談話，又過了九年，1998 年冬天，也沿著這條河邊，她捧回了父親的骨灰。

如今，雖然父母已逝，但席慕蓉循由多年的追尋，卻將原鄉所有的細支脈流匯聚起來，自己儼然是另一條有活水源頭的母河，宛如她的蒙古名字穆倫——大江河之意。這條新生的母河將承載著多元的文化記憶，壯闊入海。

——2004年10月於臺北

——選自席慕蓉《我摺疊著我的愛》

臺北：圓神出版社，2005年3月

我思念的北國公主

評席慕蓉《回顧所來徑》、《給我一個島》、《金色的馬鞍》

◎張瑞芬*

漂泊的族群其實不一定是遠離了家鄉，就算是一直生長在自己的土地上，也可能是不知根源的浮雲啊！

——席慕蓉《金色的馬鞍》

自從有了柯裕棻、李維菁、黃麗群和毛尖，如何去讀席慕蓉呢？此一和張曉風同梯的末代閨秀（且兼有完美丈夫如晚起之廖玉蕙），簡直和舒國治筆下滿街不嫁之臺北女子是兩個世界的人了。2012 年若說是全集年，木心之外，席慕蓉是另一個。三本選集海陸雙拼超值組合，大致涵蓋了席慕蓉老中青散文三階段。《回顧所來徑》收錄 1980 年代前期之文，是詩集《七里香》、《無怨的青春》甜美時期的產物；《給我一個島》收錄 1985～1996 之文，跨越生命的前後期；《金色的馬鞍》是 2002 年尋根之作，除了蒙古、蒙古，還是蒙古。

連同書前新序，我讀著三本封面素雅的散文集，眼前不覺浮現了一個瘂弦當年序席慕蓉書的美麗題目——「時間草原」（有興趣者自可去找《聚繖花序》看看），簡直是神準預言。1983 年席慕蓉年方四十，剛出版散文集未幾，在瘂弦眼中，「充滿溫馨同情，是一個愛者的世界」。育嬰愛

*逢甲大學中國文學系教授。

貓，畫花賞荷，閒情逸致，幸福滿溢。山百合、水薑花、七里香和梔子花，款擺在清風細細的美夢之中。

三十年了，遙隔千山萬水，兒女長成離家，父母俱已仙逝，原鄉的召喚卻深化了席慕蓉的散文主題與內涵。1989 年母親去世，適逢開放探親，少小隨父母遷徙於港臺的席慕蓉，首度踏上故鄉土地，那一發不可收拾的渴望遂奔騰而下。每年候鳥往返，時間猶如一片廣袤無邊的草原，引領她到達自己也不知曉的遠方。而當年把席慕蓉詩寫在課本書籤上的 17 歲女生們，橫渡了人生的浩渺波光，塵滿面，鬢如霜。回顧所來徑，再讀北國公主深情之作，那七里香彷彿還悠悠綻放著素馨，在那個古老的不再回來的夏日。

以我自己來說，時間是檢驗真理的唯一標準。當年因暢銷被質疑為糖衣毒藥的席慕蓉，後來的確未曾大量生產。她堅守技藝，下筆矜慎，《七里香》、《無怨的青春》後，多年來詩集僅《時光九篇》、《我摺疊著我的愛》和《以詩之名》等，反而散文擺脫了婉約風格，開創了雄渾的氣勢。蒙古之於她，正如蘭嶼之於夏曼・藍波安，那真是天命本色。2006 年我編女作家散文選集，選錄她寫父祖察哈爾盟的〈汗諾日美麗之湖〉，與母土大興安嶺昭烏達盟的〈松漠之國〉，如今想來，〈丹僧叔叔〉和〈異鄉的河流〉這兩篇才更沉痛深切。

席慕蓉早期散文語言和她的詩一樣，用「反覆迴增法」將一句話說了一遍又一遍，形成滿紙的回音與和聲（王鼎鈞所謂很接近民謠與牧歌特質），中後期勁切滔滔，邊塞鄉關，長河落日，閨閣詩一變而為出塞曲。正如她熱切可愛的詩作：「金色的馬鞍，搭在／四歲雲青馬的背上／現在出發也許不算太晚吧／我要去尋找幸福的草原／尋找那深藏在山林中的／從不止息的湧泉」。當赤鹿奔過綠野，月光下希喇穆倫河松林芳香，西伯利亞冰原夏天林木青翠，加上尋索身世的渴切，《金色的馬鞍》中〈渡海〉、〈初遇〉、〈星祭〉、〈風裡的哈達〉諸篇質地都十分精純，滿溢著史詩的厚重。

作為一個晚輩讀者，多年後再讀席慕蓉，體會也不同了。畢竟是藝術家，席慕蓉〈夏夜的記憶〉送一缸荷花給溫州街病重的老教授（臺老師乎？），臨終窗前他真的看見花開了；〈寫給生命〉，她說藝術家都是善妒的人，因為善妒，所以別人的長處才會刺痛了自己的心，也因為善妒，才會鞭策自己永不停息。我更驚訝於她的〈十字路口〉，作者意識到自己也可能成為慌張過馬路而穿著和面容毫不修飾，甚至不掩飾自己困頓和忙迫的邋遢魚干女。時光怎樣改變著人的心和人的面貌啊！但女性生命的柔韌與堅強，在席慕蓉筆下，悠悠數十載，是這樣超越了一般人的想像與理解，並煥發著難以言喻的溫潤光澤的。

——原載《聯合報・副刊》2013 年 4 月 13 日

——選自張瑞芬《荷塘雨聲——當代文學評論》
臺北：爾雅出版社，2013 年 7 月

寫給穆倫・席連勃

◎蔣勳*

重看了席慕蓉 1982 年以後，一直到最近的散文精選。看到一個頗熟悉的朋友，在長達三十年間，持續認真創作，看到她寫作的主題意識與文字力量都在轉變。而那轉變，同時，也幾乎讓我看到了臺灣戰後散文書寫風格變化的一個共同的縮影。

席慕蓉第一本散文集是《成長的痕跡》，作者對自己那一時間的文學書寫，定了一個很切題的名字。席慕蓉寫作的初衷，正是大部分來自於自己的成長經驗。她在《成長的痕跡》這本集子中很真實也很具體地述說自己成長中的點滴，圍繞著父親、母親、丈夫、孩子、學生，席慕蓉架構起 1980 年代臺灣散文書寫的一種特殊體例。

讀到第一篇〈我的記憶〉，我就停下來想了很久。

席慕蓉年長我應該不超過四歲，但是她在〈我的記憶〉裡講到在戰爭中的「逃難」經驗，我愣了一下，那「逃難」是具體的，有畫面的，有細節的。我忽然想起來，我一出生就跟著父母逃難，但是，我的「逃難」沒有畫面，沒有我自己的「記憶」，而是經由父母轉述的情節。

席慕蓉在〈我的記憶〉裡這麼清晰地描述——

> 我想，我是逃過難的。我想，我知道什麼叫逃離。在黑夜裡來到嘈雜混亂的碼頭，母親給每個孩子都穿上太多的衣服，衣服裡面寫著孩子的名字。再給每個人手上都套一個金戒指。

---

*作家。

我在這裡沒有看到戰爭的直接書寫，但是看到了戰爭前「逃難」時一家人為離散落難做的準備。

臺灣戰後散文書寫一直持續著這個主題，是「戰爭移民」離亂到南方以後，安定一陣子，隔著一點安全距離對「逃難」的記憶。

席慕蓉寫〈我的記憶〉是在 1980 年代，那個時候，每天早晨，孩子跟父母道別，上班的上班，上學的上學，沒有哪一個父母需要把孩子的名字寫在衣服裡面。

席慕蓉野心不大的散文書寫，並不想寫戰爭，甚至也不是寫「逃難」，而是在幸福的年代輕輕提醒——我們是幸福的。

我初識席慕蓉是在 1970 年代的後期，臺灣還沒有解嚴，我剛從法國回來，在《雄獅美術》做編輯，也在大學兼幾門課。席慕蓉比我早兩年從歐洲回國，結了婚，在大學專任教職，有兩個孩子，家庭穩定而幸福。

多年後重讀那一時期席慕蓉的作品感觸很深，〈我的記憶〉裡寫到「母親」被人嘲笑，因為逃難的時候，還帶著「有花邊的長窗簾」。別人嘲笑「母親」——「把那幾塊沒用的窗簾帶著跑」。

「誰說沒用呢？」席慕蓉反問著——「在流浪的日子結束以後，母親把窗簾拿出來，洗好，又掛在離家萬里的窗戶上。在月夜裡，微風吹過時，母親就常常一個人坐在窗前，看那被微風輕輕拂起的花邊。」

席慕蓉對「安定」、「幸福」、「美」的堅持或固執，一直傳遞在她最初的寫作裡。或許，因為一次戰爭中幾乎離散的恐懼還存在於潛意識中，使書寫者不斷強調著生活裡看來平凡卻意義深長的溫暖與安定，特別是家庭與親人之間的安定感。

席慕蓉持續寫作畫畫，然而她的文學與藝術創作，不曾干擾攪亂她幸福安定的婚姻與家庭生活。

不是很多創作者能在兩者之間找到平衡，也不是很多創作者在現實生活的安定與藝術之間能夠做到兼顧兩全。

席慕蓉處理創作時的感性自由，與在處理現實生活時的理性態度，有令人羨慕的均衡。尤其作為她的朋友，除了感覺到她在創作領域任由情感肆無忌憚地馳騁奔瀉之外，卻也捏一把冷汗，常常慶幸那馳騁奔瀉可以適當地在現實生活裡不逾越規矩。

喜愛席慕蓉散文和詩的書寫的讀者，應該讀得出她在文字間流露的兼具感性與理性的聰敏智慧。

在精選集收錄自《有一首歌》的散文裡，席慕蓉這樣分析自己——

> 到底哪一個我才是真正的我？
>
> 是那個快快樂樂地做著妻子，做著母親的婦人嗎？
>
> 是那個謹謹慎慎地做著學生，做著老師的女子呢？
>
> 是那個在暮色裡，手抱著一束百合，會無端地淚落如雨的婦人嗎？
>
> 還是那一個獨自騎著單車，在迂迴的山路上，微笑地追著月亮走的女子呢？

席慕蓉一連串地自我詢問，似乎並沒有一個確切的答案。事實上，她的「謹謹慎慎」，似乎是為了守護一整個世代在戰爭離亂後難得的安定幸福吧，而那「謹謹慎慎」對生活安定的期盼也一點不違反她內心底層對自由、奔馳、狂放熱烈夢想的追求。

多年前，有一次席慕蓉開車帶我和心岱夜晚從高雄縣橫越南橫到臺東，車子在曲折山路裡飛馳，轉彎處毫不減速，幽暗裡看到星空、原野、大海，聞到風裡吹來樹木濃郁的香，一樣還要大叫大嚷，驚嘆連連，也一樣毫不減速。

我坐在駕駛座旁，側面看著席慕蓉，好像看著一個好朋友背叛著平日的「謹謹慎慎」的那個自己，背叛著那個安定幸福的「妻子」與「母親」的腳色。我好像看到席慕蓉畫了一張結構工整技法嚴謹的油畫——（她正規美術學院出身的科班技巧，總使我又羨慕又忌妒，她創作上的認真，也一直使我又尊敬又害怕）但是，她忽然不滿意了，把一張可能受眾人讚美的畫作突然都塗抹去了，狂亂不羈地大筆觸揮灑下，隱隱約約還透露著細緻委婉的底蘊心事。我想像她坐在畫前，又想哭又想笑，拿自己沒辦法。

我喜歡那時候的席慕蓉，又哭又笑，害怕失去安定幸福，又知道自己自由了，像她在南橫山路上的狂飆，像她在大地蒼宇間全心的驚嘆呼叫，看到一個在安定幸福時刻不容易看到的席慕蓉，看到一個或許在更長久基因裡就一直在傳承的游牧種族的記憶，奔放，自由，豪邁，遼闊，激情——

我忽然看著車速毫不減緩的席慕蓉說：「妳真的是蒙古人唉——」

席慕蓉前期的散文書寫裡提到的「蒙古」並不多，〈飄蓬〉應該是比較重要的一篇。讀者隱約感覺到席慕蓉應該有另一個名字——穆倫・席連勃。我有一次央求席慕蓉用蒙古語發音給我聽。「慕蓉」聽起來像一條在千里草原上緩緩流著的寬闊「大河」。我很高興我的朋友有一個叫「大河」的名字，她，當然是不應該永遠是「謹謹慎慎」的。

這一本散文精選，分為三輯，第一輯結束在〈寫給幸福〉、〈寫生者〉。已經到了接近 1990 年代前後，臺灣從戒嚴走向解嚴是在 1987 年。公教人員的解嚴是 1989 年 8 月 1 日，席慕蓉在這一年 8 月底前就到了蒙古高原。

1990 年代以後，臺灣解嚴了，一般人容易看到初初解嚴後社會被放大的失序、混亂、嘈雜，甚至因此懷念起戒嚴時代的「謹慎」、「安定」。

但是，從文學書寫來看，1990 年以後的議題顯然多起來了，議題多，絕不是「失序」，絕不是「嘈雜」，而是一種「自由」的開始。

1990 年代，臺灣的創作者和讀者，一起開始經驗從剛剛由「威權」控制的「秩序」裡解放出來的「自由」，享受那種忍不住的「自由」的快樂與狂喜。

「自由」的初期總是要有一點放肆任性的，每一個人都爭相發言，用來掙脫綑綁太久的束縛感，用來表達自己，用來讓別人聆聽自己、理解自己。

收在這本集子裡「輯二」的作品，都是席慕蓉創作於 1990 年代解嚴以後的散文。

席慕蓉書寫自己家族歷史，尋找自己血緣基因的作品多起來了。從書名來看《我的家在高原上》、《江山有待》、《黃羊・玫瑰・飛魚》、《大雁之歌》、《金色的馬鞍》、《諾恩吉雅——我的蒙古文化筆記》，那深藏在席慕蓉血液裡的蒙古基因顯露了出來。她一次一次去蒙古，她不斷向朋友講述蒙古，她書寫蒙古，要朋友跟她一起去蒙古，1991 年 16 名朋友跟她去烏蘭巴托參加了蒙古國的國慶。

或許我們很少細想，臺灣解嚴以前，是不會有「蒙古國」的，我們也不可能去參加「蒙古國」的「國慶」。

文學書寫裡的個人和她所屬的社會一起經歷著思想心靈上的「解嚴」。

在那個時期，席慕蓉一說起蒙古就要哭，像許多人一樣激動，迫不及待，要講述自己，講述別人不知道的自己。

有一次跟席慕蓉去苗栗一家作客，主人熱情，當時積極推動臺灣獨立，他熱情好客，親自下廚做菜，拿出好酒，酒喝多了，私下偷偷問說：「席慕蓉為什麼老說蒙古？」

我笑了笑，看著這個從早到晚「愛臺灣」掛在口邊的朋友說：「你老兄不是也老是說臺灣嗎？」

喝多了酒，這「老兄」忽然眼眶一紅，就哭了起來。

我喜歡臺灣的 1990 年代，我珍惜臺灣 1990 年代的文學書寫，我珍惜每一個人一次天真又激動的自我講述。每一個人都開始講自己，因此，每一個人也才有機會學習聆聽他人。臺灣 1990 年代的散文書寫記錄著解嚴以後的真實歷史。

收在精選集「輯二」中的幾篇作品相對於「輯一」，篇幅都比較長。很顯然，席慕蓉的散文書寫，到了 1990 年代之後，由於對歷史時間縱深與地理空間的開展，她前期來自於個人成長單純生活經驗的感觸，必須擴大，可以容納更具思想性與資料性的論述，她在「輯一」裡比較純粹個人感性的散文文體風格，也一變而加入了時代深沉感喟的論辯。

對於熟悉席慕蓉前期文體唯美風格的讀者，未嘗不也是一種新的挑戰。

創作者，讀者，都在與整個時代對話，一起見證 1990 年代臺灣解嚴以後的新文學書寫的變化。

〈今夕何夕〉、〈風裡的哈達〉都是席慕蓉第一次回蒙古尋根之後的心事書寫，那是 1989 年，解嚴後的第二年，許多人踏上四十年不能談論、假裝不存在，無從論述的土地，許多人開始回去，親自站在那土地上，重新思考「故鄉」的意義。臺灣的散文書寫擺脫了假想「鄉愁」的夢魘回憶。

〈今夕何夕〉只是在找一個「家」，一個父親口中的「家」，父親不願意再回去看一眼的「家」，席慕蓉回去了，到了「家」的現場，然而「家」已經是一片廢墟。

> 就是那裡，曾經有過千匹良駒，曾經有過無數潔白乖馴的羊群，曾經有過許多生龍活虎般的騎士在草原上奔馳，曾經有過不熄的理想，曾經有過極痛的犧牲，曾經因此而在蒙古近代史裡留下了名字的那個家族啊！
> 就在那裡，已成廢墟。

以前讀到這一段，我就在想，席慕蓉原有散文的篇幅大概已經不夠容納這麼複雜的家族故事了。

在席慕蓉對安定幸福生活的夢想中，有一段時間，她也許不知道，也許不想清楚知道，為什麼父親要長年在德國大學教授蒙古歷史文化，不願意回故鄉，也不願意回臺灣。

席慕蓉的母親是中華民國第一屆國民大會蒙古察哈爾盟八旗群的代表，母親 1987 年去世，在散文書寫裡席慕蓉要晚到 2004 年才透露了母親受到情治單位「監視」的事，收在「輯三」的第一篇〈記憶廣場〉裡寫到一個家庭多年好友在母親去世後說出如下的話：「其實我當初接近妳的媽媽，是有任務的，你們在香港住了那麼多年才搬到臺灣來，我必須負責彙報她的一切行動。」

進入 2000 年前後，徹底的思想解嚴，臺灣的散文書寫裡大量出現自己家族或自身的經驗回憶。在這一方面，相對來說，席慕蓉卻仍然寫得不很多。她的父親母親的故事，牽連著蒙古近代在幾個政治強權之間求族群存活的血淚歷史，牽連著國共兩黨的鬥爭，也牽連著中國、俄國、日本或更多列強的利益鬥爭。

席慕蓉矛盾著，她站立在蒙古草原上，嗅聞著廣大草原包圍著她的清香，或在暗夜裡仰望滿天繁星，淚如雨下，她相信那是父親母親少年時都仰望過的同樣的星空。

然而，她寫了篇幅巨大的〈嘎仙洞〉，追溯到西元 443 年 3 月 1 日北魏鮮卑王朝拓跋太武帝的歷史，席慕蓉引證史書，參考當代學者的考古報告，親自到現場勘查，似乎要為一個湮沒無聞的被遺忘的族群曾經存在過的強盛做見證。

那曾經是輝煌的歷史，但那確實已是廢墟。.

我更喜歡的可能是「輯二」裡的〈丹僧叔叔——一個喀爾瑪克蒙古人的一生〉，席慕蓉用近於口述歷史的方式，記錄了家族長輩丹僧叔叔的一生，牽連到新疆北部一支蒙古族群從 17 世紀以後遷徙流離的故事，牽連到近代二戰中這一支蒙古族在中國、俄羅斯、德國納粹之間求夾縫生存的悲辛歷史，他們十幾萬人東飄西蕩，只是要找一個「家」，為了找一個「家」，十幾萬人死亡流散超過一半。

席慕蓉的散文書寫有了更廣大的格局，有了更深刻的視野，但是，我相信她仍然是矛盾的，或許她仍然願意是那個對一切美好觀抱夢想，隔著距離，單純嚮往美麗草原的過去的自己，但是，顯然書寫創作使她一往直前，再也無法回頭了。

〈異鄉的河流〉寫父親的 1998 年 11 月 30 日的逝世，寫跟父親相處的回憶，寫父親的一生，寫得如此安靜——

> 追悼儀式中，父親的同事，波昂大學中亞研究所的威爾斯教授站到講臺上，面對大家，開始講述父親一生的事蹟之時，我才忽然明白，我一直都在用一個女兒的眼光來觀看生活裡的父親，那範圍是何等的狹窄。
>
> 我從來沒有想過應該也對自己的父親做一番更深入的了解——

是的，那個在蒙古自治運動遭遇種種險難的「拉席敦多克先生」是席慕蓉散文書寫裡的「父親」，席慕蓉不像有些書寫者可能更重視歷史裡的「拉席敦多克」，她毋寧更願意耽溺在享受萊茵河畔父女依靠著談話的美好時光。

她願望那時光停止，凝固，變成真正的歷史——

30 年前，初識席慕蓉，我們都有健在的父母，如今，我們都失去了父親母親，我們也都有了各自的滄桑。

席慕蓉的散文與詩，在華文書寫的世界，為許多人喜愛，帶給讀者安慰、夢想、幸福的期待。

她的認真、規矩常常使我敬佩，因為是好朋友，我也常常頑皮地故意調笑她的拘謹工整。

但是她一直在改變，「輯三」裡的最後一篇〈瑪利亞・索——與一位使鹿鄂溫克女獵人的相遇〉，席慕蓉記錄了 2007 年月她在大興安嶺北端探訪八十歲鄂溫克女獵人的故事，敍述一個只有兩萬多人口的鄂溫克人，鄂溫克人分為三部，而其中，使鹿鄂溫克人又是三個部裡人數最少的一支，如今已不到兩百人。

席慕蓉看到瑪利亞・索，她寫道——

> 山林已遭浩劫，曾經在山林中奔跑飛躍的女獵人，白髮已如霜雪，一目已眇，卻仍然不肯屈服，寂然端坐在自己的帳篷裡，隱隱有一種攝人的氣勢。

這篇壓卷的作品不只是一個女獵人的傳奇故事，也在寫使「山林浩劫」的現代文明。席慕蓉反覆詢問著、質問著，一種敬天愛地的傳統存活方式，為什麼常常被認為與「現代文明」衝突。而巨大國家政策的「封山育林」又將使這些世代狩獵維生的小小族群何去何從？

席慕蓉的散文書寫有了更深沉也更現代性的命題。

一本精選集的出版，書寫者回頭省視自己一路走來，可能忽然發現，原來走了那麼久，現在才正要開始。

有了滄桑，不再是父親的女兒，不再是丈夫的妻子，席慕蓉的文學與繪畫，是不是又將要有全新的起點了。

席慕蓉一定知道，說這句話時，我是心裡悸動著說的。

我多麼希望在自己的書寫裡永遠不要面對滄桑。但是，如果一定要面對，相信這條路上，是有好朋友可以結伴同行的。

——選自陳義芝主編《新世紀散文家：席慕蓉精選集》（九歌出版社，2010 年）

——選自席慕蓉《我給記憶命名》
臺北：爾雅出版社，2017 年 7 月

雙領域中的席慕蓉

◎邱馨慧*

1966 年 2 月 8 日《自由比利時》日報（*La Libre Belgique*）「藝術沙龍」專欄報導：「……這位溫和可親的中國女子，1943 年出生，祖籍蒙古察哈爾，剛以 98 最高分的首獎成績，完成她在布魯塞爾皇家藝術學院的繪畫研究，師承 Léon Devos。在 1964 年抵達布魯塞爾之前，她已在臺灣師範大學完成藝術學習。」[1]這位女子，就是席慕蓉。

作為無人不知的「國民詩人」，席慕蓉的詩在當今漢語世界的影響極為深遠，擁有整整兩代的讀者。她所視為「本業」的繪畫卻一直到最近才稍獲應有的重視。國立臺灣美術館去年（編按：2013 年）起推出「臺灣美術家『刺客列傳」系列展」，從歷史的系統脈絡呈現戰後臺灣美術風貌，席慕蓉作為 1940 年代出生的「三年級」二十位代表之一，正式被列入臺灣美術史。這一世代出生於抗戰時期，是戰後在臺灣受教育、成長的第一代。中國美術史上一度因戰爭而中斷的留學潮，從這一代逐漸恢復，不過他們留學的時代背景仍不穩定，越戰正酣，臺灣與法國斷交，西藏自治區成立，文化大革命。臺灣電視新聞開播。文化氛圍則有披頭四風靡世界，傑克梅第、阿爾普、柯比意、毛姆、迪士尼去世。在這樣的時局下，「三年級」名單中出現四位留學歐美的女藝術家，袁旃、董陽孜、卓有瑞、席慕蓉，延續了自何香凝、方君璧、潘玉良以來女畫家的藝術探索之路。

對照戰後的臺灣美術風貌，從 1960 年代現代繪畫運動，1970 年代西

---

*美術記者。

[1]《自由比利時》日報（*La Libre Belgique*）「藝術沙龍」專欄報導一段由魏禎宏翻譯成中文。

潮反思、鄉土運動，到隨之而來的後現代，或許能推測席慕蓉的繪畫長期以來不在討論範圍的原因。如同她未曾參加任何詩社，她也不跟隨潮流，不屬任何美術流派。蕭蕭 1991 年〈現代詩縱橫觀〉寫道：「（席慕蓉）不曾浸染現代詩掙扎蛻化的歷程，她的語言不似一般現代詩那樣高亢、奇絕，……清流一般的語言則成為她的一個面貌。」用在她的繪畫上同樣貼切。在近六十年的繪畫歲月中，席慕蓉默默在畫布上鋪陳她的感動，縝密構思如何用畫筆捕捉屬於永恆的美。她畫中一貫的典雅細膩，自成遺世存在的桃花源，反而顯得特立獨行。直到時代潮流的風風火火成為往事，藝壇才發現她從未離開。

席慕蓉出生於戰火中的重慶，經歷了那一代人漂泊流浪的生命旅程。戰爭結束後遷至南京，在那兒五歲的她有了和父親同遊玄武湖的荷花記憶，成為創作生涯的重要命題。1948 年於南京入小學一年級。隔年國民政府撤退，她和家人東渡香港，在香港生活了五年，直到初中一年級。1954 年又舉家遷臺，就讀北二女，就是現在的中山女中初中部。附帶一提中山女中自日治時期就是女畫家的搖籃，陳進等臺灣第一代畫家，在此受鄉原古統啟蒙開始美術之路。在北二女，12 歲的席慕蓉開始寫詩，14 歲，她進入臺北師範學校藝術科正式開始繪畫，後入臺灣師範大學藝術系。

她曾回憶在師大求學的階段：「我們是極為幸運的一班，陳慧坤老師教素描，馬白水和李澤藩老師教水彩，油畫課是廖繼春和李石樵老師，國畫課是林玉山、吳詠香、黃君璧、孫家勤、張德文以及溥心畬等多位名師，還有莫大元老師帶我們去畢業旅行，那四年，真是學習生涯裡受益匪淺的四年啊！」

2002 年出版的畫冊《席慕蓉》，她在〈本事〉一文提到師大時期對寫實技法的追求，不斷練習用水彩畫出荷花的透明感。她後來的許多作品，也發揮了文藝復興以來的寫實精神，透過觀察自然讀解自然，將人文情懷寄語自然的造型。荷是席慕蓉孜孜不倦的描繪對象，還有夜色，特別到了 1990 年代後半，席慕蓉融和荷與夜色的主題描繪荷的「一日・一生」，記錄晨靄與日暮，雲朵和水面之間變幻的光影，以一系列連作譜寫關於時間與生命的樂章。構圖大開大合，光線對比強烈，但繪畫語彙一貫溫和平靜，予我深刻印象。此後每當看到草葉上佇足或閃爍的光影，都會想起席慕蓉這系列畫作，感佩她捕捉到大自然的美麗剎那。

席慕蓉受了十年完整的正規美術教育，直到 24 歲成為二次世界大戰後第一位在布魯塞爾皇家藝術學院拿到第一名的外國學生。她的學習並未中斷，畢業後繼續鑽研蝕刻版畫和雷射版畫。席慕蓉比利時時期的作品，已經有了筆勢運用的視覺動態特徵。十多年前，我有幸參與席慕蓉畫冊編排設計，總為她畫中的局部著迷不已，熟練颯爽的筆觸讓人懷念巴洛克初期著名的比利時畫家魯本斯。當然，席慕蓉的畫與魯本斯明顯不同，她的畫有著謹慎控制顏色和諧性的特徵，即便抒情，畫面總帶有沉穩克制的靜穆。

她在皇家藝術學院的老師 Léon Devos（1897～1974）有大量裸女作品傳世，風格游走於古典、印象派、野獸派之間。裸女也是席慕蓉除花卉、寫景之外的另一個主要創作題材，相對於 Léon Devos 的官能風格（真正承襲了魯本斯），席慕蓉的裸女更多表現出母性的寬大和堅強。她筆下的女人和花卉有個共通之處，就是線條，小處精緻細密，大處澎湃蕩漾。席慕蓉繪畫中流暢優美的線條和描繪花卉植物的主題，有沒有可能連結了布魯塞爾的新藝術（Art Nouveau）？我曾因此冒失打了電話向她求證。即使畫家不否認年輕時很喜歡新藝術，仍然難以斷言新藝術對席慕蓉的絕對影響，如同她的蒙古名「穆倫・席連勃」意思是大江河，席慕蓉繪畫中的線條可能來自水的意象，可能來自詩性的韻律感，也可能與鑽研版畫互有因果。

女人和高原的馬，則有較強的象徵手法，1989 年首度返回原鄉的蒙古之旅是席慕蓉創作的分水嶺，原鄉的輪廓從模糊到清晰，憂鬱的畫面豁然開朗。2012 年 12 月，臺東美術館舉辦席慕蓉個展，其中〈曠野〉和〈心中的樹〉兩件畫作在偌大的展室遙遙相對，一動一靜形成懾人氣勢。〈曠野〉表現了超出畫面空間的動態，厚積的雲壓著廣袤的曠野，向畫面兩側席捲開來，畫作尺幅超過三米半，但雲的氣勢還往畫外延伸，向觀者的四周包圍，3D 電影所追求的效果，席慕蓉用二度空間完成。這團積雲下半部烏雲上半部白雲，預告著暴雨，以及暴雨後的天晴，便又表現了時間。這是朵祥雲，即將帶來豐沛的雨水滋潤土地，是席慕蓉最掛心的事。〈心中的樹〉是人生孤獨的寫照，靜態表現地平線的孤樹，在亙古的時光河流中，堅決挺立到天荒地老。

席慕蓉的繪畫有一種文學性的追求。美術原本是形體的藝術，透過線條、造型、色彩給予人美感。但除了有形，美術還能表達無形。「美術之中有非美術無法表現的文學要素。」日本畫家岸田劉生於《美術中的文學領域》說：「畫家自己內在的文學者，可以創造發現更深的美的機緣。文學者自己內在的畫家，可以創造發現更美的世界與力量的機緣。」放眼東亞，席慕蓉是少數可以同時體現繪畫與文學雙領域的例子，特別應該是女性中的孤例。

席慕蓉的花卉和高原的兩大創作主題，以及女畫家的身分，不難聯想美國畫家歐姬芙。歐姬芙被稱為「沙漠中的女畫家」，也許我們可以稱席慕蓉是畫出北地蒼茫的「高原上的女畫家」，以及畫出南方溫潤的「荷塘畔的女畫家」。但席慕蓉不只是畫家、文學家，她也是教育家。她從比利時回到臺灣時，正好迎上九年國民教育實施，席慕蓉在新竹師專教授油畫 25 年，培養眾多小學美勞教師人材。根據黃冬富《戰後臺灣國小美勞師資養成教育的新里程：五年制師專時期的竹師美勞科（1970～1991）》，北師藝師科停招以後，竹師美勞（術）科是師專時期全臺唯一的美勞科，最初的專門課程就是由席慕蓉等人研訂的。學生回憶她的美學課程經常加入文學元素，她也給予學生極大空間，不吝打出滿分一百分鼓舞學生繼續藝術之路。她的學生陳少貞說：「……在她身上不但看到了她的畫，你也看到了詩、音樂及文學，對我而言，她是一個女性的典範，除了她的專業外，她擁有對人的極大理解心和同情心，這是她最特別的地方。」

席慕蓉繪畫形式的討論似乎不那麼重要，她的繪畫追求不是形式，而是對美，對生命，對時光，對大地的不捨與眷戀。她的作品具有普遍性的美和感動，如同她的詩，沒有艱澀的語彙，能獲得超越族群的廣泛共鳴，因此作品本身就是最好的說明。本文僅嘗試將席慕蓉的繪畫放在美術史的脈絡中思考，在有限的篇幅中，大膽提出粗淺而片段的想法，謬誤與不完備之處歡迎指正，也樂見更多關於席慕蓉繪畫的美學討論。

——轉載自《曠野・繁花：席慕蓉畫集》，敦煌畫廊出版，2014 年 11 月

——選自席慕蓉《當夏夜芳馥：席慕蓉畫作精選集》
臺北：圓神出版社，2017 年 10 月

輯五◎

研究評論資料目錄

作家生平、作品評論專書與學位論文

專書

1. 蕭蕭，羅文玲，陳靜容主編　草原的迴聲——席慕蓉詩學論集　臺北　萬卷樓圖書公司　2015年9月　275頁

本書為「2015 曠野的迴響——席慕蓉詩歌學術研討會」會議論文集。全書收錄：李癸雲〈寫詩作為煉金術——以席慕蓉《以詩之名》作為討論中心〉、林淑貞〈融攝與互襯——論席慕蓉詩與畫的對話〉、余境熹〈逸讀・延讀・誤讀——席慕蓉分行詩的閱讀體驗〉、洪淑苓〈席慕蓉詩中的時間與抒情美學〉、羅文玲〈草原與長河——論席慕蓉《我摺疊著我的愛》的時空追索〉、陳靜容〈時繽紛其變易兮——論席慕蓉詩作中的時間意識及其與〈離騷〉的對應〉、李翠瑛〈夢的時空擺盪——論席慕蓉詩中的夢、焦慮與追尋〉、陳政彥〈席慕蓉詩作敘事模式的轉變〉、李桂媚〈情絲不斷，情詩不斷——席慕蓉詩作的雨意象〉、謝三進〈裸山狐望——席慕蓉的生態詩〉，共10篇。

2. 陳靜容，羅文玲，蕭蕭主編　江河的奔向：席慕蓉詩學論集2　臺北　萬卷樓圖書公司　2016年7月　300頁

本書蒐羅跨越不同世代學者的研究，涵蓋席慕蓉詩作評說與研究論述。全書分兩部分：1.學術論文，收錄楊宗翰〈詩藝之外——詩人席慕蓉與「席慕蓉現象」〉、汪其楣〈探索席慕容及瓦歷斯・諾幹——「想念族人」中的「邊緣光影」〉、李癸雲〈窗內，花香襲人——席慕蓉詩作「花」的意象研究〉、陳政彥〈「席慕蓉現象論爭」析論〉、李翠瑛〈鄉愁與解愁——席慕蓉詩中的歷史圖像與記憶〉、蔡明諺〈現代詩的教學與詮釋——以席慕蓉和舒婷詩作為例〉、陳義芝〈席慕蓉為何敘事？〉、蕭蕭〈席慕蓉的「詩」字與神秘詩學〉，共8篇；2.詩說與側寫，收錄張默〈感覺與夢想齊飛——評席慕蓉《無怨的青春》〉、孟樊〈臺灣的大眾詩學——席慕蓉詩集暢銷現象〉、吳當〈平易與深沉的旋律——讀《席慕蓉・世紀詩選》〉、向陽〈把草原上的月光寫入詩中——側寫席慕蓉〉，共4篇。

學位論文

3. 梁華珍　一條河流的夢——論席慕蓉詩歌的特色　西南師範大學中國現當代文學所　碩士論文　陳本益教授指導　2005年5月　34頁

本論文從詩歌的思想題材、藝術形式與傳統文化等角度，分析席慕蓉詩歌的特色。全文共 3 章：1.生命之美的真摯吟唱；2.古典詩美的現代抒情；3.傳統意蘊的詩意表達。

4. 陳瑀軒　　席慕蓉詩歌研究——以主題、語言、通俗性為觀察核心　中正大學中國文學系　碩士論文　江寶釵教授指導　2005 年　192 頁

本論文分別從主題、語言、通俗性的角度出發，形成論文的觀察核心。以此三個面向來作討論，是因為不論席慕蓉在詩歌中所慣用的「主題」，以及其使用「語言」的策略與模式，莫不直指大眾能有所共鳴的普遍生命情懷。全文共 6 章：1.緒論；2.席慕蓉創作背景與詩觀養成；3.席詩主題內容的探討；4.席詩的語言策略；5.席詩暢銷現象析論；6.結論。正文後附錄〈席慕蓉（寫作）年表〉、〈「月」意象出現狀況〉、〈「花」意象出現狀況〉、〈「水」意象出現狀況〉。

5. 林大鈞　　心遊於物：席慕蓉、舒國治、鍾文音的旅行書寫　政治大學中國文學系　碩士論文　張雙英教授指導　2006 年 6 月　151 頁

本論文探討席慕蓉、舒國治、鍾文音三位作家在「心遊於物」類的旅行文學作品上所呈現的最大特色及其貢獻與地位。全文共 6 章：1.緒論；2.席慕蓉——鄉愁之心；3.舒國治——滄桑感懷之心；4.鍾文音——自我追尋之心；5.三家旅行書寫作品之比較；6.結論。

6. 林秀玲　　席慕蓉文學作品研究　臺北市立師範學院應用語言文學研究所　碩士論文　陳光憲教授指導　2006 年　363 頁

本論文以席慕蓉文學作品研究為主題，探討席慕蓉生平及創作背景、文學作品中的鄉愁、語言藝術及哲學意境。全文共 6 章：1.緒論；2.席慕蓉的生平與創作背景；3.席慕蓉文學作品的濃濃鄉愁；4.席慕蓉文學作品的語言藝術；5.席慕蓉文學作品的哲學意境；6.結論。正文後附錄〈席慕蓉年表〉。

7. 趙　煒　　席慕蓉詩歌創作及其現象再解讀　鄭州大學中國現當代文學所　碩士論文　樊洛平教授指導　2007 年 5 月　43 頁

本論文從席慕蓉的詩歌世界、詩歌的藝術營造的角度論述作家創作；並再次解讀「席慕蓉現象」。全文共 5 章：1.引言；2.席慕蓉的詩歌世界；3.席慕蓉詩歌的藝術營造；4.「席慕蓉現象」再解讀；5.結語。

8. 張萱萱　　邊緣獨嘶的胡馬：分論席慕蓉詩學中無怨的尋根情結　新加坡國立大學中國文學系　碩士論文　林姵吟教授指導　2007 年 8 月　285 頁

本論文比對席慕蓉 1989 年首次訪問蒙古前後的作品，探討了作家對蒙古的連續懷舊和尋根情結，並關注她獨特的邊緣民族地位和異化視角。全文共 6 章：1.緒論；2.緣溪逐水逆洪流——席慕蓉飄浮失根到啟程尋根；3.思歸悠悠活水源——返鄉前夕席慕蓉詩作論析；4.奔流不息大江河——返鄉後席慕蓉詩作論析；5.流泉千里覓清源——尋根終極關懷；6.百川匯成新生母河——結論。正文後附錄〈席慕蓉點滴回顧：生平年表〉。

9. 孫　璐　　席慕蓉詩歌：在傳播中盛開的奇葩　西南大學中國現當代文學所碩士論文　呂進教授指導　2008 年 4 月　33 頁

本論文探究席慕蓉詩歌在思想性、藝術性等各方面的成就；歸納其作品渲染與傳播的原因。全文共 5 章：1.引言；2.傳者與受眾的雙向解讀；3.詩歌文本：信息有效傳播的決定原素；4.席慕蓉詩歌的傳播媒介；5.結語。

10. 辛　艷　　把歲月沉澱的美鐫刻成永恆——席慕蓉作品解讀　青島大學中國現當代文學所　碩士論文　周海波教授指導　2009 年 5 月　45 頁

本論文探討席慕容作品的美學特色，歸納席慕蓉從中國傳統文化的的攫取的技巧與哲思，最後總結席慕蓉寫詩作文的主題。全文共 5 章：1.引言；2.畫家詩人席慕蓉；3.席慕蓉作品的文化內涵與古典意蘊；4.愛與哀愁——那濃得化不開的旖旎情思；5.結語。

11. 曾　苗　　試論席慕容的愛情詩　中南大學中國現當代文學所　碩士論文　譚德晶教授指導　2009 年 5 月　38 頁

本論文從時間和空間兩個角度，探究席慕容愛情詩的「超越性」魔力或禪意，同時關注她創作中唯美空靈的意境和詩畫合一的藝術特色。全文共 5 章：1.引言；2.超越時間的愛；3.與時空同在的愛；4.愛的禪意；5.結語。

12. 洪子喬　　席慕蓉詩歌的藝術探析　臺灣師範大學國文學系在職進修碩士班碩士論文　潘麗珠教授指導　2009 年 6 月　170 頁

本論文從席慕蓉的生平及作品入手，探究其詩作的創作觀及其背景。全文共 5 章：1.緒論；2.席幕蓉的生平及作品；3.席慕蓉詩歌的創作風格與藝術表現；4.席慕蓉詩歌現象的省思；5.結論。正文後附錄〈席慕蓉年表〉。

13. 劉毓婷　　論詩樂相融——以錢南章譜寫席慕蓉的詩為例　臺灣師範大學民族音樂研究所　碩士論文　許瑞坤教授指導　2009 年 1 月　305 頁

本論文透過文學與音樂、旋律與語言、詩人與作曲家等面向就「詩樂相融」的歷程作探討，研究錢南章如何運用獨特的譜曲手法展現席慕蓉詩作的特色，探究「詩樂相融」的面貌。全文共 5 章：1.緒論；2.席慕蓉背景與寫作風格；3.錢南章與〈錢南章樂展〉；4.〈錢南章樂展〉音樂與詩的結合特點；5.結論。正文後附錄〈席慕蓉訪談紀錄〉。

14. 曾義宭　　席慕蓉詩的音韻風格研究　彰化師範大學國文學系　碩士論文　張慧美教授指導　2009 年　365 頁

本論文透過語言風格的統計研究方法，以「量化統計」為主，搭配「分析歸納」及「語言描寫」兩種方法，並從 1.押韻現象 2.押韻形式 3.頭韻現象三個面向，探析席慕蓉詩的音韻風格，用數據形式，客觀呈現其創作面向。全文共 6 章：1.緒論；2.席慕蓉生平及語言風格學簡介；3.從押韻現象看席慕蓉詩之音韻風格；4.從押韻形式看席慕蓉詩之音韻風格；5.從頭韻看席慕蓉詩之音韻風格；6.結論。正文後附錄〈席慕蓉創作年表〉、〈席慕蓉年表〉。

15. 吳奇穆　　席慕蓉愛情詩研究　佛光大學文學系　碩士論文　陳信元教授指導　2009 年　228 頁

本論文透過《畫詩》、《七里香》至《我摺疊著我的愛》等七本詩集中，以「文本分析」、「語言學與修辭學」及「傳記式批評」為主要方法，探討席慕蓉愛情詩的內容思想和語言表現。全文共 6 章：1.緒論；2.席慕蓉及其詩歌創作；3.席慕蓉愛情詩的內容思想（上）；4.席慕蓉愛情詩的內容思想（下）；5.席慕蓉愛情詩的語言表現；6.結論。

16. 王亞然　　試論席慕蓉詩文的民族特性及漢文化影響　重慶師範大學中國少數民族語言文學所　碩士論文　張中宇教授指導　2010 年 3 月　44 頁

本論文從民族個性和文化心理、情感方面，考察席慕蓉的詩歌世界；同時分析席慕蓉詩文創作中蒙古族意象和語言特色。全文共 6 章：1.緒論；2.民族個性與文化心理對席慕蓉創作的影響；3.強烈的民族情感形成席慕蓉大量「鄉愁」主題詩文；4.蒙古族特色的意象和語言遺存；5.中國傳統美學對席慕蓉創作的影響；6.結語。

17. 趙善華　　席慕蓉散文研究　華僑大學中國現當代文學所　碩士論文　倪金華教授指導　2010 年 3 月　36 頁

本論文透過席慕蓉如詩如畫般的散文，探究其散文的藝術價值。全文共 6 章：1.引言；2.席慕蓉的奇麗人生；3.席慕蓉的文學素養；4.席慕蓉散文的情感意蘊；5.席慕蓉散文的藝術構成；6.結語。

18. 周　潔　　論席慕蓉繪畫對其詩文的影響　中南大學比較文學與世界文學所　碩士論文　何云波教授指導　2010年5月　34頁

本論文從比較文學跨學科角度重點探討席慕蓉繪畫對其詩文的影響。全文共 5 章：1.緒論；2.詩人與畫家；3.愛與美：詩情畫意的共同追求；4.以畫入詩：詩文對繪畫技法的借鑑；5.結語。

19. 蘇雅拉　　席慕蓉《寫給幸福》之研究　銘傳大學應用中國文學系　碩士論文　游秀雲教授指導　2010年　142頁

本論文以席慕蓉散文集《寫給幸福》做為研究對象，從她輾轉遷徙的童年出發，研究其文章中的主題內容、抒情情感、寫作技巧。全文共 5 章：1.緒論；2.席慕蓉事略與著作；3.《寫給幸福》的內涵；4.《寫給幸福》之寫作技巧；5.結論。

20. 王穎嘉　　只有詩人才能翻譯詩嗎？翻譯席慕蓉的臺灣現代詩為例　義守大學應用英語學系碩士班　碩士論文　方柏婷教授指導　2010年　122頁

本論文席慕容的現代詩作為原文範本，驗證詩學翻譯的是否可以被定義在一種翻譯文本上。並據以中文拼音、逐字翻譯以及一本多譯的翻譯實驗中，呈現詩學翻譯的精隨富有創造性且多元的面向。全文共 4 章：1.Introduction；2.Literary Style；3.Theory and Practice；4.Conclusion。

21. 張翁根其其格　　無根・尋根・歸根——論席慕蓉詩文中的家國情結　東北師範大學中國現當代文學所　碩士論文　宗先鴻教授指導　2011年5月　32頁

本論文分析席慕蓉的鄉愁詩及原鄉主題散文，以原鄉主題散文傳播草原文化，藉以發現草原文化之美。全文共 6 章：1.引言；2.臺灣文學中的「懷鄉」母題及席慕蓉創作；3.漂泊與尋根：心存蒙古高原；4.心靈的尋根——家園情結；5.家園之殤；6.結語。

22. 葉美吟　　席慕蓉的原鄉書寫研究　臺南大學國語文學系　碩士論文　張惠貞教授指導　2011年10月　138頁

本論文先探討其原鄉書寫的創作背景，再依其題材分類，以「主題研究法」、「分析歸納法」及「文獻學證法」來加以研究分析席慕蓉原鄉書寫的內容及其呈現的意義。全文共 7 章：1.緒論；2.席慕蓉原鄉書寫的創作背景；3.拼湊的鄉愁；4.粉碎的家園；5.人物的感懷；6.蒙古的風俗；7.結論。

23. 張凱婷　　張炫文歌曲研究——以席慕蓉及蔣勳詩作所創作之五首歌曲為例　臺北藝術大學音樂學系　碩士論文　鄭琪樺教授指導　2011 年　92 頁

本論文針對席慕蓉與蔣勳詩作作品，與張炫文音樂調性上轉換、和聲配置、鋼琴與歌者的相互配合以及詩詞含意與音樂兩兩相互輝映的觀點上，分析並詮釋〈請別哭泣〉、〈野馬之歌〉、〈水中花〉、〈蛹〉、〈願〉等五首歌曲。全文共 5 章：1.緒論；2.作曲家張炫文；3.詩人席慕蓉以及蔣勳；4.樂曲分析與詮釋；5.結論。

24. 李紅梅　　論席慕蓉的愛情詩　陝西師範大學中國語言文學所　碩士論文　李凌澤教授指導　2012 年 5 月　49 頁

本論文立足席慕蓉創作《七里香》、《無怨的青春》、《時光九篇》三本詩集中的愛情詩，從鑒賞和審美的角度分析其愛情詩的藝術特色與當下的現實意義。全文共 6 章：1.引言；2.席慕蓉詩歌審美視角的選擇；3.古典美感與現代氣質的融合；4.女性愛心觀照下的愛情世界；5.席慕蓉愛情詩的成功及其當下意義；6.結語。

25. 鄭淑丹　　席慕蓉散文研究　嘉義大學中國文學系　碩士論文　陳政彥教授指導　2012 年　169 頁

本論文以席慕蓉散文為研究主題，以分期分類的劃分其創作流變與創作風格，研究其創作生命的轉變意義。全文共 6 章：1.緒論；2.席慕蓉散文的創作歷程；3.席慕蓉散文的主題內容；4.席慕蓉散文的意象營造；5.席慕蓉散文的藝術特色；6.結論。

26. 趙雯雯　　席慕蓉詩歌韻律及其影響研究　重慶師範大學中國少數民族語言文學所　碩士論文　張中宇教授指導　2013 年 4 月　45 頁

本論文統計席慕蓉詩作的押韻密度，分析其作品的押韻方式與特點。全文共 5 章：1.緒論；2.席慕蓉詩歌押韻；3.席慕蓉詩歌節奏；4.席慕蓉詩歌重視韻律的原因及其影響；5.結論。

27. 包薩日古拉　　論席慕蓉散文創作　內蒙古師範大學中國語言文學所　碩士論文　額爾敦倉教授指導　2013 年 5 月　39 頁

本論文透過對席慕蓉的散文創作，特別是對其散文中的原鄉情結進行多視角、多層面的廣泛探究，對席慕蓉散文創作有個整體的把握和系統的研究。全文共 5 章：1.導論；2.席慕蓉散文的原鄉情結；3.席慕蓉散文的藝術特點；4.席慕蓉散文主題內涵；5.結語。

28. 曹雅芝　　席慕蓉鄉愁詩中的離鄉與還鄉——從文化心理視角的論析　銘傳大學應用中國文學系　碩士論文　徐亞萍教授指導　2013年　214頁

本論文以席慕蓉的鄉愁詩歌為研究對象，以作家的人生風景與經歷為認識基礎，並從文化心理的角度，對其詩歌內在的含意及寫作技巧加以分析、以凸顯作家在人生不同階段的鄉愁詩歌的內涵、特色及其所深蘊的意義。全文共 5 章：1.緒論；2.席慕蓉的人生風景；3.席慕蓉詩歌中的離鄉；4.席慕蓉詩歌中的還鄉；5.結論。

29. 劉薇儂　　錢南章、張炫文譜寫席慕蓉詩之比較——以音樂會曲目為例　文化大學音樂學系中國音樂組　碩士論文　林慧寬教授指導　2014 年　131頁

本論文以席慕蓉的五首詩作，由錢南章、張炫文兩位作曲家分別所譜的五首樂曲，從旋律的分析，包含音程、調性、拍號、節奏的使用與詩之配合，分析兩位作曲家在譜曲時，如何以音樂與詩句做搭配，並在音樂中放入自我的解讀與看法，更透過音樂譜寫詩中的意境，呈現出詩人所要描寫的情感，透過相互的對照，進而發現之中的相異處。全文共 5 章：1.緒論；2.錢南章《戲子》《一棵開花的樹》《最後一句》作品之探討；3.張炫文《野馬之歌》《請別哭泣》作品之探討；4.錢南章與張炫文作品之音樂比較；5.結論。

30. 郭乃文　　席慕蓉詩中的美麗與哀愁之研究　高雄師範大學國文教學碩士班　碩士論文　林文欽教授指導　2014年　276頁

本論文就《席慕蓉・世紀詩選》一書中的精選詩作，進行主題的分類，以及分析在各個主題詩作中字句所營造出來的美麗、哀愁，並藉由實際生活經驗的體會，探討席慕蓉詩作中情感的美麗與哀愁。全文共 5 章：1.緒論；2.席慕蓉詩歌創作的背景因素；3.席慕蓉詩歌情感之美麗與哀愁；4.席慕蓉詩歌的藝術表現；5.結論。正文後附錄〈席慕蓉年表〉。

31. 廖婉泰　　從鄉愁出發——席慕蓉旅遊書寫研究　高雄師範大學國文教學碩士班　碩士論文　曾進豐教授指導　2014年　173頁

本論文針對席慕蓉旅遊書寫的背景，探究席慕蓉旅遊書寫中四大主題：（1）祖土的呼喚（2）歷史與民俗（3）人文美學（4）環境生態。以其創作中「記、史合一」、「詩、文互文」、「書信體」，爬梳席氏「知、感兼融」、「時空交錯」、「詩境畫意」手法詮釋，藉此表現書寫內容的多樣性與獨特性。全文共 6 章：1.緒論；2.原鄉的追尋者——席慕蓉；3.席慕蓉旅遊書寫三階段；4.席慕蓉旅遊書寫的主題內容；5.席慕蓉旅遊書寫的藝術表現；6.結論。

32. 周佩芳　　臺灣文壇繪寫研究——以梁丹丰、席慕蓉、雷驤及奚淞為主的考察　中央大學中國文學系　博士論文　康來新教授指導　2016 年 1 月　274 頁

本論文梳整臺灣當代文壇中「繪寫文本」的情況，擬定「繪寫」的定義及研究範圍。據以「複合圖文（composite imagetext）」理論為啟發，據以萊莘（G.E.Lessnig）《拉奧孔（Laocoon）》所提的「詩畫異質說」為準。全文篇章以臺灣文學發展的階段及特徵架構，並參考此四家繪寫集出版以及文壇初登場的時間先後來排序：梁丹丰、席慕蓉、雷驤以及奚淞，呈現各家文學表現、繪畫表現及繪寫集的圖文互文關係。全文共 6 章：1.緒論；2.梁丹丰；3.席慕蓉；4.雷驤；5.奚淞；6.結論。

33. 張青紟　　臺灣現代詩「鄉愁」意象研究——以余光中、席慕蓉為例　清華大學臺灣研究教師在職進修碩士學位班　碩士論文　陳芷凡教授指導　2016 年 1 月　107 頁

本論文以余光中、席慕蓉二人有關鄉愁的作品為研究範圍，從「地理學」的視角出發，解釋作家如何從地方感，發展成為對群體及文化的認同；建立「地方」到鄉愁中書寫關係，釐清余光、席慕蓉愁書寫及世代差異、中國結與臺灣的矛盾，並依歷史地理文化認同四向度比較他們在「鄉愁意象」的不同點；歸納出二位詩人因其性別、族群差異，在詩作內容、文學技巧上「鄉愁書寫」的特殊性。全文共 5 章：1.緒論；2.鄉愁意象概念探討；3.詩壇祭酒——余光中的鄉愁意象詩；4.畫意與詩情——席慕蓉的鄉愁意象詩；5.結論。

34. 林芳穎　　席慕蓉詩作中的愛情、時光與生命之研究　高雄師範大學國文學系　碩士論文　林文欽教授指導　2016 年　131 頁

本論文探討席慕蓉的創作詩觀和書寫的初心。從詩作中進行愛情、時光與生命的主題分類，並輔以佛教思維穿插探討相關的詩作內涵。了解席慕蓉在詩壇上的展現，從詩作中爬梳世間的情與理。全文共 5 章：1.緒論；2.席慕蓉及其詩觀；3.席慕蓉愛情詩研究；4.席慕蓉時光與生命詩研究；5.結論。

35. 羅　旋　　席慕蓉 1990 年代以來作品中的蒙古族群意識及文化書寫　湖南大學中國語言文學所　碩士論文　黃蓉教授指導　2017 年 5 月　58

頁

本論文聚焦席慕蓉 1990 年代以來作品中所表現的蒙古族群意識，並分析其民族文化書寫的內涵及價值。全文共 4 章：1.緒論；2.席慕蓉蒙古族群意識的嬗變其成因；3.作品中對族群文化的追索和呈現；4.席慕蓉族群文化書寫的價值和貢獻。

36. 周志丹　A Comparative Study of Themes in Poems by Emily Dickinson and Xi Murong from the Perspective of Eco-feminism（從生態女性視角對比艾米麗・狄金森和席慕蓉的詩歌主題）　雲南師範大學英語語言文學所　碩士論文　原一川教授指導　2018 年 5 月　83 頁

本論文以生態女性主義為研究理論，結合艾米麗・狄金森和席慕蓉的生活背景和創作生涯；從女性與自然、女性與愛情、女性與男權社會三個方面，探討艾米麗・狄金森和席慕蓉的女性意識和生態思想的形成以及在其詩歌中的體現，從而對比她們的異同及產生差異的原因。全文共 6 章：1.Literature Review；2.Critical Approach；3.Female and Nature in the Poems；4.Female and Love in the Poems；5.Female and Patriarchal Society in the Poems；6.Causes of Similarities and Differences of the Two Poetesses' Eco-feministConsciousness。

作家生平資料篇目

自述

37. 席慕蓉　一條河流的夢（後記）　七里香　臺北　大地出版社　1981 年 7 月　頁 189—193
38. 席慕蓉　一條河流的夢　臺灣日報　1981 年 11 月 28 日　12 版
39. 席慕蓉　一條河流的夢（後記）　七里香　臺北　圓神出版社　2000 年 3 月　頁 190—193
40. 席慕蓉　一條河流的夢　七里香　北京　作家出版社　2010 年 9 月　頁 111—113
41. 席慕蓉　一條河流的夢　七里香　北京　作家出版社　2016 年 9 月　頁 111—113
42. 席慕蓉　一條河流的夢　七里香　武漢　長江文藝出版社　2017 年 9 月　頁 120—122

43. 席慕蓉　人生欣賞・欣賞人生　成長的痕跡　臺北　爾雅出版社　1982 年 3 月 10 日　頁 259—286
44. 席慕蓉　前言　畫出心中的彩虹　臺北　爾雅出版社　1982 年 3 月　頁 3—4
45. 席慕蓉　是與不是之間——後記　畫出心中的彩虹　臺北　爾雅出版社 1982 年 3 月　頁 143—146
46. 席慕蓉　回顧所來徑——自序　成長的痕跡　臺北　爾雅出版社　1982 年 3 月 10 日　頁 3—6
47. 席慕蓉　回顧所來徑——自序　回顧所來徑　新北　印刻文學生活雜誌出版公司　2012 年 12 月　頁 9—10
48. 席慕蓉　一束春花——後記　有一首歌　臺北　洪範書店　1983 年 11 月　頁 285—287
49. 席慕蓉　霧裡的心情　文訊雜誌　第 14 期　1984 年 10 月　頁 16—19
50. 席慕蓉　後記一：鄉間的夜晚　同心集　1985 年 3 月 10 日　頁 247—251
51. 席慕蓉　鄉間的夜晚　一又二分之一：女作家的婚姻故事　臺北　林白出版社　1988 年 11 月　頁 27—34
52. 席慕蓉　鄉間的夜晚　與美同行——寫給年輕的母親　上海　文匯出版社 1999 年 12 月　頁 241—244
53. 席慕蓉　鄉間的夜晚　同心新集　上海　上海三聯書店　2006 年 6 月　頁 314—316
54. 席慕蓉　陷阱　人生船　臺北　爾雅出版社　1985 年 7 月　頁 38—39
55. 席慕席　畫展　中國時報　1985 年 8 月 8 日　8 版
56. 席慕蓉　最後一課——影響我文學生命的關鍵人物　文訊雜誌　第 25 期 1986 年 8 月　頁 1
57. 席慕蓉　願望——後記　時光九篇　臺北　爾雅出版社　1987 年 12 月　頁 193—197
58. 席慕蓉　願望　時光草原　上海　上海文藝出版社　1997 年 7 月　頁 454—

456
59. 席慕蓉　願望——後記　時光九篇　臺北　圓神出版社　2006 年 1 月　頁 206—210
60. 席慕蓉　願望——後記　時光九篇　北京　作家出版社　2010 年 9 月　頁 119—121
61. 席慕蓉　願望——後記　時光九篇　北京　作家出版社　2016 年 9 月　頁 119—121
62. 席慕蓉　願望——後記　時光九篇　武漢　長江文藝出版社　2017 年 9 月　頁 142—145
63. 席慕蓉　序——在那遙遠的地方　在那遙遠的地方　臺北　圓神出版社　1988 年 3 月　頁 10—17
64. 席慕蓉　初為人師　當我 20（下）　臺北　皇冠出版社　1988 年 8 月　頁 19—24
65. 席慕蓉　後記　信物　臺北　圓神出版社　1989 年 1 月　頁 69—71
66. 席慕蓉　說創作　聯合報　1989 年 3 月 7 日　27 版
67. 席慕蓉　我的報告　文訊雜誌　第 43 期　1989 年 5 月　頁 92—93
68. 席慕蓉　我的報告　結婚照（第二輯）　臺北　文訊雜誌社　1992 年 8 月　頁 175—180
69. 席慕蓉　前言　水與石的對話　花蓮　太魯閣國家公園員工消費合作社　1990 年 2 月　頁 9
70. 席慕蓉　一個人上陣的戰爭　聯合報　1990 年 3 月 2 日　28 版
71. 席慕蓉　序——我手中有筆　我的家在高原上　臺北　圓神出版社　1990 年 7 月　頁 5—12
72. 席慕蓉　四十年　四十歲的心情　臺北　時報文化出版公司　1990 年 9 月　頁 33—36
73. 席慕蓉　序——江山有待　江山有待　臺北　洪範書店　1991 年 5 月　頁 1—9

74. 席慕蓉　江山有待　洪範雜誌　第46期　1991年6月　1版
75. 席慕蓉　反省與回顧（後記）　河流之歌　臺北　東華書局　1992年6月　頁180—185
76. 席慕蓉　界石——《寫生者》洪範版後記　寫生者　臺北　洪範書店　1994年2月　頁216—219
77. 席慕蓉　界石——《寫生者》洪範版後記　洪範雜誌　第52期　1994年2月　1版
78. 席慕蓉　界石　意象的暗記　上海　上海文藝出版社　1997年7月　頁341—343
79. 席慕蓉　此刻的心情——代序　無怨的青春　臺北　大地出版社　1994年7月　頁10—12
80. 席慕蓉　此刻的心情——代序　無怨的青春　臺北　圓神出版社　2000年3月　頁9—11
81. 席慕蓉　此刻的心情——代序　無怨的青春　北京　作家出版社　2010年9月　頁7—9
82. 席慕蓉　此刻的心情——代序　無怨的青春　北京　作家出版社　2016年9月　頁7—9
83. 席慕蓉　此刻的心情——代序　無怨的青春　武漢　長江文藝出版社　2017年9月　頁14—15
84. 席慕蓉　席慕蓉論席慕蓉，關於「暢銷」　聯合報　1994年12月12日　37版
85. 席慕蓉　論席慕蓉　黃羊・玫瑰・飛魚　臺北　爾雅出版社　1996年8月　頁108—113
86. 席慕蓉　七個夏天——《黃羊・玫瑰・飛魚》自序　聯合報　1996年8月1日　33版
87. 席慕蓉　自序　黃羊・玫瑰・飛魚　臺北　爾雅出版社　1996年8月　頁1—7

88. 席慕蓉　自序　給我一個島　新北　印刻文學生活雜誌出版公司　2012 年 12 月　頁 11—15
89. 席慕容　素描　聯合文學　第 147 期　1997 年 1 月　頁 24—25
90. 席慕蓉　序——一如大雁　大雁之歌　臺北　皇冠文化出版公司　1997 年 5 月　頁 19—25
91. 席慕蓉　初心——序　時間草原　上海　上海文藝出版社　1997 年 7 月　頁 1—4
92. 席慕蓉　初心——序　生命的滋味　上海　上海文藝出版社　1997 年 7 月　頁 1—4
93. 席慕蓉　初心——序　意象的暗記　上海　上海文藝出版社　1997 年 7 月　頁 1—4
94. 席慕蓉　初心——序　我的家在高原上　上海　上海文藝出版社　1997 年 7 月　頁 1—4
95. 席慕蓉　初心——序　追尋夢土　北京　作家出版社　2009 年 4 月　頁 1—3
96. 席慕蓉　（序）初心　追尋夢土　呼和浩特　內蒙古人民出版社　2018 年 8 月　〔3〕頁
97. 席慕蓉　序言　邊緣光影　臺北　爾雅出版社　1999 年 5 月　頁 1
98. 席慕蓉　序言　邊緣光影　北京　作家出版社　2010 年 9 月　頁 1
99. 席慕蓉　序言　邊緣光影　北京　作家出版社　2016 年 9 月　頁 1
100. 席慕蓉　與美同行——序言　與美同行——寫給年輕的母親　上海　文匯出版社　1999 年 12 月　頁 1—3
101. 席慕蓉　生命因詩而甦醒——新版序　七里香　臺北　圓神出版社　2000 年 3 月　頁 1—9
102. 席慕蓉　生命因詩而甦醒——新版序　無怨的青春　臺北　圓神出版社　2000 年 3 月　頁 1—9
103. 席慕蓉　生命因詩而甦醒——新版序　七里香　北京　作家出版社　2010

年 9 月　頁 1—6

104. 席慕蓉　生命因詩而甦醒——新版序　無怨的青春　北京　作家出版社　2010 年 9 月　頁 1—6

105. 席慕蓉　生命因詩而甦醒——新版序　七里香　北京　作家出版社　2016 年 9 月　頁 1—6

106. 席慕蓉　生命因詩而甦醒——新版序　無怨的青春　北京　作家出版社　2016 年 9 月　頁 1—6

107. 席慕蓉　生命因詩而甦醒——二〇〇〇版序　七里香　武漢　長江文藝出版社　2017 年 9 月　頁 8—13

108. 席慕蓉　生命因詩而甦醒——二〇〇〇版序　無怨的青春　武漢　長江文藝出版社　2017 年 9 月　頁 8—13

109. 席慕蓉　席慕蓉詩話　爾雅詩選　臺北　爾雅出版社　2000 年 4 月　頁 89

110. 席慕蓉講　女作家座談會系列——席慕蓉座談會　中國女性文學研究室學刊　第 2 期　2000 年 10 月　頁 24—27

111. 席慕蓉　詩人近況　八十九年詩選　臺北　臺灣詩學季刊雜誌社　2001 年 4 月　頁 256

112. 席慕蓉　美夢成真——序　夢中戈壁　北京　民族出版社　2002 年 1 月　頁 1—4

113. 席慕蓉　異鄉的河流　夢中戈壁　北京　民族出版社　2002 年 1 月　頁 77—98

114. 席慕蓉　紅紅與黑黑　中國時報　2002 年 2 月 5 日　39 版

115. 席慕蓉　金色的馬鞍　金色的馬鞍　臺北　九歌出版社　2002 年 2 月　頁 12—21

116. 席慕蓉　代序——金色的馬鞍　金色的馬鞍　新北　印刻文學生活雜誌出版公司　2012 年 12 月　頁 11—19

117. 席慕蓉　臺灣作家作品在大陸出版現象——長話短說　文訊雜誌　第 197 期　2002 年 3 月　頁 41—42

118. 席慕蓉　詩人近況　九十年詩選　臺北　臺灣詩學季刊雜誌社　2002 年 5 月　頁 266—267
119. 席慕蓉　序——初老　迷途詩冊　臺北　圓神出版社　2002 年 7 月　頁 10—17
120. 席慕蓉　初老——自序　迷途詩冊　臺北　圓神出版社　2006 年 4 月　頁 5—11
121. 席慕蓉　初老——自序　迷途詩冊　北京　作家出版社　2010 年 9 月　頁 1—4
122. 席慕蓉　初老——自序　迷途詩冊　北京　作家出版社　2016 年 9 月　頁 1—4
123. 席慕蓉　初老——自序　迷途詩冊　武漢　長江文藝出版社　2017 年 9 月　頁 8—11
124. 席慕蓉講；吳月蕙記　原鄉和我的創作　中央日報　2002 年 12 月 6 日　16 版
125. 席慕蓉　走馬——自序　走馬　上海　文匯出版社　2002 年 12 月　頁 1—6
126. 席慕蓉　序——諾恩吉雅　諾恩吉雅：我的蒙古文化筆記　臺北　正中書局　2003 年 2 月　頁 6—9
127. 席慕蓉　詩人近況　九十一年詩選　臺北　臺灣詩學季刊雜誌社　2003 年 4 月　頁 281
128. 席慕蓉　譯者——新版新序　我的家在高原上　臺北　圓神出版社　2004 年 1 月　頁 13—24
129. 席慕蓉　騰格里沙漠　我的家在高原上　臺北　圓神出版社　2004 年 1 月　頁 196—213
130. 席慕蓉　胡馬・胡馬　我的家在高原上　臺北　圓神出版社　2004 年 1 月　頁 214—229
131. 席慕蓉　記憶　我的家在高原上　臺北　圓神出版社　2004 年 1 月　頁

232—237

132. 席慕蓉　詩人近況　2003 臺灣詩選　臺北　二魚文化公司　2004 年 6 月　頁 309

133. 席慕蓉　自序——秋光幽微　人間煙火　臺北　九歌出版社　2004 年 9 月　頁 9—11

134. 席慕蓉　自序——秋光幽微　同心新集　上海　上海三聯書店　2006 年 6 月　頁 7—8

135. 席慕蓉　詩人近況　2004 臺灣詩選　臺北　二魚文化公司　2005 年 3 月　頁 286

136. 席慕蓉　代序：關於揮霍　我摺疊著我的愛　臺北　圓神出版社　2005 年 3 月　頁 5—14

137. 席慕蓉　關於揮霍——代序　我摺疊著我的愛　北京　作家出版社　2010 年 9 月　頁 1—7

138. 席慕蓉　關於揮霍——代序　我摺疊著我的愛　北京　作家出版社　2016 年 9 月　頁 1—7

139. 席慕蓉　關於揮霍——代序　我摺疊著我的愛　武漢　長江文藝出版社　2017 年 9 月　頁 8—14

140. 席慕蓉　後記　我摺疊著我的愛　臺北　圓神出版社　2005 年 3 月　頁 206—207

141. 席慕蓉　後記　我摺疊著我的愛　北京　作家出版社　2010 年 9 月　頁 128—129

142. 席慕蓉　後記　我摺疊著我的愛　北京　作家出版社　2016 年 9 月　頁 128—129

143. 席慕蓉　後記　我摺疊著我的愛　武漢　長江文藝出版社　2017 年 9 月　頁 147—148

144. 席慕蓉　我的支持者　文訊雜誌　第 237 期　2005 年 7 月　頁 68

145. 席慕蓉　長路迢遙——新版後記　時光九篇　臺北　圓神出版社　2006 年

1月　頁211—219

146. 席慕蓉　長路迢遙——新版後記　邊緣光影　臺北　圓神出版社　2006年4月　頁233—241

147. 席慕蓉　長路迢遙——新版後記　迷途詩冊　臺北　圓神出版社　2006年4月　頁185—193

148. 席慕蓉　長路迢遙——新版後記　時光九篇　北京　作家出版社　2010年9月　頁122—127

149. 席慕蓉　長路迢遙——新版後記　邊緣光影　北京　作家出版社　2010年9月　頁135—140

150. 席慕蓉　長路迢遙——新版後記　迷途詩冊　北京　作家出版社　2010年9月　頁129—134

151. 席慕蓉　長路迢遙——新版後記　時光九篇　北京　作家出版社　2016年9月　頁122—127

152. 席慕蓉　長路迢遙——新版後記　邊緣光影　北京　作家出版社　2016年9月　頁135—140

153. 席慕蓉　長路迢遙——新版後記　迷途詩冊　北京　作家出版社　2016年9月　頁129—134

154. 席慕蓉　長路迢遙——新版後記　時光九篇　武漢　長江文藝出版社　2017年9月　頁146—153

155. 席慕蓉　長路迢遙——新版後記　邊緣光影　武漢　長江文藝出版社　2017年9月　頁154—160

156. 席慕蓉　長路迢遙——新版後記　迷途詩冊　武漢　長江文藝出版社　2017年9月　頁143—149

157. 席慕蓉　芨芨草　聯合報　2006年2月14日　E07版

158. 席慕蓉　詩人近況　2005臺灣詩選　臺北　二魚文化公司　2006年2月　頁234

159. 席慕蓉　跋　席慕蓉和她的內蒙古　上海　上海文藝出版社　2006年8月

頁 332—335

160. 席慕蓉　我的感謝　席慕蓉和她的內蒙古　上海　上海文藝出版社　2006 年 8 月　頁 336

161. 席慕蓉　後記　2006／席慕蓉（足本）　臺北　爾雅出版社　2007 年 3 月　頁 627—631

162. 席慕蓉　《2006・席慕蓉》　爾雅人　第 152、153 期合刊　2007 年 7 月 20 日　2—3 版

163. 席慕蓉　《二〇〇六／席慕蓉》後記　我給記憶命名　臺北　爾雅出版社 2017 年 7 月 20 日　頁 318—322

164. 席慕蓉　謝函　臺港文學選刊　第 255 期　2008 年 2 月　頁 7—9

165. 席慕蓉　可以依憑的記憶——記南河小學的畢業典禮　臺港文學選刊　第 255 期　2008 年 2 月　頁 18—19

166. 席慕蓉　蒙文課——代序　寧靜的巨大　臺北　圓神出版社　2008 年 7 月　頁 7

167. 席慕蓉　蒙文課——代序　蒙文課　北京　作家出版社　2009 年 4 月　頁 1

168. 席慕蓉　（代序）蒙文課　蒙文課　呼和浩特　內蒙古人民出版社　2018 年 8 月　頁〔1〕

169. 席慕蓉　執筆の欲望・序に代えて——池上貞子に　契丹のバラ：席慕蓉詩集　東京　思潮社　2009 年 2 月　頁 12—15

170. 席慕蓉　席慕蓉散文觀　新世紀散文家：席慕蓉精選集　臺北　九歌出版社　2010 年 2 月 10 日　頁 27

171. 席慕蓉　回望——自序　以詩之名　臺北　圓神出版社　2011 年 7 月　頁 9—18

172. 席慕蓉　回望——自序　以詩之名　北京　作家出版社　2011 年 9 月　頁 1—8

173. 席慕蓉　回望——自序　以詩之名　北京　作家出版社　2016 年 9 月　頁

1—8

174. 席慕蓉　回望——自序　以詩之名　武漢　長江文藝出版社　2017 年 9 月　頁 8—15

175. 席慕蓉講，曾攀記錄　原鄉與我的創作——席慕蓉在復旦大學的演講　文藝爭鳴　2011 年第 18 期　2011 年　頁 32—36

176. 席慕蓉　楊老師的美術課——紀念楊蒙中老師（1922—2012）　聯合報　2012 年 5 月 19 日　D3 版

177. 席慕蓉演講；顏訥記錄整理　溯源　文訊雜誌　第 326 期　2012 年 12 月　頁 110—116

178. 席慕蓉演講；顏訥記錄整理　溯源　我們的文學夢　臺北　上海銀行文教基金會　2013 年 5 月　頁 201—221

179. 席慕蓉　新版序　回顧所來徑　新北　印刻文學生活雜誌出版公司　2012 年 12 月　頁 7—8

180. 席慕蓉　新版序　給我一個島　新北　印刻文學生活雜誌出版公司　2012 年 12 月　頁 9—10

181. 席慕蓉　新版序　金色的馬鞍　新北　印刻文學生活雜誌出版公司　2012 年 12 月　頁 9—10

182. 席慕蓉　作者序　前塵・昨夜・此刻：席慕蓉散文精選　武漢　長江文藝出版社　2013 年 1 月　頁 11

183. 席慕蓉　作者序　前塵・昨夜・此刻：席慕蓉散文　武漢　長江文藝出版社　2017 年 10 月　頁 12—13

184. 席慕蓉　我不僅僅是　聯合報　2014 年 4 月 18 日　D3 版

185. 席慕蓉　詩心不滅——敬呈葉嘉瑩先生　聯合報　2014 年 7 月 7 日　D3 版

186. 席慕蓉　生命的謎題——寫於「曠野・繁花」畫展之前　曠野・繁花：席慕蓉畫集　臺北　敦煌畫廊　2014 年 11 月　頁 8—11

187. 席慕蓉　海馬迴　聯合報　2015 年 4 月 6 日　D3 版

188. 席慕蓉　海馬迴——後記　除你之外　臺北　圓神出版社　2016 年 3 月

頁 257—263

189. 席慕蓉　海馬迴——後記　除你之外　北京　作家出版社　2018 年 8 月　頁 142—146

190. 席慕蓉　前篇與後續　聯合報　2015 年 4 月 6 日　D3 版

191. 席慕蓉　後記——前篇與後續　寫給海日汗的 21 封信　北京　作家出版社　2015 年 6 月　頁 249—261

192. 席慕蓉　前篇與後續　我給記憶命名　臺北　爾雅出版社　2017 年 7 月 20 日　頁 323—335

193. 席慕蓉　爾雅時光　文訊雜誌　第 357 期　2015 年 7 月　頁 148—150

194. 席慕蓉　謝啟　除你之外　臺北　圓神出版社　2016 年 3 月　頁 265

195. 席慕蓉　謝啟　除你之外　北京　作家出版社　2018 年 8 月　頁 147

196. 席慕蓉　我正在做的事　聯合報　2016 年 12 月 4 日　D3 版

197. 席慕蓉　後記　我給記憶命名　臺北　爾雅出版社　2017 年 7 月 20 日　頁 336—337

198. 席慕蓉　詩的瞬間——代序　七里香　武漢　長江文藝出版社　2017 年 9 月　頁 1—7

199. 席慕蓉　詩的瞬間——代序　無怨的青春　武漢　長江文藝出版社　2017 年 9 月　頁 1—7

200. 席慕蓉　詩的瞬間——代序　時光九篇　武漢　長江文藝出版社　2017 年 9 月　頁 1—7

201. 席慕蓉　詩的瞬間——代序　邊緣光影　武漢　長江文藝出版社　2017 年 9 月　頁 1—7

202. 席慕蓉　詩的瞬間——代序　迷途詩冊　武漢　長江文藝出版社　2017 年 9 月　頁 1—7

203. 席慕蓉　詩的瞬間——代序　我摺疊著我的愛　武漢　長江文藝出版社　2017 年 9 月　頁 1—7

204. 席慕蓉　詩的瞬間——代序　以詩之名　武漢　長江文藝出版社　2017 年

9月 頁1—7

205. 席慕蓉 （新版序）細碎的波光 蒙文課 呼和浩特 內蒙古人民出版社 2018年8月 〔7〕頁

206. 席慕蓉 （新版序）細碎的波光 追尋夢土 呼和浩特 內蒙古人民出版社 2018年8月 〔7〕頁

他述

207. 〔聯合報〕 席慕蓉的畫，濃濃母愛，深深親情 聯合報 1974年8月22日 9版

208. 陳長華 席慕蓉・一縷輕愁 聯合報 1977年12月13日 9版

209. 陳長華 雷射繪畫，感性人生，席慕蓉的世界 聯合報 1979年12月15日 9版

210. 陳長華 席慕蓉，結合了畫與詩 聯合報 1981年4月12日 9版

211. 董雲霞 紅顏情懷永如新——席慕蓉的詩畫人生 臺灣時報 1981年6月11日 12版

212. 董雲霞 紅顏情懷永如新——席慕蓉的詩畫人生 席慕蓉 臺北 圓神出版社 2002年12月 頁51—54

213. 王台珠 席慕蓉與「鏡子連作」 臺灣日報 1981年6月20日 8版

214. 董雲霞 席慕蓉勤於寫詩和散文，沈哲哉作畫抒情兼浪漫，阮昌銳研究民俗有得 臺灣時報 1982年4月28日 9版

215. 鐘麗慧 唯美的席慕蓉 青年戰士報 1983年6月3日 11版

216. 鐘麗慧 唯美的席慕蓉 察哈爾省文獻 第15期 1984年7月 頁28—30

217. 瘂 弦 時間草原 席慕蓉 臺北 圓神出版社 2002年12月 頁77—78

218. 蕭 蕭 記散文新詩作家——席慕蓉 察哈爾省文獻 第14期 1983年12月 頁60—65

219. 心 岱 淡泊、智慧與愛 同心集 臺北 九歌出版社 1985年3月 頁

3—6

220. 心　岱　淡泊、智慧與愛　與美同行——寫給年輕的母親　上海　文匯出版社　1999年12月　頁216—219

221. 心　岱　淡泊、智慧與愛　同心新集　上海　上海三聯書店　2006年6月　頁318—319

222. 隱　地　作家與書的故事——席慕蓉　新書月刊　第20期　1985年5月　頁67

223. 隱　地　席慕蓉　寫給幸福　臺北　爾雅出版社　1985年9月　頁333—336

224. 隱　地　席慕蓉　作家與書的故事　臺北　爾雅出版社　1985年11月　頁163—166

225. 蔣　勳　夢上花趺坐　聯合報　1985年6月6日　8版

226. 季　季　行走的樹——席慕蓉和她的畫　中國時報　1985年6月9日　8版

227. 季　季　行走的樹——席慕蓉和她的畫　席慕蓉　臺北　圓神出版社　2002年12月　頁73—75

228. 林清玄　席慕蓉的兩個出口　大悲與大愛　臺北　駿馬文化公司　1986年1月　頁97—103

229. 紹　雍　側寫席慕蓉　幼獅文藝　第387期　1986年3月　頁16—17

230. 黎雅麗　劉海北以「名妻」席幕蓉為榮　九歌雜誌　第63期　1986年5月　3版

231. 季　季　「我真的有那麼好嗎？」　希望我能有條船　臺北　爾雅出版社　1986年6月　頁36—38

232. 〔九歌雜誌〕　書緣・書香〔席慕蓉部分〕　九歌雜誌　第77期　1987年7月　4版

233. 劉海北　她正設法紓解壓力——給主編先生的一封信　中華日報　1987年12月10日　8版

234. 劉海北　她正設法紓解壓力　我的另一半（五）　臺北　中華日報出版部　1988年10月　頁13—17

235. 〔九歌雜誌〕　書緣・書香〔席慕蓉部分〕　九歌雜誌　第83期　1988年1月　4版

236. 黃美惠　淚眼看那遙遠的地方，林東生帶回了席慕蓉心裡的草原　民生報　1988年3月29日　9版

237. 楊　明　劉海北與「名妻」席慕蓉，文理絕配，安居人間世　九歌雜誌　第88期　1988年6月　1版

238. 心　岱　愛花，看花，訪花——席慕蓉，甘願千里跋涉　民生報　1988年9月15日　24版

239. 李安採訪　一生的事——敬重「筆」的席慕蓉　傑出女性私房話　臺北　書評書目社　1988年10月　頁125—136

240. 〔九歌雜誌〕　書緣・書香〔席慕蓉部分〕　九歌雜誌　第93期　1988年11月　4版

241. 陳素芳　畫出心中的荷花——席慕蓉結合理想與文學　中華日報　1989年3月11日　15版

242. 〔編輯部〕　席慕容小傳　寫生者　臺北　大雁書店　1989年3月　頁235—239

243. 鍾　玲　臺灣女詩人小傳——席慕蓉　現代中國繆司——臺灣女詩人作品析論　臺北　聯經出版社　1989年6月　頁412

244. 江中明　劉燕、席慕蓉心田共擁一首歌　聯合報　1990年4月22日　17版

245. 劉芳慈　感性而平實的母親　聯合文學　第67期　1990年5月　頁122

246. 劉安凱　生錯時代的蒙古人　聯合文學　第67期　1990年5月　頁123

247. 徐開塵　鄉情盡付書，涕淚成篇章，席慕蓉帶著作品要再還鄉　民生報　1990年8月4日　14版

248. 張夢瑞　席慕蓉再度匆匆離鄉，心思在那遙遠的地方　民生報　1991年9

月 24 日　14 版
249. 翁文靜　席慕蓉堅拒國民黨代提名，寧以筆墨為蒙古家鄉盡力　中國時報　1991 年 11 月 15 日　35 版
250. 劉海北　席慕蓉 vs.劉海北——家有名妻　方格子外的甜蜜戰爭　臺北　海風出版社　1991 年 11 月　頁 172—179
251. 劉海北　家有「名妻」　與美同行——寫給年輕的母親　上海　文匯出版社　1999 年 12 月　頁 234—240
252. 劉海北　家有「名妻」——席慕蓉 VS.劉海北　臺港文學選刊　第 255 期　2008 年 2 月　頁 20—22
253. 成明進　海外華文詩人評介——斷不了的一條絲在中間〔席慕蓉部分〕　淮風季刊　1992 年第 2 期　1992 年夏　頁 42—43
254. 黃旭初　淚光中的悲哀與無奈　自立晚報　1992 年 11 月 9 日　15 版
255. 李梅齡　對藝文與尋根情深意切的席慕蓉　幼獅文藝　第 467 期　1992 年 11 月　頁 75—80
256. 吳奔星　臺灣女詩人席慕蓉論　海南師院學報　1992 年第 3 期　1992 年　頁 83—88
257. 渡　也　席慕蓉與我　新詩補給站　臺北　三民書局　1995 年 4 月　頁 41—43
258. 徐開塵　七年人生動亂，化作蒙古詩篇，席慕蓉新作沉潛，盼為原鄉寫專書　民生報　1996 年 8 月 19 日　15 版
259. 湯芝萱　席慕蓉把蒙古帶回臺灣　文訊雜誌　第 131 期　1996 年 9 月　頁 90
260. 徐開塵　蒙古高原之旅席慕蓉座談，聽她說的故事，看她拍的幻燈，分享滿懷感觸　民生報　1997 年 5 月 30 日　19 版
261. 徐開塵　席慕蓉，推動回頭鹿文庫——為蒙古兒童文學扎根，保存傳統文化，讓孩子有書可讀　民生報　1997 年 6 月 5 日　34 版
262. 徐淑卿　席慕蓉，回家的路由悲涼而開闊　中國時報　1997 年 6 月 19 日

43 版
263. 劉安諾　家有名戚　爾雅人　第100期　1997年6月　3版
264. 烏雅泰　席慕蓉的鄂爾多斯情結　臺灣新聞報　1997年10月18日　40版
265. 蔡美娟　過著牽手也放手的兩人生活　聯合報　1997年11月9日　45版
266. 高惠琳　席慕蓉用心參與子女的成長　文訊雜誌　第147、148期合刊　1998年2月　頁83—84
267. 寧　軍　席慕蓉——婚姻是甜蜜的負擔　現代婦女　1998年第5期　1998年5月　頁8—11
268. 舒　蘭　八〇年代詩人詩作——席慕蓉　中國新詩史話（四）　臺北　渤海堂文化公司　1998年10月　頁577—579
269. 文曉村　端一席詩歌華宴——《兩岸女性詩歌三十家》跋〔席慕蓉部分〕　兩岸女性詩歌三十家　臺北　詩藝文出版社　1999年7月　頁526
270. 賴佳琦　詩人席慕蓉——年年往返南北家鄉的大雁　文訊雜誌　第166期　1999年8月　頁87—89
271. 李元貞　臺灣現代女詩人的詩壇顯影〔席慕蓉部分〕　詩潭顯影　臺北　書林出版公司　1999年9月　頁11
272. 李元貞　臺灣現代女詩人的詩壇顯影〔席慕蓉部分〕　女性詩學　臺北　女書文化公司　2000年11月　頁353—354
273. 張渝生　席慕蓉——無心插柳柳成蔭　世界著名華文女作家傳・臺灣卷一　南昌　百花洲文藝出版社　1999年9月　頁153—209
274. 傅寧軍　席慕蓉印象：幸福之所以與她同在　現代交際　1999年第7期　1999年　頁12—13
275. 許湘欣　席慕蓉・洪幸芳聯手探花容　臺灣日報　2000年2月20日　14版
276. 黃寶萍　席慕蓉、洪幸芳知心相繪，芳香盈路　民生報　2000年2月20日　4版

277. 徐開塵 廿年匆匆，席慕蓉暢銷詩集精裝版喚回記憶 民生報 2000 年 3 月 3 日 6 版
278. 林峻楓 思歸的江河——側寫女詩人席慕蓉 中華日報 2000 年 4 月 11 日 19 版
279. 耕 雨 唯美的席慕蓉 臺灣新聞報 2000 年 11 月 30 日 B8 版
280. 〔李元貞主編〕 席慕蓉 紅得發紫：臺灣現代女性詩選 臺北 女書文化公司 2000 年 12 月 頁 157
281. Chang Shu-Li Introduction Across the Darkness of the River Los Angeles Green Integer 2001 年 頁 7—8
282. 寧 軍 席慕蓉和她的「另一半」 兩岸關係 2002 年第 3 期 2002 年 3 月 〔1〕頁
283. 林俶萍 與她的詩狹路相逢 中國時報 2002 年 6 月 28 日 39 版
284. 王凌莉 寫下三年來貼近蒙古的鄉情，席慕蓉出版《迷途詩冊》 自由時報 2002 年 7 月 4 日 40 版
285. 徐開塵 《迷途詩冊》，分享感動 民生報 2002 年 7 月 4 日 A13 版
286. 陳文芬 席慕蓉寫下迷途詩冊 中國時報 2002 年 7 月 4 日 14 版
287. 李令儀 席慕蓉夏宇女詩人相惜 聯合報 2002 年 7 月 14 日 14 版
288. 〔蕭蕭，白靈主編〕 席慕蓉簡介 臺灣現代文學教程：新詩讀本 臺北 二魚文化公司 2002 年 8 月 頁 294—295
289. 林巧雁 兩岸文藝迎揭幕，青年搭橋樑——原鄉，席慕蓉的創作動力 中央日報 2002 年 11 月 5 日 13 版
290. 胡馨云 悠遊閒適生活——席慕蓉 出版情報 第 179 期 2003 年 3 月 頁 8—9
291. 陳宛茜 席慕蓉，相思林中寫花影畫大漠 聯合報 2003 年 6 月 2 日 B6 版
292. 〔莫渝主編〕 作者簡介 愛情小詩選讀 臺北 鷹漢文化公司 2003 年 11 月 頁 27

293. 陳希林　她寫《人間煙火》，他寫《人間光譜》——席慕蓉、劉海北，夫妻共同出書　中國時報　2004年9月2日　C8版

294. 陳宛茜　《人間煙火》與《人間光譜》——席慕蓉劉海北，連袂出書　聯合報　2004年9月2日　3版

295. 賴素鈴　《人間光譜》呼應《人間煙火》——劉海北席慕蓉，相伴出書　民生報　2004年9月2日　A13版

296. 吳毓純　一支清遠的笛——席慕蓉演講側記　明道文藝　第345期　2004年12月　頁96—100

297. 陳丹燕　讀書記　中國時報　2005年1月4日

298. 陳丹燕　讀書記　寧靜的巨大　臺北　圓神出版社　2008年7月　頁265—270

299. 陳丹燕　讀書記　流動的月光　北京　作家出版社　2015年1月　頁385—390

300. 蕭　蕭　席慕蓉簡介　攀登生命巔峰　臺北　聯合文學出版社　2005年3月　頁85

301. 賴素鈴　作家在故事館，朗誦聲中分享生命故事　民生報　2005年5月15日　A6版

302. 夏　行　作家的成績單（上）——席慕蓉：深刻感動於內蒙的美　中央日報　2006年1月27日　17版

303. 〔蕭蕭主編〕　詩人簡介　優游意象世界　臺北　聯合文學出版社　2006年6月　頁139

304. 黃　三　劉海北與席慕蓉　求是文摘　臺北　秀威資訊科技公司　2006年10月　頁80—81

305. 蔡恆翹　異想世界——席慕蓉的游牧文化　人間福報　2007年4月22日　5版

306. 許俊雅　淡水河流域的文化與文學——淡水河流域的文化——文學中淡水文本的構成類型的作家群——席慕蓉（一九四三年—）　續修臺

北縣志・藝文志第三篇・文學（上）　臺北　臺北縣政府　2008年3月　頁18

307.〔封德屏主編〕　席慕蓉　2007 臺灣作家作品目錄　臺南　國立臺灣文學館　2008年7月　頁631

308. 陳義芝　作者簡介　散文新四書・秋之聲　臺北　三民書局　2008年9月　頁32

309. 趙嘉琪　愛亞生平及其創作歷程——前輩的提攜——席慕蓉女士　愛亞小說研究　中央大學中國文學系碩士在職專班　碩士論文　李瑞騰教授指導　2008年　頁30—31

310. 林文義　地平線　邊境之書　臺北　聯合文學出版社　2010年1月　頁34—37

311. 林文義　地平線　以詩之名　臺北　圓神出版社　2011年7月　頁301—303

312. 林文義　地平線　以詩之名　北京　作家出版社　2011年9月　頁176—178

313. 林文義　地平線　以詩之名　北京　作家出版社　2016年9月　頁163—165

314. 林文義　地平線　以詩之名　武漢　長江文藝出版社　2017年9月　頁178—180

315. 孫燕華　臺灣詩人席慕蓉在復旦大學受「90後」追捧　文訊雜誌　第314期　2011年12月　頁153

316. 劉舒曼　席慕蓉的故鄉情緣　博覽群書　2012年第5期　2012年　頁115—118

317. 向　陽　把草原上的月光寫入詩中——側寫席慕蓉　文訊雜誌　第329期　2013年3月　頁18—21

318. 向　陽　把草原上的月光寫入詩中——側寫席慕蓉　寫字年代——臺灣作家手稿故事　臺北　九歌出版社　2013年7月　頁247—257

319. 向　陽　把草原上的月光寫入詩中——側寫席慕蓉　江河的奔向：席慕蓉詩學論集 2　臺北　萬卷樓圖書公司　2016 年 7 月　頁 289—294

320. 〔新周刊主編〕　你必須知道的一〇一個臺灣人——席慕蓉　臺灣最美的風景是人　臺北　華品文創出版公司　2013 年 6 月　頁 31

321. 陳姵穎　席慕蓉的詩畫人生　文訊雜誌　第 333 期　2013 年 7 月　頁 106

322. 林佩蓉　〈矛盾篇〉作家介紹　臺灣文學館通訊　第 43 期　2014 年 6 月　頁 108—109

323. 向　陽　我想叫她穆倫・席連勃　印刻文學生活誌　第 136 期　2014 年 12 月　頁 80—82

324. 向　陽　我想叫她穆倫・席連勃——代序　除你之外　臺北　圓神出版社　2016 年 3 月　頁 7—13

325. 向　陽　我想叫她穆倫・席連勃——代序　除你之外　北京　作家出版社　2018 年 8 月　頁 1—5

326. 隱　地　二十九個名字——席慕蓉　深夜的人　臺北　爾雅出版社　2015 年 12 月　頁 166—168

327. 瘂　弦　代跋　除你之外　臺北　圓神出版社　2016 年 3 月　頁 255

328. 瘂　弦　代跋　除你之外　北京　作家出版社　2018 年 8 月　頁 141

329. 蔣　勳　霧荷——一張畫的故事　聯合報　2017 年 5 月 4 日　D3 版

訪談、對談

330. 廖雪芳　詩文・繪畫・雷射——記女畫家席慕蓉　婦女雜誌　第 138 期　1980 年 3 月　頁 30—35

331. 筱　瑜　想到就寫才能有自然的作品——席慕蓉的畫中詩　民族晚報　1983 年 9 月 25 日　11 版

332. 楊瓊珠　一棵來自天上的樹——說一位叫穆倫席連勃的蒙古女子　東吳青年　第 80 期　1984 年 2 月　頁 122—126

333. 林　芝　擁懷無怨青春的席慕蓉　幼獅少年　第 90 期　1984 年 4 月　頁 108—111

334. 林　芝　擁懷無怨青春的席慕蓉　望向高峰：速寫現代散文作家　臺北　幼獅文化出版公司　1992 年 12 月　頁 63—71

335. 夏祖麗　一條河流的夢——席慕蓉訪問記　新書月刊　第 8 期　1984 年 5 月　頁 12—18

336. 夏祖麗　一條河流的夢——席慕蓉訪問記　寫給幸福　臺北　爾雅出版社　1985 年 9 月　頁 309—331

337. 夏祖麗　一條河流的夢——席慕蓉訪問記　當代作家對話錄　臺北　傳記文學出版社　1986 年 10 月　頁 61—77

338. 夏祖麗　一條河流的夢——席慕蓉訪問記　意象的暗記　上海　上海文藝出版社　1997 年 7 月　頁 344—360

339. 夏祖麗　一條河流的夢——席慕蓉訪問記　回顧所來徑　新北　印刻文學生活雜誌出版公司　2012 年 12 月　頁 230—246

340. 紹　庸　席慕蓉的寫作奧秘　幼獅文藝　第 387 期　1986 年 3 月　頁 17—23

341. 黃秋芳　做一個領路的人——席慕蓉談國文老師　國文天地　第 18 期　1986 年 11 月　頁 10—13

342. 黃秋芳　做一個領路的人——席慕蓉女士談國文老師　速寫簿　臺北　希代書版公司　1988 年 1 月　頁 129—139

343. 黃秋芳　做一個領路的人——席慕蓉談國文老師　明道文藝　第 180 期　1991 年 3 月　頁 53—59

344. 黃秋芳　席慕蓉——穿越那方夢的窗　文訊雜誌　第 28 期　1987 年 2 月　頁 59—63

345. 黃秋芳　穿越那方夢的窗——席慕蓉的成長　速寫簿　臺北　希代書版公司　1988 年 1 月　頁 47—53

346. 席慕蓉等[1]　與美麗智慧同行，當代女詩人座談會（上、下）　聯合報　1988 年 6 月 1—2 日　21 版

---

[1]與會者：席慕蓉、沈花末、張香華、陳斐雯、曾淑美、羅英；記錄：梁麗筠。

347. 〔編輯部〕　席慕蓉　童年往事　臺北　皇冠雜誌社　1988 年 6 月　頁 124—130
348. 席慕蓉等[2]　當代女詩人座談會——女詩人的心靈　聯合文學　第 44 期　1988 年 6 月　頁 94—103
349. 李瓊絲　席慕蓉的另一半——劉海北　皇冠　第 413 期　1988 年 7 月　頁 34—37
350. 余行之　不會更改的盟約：席慕蓉　聯合文學　第 67 期　1990 年 5 月　頁 118—119
351. 邱　婷　席慕蓉不再寫詩，只因心湖不再平靜　民生報　1992 年 9 月 5 日　29 版
352. 黃旭初　作家席慕蓉談寫詩心情，蒙古人的臺灣經驗與蒙古經驗　自立晚報　1992 年 11 月 9 日　15 版
353. 封德屏　向藝術之宮邁進——訪畫家席慕蓉　美麗的負荷　臺北　三民書局　1994 年 4 月　頁 153—157
354. 楊錦郁　開扇大窗，請四時美景一起度日——劉海北、席慕蓉浪漫的家居生活　溫馨家庭快樂多　臺北　健行出版公司　1996 年 2 月　頁 102—108
355. 林素芬　獨舞的夜荷——作家席慕蓉專訪　幼獅文藝　第 507 期　1996 年 3 月　頁 67—73
356. 席慕蓉等[3]　溫柔的自信，沈著的勇敢（上、下）　聯合報　1996 年 5 月 11—12 日　37 版
357. 席慕蓉，席慕德　歌唱——隨著年齡變化的女高音　縱浪談　臺北　時報文化出版公司　1996 年 11 月　頁 321—331
358. 陳文芬　席慕蓉說蒙古不哭了　中國時報　1997 年 5 月 30 日　25 版
359. 鍾欣里　用心描繪塞外風光的席慕蓉　金石文化廣場出版情報　第 110 期

[2]主持人：瘂弦；與會者：席慕蓉、張香華、沈花末、陳斐雯、曾淑美、敻虹、羅英。
[3]與會者：席慕蓉、汪用和、陶馥蘭、葉綠娜、謝淑英；記錄：郝譽翔。

1997年6月　頁14—15

360. 隱　地　作家十日談：席慕蓉VS.隱地（1—10）　聯合報　1997年7月13—22日　41版

361. 隱　地　十日談——與席慕蓉的對話　盪著鞦韆喝咖啡　臺北　爾雅出版社　1998年7月　頁225—246

362. 莊宜文　海島上的草原記憶——訪作家席慕蓉　聯合報　1997年7月21日　46版

363. 黃鳳玲　鄉愁之歌——側寫席慕蓉　明道文藝　第260期　1997年11月　頁124—129

364. 李　潘　悠悠草原情——訪臺灣作家席慕蓉　兩岸關係　第14期　1998年8月　頁55—56

365. 王開平　或者是詩，或者是無言的靜——訪作家席慕蓉　聯合報　1999年5月3日　41版

366. 江中明　席慕蓉，不刻意創作暢銷詩　聯合報　1999年6月21日　14版

367. 顏艾琳　一隻大雁，在草原之外——席慕蓉的深深鄉愁　自由時報　2000年4月8日　39版

368. 陳文芬　席慕蓉——書房裡的故鄉與歌聲　誠品好讀　第19期　2002年3月　頁6

369. 陳紅旭　聞見七里香——詩是席慕蓉心中的蒙古草原　中華日報　2002年8月9日　19版

370. 徐開塵　席慕蓉回首創作路，淚漣漣　民生報　2003年1月5日　A6版

371. 涵柔，湯斌　席慕蓉本色　Women of China　2003年第7期　2003年7月　頁60—64

372. 陳宛茜，于國華，梁玉芳　她演講只談家鄉蒙古不談詩　聯合報　2004年10月19日　A10版

373. 陳宛茜，于國華，梁玉芳　感性席慕蓉煮一鍋粥，理性劉海北剛好愛上　聯合報　2004年10月19日　A10版

374. 丁文玲　席慕蓉新書與新聲合唱　中國時報　2005年3月6日　B1版

375. 劉郁青　席慕蓉哽咽說從頭　民生報　2006年3月30日　A9版

376. 王靜禪　將美好化成永恆的記憶——席慕蓉 V.S.柯慶明[4]　文訊雜誌　第247期　2006年5月　頁74—81

377. 柯慶明，席慕蓉講；王靜禪記　從《七里香》到《金色的馬鞍》　遠方的歌詩：十二場臺灣當代詩、散文與兒童文學的心靈饗宴：國立臺灣文學館・第六季週末文學對談　臺南　國立臺灣文學館　2008年9月　頁52—81

378. 陳瀅洲整理　從《七里香》到《金色的馬鞍》　臺灣文學館通訊　第11期　2006年6月　頁48—52

379. 陶　蘭　談到蒙古，席慕蓉流淚到天明　人間福報　2006年11月5日　5版

380. 劉梓潔　繁花遍地——荷樂嗨！席慕蓉　聯合文學　第266期　2006年12月　頁112—115

381. 黃瀚瑩　讀者10問席慕蓉　講義雜誌　第259期　2008年10月　頁35—38

382. 劉毓婷　席慕蓉訪談紀錄　論詩樂相融——以錢南章譜寫席慕蓉的詩為例　臺灣師範大學民族音樂研究所　碩士論文　許瑞坤教授指導　2009年1月　頁304—305

383. 鍾玲，席慕蓉，李瑞騰　獨白與眾生——「文學書寫的返家歧路」座談會紀實　文訊雜誌　第307期　2011年5月　頁119—123

384. 何瑄，許芳綺　席慕蓉——高原上一道眷戀長河　聯合文學　第320期　2011年6月　頁154—157

385. 白國寧　席慕蓉：詩歌與時光賽跑　今日中學生　2011年第34期　2011年8月　頁4—7

386. 紫　鵑　草原上的牧歌——專訪詩人席慕蓉　乾坤詩刊　第60期　2011年

[4]本文後改篇名為〈從《七里香》到《金色的馬鞍》〉

10月　頁7—20

387. 席慕蓉等[5]　在三十而立的起跑點上——「文訊 30：世代文青論壇接力賽」第一場　文訊雜誌　第335期　2013年9月　頁77—78

388. 編輯部整理　我總是在草原的中央——席慕蓉對談零雨　印刻文學生活誌　第136期　2014年12月　頁30—41

389. 曾淑美　燃燒的蒙古人——訪席慕蓉　印刻文學生活誌　第136期　2014年12月　頁83—85

年表

390. 〔編輯部〕　席慕蓉寫作年表及畫歷　成長的痕跡　臺北　爾雅出版社　1982年3月　頁287—291

391. 〔編輯部〕　席慕蓉寫作年表及畫歷　畫出心中的彩虹　臺北　爾雅出版社　1982年3月　頁147—151

392. 〔編輯部〕　作者年表　河流之歌　臺北　東華書局　1992年6月　頁192—198

393. 〔編輯部〕　年表　黃羊・玫瑰・飛魚　臺北　爾雅出版社　1996年8月　頁285—298

394. 林秀玲　席慕蓉年表　席慕蓉文學作品研究　臺北市立師範學院應用語言文學研究所　碩士論文　陳光憲教授指導　2006年　頁345—358

395. 張萱萱　席慕蓉點滴回顧：生平年表　邊緣獨嘶的胡馬：分論席慕蓉詩學中無怨的尋根情結　新加坡國立大學中國文學系　碩士論文　林姵吟教授指導　2007年8月　頁272—285

396. 〔編輯部〕　席慕蓉年譜　契丹のバラ：席慕蓉詩集　東京　思潮社　2009年2月　頁172—179

397. 〔編輯部〕　席慕蓉散文寫作年表　新世紀散文家：席慕蓉精選集　臺北　九歌出版社　2010年2月10日　頁379—380

---

[5]主持人：汪其楣；與會者：王津平、李進文、林煥彰、席慕蓉、陳宏勉、鍾文音、羅文嘉、羅毓嘉；記錄：許劍橋。

398.〔編輯部〕　附錄：席慕蓉散文寫作年表　前塵・昨夜・此刻：席慕蓉散文精選　武漢　長江文藝出版社　2013 年 1 月　頁 350—351

399.〔編輯部〕　附錄：席慕蓉散文寫作年表　前塵・昨夜・此刻：席慕蓉散文　武漢　長江文藝出版社　2017 年 10 月　頁 328—329

其他

400. 曉　鋼　羊年寄羊女——讀〈版權奇譚〉致席慕蓉[6]　中華日報　1991 年 3 月 21 日　14 版

401. 張夢瑞　舊書如陳酒，重印也芬芳，魅力依然十足　民生報　2000 年 8 月 14 日　A4 版

402. 林敬原　以詩入畫・以詩入歌——席慕蓉《我摺疊著我的愛》　臺灣日報　2005 年 3 月 4 日　12 版

403. 陳希林　席慕蓉發表新詩集——《我摺疊著我的愛》　中國時報　2005 年 3 月 4 日　E8 版

404. 陳宛茜　席慕蓉發表詩集蒙古長調悠揚　聯合報　2005 年 3 月 4 日　C6 版

405. 游文宓　席慕蓉《以詩之名》新書發表　文訊雜誌　第 311 期　2011 年 9 月　頁 157

406. 掌　門　「在臺東遇見席慕蓉」詩畫展　文訊雜誌　第 328 期　2013 年 2 月　頁 168—169

407. 管婺媛　席慕蓉〈餘生〉為遊牧者發聲[7]　中國時報　2014 年 3 月 11 日　A12 版

408.〔編輯部〕　席慕蓉、高天恩朗讀會　自由時報　2014 年 4 月 29 日　D7 版

409.〔編輯部〕　印刻 12 月號聚焦席慕蓉　中國時報　2014 年 12 月 1 日　D4 版

410. 杜晴惠　席慕蓉・兩岸講詩・談原鄉夢　人間福報　2015 年 10 月 25 日

[6]本文針對席慕蓉詩作在大陸被盜版侵權的事件，寫出作者的看法及後續的協助。
[7]本文為席慕蓉獲年度詩獎之報導。

A6 版

411. 〔呼倫貝爾學院學報〕　臺灣著名蒙古族畫家、詩人席慕蓉來我校進行學術講座　呼倫貝爾學院學報　2016 年第 6 期　2016 年　〔1〕頁

作品評論篇目

綜論

412. 心　岱　鏡中歲月——席慕蓉懷中的鏡子　中華文藝　第 124 期　1981 年 6 月　頁 122—124

413. 沙　穗　剪成碧玉葉層層——我讀《現代女詩人選集》〔席慕蓉部分〕　臺灣時報　1981 年 8 月 8 日　12 版

414. 采　羽　論評——試品《現代女詩人選集》〔席慕容部分〕　中華文藝　第 128 期　1981 年 10 月　頁 175—176

415. 蕭　蕭　青春無怨，新詩無怨　文藝月刊　第 169 期　1983 年 7 月　頁 102—112

416. 蕭　蕭　青春無怨，新詩無怨——論席慕蓉　現代詩學　臺北　東大圖書公司　1987 年 4 月　頁 483—494

417. 蕭　蕭　青春無怨，新詩無怨　無怨的青春　臺北　圓神出版社　2000 年 3 月　頁 209—227

418. 蕭　蕭　青春無怨・新詩無怨　無怨的青春　北京　作家出版社　2010 年 9 月　頁 130—141

419. 蕭　蕭　青春無怨・新詩無怨　無怨的青春　北京　作家出版社　2016 年 9 月　頁 130—141

420. 蕭　蕭　青春無怨・新詩無怨　無怨的青春　武漢　長江文藝出版社　2017 年 9 月　頁 156—169

421. 陳啟佑〔渡也〕　有糖衣的毒藥——評席慕蓉的詩（上、下）　臺灣時報　1984 年 4 月 8—9 日　8 版

422. 陳啟佑　有糖衣的毒藥——評席慕蓉的詩　詩評家　第 1 期　1985 年 2 月

頁 2—11

423. 渡　也　有糖衣的毒藥——評席慕蓉的詩　新詩補給站　臺北　三民書局　1995 年 4 月　頁 23—39

424. 非　馬　文學糖衣是怎麼產生的——也談席慕蓉的詩　文季　第 2 卷第 3 期　1984 年 9 月　頁 54—55

425. 非　馬　糖衣的毒藥——也談席慕蓉的詩　民眾日報　1984 年 10 月 25 日　12 版

426. 〔臺灣新聞報〕　席慕蓉應邀來高，談詩創作及意象　臺灣新聞報　1985 年 3 月 16 日　9 版

427. 張典婉　等待晚安席慕蓉的有情天地　皇冠　第 376 期　1985 年 6 月　頁 182—188

428. 吳重陽　草原，是她的故鄉——臺灣蒙族女詩人席慕蓉及其創作　民族文學　第 76 期　1987 年 10 月　頁 92—96

429. 吳重陽　蒙古族女詩人席慕蓉　現代臺灣文學史　瀋陽　遼寧大學出版社　1987 年 12 月　頁 860—869

430. 孟　樊　無怨無尤的青春與愛——讀席慕蓉的詩　臺北評論　第 6 期　1988 年 8 月　頁 66—77

431. 鍾　玲　遁入古典的婉約：方娥真、葉翠蘋、席慕蓉、王鎧珠　現代中國繆司——臺灣女詩人作品析論　臺北　聯經出版社　1989 年 6 月　頁 240—246

432. 古繼堂　席慕蓉　臺灣愛情文學論　福州　海峽文藝出版社　1990 年 3 月　頁 222—230

433. 火月麗　席慕蓉詩論　徐州師範學院學報　1990 年第 3 期　1990 年　頁 75—78

434. 江問漁，何亞子，梁伊人　「席慕蓉熱」三人談　中國圖書評論　1990 年第 3 期　1990 年　頁 15—21

435. 沙　鷗　有感於「席慕蓉現象」　當代文壇　1990 年第 5 期　1990 年　頁

40—41

436. 孫生民　重讀席慕蓉　文學自由談　1990 年第 4 期　1990 年　頁 158—160，132

437. 陳素琰　席慕蓉的藝術魅力　文學自由談　1990 年第 2 期　1990 年　頁 144—150

438. 楊光治　席慕蓉抒情詩賞析　理論與創作　1990 年第 3 期　1990 年　頁 34—36

439. 龍超領　一顆溫馨的女性詩魂——評臺灣當代詩人席慕蓉的詩歌創作　社會科學家　1990 年第 4 期　1990 年　頁 74—78

440. 徐　學　女作家散文〔席慕蓉部分〕　臺灣新文學概觀（下）　廈門　鷺江出版社　1991 年 6 月　頁 192—193

441. 陳素琰　不敢為夢終成夢——席慕蓉的藝術魅力　臺灣地區文學透視　西安　陝西人民教育出版社　1991 年 7 月　頁 143—160

442. 陳素琰　不敢為夢終成夢——席慕蓉的藝術魅力　席慕蓉世紀詩選　臺北　爾雅出版社　2000 年 5 月　頁 12—32

443. 陳素琰　不敢為夢終成夢——席慕蓉的藝術魅力　迷途詩冊　北京　作家出版社　2010 年 9 月　頁 104—122

444. 陳素琰　不敢為夢終成夢——席慕蓉的藝術魅力　迷途詩冊　北京　作家出版社　2016 年 9 月　頁 104—122

445. 陳素琰　不敢為夢終成夢——席慕蓉的藝術魅力　迷途詩冊　武漢　長江文藝出版社　2017 年 9 月　頁 114—135

446. 楊昌年　七十、八十年代名家名作析介——席慕蓉　現代詩的創作與欣賞　臺北　文史哲出版社　1991 年 9 月　頁 346—348

447. 水丑木，莫多　感悟生命的歌者——讀席慕蓉的詩　當代文壇　1991 年第 3 期　1991 年　頁 53—54

448. 仨　丹　讀席慕蓉散文札記　語文學刊　1991 年第 1 期　1991 年　頁 41—43

449. 夢　花　願人世間有更多的愛——談席慕蓉的創作　臺港與海外華文文學評論和研究　1991年第1期　1991年　頁40—45

450. 蓮　子　小議席慕蓉詩歌　文學自由談　1991年第3期　1991年　頁145—147

451. 孟　樊　臺灣的大眾詩學——席慕蓉詩集暢銷現象初探　流行天下　臺北　時報文化公司　1992年1月　頁333—368

452. 孟　樊　臺灣大眾詩學——席慕蓉詩集暢銷現象（上、下）　當代青年　第6—7期　1992年1—2月　頁48—52，52—55

453. 孟　樊　臺灣的大眾詩學——席慕蓉詩集暢銷現象　江河的奔向：席慕蓉詩學論集2　臺北　萬卷樓圖書公司　2016年7月　頁269—280

454. 張業松　拆碎七寶樓臺——席慕蓉詩境界說　當代作家評論　1992年第4期　1992年7月　頁115—124

455. 張學婭　浪潮與溪水——試比較三毛和席慕蓉的散文風格　瀋陽大學學報　1992年第2，3期　1992年　頁101—105，109

456. 陳永禹　精理傳情・秀氣騰采——席慕蓉及其創作簡論　信陽師範學院學報　1992年第2期　1992年　頁63—69

457. 潘承玉　憂傷情結與蓮荷原型——席慕蓉的藝術世界透視　淮北煤師院學報　1992年第1期　1992年　頁106—111

458. 朱雙一　詩潮的演變與新世代詩人的創作——席慕蓉、馮青、夏宇等女詩人的創作　臺灣文學史（下）　福州　海峽文藝出版社　1993年1月　頁650—654

459. 王志健　飛越天河的青鳥——席慕蓉　中國新詩淵藪（中）　臺北　正中書局　1993年7月　頁2361—2375

460. 林　薇　何處春江無月明——《20世紀中國女性散文百家》編後記——在水一方的吟唱〔席慕蓉部分〕　20世紀中國女性散文百家　福建　福建教育出版社　1993年8月　頁642

461. 林承璜　雋永綺麗的詩的世界——略談席慕蓉的詩　臺灣香港文學評論集

福州　海峽文藝出版社　1994 年 2 月　頁 294—302
462. 徐　學　當代臺灣散文中的遊戲精神〔席慕蓉部分〕　中華文學的現在和未來——兩岸暨港澳文學交流研討會論文集　香港　鑪峰學會　1994 年 6 月　頁 175—176
463. 徐　學　生命體驗——生命存在型態的感知〔席慕蓉部分〕　臺灣當代散文綜論　福州　海峽文藝出版社　1994 年 10 月　頁 124—126
464. 張超主編　席慕蓉　臺港澳及海外華人作家辭典　江蘇　南京大學出版社　1994 年 12 月　519—520
465. 傅　樺　凝望人生——席慕蓉和迪金森評述　名作欣賞　1994 年第 3 期　1994 年　頁 99—106
466. 徐　學　當代臺灣散文的生命體驗〔席慕蓉部分〕　臺灣研究集刊　1995 年第 1 期　1995 年 2 月　頁 53—54
467. 王先霈，於可訓　席慕蓉的純情詩歌　八十年代中國通俗文學　武漢　湖北教育出版社　1995 年 5 月　頁 329—330
468. 盛英主編　純情浪漫的三毛、席慕蓉　二十世紀中國女性文學史　天津　天津人民出版社　1995 年 6 月　頁 1095—1100
469. 方　忠　至情至性的柔美世界——席慕蓉散文　臺港散文 40 家　鄭州　中原農民出版社　1995 年 9 月　頁 499—503
470. 趙國泰　人生詩侶・青春偶像——席慕蓉・輕派詩論札　華文文學　1995 年第 2 期　1995 年　頁 43—44
471. 黎活仁　樹的聯想——席慕蓉、尹玲、洪素麗、零雨和簡媜等的想像力研究　臺灣的文學與環境　高雄　麗文文化公司　1996 年 6 月　頁 139—166
472. 黎活仁　樹的聯想——席慕蓉、尹玲、洪素麗、零雨和簡媜等的想像力研究　林語堂、瘂弦和簡媜筆下的男性和女性　臺北　大安出版社　1998 年 12 月　頁 83—121
473. 向　明　剛性詩與柔性詩〔席慕蓉部分〕　臺灣新聞報　1996 年 10 月 23

日　13 版

474. 向　明　第 46 問——剛性詩與柔性詩〔席慕蓉部分〕　新詩五十問　臺北　爾雅出版社　1997 年 2 月　頁 185

475. 李瑞騰　呼喚天地的英氣與俠情——席慕蓉　聯合報　1996 年 11 月 11 日　41 版

476. 王　進　犀利・放達，溫馨——龍應台、三毛、席慕蓉三家論札之一　西南民族學院學報　1996 年第 6 期　1996 年 12 月　頁 55—58，95

477. 劉登翰，朱雙一　等你在青春路旁的一株開花的樹——席慕蓉論　彼岸的繆斯——臺灣詩歌論　南昌　百花洲文藝出版社　1996 年 12 月　頁 348—352

478. 黃秋芳　席慕蓉作品　翰海觀潮　臺北　行政院文建會　1997 年 5 月　頁 294—297

479. 劉新華　論席慕蓉詩的審美情趣　福州師專學報　第 17 卷第 2 期　1997 年 6 月　頁 46—51

480. 楊昌年　臺灣當代散文〔席慕蓉部分〕　二十世紀中國新文學史　臺北　駱駝出版社　1997 年 10 月　頁 442—444

481. 祁暘，謝立文　畫境與音樂美——再談席慕蓉的詩　寫作　1997 年第 8 期　1997 年　頁 11—12

482. 鄒建軍　席慕蓉抒情詩創作綜論　西南民族學院學報　第 19 卷第 5 期　1998 年 10 月　頁 83—87

483. 鄒建軍　席慕蓉抒情詩創作綜論　民族文學研究　1998 年第 4 期　1998 年 11 月　頁 63—67，92

484. 郭躍鵬，田俊萍　瞬間與永恆——席慕蓉詩歌生命悲劇底蘊的揭示及其超越　新聞出版交流　1998 年第 5 期　1998 年　頁 41—42

485. 覃代倫，尼瑪・甘珠爾扎布　席慕蓉・我的家在內蒙古高原上　民族團結　1998 年第 10 期　1998 年　頁 46—47

486. 樊洛平　女性心靈的詮釋——席慕蓉的創作心態與情感方式　許昌師專學

報　第17卷第4期　1998年　頁46—48

487. 王　泉　尋求超越的自我藝術世界——以蓉子、席慕蓉為例　大海洋詩雜誌　第58期　1999年1月　頁105—108

488. 李廣瓊　詩畫一體的藝術風采——論席慕蓉的詩歌特色　懷化師專學報　第18卷第1期　1999年2月　頁75—78

489. 唐寶珍　淺析席慕蓉詩歌藝術　景德鎮高專學報　第14卷第1期　1999年3月　頁69—70

490. 余秋緩　席慕蓉及其詩作　臺北市立師範學院語文教育學系畢業論文集（二）　臺北　臺北市立師院語文教育學系　1999年6月　頁37—97

491. 王祿松　席慕蓉詩品　兩岸女性詩歌三十家　臺北　詩藝文出版社　1999年7月　頁198

492. 曹惠民，計紅芳　雅俗調適：文類互動的推助——文學發展的動力源〔席慕蓉部分〕　百年中華文學史論：1898—1999　上海　華東師範大學出版社　1999年9月　頁283—284

493. 劉林紅　女性寫作：文學話語的別依系統——繁花似錦・新蕊吐秀〔席慕蓉部分〕　百年中華文學史論：1898—1999　上海　華東師範大學出版社　1999年9月　頁305

494. 王　華　愛與美的世界——論席慕容的詩歌創作　宜賓師範高等專科學校學報　1999年第4期　1999年12月　頁40—43

495. 闞小琴　唯美的夢幻——從席慕蓉詩看女性的理想追求　內蒙古工業大學學報　第11卷第2期　1999年　頁91—94

496. 張　靖　如歌的行板——狄金森與席慕蓉詩歌比較　世界華文文學論壇2000年第2期　2000年6月　頁61—65

497. 朱雙一　席慕蓉——從無怨的青春走向成熟　臺港澳文學教程　上海　漢語大辭典出版社　2000年10月　頁184—186

498. 方　忠　八、九十年代的臺灣言情文學〔席慕蓉部分〕　臺灣通俗文學論

稿　北京　中國華僑出版社　2000年12月　頁168

499. 方　忠　為大眾吟唱的抒情歌手——席慕蓉　臺灣通俗文學論稿　北京　中國華僑出版社　2000年12月　頁236—270

500. 楊宗翰　詩藝之外——詩人席慕蓉與「席慕蓉現象」[8]　竹塹文獻雜誌　第18期　2001年1月　頁64—76

501. 楊宗翰　席慕蓉與「席慕蓉現象」　臺灣現代詩史：批判的閱讀　靜宜大學中國文學系　碩士論文　陳俊啟教授指導　2002年6月　頁75—84

502. 楊宗翰　席慕蓉與「席慕蓉現象」　臺灣現代詩史：批判的閱讀　臺北　巨流圖書公司　2002年6月　頁173—193

503. 楊宗翰　詩藝之外——詩人席慕蓉與「席慕蓉現象」　江河的奔向：席慕蓉詩學論集2　臺北　萬卷樓圖書公司　2016年7月　頁3—20

504. 馮光明　席慕蓉散文作品的特色與寫作技巧論析　伊犁教育學院學報　第14卷第4期　2001年12月　頁38—41

505. 汪其楣　探索席慕蓉及瓦歷斯·諾幹「想念族人」中的「邊緣光影」[9]　臺靜農先生百歲冥誕學術研討會論文集　臺北　臺灣大學中國文學系　2001年12月　頁343—376

506. 汪其楣　探索席慕蓉與瓦歷斯·諾幹「想念族人」詩作中的「邊緣光影」（上、下）　藍星詩學　第13—14期　2002年3，6月　頁211—223，189—210

507. 汪其楣　探索席慕蓉及瓦歷斯·諾幹——「想念族人」中的「邊緣光影」　江河的奔向：席慕蓉詩學論集2　臺北　萬卷樓圖書公司　2016年7月　頁21—57

508. 孟　芳　簡析席慕蓉的詩與文　中州大學學報　2002年第1期　2002年1月　頁70—72

---

[8]本文認為席慕蓉以暢銷詩人、女性詩人、蒙古詩人與非詩社成員詩人四種姿態登上詩史／文學史，提供了解剖詩學／文學史家「觀賞之道」。

[9]本文從蒙古人席慕蓉與泰雅族瓦歷斯·諾幹的作品，解析二人書寫之寓意與詩情。

509. 任繼梅　生命形態的把握和感悟——讀席慕蓉的散文　語文學刊　2002 年第 4 期　2002 年 7 月　頁 27—30
510. 沈　奇　重新解讀「席慕蓉詩歌現象」　文訊雜誌　第 201 期　2002 年 7 月　頁 10—11
511. 鮑爾吉・原野　月光插圖——席慕蓉詩歌札記　迷途詩冊　臺北　圓神出版社　2002 年 7 月　頁 175—184
512. 鮑爾吉・原野　月光插圖——席慕蓉詩歌札記　迷途詩冊　臺北　圓神出版社　2006 年 4 月　頁 175—184
513. 鮑爾吉・原野　月光插圖——席慕蓉詩歌札記　迷途詩冊　北京　作家出版社　2010 年 9 月　頁 123—128
514. 鮑爾吉・原野　月光插圖——席慕蓉詩歌札記　迷途詩冊　北京　作家出版社　2016 年 9 月　頁 123—128
515. 鮑爾吉・原野　月光插圖——席慕蓉詩歌札記　迷途詩冊　武漢　長江文藝出版社　2017 年 9 月　頁 136—142
516. 丁旭輝　聆聽開花的樹——談席慕蓉的情詩　左岸詩話　臺北　爾雅出版社　2002 年 11 月　頁 25—30
517. 王　泉　簡論蓉子、席慕蓉詩歌的鄉愁情結和女性意識　華文文學　2002 年第 5 期　2002 年　頁 47—49
518. 陸　明　憐愛與珍惜——論席慕蓉散文的特色　遼寧工學院學報　第 5 卷第 1 期　2003 年 2 月　頁 67—69
519. 張麗雲　淺論席慕蓉的創作內涵　玉溪師範學院學報　2003 年第 7 期　2003 年 7 月　頁 48—50
520. 房　萍　席慕蓉與蕭紅散文創作同異論　錦州師範學院學報　第 25 卷第 5 期　2003 年 9 月　頁 14—15，19
521. 王渙海　因愛而歌，如夢之詩　湘潭工學院學報　第 5 卷第 4 期　2003 年 10 月　頁 101—104
522. 張清君　一束帶著心香的「小蒼藍」——評席慕蓉的詩　呼倫貝爾學院學

報　第11卷第5期　2003年10月　頁30—31，90

523. 卞明華　席慕蓉詩歌的現代意識和古典情懷　山東教育學院學報　2003年第5期　2003年　頁64—67

524. 于　惠　工業社會裡的望夫石——重讀席慕蓉的詩作　綏化師專學報　第24卷第1期　2004年3月　頁83—86

525. 張存鋒　走進蒙古草原，還原鄉愁鄉戀——蒙古族女詩人席慕蓉　語文學刊　2004年第2期　2004年3月　頁53—54

526. 陳政彥　「席慕蓉現象論爭」析論[10]　第三屆全國研究生文學社會學術研討會論文集　嘉義　南華大學文學研究所　2004年5月　頁42—57

527. 陳政彥　「席慕蓉現象爭論」析論　臺灣詩學學刊　第7期　2006年5月　頁133—152

528. 陳政彥　論戰史第三階段：文學詮釋權的爭奪——席慕蓉現象論戰　戰後臺灣現代詩論戰史研究　中央大學中國文學系　博士論文　李瑞騰教授指導　2007年6月　頁221—233

529. 陳政彥　「席慕蓉現象論爭」析論　江河的奔向：席慕蓉詩學論集2　臺北　萬卷樓圖書公司　2016年7月　頁89—112

530. 蔡　青　對峙與統一——席慕蓉詩歌藝術特色探　廈門教育學院學報　第6卷第2期　2004年6月　頁46—49

531. 譚　苗　試論席慕蓉作品中的女性描寫　中國文學研究　2004年第3期　2004年7月　頁106—108

532. 方　忠　呈現大眾審美趣味的臺灣通俗文學——言情文學和瓊瑤、三毛、席慕蓉的創作——席慕蓉的詩文創作　20世紀臺灣文學史論　南昌　百花洲文藝出版社　2004年10月　頁314—336

533. 谷海慧　論席慕蓉詩的追問意識　河南大學學報　第45卷第1期　2005年1月　頁38—41

---

[10]本文以皮埃爾・布迪厄的理論作為研究方法，分析「席慕蓉現象論爭」。

534. 周玉琳　夢幻之美——席慕蓉愛情詩歌的藝術魅力　達縣師範高等專科學校學報　2005 年第 1 期　2005 年 1 月　頁 37—39
535. 楊錦郁　一條新生的母河——閱讀席慕蓉　我摺疊著我的愛　臺北　圓神出版社　2005 年 3 月　頁 181—205
536. 楊錦郁　一條新生的母河——關於席慕蓉的散文　沿波討源，雖幽必顯——認識臺灣作家的十二堂課　桃園　中央大學　2005 年 8 月　頁 257—277
537. 楊錦郁　一條新生的母親河——閱讀席慕蓉　我摺疊著我的愛　北京　作家出版社　2010 年 9 月　頁 112—127
538. 楊錦郁　一條新生的母親河——閱讀席慕蓉　我摺疊著我的愛　北京　作家出版社　2016 年 9 月　頁 112—127
539. 楊錦郁　一條新生的母親河——閱讀席慕蓉　我摺疊著我的愛　武漢　長江文藝出版社　2017 年 9 月　頁 127—146
540. 陳大為　思緒的壓痕　中央日報　2005 年 4 月 17 日　17 版
541. 李癸雲　窗內，花香襲人——論席慕蓉詩中花的意象使用[11]　臺灣日報　2005 年 5 月 27 日　19 版
542. 李癸雲　窗內，花香襲人——論席慕蓉詩中花的意象使用　國文學誌　第 10 期　2005 年 6 月　頁 1—25
543. 李癸雲　窗內，花香襲人——論席慕蓉詩中花的意象使用　臺灣新詩研究——中生代詩家論　臺北　五南圖書出版公司　2007 年 2 月　頁 1—30
544. 李癸雲　窗內，花香襲人——席慕蓉詩作之「花」意象研究　結構與符號之間——臺灣現代女性詩作之意象研究　臺北　里仁書局　2008 年 3 月　頁 97—127
545. 李癸雲　窗內，花香襲人——席慕蓉詩作「花」的意象研究　江河的奔

[11]本文探討席慕蓉詩作中花的意象使用。全文共 6 小節：1.前言；2.席慕蓉詩中花的意象呈現；3.花意繽紛；4.花與席慕蓉風格；5.花與女性主義；6.結語：花與人。

向：席慕蓉詩學論集 2　臺北　萬卷樓圖書公司　2016 年 7 月　頁 59—87

546. 古遠清　席慕蓉　分裂的臺灣文學　臺北　海峽學術出版社　2005 年 7 月　頁 89

547. 馮　光　「我的心裡存在著一個蒙古草原」——席慕蓉的民族情懷　中國民族　2005 年第 9 期　2005 年 9 月　頁 60—62

548. 陳　麗　愛與美的世界——席慕蓉詩歌藝術風采探析　內蒙古大學藝術學院學報　2005 年第 4 期　2005 年 12 月　頁 90—94

549. 賴雅慧　時空行旅——旅行的空間論述——在記憶的空間中旅行——席慕蓉　女性空間旅行經驗研究——以 1949—2000 年臺灣女作家的旅行文學為例　中原大學室內設計研究所　碩士論文　陳其澎教授指導　2005 年　頁 72—84

550. 孟　樊　一九八〇年代的通俗文學〔席慕蓉部分〕　文學史如何可能：臺灣新文學史論　臺北　揚智文化公司　2006 年 1 月　頁 66—71

551. 張瑞芬　高原上的山百合——論席慕蓉散文　五十年來臺灣女性散文・評論篇　臺北　麥田出版社　2006 年 2 月　頁 196—200

552. 雷學軍　席慕蓉詩歌的遣詞造句　海南師範學院學報　2006 年第 2 期　2006 年 3 月　頁 60—66

553. 喬家駿　淺論席慕蓉「詩畫一體」的詩歌特色　問學　第 10 期　2006 年 6 月　頁 235—249

554. 張鵬振　席慕蓉散文的結構藝術　現代語文　2006 年第 6 期　2006 年 6 月　頁 63—65

555. 趙　妍　女性主義視野下的 80 年代海峽兩岸愛情詩——以舒婷、席慕蓉的詩歌為例　世界華文文學論壇　2006 年第 2 期　2006 年 6 月　頁 63—66

556. 譚惠文　從摺疊的愛到鋪展的愛——論席慕蓉的原鄉書寫　東吳研究集刊　第 13 棋　2006 年 6 月　頁 229—244

557. 余婷婷　淺析席慕蓉抒情詩的幾種意象　世界華文文學論壇　2006 年第 4 期　2006 年 12 月　頁 37—40

558. 李翠瑛　鄉愁與解愁——解讀臺灣女詩人席慕蓉詩中的歷史圖像[12]　歷史與記憶：中國現代文學國際研討會　香港　中文大學中國語言及文學系主辦　2007 年 1 月 4—6 日

559. 李翠瑛　鄉愁與解愁——解讀臺灣女詩人席慕蓉詩中的歷史圖像　臺灣詩學學刊　第 9 期　2007 年 6 月　頁 187—219

560. 李翠瑛　鄉愁與解愁——解讀臺灣女詩人席慕蓉詩中的歷史圖象　雪的聲音——臺灣新詩理論　臺北　萬卷樓圖書公司　2007 年 12 月　頁 37—74

561. 李翠瑛　鄉愁與解愁——席慕蓉詩中的歷史圖像與記憶　江河的奔向：席慕蓉詩學論集 2　臺北　萬卷樓圖書公司　2016 年 7 月　頁 113—150

562. 蕭　蕭　浪漫主義與現代主義的交疊美學——以張秀亞、紀弦、席慕蓉為佐證客體——席慕蓉：情境化的浪漫主義詩精靈　現代新詩美學　臺北　爾雅出版社　2007 年 7 月　頁 71—86

563. 趙　煒　席慕蓉現象析論　河南科技大學學報　2007 年第 4 期　2007 年 8 月　頁 51—54

564. 趙晨妤　席慕蓉詩主題與花意象的觀察　逢甲中文學刊　第 1 期　2008 年 1 月　頁 157—172

565. 李　滿　席慕蓉作品中的禪意　江西教育學院學報　2008 年第 1 期　2008 年 2 月　頁 78—81

566. 粱　星　柔暖的詩風吹過冬日的海峽——2007 海峽詩會「天和地諧，人和詩諧——席慕蓉海峽西岸行」巡禮　臺港文學選刊　第 255 期　2008 年 2 月　頁 10—13

[12]本文透過席慕蓉詩中的歷史圖象與家鄉記憶，探索詩人對「家」的感情。全文共 5 小節：1.前言——撥開神秘面紗；2.悲喜交集：「懷舊情懷」的啟示；3.夢想故鄉——詩中「蒙古」圖象的替代與轉換；4.走入故鄉——原鄉的圖象意涵與文化的融解；5.結論——故鄉的再定義。

567. 陳仲義　啟夕秀於未振——重讀臺灣名詩人名作——互文中的當下改寫——讀席慕蓉〈悲喜劇〉　香港文學　第279期　2008年3月　頁84—85

568. 陳仲義　啟夕秀於未振——重讀臺灣名詩人名作——互文中的當下改寫——讀席慕蓉〈悲喜劇〉　世界華文文學論壇　2008年第1期　2008年3月　頁22—23

569. 張萱萱　邊緣獨嘶的胡馬：席慕蓉詩歌中無怨的尋根情結　東亞文學脈絡與文化傳承國際研究生學術研討會　臺北　臺灣大學臺灣文學所主辦　2008年7月2—4日

570. 朱雙一　臺灣文學中的中國北方地域文化色彩——席慕蓉與蒙古遊牧文化　臺灣文學與中華地域文化　廈門　鷺江出版社　2008年9月　頁333—345

571. 杜笑宇　一支幽怨而錯失的蓮——論席慕蓉筆下蓮的意象　焦作師範高等專科學校學報　2008年第3期　2008年9月　頁21—22

572. 方　忠　席慕蓉散文論　臺灣散文縱橫論　南京　江蘇教育出版社　2008年12月　頁132—152

573. 鄭豆豆　「熱點」現象再回顧——席慕蓉詩歌的創作與啟示　戲劇之家　2008年第18期　2008年　頁223—224

574. 劉毓婷　席慕蓉背景與寫作風格　論詩樂相融——以錢南章譜寫席慕蓉的詩為例　臺灣師範大學民族音樂研究所　碩士論文　許瑞坤教授指導　2009年1月　頁11—62

575. 池上貞子　訳者後記　契丹のバラ：席慕蓉詩集　東京　思潮社　2009年2月　頁180—186

576. 蘇小菊　無根的鄉愁——席慕蓉早期鄉愁詩意象分析　漳州師範學院學報　2009年第1期　2009年3月　頁91—94

577. 王亞然　淺析蒙古族作家席慕蓉詩文中意象的運用　雞西大學學報　第9卷第3期　2009年6月　頁122—123

578. 李亞丹　淺談席慕蓉作品的情感特徵　中國輕工教育　2009 年第 12 期　2009 年　頁 94—95

579. 徐桂梅　論席慕蓉詩歌中「花」之意象　邊疆經濟與文化　2009 年第 4 期　2009 年　頁 76—78

580. 徐桂梅　論席慕蓉詩歌的「三美」　黑龍江社會科學　2009 年第 2 期　2009 年　頁 119—121

581. 蔣　勳　寫給穆倫・席連勃——序《席慕蓉精選集》　新世紀散文家：席慕蓉精選集　臺北　九歌出版社　2010 年 2 月　頁 15—26

582. 蔣　勳　寫給穆倫・席連勃——序《席慕蓉精選集》　前塵・昨夜・此刻：席慕蓉散文精選　武漢　長江文藝出版社　2013 年 1 月　頁 3—10

583. 蔣　勳　寫給穆倫・席連勃——序《席慕蓉精選集》　我給記憶命名　臺北　爾雅出版社　2017 年 7 月　頁 343—354

584. 蔣　勳　寫給穆倫・席連勃——序《席慕蓉精選集》　前塵・昨夜・此刻：席慕蓉散文　武漢　長江文藝出版社　2017 年 10 月　頁 2—11

585. 李冰封　狄金森與席慕蓉愛情詩比較研究　四川文理學院學報　第 20 卷第 3 期　2010 年 5 月　頁 45—47

586. 王仁鳳　淺析席慕蓉的愛情詩　北方文學（下半月）　2011 年第 6 期　2011 年 6 月　頁 60—61

587. 李瑞騰　來自曠野的呼喚——席慕蓉以詩談詩　中華日報　2011 年 7 月 21 日　B7 版

588. 李瑞騰　詩就是來自曠野的呼喚——論席慕蓉之以詩談詩　以詩之名　臺北　圓神出版社　2011 年 7 月　頁 283—299

589. 李瑞騰　詩就是來自曠野的呼喚——論席慕蓉之以詩談詩　以詩之名　北京　作家出版社　2011 年 9 月　頁 163—175

590. 李瑞騰　來自曠野的呼喚——席慕蓉以詩論詩　詩心與詩史　臺北　秀威

資訊科技公司　2016年1月　頁94—104

591. 李瑞騰　詩就是來自曠野的呼喚——論席慕蓉之以詩談詩　以詩之名　北京　作家出版社　2016年9月　頁151—162

592. 李瑞騰　詩就是來自曠野的呼喚——論席慕蓉之以詩談詩　以詩之名　武漢　長江文藝出版社　2017年9月　頁163—177

593. 三木直大；謝蕙貞譯　席慕蓉詩有感　以詩之名　臺北　圓神出版社　2011年7月　頁279—282

594. 三木直大；謝蕙貞譯　席慕蓉詩有感　人間福報　2011年8月29日　15版

595. 三木直大；謝蕙貞譯　席慕蓉詩有感　以詩之名　北京　作家出版社　2011年9月　頁159—162

596. 三木直大；謝蕙貞譯　席慕蓉詩有感　以詩之名　北京　作家出版社　2016年9月　頁147—150

597. 三木直大；謝蕙貞譯　席慕蓉詩有感　以詩之名　武漢　長江文藝出版社　2017年9月　頁159—162

598. 周慧珠　詩從詩裡來・畫從畫中學——席慕蓉・以詩之名……　人間福報　2011年9月4日　B4—5版

599. 蔡文怡　文化鄉愁入詩畫——席慕蓉　誰領風騷一百年——女作家　臺北　天下遠見出版公司　2011年9月　頁227—231

600. 鄭智仁　現代詩人的返鄉之路——論七〇年代臺灣新詩的鄉愁空間演繹〔席慕蓉部分〕　第八屆全國臺灣文學研究生學術論文研討會論文集　臺南　國立臺灣文學館　2011年9月　頁263—293

601. 陳芳明　臺灣女性詩人與散文家的現代轉折——臺灣女性散文的現代主義轉折〔席慕蓉部分〕　臺灣新文學史　臺北　聯經出版公司　2011年10月　頁472

602. 陳芳明　臺灣女性文學的意義——一九八〇年代臺灣女性詩的特質〔席慕蓉部分〕　臺灣新文學史　臺北　聯經出版公司　2011年10月

頁 747—748

603. 蕭湘鳳 浪漫詩的精靈——蕭蕭評席慕蓉愛情詩[13] 吳鳳學報 第 19 期 2011 年 12 月 頁 387—400

604. 蕭湘鳳 席慕蓉——揮灑浪漫詩性的精靈 女性之心靈書寫身影——從班婕妤到蘇偉貞 新竹 方集出版社 2019 年 3 月 頁 183—208

605. 于秀娟 長城內外皆故鄉——席慕蓉的雙重鄉愁 內蒙古民族大學學報 第 18 卷第 6 期 2012 年 11 月 頁 28—29

606. 周潔,，陳智毅 艾米莉・狄金森與席慕蓉愛情詩比較 安徽文學 2012 年第 12 期 2012 年 頁 46—47

607. 趙如冰 席慕蓉抒情散文的情感特徵 名作欣賞 2012 年第 24 期 2012 年 頁 102—103，106

608. 趙 妍 失敗的超越：席慕蓉詩歌解讀——以現代性的維度 職大學報 2012 年第 5 期 2012 年 頁 35—38

609. 方 忠 臺灣通俗文學作家的創作——席慕蓉——從無怨的青春走向成熟 臺港澳文學教程新編 上海 復旦大學出版社 2013 年 1 月 頁 138—140

610. 張中宇 席慕蓉詩歌的民族個性及其影響 重慶工商大學學報 第 30 卷第 1 期 2013 年 2 月 頁 121—126

611. 賀希格陶克陶 序——席慕蓉的鄉愁 寫給海日汗的 21 封信 臺北 圓神出版社 2013 年 9 月 頁 3—15

612. 賀希格陶克陶 席慕蓉的鄉愁 九彎十八拐 第 52 期 2013 年 11 月 頁 43—47

613. 賀希格陶克陶 序——席慕蓉的鄉愁 寫給海日汗的 21 封信 北京 作家出版社 2015 年 6 月 頁 1—17

614. 陳裔欣，張云霞 詩作意境美學視角下的品讀——以席慕蓉愛情詩作為例

[13]本文以蕭蕭的評語為主，透視席慕蓉經營愛情與詩史評價。全文共 4 小結：1.前言；2.浪漫精靈的訊息傳遞；3.蕭蕭與席慕蓉之交疊互涉；4.結語。

名作欣賞　2013 年第 33 期　2013 年　頁 64—65

615. 樊　潔　淺談席慕蓉詩歌中的女子形象　吉林省教育學院學報　2013 年第 4 期　2013 年　頁 125—126

616. 芮紅云　席慕蓉散文創作主題初探　呼倫貝爾學院學報　第 22 卷第 4 期　2014 年 8 月　頁 67—68，79

617. 邱馨慧　雙領域中的席慕蓉　曠野・繁花：席慕蓉畫集　臺北　敦煌畫廊　2014 年 11 月　頁 92—95

618. 邱馨慧　雙領域中的席慕蓉　當夏夜芳馥：席慕蓉畫作精選集　臺北　圓神出版社　2017 年 10 月　頁 195—199

619. 李長青　深情注目席慕蓉：關於夢、青春與時間　明道文藝　第 456 期　2014 年 11 月　頁 47—52

620. 馬　森　臺灣的現代詩〔席慕蓉部分〕　世界華文新文學史——中國現代文學的兩度西潮（下編）・分流後的再生：第二度西潮與現代／後現代主義　臺北　印刻文學生活雜誌出版公司　2015 年 2 月　頁 976—977

621. 黃雪梅　跳動的「初心」——論席慕蓉的詩歌創作　賀州學院學報　第 31 卷第 1 期　2015 年 3 月　頁 78—82

622. 洪淑苓　席慕蓉詩中的時間與抒情美學[14]　草原的迴聲——席慕蓉詩學論集　臺北　萬卷樓圖書公司　2015 年 9 月　頁 79—107

623. 洪淑苓　席慕蓉詩中的時間與抒情美學　「春華秋實——在時光的門欄裡回望」席慕蓉詩作學術論文發表會　彰化　彰化縣政府，文化局主辦；明道大學承辦　2015 年 10 月 14 日

624. 李翠瑛　夢的時空擺盪——論席慕蓉詩中的夢、焦慮與追尋[15]　草原的迴

---

[14]本文探討席慕蓉對於時間的三個向度：追憶、日常、生死之書寫的表現。全文共 5 小節：1.前言；2.追憶、斷片的時間美學；3.日常時間中的「詩」與「抵抗」；4.時間中探索「死亡」與「生命」；5.結語。

[15]本文探討席慕蓉詩中夢字的使用頻率，從夢的使用討論席慕蓉的家鄉記憶與鄉愁，再論析夢所引起的焦慮與渴求。全文共 5 小節：1.前言；2.夢有多少？——夢字的出現頻率及其鄉愁；3.夢、焦慮與渴求——鄉愁與「家」的心理需求；4.夢與追尋——自我的鏡像投射；5.結語。

聲——席慕蓉詩學論集　臺北　萬卷樓圖書公司　2015 年 9 月　頁 159—193

625. 李翠瑛　夢的時空擺盪——論席慕蓉詩中的夢、焦慮與追尋　「春華秋實——在時光的門欄裡回望」席慕蓉詩作學術論文發表會　彰化　彰化縣政府，文化局主辦；明道大學承辦　2015 年 10 月 14 日

626. 陳政彥　席慕蓉詩作敘事模式的轉變[16]　草原的迴聲——席慕蓉詩學論集　臺北　萬卷樓圖書公司　2015 年 9 月　頁 195—220

627. 陳政彥　席慕蓉詩作敘事模式的轉變　「春華秋實——在時光的門欄裡回望」席慕蓉詩作學術論文發表會　彰化　彰化縣政府，文化局主辦；明道大學承辦　2015 年 10 月 14 日

628. 陳政彥　堅持的溫柔——論席慕蓉詩作敘事模式的轉變　身體・意識・敘事：現代詩九家論　臺北　秀威資訊科技公司　2017 年 12 月　頁 125—146

629. 李桂媚　情絲不斷，情詩不斷——席慕蓉詩作的雨意象[17]　草原的迴聲——席慕蓉詩學論集　臺北　萬卷樓圖書公司　2015 年 9 月　頁 221—245

630. 李桂媚　情絲不斷，情詩不斷——席慕蓉詩作的雨意象　「春華秋實——在時光的門欄裡回望」席慕蓉詩作學術論文發表會　彰化　彰化縣政府，文化局主辦；明道大學承辦　2015 年 10 月 14 日

631. 李桂媚　情絲不斷，情詩不斷——席慕蓉詩作的雨意象　色彩・符號・圖象的詩重奏　臺北　秀威資訊科技公司　2018 年 9 月　頁 259—280

[16]本文以米克・巴爾所提出本文、故事、素材三個層次為緯，以席慕蓉三個階段的敘事模式的轉變為經，分析席慕蓉具有明確敘事特質的詩作。全文共 5 小節：1.前言；2.《七里香》、《無怨的青春》階段的敘事分析；3.《時光九篇》、《邊緣光影》階段的敘事分析；4.《迷途詩冊》、《以詩之名》、《我摺疊著我的愛》階段的敘事分析；5.結論。

[17]本文探討席慕蓉雨意象和淚意象並用、與時間連結兩大使用特徵，揭示席慕蓉如何將短暫的雨景化為永恆的情詩。全文共 5 小節：1.前言；2.以雨為名；3.雨與淚的重奏；4.雨時俱進；5.結語。

632. 謝三進　裸山狐望——席慕蓉的生態詩[18]　草原的迴聲——席慕蓉詩學論集　臺北　萬卷樓圖書公司　2015 年 9 月　頁 247—269

633. 謝三進　裸山狐望——席慕蓉的生態詩　「春華秋實——在時光的門欄裡回望」席慕蓉詩作學術論文發表會　彰化　彰化縣政府，文化局主辦；明道大學承辦　2015 年 10 月 14 日

634. 田文兵，蔡燕虹　原鄉的召喚:論席慕蓉的草原書寫的文化內涵　當代作家評論　2015 年第 5 期　2015 年 9 月　頁 60—66

635. 周佩芳　二十世紀新樂府——論席慕蓉詩文的特質　桃園創新學報　第 35 期　2015 年 12 月　頁 429—452

636. 周佩芳　陰性美學：席慕蓉繪寫集的特質　藝術學報　第 98 期　2016 年 4 月　頁 363—384

637. 蕭水順〔蕭蕭〕　席慕蓉怎樣寫詩　「春華秋實——在時光的門欄裡回望」席慕蓉詩作學術論文發表會　彰化　彰化縣政府，文化局主辦；明道大學承辦　2015 年 10 月 14 日

638. 陳義芝　席慕蓉為何敘事？[19]　「春華秋實——在時光的門欄裡回望」席慕蓉詩作學術論文發表會　彰化　彰化縣政府，文化局主辦；明道大學承辦　2015 年 10 月 14 日

639. 陳義芝　席慕蓉為何敘事？　淡江中文學報　第 34 期　2016 年 6 月　頁 283—307

640. 陳義芝　席慕蓉為何敘事？　江河的奔向：席慕蓉詩學論集 2　臺北　萬卷樓圖書公司　2016 年 7 月　頁 189—216

641. 陳義芝　為何敘事？——席慕蓉詩風的突破　風格的誕生——現代詩人專題論稿　臺北　允晨文化公司　2017 年 9 月　頁 199—225

642. 林淑貞　文情與話意——論席慕蓉散文與插畫之互詮性　自然、人文與科

---

[18]本文探討席慕蓉作品中，關懷蒙古環境的生態詩的藝術成就。全文共 5 小節：1.前言；席慕蓉生態詩創作時間軸；3.席慕蓉與一九八〇年代臺灣生態詩；4.伴隨蒙古夢而生的生態詩；5.結語。

[19]本文詳查席慕蓉的心路歷程，認為詩人擔負蒙古民族發聲之使命，使其詩藝得以超越。全文共 5 小結：1.席慕蓉現身詩壇的意義；2.評說席慕蓉早年創作的抒情詩；3.原鄉書寫開啟席詩敘事新頁；4.「英雄組曲」作為敘事詩代表；5.結論：成就歸因生命現實的引導。

技的共構交響——第二屆臺灣「竹塹學」國際學術研討會　新竹　新竹教育大學中國語文系主辦；新竹縣政府文化局協辦　2015 年 11 月 13—14 日

643. 林淑貞　文情與話意——論席慕蓉散文與插畫之互詮性　自然、人文與科技的交響共構——第二屆竹塹學國際學術研討會論文集　臺北　萬卷樓圖書公司　2017 年 4 月　頁 385—412

644. 馮　荔　席慕蓉詩歌中的古典情懷透視　安徽文學　2015 年第 6 期　2015 年　頁 52—53

645. 劉　蕊　論席慕蓉詩歌的繪畫美　陝西教育　2015 年第 7 期　2015 年　頁 15—16

646. 繆怡婷　李清照與席慕蓉詩詞中抒情女主人公形象比較　現代語文　2015 年第 7 期　2015 年　頁 23—25

647. 馬明蓉　語言模糊性與疊詞英譯審美磨蝕——以席慕蓉詩歌為例　泉州師範學院學報　第 34 卷第 1 期　2016 年 2 月　頁 91—96，109

648. 介小玲　淺析席慕蓉詩歌的藝術特色　求知導刊　2016 年第 10 期　2016 年 4 月　頁 155

649. 楊宗翰　回歸期臺灣新詩史裡的抒情之聲：以張錯、席慕蓉、方娥真與溫瑞安為例　女性文學與文化學術研討會　新北　淡江大學中國文學系主辦；中國婦女寫作協會協辦　2016 年 6 月 15—16 日

650. 楊宗翰　回歸期臺灣新詩史裡的抒情之聲——以張錯、席慕蓉、方娥真與溫瑞安為例　江漢學術　2016 年第 6 期　2016 年 11 月　頁 45—53

651. 蕭　蕭　席慕蓉的「詩」字與神秘詩學[20]　江河的奔向：席慕蓉詩學論集 2　臺北　萬卷樓圖書公司　2016 年 7 月　頁 217—261

652. 蕭　蕭　席慕蓉的「詩」字與神秘詩學　心靈新詩學——新詩學三重奏之三　臺北　萬卷樓圖書公司　2017 年 6 月　頁 171—213

---

[20]本文透過席慕蓉 93 首有「詩」字的作品，分析作家三十年間的思路歷程。

653. 王　可　從人文精神角度淺析席慕蓉詩歌　山東商業職業技術學院學報　第16卷第5期　2016年10月　頁93—95

654. 江寶釵　穿越「席慕蓉」崛起的時空旅行：一個臺灣女性文學史的個案觀察　席慕蓉研討會　臺北　東吳大學中國文學系主辦　2016年10月1日

655. 沈壯娟　生命色香味——論席慕蓉詩歌中的色彩　席慕蓉研討會　臺北　東吳大學中國文學系主辦　2016年10月1日

656. 沈　玲　席慕蓉詩歌中「蓮」意象探析　席慕蓉研討會　臺北　東吳大學中國文學系主辦　2016年10月1日

657. 沈惠如　論席慕蓉旅行書寫中的城市空間閱讀　席慕蓉研討會　臺北　東吳大學中國文學系主辦　2016年10月1日

658. 胡冬汶　席慕蓉的憂患意識　席慕蓉研討會　臺北　東吳大學中國文學系主辦　2016年10月1日

659. 柴　焰　席慕蓉與倫理　席慕蓉研討會　臺北　東吳大學中國文學系主辦　2016年10月1日

660. 游翠萍　「席慕蓉現象」及其詩歌批評困境的反思　席慕蓉研討會　臺北　東吳大學中國文學系主辦　2016年10月1日

661. 楊瀅靜　從小我到大我——席慕蓉詩中時間與記憶的書寫　席慕蓉研討會　臺北　東吳大學中國文學系主辦　2016年10月1日

662. 黎活仁　布魯姆意義的「誤讀」：席慕蓉對〈古詩十九首〉的重寫　席慕蓉研討會　臺北　東吳大學中國文學系主辦　2016年10月1日

663. 龍厚雄　愛情・故鄉・人性——席慕蓉詩歌文本細讀　席慕蓉研討會　臺北　東吳大學中國文學系主辦　2016年10月1日

664. 謝玉玲　俯拾即景：論席慕蓉的生活書寫　席慕蓉研討會　臺北　東吳大學中國文學系主辦　2016年10月1日

665. 韓春萍　薩滿教與游牧文化：席慕蓉的蒙古書寫　席慕蓉研討會　臺北　東吳大學中國文學系主辦　2016年10月1日

666. 叢培凱　從語言風格學論席慕蓉詩中的音樂美感　席慕蓉研討會　臺北　東吳大學中國文學系主辦　2016 年 10 月 1 日
667. 顏水生　論席慕容風景敘事的類型及意義　席慕蓉研討會　臺北　東吳大學中國文學系主辦　2016 年 10 月 1 日
668. 白　靈　席慕蓉詩歌中的時空變化與意涵[21]　席慕蓉研討會　臺北　東吳大學中國文學系主辦　2016 年 10 月 1 日
669. 白　靈　從邊緣的邊緣到夢中之夢——席慕蓉詩中的時空變化與意涵　臺灣詩學學刊　第 29 期　2017 年 5 月　頁 35—57
670. 張　弛　自然時空的個性體驗——論席慕蓉的蒙古歷史書寫　席慕蓉研討會　臺北　東吳大學中國文學系主辦　2016 年 10 月 1 日
671. 張　弛　「天道」與「人間」的互現——論席慕蓉的蒙古歷史書寫　民族文學研究　2017 年第 6 期　2017 年　頁 141—148
672. 于秀娟　席慕蓉作品中文化身份建構　內蒙古民族大學學報　第 42 卷第 6 期　2016 年 11 月　頁 88—90
673. 趙　煒　論席慕蓉詩歌世界的女性生命體驗和創作姿態　安陽工學院學報　第 16 卷第 5 期　2017 年 9 月　頁 79—80，91
674. 烏玲花　試論席慕蓉的鄉情文學　語文學刊　第 37 卷第 5 期　2017 年 10 月　頁 76—89
675. 于　敏　論席慕蓉詩歌的「至情之美」　名作欣賞　2017 年第 8 期　2017 年　頁 22—23，50
676. 房　偉　抒情的創造與新詩史的反思——席慕蓉詩歌的文學史問題研究　當代文壇　2017 年第 2 期　2017 年　頁 120—123
677. 唐光勝　論席慕蓉詩歌中的蒙古書寫與族群文化記憶　當代文壇　2017 年第 6 期　2017 年　頁 59—62
678. 黃　琪　從《七里香》到《以詩之名》——論席慕蓉詩歌的情感變化　名

[21]本文以德勒茲的逃逸、遊牧和解轄域化等角度探討席慕容作品，以理解其詩作的時空變化與意涵。全文共 5 小節：1.引言：永遠的邊緣人；2.解轄域化和席氏的遊牧實踐；3.不可逆與可逆化：世間「懸崖菊女子」的代言人；4.夢中之夢的時空變化：從情走進自然走向祖靈；5.結語。

作欣賞　2017年第5期　2017年　頁56—57

679. 卓　頤　席慕蓉鄉愁歌曲的草原情懷　交響：西安音樂學院學報　第37卷第3期　2018年9月　頁79—84

680. 李　莉　席慕蓉文學創作場域意識的追尋與重建　中國現代文學研究叢刊　2018年第9期　2018年9月　頁161—171

681. 沈壯娟　色彩時空的多維建構與色彩感知的多重調度——論席慕蓉詩歌的色彩書寫　山東社會科學　2018年第4期　2018年　頁155—161

682. 陳　瑋　畫盡意遠——論席慕蓉「蓮荷意象」油畫中的詩文印記　美與時代（下）　2018年第11期　2018年　頁77—79

683. 陳嬌華　性別與身份的纏繞——席慕蓉散文的性別意識探究　華文文學　2018年第6期　2018年　頁58—68

684. 趙　琦　淺析席慕蓉詩歌中的古典情懷　才智　2018年第15期　2018年　頁201

685. 顏水生　傳統家國倫理與「游牧民」世界觀——論席慕蓉的風景話語及意義　民族文學研究　2018年第5期　2018年　頁31—37

686. 楊宗翰　跨界內外——論席慕蓉　逆音：現代詩人作品析論　臺北　新學林出版公司　2019年1月　頁106—114

687. 朱天慈　淺談席慕蓉詩作中體現的愛情觀及其社會意義　漢字文化　2019年第14期　2019年　頁80—81

分論

◆單行本作品

詩

《畫詩》

688. 心　岱　跋　畫詩　臺北　皇冠雜誌社　1979年6月　頁79

689. 七等生　席慕蓉的世界——一位蒙古女性的畫與詩（上、下）　聯合報　1979年12月18—19日　8版

690. 七等生　席慕蓉的世界——一位蒙古女性的畫與詩　七里香　臺北　圓神

出版社　2000 年 3 月　頁 195—228

691. 七等生　席慕蓉的世界——一位蒙古女性的畫與詩　席慕蓉　臺北　圓神出版社　2002 年 12 月　頁 41—49

692. 七等生　席慕蓉的世界——一位蒙古女性的畫與詩　七里香　北京　作家出版社　2010 年 9 月　頁 117—137

693. 七等生　席慕蓉的世界——一位蒙古女性的畫與詩　七里香　北京　作家出版社　2016 年 9 月　頁 117—137

694. 七等生　席慕蓉的世界——一位蒙古女性的畫與詩　七里香　武漢　長江文藝出版社　2017 年 9 月　頁 123—147

695. 七等生　聊聊藝術——席慕蓉《畫詩》集品賞與隨想　銀波翅膀　臺北　遠景出版公司　1980 年 6 月　頁 165—184

696. 七等生　聊聊藝術——席慕蓉《畫詩》集品賞與隨想　七等生全集・銀波翅膀　臺北　遠景出版公司　2003 年 10 月　頁 191—208

《七里香》

697. 張曉風　序——江河　七里香　臺北　大地出版社　1981 年 7 月　頁 12—30

698. 張曉風　江河　時間草原　上海　上海文藝出版社　1997 年 7 月　頁 439—451

699. 張曉風　序——江河　七里香　臺北　圓神出版社　2000 年 3 月　頁 9—30

700. 張曉風　江河　七里香　北京　作家出版社　2010 年 9 月　頁 7—20

701. 張曉風　江河　七里香　北京　作家出版社　2016 年 9 月　頁 7—20

702. 張曉風　江河　七里香　武漢　長江文藝出版社　2017 年 9 月　頁 14—27

703. 愛　亞　七里詩香——心讀席慕蓉的詩集《七里香》　臺灣日報　1981 年 10 月 18 日　8 版

704. 蕭　蕭　綻開愛與生命的花街——評席慕蓉詩集《七里香》　明道文藝　第 69 期　1981 年 12 月　頁 90—93

705. 蕭　蕭　　綻開愛與生命的花街——談席慕蓉　現代詩縱橫觀　臺北　文史哲出版社　1991 年 6 月　頁 241—248
706. 劉錦得　　清純之美　中央日報　1982 年 4 月 1 日　10 版
707. 蕭　蕭　　詩集與詩運（下）——席慕蓉《七里香》　中央日報　1982 年 7 月 17 日　10 版
708. 蕭　蕭　　詩集與詩運——席慕蓉《七里香》　現代詩縱橫觀　臺北　文史哲出版社　1991 年 6 月　頁 98—99
709. 王希成　　暗香浮動——看席慕蓉的《七里香》　臺灣新聞報　1985 年 4 月 29 日　8 版
710. 王希成　　暗香浮動——看席慕蓉的《七里香》　生命樹　高雄　珠璣出版社　1987 年 5 月　頁 167—175
711. 楊光治　　流淚記下的微笑和含笑記下的悲傷——讀席慕蓉詩集《七里香》　文學世界　第 2 期　1988 年 4 月　頁 281—284
712. 向金玉　　心靈的交流——評《七里香》　昭通師專學報　1991 年第 1 期　1991 年　頁 77—79
713. 文藝作品調查研究小組　　《七里香》　書林采風　臺北　國家文藝基金管理委員會　1992 年 6 月　頁 22—23
714. 文藝作品調查研究小組　　《七里香》　心靈饗宴　臺北　國家文藝基金管理委員會　1992 年 6 月　頁 13—14
715. 簡政珍　　《七里香》　文學星空　臺北　國家文藝基金管理委員會　1992 年 9 月　頁 222—225
716. 王開平　　詩與畫跳雙人舞——前行代詩人楚戈、管管出版詩畫集〔《七里香》部分〕　聯合報　2006 年 7 月 2 日　E4 版
717. 應鳳凰，傅月庵　　席慕蓉——《七里香》　冊頁流轉——臺灣文學書入門 108　臺北　印刻文學生活雜誌出版公司　2011 年 3 月　頁 144—145
718. 陳映華　　以自然書寫為鏡——《七里香》　世界文學　2012 年第 4 期

2012年12月　頁165—168

719. 鄭國友，楊歡　回首之美——論席慕蓉《七里香》的情感特徵　東莞理工學院學報　第22卷第2期　2015年4月　頁39—44

《無怨的青春》

720. 張　默　感覺與夢想齊飛——評席慕蓉《無怨的青春》　文訊雜誌　第1期　1983年7月　頁87—90

721. 張　默　感覺與夢想齊飛——試評席慕蓉《無怨的青春》　臺灣現代詩概觀　臺北　爾雅出版社　1997年5月　頁121—127

722. 張　默　感覺與夢想齊飛——評席慕蓉《無怨的青春》　江河的奔向：席慕蓉詩學論集2　臺北　萬卷樓圖書公司　2016年7月　頁263—267

723. 曾昭旭　光影寂滅處的永恆——席慕蓉《無怨的青春》跋　文學的哲思　臺北　漢光文化公司　1984年12月　頁199—204

724. 曾昭旭　光影寂滅處的永恆——席慕蓉《無怨的青春》跋　無怨的青春　臺北　大地出版社　1994年7月　頁198—207

725. 曾昭旭　光影寂滅處的永恆——席慕蓉在說些什麼？　無怨的青春　臺北　圓神出版社　2000年3月　頁199—208

726. 曾昭旭　光影寂滅處的永恆——席慕蓉在說些什麼？　無怨的青春　北京　作家出版社　2010年9月　頁123—129

727. 曾昭旭　光影寂滅處的永恆——席慕蓉在說些什麼？　無怨的青春　北京　作家出版社　2016年9月　頁123—129

728. 曾昭旭　光影寂滅處的永恆——席慕蓉在說些什麼？　無怨的青春　武漢　長江文藝出版社　2017年9月　頁148—155

729. 杭　之　總論——從大眾文化觀點看三十年來的暢銷書——八〇年代的暢銷書——唯美、夢幻、感情〔《無怨的青春》部分〕　從〈藍與黑〉到〈暗夜〉　臺北　久大文化　1987年5月　頁70—71

730. 魯青，何睫　如聞仙樂耳暫明——讀臺灣席慕蓉《無怨的青春》　鹽城師

專學報 1988年第4期 1988年 頁55—57，95

731. 袁璇彥 和風細雨的美——評席慕蓉的《無怨的青春》 群文天地 2012年第9期（下） 2012年 頁63

《時光九篇》

732. 〔民生報〕 展現詩人特有的敏感，承續對愛永恆的追尋 民生報 1987年7月24日 9版

《河流之歌》

733. 蔣 勳 序——一代的心事 河流之歌 臺北 東華書局 1992年6月 頁2—6

《一日・一生》

734. 王鼎鈞 由繁花說起 臺灣新生報 1998年4月29日 13版

735. 王鼎鈞 由繁花說起 邊緣光影 臺北 爾雅出版社 1999年5月 頁190—194

736. 王鼎鈞 由繁花說起 滄海幾顆珠 臺北 爾雅出版社 2000年4月 頁115—120

737. 王鼎鈞 由繁花說起 席慕蓉世紀詩選 臺北 爾雅出版社 2000年5月 頁6—11

738. 王鼎鈞 由繁花說起 邊緣光影 臺北 圓神出版社 2006年4月 頁216—222

739. 王鼎鈞 由繁花說起 邊緣光影 北京 作家出版社 2010年9月 頁123—127

740. 王鼎鈞 由繁花說起 邊緣光影 北京 作家出版社 2016年9月 頁123—127

741. 王鼎鈞 由繁花說起 邊緣光影 武漢 長江文藝出版社 2017年9月 頁141—145

《席慕蓉・世紀詩選》

742. 徐建婷 《席慕蓉・世紀詩選》——花香遙入夢 中央日報 2000年11月

27日 21版

743. 張紜潔 《席慕蓉・世紀詩選》——美麗的心情 中央日報 2000年11月27日 21版

744. 陳穆蓉 《席慕蓉・世紀詩選》——世世代代的傳唱 中央日報 2000年11月27日 21版

745. 曾期星 《席慕蓉・世紀詩選》——感動的巨石 中央日報 2000年11月27日 21版

746. 魏崇益 《席慕蓉・世紀詩選》——樂意與「詩」狹路相逢 中央日報 2000年11月27日 21版

747. 白靈 《席慕蓉・世紀詩選》——懸崖菊的變與不變 中央日報 2000年12月27日 21版

748. 白 靈 懸崖菊的變與不變——小評《席慕蓉世紀詩選》 迷途詩冊 臺北 圓神出版社 2002年7月 頁153—157

749. 白 靈 懸崖菊的變與不變——小評《席慕蓉世紀詩選》 迷途詩冊 臺北 圓神出版社 2006年4月 頁153—157

750. 白 靈 懸崖菊的變與不變——小評《席慕蓉世紀詩選》 迷途詩冊 北京 作家出版社 2010年9月 頁100—103

751. 白 靈 懸崖菊的變與不變——小評《席慕蓉世紀詩選》 迷途詩冊 北京 作家出版社 2016年9月 頁100—103

752. 白 靈 懸崖菊的變與不變——小評《席慕蓉世紀詩選》 迷途詩冊 武漢 長江文藝出版社 2017年9月 頁110—113

753. 吳 當 平易與深沉的旋律——讀《席慕蓉・世紀詩選》 明道文藝 第299期 2001年2月 頁54—59

754. 吳 當 平易與深沉的旋律——讀《席慕蓉・世紀詩選》 創世紀 第128期 2001年9月 頁147—151

755. 吳 當 平易與深沉的旋律——讀《席慕蓉・世紀詩選》 兩棵詩樹 臺北 爾雅出版社 2001年12月 頁101—112

756. 吳　當　平易與深沉的旋律——讀《席慕蓉・世紀詩選》　江河的奔向：席慕蓉詩學論集 2　臺北　萬卷樓圖書公司　2016 年 7 月　頁 281—287

757. 落　蒂　永遠燦爛的荷花——從《席慕蓉・世紀詩選》再走一程　兩棵詩樹　臺北　爾雅出版社　2001 年 12 月　頁 51—56

758. 洪淑苓　我們去看煙火好嗎——席慕蓉《席慕蓉・世紀詩選》評介　現代詩新版圖　臺北　秀威資訊科技公司　2004 年 9 月　頁 27—28

《迷途詩冊》

759. 沈　奇　邊緣光影布清芬——評席慕蓉新集《迷途詩冊》　中央日報　2002 年 6 月 24 日　14 版

760. 沈　奇　邊緣光影佈清芬——重讀席慕蓉《迷途詩冊》　迷途詩冊　臺北　圓神出版社　2002 年 7 月　頁 159—174

761. 沈　奇　邊緣光影佈清芬——重讀席慕蓉兼評其新集《迷途詩冊》　沈奇詩學論集——臺灣詩人論評　北京　中國社會科學出版社　2005 年 8 月　頁 210—217

762. 沈　奇　邊緣光影佈清芬——重讀席慕蓉兼評其新集《迷途詩冊》　迷途詩冊　臺北　圓神出版社　2006 年 4 月　頁 159—174

763. 羅　葉　跨出耽美的花園　中國時報　2002 年 8 月 28 日　23 版

764. 林德俊，林亞萱，葛亦君　「在迷途中迷詩」、「生命最初」、「可以寂滅，不可遺忘」　中央日報　2002 年 9 月 20 日　14 版

765. 鄭慧如　淡筆閒情　中央日報　2002 年 9 月 20 日　14 版

766. 張　默　鄉愁瀰出新語感　中央日報　2002 年 9 月 20 日　14 版

767. 張　默　鄉愁瀰出新語感——導談席慕蓉《迷路詩冊》　臺灣現代詩筆記　臺北　三民書局　2004 年 1 月　頁 252—255

《我摺疊著我的愛》

768. 李癸雲　奢華後的素樸——評《我摺疊著我的愛》　聯合報　2005 年 5 月 1 日　C4 版

769. 方　群　　抒情與原鄉的交會　幼獅文藝　第618期　2005年6月　頁131

770. 林于弘　　席慕蓉新詩的草原書寫研究——以《我折疊著我的愛》為例　中國新詩：新世紀十年的回顧與反思——第三屆兩岸四地當代詩學論壇　北京　北京大學新詩研究所，首都師範大學中國詩歌研究中心主辦　2010年6月26—27日

771. 林于弘　　席慕蓉新詩的草原研究書寫——以《我折疊著我的愛》為例　群星熠熠：臺灣當代詩人析論　臺北　秀威資訊科技公司　2012年12月　頁71—87

772. 王鼎鈞　　摺疊著愛　桃花流水杳然去　臺北　爾雅出版社　2012年2月　頁271—272

773. 羅文玲　　草原與長河——論席慕蓉《我摺疊著我的愛》的時空追索　草原的迴聲——席慕蓉詩學論集　臺北　萬卷樓圖書公司　2015年9月　頁109—134

774. 羅文玲　　草原與長河——論席慕蓉《我摺疊我的愛》的時空探索　「春華秋實——在時光的門欄裡回望」席慕蓉詩作學術論文發表會　彰化　彰化縣政府，文化局主辦；明道大學承辦　2015年10月14日

《席慕蓉詩全集》

775. 陳宛茜　　《席慕蓉詩全集》，典藏25年光陰　聯合報　2006年3月30日　C8版

776. 陳希林　　席慕蓉詩作典藏版，孤樹現長影　中國時報　2006年3月30日　E8版

《以詩之名》

777. 陳宛茜　　席慕蓉以詩之名・輕輕獻給亡夫　聯合報　2011年8月17日　A10版

778. Ha Zha Bu　　《以詩之名》　自由時報　2011年10月11日　D11版

779. 張琳琳　　當詩意鐫刻在靈魂深處　寧波通訊　2011年第23期　2011年

頁 57

780. 李癸雲　寫詩作為煉金術——以席慕蓉《以詩之名》作為討論中心　草原的迴聲——席慕蓉詩學論集　臺北　萬卷樓圖書公司　2015 年 9 月　頁 1—23

781. 李癸雲　寫詩作為煉金術——以席慕蓉《以詩之名》作為討論中心　「春華秋實——在時光的門欄裡回望」席慕蓉詩作學術論文發表會　彰化　彰化縣政府，文化局主辦；明道大學承辦　2015 年 10 月 14 日

《除你之外》

782. 陳宛茜　七里香到蒙古情　聯合報　2016 年 3 月 10 日　A8 版

散文

《畫出心中的彩虹》

783. 劉錦得　鮮活的美術課——我讀《畫出心中的彩虹》　自由日報　1982 年 5 月 22 日　8 版

《成長的痕跡》

784. 郭明福　驀然回首——喜讀《成長的痕跡》　臺灣新生報　1982 年 6 月 8 日　12 版

785. 蕭　蕭　散文回味——三十年來散文暢銷書介紹：《成長的痕跡》　散文季刊　第 2 期　1984 年 4 月　頁 142

786. 〔許燕，李敬選編〕　席慕蓉《成長的痕跡》　感人的書　臺北　希代書版公司　1984 年 12 月　頁 213—221

787. 編輯部　《成長的痕跡》　文化貴族　第 3 期　1988 年 4 月 1 日　頁 114

《三弦》

788. 蔣　勳　女曰雞鳴・序《三弦》　三弦　臺北　爾雅出版社　1983 年 7 月　頁 1—7

789. 郭明福　嘈嘈切切如私語——試談《三弦》　臺灣新生報　1983 年 8 月 10 日　8 版

790. 容麗娟　　撥動心底的弦　臺灣時報　1996年2月13日　28版

《有一首歌》

791. 楊宗潤　　唱得雲開山抬頭[22]　中央日報　1983年10月28日　10版

792. 楊宗潤　　你我的歌　洪範雜誌　第15期　1984年1月　1版

793. 楊宗潤　　《有一首歌》　洪範雜誌　第26期　1986年4月5日　3版

794. 瘂　弦　　《有一首歌》序[23]　有一首歌　臺北　洪範書店　1983年10月　頁1—7

795. 瘂　弦　　時間草原　我的家在高原上　上海　上海文藝出版社　1997年7月　頁401—406

796. 瘂　弦　　時間草原——讀席慕蓉的《有一首歌》　聚繖花序2　臺北　洪範書店　2004年6月　頁3—7

797. 瘂　弦　　時間草原　追尋夢土　北京　作家出版社　2009年4月　頁290—293

798. 瘂　弦　　時間草原　追尋夢土　呼和浩特　內蒙古人民出版社　2018年8月　頁303—307

799. 應鳳凰　　楓林小橋・孤燈明滅〔《有一首歌》部分〕　文訊雜誌　第4期　1983年10月　頁186—192

800. 朱舞程　　有書如歌——評席慕蓉的散文集《有一首歌》　新書月刊　第8期　1984年5月　頁19—23

801. 朱舞程　　有書如歌——評席慕蓉的《有一首歌》　洪範雜誌　第20期　1985年2月25日　3版

802. 周昭翡　　《有一首歌》　洪範雜誌　第22期　1985年6月30日　3版

803. 郭明福　　給你一把溫柔的花束　琳琅滿書目　臺北　爾雅出版社　1985年7月　頁237—240

804. 郭明福　　給你一把溫柔的花束——由《有一首歌》談起　洪範雜誌　第23

---

[22]本文後改篇名為〈你我的歌〉、〈《有一首歌》〉

[23]本文後改篇名為〈時間草原——讀席慕蓉的《有一首歌》〉。

期　1985年9月10日　4版

805. 郭明福　《有一首歌》　洪範雜誌　第32期　1987年8月10日　3版

806. 王鼎鈞　有書如歌　兩岸書聲　臺北　爾雅書店　1990年11月　頁171—190

807. 王鼎鈞　有書如歌　江山有待　臺北　洪範書店　1991年5月　頁213—232

808. 王鼎鈞　有書如歌　生命的滋味　上海　上海文藝出版社　1997年7月　頁375—389

809. 王鼎鈞　有書如歌——席慕蓉《有一首歌》　王鼎鈞書話　臺北　爾雅出版社　2014年7月　頁83—97

《同心集》

810. 葉子久　快樂的生活——從《漫長的冬天》到《同心集》　文訊雜誌　第18期　1985年6月　頁203

811. 葉子久　淡泊、愛與智慧——《同心集》擁有快樂生活　九歌雜誌　第110期　1990年4月　3版

《寫給幸福》

812. 王文興　序　寫給幸福　臺北　爾雅出版社　1985年9月　頁1—5

813. 王文興　《寫給幸福》序　書和影　臺北　聯合文學出版社　1988年4月　頁163—165

814. 李宜涯　《寫給幸福》　書海探微　臺北　黎明文化公司　1989年3月　頁72—75

815. 李宜涯　《寫給幸福》　當代名著欣賞　臺北　文史哲出版社　2000年1月　頁38—41

816. 曾心怡　從修辭角度看席慕蓉《寫給幸福》　國文天地　第107期　1994年4月　頁38—44

《在那遙遠的地方》

501. 編輯部　《在那遙遠的地方》　文化貴族　第7期　1988年8月　頁142

《寫生者》

818. 心　岱　《寫生者》——席慕蓉的繪畫筆記　民生報　1989 年 4 月 25 日 22 版

819. 〔臺灣日報〕　《寫生者》　臺灣日報　1989 年 8 月 5 日　8 版

820. 亮　軒　為《寫生者》畫像——細讀席慕蓉　中華日報　1998 年 3 月 17 日 16 版

821. 亮　軒　為《寫生者》畫像——看席慕蓉的畫　邊緣光影　臺北　爾雅出版社　1999 年 5 月　頁 196—202

822. 亮軒　為「寫生者」畫像——看席慕蓉的畫　與美同行——寫給年輕的母親　上海　文匯出版社　1999 年 12 月　頁 209—215

823. 亮　軒　為「寫生者」畫像——看席慕蓉的畫　席慕蓉　臺北　圓神出版社　2002 年 12 月　頁 145—147

824. 亮　軒　為「寫生者」畫像——看席慕蓉的畫　邊緣光影　臺北　圓神出版社　2006 年 4 月　頁 223—232

825. 亮　軒　為「寫生者」畫像——看席慕蓉的畫　邊緣光影　北京　作家出版社　2010 年 9 月　頁 128—134

826. 亮　軒　為「寫生者」畫像——看席慕蓉的畫　邊緣光影　北京　作家出版社　2016 年 9 月　頁 128—134

827. 亮　軒　為「寫生者」畫像——看席慕蓉的畫　邊緣光影　武漢　長江文藝出版社　2017 年 9 月　頁 146—153

828. 亮　軒　為「寫生者」畫像——看席慕蓉的畫　當夏夜芳馥：席慕蓉畫作精選集　臺北　圓神出版社　2017 年 10 月　頁 189—193

《我的家在高原上》

829. 〔人間福報〕　《我的家在高原上》，流露故鄉情——席慕蓉描寫家鄉草原沙漠牛羊，篇篇動人　人間福報　2004 年 2 月 11 日　6 版

830. 包桂蘭　創作中溶入的思鄉情　中國民族　2010 年第 1 期　2010 年　頁 50

《江山有待》

831. 季 季　評介《江山有待》　洪範雜誌　第48期　1992年1月　2—3版

《黃羊・玫瑰・飛魚》

832. 沈 謙　盤踞在靈魂深處的故鄉——評席慕蓉《黃羊・玫瑰・飛魚》　聯合文學　第144期　1996年10月　頁162

《大雁之歌》

833. 江中明　席慕蓉新書滿溢蒙古風　聯合報　1997年5月30日　18版

834. 鍾怡雯　《大雁之歌》　中國時報　1997年6月19日　42版

《金色的馬鞍》

835. 松　席慕蓉以圖文展現詩意蒙古　中國時報　2002年2月12日　7版

836. 陳文芬　乘著《金色的馬鞍》，席慕蓉走進蒙古，走出鄉愁　中國時報　2002年3月1日　14版

837. 陳洛薇　席慕蓉《金色的馬鞍》念父親　中央日報　2002年3月1日　14版

838. 張夢瑞　席慕蓉再寫蒙古，行遠知深情更濃　民生報　2002年3月1日　A13版

839. 李令儀　席慕蓉寫溫柔的蒙古草原　聯合報　2002年3月1日　14版

840. 張 望　《金色的馬鞍》　臺灣日報　2002年3月13日　25版

841. 蔣 勳　詩人與歷史——評介《金色的馬鞍》　聯合報　2002年3月17日　23版

842. 張 錯　尋找與失落　中央日報　2002年3月18日　19版

843. 胡錦媛　溯源之旅　中國時報　2002年7月21日　22版

《人間煙火》

844. 曹麗蕙　繼《同心集》後續寫《人間光譜》與《人間煙火》——劉海北席慕蓉再聯手出書　人間福報　2004年9月2日　6版

845. 侯延卿　《人間煙火》　中央日報　2004年9月13日　17版

846. 石曉楓　秋光流淌中深情凝視　中央日報　2004年10月17日　17版

847. 石曉楓　秋光流淌中的深情凝視——席慕蓉《人間煙火》　生命的浮影：

跨世代散文書　臺北　麥田出版　2018 年 12 月　頁 43—46

848. 陳姿羽　出版路上夫妻雙行道——席慕蓉、劉海北藝術科學人間攜手　聯合報　2004 年 11 月 21 日　C6 版

《彩墨・千山・馬白水》

849. 淩美雪　《彩墨・千山・馬白水》席慕蓉執筆為馬白水寫傳　自由時報　2004 年 12 月 8 日　49 版

《2006／席慕蓉》

850. Zero7　《2006／席慕蓉》　自由時報　2006 年 10 月 9 日　E7 版

851. 張耀仁　懸浮抑或擔當　中國時報　2006 年 10 月 21 日　E2 版

《寧靜的巨大》

852. the verve　《寧靜的巨大》　自由時報　2008 年 9 月 9 日　D13 版

《寫給海日汗的 21 封信》

853. 周慧珠　席慕蓉・生命在說話——給海日汗的信　人間福報　2013 年 10 月 6 日　B4—B5 版

854. 隱　地　看天蒼蒼・看野茫茫——《寫給海日汗的 21 封信》讀後　生命中特殊的一年——隱地 2013 年札記　臺北　爾雅出版社　2013 年 11 月　頁 187—188

《給我一個島》

855. 艾里香　時代呼喚心靈的回歸——讀席慕蓉《給我一個島》　中國職工教育　2015 年第 2 期　2015 年　頁 76

《流動的月光》

856. 張若琳　追尋生命中明淨的詩意　中國圖書評論　2015 年第 5 期　2015 年　頁 13—14

《我給記憶命名》

857. 廖玉蕙　不是放棄，是珍愛和疼惜　聯合報　2017 年 9 月 27 日　A15 版

858. 彭尚儀　《我給記憶命名》　用書認識我自己　臺中　白象文化公司　2018 年 3 月　頁 76—77

合集

《席慕蓉和她的內蒙古》

859. 鮑爾吉・原野　長城之外的草香——讀《席慕蓉和她的內蒙古》所記觀感　寧靜的巨大　臺北　圓神出版社　2008年7月　頁252—264

860. 鮑爾吉・原野　長城之外的草香——讀《席慕蓉和她的內蒙古》所記觀感　流動的月光　北京　作家出版社　2015年1月　頁371—384

《當夏夜芳馥：席慕蓉畫作精選集》

861. 楊媛婷　荷花深處藏父愛・席慕蓉詩畫夏夜　自由時報電子報　2017年10月15日　A12版

◆多部作品

《無怨的青春》、《七里香》

862. 李元貞　臺灣現代女詩人的自我觀〔《無怨的青春》、《七里香》部分〕　中外文學　第17卷第10期　1989年3月　頁26

《我的家在高原上》、《黃羊・玫瑰・飛魚》、《大雁之歌》

863. 鹿憶鹿　走看九〇年代的女性旅行文學——他鄉與故國——故國親遊的旅行文學〔《我的家在高原上》、《黃羊・玫瑰・飛魚》、《大雁之歌》部分〕　走看臺灣九〇年代的散文　臺北　學生書局　1998年4月　頁133

《我的家在高原上》、《遠處的星光——蒙古現代詩選》

864. 哈達奇・剛　摺疊著的愛——讀席慕蓉近作　我摺疊著我的愛　臺北　圓神出版社　2005年3月　頁157—180

865. 哈達奇・剛　摺疊著的愛——讀席慕蓉近作　我摺疊著我的愛　北京　作家出版社　2010年9月　頁98—111

866. 哈達奇・剛　摺疊著的愛——讀席慕蓉近作　我摺疊著我的愛　北京　作家出版社　2016年9月　頁98—111

867. 哈達奇・剛　摺疊著的愛——讀席慕蓉近作　我摺疊著我的愛　武漢　長江文藝出版社　2017年9月　頁110—126

《回顧所來徑》、《給我一個島》、《金色的馬鞍》

868. 張瑞芬　我思念的北國公主　聯合報　2013年4月13日　D3版

869. 張瑞芬　我思念的北國公主——評席慕蓉《回顧所來徑》、《給我一個島》、《金色的馬鞍》　荷塘雨聲——當代文學評論　臺北　爾雅出版社　2013年7月　頁142—145

《畫詩》、《迷途詩冊》

870. 林淑貞　融攝與互襯——論席慕蓉詩與畫的對話　草原的迴聲——席慕蓉詩學論集　臺北　萬卷樓圖書公司　2015年9月　頁25—49

871. 林淑貞　融攝與互襯——論席慕蓉詩與畫的對話　「春華秋實——在時光的門欄裡回望」席慕蓉詩作學術論文發表會　彰化　彰化縣政府，文化局主辦；明道大學承辦　2015年10月14日

《迷途詩冊》、《我摺疊著我的愛》

872. 余境熹　易讀・延讀・誤讀——席慕蓉分行詩的閱讀體驗　草原的迴聲——席慕蓉詩學論集　臺北　萬卷樓圖書公司　2015年9月　頁51—78

873. 余境熹　易讀・延讀・誤讀：席慕蓉分行詩的閱讀體驗　「春華秋實——在時光的門欄裡回望」席慕蓉詩作學術論文發表會　彰化　彰化縣政府，文化局主辦；明道大學承辦　2015年10月14日

《時光九篇》、《邊緣光影》

874. 陳靜容　時繽紛其變易兮——論席慕蓉詩作中的時間意識及其與〈離騷〉的對應　草原的迴聲——席慕蓉詩學論集　臺北　萬卷樓圖書公司　2015年9月　頁135—157

875. 陳靜容　「時繽紛其變易兮」——論席慕蓉詩作中的時間意識及其與〈離騷〉的對應　「春華秋實——在時光的門欄裡回望」席慕蓉詩作學術論文發表會　彰化　彰化縣政府，文化局主辦；明道大學承辦　2015年10月14日

單篇作品

876. 季　季　席慕蓉〈槭樹下的家〉 1982 年臺灣散文選　臺北　前衛雜誌社　1983 年 2 月　頁 40—41

877. 解露曦　〈槭樹下的家〉賞析　臺灣散文鑑賞辭典　太原　北岳文藝出版社　1991 年 12 月　頁 1017—1018

878. 沈　謙　詩情畫意的青春之歌——評席慕蓉〈淡淡的花香〉 幼獅少年　第 90 期　1984 年 4 月　頁 117—121

879. 沈　謙　詩情畫意的青春之歌——評席慕蓉〈淡淡的花香〉 獨步，散文國：現代散文評析　臺北　讀冊文化公司　2002 年 10 月　頁 209—221

880. 蕭　蕭　深深地愛過一次再別離〔〈盼望〉〕 感人的詩　臺北　希代書版公司　1984 年 12 月　頁 277—280

881. 古遠清　〈盼望〉賞析　臺港現代詩賞析　鄭州　河南人民出版社　1991 年 3 月　頁 190—191

882. 蕭　蕭　席慕蓉〈寫給生命〉 七十三年散文選　臺北　九歌出版社　1985 年 3 月　頁 117—118

883. 向　明　〈結繩紀事〉編者按語　七十三年詩選　臺北　爾雅出版社　1985 年 3 月　頁 13

884. 〔詩評家〕　席慕蓉的政治詩〔〈種子的歌〉〕 詩評家　第 2 期　1985 年 3 月　頁 31

885. 林錫嘉　〈血濃於水〉 濃濃的鄉情　臺北　希代書版公司　1986 年 1 月　頁 231—240

886. 〔阿盛主編〕　席慕蓉〈畫展〉 1985 臺灣散文選　臺北　前衛雜誌社　1986 年 2 月　頁 58

887. 林錫嘉　〈紅塵〉編者註　七十四年散文選　臺北　九歌出版社　1986 年 3 月　頁 29

888. 李瑞騰　〈酒的解釋〉編者按語　七十四年詩選　臺北　爾雅出版社　1986 年 4 月　頁 248—249

889. 蕭　蕭　〈在黑暗的河流上——讀「越人歌」之後〉編者按語　七十五年詩選　臺北　爾雅出版社　1987年3月　頁134

890. 張　默　席慕蓉〈試驗之一〉　小詩選讀　臺北　爾雅出版社　1987年5月　頁170—173

891. 蓉　子　詩的賞讀〔〈試驗之一〉〕　青少年詩國之旅　臺北　業強出版社　1990年10月　頁80—81

892. 蕭　蕭　現代詩名篇鑑賞——〈試驗之一〉　中學生現代詩手冊　臺南　翰林出版公司　1999年9月　頁181—183

893. 蕭　蕭　席慕蓉〈試驗〉賞析　揮動想像翅膀　臺北　聯合文學出版社　2006年6月　頁92—94

894. 向　明　〈美麗新世界〉編者按語　七十六年詩選　臺北　爾雅出版社　1988年3月　頁57

895. 〔鄭明娳，林燿德主編〕　〈姊姊的歌聲〉賞析　給你一份愛——親情之書　臺北　正中書局　1989年10月　頁125—126

896. 〔鄭明娳，林燿德主編〕　席慕蓉〈姊姊的歌聲〉　有情四卷——親情　臺北　正中書局　1989年12月　頁154

897. 陳幸蕙　〈蘇武的神話〉編者註　七十八年散文選　臺北　九歌出版社　1990年1月　頁41—42

898. 李圓珠　我讀席慕蓉的〈鄉愁〉　文藝月刊　第252期　1990年6月　頁26—29

899. 〔文鵬，姜凌主編〕　〈鄉愁〉簡析　中國現代名詩三百首　北京　北京出版社　2000年1月　頁568—569

900. 咸立強　永遠的思念——〈鄉愁〉詩的原型意象解讀　運城高等專科學校學報　第19卷第5期　2001年10月　頁57—59

901. 楊長勝　同是鄉愁兩樣抒——余光中與席慕蓉的同題詩〈鄉愁〉之比較　包頭職業技術學院學報　第18卷第4期　2017年12月　頁81—84

902. 李濱，李玉昆　〈一棵開花的樹〉　中國新詩百首賞析　北京　北京語言學院出版社　1991年1月　頁393—395

903. 蕭　蕭　老中國的文化鄉愁〔〈一棵開花的樹〉部分〕　現代詩創作演練　臺北　爾雅出版社　1991年7月　頁194—197

904. 蕭　蕭　老中國的文化鄉愁〔〈一棵開花的樹〉部分〕　現代詩創作演練　臺北　爾雅出版社　2010年9月　頁176—178

905. 邱　彰　我心中的夢〔〈一棵開花的樹〉〕　我喜愛的一首詩（二）　高雄　河畔出版社　1993年5月　頁55—59

906. 蕭　蕭　問今人：情是何物？〔〈一棵開花的樹〉部分〕　詩從趣味始　臺北　幼獅文化公司　1998年7月　頁47—50

907. 陳淑滿　席慕蓉〈一棵開花的樹〉賞析　中國語文　第84卷第4期　1999年4月　頁74—78

908. 陳淑滿　席慕蓉〈一棵開花的樹〉的賞析　國學教學論文集　臺北　萬卷樓圖書公司　2001年9月　頁267—273

909. 林繼生　如花綻放的情愫——〈一棵開花的樹〉賞析　幼獅文藝　第548期　1999年8月　頁40—41

910. 汪淑珍　席慕蓉〈一棵開花的樹〉賞析　明道文藝　第288期　2000年3月　頁48—50

911. 楊顯榮　落了一地的花瓣〔〈一棵開花的樹〉〕　國語日報　2001年6月24日　5版

912. 林秀華　花開與花謝——〈一棵開花的樹〉的教學分享　國學教學論文集　臺北　萬卷樓圖書公司　2001年9月　頁259—266

913. 仇小屏　情詩一二〔〈一棵開花的樹〉部分〕　國文天地　第198期　2001年11月　頁19—20

914. 浦基維，涂玉萍，林聆慈　材料的作用——增強文章的感染力——以「敘述事情」為主〔〈一棵開花的樹〉部分〕　散文・新詩義旨古今談　臺北　萬卷樓圖書公司　2002年1月　頁181—182

915. 仇小屏　席慕蓉〈一棵開花的樹〉賞析　放歌星輝下——中學生新詩閱讀指引　臺北　三民書局　2002年8月　頁116—118

916. 王　豔　席慕蓉〈一棵開花的樹〉　新詩咖啡屋　上海　漢語大辭典出版社　2002年12月　頁135—137

917. 仇小屏　新詩藝術論之三——從題目、章法（結構）與風格切入〔〈一棵開花的樹〉部分〕　國文天地　第219期　2003年8月　頁77

918. 張雙英　八〇年代：多元現象——八〇年代新詩的特色與成果——席慕蓉〈一棵開花的樹〉　二十世紀臺灣新詩史　臺北　五南圖書出版公司　2006年8月　頁338—340

919. 蕭　蕭　創作技巧八通關——小詩裡的小說設計——席慕蓉〈一棵開花的樹〉　青少年詩話　臺北　爾雅出版社　2007年2月　頁185—192

920. 蕭　蕭　小詩裡的小說設計〔〈一棵開花的樹〉〕　明道文藝　第377期　2007年8月　頁58—62

921. 王　強　飛落在樹梢上的愛情鳥——舒婷〈致橡樹〉與席慕蓉〈一棵開花的樹〉之比較　閱讀與寫作　2007年第12期　2007年12月　頁1—3

922. 李敏勇　〈一棵開花的樹〉作品導讀　青少年臺灣文庫2——新詩讀本4：我有一個夢　臺北　國立編譯館　2008年12月　頁97

923. 蔡明諺　現代詩的詮釋與演繹：以席慕蓉〈一顆開花的樹〉和舒婷〈致橡樹〉為例[24]　臺灣文學創意教學學術研討會　臺中　靜宜大學臺文系主辦，國立臺灣文學館協辦　2010年6月14—15日

924. 蔡明諺　現代詩的教學與詮釋：以席慕蓉和舒婷詩作為例〔〈一棵開花的樹〉〕　臺灣詩學學刊　第18期　2011年12月　頁209—241

925. 蔡明諺　現代詩的教學與詮釋——以席慕蓉和舒婷詩作為例〔〈一棵開花的樹〉〕　江河的奔向：席慕蓉詩學論集2　臺北　萬卷樓圖書公

[24]本文後改篇名為〈現代詩的教學與詮釋：以席慕蓉和舒婷詩作為例〉。

司 2016年7月 頁151—187

926. 陳純伶 國文情境教學課程設計（二）——翰林版第四冊第七—十二課——席慕蓉〈一棵開花的樹〉 國中國文情境教學研究——以翰林版第四冊為例 高雄師範大學國文教學碩士班 碩士論文 杜明德教授指導 2013年 頁115—122

927. 程道明 四步導讀法:讓詩歌教學落在實處——以〈一棵開花的樹〉為例 中學語文教學參考 2015年第13期 2015年5月 頁29—30

928. 許珮瑜 活化教學融入國中現代詩之教學〔〈一棵開花的樹〉部分〕 國中國文現代詩活化教學之研究 彰化師範大學國文學系 碩士論文 耿志堅教授指導 2015年 頁79—93，104—118

929. 曹郁美 評析臺灣的校園民歌，及〈一棵開花的樹〉 席慕蓉研討會 臺北 東吳大學中國文學系主辦 2016年10月1日

930. 何成秀 〈一棵開花的樹〉的意蘊闡釋 文學教育 2017年第8期 2017年 頁42—43

931. 蕭 蕭 〈源〉編者註 七十九年散文選 臺北 九歌出版社 1991年2月 頁31—32

932. 古遠清 〈七里香〉賞析 臺港現代詩賞析 鄭州 河南人民出版社 1991年3月 頁187—188

933. 游 喚 經典詩的確立〔〈七里香〉部分〕 臺灣詩學季刊 第23期 1998年6月 頁127—129

934. 〔游喚，張鴻聲，徐華中編著〕 〈七里香〉賞析 現代詩精讀 臺北 五南圖書公司 1998年9月 頁199—202

935. 陳義芝 〈七里香〉賞讀 為了測量愛 臺北 聯合文學出版公司 2006年6月 頁53

936. 古遠清 〈非別離〉賞析 臺港現代詩賞析 鄭州 河南人民出版社 1991年3月 頁188—189

937. 古遠清 〈蓮的心事〉賞析 臺港現代詩賞析 鄭州 河南人民出版社

1991年3月　頁189—190

938. 古遠清　〈訣別〉賞析　臺港現代詩賞析　鄭州　河南人民出版社　1991年3月　頁191—192

939. 解露曦　〈心靈的對白〉賞析　臺灣散文鑑賞辭典　太原　北岳文藝出版社　1991年12月　頁1000—1002

940. 解露曦　〈有一首歌〉賞析　臺灣散文鑑賞辭典　太原　北岳文藝出版社　1991年12月　頁1004—1006

941. 解露曦　〈美的導師〉賞析　臺灣散文鑑賞辭典　太原　北岳文藝出版社　1991年12月　頁1011—1012

942. 解露曦　〈海棠與花的世界〉賞析　臺灣散文鑑賞辭典　太原　北岳文藝出版社　1991年12月　頁1022—1026

943. 解露曦　〈一個春日的下午〉賞析　臺灣散文鑑賞辭典　太原　北岳文藝出版社　1991年12月　頁1033—1035

944. 胡壽榮　失去了，更覺得珍貴——讀席慕蓉〈一個春日的下午〉　語文世界　2000年第1期　2000年1月　頁6

945. 解露曦　〈愛是一切的泉源〉賞析　臺灣散文鑑賞辭典　太原　北岳文藝出版社　1991年12月　頁1038—1039

946. 解露曦　〈貓緣〉賞析　臺灣散文鑑賞辭典　太原　北岳文藝出版社　1991年12月　頁1045—1047

947. 林錫嘉　〈仰望九嶷〉編者註　八十年散文選　臺北　九歌出版社　1992年3月　頁166

948. 古遠清，章亞昕　怎樣讀現代詩〔〈蓮的心事〉部分〕　幼獅文藝　第460期　1992年4月　頁45—47

949. 李瑞騰　〈雙城記〉編者按語　八十年詩選　臺北　爾雅出版社　1992年4月　頁84—85

950. 馬曉光　一輪山月一顆心——小品席慕蓉的詩〈山月〉　臺港與海外華文文學評論和研究　1992年第1期　1992年　頁70

951. 繼　英　〈白鳥之死〉賞析　世界華人詩歌鑑賞大辭典　太原　書海出版社　1993年3月　頁473—474

952. 羅丹青　〈光的筆記〉賞析　世界華人詩歌鑑賞大辭典　太原　書海出版社　1993年3月　頁478—481

953. 唐　捐　席慕蓉〈光的筆記四則〉　臺灣現代文學教程：當代文學讀本　臺北　二魚文化公司　2002年8月　頁80—81

954. 田惠剛　臺灣愛情詩的審美去向與藝術價值〔〈銅版畫〉部分〕　葡萄園　第121期　1994年2月　頁17

955. 田承順　逝去情緣的深情詠嘆調——三首臺灣女詩人愛情詩賞析〔〈銅版畫〉部分〕　呂梁高等專科學校學報　2005年第4期　2005年12月　頁4

956. 田祺恩　席慕蓉〈豐饒的園林〉的藝術特色　中文自學指導　1994年第10期　1994年　頁46—47

957. 于　蓉　淺談〈花的世界〉　語文學刊　1995年第6期　1995年　頁27—28

958. 胡錦媛　主體、女性書寫與陰性書寫——七、八十年代女詩人的作品〔〈生命的邀約〉部分〕　臺灣現代詩史論：臺灣現代詩史研討會實錄　臺北　文訊雜誌社　1996年3月　頁290—291

959. 瘂　弦　〈借句〉小評　八十四年詩選　臺北　現代詩季刊社　1996年5月　頁11

960. 楊華銘　名詩金句〔〈植物園〉〕　青年日報　1996年8月18日　15版

961. 汪惠君　尋常文字尋常心——讀席慕蓉的〈貝殼〉　語文教學與研究　1996年第11期　1996年11月　頁33

962. 蕭　蕭　〈歲月三帖〉小評　八十五年詩選　臺北　現代詩季刊社　1997年6月　頁21

963. 向　陽　〈歲月三首〉作品導讀　青少年臺灣文庫2——新詩讀本1：春天在我的血管裡歌唱　臺北　國立編譯館　2008年12月　頁16

964. 陳義芝　〈恍如一夢〉賞析　八十七年詩選　臺北　創世紀詩雜誌社　1999年6月　頁103

965. 瘂　弦　〈蒙文課——內蒙古篇〉品賞　天下詩選 2：1923—1999 臺灣　臺北　天下遠見出版公司　1999年9月　頁173—174

966. 顏艾琳　〈蒙文課——內蒙古篇〉詩情．聲情　讓詩飛揚起來　臺北　幼獅文化公司　2003年8月　頁143—144

967. 王德威　溫文爾雅——《爾雅短篇小說選》序論〔〈斯人〉部分〕　爾雅短篇小說選：爾雅創社二十五年小說菁華（一）　臺北　爾雅出版社　2000年5月　頁11—12

968. 李元貞　從「性別敘事」的觀點論臺灣現代女詩人作品中「我」之敘事方式〔〈樓蘭新娘〉部分〕　女性詩學　臺北　女書文化公司　2000年11月　頁63—122

969. 朱獻華　送你一枚青橄欖——讀席慕蓉〈曇花的秘密〉　語文世界　2001年第1期　2001年1月　頁15

970. 吳　當　給黃金少年一塊夢土——賞析席慕蓉〈給黃金少年〉　拜訪新詩　臺北　爾雅出版社　2001年2月　頁45—48

971. 唐淑貞　賞析席慕蓉〈塵緣〉一詩　中國語文　第88卷第3期　2001年3月　頁85—86

972. 唐淑貞　賞析席慕蓉〈塵緣〉一詩　國學教學論文集　臺北　萬卷樓圖書公司　2001年9月　頁284—286

973. 蕭　蕭　〈舞者〉編者按語　八十九年詩選　臺北　臺灣詩學季刊雜誌社　2001年4月　頁126

974. 焦　桐　〈契丹的玫瑰〉編者案語　九十年詩選　臺北　臺灣詩學季刊雜誌社　2002年5月　頁231

975. 鍾怡雯　席慕蓉〈飄蓬〉評析　臺灣現代文學教程：散文讀本　臺北　二魚文化公司　2002年8月　頁128—129

976. 葉振富　臺灣現代散文的地圖意象〔〈「庫倫」和「烏蘭巴托」〉部分〕

涵養用敬：國立中央大學中文系專任教師論著集 1　桃園　中央大學中國文學系　2002 年 9 月　頁 528—530

977. 焦桐〔葉振富〕　散文地圖〔〈「庫倫」和「烏蘭巴托」〉部分〕　中華現代文學大系（貳）‧臺灣一九八九—二〇〇三評論卷（二）　臺北　九歌出版社　2003 年 10 月　頁 861—863

978. 王　豔　席慕蓉〈青春〉　新詩咖啡屋　上海　漢語大辭典出版社　2002 年 12 月　頁 131—133

979. 張寶童　青春祭——席慕蓉〈青春〉賞析　寫作　2006 年第 4 期　2006 年　頁 13—14

980. 胡　牧　一首關於「青春」的好詩——席慕蓉〈青春〉之一解讀　青年作家　2011 年第 2 期　2011 年　頁 3—4

981. 曹茜茹　席慕蓉〈青春〉音韻風格研究　中國語文　第 703 期　2016 年 1 月　頁 51—61

982. 范玉蘭，周星明　席慕蓉〈青春〉賞析　讀與寫　第 13 卷第 11 期　2016 年 11 月　頁 39

983. 孟　樺　〈生命的滋味〉講師的話　人間福報　2003 年 3 月 23 日　11 版

984. 蔡孟樺　〈生命的滋味〉編者的話　不倒翁的歲月　臺北　香海文化公司　2006 年 9 月　頁 308—309

985. 白　靈　〈遲來的渴望——寫給原鄉〉編者案語　九十一年詩選　臺北　臺灣詩學季刊雜誌社　2003 年 4 月　頁 180

986. 李標晶　席慕蓉的〈佳釀〉　20 世紀中國文學通史　上海　東方出版中心　2003 年 9 月　頁 578—579

987. 孟　樺　〈啟蒙——異鄉的河流之四〉——講師的話　人間福報　2003 年 11 月 23 日　11 版

988. 蔡孟樺　〈啟蒙——異鄉的河流之四〉編者的話　不倒翁的歲月　臺北　香海文化公司　2006 年 9 月　頁 298—299

989. 〔莫渝主編〕　〈繡花女〉賞讀簡析　愛的小詩選讀　臺北　鷹漢文化公

司　2003 年 11 月　頁 27

990. 陳幸蕙　小詩悅讀（二）——〈候鳥——山海經大荒北經：有大澤方千里，群鳥所解〉迷你賞析　明道文藝　第 336 期　2004 年 3 月　頁 38—39

991. 陳幸蕙　〈候鳥——山海經大荒北經：有大澤方千里，群鳥所解〉向星輝斑斕處漫溯　小詩星河：現代小詩選 2　臺北　幼獅文化公司　2007 年 1 月　頁 214

992. 陳幸蕙　〈異鄉的河流之三：離別後〉、〈異鄉的河流之四：啟蒙〉悅讀徒步區　真愛年代　臺北　幼獅文化公司　2004 年 3 月　頁 62—64

993. 向　陽　席慕蓉〈大雁之歌——寫給碎裂的高原〉賞析　臺灣現代文選　臺北　三民書局　2004 年 5 月　頁 199—200

994. 蕭　蕭　〈大雁之歌〉賞析　攀登生命巔峰　臺北　聯合文學出版社　2005 年 3 月　頁 85—86

995.〔向陽主編〕　〈鯨・曇花〉賞析　2003 臺灣詩選　臺北　二魚文化公司　2004 年 6 月　頁 155

996. 焦　桐　〈試卷〉賞析　2004 臺灣詩選　臺北　二魚文化公司　2005 年 3 月　頁 228

997. 曾琮琇　從扮裝到變裝〔〈試卷〉部分〕　嬉遊記：八〇年代以降臺灣「遊戲」詩論　成功大學中國文學系　碩士論文　陳昌明教授指導　2006 年 7 月　頁 122—123

998. 曾琮琇　從扮裝到變裝〔〈試卷〉部分〕　臺灣當代遊戲詩論　臺北　爾雅出版社　2009 年 1 月　頁 127

999. 張閩敏　情到深處無怨尤——席慕蓉詩〈如果〉賞析　語文知識　2005 年第 4 期　2005 年 4 月　頁 20—21

1000. 蕭　蕭　〈創世紀詩篇〉賞析　2005 臺灣詩選　臺北　二魚文化公司　2006 年 2 月　頁 22

1001.〔蕭蕭主編〕　〈父親的故鄉〉詩作賞析　優游意象世界　臺北　聯合文

學出版社　2006年6月　頁140

1002. 蕭　蕭　蕭蕭按語〔〈賣石頭的少年〉部分〕　生命的學徒——生命散文集　臺北　幼獅文化公司　2006年10月　頁42—43

1003. 陳幸蕙　理想的詩人〔〈我的願望〉〕　人間福報　2007年2月27日　15版

1004. 張　默　從〈眼睛〉到〈厭倦〉——「四行詩」讀後筆記〔〈鹿回頭〉部分〕　小詩・牀頭書　臺北　爾雅出版社　2007年3月　頁107

1005. 林菁菁　〈見證——記社頂珊瑚礁〉隨詩去旅遊　風櫃上的演奏會——讀新詩遊臺灣（自然篇）　臺北　幼獅文化公司　2007年6月　頁106—109

1006. 楊景春　席慕蓉〈詩的價值〉和蘇軾〈臨江仙〉對讀　黃河科技大學學報　2007年第5期　2007年9月　頁51—52，56

1007. 焦　桐　〈春天的演出〉編者案語　2007年臺灣詩選　臺北　二魚文化公司　2008年3月　頁69

1008. 陳義芝　〈今夕何夕〉作品導讀——天蒼蒼，野茫茫　散文新四書・秋之聲　臺北　三民書局　2008年9月　頁33—34

1009. 李敏勇　〈孤星〉作品導讀　青少年臺灣文庫2——新詩讀本3：天門開的時候　臺北　國立編譯館　2008年12月　頁13

1010. 李敏勇　〈植樹節之後〉作品導讀　青少年臺灣文庫2——新詩讀本4：我有一個夢　臺北　國立編譯館　2008年12月　頁114

1011. 隱　地　時光流言〔〈時光長卷〉〕　人人都有困境，讀一首詩吧！　臺北　爾雅出版社　2010年9月　頁159—162

1012. 修瑞瑩　席慕蓉談舊作：〈出塞曲〉詩名錯了　聯合報　2012年5月19日　A22版

1013. 李南華　生命中一段美麗而奢華的意外〔〈出塞曲〉〕　聯合報　2012年5月26日　D3版

1014. 廖淑娟　席慕蓉〈出塞曲〉音韻風格研究　中國語文　第115卷第4期

2014年10月　頁39—50

1015. 徐建顺　席慕蓉〈出塞曲〉的吟咏技巧浅探　淮北職業技術學院學報　第16卷第3期　2017年6月　頁86—88

1016. 孫梓評　〈詩的成因〉筆記　生活的證據——國民新詩讀本　臺北　麥田出版・城邦文化公司　2014年5月　頁181—182

1017. 黃詩嫻　臺灣現代詩中的「返鄉」書寫——以三首長城記遊詩為例〔〈長城謠〉部分〕　臺灣詩學學刊　第28期　2016年11月　頁127—144

1018. 楊　瑤　以〈恨別〉和〈送別〉看談拜倫與席慕蓉的離別詩　文學教育　2016年第5期　2016年　頁26—27

1019. 朱婷，吳迪龍　接受美學視閾下散文英譯路徑研究——以席慕蓉〈沒有見過的故鄉〉為例　湖北函授大學學報　第31卷第17期　2018年9月　頁174—175

1020. 陳義芝編著　〈我摺疊著我的愛〉品評　傾心：人生七卷詩　臺北　幼獅文化公司　2019年3月　頁143—144

1021. 孫紹振　化暫短為永恆的愛情——讀席慕蓉〈抉擇〉　語文建設　2019年第11期　2019年　頁52—54

多篇作品

1022. 張　默　〈燈下的詩與心情〉、〈試驗之一〉編者按語　七十一年詩選　臺北　爾雅出版社　1985年6月　頁113

1023. 蕭　蕭　〈白鳥之死〉、〈霧起時〉編者按語　七十二年詩選　臺北　爾雅出版社　1985年6月　頁20

1024. 李月和　席慕蓉新詩選析〔〈高速公路的下午〉、〈重逢之一〉〕　艸根　第49期　1986年2月

1025. 李月和　席慕蓉新詩選析〔〈渡口〉、〈美麗的心情〉、〈青春之一〉〕　艸根　第50期　1986年6月

1026. 王　堡　畫不盡心中的愛——談席慕蓉〈畫展〉、〈非別離〉、〈生別離〉的

藝術感覺　新疆大學學報　1990年第2期　1990年　頁42—44

1027. 楊　文　昨夜星辰的永恒之光——席慕蓉抒情詩三首欣賞〔〈焚〉、〈我相信等待〉、〈一瞬〉」　名作欣賞　1990年第3期　1990年　頁29—31

1028. 高　巍　〈青春〉、〈我想認識你〉、〈曉鏡〉賞析　世界華人詩歌鑑賞大辭典　太原　書海出版社　1993年3月　頁467—473

1029. 高　巍　席慕蓉的世界——簡評〈青春〉之一、〈我想認識你〉和〈曉鏡〉　名作欣賞　1994年第6期　1994年　頁105—109

1030. 劉語辰　〈一棵開花的樹〉、〈長城謠〉賞析　世界華人詩歌鑑賞大辭典　太原　書海出版社　1993年3月　頁474—478

1031. 〔張默，蕭蕭〕　〈一棵開花的樹〉、〈在黑暗的河流上——讀「越人歌」之後〉鑑評　新詩三百首（一九一七——九九五）（上）　臺北　九歌出版社　1995年9月　頁567—568

1032. 張默，蕭蕭編　〈一棵開花的樹〉、〈在黑暗的河流上——讀「越人歌」之後〉鑑評　新詩三百首百年新編（1917—2017）‧臺灣編1　臺北　九歌出版社　2017年2月　頁437—438

1033. 司徒杰　〈無心的錯失〉、〈一棵開花的樹〉、〈信〉賞析　臺港抒情短詩精品鑑賞　河南　河南文藝出版社　1996年11月　頁99—102

1034. 吳　當　山水有情詩——試析羅青〈島嶼之歌〉、鍾玲〈隔一層水波〉、〈飛濺〉、〈山霧〉、〈日落時分〉、余光中〈雲之午夢〉、〈至尊〉、〈青睞〉、席慕蓉〈恨晚〉、〈雕刀〉　新詩的智慧　臺北　爾雅出版社　1997年2月　頁18—22

1035. 焦　桐　夢與地理——臺灣女詩人的想像空間〔〈霧起時〉、〈信〉、〈長城謠〉部分〕　文訊雜誌　第149期　1998年3月31日　頁25—28

1036. 陳義芝　繆思（Muses）歌唱——臺灣戰前世代女詩人十一家選介〔〈一棵開花的樹〉、〈蚌與珠〉部分〕　中日文學交流——臺灣現代文學會議——座談會論文　臺北　行政院文建會主辦，輔仁大學外語學院承辦　1999 年 3 月 21—27 日　頁 40—43

1037. 陳義芝　繆思（Muses）歌唱——臺灣戰前世代女詩人選介〔〈一棵開花的樹〉、〈蚌與珠〉部分〕　從半裸到全開——臺灣戰後世代女詩人的性別意識　臺北　臺灣學生書局　1999 年 9 月　頁 161—162

1038. 潘秀宜整理　席慕蓉詩作〔〈一棵開花的樹〉、〈婦人之言〉〕　中國女性文學研究室學刊　第 1 期　2000 年 3 月　頁 28—29

1039. 陳幸蕙　〈植樹節之後〉、〈顛倒四行〉、〈結論〉芬多精小棧　小詩森林：現代小詩選 1　臺北　幼獅文化公司　2003 年 11 月　頁 134—135

1040. 林瑞明　〈渡口〉、〈蒙文課——內蒙古篇〉、〈早餐時刻〉、〈旁聽生〉賞析　國民文選・現代詩卷 2　臺北　玉山社出版公司　2005 年 2 月　頁 215

1041. 向　陽　〈婦人之言〉、〈蒙文課〉賞析　臺灣現代文選・新詩卷　臺北　三民書局　2005 年 6 月　頁 176—178

1042. 曹惠民　傾聽你那苦澀的旋律——讀席慕蓉詩兩首〔〈曉鏡〉、〈蓮的心事〉〕　他者的聲音——曹惠民臺港華文文學論集　南京　江蘇人民出版社　2005 年 8 月　頁 75—77

1043. 李敏勇　〈孤星〉、〈鹿回頭〉、〈旁聽生〉作品導讀　青少年臺灣文庫——新詩讀本 3：花與果實　臺北　五南圖書出版公司　2006 年 1 月　頁 139

1044. 陳幸蕙　〈試卷〉、〈我的願望〉向星輝斑斕處漫溯　小詩星河：現代小詩選 2　臺北　幼獅文化公司　2007 年 1 月　頁 114

1045. 許俊雅　寫在散文邊上——賞讀《中華現代文學大系（貳）臺灣 1989—2003 散文卷（二）》〔〈離別後——異鄉的河流之三〉、〈離別後——異鄉的河流之四〉、〈無題〉部分〕　低眉集——臺灣文學／

翻譯、遊記與書評　臺北　新銳文創　2011年12月　頁357

1046. 落　蒂　憧憬的幻滅——析席慕蓉「酒的解釋」〔〈佳釀〉、〈新醅〉〕　大家來讀詩——臺灣新詩品賞　臺北　文史哲出版社　2012年2月　頁14—16

作品評論目錄、索引

1047. 席慕蓉　席慕蓉評論索引　席慕蓉世紀詩選　臺北　爾雅出版社　2000年5月　頁143—145

1048. 張瑞芬　席慕蓉重要評論篇目　五十年來臺灣女性散文・評論篇　臺北　麥田出版社　2006年2月　頁195—196

1049. 〔編輯部〕　席慕蓉散文重要評論索引　新世紀散文家：席慕蓉精選集　臺北　九歌出版社　2010年2月10日　頁381—383

1050. 〔封德屏主編〕　席慕蓉　臺灣現當代作家評論資料目錄（三）　臺南　國立臺灣文學館　2010年11月　頁2200—2227

國家圖書館出版品預行編目資料

臺灣現當代作家研究資料彙編. 115, 席慕蓉/李癸雲編選. -- 初版. -- 臺南市：臺灣文學館, 2019.12
面； 公分
ISBN 978-986-5437-37-4 (平裝)

1.席慕蓉 2.傳記 3.文學評論

863.4　　108018291

【臺灣現當代作家研究資料彙編】115

席慕蓉

發 行 人　蘇碩斌
指導單位　文化部
出版單位　國立臺灣文學館
地　　址／70041 臺南市中西區中正路 1 號
電　　話／06-2217201　傳　　真／06-2218952
網　　址／www.nmtl.gov.tw　電子信箱／pba@nmtl.gov.tw

總 策 畫　封德屏
顧　　問　林淇瀁　張恆豪　許俊雅　陳義芝　須文蔚　應鳳凰
工作小組　王譽潤、沈孟儒、李思源、林暄燁、陳玫希、蘇筱雯
編　　選　李癸雲
責任編輯　王譽潤、李思源
校　　對　杜秀卿、王譽潤、李思源
計畫團隊　財團法人台灣文學發展基金會
美術設計　翁國鈞・不倒翁視覺創意
印　　刷　松霖彩色印刷事業有限公司

經銷展售　國立臺灣文學館藝文商店（06-2217201 ext.2960）
國家書店松江門市（02-25180207）
一德洋樓羅布森冊惦（04-22333739）
三民書局（02-23617511、02-25006600）
台灣的店（02-23625799）　府城舊冊店（06-2763093）
南天書局（02-23620190）　唐山出版社（02-23633072）
後驛冊店（04-22211900）　五南文化廣場（04-22260330）
蜂書有限公司（02-33653332）

初版一刷　2019 年 12 月
定　　價　新臺幣 510 元整
第一階段 15 冊新臺幣 5500 元整　第二階段 12 冊新臺幣 4500 元整
第三階段 23 冊新臺幣 8500 元整　第四階段 14 冊新臺幣 5000 元整
第五階段 16 冊新臺幣 6000 元整　第六階段 10 冊新臺幣 3800 元整
第七階段 10 冊新臺幣 4500 元整　第八階段 10 冊新臺幣 3600 元整
第九階段 10 冊新臺幣 4000 元整　全套 120 冊新臺幣 37000 元整

GPN　1010802251（單本）　ISBN　978-986-5437-37-4（單本）
1010000407（套）　978-986-02-7266-6（套）

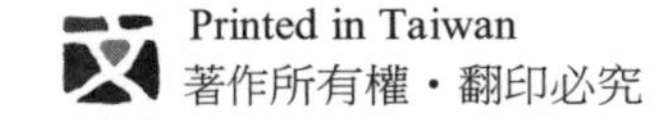